HEYNE

Das Buch

Die siebzehnjährige Veronica Meis ist ein ganz normales Mädchen – sie streitet mit ihren Eltern, kämpft um die Anerkennung ihrer Klassenkameraden und schwärmt heimlich für den coolsten Typen der Schule –, bis sie in einer dunklen Vollmondnacht auf dem Heimweg überfallen wird. Veronica glaubt zwar, mit dem Schrecken davongekommen zu sein, doch ihr Leben hat sich radikal verändert: Sie hört und sieht plötzlich Dinge, die normale Menschen nicht wahrnehmen, und sie verfügt über übermenschliche Kräfte. Veronica lernt den geheimnisvollen Grafen Gorani kennen, der ihr Zugang zu einer magischen Welt mitten im Herzen von Mailand verschafft. Und Veronica genießt es, Teil dieser Welt zu sein und Macht über ihre Mitmenschen zu haben, die von der verborgenen Seite Mailands nichts ahnen. Wie gefährlich das Spiel ist, das sie spielt, erkennt Veronica erst, als sie den attraktiven Kunststudenten Ivan kennenlernt und sich in ihn verliebt. Doch kann sie Ivan wirklich vertrauen? Und was führt Graf Gorani im Schilde? Als Veronica die Wahrheit erkennt, ist es fast schon zu spät …

Der Autor

Luca Tarenzi wurde 1976 in Somma Lombardo geboren, studierte Religionsgeschichte in Mailand und war nach seinem Abschluss zunächst als Journalist und Redakteur tätig. Heute lebt und arbeitet er als freier Übersetzer und Autor in Arona. Für seine Werke wurde Luca Tarenzi bereits mit dem Premio Italia ausgezeichnet.

Luca Tarenzi

DIE ZWEI MONDE

Roman

Deutsche Erstausgabe

WILHELM HEYNE VERLAG
MÜNCHEN

Titel der italienischen Originalausgabe
LE DUE LUNE
Deutsche Übersetzung von Elvira Bittner

FSC
www.fsc.org
MIX
Papier aus verantwortungsvollen Quellen
FSC® C014496

Verlagsgruppe Random House FSC-DEU-0100
Das für dieses Buch verwendete FSC®-zertifizierte
Papier *Super Snowbright* liefert
Hellefoss AS, Hokksund, Norwegen.

Deutsche Erstausgabe 09/2012
Redaktion: Petra Müller

Printed in Germany 2012
Umschlaggestaltung: t.mutzenbach Design, München
Satz: KompetenzCenter, Mönchengladbach
Druck und Bindung: GGP Media GmbH, Pößneck

ISBN: 978-3-453-26720-6

www.heyne-magische-bestseller.de

Für Mirko Mitta und Mauro Ghirimoldi,
die mir das wahre Gesicht der Stadt gezeigt haben.

DER ERSTE MOND

»Das Brüllen der Löwen, das Heulen der Wölfe,
das Wüten des stürmischen Meers und
das zerstörerische Schwert sind Teile der Ewigkeit,
zu groß für das menschliche Auge.«

William Blake, *Die Hochzeit von Himmel und Hölle*

Kapitel 1

Montag 9. Februar
Vollmond

Mein Name ist Veronica Meis, und als mein düsteres Märchen seinen Anfang nahm, fehlten weniger als fünf Wochen bis zu meinem achtzehnten Geburtstag. Ich wachte morgens auf und erkannte das Geräusch, das mich geweckt hatte, noch bevor ich es wirklich hörte. Ich fühlte mich scheußlich.

Das Geräusch kam vom Vibrieren meines Fensters, verursacht von einem zu niedrig und zu nah vorbeifliegenden Flugzeug. Die ersten drei Dinge, die mir anschließend zu Bewusstsein kamen, waren ein bestialisches Hämmern in meinem Kopf, eine rumorende Übelkeit in meinem Magen und ein dumpfer Schmerz, der in meinem Knöchel pulsierte.

Ich blinzelte ins Dunkel. Wie spät mochte es sein? Durch die geschlossenen Fensterläden drang kein Lichtschimmer, es musste also die Sechs-Uhr-fünfzig-Maschine nach Budapest gewesen sein oder vielleicht auch die von halb sechs nach Frankfurt …

Ich drehte mich auf die Seite und suchte nach dem Radiowecker. Er war nicht da.

Mit ausgestreckter Hand tastete ich blind auf meinem Nachtschrank herum und warf verschiedene Gegenstände herunter, die mit gedämpftem Aufprall auf meinem Bettvorleger landeten.

Nichts. Der Wecker war nicht an seinem Platz.

Was nur eines bedeuten konnte: Meine Mutter hatte gestern Abend meine Abwesenheit ausgenutzt, um in *mein* Zimmer zu gehen und »aufzuräumen«.

Gestern Abend …

Wo bin ich nur gewesen? Die Erkenntnis, dass gestern irgendein besonderes Datum war, blitzte kurz in meinem Kopf auf, aber alles andere blieb völlig im Dunkeln. Ich war aus gewesen, das war schon allein deshalb klar, weil meine Mutter sich an meinen Sachen vergriffen hatte; dass ich getrunken hatte, sagte mir der unsichtbare Schraubstock, der mir die Schläfen zusammenpresste; dass es spät geworden war, sagte mir die entsetzliche Müdigkeit, die mich bleischwer niederdrückte.

Ich schwang die Beine aus dem Bett und stand auf. Oder besser gesagt, ich versuchte es, denn sobald ich den rechten Fuß auf den Boden setzte, durchzuckte meinen Knöchel ein stechender Schmerz, der mich fast zu Boden gehen ließ. Mir stiegen die Tränen in die Augen, und ich zog das Bein gleich wieder zurück ins Bett.

Hatte ich mir den Fuß verstaucht? Nein, das wäre eine andere Art von Schmerz gewesen … Ich tastete vorsichtig mein Bein ab: Da war etwas Hartes und Raues, an mehreren Stellen, und es tat weh, wenn ich draufdrückte.

Trockenes Blut. Wunden.

Ich streckte mich zur anderen Bettseite und machte das Licht an. Es war wie ein Hammerschlag auf den Kopf.

Die Luft füllte sich mit grellbunten Formen, das visuelle Äquivalent eines schrecklichen Kreischkonzertes. Ich verschränkte schnell die Arme vorm Gesicht.

Ich zählte bis zehn und versuchte dann, langsam die Augen wieder zu öffnen: Die »sichtbare Lautstärke« der Welt war zu einer einigermaßen akzeptablen Intensität zurückgekehrt, und doch war da etwas verdammt falsch um mich herum.

Ich ließ den Blick in jeden Winkel meines Zimmers wandern: das Bett, in dem ich saß, die mit allen möglichen Gegenständen vollgestopften Regale, das Fenster, die Wände, die so dicht mit Manga-Postern behangen waren, dass man den weißen Putz fast nicht mehr sah.

Diese Umgebung kannte ich besser als jede andere. Ich selbst hatte sie erschaffen, im Lauf der Jahre, in dem Haus in Ravenna, in dem ich vorher gelebt hatte. Und als meine Familie vor sechs Monaten hierhergezogen war und ich dieses Zimmer bekommen hatte, das im Grunde nicht viel anders (wenn auch kleiner) war als mein altes, wollte ich es genauso einrichten, einfach um mein Heimweh leichter ertragen zu können. Trotzdem war mir nie aufgefallen, wie *bunt* es war.

Ach, da stand ja mein Wecker, auf der Kommode neben der Tür, eingezwängt zwischen einem Plüschwolf und einem gerahmten Foto von mir als Sechsjähriger; die perfekte Position, um die perversen Anwandlungen meiner Mutter zu befriedigen, denn sicher hatte sie mich damit zwingen wollen, aufzustehen und das ganze Zimmer zu durchqueren. Das Display zeigte 6.54 Uhr. Linienflug nach Budapest.

Wozu brauchte man überhaupt einen Radiowecker, wenn man neben einem internationalen Flughafen lebte?

Ich schaute auf meinen Knöchel hinunter, der aus meiner türkisfarbenen Schlafanzughose hervorlugte. Blutkrusten. Und zwar viele.

Mich schwindelte. Ich musste die Augen schließen und einige Sekunden lange tief durchatmen. Dann sah ich von Neuem hin: Ich habe sehr helle Haut – in etwa vergleichbar mit dem, was ein Dichter einen »milchigen Teint« nennen würde, was meine Mutter aber schlichtweg als »Leichenblässe« bezeichnete –, daher leuchteten die Höfe um jede der Wunden wie mit einem Lippenstift gemalt. Das Blut hingegen hatte die Farbe von Teer.

Vorsichtig drehte ich den Fuß zur Seite: Es handelte sich um Löcher, deutlich unterscheidbar, in zwei parallel laufenden Reihen auf beiden Seiten des Knöchels. Ich starrte ziemlich lange darauf, bevor mir bewusst wurde, was ich da vor mir hatte. Eigentlich hatte ich noch nie eine solche Wunde gesehen, aber von der Form her war es offensichtlich: ein Biss. Der Biss eines großen Hundes.

Unmöglich. Ich war von einem Hund angefallen und blutig gebissen worden, *und ich konnte mich nicht daran erinnern?*

Ich ging den ganzen gestrigen Tag noch mal durch. Es war ein Sonntag, deshalb hatte ich guten Gewissens bis nach zwölf geschlafen und allein zu Mittag gegessen: Meine Mutter war mit ihren Freundinnen unterwegs, mein Vater keine Ahnung wo. Dienstliche Verpflichtungen bestimmt, auch am Sonntag. Danach hatte ich eine Zeit lang was für die Schule gemacht, und später war ich ausgegangen: Ich war ins Zentrum gefahren, um ein Geschenk für Elena zu besorgen …

Elenas Geburtstag! Das war es, da war ich gestern Abend. Schlagartig tauchten in meinem Kopf eine Reihe von bruchstückhaften Erinnerungen auf, wie ein Haufen unscharfer Fotos, die nun in einem völligen Durcheinander auf dem Tisch lagen: funkelnde Gläser, die hellen Lichter des Lokals, Elena und Angela, die lachten …

Sonst nichts. Ich konnte mich nicht mal mehr erinnern, wie ich nach Hause gekommen war.

Offensichtlich hatte ich mir den unglaublichsten Rausch meines Lebens eingehandelt. Wenn meine Mutter das mitbekommen hätte, hätte sie mich schon mit einem Satz Ohrfeigen aus dem Bett geholt … Aber damit würde es bald vorbei sein. Trotz meiner verfahrenen Lage entlockte mir der Gedanke ein Lächeln: Fünf Wochen noch, dann wäre ich volljährig und würde endlich all das tun und lassen können, was ich wollte, ohne irgendwelche Konsequenzen befürchten zu müssen.

Im Moment aber hatte ich dringendere Probleme. Ich versuchte klar zu denken. Erstens: Meine Mutter durfte *absolut* nichts merken. Abgesehen von all den Fragen, auf die ich keine Antwort hatte – *Was ist denn nur passiert? Ja, wo denn? Warst du alleine? Und wie bist du wieder nach Hause gekommen?* –, wäre sicherlich ihre erste Reaktion, mir ihre üblichen »alternativen« Heilmethoden aufzuschwatzen: eine Pendeldiagnose, ein Umschlag mit magnetisiertem Wasser oder vielleicht eine Heilstein-Behandlung …

Was mich unweigerlich zum zweiten Punkt brachte: Ich musste das Bein einem Arzt zeigen. Ich zwang mich, Worte wie *Tollwut* und *Wundstarrkrampf* aus meinen Gedanken zu verbannen (ohne viel Erfolg); zu unserem Hausarzt konnte ich nicht gehen, und auch nicht zu einer Notaufnahme: In meinem Ausweis stand noch immer, dass ich erst siebzehn war, also hätten sie todsicher bei mir zu Hause angerufen.

Die Schule hatte eine Krankenstation. Ich war noch nie da gewesen, aber Irene, meine Banknachbarin, die an Anämie, niedrigem Blutdruck und ich weiß nicht was sonst noch für seltsamen Krankheiten litt, landete regelmäßig einmal die Woche dort. Wenn ich dahin gehen würde, ließe es sich dann irgendwie verhindern, dass meine Eltern davon erfuhren? Nachher in der Schule würde ich Irene gleich fragen, ob …

Der Radiowecker explodierte in eines dieser das Trommelfell terrorisierenden Trällerliedchen, wie sie nur am frühen Morgen gespielt werden. Ich schnellte so abrupt hoch, dass ich fast aus dem Bett gefallen wäre. Offensichtlich hatte meine Mutter den Wecker auch noch lauter gestellt.

Auf einem Bein hüpfend stürzte ich mich auf ihn und sorgte für Ruhe. Das Display zeigte sieben Uhr am Montagmorgen, und seltsamerweise war die Lautstärke so eingestellt wie immer. Und doch war es mir so unglaublich laut vorgekommen …

»Nica, bist du wach?«, kam die Stimme meiner Mutter durch die geschlossene Tür.

Sie war natürlich schon seit einer halben Stunde auf den Beinen. Jeden einzelnen Tag des Jahres stand sie um Punkt halb sieben auf und ging immer um dieselbe Uhrzeit ins Bett, getreu dem Prinzip, dass man »den energetischen Zirkadianzyklus des menschlichen Körpers dauerhaft konstant halten müsse«.

»Ja!«, antwortete ich und hüpfte zum Fenster.

Ich öffnete es und klappte die Fensterläden nach außen: Eine Woge feuchter, eiskalter Luft schlug mir entgegen und zerraufte mir die Haare. Es nieselte.

Über mir ein schwarzer Himmel, öde bis zum Horizont; unter mir und um mich herum, im Licht der noch brennenden Straßenlampen, die Dächer und Straßen von Mailand, ein Panorama, das ich nach sechs Monaten ganz gut kannte. Die immer gleiche Farbe des Himmels, mit Variationen von Schmutzgrau bis Asphaltnass. Nah, immer viel zu nah, die gelblichen Lichter des Flughafens, ein riesiger radioaktiver Strahlenkranz, der sich auf der Oberfläche der Wolken spiegelte und sie noch niedriger erscheinen ließ.

Guten Morgen, Leben! Ein weiterer wunderbarer Tag im Herzen der Metropole, eine ganze Schulwoche vor mir, die Weihnachtsferien seit einem Monat vorbei und der Sommer so weit entfernt wie ein fremder Stern.

Ich schloss das Fenster und lehnte mich mit dem Rücken an die Scheibe. Die Übelkeit war zurückgekehrt.

Ich schleppte mich in mein privates Badezimmer – der einzige Luxus in dieser mit jedem Tag kleiner erscheinenden Wohnung – und schaltete das Neonlicht über dem Spiegel an. Veronica starrte mir entgegen: schwarze, zerzauste Locken, gerötete Augen mit Augenringen, eine fast bläuliche Haut. Ich wusste genau, dass es der sicherste Weg in eine Depression war, sich am Montagmorgen um sieben Uhr mit kritischem Blick im Spiegel zu betrachten, aber ich schaffte es einfach nicht, es bleiben zu lassen. Ich schaffte es kein einziges Mal.

Ich wusch mir das Gesicht mit eiskaltem Wasser und sah erneut hin, aber die Veronica, die ich kannte, war noch immer da, mit ihrem zu spitzen Kinn, den zu vollen Lippen und den Haaren, die nicht einmal mit Hilfe von Eisendraht in eine Form zu bringen wären.

Ich hüpfte zurück ins Zimmer. Da ein harter Tag in Sicht war, war Kampfkleidung das Richtige. Ich riss mir den Schlafanzug vom Leib und zog einen schwarzen Rollkragenpullover mit engem Kragen an, weiße Jeans, Springerstiefel, Ohrringe aus Silber und Obsidian, nichts am Hals.

Ich ging zurück zum Spiegel, kämpfte drei Minuten mit der Bürste, packte dann die Schere und schnitt die paar Büschel, die nicht gehorchen wollten, einfach ab. Meine Haare waren sowieso kurz, es war die einzige Möglichkeit, sie einigermaßen im Zaum zu halten; zwei Büschel weniger würde niemand bemerken. Außerdem gefielen sie mir so: kurze Haare wie eine Kriegerin.

Ich sah mir tief in die Augen und härtete den Blick: *stählerne Veronica. Du machst sie alle fertig, du bist unbesiegbar!*

Ich löschte das Neonlicht. Einen Moment lang wurde mir wieder schwindelig. Ich machte vor der Badtür halt und versuchte, mit dem verletzten Fuß aufzutreten, aber er hielt mich nicht: Die Springerstiefel kamen mir sechs Kilo schwerer vor als sonst.

Ich öffnete die Tür einen Spaltbreit: niemand im Flur. Hüpfend gelangte ich zur Küche, aus der Kaffeeduft, eine schnatternde Frauenstimme und weiße Lichtwellen drangen, verursacht von den lächerlichen vertikalen Neonleuchtern, die meine Mutter in jeder Ecke installiert hatte. Ein vorsichtiger Blick zeigte mir, dass meine Mutter mit dem Rücken zu mir am Herd stand und mein Vater, in seinem Sessel sitzend, in seine Zeitung vertieft war. Mit einem Ruck hievte ich mich in die Küche, erreichte mit zwei Hüpfern den erstbesten Stuhl und setzte mich, bevor mich irgendjemand genauer unter die Lupe nehmen konnte. Der Rückweg würde schwieriger werden, aber eins nach dem anderen.

Meine Mutter trug eines der farbenfrohen Kleider, die sie von ihrer letzten Indienreise mitgebracht hatte, eine Wolke aus gelben, grünen und blauen Falten; meinem Vater und mir gegenüber behauptete sie immer, dass sie die Dinger nur zu Hause anzog, aber ich war mir nicht sicher, wie weit ich ihr das glauben konnte. Mit ihren eins achtundfünfzig, die ich unglücklicherweise geerbt hatte, ihrer Lockenpracht, die der meinen ähnelte, nur dass sie honigfarben war und ihr bis zur Mitte des Rückens reichte, und mit ihrer runden Brille auf der Nase sah sie absolut aus wie ein tropischer Papagei, und sie hatte auch die Stimme dazu. Heute Morgen roch sie nach Patschuli, auch nichts Neues.

Mit einem Lächeln drehte sie sich zu mir um – lächeln um sieben Uhr morgens! … – und servierte mir das Frühstück.

»Guten Morgen! Gut geschlafen?« Sie musterte mich mit zur Seite geneigtem Kopf wie ein kleines Mädchen. »Anscheinend bist du gestern Abend spät nach Hause gekommen: Ich hab dich nicht mal gehört.«

»Ich bin ganz leise gewesen.« Ich starrte auf den Kaffee und die Kekse und spürte, wie sich mir unwillkürlich der Magen umdrehte. Ich riss mich zusammen und zwängte mir einen Keks zwischen die Zähne, als wäre alles in bester Ordnung. Ich kaute, schluckte, trank einen Schluck Kaffee und begann die ganze Prozedur von vorn, ohne weiter auf das Geschnatter meiner Mutter zu achten.

Als ich eher zufällig aufsah, kreuzte mein Blick den meines Vaters: Er hatte die Zeitung gesenkt und starrte mich regelrecht an.

Wenn meine Mutter einem Papagei ähnelt, hat mein Vater eher etwas von einem Geier. Fast zwei Köpfe größer als die Damen des Hauses, spindeldürr, mit hoher Stirn und so streichholzkurzen Haaren, als wolle er damit seine Hakennase noch zusätzlich betonen, saß er in seinem Sessel, den Kopf zwischen den Schultern wie ein Raubvogel in Erwartung seiner Beute. Er arbeitete als Versicherungsvertreter, und das seit zwanzig Jahren ohne Unterbrechung; wegen seinem Job hatte man uns vor einem halben Jahr in Ravenna entwurzelt und in den Zement von Mailand verpflanzt.

»Alles in Ordnung, Veronica?« Seine Stimme war so tief, wie die meiner Mutter schrill war.

»Ja, warum?«

»Du siehst erschöpft aus. Und du bist blass.«

»Nica ist *immer* blass«, schaltete sich meine Mutter ein, ohne sich umzudrehen. »Weil sie in einem total hirnrissigen Tagesrhythmus lebt, nie in die Sonne geht und nur ekelhaftes Zeug isst.«

Ich verzog schweigend den Mund. Es war immer dieselbe Litanei; unnötig, sich auf eine Diskussion einzulassen.

»Wo warst du gestern Abend?«, insistierte der Geier.

»Beim Geburtstag einer Freundin.«

»Im Zentrum?«

»Ja.«

»Und ist alles gut gegangen?«

Ich tat so, als wäre ich noch voll mit Kauen beschäftigt, um genügend Zeit zu gewinnen, meine Antwort überzeugend klingen zu lassen. Aber in der nächsten Sekunde klingelte im Wohnzimmer das Handy meines Vaters, und er tat das, was er schon immer am besten konnte: Er verschwand.

Keine halbe Minute später machte sich auch meine Mutter auf den Weg in Richtung Bad. Das war meine Chance: Ich stürzte hinunter, was von meinem Kaffee noch übrig war, unterdrückte die Übelkeit und schnellte hoch, um so schnell wie möglich in mein Zimmer zu gelangen. Sieben Hüpfer bis zur Zimmertür, einen, um nach dem Rucksack auf dem Stuhl zu greifen, weitere neun zur Wohnungstür.

An der Garderobe schnappte ich mir meine Lederjacke und den riesigen schwarzen Wollschal, den ich mir immer wie ein Umhängetuch um die Schultern legte.

Aus dem Bad war das Getriller meiner Mutter zu hören: »Du wirst doch nicht dieses Lederdings anziehen, oder? Draußen ist es eiskalt!«

»Nein«, rief ich zurück, »es ist gar nicht so kalt. Ciao!« Ich ließ die Tür hinter mir ins Schloss fallen.

Tatsächlich war es im Treppenhaus so kalt wie am Nordpol, und ich kam mir nun doch etwas dämlich vor. Aber ich mochte diese Jacke, auch wenn sie nicht warm hielt. Und sie war einfach das *richtige* Outfit für diesen Tag: Ein Anorak wäre … irgendwie ein Zeichen von Schwäche gewesen.

Ich humpelte auf die Treppe zu, machte aber auf halber Strecke kehrt und beschloss, den Aufzug zu nehmen. Seit ich hier wohnte, war ich die fünf Stockwerke hoch wie runter immer zu Fuß gegangen: jeder Absatz ein paar verbrauchte Kalorien. Aber heute war es sinnlos, es überhaupt zu versuchen.

Unser Haus war nicht gerade das, was man ein modernes Gebäude nennen würde. Außen und innen weiß gestrichen, hatte es die typische Form der alten Mailänder Mietshäuser: vier Flügel, die sich um einen mickrigen Innenhof drängten – in dem unseren gab es sogar einen kleinen Teich, der mehr wie ein Sumpf aussah, mit Grasbüscheln, die auch im Sommer strohgelb waren, und einem halben Dutzend Goldfischen, bei deren Anblick ich immer an eine Flüchtlingsfamilie denken musste. Auch die mit Geranien geschmückten Balkons waren wenig dazu angetan, den Gesamteffekt zu verbessern. Das Treppenhaus war eng und steil, die Wände sahen schlicht heruntergekommen aus, und die Türen des sowieso schon geräuschvollen Aufzugs wurden von einem noch geräuschvolleren Metallgitter geschützt, das beim Öffnen so gewaltsam zur Seite schnellte wie ein Fallbeil.

Ich drückte die Taste, um den Klapperkasten zu rufen, und schwang mir meinen Schal um die Schultern. Eine Woge aus Rauch, Schweiß, Alkohol und Schlimmerem wallte daraus hervor, sodass ich beinah taumelte. Schnell riss ich mir das Stück Stoff wieder vom Leib.

Es war, als hätte sich in meinem Kopf eine Tür geöffnet, denn plötzlich überrollte mich eine Flut von Erinnerungen an den vorangegangenen Abend. Ich sah alles vor mir: das Lokal mit seinen scharlachroten Sesseln, die runden Tische, die Scheinwerfer, die mit ihrem Licht den rauchgeschwängerten Raum durchschnitten. Da waren bekannte Gesichter und solche, die ich noch nie gesehen hatte, einige Leute saßen an den

Tischen, andere tanzten auf der Tanzfläche. Es war ein großes und lautes Fest: Elena hatte viele Freunde, sie war sehr beliebt. Auf den Tischen drängten sich jede Menge Gläser und bunte Flaschen. Es war ziemlich viel Alkohol im Umlauf. Zu viel für ein Fest mit lauter Minderjährigen.

Und ich, wo war ich inmitten dieses Hexenkessels? Anscheinend saß ich an einem Tisch, trank aus einem Plastikbecher und war in ein Gespräch vertieft. Elena saß zwei Tische weiter, zusammen mit Angela und Susanna: Ich sah zu ihnen hinüber, Angela erwiderte meinen Blick mit einem Lächeln, das freundschaftlich zu sein schien. Aber dann …

Nebel, Dunkelheit, das gelbliche Licht einer Straßenlampe, hastende Schritte auf dem Asphalt, eine Stimme, die etwas schrie, eine Art Brüllen und …

Die Aufzugtüren gingen klaffend auf und unterbrachen meinen Tagtraum. Ich lehnte mich gegen das Gitter: In meinem Kopf drehte es sich mehr denn je.

Ich wartete ein paar Sekunden, hob meinen Schal wieder in die Höhe, kam aber nicht weiter als bis auf Armeslänge. Was hatte ich nur mit ihm angestellt? Er sah völlig unverändert aus, stank aber wie ein Lumpen, mit dem man eine Lache aus Wodka und Zigarettenstummeln aufgewischt hatte.

Ich wickelte ihn mir trotzdem um den Hals und versuchte, ihn so weit wie möglich von meiner Nase entfernt zu drapieren. Ohne ihn konnte ich nicht los, wenn ich mir nicht – zum großen Vergnügen meiner Mutter – den Rest holen wollte. Im Erdgeschoss verließ ich den Aufzug und schlüpfte hinaus in die morgendliche Kälte.

Kapitel 2

Montag, 9. Februar

Ich hätte nicht sagen können, was ich wirklich über meine neue Stadt dachte, und das irritierte mich.

Bis vor wenigen Monaten war die Altstadt von Ravenna mein Zuhause gewesen: die schmalen, schattigen Gassen, das Kopfsteinpflaster, die immer wieder überraschend auftauchenden Überreste der alten Stadtmauer und der Duft des Meeres, den der Wind von der Küste an manchen Tagen in die Stadt trug. Eine Welt, die ich liebte, nicht nur, weil sie die einzige war, die ich kannte. Und dann war Mailand gekommen, einfach so, völlig aus dem Nichts, wie ein Meteorit, der in mein Leben eingeschlagen war.

Sich hier einzugewöhnen, war nicht einfach und mir im Grunde noch immer nicht gelungen: An manchen Tagen hatte ich solches Heimweh nach Ravenna, dass ich kaum atmen konnte. Und doch war das hier jetzt mein Zuhause, und damit musste ich irgendwie klarkommen.

Vielleicht, sagte ich mir, *sind sechs Monate nicht genug, um die Seele eines Ortes zu erspüren.* Vielleicht musste ich nur Geduld haben und warten, dass der neue Himmel, die neuen Straßen, die andere Luft ein Teil von mir wurden … Tatsächlich aber fühlte ich mich in Mailand wie eine Fremde, und die Stadt interessierte sich nicht im Geringsten für meine Meinung über sie.

An diesem Morgen griff sie noch gewaltsamer nach mir als sonst. Die Luft war eiskalt und schwer von Feuchtigkeit, das Licht der Straßenlampen tauchte den tief hängenden Nebel in eine gelbliche Farbe, die mir in den Augen brannte. Ich seufzte: Wenigstens hatte es aufgehört, zu regnen.

Die fünf Minuten Weg, die mich von der Metro-Station trennten, fühlten sich an wie fünf Stunden. In kleinen Hüpfern nahm ich die Treppe in Angriff, in der Hoffnung, dass es dort unten wenigstens ein wenig wärmer sein würde. Als die morgendliche Menschenmenge vor mir auftauchte, überrollte mich schlagartig eine solche Woge von Stimmen, Gerüchen und Bewegungen, dass ich für einen Augenblick glaubte, ohnmächtig zu werden. Ich lehnte mich an eine Wand, selbst die Lichter des Kiosks am Fuß der Treppe waren kaum zu ertragen.

Ich zählte bis zehn und versuchte, die aufsteigende Panik zu ignorieren. Dann öffnete ich vorsichtig die Augen und wagte einen zweiten Blick auf den Kiosk: Die Lichter waren zwar immer noch ein wenig zu hell und wurden grell von den Titelblättern der Zeitschriften reflektiert, aber es ging.

Mit gesenktem Kopf legte ich die zehn Meter bis zur Sperre zurück, hielt meine Schülerkarte an den Sensor und schleppte mich die Treppen zu den Zügen hinunter. Der Bahnsteig war total überfüllt wie jeden Morgen. Ich drückte mich an die Wand und schloss erneut die Augen: In diesem Moment wünschte ich mir nichts sehnlicher, als zu Hause geblieben zu sein.

Zum Glück waren die fünfundzwanzig Minuten Fahrt vom Stadtrand bis zum Parini-Gymnasium weniger schrecklich als befürchtet. Allerdings standen die Leute um mich herum so dicht gedrängt, dass ich auch dann nicht umgefallen wäre, wenn ich die Füße vom Boden gehoben hätte (was ich tatsächlich tat, um meinen verletzten Knöchel zu entlasten).

Ich versuchte, mir darüber klar zu werden, was mit mir vor sich ging: Es war, als wäre die ganze Welt um mich herum lauter geworden, und zwar nicht nur in meinen Ohren, sondern auch in meinen Augen und sogar in den Nasenlöchern. Alles war zu hell, zu bunt, zu grell, die Stimmen der Leute verursachten einen Höllenlärm, und das Kreischen der Metro kam mir vor wie das Brausen eines tosenden Wasserfalls. Und erst der Geruch ... Der Geruch der Leute um mich herum, wahnsinnig intensiv, bunt durchmischt, vielschichtig und so dicht, dass ich mich nicht gewundert hätte, wenn er wie Wasserdampf an den Fenstern kondensiert wäre.

Aber je mehr Zeit verging, desto mehr ließ das Gefühl nach, und als ich endlich an meiner Haltestelle ausstieg und mich humpelnd auf den Weg in das graue Licht des Morgens machte, ging es mir schon etwas besser.

In der Schule angekommen, versuchte ich, so schnell wie möglich nach oben zu gelangen: Da ich am Stadtrand wohnte – was bedeutete, dass ich um sieben Uhr aufstehen musste, während ich in Ravenna einen Fußweg von exakt vier Minuten gehabt hatte –, war ich immer die Letzte, die das Klassenzimmer betrat.

Meine Mitschüler hatten sich in Trauben im ganzen Raum verteilt und lümmelten, in verschiedene Gesprächswolken gehüllt, auf Bänken, Heizungen und Fensterbrettern herum; kaum einer saß auf seinem Stuhl. Ich blieb für einen Moment in der Tür stehen: Zwanzig Jungs und Mädchen, alle in meinem Alter, Gedanken wie die meinen, Leben wie meins. Zwanzig fast Fremde, die ich seit über vier Monaten jeden Morgen sah: Ich kannte die Namen von allen, die Handynummern von einigen, die Adresse von keinem.

In Ravenna hatte ich siebzehn Jahre mit denselben Freunden verbracht. Ich kannte sie von Kindesbeinen an, sie waren meine Nachbarn und Klassenkameraden seit Grundschulzeiten. Hier in Mailand war ich gezwungen, neue Freunde zu finden: eine völlig neue Herausforderung, für die ich, wie ich feststellen musste, wenig Talent hatte.

Ich atmete tief durch. Wovor hätte ich Angst haben sollen? Ich hatte den schwarzen Rollkragenpullover an, der mir so gut stand, meine Haare waren in Ordnung (oder fast), und ich trug die Ohrringe, die mir meine Freundinnen aus Ravenna zum Abschied geschenkt hatten. Sie waren ein Glücksbringer für mein neues Leben. Ich war also okay. Ich würde jeder Musterung standhalten können.

Also nahm ich die Schultern nach hinten, trat über die Türschwelle und bewegte mich auf meinen Platz in der vorletzten Reihe zu, bemüht, dabei so wenig wie möglich zu humpeln. Wie zufällig warf ich einen Blick nach rechts, auf das Ende der zweiten Reihe, wo sich gerade die größte und auffälligste Gruppe aufhielt: ein Haufen Jungs, die sich ganz offensichtlich um Angela und ihre Freundinnen geschart hatten.

Die allerdings hatten im Moment gar keinen Nerv für ihren kleinen privaten Hofstaat.

Sie hatten nur Augen für *mich*.

Wer schon mal einen Manga gelesen hat oder japanische Zeichentrickfilme kennt, hat eine Vorstellung von dem Terzett, das Angela, Elena und Susanna bildeten. Ich, die ich schon mehr Mangas und Animes verschlungen hatte, als gut für mich war, war ihnen im Lauf der Jahre immer wieder begegnet, allerdings noch nie im richtigen Leben: Hätte mir in Ravenna jemand die drei beschrieben und mir gesagt, dass es sich um reale Lebewesen und nicht um gemalte Figuren handelte, hätte ich ihm wahrscheinlich nicht geglaubt.

Noch nie hatte ich sie getrennt voneinander gesehen: Sie gingen zu dritt spazieren, sie lernten zu dritt, sie gingen am Samstagabend zu dritt aus – beziehungsweise zu sechst, aber dann mit wechselnden Begleitern –, und selbstverständlich gingen sie in der Pause auch gemeinsam auf die Toilette, wie eine Riege von drei Heroinen, vereint und stark im Kampf gegen das Böse. Oder eher gegen alles, was nicht nach ihrem Geschmack war.

Elena war die größte von ihnen: Sie überragte ihre beiden Freundinnen um eine Handbreit und mich um fast einen ganzen Kopf. Ihre glatten, rabenschwarzen Haare fielen ihr wie ein Wasserfall über den Rücken, und der Puppenpony, der sich über ihre Stirn drapierte, tat wenig dazu, den herablassenden und leicht angeekelten Blick abzumildern, den sie ständig zur Schau trug. Sie hatte immer eng anliegende Klamotten an und ihre Jeans saßen stets tief auf der Hüfte, auch an Tagen, an denen eine solche Polarkälte herrschte wie heute – und sie machte immer eine gute Figur darin. Ich hatte gehört, dass sie eine erstklassige Schwimmerin sei, was angesichts ihres Körpers absolut glaubhaft schien. Auch ich ging regelmäßig jeden Donnerstag schwimmen, aber Schenkel wie diese würde ich nie haben, nicht einmal im Traum.

Es war ihr Geburtstagsfest gewesen, auf dem ich am Abend zuvor gewesen war: Sie war achtzehn geworden. Damit war sie fünf Wochen vor mir an dem magischen Datum angekommen, und das war nur eine Sache, die sie mir voraushatte.

Susanna war kleiner, aber nicht weniger elegant. Ihre braunen Locken waren weitaus fügsamer als die meinen und immer in perfekter Ordnung; sie trug eine Brille und hatte ein weiches, rundes Gesicht. Als Manga-Heldin wäre sie die Intellektuelle der Gruppe, die junge Wissenschaftlerin oder die geniale Programmiererin, sehr süß und ein wenig naiv. In den nussbraunen Augen, die mich jetzt durch die Brillengläser anstarrten, lag jedoch weniger Süße als in einem Stein, und vielleicht ebenso wenig Naivität. Was die Intelligenz betraf, hatte sie die Figur jedoch richtig getroffen: Sie war unangefochten die Klassenbeste, und wie ich gehört hatte, war sie es immer gewesen, auch in früheren Jahren.

Zwischen den beiden schließlich, auf dem Platz, der ihr naturgemäß zustand: die Prinzessin.

Angela war ein Gemälde, das ideale Modell eines Renaissancemalers. Wer sie ansah, wusste nicht, worauf er seine Aufmerksamkeit zuerst richten sollte: auf ihre kornblonden Locken, ihre Porzellanhaut, ihre blauen, beinahe violetten Augen oder ihren Rosenmund. Ihre Eltern hätten keinen besseren Namen für sie finden können: Angela, die Engelsgleiche. Zu behaupten, dass sie – wo immer sie sich befand – im Zentrum der Aufmerksamkeit stand, wäre eine Untertreibung gewesen.

In diesem Moment hatte sie, wie gesagt, ihren Blick auf mich gerichtet, und folglich drehten sich alle anderen ebenfalls zu mir um.

Mein erster Impuls war, mich einfach mit gesenktem Kopf zu meinem Platz in der vorletzten Reihe zu flüchten. Stattdessen presste ich die Lippen zusammen und hielt ihrem Blick stand. Warum sollte ich es sein, die zuerst wegsah? Nur weil sie mich mit ihren amethystfarbenen Pupillen durchbohrte?

Wir waren keine Freundinnen, hatten nur ab und an ein paar wenige Worte gewechselt, und auch bei den anderen beiden war das nicht anders; ich war lediglich auf Elenas Fest eingeladen, weil die ganze Klasse eingeladen war.

Aber wir waren auch keine Feindinnen. Oder jedenfalls nicht offiziell: Zwar hatte mir nie gefallen, wie die drei mich ansahen oder miteinander tuschelten, wenn ich an ihnen vorbeiging, aber es hatte auch keine offenen Zeichen von Feindschaft zwischen uns gegeben.

Ich sah die drei Manga-Heldinnen so gleichgültig wie nur möglich an: Auf Angelas Lippen lag die Andeutung eines Lächelns, ein rätselhafter, aber irgendwie anziehender Gesichtsausdruck, wie ihn nur sehr selbstsichere Menschen über längere Zeit zur Schau stellen konnten. Ihre Komplizinnen hingegen lächelten ganz und gar nicht.

Ich warf einen Blick auf die Jungs um sie herum und bereute es sofort: Auf Angelas Bank lümmelte mit übereinandergeschlagenen Beinen, die Hände am Rand aufgestützt, Alex.

Alex gefiel mir, es wäre dumm gewesen, das nicht wenigstens vor mir selber zuzugeben. Er hatte dunkelblonde Haare, die im Licht wie Kupferfäden leuchteten, haselnussbraune Augen und ein Lächeln, das einen zwang, ihn zumindest zur Kenntnis zu nehmen.

Auch mit ihm hatte ich bisher kaum geredet, vor allem weil meine Zunge, wenn er mich anlächelte, meistens die plötzliche Tendenz hatte, am Gaumen festzukleben. Aber er war immer nett zu mir, und als ich im November mit Grippe flachgelegen war, hatte er mich sogar zu Hause angerufen – von sich aus! –, um mir die Hausaufgaben durchzugeben.

Ich hätte gern, *sehr gern*, mehr mit ihm zu tun gehabt, aber angesichts der Tatsache, dass er mich schrecklich nervös machte und mehr oder weniger fester Bestandteil von Angelas Hofgesellschaft war, sah ich dafür keine reelle Chance. Vielleicht auch besser so: Wenn ich ihn zu oft gesehen hätte, wäre es sicher aufgefallen, dass ich eine Schwäche für ihn hatte.

Und das durfte am besten niemand wissen, er noch weniger als alle anderen.

Als ich ihn ansah, erwiderte er einen Moment meinen Blick, senkte aber sofort die Lider. Das versetzte mir einen Stich. Hatte ich was falsch gemacht? Ich versuchte mich an unser letztes Gespräch zu erinnern, aber mein Kopf war wie leer geblasen.

Plötzlich wurde mir bewusst, dass ich auf halber Strecke zu meinem Platz stehen geblieben war und ins Leere starrte, während die anderen mich ihrerseits unverhohlen anglotzten. Humpelnd nahm ich den Weg ans Ende des Klassenzimmers wieder auf.

Auch ohne hinzusehen, spürte ich, wie Angelas Augen zu meinem verletzten Knöchel wanderten. »Hey, Meis, Probleme mit deinem Bein? Zu viel getanzt vielleicht?«

Sie sagte es mit nur leicht erhobener Stimme, fast als würde sie gar nicht mich meinen, die ich ja einige Meter von ihr entfernt war; dennoch provozierte ihre Bemerkung schallendes Gelächter, das vom einen Ende des Klassenzimmers bis zum anderen hallte.

Ich taumelte, als hätte mich ein kräftiger Windstoß erfasst, schaffte es aber doch zu meinem Platz, *bevor* ich von oben bis unten rot anlief. Wenigstens hoffte ich das.

Ich schloss die Augen und zwang mich, nicht die Hände vors Gesicht zu schlagen. Was zum Teufel war hier los? Warum lachten alle über mich? Was hatte Angelas Bemerkung zu bedeuten?

»Veronica, bist du in Ordnung?«

Die liebevolle und etwas heisere Stimme zu meiner Linken holte mich wieder zurück in die Realität.

Ich öffnete die Augen und zwang mich, meiner Banknachbarin und einzigen Freundin ein Lächeln zu schenken.

Irene war so groß wie ich, hatte eine herrliche Lockenmähne, deren Schwarz mit bläulichen Reflexen gesprenkelt war, riesige feuchte Kulleraugen und einen Teint, der mich im Vergleich fast dunkelhäutig erscheinen ließ. Sie war zweifellos hübsch, aber auf eine so niederschmetternde Art, dass man unwillkürlich den Wunsch verspürte, sie wie ein Plüschtier in den Arm zu nehmen.

Sie trug immer strahlend weiße Blusen, teure Ohrringe und – als einziges Mädchen, das ich kannte – Röcke. Sie hatte ein sehr eigenes Parfüm, ein Gemisch aus Veilchen und Krankenhausdesinfektionsmittel, das mir an diesem Tag erwartungsgemäß umso heftiger in die Nase stieg. Ihr Vater war Juwelier, ihre Mutter Psychologin, und zwar eine von denen für hundertfünfzig Euro die Stunde.

»Nein, ich bin überhaupt nicht in Ordnung.« Ich senkte die Stimme. »Ich habe mir den Knöchel verletzt.

Ihre schimmernden Augen füllten sich mit Sorge. »Gestern Abend?«

Sie war nicht auf der Party gewesen: Ein verrauchtes Lokal hätte ihr sicherlich einen Asthmaanfall eingebracht, und selbst der Geruch von Alkohol reichte ihr schon.

»Ja. Nein …« Ich seufzte. »Ich weiß es nicht. Ich bin mir nicht sicher.«

»Was war denn los?« Sie warf einen abschätzigen Blick auf den Rest der Klasse; einige blickten immer noch in meine Richtung und grinsten.

Ich fuhr mir mit der Hand über die Stirn. »Ich habe keine Ahnung: Ich kann mich an so gut wie nichts erinnern.«

»Zu viel getrunken?«

»Wahrscheinlich.«

Ich zog meine Jacke aus und hängte sie über die Stuhllehne, zusammen mit meinem Schal, aus dem auch diesmal eine übelkeiterregende Wolke hervorquoll. Irene zuckte nicht mit der Wimper, und ich fragte mich, wie das möglich war: Diesen Gestank musste man doch aus drei Metern Entfernung riechen!

»Und da ist noch was …« Ich senkte die Stimme noch mehr; Irene näherte ihren Kopf dem meinen. »Irgendwas stimmt heute Morgen mit meinen Augen nicht. Und mit meinen Ohren. Und mit meiner Nase.«

»Was soll das denn heißen?«

»Ich weiß auch nicht, alles ist so viel … *heftiger*. Die Lichter, die Geräusche, der Geruch der Leute. Es ist, als wäre alles intensiver geworden.«

»Hyperästhesie«, erwiderte sie im Brustton der Überzeugung, wie jemand, der eine große Menge an medizinischen Fachausdrücken kennt, einfach weil er sie alle auf sich selbst angewandt gehört hat.

»Was heißt das?«

»Das ist eine nervöse Störung: eine pathologische Verschärfung der Sinne.«

»Und warum kriegt man so was?«

»Aus vielerlei Gründen. Auf jeden Fall ist es keine Krankheit, sondern ein Symptom.«

Es war sicher nicht ihre Absicht, mich zu erschrecken, aber sie tat es trotzdem. »Und was kann man dagegen tun?«

»Kommt drauf an … Es muss nicht unbedingt gefährlich sein. Mir passiert es zum Beispiel auch, wenn ich Erdbeeren esse: Ich kriege lauter rote Punkte auf der Zunge und kann den Geruch der Früchte nicht mehr ertragen. Und wenn ich zu wenig schlafe, erscheinen mir alle Geräusche unerträglich laut, sogar das Ticken der Uhr. An deiner Stelle würde ich einfach mal bis morgen warten: Wenn es von selber aufhört, ist es nicht weiter schlimm.«

»Und wenn es nicht aufhört?«

Irene schüttelte den Kopf. »Dann geh zum Arzt.«

»Hast du eine Ahnung, wie das mit dem Schularzt hier ist? Wenn ich zu dem gehe, um meinen Knöchel anschauen zu lassen und auch … das andere, werden dann meine Eltern verständigt?«

»Wahrscheinlich.«

Ich pfiff leise durch die Zähne.

»Aber was hast du denn mit deinem Knöchel angestellt?«, fragte sie. »Eine Zerrung vielleicht?«

Trotz allem musste ich grinsen: Wenn man mit Irene redete, schien es, als wäre man schon beim Arzt.

»Nein, ich würde eher sagen eine … Wunde. Ich glaube, ein Hund hat mich gebissen oder so was.«

»Was heißt das, du *glaubst*?«

»Dass ich mich nicht daran erinnern kann, das habe ich dir doch schon gesagt.« Plötzlich kam mir ein neuer, alles andere als beruhigender Gedanke. »Dieses Nervenproblem, von dem du vorhin gesprochen hast …«

»Die Hyperästhesie.«

»Könnte das ein Symptom sein für … Tollwut?«

Irene senkte einen Moment den Blick und durchwühlte die medizinische Enzyklopädie in ihrem Kopf. »Vielleicht, ich bin nicht sicher. Aber sicher nicht vor dem Endstadium der Krankheit.«

»Endstadium?«

»Dem Stadium, in dem man stirbt.«

Wahrscheinlich war ich kreidebleich geworden, denn ihre Augen weiteten sich und sie legte schnell eine Hand auf die meine. »Reg dich nicht auf, Veronica. Es ist praktisch unmöglich, im Zentrum von Mailand von einem tollwütigen Hund gebissen zu werden: Hier gibt es keine Tollwut, nicht bei uns.«

Ich brauchte drei ganze Sekunden, um die Nachricht aufzunehmen, und wenigstens doppelt so lang, bis sich mein Herzschlag wieder zu normalisieren begann.

»Und Wundstarrkrampf?«, flüsterte ich. »Kann man den kriegen von einem Hundebiss?«

Irene presste die Lippen aufeinander. »Ich fürchte ja, auch wenn es nicht sehr wahrscheinlich ist. Hast du die Wunde desinfiziert?«

Ich ärgerte mich über mich selbst. »Nein.«

»Dann würde ich mich gegen Tetanus impfen lassen.«

Ich schluckte. »Und wo kann man das machen?«

»Ich werde mich informieren.«

»Aber diskret, bitte!«

»Diskret.« Sie lächelte mich an und drückte von Neuem meine Hand.

Drei Stunden später, in der Pause, bat ich sie, mit mir auf die Toilette zu kommen, um sich die Wunde anzusehen. Es war das erste Mal, dass ich mit einem anderen Mädchen zur Toilette ging, seit ich in Mailand war: Um dem Tag auch eine positive Seite abzugewinnen, versuchte ich, das als Zeichen für einen Fortschritt in unserer Freundschaft zu werten.

Ich zog meinen Stiefel aus und nahm vorsichtig die Jeans hoch; die Wunde tat schon weniger weh als beim Aufwachen. Irene bückte sich, um mit professioneller Miene meinen Knöchel zu studieren. »Es sieht tatsächlich aus wie ein Hundebiss, allerdings nur ein oberflächlicher: Die Haut ist ja nicht mal gerötet. Du hast dir völlig umsonst Sorgen gemacht.«

Ich schüttelte den Kopf. »Wie, sie ist nicht gerötet?«

Ich bückte mich, um selber zu schauen: Die Wunden schienen *deutlich kleiner,* als ich sie in Erinnerung hatte.

Ich runzelte die Stirn und studierte die Stelle noch genauer. Irene hatte recht: Es war wirklich nur ein kleines bisschen rot um die Krusten herum, und die tiefen Einkerbungen, die ich einige Stunden vorher gesehen hatte – oder zu sehen geglaubt hatte – sahen eher aus wie große Kratzer.

Ich tastete mich vorsichtig ab: Es tat zwar weh, aber weniger als vorher. Viel weniger.

»Ich komme mir vor wie eine Idiotin. Ich schwöre, dass sie heute Morgen noch ganz anders ausgesehen haben.«

Irene schenkte mir ihr typisches Lächeln, süß und blutleer. »Du hast dich nur erschreckt. Komm, gehen wir zurück: Es klingelt gleich.«

»Geh schon mal vor: Ich wasche mir noch die Hände und komme nach.«

Irene verließ die Toilette, während ich mein Hosenbein herunterzog und wieder in meine Stiefel schlüpfte.

Ich ließ Wasser über meine Hände laufen, als die Tür aufging und Giada hereinkam, ein etwas untersetztes und eher schweigsames Mädchen, das zwei Reihen vor mir saß. Sie warf mir einen raschen und alles andere als unschuldigen Blick zu, bevor ihr brauner Pagenkopf hinter einer Toilettentür verschwand.

Ich beendete mein Händewaschen und wollte schon den Raum verlassen, blieb dann aber doch stehen.

Giada war nicht unbedingt eine Freundin von Angela und ihren Kumpaninnen: Dazu fehlten ihr die ästhetischen und sozialen Requisiten. Aber ich hatte sie des Öfteren dabei beobachtet, wie sie Elena und Susanna zuhörte und dabei mit einem servilen Grinsen immer wieder beifällig nickte. Jeder Hof braucht nun mal auch seine Lakaien.

Ich versuchte mich zu erinnern, ob auch sie auf dem Fest

gewesen war, aber umsonst. Die Logik ließ allerdings auf Ja tippen: Es war schließlich Elenas Fest gewesen.

Ich wartete, bis Giada wieder aus der Kabine kam. Bei meinem Anblick fuhr sie zusammen. Offensichtlich hatte sie nicht damit gerechnet, mich noch hier anzutreffen.

Sie drehte den Wasserhahn auf und tat so, als würde sie mich gar nicht zur Kenntnis nehmen, aber ich postierte mich direkt neben sie. Sie wurde ganz steif. Unter normalen Umständen hätte sie mir vielleicht leidgetan, aber nicht jetzt.

»Warum habt ihr heute Morgen alle gelacht?«, fragte ich sie unvermittelt. »Was hat Angela da angedeutet?«

Giada starrte ihre eingeseiften Hände an und antwortete nicht.

Ich setzte in schneidendem Ton hinzu: »Was verheimlicht ihr vor mir?«

Der fiese Ton gelang mir gut, das wusste ich; manchmal übte ich ihn auch vor dem Spiegel. Und in diesem Moment hatte ich nichts sonst, um dem Gefühl zu begegnen, dass die ganze Welt sich gegen mich verschworen hatte.

»Hast du wirklich keine Ahnung?« Giada hatte eine ziemlich unangenehme Stimme, die die Vokale überbetonte. »Erinnerst du dich denn nicht?«

Ich zögerte, aber nur einen Augenblick. »Nein.«

Giada schluckte. »Angela hat gesagt, ...« Sie holte Luft, als ob sie drauf und dran wäre, gleich loszurennen. »... dass wir dir nichts verraten sollen.«

Und jetzt rannte sie tatsächlich los, sie stürzte förmlich nach draußen, obwohl noch die Seife von ihren Händen tropfte.

Ich blieb allein zurück, unfähig, mich zu bewegen, starrte ich auf die halboffene Tür, einem Chaos an Emotionen ausgeliefert. Verwirrung, Scham und mehr als alles andere: Wut.

Kapitel 3

Montag, 9. Februar

Nach Schulschluss regnete es in Strömen. Ich legte den Weg bis zur Metro rennend zurück. Wegen all der aufgespannten Regenschirme war auf dem Fußweg kaum ein Durchkommen, und – ein weiterer unsympathischer Unterschied zwischen Mailand und Ravenna – es gab keine überstehenden Dächer, die Schutz vor der Sintflut geboten hätten. Als ich die Treppen zur Metro hinunterstürzte, tropfte es aus meinen Haaren und von meinen Ärmeln; die weißen Wölkchen, die mein Atem produzierte, waren so dicht, dass ich fast nicht mehr hindurchsehen konnte.

Auf dem Bahnsteig, inmitten all der Menschen, die in ihre Mittagspause strömten, bückte ich mich und betastete durch die Jeans hindurch, die inzwischen eher bräunlich grau als weiß waren, meinen Knöchel: Es tat gar nicht mehr so weh. Ich schüttelte ungläubig den Kopf: Heute Morgen konnte ich damit praktisch nicht auftreten, und jetzt war ich sogar schon wieder gerannt.

Zu Hause empfingen mich eine mucksmäuschenstille Wohnung, ein Mittagessen zum Aufwärmen und eine Nachricht von meiner Mutter. Letztere lugte unter den dicklichen Füßen von Ganesha hervor, dem fetten indischen Gott mit dem Elefantenkopf, der in unserer Küche als heiliger Tafelaufsatz fungiert.

Ich schleuderte die tropfende Jacke auf den Garderobenhaken und ging erst mal ins Bad, um meinen Schal, der klatschnass und vollgesogen war wie ein Schwamm, im Waschbecken auszuwinden. Ich hielt ihn mir unter die Nase, er roch nach nasser Wolle. Sonst nichts. Kein Rauch, kein Alkohol, kein Gestank. Alles weg.

Meine Mutter war im Tai-Chi-Unterricht. Auf ihrem Zettel setzte sie mich darüber in Kenntnis, dass sie am Nachmittag später als gewöhnlich heimkommen würde, und zwar aufgrund von nicht weiter präzisierten Verpflichtungen. Umso besser, dachte ich, während ich das Gas unter dem Topf anzündete, ohne auch nur einen Blick hineinzuwerfen: Ich hatte einen Haufen Englisch-Hausaufgaben und musste mich auf einen blöden Italienischtest vorbereiten. Die Anwesenheit eines Menschen, der unfähig war, auch nur ein Regalbrett abzustauben, ohne dabei ein Liedchen zu trällern, wäre mir dabei keine große Hilfe gewesen.

Ich ließ mich deprimiert am Küchentisch nieder. Ich war eine der wenigen in der Klasse, die noch eine zweite mündliche Note in Italienisch brauchten, und ich hatte das fragwürdige Glück, seit einer Ewigkeit nicht mehr mündlich geprüft worden zu sein: Das bedeutete nichts anderes, als dass ich morgen ganz oben auf der Liste stand und ein ganzes Bündel an Fakten parat haben musste.

Die Farben des Nachmittags verblassten nach und nach in der Dämmerung und mir wurde erst bewusst, dass es dunkel geworden war, als ich das Buch vor meiner Nase ohne Schreibtischlicht kaum noch sehen konnte. Wenig später kam meine

Mutter nach Hause und begrüßte mich lautstark durch den Flur. Im Handumdrehen jagte sie jede Spur von Dunkelheit mit Neonlampen aus dem Haus und jeden Rest an Stille mit orientalischer Musik.

Als auch mein Vater heimkam, war das Abendessen fast fertig. Ich war zu müde und nervös, um eine ganze Mahlzeit mit ihrem Geplauder und seinem Schweigen zu ertragen, und so machte ich mir eines der wenigen Rechte zunutze, die mir die Schulpflicht verlieh: Ich rief durch die geschlossene Tür, dass ich in meinem Zimmer essen wollte. Meine Mutter wandte natürlich ein, dass Essen und Lesen gleichzeitig nicht gut für die Verdauung seien, aber sie machte wenigstens kein Theater.

Zehn Minuten später klopfte es an meiner Tür. Ich hob verwundert den Blick vom Buch: Meine Mutter kam sonst immer ohne Vorankündigung rein, aber diesmal war es mein Vater, der mich mit rundem Rücken und Geieraugen über das Tablett mit dem Abendessen hinweg prüfend ansah.

Ich nahm ihm mit einem »Danke« das Tablett aus der Hand.

Aber er musterte mich auch weiterhin. »Du siehst immer noch erschöpft aus.«

Ich zuckte die Schultern. »Ich hab den ganzen Tag gelernt, morgen steht mir ein mündlicher Test bevor, und ich muss noch dreißig Seiten wiederholen.«

Der Geier wartete einen Moment, dann nickte er schließlich und entfernte sich. Ich sah ihm nach. Dies war das zweite Mal an einem Tag, dass er sich nach meinem Befinden erkundigte: Wenn ich Tagebuch schreiben würde, hätte ich es dort als Rekord eingetragen.

Ich könnte nicht mehr sagen, wann sich die strengen Linien der Buchstaben, die aus dem Weiß der Seite hervorstachen wie ein Geflecht aus schwarzen Ästen auf einer Schneedecke, in die

Schatten von echten Ästen verwandelten, die auf dem Boden sichtbar wurden. Allerdings war da kein Schnee: Es war eine kristallklare Nacht, beinahe schwül und sommerlich. Über mir blinkten durch dichtes Blätterwerk hindurch die Sterne. Überall um mich herum standen knorrige Baumstämme, teils weit voneinander entfernt, teils so dicht beieinander, dass ich nicht zwischen ihnen hätte hindurchgehen können. Es war dunkel, eine Dunkelheit wie in tiefster Nacht, zerschnitten nur von bleichen Strahlen des Sternenlichts.

Meine Füße waren offenbar nackt, denn ich spürte unter den Sohlen den weichen, mit Gras und Moos bedeckten Boden. Oder vielmehr, ich *unterschied* sogar das eine vom anderen in der Berührung, ohne es zu sehen: Das Gras bildete eine unregelmäßige Oberfläche, wie ein aus groben Fäden gewebter Stoff; das Moos hingegen war weich und kompakt wie Samt, fast schwammig dort, wo es ein Stück Erde bedeckte, und fein wie die Schale einer Frucht dort, wo es einen Stein oder eine alte Wurzel umhüllte.

Die Luft war unbeweglich, schwer und voller unbekannter Gerüche. Jeder Einzelne war klar unterscheidbar und lieferte mir eine ganz bestimmte Information. Feuchte, dampfende Erde: Es hatte vor Kurzem geregnet. Runzlige, moosbedeckte Bäume: ein alter und dichter Wald. Blätter, die gerade begannen, sich mit Tau zu bedecken: Die Nacht bereitete sich darauf vor, dem Morgengrauen zu weichen. Ein herber, warmer, fremder und zugleich altbekannter Geruch: Nicht weit von mir entfernt verbarg sich ein Dachsbau.

Ich verharrte bewegungslos in der Stille. Es war absolut nichts zu hören, nicht einmal ein Windhauch, nicht einmal mein eigener Atem.

Aber ich war nicht entspannt: In meinen Muskeln spürte ich

eine Art Zittern, ein Gefühl der Erwartung, das nach außen gerichtet war, in die Luft um mich herum. Ich war auf der Suche: Ich wusste, dass es dort draußen war, im Dunkeln, ich hatte es kurz vorher schon gewittert.

Dann erhob sich der Wind, und zwei Herzschläge später nahm ich es wahr: Ein kaum hörbares Geräusch, schnelle, trappelnde Schritte, begleitet von einem Keuchen.

Es war, als würden in meinem Gehirn schlagartig Tausende von Glocken zu läuten beginnen. Ich sprang auf, stürzte vorwärts, zwischen die Bäume, ohne zu denken, ohne mich zu fragen, warum ich hier war und was ich hier machte.

Ich lief in einer Geschwindigkeit, die ich nicht für möglich gehalten hätte, übersprang Wurzelballen und Bachläufe, die unvermittelt in der Erde auftauchten. Jede meiner Bewegungen war blitzschnell, instinktgesteuert, wie hundertfach einstudiert. Plötzlich drehte der Wind und trug neue Geräusche zu mir herüber, diesmal begleitet von einem Geruch, und nun fühlte ich etwas sehr Seltsames: Mein Geist teilte sich in zwei Hälften. Der eine Teil spürte dem Geruch nach, analysierte ihn und identifizierte nacheinander glühende Haut, schweißgetränkte Kleidung und den herben, gepressten Atem der Angst; der andere Teil fokussierte sich wie ein Lichtstrahl nur auf ein einziges unmittelbares Bedürfnis, und ganz plötzlich schlug ich einen rechten Haken.

Ich durchquerte eine buschbewachsene Talsenke und übersprang einen umgestürzten Baumstamm, als sich am Rande meines Gesichtsfelds unvermittelt etwas bewegte. Ich stürzte mich sofort darauf, aber es war schon verschwunden. Noch einmal durchtränkte der Geruch von eben die Luft, intensiver als zuvor: Ich atmete ihn tief durch die Nase ein, und er ließ mich vibrieren wie die Seite einer Violine.

Ich bückte mich hinunter, wo der Geruch stärker wurde, drehte den Kopf nach links und rannte dann von Neuem los. Wieder ein Rascheln, diesmal ganz nah, zwischen den Bäumen, das Knacken eines abgebrochenen Astes und dann ein Aufprall, begleitet von einem Stöhnen. Der Teil meines Gehirns, der noch in der Lage war, zu denken, klassifizierte diese Lautsequenz als »Stolpern«, aber noch bevor der Gedanke zu Ende gedacht war, ließ mich der andere Teil schon nach vorn ins Gebüsch stürzen, auf einen Punkt zu, wo sich zwischen den Bäumen eine winzige Öffnung zeigte.

Als ich aus dem Dickicht hervorschoss, sah ich ihn. Er war gerade dabei, wieder aufzustehen, so schnell er konnte, aber als er mich sah, erstarrte er. Zwei riesige, kindliche Augen waren auf mich gerichtet, in ihnen standen Tränen, und sie waren schwarz in einem milchigen Gesicht, das sowohl das eines Jungen als auch das eines Mädchens hätte sein können.

Auch ich sah ihm einen Sekundenbruchteil in die Augen, und mein gespaltener Geist zerbarst beinahe zwischen völlig widersprüchlichen Gefühlen. Der denkende Teil presste sich zu einem Knoten aus Mitleid, Verzweiflung und Schrecken zusammen. Der andere hingegen spürte nur einen einzigen Impuls: Hunger.

Schon schnellte ich nach vorn und meine Ohren füllten sich mit einem Schrei. Meinem Schrei.

Ich warf den Kopf zurück, als vor meinen Augen eine Wolke aus Blitzen explodierte. Dann war alles finster.

Ich saß im Dunkeln, die Schultern gegen die Rückenlehne meines Stuhls gedrückt, und atmete heftig. Es dauerte einige Sekunden, bis ich mir darüber klar wurde, dass das Dröhnen in meinen Ohren das Schlagen meines eigenen Herzens war.

Ohne etwas sehen zu können, ertastete ich den Rand eines

Tischs. Meines Schreibtischs. Unter meinen Fingern spürte ich die Seiten des Italienischbuchs, und plötzlich durchzuckte mich ein stechender Schmerz, der mir einen kleinen Schrei entlockte.

Ich führte die Kuppe meines Ringfingers zum Mund: Sie schmeckte nach Blut.

Die Erinnerung an den Traum, aus dem ich gerade erwacht war, schnürte mir die Kehle zu. Ich schüttelte mich, um sie zu vertreiben.

Ich musste beim Lernen eingeschlafen sein, und der Stress und die Nervosität des Tages hatten sich in einen schrecklich lebendigen Albtraum verwandelt. Ich atmete tief durch: *Ruhig, Veronica, ganz ruhig. Es ist alles gut. Du bist in deinem Zimmer; es gibt keinen Wald, und es gibt auch kein verirrtes Kind. Alles ist ganz normal.*

Aber warum war es dann so dunkel?

Vielleicht hatte ich ja bis tief in die Nacht geschlafen, aber ich konnte mich nicht einmal daran erinnern, das Licht ausgeschaltet zu haben.

Ich streckte erneut die Hand aus und tastete vorsichtig die Tischoberfläche vor mir ab, wo sich ein Teppich aus winzigen Glasscherben zu befinden schien.

Mit einer Klarheit, die mich angesichts der Umstände überraschte, begriff ich: Die Glühbirne meiner Schreibtischlampe war explodiert. Ich hatte sogar das Flackern wahrgenommen, in dem Moment, als ich aufgewacht war. Wahrscheinlich war es sogar genau das gewesen, was mich geweckt hatte.

Ich sah mich im Dunkeln nach meinem Radiowecker um, aber statt des vertrauten grünlichen Displays sah ich nur Schwarz.

Ach ja, meine Mutter hatte ihn ja auf die Kommode gestellt. Aber auch dort: Dunkel.

Mich packte die Angst.

Mein Zimmer war in eine rabenschwarze Finsternis getaucht, so undurchdringlich, dass sie quasi an mir zu kleben schien. Irgendetwas absolut *Falsches* lag in der Luft: Normalerweise fiel durch die Ritzen der Fensterläden immer ein wenig Licht von draußen, auch in den tiefsten Tiefen der Nacht. Ich wandte die Augen Richtung Fenster, nur die Augen, urplötzlich widerwillig, mich zu bewegen: Selbst der verhasste radioaktive Lichtschein des Flughafens hatte einem endlosen Nichts Platz gemacht.

Ich hielt den Atem an.

In diesem Moment war am Fenster, genau in Blickrichtung, ein Geräusch zu hören, kurz und trocken, wie von etwas Hartem, das über eine raue Oberfläche kratzt.

Aus unerfindlichen Gründen nahm in meinem Kopf das Bild einer riesigen, schwarzen Klaue Gestalt an. Sie war länger als meine Hand, krumm wie eine Sense und scharrte draußen über die Hauswand, um sich am Fenstersims festzuklammern.

Mir schlug das Herz bis zum Hals. Ich atmete krampfhaft, meine Nasenflügel bebten, und es war, als würde in meinem Inneren eine Tür aufgerissen: Wieder füllte sich die Luft mit Gerüchen, eine deutlich erkennbare Ausdünstung, *vertraut*, in diesem Moment die natürlichste Sache der Welt.

Es war mein eigener Geruch, der die anderen überdeckte. Ich wusste ganz sicher, dass ich mit etwas Konzentration jede Einzelheit herausfiltern konnte: die natürliche Duftnote meiner Haut, das Moschusparfüm, das ich am Morgen angelegt hatte, mein Shampoo, mein Duschgel und sogar den Duft des Waschmittels, mit dem meine Klamotten gewaschen worden waren. Ich nahm den stechenden Rest von Elektrostatik wahr, den die Glühbirne in der Luft hinterlassen hatte, die leichte Spur von

Explosionsrauch, den feuchten, dumpfen Geruch meiner Springerstiefel, die auf dem Boden lagen, und den Mix der äußeren Welt, den meine offen neben dem Schreibtisch liegende Schultasche verströmte.

Und da war noch etwas, fremd, ekelerregend, wie verwelkte Blumen und aufgewühltes Erdreich. Mit aller Deutlichkeit signalisierten mir meine Instinkte, dass ich ganz unmittelbar und unumstößlich in Gefahr war.

Wie zur Antwort darauf zitterte in der Finsternis der Fensterrahmen, begleitet von einem sehr seltsamen Geräusch, eine Art Flattern.

Schlagartig fand ich mich auf dem Fußboden wieder, Hände und Füße auf der Erde, hinter den Stuhl gekauert, auf dem ich einen Moment zuvor noch gesessen hatte und der noch um sich selber taumelte, so plötzlich und heftig war der Satz gewesen, mit dem ich ihn verlassen hatte. Eine Bewegung, an die – und das merkte ich erst jetzt – *ich mich nicht erinnern konnte*. Gerade noch hatte ich schockstarr an meinem Schreibtisch gesessen, und jetzt fand ich mich plötzlich auf dem Boden wieder, die Augen fest auf den Punkt geheftet, an dem sich das unsichtbare Rechteck des Fensters befinden musste.

Mehrere Geräusche durchschnitten jetzt die Finsternis, genauer gesagt zwei, gut voneinander unterscheidbare Geräusche: ein Scharren an der linken Seite, lauter und drängender als zuvor, und rechts eine Art abgefederter Aufprall, als wäre etwas Schweres und gleichzeitig Weiches auf dem Fensterbrett gelandet.

Meine Alarmglocken schrillten umso heftiger und ließen mich von den Fußsohlen bis zu den Haarwurzeln erzittern. In meinen Augen machte sich eine seltsame Empfindung breit, eine Art brennendes Kitzeln.

Dann war hinter mir das leichte Knarzen einer Tür zu hören und einen Sekundenbruchteil später das *Klicken* des Lichtschalters im Gang. Durch die Ritzen meiner Zimmertür drangen vier dünne Streifen Licht und verwandelten die Finsternis meines Zimmers in ein Halbdunkel.

Das Scharren hörte sofort auf.

Ich sprang auf die Füße, warf mich neben der Tür gegen die Wand und machte mit einem Handschlag das Zimmerlicht an. Der Fensterrahmen erzitterte, als ob sich ein Körper plötzlich von ihm lösen würde, und für einen Augenblick vibrierten die Fenstergläser unter dem Gewicht von etwas *Riesigem*, das die Luft durchquerte. Dann Stille.

In den endlosen Sekunden, die folgten, hörte ich das Trappeln der Hausschuhe meiner Mutter auf dem Gang, das Öffnen der Badtür, das Geräusch der Spülung und wenig später die Schritte zurück, bis schließlich das Flurlicht wieder verlosch.

Für einen unbestimmten Zeitraum blieb ich unbeweglich mit dem Rücken gegen die Wand stehen, auch noch, als mein Atem wieder normal ging und jedes weitere Geräusch im Haus von der nächtlichen Ruhe geschluckt worden war.

Ich atmete tief durch und gab mir einen Ruck. Ich konnte keinerlei Geruch mehr wahrnehmen. Auch als ich mir die Hand unter die Nase hielt: nichts.

Dabei war ich sicher, den Geruch meiner Haut gerade so intensiv gespürt zu haben wie nie zuvor.

Ich starrte auf das Fenster, schluckte und zwang mich, näher hinzugehen. Als ich die Hand auf den Griff legte, merkte ich, dass ich zitterte. Ich presste die Faust zusammen, bis das Zittern aufhörte. Dann riss ich in einer fast frenetischen Geste Fenster und Fensterläden weit auf.

Die feuchtkalte Nachtluft verschlug mir den Atem. Vor mir

die Weite des Himmels, die wie immer niedrig hängenden Wolken, angestrahlt von den Lichtern des Flughafens. In der Ferne, am von den Dächern zerklüfteten Horizont, glitten langsam die blitzenden roten und blauen Lichter eines Flugzeugs dahin. Es hatte aufgehört zu regnen: Die Straßen unter mir waren in einen Mantel aus gräulichem, undurchdringlichem Nebel gehüllt.

Ich untersuchte das Fensterbrett und den äußeren Fensterrahmen, aber ich konnte nichts finden. Was auch immer mich besuchen gekommen war, hatte sich in Nichts aufgelöst, wie es die Träume tun.

Kapitel 4

Dienstag, 10. Februar
Abnehmender Mond

Ich habe mich schlaugemacht: Ich weiß jetzt, wo man sich gegen Tetanus impfen lassen kann.« Ich ließ mich steif neben Irene nieder und nickte. Während ich ein paar Bücher auf meine Bank legte, tat ich so, als würde ich an nichts anderes denken. Tatsächlich war ich damit beschäftigt, die Lage zu checken. Die allgemeine Aufmerksamkeit war im Vergleich zum Vortag offenbar nicht mehr auf mich konzentriert, aber einige Leute beobachteten mich immer noch heimlich und lachten oder wandten sich an ihre Banknachbarn, um ihnen etwas zuzuflüstern, das im Gegenzug ein breites Grinsen hervorrief. Auf dem Weg von der Tür zu meinem Platz hatte ich mit meinem Blick den von Alex gesucht: Er saß am Fenster, lachte und quatschte mit einem Freund und sah nach draußen. Er drehte sich nicht zu mir um.

Ich hätte alles dafür gegeben, zu erfahren, was hier gespielt wurde. Was hatten die nur alle zu lachen? Warum ließen sie mich nicht in Frieden? …

Es wäre schon schlimm genug gewesen, wenn ich den Grund gekannt hätte, aber dass mich alle anstarrten und ich wusste nicht, warum, machte mir Lust, laut herumzuschreien. Oder einfach unsichtbar zu werden und zu verschwinden.

Zu Hause in Ravenna wäre so etwas nie passiert. Dort war ich unter Freunden gewesen, unter Menschen, die mich kannten und mochten, und die mir in diesem Moment so sehr fehlten, dass mir das Herz schwer wurde. Was hatte ich nur in dieser verdammten Nebelstadt zu suchen, inmitten von Fremden, die mich auslachten, ohne irgendeinen Menschen, der …

Irene beugte sich vor, um mein Gesicht besser sehen zu können. »Geht's dir gut?«

Ich lächelte leicht verkrampft. »War 'ne schlimme Nacht.« Ich wies mit einer Kopfbewegung auf die anderen. »Und ich würde wirklich gerne wissen, was hier los ist …«

Irene warf einen Blick in die Runde, ganz direkt, mit gerunzelter Stirn, jeden offen herausfordernd, der in unsere Richtung sah: Viele wandten die Augen ab, und das überraschte mich. Alles hätte ich erwartet, nur nicht, dass meine Freundin eine verborgene stählerne Seite enthüllen würde, wenn auch nur mit den Augen.

Ich war also doch nicht ganz allein: Es hatten nicht *alle* etwas gegen mich. Ich verspürte den plötzlichen Wunsch, Irene zu umarmen, aber ich bezwang mich: Das hätte nur noch mehr Aufmerksamkeit auf mich gelenkt.

»Kannst du dich noch immer an nichts erinnern?«

Ich schüttelte den Kopf. »Völliger Nebel.«

Gestern Nacht hatte ich lange darüber nachgedacht, während ich mich wach im Bett hin und her wälzte, den Schlaf herbeisehnend und zugleich voller Angst, er könnte mir weitere Albträume bringen wie den mit dem Wald und dem Kind. Oder, schlimmer noch, wie die Art Halluzination, die ich gleich danach gehabt hatte.

Ich hatte lange gebraucht, mich nach diesem Ereignis wieder einigermaßen zu beruhigen. Lange genug, um in meinen Schlafanzug und unter meine Decke zu schlüpfen. Ich hatte die Lampe geprüft und festgestellt, dass sie wirklich explodiert war; der Radiowecker dagegen hatte aus Gründen, die nur er kannte, aufgehört zu funktionieren, und war wenige Minuten später wieder angegangen. Es war nicht so spät, wie ich gedacht hatte: erst kurz nach Mitternacht. Wenn ich daher sage, dass ich noch lange wach gelegen und gegrübelt habe, dann meine ich *wirklich lange.*

Am nächsten Morgen war ich schließlich überzeugt, dass ich mir alles nur eingebildet hatte, wahrscheinlich infolge des Albtraums und des unvermittelten Aufwachens. Aber in der Nacht in meinem Bett, die Decke bis zur Nasenspitze hochgezogen, war mir alles schrecklich real erschienen: die Geräusche am Fenster, das erdrückende Gefühl der Gefahr, die geheimnisvollen olfaktorischen Fähigkeiten, die ich eine kleine Weile besessen zu haben glaubte. Und all das verschwand wieder, als ich das Licht anschaltete.

Bei dem Gedanken war mir die Schamesröte in die Wangen gestiegen. Veronica, die Kämpferin! Sie hatte sich in Gefahr gewähnt und einen unglaublich heroischen Auftritt hingelegt, indem sie wie eine Tigerin vom Stuhl gestürzt war, um ... zum Lichtschalter zu rennen.

Um auf andere Gedanken zu kommen, hatte ich den Versuch unternommen, meine Erinnerung an den Abend des Festes zu reaktivieren: Eine blöde Idee natürlich, denn es machte mich nur noch nervöser. Ein paar Details waren mir wieder eingefallen, aber nichts Wichtiges. So ziemlich das Letzte, an das ich mich erinnern konnte, war, dass Elena ein Tablett Wodka Shots mit Minze herumgereicht hatte. Ich mochte Wodka nicht, ich fand ihn zu stark und ziemlich geschmacksfrei, aber da alle einen genommen hatten, wollte ich nicht als Weichei dastehen. Wir hatten ihn alle gleichzeitig hinuntergestürzt, lachend und hustend – ich weiß zwar nicht mehr, ob ich auch gelacht habe, aber gehustet habe ich sicherlich –, und dann war jeder wieder zu dem zurückgekehrt, womit er gerade beschäftigt gewesen war: tanzen, quatschen oder mit dem jeweiligen Gesprächspartner flirten.

Ich war mit Sicherheit dabei, mich zu unterhalten. Ein ziemlich lustloses Gespräch mit meinem Gegenüber, der Person, die mir den Shot gebracht und sich an meinen Tisch gesetzt hatte. Mir kam es so vor, als wäre das Giada gewesen, aber vielleicht auch nur deshalb, weil ich sie am Vormittag auf der Toilette getroffen hatte: Es konnte gut sein, dass mein Gedächtnis die Leerstelle einfach mit ihrem Bild ausfüllte. Ich kann mich aber zumindest daran erinnern, dass mich mein eigenes Geplapper wenig oder gar nicht interessierte, und dass ich vielleicht gerade dabei war, aufzustehen und wegzugehen, um etwas Wichtigeres zu tun – aber dann riss der Faden einfach ab.

»Und? Machst du's?«

Ich schreckte hoch. »Was?«

»Die Tetanusimpfung.«

Ach, ja, da war ja noch was, das ich meiner täglichen Liste an Seltsamkeiten hinzufügen musste. »Nein, ich glaube nicht, dass das was bringt.«

Irene zog die Augenbrauen hoch.

»Du hattest recht: Es ist nicht mal eine richtige Wunde, sondern eher ein großer Kratzer. Gestern Abend hat es schon nicht mehr wehgetan, und heute früh sieht man fast gar nichts mehr. Genau, wie du gestern gesagt hast: Ich habe mich ganz umsonst erschrocken.« Ich ließ es überzeugend klingen. Ich musste auch mich selbst damit überzeugen.

Irene lächelte erleichtert. »Okay. Aber falls du es dir anders überlegst, einfach zur Sicherheit, dann sag mir Bescheid und ich erklär dir alles.«

»Danke.«

»Und was macht die Hyperästhesie?«

Einen Moment lang war ich drauf und dran, Irene von dem Traum zu erzählen, und von dem, was danach gekommen war, aber ich bremste mich. Was hätte sie von mir denken sollen? Ich hatte in den letzten vierundzwanzig Stunden ohnehin genug Anzeichen einer Hysterikerin gezeigt.

»Vorbei. Vielleicht auch nur Angst und Stress.«

Sie machte eine unbestimmte Handbewegung. »Seltsam, aber nicht ausgeschlossen.«

Die Klingel ging, und schon war die Italienischlehrerin im Zimmer; alle rannten zu ihren Plätzen, und in kaum vier Sekunden schien die ganze Klasse in bester Ordnung.

Ich holte tief Luft und hielt den Atem an. Killertest gleich in der ersten Stunde: keine Zeit zum Wiederholen, aber auch keine, um sich in Panik hineinzusteigern. Man sollte in jedem Unglück auch irgendwas Positives sehen.

Es folgten Minuten voller Spannung, während die Lehrerin das Klassenbuch zur Hand nahm und die Liste der Schüler durchging, die noch keine mündliche Note hatten. Sie rief zuerst zwei Namen auf, die beide nicht die meinen waren, und quetschte die Betreffenden eine halbe Stunde lang aus. Kein gutes Zeichen.

Ich lauschte mit einem Ohr auf die Folterqualen meiner Mitschüler – von denen keiner besonders gut vorbereitet war – und versuchte gleichzeitig, in Blitzgeschwindigkeit den Stoff zu wiederholen. Obwohl ich den gestrigen Nachmittag über den Büchern verbracht hatte, schien alles wie weggeblasen, und die wenigen Stunden Schlaf waren auch nicht besonders hilfreich.

Zur Hölle aber auch mit den Gespenstern, die nachts ans Fenster klopfen!

Als die beiden mit einem Mangelhaft an ihre Plätze zurückkehrten, warf ich einen Blick auf die Uhr meines Handys und hielt die Daumen: Es war nur noch Zeit für eine weitere Foltersitzung. Wenn mein Name jetzt nicht genannt werden würde, hieße das weitere drei Tage Aufschub, da die nächste »Fragestunde« erst am Freitag war.

Irene legte ihre Hand auf mein Handgelenk und schenkte mir eine Streicheleinheit.

Die Lehrerin hob ihre Augen von der Liste: »Meis.«

Ich stieß alle Luft aus, die ich in meiner Lunge hatte. Im Grunde war es besser so: War der Zahn erst gezogen, war auch der Schmerz vorbei.

Irene drückte meinen Arm. »Du wirst spitze sein! Du kannst es doch, du machst das schon.«

Ich antwortete ihr mit einem Lächeln (in das ich gern mehr Überzeugung gelegt hätte) und stand auf.

Während ich auf das Lehrerpult zuging, bat die Lehrerin um einen Freiwilligen, der mir Gesellschaft leisten sollte: Ich war die Letzte auf der Liste der Anwärter für eine mündliche Note. Auf meinem Weg nach vorn hob sich in der zweiten Reihe eine Hand, die Lehrerin stimmte zerstreut zu und ich drehte mich um, um zu sehen, wer sich gemeldet hatte: In aller Seelenruhe, fast als wolle sie ihre perfekte Lockenpracht nicht mit einer brüsken Bewegung durcheinanderbringen, erhob sich Susanna, ging auf der gegenüberliegenden Seite der Reihe nach vorn, mit einem Gang, der jeder Modenschau Ehre gemacht hätte, und blieb einen Meter von mir entfernt stehen.

Im ersten Moment hatte ich keine Ahnung, was das zu bedeuten hatte: Ich war einfach zu nervös. Dennoch spürte ich einen herben Stich des Unbehagens. Ohne es zu wollen, warf ich einen Blick auf die zweite Reihe: Elena starrte mich mit völlig ausdruckslosem Gesicht an, aber die Lippen von Angela wurden – auch wenn sie in eine ganz andere Richtung sah – von einem kaum wahrnehmbaren Lächeln umspielt.

Die folgenden zwanzig Minuten fühlte ich mich wie im Fieberdelirium.

In dem Bewusstsein, dass seit meinem letzten mündlichen Test einige Zeit ins Land gegangen war, ersparte mir die Lehrerin nichts, weder Sprünge von einem Thema zum anderen noch fiese Fragen oder das Wiederaufgreifen von Stoff, den wir schon vor Monaten durchgenommen hatten. Ich tat mein Bestes, um sie zufriedenzustellen, ich verwertete jeden Brösel an gelerntem Wissen, den ich in meinem Kopf finden konnte, und versuchte die schwarzen Löcher mit Argumenten zu überdecken. Tatsächlich war das Resultat besser, als ich gedacht hätte.

Wenn da nicht Susanna gewesen wäre. Sie antwortete präzise, klar, schnell und ohne auch nur einen Sekundenbruchteil zu zögern; im Gegensatz dazu mussten die zwei, drei Atemzüge, die ich brauchte, um eine geeignete Information hervorzukramen, wie Stunden des Schweigens erscheinen. Obendrein reichte die Lehrerin von Anfang an alle Fragen, bei denen ich keine erschöpfende Auskunft geben konnte, an Susanna weiter und behielt dies bis zum Ende bei. Unnötig zu sagen, dass Susanna mit einer Perfektion reagierte, die einen zur Weißglut trieb.

Als es endlich klingelte, kehrte ich mit dem letzten Rest an Würde, den ich aufbringen konnte, zu meinem Platz zurück, den Blick in die zweite Reihe tunlichst vermeidend. Ich hatte eine Drei minus kassiert, aber eigentlich Besseres verdient, das war klar.

Ich schob die Italienischbücher in meine Tasche und zog die Englischbücher für die zweite Stunde hervor. Ich zitterte.

»Sie hat es mit Absicht getan.« Wenn ich auch versuchte, leise und kontrolliert zu sprechen, bemerkte ich doch eine hysterische Note in meiner Stimme.

Irene stieß einen Seufzer aus. »Wie kommst du da drauf?«

»Sie hätte wirklich keine weitere Eins gebraucht: Außerdem hatte sie ihre Noten schon zusammen.«

»Aber es hätte sich doch jeder freiwillig melden können. Sie war halt nur die, die es zuerst getan hat.«

Ich schüttelte den Kopf. »Angela hat gegrinst. Ich habe es ganz deutlich gesehen. Sie hat schon gegrinst, *bevor* wir angefangen haben.« Ich hob den Blick, um ihn auf die blonde Haarpracht der Prinzessin zu heften, die im Licht blitzte und leuchtete wie frisch gewaschen; so wie jeden Tag eben. »Sie hat Susanna dazu angestachelt.«

»Um dir die Show zu stehlen?«

Ich nickte.

»Dann handelt es sich also um eine Kriegserklärung?«

Ich antwortete mit einem Achselzucken und fuhr mir mit einer Hand über die Augen: Ich war todmüde und zutiefst deprimiert. »Ich würde wirklich gerne wissen, warum.«

»Es gibt kein Warum.«

Ich wandte mich meiner Freundin zu. Es war das zweite Mal heute Morgen, dass sie mich überraschte.

»Es gibt kein Warum«, wiederholte sie.

»Dann heißt das, dass sie mich einfach so auf dem Kieker haben, ohne irgendeinen Grund?«

Irene zuckte mit den Schultern, allerdings weniger demonstrativ, als ich das gerade getan hatte. »Leute wie die brauchen keinen Grund: Entweder du bist *für* sie, oder du bist *gegen* sie.

Für sie, als Sklave oder als Bewunderer, gegen sie, als ... als jemand, der auf sie herunterschaut.«

»Aber ich schaue doch gar nicht auf sie hinunter!«

»Das macht nichts. Du bist hübsch, hast Charakter und bist nicht blöd. Für sie ist so jemand entweder eine Ressource oder eine Rivalin: Es gibt keine Alternativen.«

Ich war ganz verlegen wegen der Komplimente. »Aber ich habe mich doch nie gegen sie gestellt ...«

»Genau aus diesem Grund haben sie sich gegen dich gestellt. Wenn du versucht hättest, die allgemeine Aufmerksamkeit zu erregen, auch ohne eine von ihnen sein zu wollen, dann hätten sie das als Angriff auf ihre Beliebtheit aufgefasst. In diesem Fall hätten sie die Dinge einfach laufen lassen können, um sich überlegen zu geben. Vielleicht hätten sie auch versucht, dich an sich zu ziehen, und so ihr Terzett in ein Quartett zu verwandeln. Aber du versuchst gar nicht, beliebt zu sein: Du ziehst dich an wie eine Motorradbraut, antwortest eintönig, schaust den Leuten gerade in die Augen und machst ein böses Gesicht. Und trotzdem fällst du auf: Du bist keine, die unbemerkt bleibt. Und ihre Hofhaltung interessiert dich nicht die Bohne. Darum bist du der Feind.«

Es folgte ein langes Schweigen. Irenes Analyse hatte mich ziemlich umgehauen: Dieses Mädchen durchschaute die sozialen Spielregeln mit einer Klarheit, von der ich nur träumen konnte. Wie viele Geheimnisse versteckten sich noch hinter der sanften und leicht abwesenden Miene meiner Banknachbarin?

Ich wusste, dass sie recht hatte, nicht nur weil sie Angela und ihre Clique schon viel länger kannte, sondern auch – und vor allem –, weil ihre Argumentation den einfachen und unverwechselbaren Geschmack der Wahrheit hatte.

Meine Situation war mit der ihren eindeutig nicht vergleichbar, das verstand sogar ich: Auch sie war hübsch, einigermaßen beliebt und machte sich nicht viel daraus; aber sie war umgeben von einer Aura, die die drei Heldinnen davon abhielt, sie zu belästigen. Eine Aura, die zur Hälfte auf ihre Zerbrechlichkeit zurückzuführen war, die jeden, der sich mit der Absicht trug, ihr auch nur ein Haar zu krümmen, ins Unrecht gesetzt hätte; und die zur anderen Hälfte von einem unsichtbaren, aber spürbaren Heiligenschein herrührte, den Reichtum und Zugehörigkeit zur Oberschicht ihr verliehen und der sie auf eine andere Stufe stellte als mich und offensichtlich auch als Angela und Co. Eine zu schwierige Beute also. Zu riskant.

Was automatisch die Schlussfolgerung mit sich brachte, dass *ich* offensichtlich weniger riskant war. Ich war die leichte Beute.

Ich hatte große Lust, irgendwas kaputt zu schlagen.

In der Pause zeigte ich Irene auf der Toilette noch einmal meinen Knöchel: Auch die Kratzer waren fast verschwunden, nur ein ringförmiger Abdruck und ein paar rote Punkte waren übrig. Man hätte das allerhöchstens noch als blaue Flecken bezeichnen können. Irene zeigte sich zufrieden mit dem, was sie sah.

Beim Verlassen der Toilette warf sie mir einen verwunderten Seitenblick zu. »Freust du dich denn nicht, dass es nichts Ernstes ist?«

»Doch.«

»Du siehst aber nicht so aus.«

»Es ist nur …« Ich biss mir auf die Unterlippe. »Ich weiß auch nicht. Zu viel merkwürdige Dinge in letzter Zeit.«

Ich blieb an der Tür stehen und blickte den Korridor voller lachender und laut schwatzender junger Leute hinunter. An die gegenüberliegende Wand gelehnt, stand Alex; mit funkelnden Augen und diesem schrecklichen Lächeln, das mich blendete wie ein Scheinwerfer. Er plauderte gerade mit einem schwarzhaarigen Mädchen aus einer anderen Klasse, das ich nicht kannte. Er wirkte vollkommen entspannt und fühlte sich inmitten der Leute offensichtlich so wohl, wie ich mich nie fühlen würde. Während er sprach, gestikulierte er mit einer Hand, als ob er gerade etwas erklären würde.

Ich blieb stehen und glotzte wie hypnotisiert diese Hand an, die schmalen und schön geformten Finger, die Bewegung der Muskeln unter der Haut.

Tatsächlich war das eine Sache von ein paar Sekunden, aber es war mehr als genug: Vielleicht hatte er sich beobachtet gefühlt und deshalb in meine Richtung geschaut; jedenfalls erstarb das Lächeln auf seinen Lippen. Er wandte sich sogar ab und drehte sich so zur Wand, dass ich ihn nur noch von der Seite sehen konnte. Er setzte in dieser Haltung sein Gespräch fort und lächelte, aber bei Weitem nicht mehr so strahlend wie vorher.

Ich stob mit einer Geschwindigkeit davon, dass Irene in ihrem engen Rock Mühe hatte, Schritt zu halten. Sie folgte mir zurück ins Klassenzimmer und setzte sich an meine Seite, aber sie stellte keine Fragen. Keine Ahnung, ob sie meinen Blickwechsel mit Alex bemerkt hatte oder nur die steinerne Maske, in die sich mein Gesicht verwandelt hatte. Ich war ihr auf jeden Fall dankbar, dass sie mich in Ruhe ließ.

Was war bloß los? Was hatte sich zwischen uns geändert? Alex war immer total nett zu mir gewesen, und wenn wir es nie geschafft haben, ein wirkliches Gespräch zu führen, dann war das meine Schuld. Unter seinem Blick war ich der menschlichen Sprache plötzlich nicht mehr mächtig und wollte am liebsten die Flucht antreten, aus Angst, über und über rot zu werden. *Du hast Wangen aus Porzellan,* hatte meine Mutter immer gesagt, als ich ein Kind war, *und wenn du aufgeregt bist, sehen sie aus wie reife Erdbeeren.*

Ich ballte unwillkürlich die Fäuste: So konnte das nicht weitergehen. Ich würde ihn zur Rede stellen, und zwar noch heute. Sollte er mir das doch ins Gesicht sagen, wenn er nichts mehr mit mir zu tun haben wollte!

Für den Rest des Vormittags kochte ich weiter schweigend vor mich hin. Als die Schlussklingel ging, packte ich meinen Rucksack und stand so eilig auf, dass Irene erstaunt die Augen aufriss. In den letzten Wochen hatten wir uns angewöhnt, immer zusammen das Klassenzimmer zu verlassen und uns erst auf der Straße zu trennen, wo ich mich auf den Weg zur Metro machte und sie in den Wagen ihrer Gouvernante stieg, die man geschickt hatte, um sie abzuholen. Diesmal murmelte ich eine Entschuldigung und stürmte davon.

Ich positionierte mich vor dem Schultor, neben der langen Reihe von Mopeds, die an der Mauer geparkt waren. Ich wusste, dass Alex auch mit dem Motorroller kam, das hatte er mir selbst gesagt: Ich konnte also damit rechnen, ihn dort auf jeden Fall anzutreffen.

Ich versuchte, mich durch ein paar tiefe Atemzüge zu beruhigen. Ich war so schnell unten, dass jetzt noch relativ wenig Leute aus der Schule kamen, aber in wenigen Sekunden würde das ganz anders aussehen. Hätte ich auch nur eine Minute bei klarem Verstand darüber nachgedacht, was ich da gerade tat, wäre ich wahrscheinlich davongerannt: Ich stand am Schultor und wartete auf einen Jungen, den ich kaum kannte, in der Absicht, ihn mit eiskalter Miene zu fragen, warum er aufgehört hatte, mich anzulächeln, genau wie … wie eine betrogene Freundin.

Einen Moment später quoll die schwatzende Schülermenge schon zum Tor heraus. Auch Alex erschien, inmitten einer Horde von Jungs und Mädchen, die sich sofort in kleinere Grüppchen teilte. Ich machte eine Bewegung, um ihn abzufangen, während er, immer noch umringt von drei oder vier Leuten, auf dem Gehsteig an mir vorbeiging. Als ich schon dicht hinter ihm war, drehte sich eine seiner Begleiterinnen um und sah mir genau in die Augen, fast als hätte sie schon die ganze Zeit bemerkt, dass ich ihnen folgte.

Ich war offenbar so außer mir, dass ich den Wasserfall aus goldenen Locken an Alex' Seite nicht registriert hatte.

Den Kopf zur Seite geneigt, die Wangen von der kalten Luft gerötet, fixierte mich Angela mit diesem Lächeln, das ich nur allzu gut kannte, das Lächeln eines Menschen, der um unglaubliche Geheimnisse wusste, und auch um die Macht, die man ihm überall auf der Welt so selbstverständlich zugestand.

Ich stand wie gelähmt und beobachtete, wie sich das Grüppchen voneinander verabschiedete und auflöste. Angela wechselte die Straßenseite, wo Elena und Susanna schon auf sie warteten, und Alex ging weiter zu seinem Motorroller, der ziemlich weit entfernt, fast am Ende der Reihe stand; er setzte den Helm auf, startete den Motor und war im Handumdrehen hinter der nächsten Kurve verschwunden. Er hatte nicht mal bemerkt, dass ich nur ein paar Meter von ihm entfernt stand.

Es dauerte ziemlich lange, bis ich meine Füße vom Boden lösen konnte. Dann machte ich auf dem Absatz kehrt und strebte Richtung Metro.

Immer noch schwärmten meine Mitschüler laut plappernd über Gehsteig und Straße, aber ich nahm sie kaum noch zur Kenntnis: Ich hatte das Gefühl, in einen dichten Nebel gehüllt zu sein, und ich spürte, wie meine Augen brannten. Aber es waren keine Tränen. *Veronica weint nicht, nicht wegen einem Jungen, nein Herrschaften, und erst recht nicht wegen einem Jungen, den sie kaum kennt und der sich von blonden Püppchen beeindrucken lässt, die andere Leute behandeln wie …*

Ich biss mir heftig auf die Unterlippe. Zu heftig. Diesmal fühlte ich wirklich eine Träne, die meine Wange hinunterrollte, aber das war ja wohl normal: Ich hatte mir soeben auf die Lippe gebissen, oder?

Am anderen Ende der Reihe von parkenden Motorrollern stand, an die Mauer gelehnt, ein Mädchen. Ich streifte sie mit einem flüchtigen Blick, blieb aber dann an hier hängen, als mir bewusst wurde, was ich da gesehen hatte.

Sie war jünger als ich, dreizehn oder vierzehn Jahre alt vielleicht; wenn sie ins Parini-Gymnasium ging, dann konnte sie höchstens in der siebten Klasse sein. Sie hatte ein außergewöhnlich kleines Gesicht, runde Wangen, ein fliehendes Kinn und riesige kastanienbraune Augen, die im Vergleich zum Rest viel zu groß wirkten. Es war eines dieser Gesichter, das man, obwohl es niedlich war, kaum zweimal angesehen hätte.

Aber dann waren da ihre Haare und die Sachen, die sie anhatte. Echt seltsam: einen dunklen Rock, viel länger und viel weniger schön als die von Irene, und eine Art weißes, unförmiges Schürzenkleid mit langen Ärmeln, vielleicht aus Baumwolle, aber auf jeden Fall völlig ungeeignet für das Winterwetter. An den Füßen trug sie Sandalen und hatte weder einen Anorak an, noch eine Schultasche bei sich, aber sie trug Blumen im Haar …

Wirklich wahr: Ihre lange, dunkelbraune Lockenmähne war mit winzigen, strahlend weißen Blumenblüten gesprenkelt.

Ich blieb stehen und starrte sie mit offenem Mund an: Sie schien einem Spielfilm aus den Siebzigern entsprungen zu sein oder einem Dokumentarfilm über Hippies.

Bisher hatte sie an die Mauer gelehnt auf den Gehsteig zu

ihren Füßen geschaut, aber wie als Antwort auf meinen Blick hob sie den Kopf und richtete sich auf.

Wir starrten einander an, zwei weit aufgerissene Augenpaare, die sich trafen: Die meinen waren weit vor Staunen, die ihren vor Bedrängnis, als müsste sie mir etwas ungeheuer Wichtiges mitteilen. Sie bewegte sich zwei Schritte nach vorn, und ich war mir sicher, dass sie auf mich zukam.

In diesem Moment drehte der Fahrer des neben ihr geparkten Motorrollers den Zündschlüssel im Schloss: Der Auspuff produzierte einen Knall und eine Rauchwolke, und das Mädchen machte mit einem verängstigten Schrei einen Satz rückwärts.

Meine Augen verschleierten sich. Anders kann ich es nicht nennen: Ich fühlte, wie sie brannten und sich mit Tränen füllten, als hätte mir jemand Staub ins Gesicht geworfen. Ich rieb wie verrückt und drei Sekunden später war das lästige Gefühl weg.

Aber das Mädchen auch. Nur der Junge mit dem Motorroller – der offensichtlich überhaupt nichts mitbekommen hatte – rollte den Gehsteig hinunter und fuhr davon.

Ich sah mich nach allen Seiten um: überall Jungen und Mädchen, aber nirgends eins mit einem dunklen Rock, einem unförmigen Schürzenkleid und Blumen in den Haaren.

Und doch hatte ich sie gesehen.

Ich ging zu der Stelle, wo sie gestanden hatte. Zu meinen Füßen, gut sichtbar auf dem Grau des Gehsteigs, lag ein weißes Blümchen. Ich bückte mich, um es aufzuheben: Es war klein wie ein Fingernagel, fünf schneeweiße Blütenblätter um ein goldenes Herz herum. Ich hielt es mir unter die Nase, aber es hatte keinen Duft.

Kapitel 5

Dienstag, 10. Februar, und Mittwoch, 11. Februar
Abnehmender Mond

Um vier Uhr nachmittags war ich kurz davor, zu platzen. Ich klappte die Bücher zu und beschloss, ins Schwimmbad zu gehen, auch wenn kein Donnerstag war: Schwimmen war eine gute Möglichkeit, sich zu entspannen.

Ich warf einen Blick auf die Blume, die ich vom Gehsteig aufgesammelt hatte. Ich hatte sie in ein Glas auf meinen Schreibtisch gestellt, nahe beim Fenster, aber in den wenigen Stunden war sie schon fast verblüht. Außerdem hatte ich sie per Beschreibung im Internet gesucht und anhand von Google-Bildern herausgefunden, dass es sich um ein weißes Vergissmeinnicht handelte, das, da es schon im Februar blühte, ganz bestimmt aus einem Gewächshaus kommen musste. Ich musste unwillkürlich lächeln: Ich würde seinem Namen alle Ehre machen und es sicherlich nie vergessen oder jedenfalls nicht die Umstände, in denen ich es gefunden hatte.

Gegen sieben Uhr abends war ich vom Schwimmen zurück. Der Innenhof unseres Wohnhauses war wie üblich taghell erleuchtet, die Schilfbüschel um das Fischbecken vertrocknet. Eines von den Dingen, die man sah und doch nicht sah, weil man jeden Tag daran vorbeiging; diesmal aber bemerkte ich etwas Ungewöhnliches. An der vom Hauseingang abgewandten Seite, in der Nähe der Tür, durch die man zu unserer Wohnung hochging, war das Schilf viel dunkler als sonst.

Ich ging mir die Sache näher ansehen. Das Becken war von einer oben abgeflachten, etwa siebzig Zentimeter hohen Einfassung umgeben. Die Leute aus dem Haus setzten sich oft dort auf den Rand, um miteinander zu schwatzen und den Fischen beim Schwimmen zuzuschauen: Ich hatte sie oft von unserem Innenfenster aus gesehen. Ich selbst hatte mich nie an einer dieser Plaudereien beteiligt, weil ich keinem meiner Nachbarn etwas Besonderes zu sagen hatte und weil die paar Fische, die dort im schmutzigen Wasser herumzappelten, mich nur traurig machten. Die Pflanzen wuchsen auf einer Rabatte um das Becken herum und hatten eine Farbe, die man aus Dokumentarfilmen über die Savanne kennt, wenn es dort seit fünf Monaten nicht geregnet hat.

Aber nicht an diesem Abend, oder jedenfalls nicht alle: An dieser einen Stelle waren sie total grün. Ich runzelte die Stirn und nahm eines der langen Blätter zwischen die Finger: Es war sehr biegsam und glänzte frisch, kurzum, es schien wie eine bildliche Verkörperung einer gesunden Pflanze. Ich ging um das Becken herum und stellte fest, dass überall sonst nur das übliche Gelb von sterbenden Pflanzen zu sehen war. Diese Seite war also die einzige, die plötzlich wieder grün geworden war, ohne dass ich mir erklären konnte, warum.

Ich wollte gerade weitergehen, als ich aus dem Augenwinkel etwas Weißes auf der Steinbank liegen sah, direkt neben den seltsam grünen Blättern. Ich bückte mich, um es besser sehen zu können: Ein winziges Blümchen mit schneeweißer Blütenkrone lugte, fast schwankend auf seinem feinen Stiel, aus einer kleinen Mauerritze hervor.

Ich nahm es zwischen die Finger, sehr darauf bedacht, es nicht kaputt zu machen. Ein Vergissmeinnicht!

Ich schluckte und machte, dass ich davonkam, verzweifelt bemüht, meinen Abgang – wenigstens vor mir selbst – nicht wie eine Flucht aussehen zu lassen.

In jener Nacht schlief ich schlecht und sicher träumte ich auch, aber am Morgen, als der Flug Mailand–Budapest um zehn vor sieben wie immer meinem Wecker zuvorkam, erinnerte ich mich an nichts Besonderes.

Ich wankte zum Spiegel und was ich sah, machte mir Angst. Wie sollte ich nur in diesem Zustand einen ganzen Vormittag mit dem Trio Infernale überstehen? Ich konnte es so nicht mal mit einem Stoffkaninchen aufnehmen!

Das erforderte die Notfall-Uniform. Ich hüllte mich von Kopf bis Fuß in sattes Schwarz: Jeans, hochgeschlossenes T-Shirt, Bolerojacke mit langen Ärmeln – alles in der Farbe der Nacht. Der einzige Lichtpunkt war die Gürtelschnalle. Ich ersetzte meine Springerstiefel durch weiche Lederstiefel und wählte Ohrringe in Tropfenform, Tropfen aus schwarzem Glas.

Im Spiegel hatte meine Blässe etwas Vampirhaftes. Bisschen zu viel des Guten. Also versuchte ich, dem Effekt mit einem Hauch von Make-up entgegenzuwirken, was ich höchst selten tat. Ich schminkte mir sogar ein klein wenig die Augen. Wenn es mir nun auch noch gelungen wäre, meinem Kopf mit der Haarbürste eine Form zu verpassen, wäre ich *beinah* zufrieden gewesen mit dem, was ich sah. Aber das war wohl zu viel verlangt.

Aber welchen Sinn hatte das alles? Noch cooler auszusehen, um vorzutäuschen, man wäre wirklich so? In Ravenna hatte ich mich nicht so oft schwarz angezogen und mich mehr geschminkt, aber ich verscheuchte den Gedanken sofort. Ich war jünger damals, fast noch ein Kind: Es war viel leichter, eine Frau zu spielen.

Angela und ihre Haare fielen mir ein. Auch Elena, Susanna und sogar Irene. Sie waren alle so gepflegt, so perfekt in allen Einzelheiten. Und alle konnten es sehen.

Und mein Outfit? Was war das für mich? Eine Rüstung?

Mein Frühstück wurde gewürzt von dem üblichen Singsang meiner Mutter über mein kränkliches Aussehen, getoppt von einem ihrer sehr hilfreichen Vorschläge, nämlich meine »Meridiane wieder in Balance zu bringen«, und zwar von einem Typen, den sie gut kannte und der in Japan studiert hatte.

Draußen regnete es in Strömen, aber diesmal hatte ich einen Regenschirm dabei. Das Problem war eher, dass meine Kampfuniform sich als ein wenig leicht herausstellte und Lederjacke und Schal herzlich wenig Abhilfe boten. Ich legte ein solches Tempo an den Tag, dass ich früher als sonst in der Schule ankam, ganz starr vor Kälte. Auf der Treppe traf ich prompt Irene, die in einen mollig warmen, cremefarbenen Kaschmirmantel eingewickelt war; sie lächelte mir zu und hielt den ganzen Weg bis zum Klassenzimmer den Arm um meine Schulter gelegt. Ein zarter Versuch, mich wenigstens ein bisschen zu wärmen.

In der Schule schien niemand mehr auf mich zu achten, dem Himmel sei Dank. Vielleicht war es ja vorbei, was immer es auch gewesen war.

Als es zur Pause klingelte, blieb ich im Klassenzimmer, an die Heizung am Fenster gedrückt. Irene leistete mir Gesellschaft. Es befanden sich noch ein halbes Dutzend Leute im Zimmer, und dafür, dass kein Unterricht war, herrschte eine ungewöhnliche Stille. Alex hatte das Zimmer verlassen, und es war mir nicht entgangen, dass er in Gesellschaft der drei Grazien gewesen war. Dass sie miteinander befreundet waren, wusste ich ja schon lange, aber es war offensichtlich, dass sich die Freundschaft in letzter Zeit intensiviert hatte. Ich hatte das Gefühl, jemand würde sein Knie auf meine Brust stemmen und mit seinem ganzen Gewicht draufdrücken.

Ich schaute angestrengt aus dem Fenster und auf die Dächer, auf die der Regen prasselte. Der Wolkenbruch war gerade so heftig, dass sich um die aufschlagenden Tropfen auf den Dachziegeln kleine Nebelschwaden bildeten.

Erst nach einer Weile bekam ich mit, dass unten auf der Straße jemand neben der kleinen Mauer stand, die die Grünfläche hinter den parkenden Autos eingrenzte. Ich hatte es aus dem Augenwinkel wahrgenommen, so wie man eine Sache registriert, die man schon eine ganze Weile unbewusst gesehen hat. Dort unten, auf dem Gehsteig, stand das Mädchen mit den Blumen im Haar.

Sie war es tatsächlich, und sie sah genauso aus wie am Tag zuvor: Dieselben Kleider, dieselbe Haltung, mit dem Rücken an die Mauer gelehnt, als ob sie auf etwas wartete. Nur, dass sie heute patschnass war. Sie stand unbeweglich im Regen, ohne Schirm, und die Leute gingen an ihr vorbei und würdigten sie keines Blickes, als ob sie gar nicht da wäre. Trotz der Entfernung konnte ich nun auch die weißen Spitzen der Blumen in ihrem Haar ausmachen.

»Irene!«, rief ich. »Komm mal her und schau dir das an.«

Sie saß gerade in ihrer Bank und las irgendwas, doch jetzt stand sie auf und trat neben mich ans Fenster.

»Schau dir mal dieses Mädchen an.« Ich zeigte mit dem Finger an der Scheibe nach draußen.

Irene blinzelte ein paarmal. »Welches?«

»Das da unten hinter den Autos, mit dem braunen Rock.«

Meine Freundin presste eine Wange gegen das Fenster und blickte suchend in die entsprechende Richtung, aber dann schüttelte sie den Kopf. »Wo siehst du sie denn?«

Ich blickte auf den Gehsteig hinunter: Das Mädchen war nicht mehr da.

Ich presste die Lippen zusammen. »Das kann doch nicht sein, gerade eben war sie noch da! …«

»Dann wird sie wohl weggegangen sein.« Irene strich sich mit einer Hand übers Haar. »Es regnet, sie wird sich irgendwo untergestellt haben.«

Ich nickte, nicht im Geringsten überzeugt, während meine Freundin sich wieder hinsetzte.

Ich hielt noch eine Weile nach dem Mädchen Ausschau, konnte sie aber nirgends entdecken. Als ich mich gerade vom Fenster entfernen wollte, fing ich sie aus dem Augenwinkel wieder ein, genau an der gleichen Stelle, wo ich sie vorhin schon gesehen hatte. Ich öffnete den Mund, um Irene zu rufen, aber im gleichen Moment klingelte es, und im Handumdrehen hatte sich das Klassenzimmer mit Schülern gefüllt.

Ich musste den ganzen Vormittag über an das Mädchen denken, und nachdem ich mich nach Schulschluss von Irene verabschiedet hatte, ging ich zu der Stelle, wo sie gestanden hatte. Nun war allerdings wirklich niemand mehr da, nur eilige Passanten hasteten vorbei, unter ihren Regenschirmen versteckt.

Die kleine Mauer vor der Grünfläche ging mir nicht mal bis zur Taille. Mein Blick glitt unwillkürlich über den abblätternden Putz, wobei ich mir vorzumachen suchte, dass ich nach nichts Besonderem Ausschau hielt. Aber als ich es schließlich entdeckte, empfand ich keine Überraschung, sondern nur einen leichten Druck auf den Magen.

Aus einem senkrechten Mauerriss spitzte, den Kopf nach unten und halb im Regen ertrunken, ein weißes Vergissmeinnicht hervor.

Ich kehrte zu meinen gewohnten Pfaden zurück und ging Richtung Metro. Mein Kopf fühlte sich an wie einer dieser Heliumballons, den meine Mutter mir als Kind oft im Vergnügungspark gekauft hatte. Sie band ihn mir immer ums Handgelenk, damit er nicht wegflog. Aber früher oder später löste sich unweigerlich die Schnur, der Luftballon glitt mir aus den Fingern und ich konnte zusehen, wie er hoch in den Himmel stieg und immer kleiner wurde, bis er nicht mehr auszumachen war. Ich fragte mich, ob mein Kopf jetzt auch gleich zwischen den grauen Wolken verschwinden würde.

Mir war ein absolutes Rätsel, was hier vor sich ging. Drei Tage zuvor war ich auf einem Fest gewesen, das einen blinden Fleck in meinem Gedächtnis hinterlassen hatte und eine geheimnisvolle Wunde an meinem Knöchel, die sich in weniger als vierundzwanzig Stunden in Luft aufgelöst hatte. Ich hatte seltsame Träume, ich hatte mir eingebildet, dass *etwas* durch mein Fenster einsteigen wollte, und jetzt wurde ich von einem dreizehnjährigen Hippiemädchen verfolgt, das nur ich sehen konnte und bei dessen Auftauchen Blumen aus dem Asphalt wuchsen.

Okay, so betrachtet, gehörte ich in die Notaufnahme.

Und doch hatte ich all diese Dinge gesehen, verdammt! Ich hatte sie mir nicht eingebildet: Die Blume im Glas auf meinem Schreibtisch war real, die Bisswunde am Knöchel hatte ich nicht nur mit eigenen Augen gesehen, sondern auch unter meinen Fingern gespürt; überdies hatte sie so wehgetan, dass ich stundenlang nicht richtig auftreten konnte, und was dieses Ding draußen vor meinem Fenster betraf… Nein, es waren jedenfalls keine Halluzinationen gewesen. *Veronica bildet sich die Dinge nicht ein: Sie sieht sie wirklich, wenn auch nur aus dem Augenwinkel.*

Ich blieb mitten auf der Straße wie angewurzelt stehen. Aus dem Augenwinkel. Genau so hatte ich das Mädchen mit den Blumen im Haar jedes Mal gesehen. Am Rande meines Blickfelds, fast zufällig, immer wenn ich gerade gar nicht darauf geachtet hatte. Hatte ich sie einmal entdeckt, sah ich sie ganz klar, aber zuerst bemerkte ich sie immer nur aus dem Augenwinkel.

Ich starrte angestrengt vor mich hin und versuchte, zu sehen, was sich an den Rändern meines Blickfeldes abspielte. Es war ein bizarres Experiment: Wann achtet man schon mal auf das, was sich am äußeren Ende des eigenen Gesichtskreises bewegt?

Ich ging weiter, langsamer nun, und versuchte, die Konzentration nicht zu verlieren: Die Leute überholten mich auf beiden Seiten, in Regenmäntel gehüllte Schatten, die einen Moment lang unscharf wurden, bevor sie aus meinem Blick verschwanden. Wenn das Experiment schon zu sonst nichts gut war, dann immerhin zu meiner Unterhaltung. Wenigstens bis zur Metro.

An einer Fußgängerampel musste ich auf Grün warten. Wenn ich den Kopf etwas drehte, lag die Metro-Station von hier aus genau an der Grenze meines Gesichtsfelds. Während ich den Eingang aus dieser Position heraus beobachtete, trat ein dunkelhäutiger Mann daraus hervor. Er blieb einen Moment lang stehen, schirmte mit einer Hand die Augen vor der Sonne ab – die überhaupt nicht schien – und ging dann schnell auf eine Seitenstraße zu.

Ich starrte ihm nach, ohne zu merken, dass die Ampel grün geworden war.

Er war groß, nein, sehr groß sogar, und überragte jeden um sich herum um einen ganzen Kopf. Er hatte weder einen Schirm noch eine Kapuze, und sein kahler Schädel glänzte im strömenden Regen. Das lange, schwarze Gewand, das er trug, war in der Taille gebunden und erinnerte mich an eine Mönchskutte.

Die Menschen gingen bei seinem Auftauchen automatisch beiseite, wie sie es bei jedem anderen Passanten taten, aber *niemand* schenkte ihm auch nur die geringste Aufmerksamkeit, obwohl er aus der Menge herausstach wie ein Tintenfleck aus einem weißen Pullover.

Ohne langes Nachdenken überquerte ich fast rennend den Zebrastreifen und folgte dem Mann in einer gewissen Entfernung.

In einem Teil meines Gehirns läuteten die Alarmglocken und signalisierten mir, auf dem Absatz kehrtzumachen und meiner Wege zu gehen: Denn wenn man etwas sieht, wofür man keine Erklärung hat, ist es besser, sich auf und davon zu machen, statt der Sache auch noch hinterherzurennen.

Je länger ich ihn beobachte, desto mehr wurde mir bewusst, dass nichts Normales an ihm war. Aus der Nähe betrachtet musste er mindestens zwei Meter zehn groß sein, auch wenn er mit gesenktem Kopf ging, als ob sogar das wenige Licht dieses Regentages ihm lästig wäre; er bewegte sich mit einer Anmut, mit einer *Fluidität*, die etwas Beunruhigendes hatte, so als würde er eher dahingleiten, statt auf der Erde zu gehen. Ich versuchte, einen Blick auf seine Füße zu erhaschen, aber sie waren unter der Kutte verborgen. Und doch hatte ich das Gefühl, dass sein Körper unter dem Stoff den Boden nicht berührte. Auch seine Hände blieben unter den langen Ärmeln versteckt. Er wirkte nicht wie eine reale Person, sondern eher wie ein Schatten in Menschengestalt.

Und sogar die Hautfarbe war falsch. Er war mir zunächst wie ein besonders dunkelhäutiger Afrikaner vorgekommen, aber ich hatte mich getäuscht: Seine Haut war *schwarz*, und zwar von einem absoluten, undurchdringlichen, funkelnden Schwarz. Mehr wie die Farbe frisch polierter Lederstiefel als die von menschlicher Haut. Auch sein Gesicht, das ich nur zu drei Vierteln sehen konnte, trug keine afrikanischen Züge, ebenso wenig wie europäische: Es war der Inbegriff von Anonymität, ein vollständig glattes, leeres, ausdrucksloses Gesicht, mit relativ wenig ausgeprägten Wangenknochen, schwarzen Augen und unsichtbaren Augenbrauen.

Ich folgte dem großen Unbekannten um ein paar Straßenecken, bis er in eine schmale, kurze Straße einbog, in der sich eine hohe Mauer an die nächste reihte, in regelmäßigen Abständen unterbrochen von schmiedeeisernen Eingangstoren. Hinter den Gittern lagen mit Bäumen und Büschen bewachsene Gärten, und noch weiter hinten waren die weiß getünchten Häuser der Besitzer zu erkennen.

Die Straße war völlig verlassen und nicht einmal ein Auto war am Gehsteig geparkt, was in Mailand eine echte Seltenheit war. Die einzige Menschenseele weit und breit war ein Bettler, der an einer der Mauern gelehnt, unter der ausladenden Baumkrone einer Pinie saß, die ihn wenigstens teilweise vor dem Regen schützte. Völlig allein hockte er im Schneidersitz auf einer alten, durchnässten Decke in einer Straße, die offensichtlich keine mildtätigen Passanten zu bieten hatte.

Der schwarze Mann steuerte direkt auf ihn zu. Um nicht gesehen zu werden, blieb ich stehen und versuchte, mich hinter der Straßenecke zu verbergen.

Der Bettler hob den Kopf, sodass ich aus der Entfernung ein bleiches, unrasiertes Gesicht, helle Haare und Gesichtszüge erkennen konnten, die vielleicht zu einem Osteuropäer passen könnten. Die beiden Männer wechselten ein paar Worte, so als würden sie sich bereits kennen, aber ich war zu weit weg, um sie verstehen zu können. Dann steckte der schwarze Mann dem anderen etwas zu, und auch dieser wühlte in einer schäbigen Tasche herum und zog etwas daraus hervor, das wie ein Paket aussah: Er übergab es dem schwarzen Mann, der es mit einem Nicken des Kopfes entgegennahm und sich mit schnellen Schritten in die entgegengesetzte Richtung entfernte. Der Bettler blieb allein zurück, immer noch damit beschäftigt, in seiner Tasche zu wühlen.

Ich blieb ein paar Sekunden unbeweglich stehen. Dann setzten sich meine Füße erneut in Bewegung, ohne dass mein Gehirn ihnen den Befehl dazu gegeben hätte, und ich fand mich auf der dem Bettler gegenüberliegenden Straßenseite wieder.

Einfach nur, um einen Blick auf den Mann zu werfen, sagte ich mir, während ich einen Schritt vor den anderen setzte. Einen schnellen Blick im Vorübergehen. Ich wusste nicht mal mehr, wo ich mich in diesem Moment überhaupt befand, aber Gott sei Dank hatte ich immer einen Stadtplan in meiner Schultasche. Außerdem konnte die Metro nicht allzu weit entfernt sein.

Als ich ungefähr auf der Höhe des Mannes war, wandte ich leicht den Kopf zur Seite, in der Hoffnung, dass die Bewegung wie zufällig wirkte. Auch er sah in meine Richtung, und so trafen sich unsere Blicke. Mir gefror das Blut in den Adern: Der Mann gegenüber hatte gelbe Augen, Augen ohne Iris oder Hornhaut, mit schwarzen, vertikalen Pupillen. Ein Mann mit Schlangenaugen.

Ich hatte keine Zeit, zu reagieren, nicht einmal um richtig Angst zu haben, denn es dauerte nur einen absurden Moment lang, bis ich in seinem Gesicht die Emotion erkannte, die ich eigentlich empfinden sollte: das blanke Entsetzen.

Wir starrten einander an, Veronica die Gymnasiastin und der Mann mit den Schlangenaugen.

Dann durchbrandete eine glühende Woge meine Pupillen, wie damals, als das Mädchen mit den Blumen im Haar zum ersten Mal verschwunden war, nur noch intensiver. Ich rieb mir die Augen, völlig in Panik bei der Vorstellung, mich nur wenige Meter entfernt von dieser *Kreatur* zu befinden und nicht mal mehr auf mein Augenlicht zählen zu können. Aber auch diesmal verschwand das Brennen in kürzester Zeit.

Und auch diesmal war, als ich meine tränenden Augen öffnete, niemand mehr da.

Kapitel 6

Donnerstag, 12. Februar
Abnehmender Mond

Ich habe keine Erinnerung an den Rest des Nachmittags. Ich weiß weder, wie lange ich brauchte, um die Metro zu finden, noch, wie ich überhaupt nach Hause gekommen bin.

Aber ich erinnere mich sehr wohl, was in der Nacht darauf geschah.

Ich schlief spät ein, sehr spät, trotz Müdigkeit und Schlafdefizit, und erst, als ich genug davon hatte, bei brennendem Licht in meinem Zimmer auf und ab zu gehen und meinen Blick alle zehn Sekunden zum Fenster wandern zu lassen. Und dann träumte ich.

Ein wirrer Tumult aus Schreien und Metall, die Luft angefüllt mit Gerüchen, die ein Gefühl von Bedrängnis auf mich übertrugen. Es war nicht Nacht, sondern Tag, ein matter und windiger Tag unter einem steinfarbenen Himmel, und ich rannte mit keuchendem Atem in etwas herum, was mir – auf eine vage lächerliche Art – wie ein Maisfeld erschien.

Die Gerüche, die der Wind mir zutrug, kannte ich: Menschenschweiß, geschliffenes Metall und der süße, stechende Geruch von Blut. Letzterer ließ mich schwindeln, und ich wusste, dass das Gefühl, das ich verspürte, Hunger war: ein unbekannter, fremdartiger, schmerzhafter Hunger, wie ein Krampf, der aus den Eingeweiden aufsteigt und sich in Wellen im ganzen Körper ausbreitet.

Die Geräusche hinter mir entfernten sich immer mehr, ich registrierte sie wie eine Information von geringer Bedeutung: Wer auch immer mir auf der Spur war, stellte keine Bedrohung dar, höchstens eine Belästigung. Ich hatte beschlossen, meinen Verfolger im Lauf durch die Wälder abzuschütteln, statt ihn anzugreifen, weil es die einfachste Lösung war: Der Geruch seiner Haut sagte mir, dass er erwachsen war, und der von Metall, dass er bewaffnet war. Es wäre eine unnötige Anstrengung gewesen, für eine Beute, die nicht der Mühe wert war.

Aber eine Beute musste sein, und zwar sofort, denn der Hunger war inzwischen unerträglich geworden.

Ich nahm Witterung auf, ohne innezuhalten, und die Spur des Blutes führte mich im Zickzackkurs durch die Reihen der Maisstauden. Stimmen drangen an mein Ohr, zwei diesmal. Jung, fast kindlich, eine männliche und eine weibliche, und Wortfetzen, Gelächter, die rhythmischen, dumpfen Schläge von Hacken, die den Boden bearbeiteten.

Der Blutgeruch kam aus dieser Richtung, kein Zweifel. Ich wusste – ein Teil von mir wusste –, dass Mädchen einmal im Monat nach Blut rochen.

Ich holte tief Luft und setzte zum Endspurt an. Zwischen mir und dem Ende des Feldes waren es nur noch wenige Meter, wenige Schritte: Dann der offene Himmel, das leere Gelände, das Blut …

Ich schreckte ruckartig aus dem Schlaf und brach in Tränen aus.

Genug, genug …

Nach einer Weile steckte ich den Kopf unters Kissen, weil ich Angst hatte, dass meine Eltern mich vielleicht hören könnten, auch wenn ihr Schlafzimmer auf der anderen Seite der Wohnung lag. Ich konnte lange nicht aufhören, zu schluchzen. Wahrscheinlich beruhigte ich mich erst, als ich wieder einschlief und ein gütiger Engel bis zum Morgengrauen verhinderte, dass mich weitere Träume heimsuchten.

Am nächsten Morgen zog ich mich an, ohne zu merken, was ich überhaupt tat, und zum ersten Mal seit meinem dreizehnten Lebensjahr waren es genau die gleichen Klamotten wie am Tag zuvor. Nicht einmal in den Spiegel sah ich: Ich bürstete mir flüchtig die Haare, warf mir schnell meine Lederjacke über, nahm meinen Schal und flüchtete förmlich aus dem Haus, ohne Frühstück und mit der dahingeworfenen Entschuldigung, spät dran zu sein (was stimmte). Meine Mutter rief mir etwas hinterher, aber ich tat so, als hätte ich nichts gehört.

In der Metro versuchte ich krampfhaft, jeden Blick aus dem Augenwinkel zu vermeiden, allerdings ohne großen Erfolg.

Als ich noch ein Kind war, erzählte mir meine Mutter statt der üblichen Gute-Nacht-Märchen oft Zen-Geschichten oder taoistische Lebensweisheiten, und sie war ganz verrückt nach einer japanischen Fabel über einen Mann, der seinen Meister nach dem Geheimnis der Erleuchtung fragt. Der Meister verspricht, das Geheimnis zu enthüllen, wenn der Mann einen kleinen Test bestehen würde: Eine ganze Woche lang dürfe er nicht an Affen denken. Der Mann ging freudestrahlend nach Hause, fest davon überzeugt, dass er die einfachste Prüfung der Welt zu bestehen hatte. Aber schon bald merkte er, dass er anfing, überall Affen zu sehen, und erst recht, je mehr er sich bemühte, nicht an Affen zu denken. Schließlich ging er nach wenigen Tagen wieder zu dem Meister und flehte ihn auf Knien an, ihn von diesem Fluch zu befreien.

Der Sinn der Geschichte – von der ich später hörte, dass sie sehr berühmt war – war eher schlicht: Ich hatte ihn eigentlich sofort kapiert, auch als Kind schon, und es war mir ein Rätsel, was meine Mutter daran so Besonderes fand. Sie erzählte mir mindestens einmal pro Woche davon, wobei sie ganz begeistert die Laute der Affen und den verzweifelten Gesichtsausdruck des Mannes nachahmte. Zumindest habe ich mich jedes Mal halb kaputtgelacht.

An diesem Morgen, als ich zum ersten Mal nach vielen Jahren wieder an die Geschichte dachte, brachte sie mich allerdings überhaupt nicht zum Lachen.

Als sich die Zugtüren an meinem Zielbahnhof öffneten, war ich so angespannt, dass ich wahrscheinlich schon laut aufgeschrien hätte, wenn mir jemand nur die Hand auf die Schulter gelegt hätte.

Ich trat mit gesenktem Kopf auf den Bahnsteig, zog den Rucksack auf meinen Schultern zurecht, und dann sah ich ihn: Er tauchte etwa zehn Meter von mir entfernt aus dem Tunnel auf, und zwar genau am Rand meines Gesichtsfelds. Und er stieg nicht etwa aus einem Waggon, wie alle anderen Leute um mich herum, sondern er kam geradewegs aus dem Dunkel des Stollens vor der Fahrerkabine, wo sich nur noch die Gleise und wahrscheinlich so eine Art Dienstpassage für Gleisarbeiter befanden. Er kletterte auf den Bahnsteig hinauf, rappelte sich hoch und machte sich eilig auf den Weg zur gegenüberliegenden Seite.

Er war dem schwarzen Mann, den ich am Tag zuvor gesehen hatte, so ähnlich, dass ich für ganze drei Sekunden sicher war, dass es ein und derselbe sein musste.

Mit geballten Fäusten und angehaltenem Atem stand ich wie gelähmt da und zwang mich, den Mann nicht anzustarren. Er kam direkt auf mich zu, durchquerte die Menschenmenge, die vor ihm zurückwich, offensichtlich ohne seine Gegenwart überhaupt zu registrieren; schließlich ging er an mir vorbei, ohne abzubremsen oder mich anzusehen, und setzte seinen Weg fort bis zum Ende des Bahnsteigs, wo er wieder hinunter auf die Gleise sprang und im Tunnel verschwand. Einen Augenblick später hatte ihn die Dunkelheit verschluckt. Mir kam der seltsame Gedanke, dass ich wohl dasselbe gemacht hätte, wenn ich bei einem Spaziergang auf den Gleisen eine Haltestelle zu durchqueren gehabt hätte, in der sich zufällig gerade ein Zug aufhielt.

Der Mann war keine zwei Meter entfernt an mir vorbeigegangen, und auch ohne ihn die ganze Zeit anzustarren, hatte ich ihn gut sehen können: Er war kleiner als der Mann vom Vortag, aber ansonsten völlig identisch, bis hin zu der schwarzen Kutte, die auf dem Boden schleifte.

Die Waggontüren hatten sich inzwischen geschlossen und der Zug war abgefahren; der Bahnsteig hatte sich geleert und nur mich zurückgelassen. Wie zur Salzsäule erstarrt stand ich da, den Rucksack lose von der Schulter hängend und die Fäuste so fest geballt, dass mir die Knöchel wehtaten.

Ich schüttelte mich und flog dann förmlich die Treppen hinauf ins Freie. Ich hatte wirklich keine Lust, mich mutterseelenallein vor dem aufgerissenen Maul des Tunnels aufzuhalten.

Es regnete nicht an jenem Tag, und zwischen den Wolken zeigten sich sogar ein paar Sonnenstrahlen; selbst die Lufttemperatur schien um ein oder zwei Grad wärmer als die Tage zuvor. Der Fußweg zur Schule half mir, mich wieder in den Griff zu kriegen. Vor dem Schultor atmete ich dreimal tief durch und fuhr mir mit der Hand durch die Haare. *Ruhig, Veronica, es ist alles gut. Du hast alles unter Kontrolle. Sobald Zeit ist, wirst du herausfinden, was hier los ist, und dann wird sich alles aufklären.*

Aber als ich mich auf meinen Platz begab, warf mir Irene einen so alarmierten Blick zu, dass ich jede Hoffnung fahren ließ, einigermaßen normal auszusehen. Gott sei Dank tauchte einen Moment später schon der Lehrer für Latein und Griechisch auf und hinderte sie daran, mir Fragen zu stellen. Die ganze erste Stunde hindurch sah sie mich immer wieder besorgt an, und sobald es zur Pause geklingelt hatte, stürzte sie sich förmlich auf mich.

»Geht's dir gut? Stimmt irgendwas nicht? Du bist …« Man konnte förmlich hören, wie ihr Gehirn ratterte und nach einem geeigneten, nicht beleidigenden Ausdruck suchte. »… ganz grün im Gesicht.« Nicht wirklich die beste Wahl.

»Nein, ich habe nur meine Tage«, log ich.

»Aber du hast doch was«, insistierte sie. »Sind das immer noch die Beschwerden, die du schon vor ein paar Tagen hattest?«

Ich schüttelte den Kopf. »Es ist alles in Ordnung, ehrlich. Ich habe nur ein paar schlimme Nächte hinter mir.«

Sie schwieg und nickte mit einer Miene, die überdeutlich ihre mangelnde Überzeugung zum Ausdruck brachte, aber sie drang nicht weiter in mich.

Und dafür war ich ihr unglaublich dankbar, denn in diesem Augenblick fühlte ich den verzweifelten Wunsch in mir, mit jemandem über alles zu reden.

Aber wie? Mit welchen Worten?

Ja, ich habe ein Problem: Ich sehe schwarze Männer im Untergrund und Leute mit Schlangenaugen auf der Straße, außerdem habe ich Träume, in denen …

Nein, nein, nein. Nicht so und vor allem nicht jetzt und hier in der Schule.

Ich nahm mechanisch mein Mathematikbuch aus dem Rucksack und legte es auf den Tisch.

Irene starrte mich an, erst mit Unverständnis, dann mit neuerlicher Panik. »Du wirst mir doch nicht sagen wollen, dass du sie vergessen hast …«

»Was vergessen?«

»Die Klausur.«

Ich riss die Augen auf. »Die Matheklausur!«

Die Erkenntnis stürzte auf mich herab wie aus einem anderen Leben. Ich konnte mich zwar nicht erinnern, was ich am gestrigen Nachmittag gemacht hatte, aber ich erinnerte mich sehr wohl, was ich *nicht* gemacht hatte: Für die Matheklausur gelernt, ausgerechnet das Fach, in dem ich am schlechtesten von allen war.

Irene ergriff meine Hand. Meine Finger waren eiskalt und die ihren schienen vergleichsweise ungewöhnlich warm.

Ich sah ihr in die Augen. »Ich …«

»Nicht jetzt. Eine Sache nur, versprich mir bitte, dass du mir sagst, was mit dir los ist, wenn dir danach ist.«

Ich nickte.

Um uns herum hatte die Klasse schon begonnen, die Bänke auseinanderzuschieben.

Irene zeigte auf die Wand. »Setz dich da hin, an meine Seite.«

Normalerweise stellte ich meine Bank bei den Klassenarbeiten hinter die ihre.

»Behalt mich im Auge«, fuhr sie fort. »Wenn ich merke, dass du mir ein Zeichen gibst, versuche ich, dir per Zettel zu helfen.«

Ich war drauf und dran, sie zu umarmen, wie schon zwei Tage zuvor, aber in diesem Moment trat der Lehrer ein.

Irene war keine Leuchte in Mathe – tatsächlich war sie das in keinem Fach –, und allein die Vorstellung, beim Spicken erwischt zu werden, ließ sie schon in Panik geraten – so schlimm, dass sie sich regelrecht weigerte, sich etwas vorsagen zu lassen.

Und jetzt bot sie an, mir vorzusagen. Ich schenkte ihr ein Lächeln, in das ich wirklich alle Zuneigung und Dankbarkeit zu legen suchte, die ich in mir hatte.

Die Klausur lief alles andere als gut. Ich versuchte redlich, es allein zu schaffen, aber da ich erstens nicht gelernt hatte und zweitens meine Gedanken irgendwo in tausend Metern Entfernung herumgondelten, konnte ich kaum eine Frage beantworten. Ein paarmal konnte ich Irenes Aufmerksamkeit auf mich ziehen, und sie kritzelte mir mit panisch geweiteten Augen etwas auf einen Zettel, den sie mir zuwarf, wenn der Lehrer nicht hinsah. Ihr Gesicht war eine starre Maske aus Angst und schlechtem Gewissen, sogar noch zwei oder drei Minuten, *nachdem* sie mir geholfen hatte.

Ich fühlte mich mindestens genauso schuldig wie sie, nicht weil ich selber spickte – denn vermutlich waren das die einzigen richtigen Antworten in meiner Klausur –, sondern weil ich die Ursache für diese Maske war. Während ich auf das weiße Blatt Papier starrte, das ich mit Lösungen füllen sollte, stieg ein bitteres Lachen in mir hoch.

Im Grunde war das alles ein Maskenspiel, eine Art Bühnenspektakel, in dem zu viele Rollen zu besetzen und zu wenig Schauspieler vorhanden waren. Und so tauschten wir immer wieder die Masken, in schnellem Rhythmus, denn die Komödie musste ja weitergehen: Ich, die jeden Tag die Maske der harten, selbstsicheren jungen Frau trug, verwandelte mich im Handumdrehen in ein desorientiertes, verzagtes kleines Mädchen, das keine Ahnung hatte, was in ihrem Leben vor sich ging; Irene, die bis gestern ein süßes, von tausend Krankheiten gequältes Püppchen gewesen war, spielte nun die Rolle der verantwortungsbewussten Freundin, die auch die schwierigsten Situationen meisterte; Angela und ihre Freundinnen, drei auffällige, aber im Grunde bedeutungslose Statistinnen, erstürmten plötzlich mit der Maske der großen Bösewichte die Bühne; und Alex, der junge Prinz mit dem verheißungsvollen Lächeln, wurde ein Fremder mit ausweichendem Blick.

Aber wer stand hinter all diesen Figuren? Wann waren es Masken und wann wahre Gesichter? Und wer war Veronica, eine Kämpferin oder eine Heulsuse?

Der restliche Vormittag und der anschließende Nachmittag glitten in einer Art Nebel vorbei, und schließlich kam fast unbemerkt der Zeitpunkt, an dem ich – es war ja Donnerstag – üblicherweise schwimmen ging. Auf dem Weg durch die verstopften Straßen fühlte ich mich wie im Fieber, und als ich in der Metro saß, bereute ich, diesmal nicht zu Hause geblieben zu sein. Aber da ich nun schon mal unterwegs war, setzte ich meinen Weg fort.

Der Kontakt mit dem Wasser tat mir gut, und nach vier oder fünf gekraulten Bahnen fühlte ich mich entschieden besser. Das Schwimmbad war zwar voller als beim letzten Mal, aber das störte mich kaum; seit ein paar Tagen war es mir gar nicht mehr so unangenehm, außerhalb der Wohnung nicht allein zu sein.

Ich stieg aus dem Wasser und kletterte die Leiter zum mittleren Sprungbrett hinauf, dicht neben einem fremden Jungen auf der benachbarten Leiter. Der Abstand war so gering, dass man auf dem Weg nach oben normalerweise ständig mit den Ellbogen aneinanderstieß. Aber der Junge neben mir berührte mich kein einziges Mal. Er hatte die Arme an den Körper gelegt, um nicht mehr Raum als nötig einzunehmen, während er mit einer schwerelosen Anmut hinaufstieg, die an eine Katze denken ließ.

Er war als Erster oben. Als ich die Plattform neben ihm erreicht hatte, musterte ich ihn neugierig. Er war nicht viel größer als ich, einen Meter siebzig vielleicht, aber er hatte einen ungewöhnlich schönen Körper: Schlank, muskulös, gut proportioniert, einen zwar sichtbaren, aber auch nicht übertriebenen Waschbrettbauch. Irgendwie dachte man bei seiner Figur weniger an ein Fitnesscenter, als an jemanden, der in freier Natur lebte und ständig in Bewegung war. Er erinnerte mich an bestimmte Manga-Figuren, Krieger aus alten Zeiten mussten solche Körper gehabt haben.

Ich war so damit beschäftigt, ihn zu bestaunen, dass ich erst nach einigen Sekunden die Augen zu seinem Gesicht hob und merkte, dass auch er mich ansah. Ein Lächeln huschte über sein Gesicht.

Ich lief feuerrot an und wandte den Blick ab, aber es war natürlich zu spät, um so zu tun, als ob nichts geschehen wäre.

Auch sein Gesicht war irgendwie sonderbar: zweifellos hübsch, aber ebenso ungewöhnlich wie der Rest. Er hatte sehr markante Züge, fast zu markant: ein hageres Gesicht mit hohen Wangenknochen, durchzogen von tiefen Linien, die eher zu einem düsteren Ausdruck als zu einem Lächeln passten. Und doch wirkte dieses Lächeln ausgesprochen natürlich. Ein feiner, gebogener Strich, vielleicht eine Narbe, durchzog seine rechte Wange, gleich unter dem Auge und bis zur Schläfe hinüber. Auch seine Hautfarbe war auffällig, ein bernsteinfarbener Farbton, den ich keiner bestimmten Herkunft zuordnen konnte; die Augen hingegen waren braun, von einem sehr dunklen Braun, wenn nicht gar schwarz. Aus der Badekappe auf seinem Kopf war ihm eine lange, dunkle Haarsträhne entschlüpft, die sich wie eine seltsame Tätowierung um seinen Hals gelegt hatte.

Ich setzte überstürzt zu einem Sprung ins Wasser an, einfach weil es keinen anderen Weg gab, mich seinem Blick zu entziehen. Es war nicht gerade ein Bilderbuchsprung und ich hoffte, dass der Junge das nicht registriert hatte, ärgerte mich aber zugleich über einen solchen Gedanken.

Ich befand mich schon in einer gewissen Entfernung, als ich hörte, dass auch er ins Wasser sprang.

Als ich am Beckenrand zur Wende ansetzte, konnte ich einen kurzen Blick auf ihn erhaschen, denn er war nur wenige Meter entfernt. Auf halber Strecke der zweiten Bahn überholte er mich: Er schwamm genau so, wie er die Leiter hinaufgestiegen war: Ohne auch nur eine unnötige Bewegung zu machen, mit der Geschmeidigkeit eines Geschöpfs, das völlig in seinem Element ist.

Ich verspürte einen leichten Anflug von Ärger: Immerhin war ich mindestens vier Sekunden vor ihm losgeschwommen! Also verdoppelte ich die Kraft meiner Armstöße und überholte ihn meinerseits, aber kurz vorm Beckenrand zog er schon wieder an mir vorbei und war tatsächlich eine Sekunde vor mir am Ziel.

Die dritte Bahn geriet zu einem Kopf-an-Kopf-Rennen, offenbar hatte auch er die Kampfansage registriert. Ich überholte ihn zweimal, aber immer ganz knapp, und er holte mich jedes Mal mit wenigen Armstößen wieder ein: Dann berührte er um Bruchteile schneller den Beckenrand, wendete blitzartig und warf sich in die vierte Bahn. Ich bekam kaum noch Luft, aber mein Kampfgeist war stärker als meine Lunge. Ich hielt mich verzweifelt hinter ihm, ignorierte den Schmerz in meinen Muskeln und überwand so Armeslänge um Armeslänge die Distanz, die uns trennte. Wenige Meter vor dem Ende der Bahn spannte ich meinen Körper vollständig an und explodierte in einen wahren Wirbelwind aus Armstößen, sodass wir schließlich beide im gleichen Augenblick den Beckenrand berührten.

Ich wendete für die nächste Bahn … blieb auf dem Rücken liegen wie ein toter Frosch.

Ich brauchte eine ganze Minute, bis ich keinen Schmerz mehr spürte, und noch länger, um wieder zu Atem zu kommen. Ich lag einfach nur da und starrte an die Decke des Schwimmbads, auf die weißen und blauen Kacheln und die großen Neonringlampen, um die herum ich in diesem Moment intensive violett-blaue Lichthöfe sah; ein vertrautes Phänomen, das von der Erschöpfung und dem Chlor in den Augen kam.

Als ich endlich wieder auftauchte und einen Blick in die Runde warf, saß der unbekannte Junge zwei Meter von mir entfernt auf dem Rand des Schwimmbeckens.

Er lächelte mir zu, genau wie schon oben auf dem Sprungbrett. »Alle Achtung, du hast ja ganz schön viel Puste.«

Ich war mir nicht sicher, ob das ernst gemeint oder herablassend gesagt war, und das irritierte mich noch mehr.

»Das sagt der Richtige.« Ich paddelte bis zum Rand des Schwimmbeckens und hievte mich aus dem Wasser. »Ich hatte das Gefühl, mit einem Motorboot um die Wette zu schwimmen.«

Ich wollte gerade hinzufügen, dass es einen Grund gab, warum Männer und Frauen in allen sportlichen Disziplinen in unterschiedlichen Kategorien antreten, aber ich biss mir auf die Lippe: Das war Zickengejammer.

»Ich meine es gar nicht im Spaß: Du hast super durchgehalten, auch als du nicht mehr konntest.«

War so deutlich zu erkennen, dass ich am Ende war?

»Du bist nach mir losgeschwommen.« Es war nicht die intelligenteste Bemerkung, die ich machen konnte, aber spontan fiel mir nichts Besseres ein.

Er lachte. »Das nächste Mal lassen wir uns einen Startschuss geben.«

Das nächste Mal?

Er reichte mir die Hand. »Ivan.«

»Veronica.«

Er hatte einen festen, aber behutsamen Händedruck.

»Kommst du oft hierher?«

Ich zuckte die Achseln. »Mehr oder weniger.«

»Für mich ist es das erste Mal.«

»Das erste Mal, dass du schwimmst?« Ich bereute sofort, dass ich es gesagt hatte: Es war ein ziemlich idiotischer Witz. Was tat ich da eigentlich? Versuchte ich etwa, die Geistreiche zu spielen und ihn mit schlagfertigen Antworten zu beeindrucken?

Er lachte trotzdem, und es schien mir ein ehrliches Lachen zu sein. »In gewisser Weise ja: Ich habe keinen Fuß mehr ins Wasser gesetzt seit ... Ich weiß gar nicht mehr, mindestens sieben Jahren.«

»Verarschst du mich?«

»Überhaupt nicht.«

»Du schwimmst einen perfekten Stil, du hast die Lunge von einem Profischwimmer, und du willst mir weismachen, dass du seit *sieben Jahren* nicht mehr trainiert hast?«

»Danke.«

Ich hob die Augenbrauen. »Danke wofür?«

Er lächelte. »Danke für das Kompliment.«

»Welches Kompli...« Oh, dumme, dumme Veronica!

Ich hatte große Lust, zu flüchten. Stattdessen war er es, der aufstand.

»Ich fürchte, ich muss mich von dir verabschieden.« Er wies auf die riesige Uhr, die am Ende des Schwimmbads an der Wand hing. »Es ist ein bisschen spät geworden für mich.«

Er sah mir in die Augen, ein Blick, der sich mir tief ins Gedächtnis prägte. Seine Iris war so dunkel, dass sie von den Pupillen fast nicht zu unterscheiden war. Augen in der Farbe eines Obsidians.

»Bist du morgen auch hier?«

Ich schüttelte den Kopf.

»Und Samstag?«

»Sehr unwahrscheinlich.«

Er lächelte wieder. »Dann also nächste Woche.«

Ich zuckte erneut die Achseln.

Plötzlich fehlten mir die Worte, noch schlimmer als in den Gesprächen mit Alex.

»Dann also nächste Woche«, wiederholte er in entschlossenem Ton. »Du wirst mir doch Gelegenheit zur Revanche geben.«

»Zur Revanche?«

Er zeigte auf das Wasser. »Vier Bahnen im Kraulstil, wie heute. Aber diesmal fangen wir gemeinsam an.«

»Wir haben einen Gleichstand erzielt.« Ich verkniff mir den Zusatz, dass er mir eindrücklich genug gezeigt hatte, dass seine Technik besser und er einfach schneller war.

»Nein. Du hast eine Sekunde vor mir den Rand berührt. Folglich schuldest du mir eine Revanche.« Mit einer Geste des Abschieds ging er in Richtung Umkleidekabinen.

Ich starrte ihm nach, bis er verschwunden war. War ich wirklich eine Sekunde vor ihm angekommen? Oder hatte er das nur aus Höflichkeit gesagt?

Ich ließ mich wieder ins Wasser gleiten und blieb noch etwa zwanzig Minuten, schwamm aber nur ein paar langsame Bahnen auf dem Rücken, bis es auch für mich Zeit wurde, zu gehen.

Ich begab mich in die Umkleideräume, nahm mein Shampoo aus dem Rucksack und stellte mich unter die Dusche. Während ich mich um mich selber drehte, glaubte ich, aus dem Augenwinkel etwas zu sehen. Ich drehte mich blitzartig in die entsprechende Richtung um, schon im Voraus erschrocken vor dem, was sich dort befinden könnte – aber da war nichts, nur Mädchen und Frauen, die im Gang zwischen Umkleiden und Duschen hin und her gingen.

Ich strich mir mit einer Hand über die Augen. Inzwischen war ich wohl bei der puren Paranoia angekommen.

Ich duschte länger und heißer als sonst, in der Hoffnung, dass das Wasser alles, was mir im Kopf herumschwirrte, mit sich forttragen würde. Zum Teil gelang das auch: Als ich, in mein Handtuch gehüllt, in die Umkleide zurückkam, fühlte ich mich ganz leer und so, als wäre mein Kopf voller Dampf.

Es dauerte einige Sekunden, bis ich meinen Rucksack auf dem Regal wiederfand, wo ich ihn üblicherweise liegen ließ. Ich fand es unnötig, eines der Schließfächer im Umkleideraum zu benutzen, da ich hier nie Wertsachen dabeihatte, nicht einmal mein Handy.

Als ich jetzt den Rucksack sah, verspürte ich einen Anflug von Übelkeit. Vielleicht hatte ich mit der heißen Dusche übertrieben.

Beim Öffnen des Reißverschlusses fiel mir etwas in die Hand. Es fühlte sich an wie eine glühende Kohle. Ich schrie erschrocken auf und machte einen Satz nach hinten, die Hand an die Brust gepresst. Einige Köpfe drehten sich nach mir um, aber ich merkte es kaum.

Das kleine Ding, das mich berührt hatte, war ohne den geringsten Laut zu Boden gefallen. Ich starrte es in einer Mischung aus Schrecken, Ekel und Verwirrung an: Es war eine violette, glockenförmige Blüte, kaum größer als mein Daumen.

Für einen Augenblick kehrte die Hyperästhesie zurück und ließ mich taumeln. Die Luft im Umkleideraum verwandelte sich in eine kompakte Wand aus penetranten Gerüchen: Chlor,

Shampoo, Seife, chemisches Zeug, Schweiß, Deo, nasser Stoff und heißes Wasser – *das Wasser hatte einen Geruch!* –, aber alles war überlagert von dem schrecklichen Geruch dieser violetten Blume. Süß, wie Honig, betäubend wie eine Droge. Ein Geruch, der förmlich schrie: *Gift!*

Ein Mädchen mit einem gelben Handtuch um den Kopf kam auf mich zu und erkundigte sich, ob alles in Ordnung sei; aber ich schob sie geradezu beiseite, schnappte meinen Rucksack und lief los, um mich hinter der nächstliegenden Tür zu verbergen: der Toilettentür.

Dort sackte ich atemlos und mit dem Rücken gegen die Wand zusammen. Der Anflug von Hyperästhesie war schon vorbei, aber ich brauchte ein bisschen, bis ich die Kontrolle wiedererlangte. Ich starrte auf meine Hand: Wo die Blume die Haut berührt hatte, befand sich ein rotes Mal, das aussah wie eine Brandwunde.

Ich blieb zum Umziehen in der Toilettenkabine, drückte dann vorsichtig die Tür auf und lugte nach draußen: Wieder wandten sich mir eine Reihe von neugierigen Blicken zu, aber diesmal sagte keiner was. Ich hatte ja auch gerade eine völlig hysterische Darbietung abgeliefert.

Trotzdem dachte ich gar nicht daran, mich zu schämen: Die Blüte lag noch immer da, wo sie zu Boden gefallen war. Ich erwog kurz, sie aufzuheben – nicht mit nackten Händen, natürlich –, um zu Hause überprüfen zu können, um was für ein Gewächs es sich handelt. Aber schon bei dem bloßen Gedanken rebellierte etwas in mir. Ohne einen weiteren Blick auf die kleine Blume verließ ich eilig den Umkleideraum.

Kapitel 7

Donnerstag, 12. Februar

In der Eingangshalle des Schwimmbads gibt es eine kleine Bar oder vielmehr eine Theke mit vier kleinen Tischen unter zwei langstieligen Neonlampen, die wie leuchtende Palmenblätter aussehen. An einem dieser Tische saß Ivan vor einem Kaffee und einem Hörnchen.

Er trug Jeans, ein hellgraues Sweatshirt, das ziemlich abgetragen aussah, und eine Lederjacke, ziemlich ähnlich wie meine. Jetzt, da er keine Badekappe aufhatte, sah ich, dass seine noch feuchten Haare ihm bis über die Schultern reichten. Sie waren sehr schön.

Er bemerkte mich im selben Moment wie ich ihn. »Ich hätte nicht gedacht, dich so bald schon wiederzusehen.«

»Ich auch nicht. Du hattest gesagt, du wärst spät dran.«

Er nickte. »Mein Wagen ist noch nicht da.«

Das hörte sich merkwürdig an. Leute, die in Mailand mit dem Auto statt mit öffentlichen Verkehrsmitteln unterwegs waren, saßen normalerweise selbst am Lenkrad. Wenn man auf dem Beifahrersitz Platz nahm, gab es dafür meist nur zwei Gründe: Entweder man war noch zu jung, um selber zu fahren, oder man hatte jemanden, der einen herumchauffierte, wie Irene zum Beispiel.

Ivan gehörte mit Sicherheit nicht zur ersten Kategorie.

Er zeigte auf den Stuhl vor dem seinen. »Leistest du mir Gesellschaft oder hast du es eilig?«

Ich warf einen Blick auf die Uhr hinter der Bar, sie zeigte sechs Uhr zwanzig: Zehn Minuten würde ich gut erübrigen können …

»Möchtest du einen Kaffee?«, insistierte er.

»Ich trinke um diese Zeit keinen Kaffee.«

»Ein Hörnchen, eine Cola, einen Fruchtsaft?«

Ich studierte das Angebot und kaute unbehaglich auf meiner Lippe herum: nur Chipstüten und süßes Zeug, nichts, das mit meinem festen Vorsatz kompatibel gewesen wäre, keine überflüssigen Kalorien zu mir zu nehmen.

»Wenn du dich an meinen Tisch setzt, muss ich dir etwas spendieren; aber ich weigere mich, dir einfach nur ein Glas Wasser zu bestellen.« Er lächelte. »Du hast vorhin beim Schwimmen genug Fett verbrannt: Wegen eines Hörnchens wirst du nicht in der Hölle landen.«

Ich versuchte, cool zu bleiben: Konnte er etwa Gedanken lesen?

»Ich frage dich ein drittes Mal, wie man das in Japan tut, wenn man etwas anbietet: Die ersten beiden Male kannst du aus Höflichkeit ablehnen, aber beim dritten Mal musst du annehmen.«

In einer seltsamen Mischung aus Niederlage und Erleichterung setzte ich mich zu ihm. »Aber kein Hörnchen, bitte. Ich nehme eine Cola. Mit Eis, ohne Zitrone.«

Ivan nickte, ging zur Theke und kam mit einem viel zu großen Glas Cola zurück. Ich sah ihm sorgenvoll entgegen: Ich mag Cola wirklich gern, sehr gern sogar. Aber es gibt nichts Gefährlicheres in der Welt der Kalorien.

Auch diesmal erriet er meine Gedankengänge. »Glaub mir, du kannst es dir leisten. Du bist super durchtrainiert: Im Grunde könntest du ruhig fünf von solchen Gläsern trinken.«

Ich fühlte eine angenehme Wärme in mir aufsteigen und merkte zu spät, dass ich lächelte. Ich senkte die Augen, in der Hoffnung, dass mein Grinsen nicht allzu idiotisch gewirkt hatte. Aber als ich wieder hochsah, lächelte auch er.

Er biss in sein Hörnchen. »Was machst du so im Leben?«

»Lernen.«

»Welche Fakultät?«

Ich hob die Augenbrauen. »Wie bitte?«

»Was studierst du? Wenn ich raten sollte, würde ich sagen: Literaturwissenschaften. Du machst so einen Eindruck.«

Ich schluckte. Mein Mund war plötzlich ganz trocken. »Ich gehe aufs Gymnasium. Humanistischer Zweig.«

Er hob eine Augenbraue. »Im Ernst?«

»Ich bin siebzehn.«

»Du wirkst älter.«

Ich nahm einen großen Schluck Cola, um meinen Gesichtsausdruck zu verbergen. »Und du, wie alt bist du?«

»Dreiundzwanzig.«

»Und … was studierst du?«

»Kunstgeschichte.«

Das hatte ich nicht erwartet. Er schien alles andere als ein Historiker oder ein Künstler zu sein. Tatsächlich wirkte er nicht mal wie ein Student: Je länger ich ihn ansah, desto müheloser konnte ich ihn mir in Tunika und Rüstung vorstellen, den Speer in der Hand, den Blick herausfordernd in die Augen irgendeines Dämonen gerichtet, der soeben der Hölle entstiegen war. Sein Platz war nicht in der Bar eines Schwimmbads oder im Hörsaal einer Universität. Er passte viel besser zwischen die

Seiten eines Manga-Comics wie Angela und ihre Freundinnen. Ich umklammerte mein Colaglas.

Der Gedanke irritierte mich.

Ivan bemerkte es sofort, warf einen langen Blick auf meine Hände und legte die Stirn in Falten. »Was hast du denn da an der Hand? Eine Brandwunde?«

Auch ich sah auf das gerötete Mal hinunter, das sich – groß wie ein Eurostück – auf meiner hellen Haut abzeichnete. Ich hatte es schon wieder völlig vergessen.

»Nein«, erwiderte ich, »das muss eine allergische Reaktion oder so was sein.«

Das könnte sogar stimmen. Aber ich war nie allergisch gegen irgendwas gewesen, und ich hatte auch noch nie von Allergien gehört, die die Haut wie Feuer verbrannten. Morgen würde ich Irene fragen: Sie war gegen ein gutes Dutzend Dinge allergisch.

»Was hast du denn angefasst?«, fragte er mich.

»Eine Blume.« Ich sagte es, bevor ich mir dessen bewusst wurde.

»Kann man denn gegen Blumen allergisch sein?«

»Ich habe keine Ahnung.«

»Also wusstest du nicht, dass du gegen das allergisch bist, was du angefasst hast?«

Ich schüttelte verwirrt den Kopf.

Er streckte eine Hand nach mir aus. »Darf ich?«

Ich zögerte einen Moment, dann nickte ich.

Er nahm meine Hand in die seine, und wieder bemerkte ich, wie stark und gleichzeitig zart seine Hände waren, lang und schmal: Künstlerhände. Vielleicht hatte er doch die richtige Fakultät gewählt. Ich bekam eine Gänsehaut.

Ivan beugte sich vor, um das rote Mal zu untersuchen und kam mir dabei so nahe, dass ich den Duft seiner Haare riechen konnte: etwas Moschusähnliches mit einer vagen Spur von Chlor. Fast tat es mir leid, dass ich jetzt keinen Anfall von Hyperästhesie hatte.

»Es sieht ganz frisch aus«, sagte er.

Bevor ich antworten konnte, klingelte in seiner Jackentasche ein Telefon. Er entschuldigte sich, nahm ab und antwortete nur mit einem knappen »Ich komme«.

»Es tut mir leid, mein Wagen ist da. Ich muss gehen.« Er stand auf und trank in einem Schluck, was von seinem Kaffee noch übrig war.

Ich stand ebenfalls auf, obwohl ich meine Cola kaum angerührt hatte. »Für mich ist es auch Zeit.«

Wir waren in wenigen Schritten an der Tür: Ivan öffnete sie und trat dann zur Seite, um mich vorbeizulassen. Ich lächelte und schüttelte den Kopf.

Er sah mich an. »Was ist denn?«

»Na ja, es ist das erste Mal in meinem Leben, dass ein Typ mir die Tür aufhält.«

»Das glaube ich nicht.«

»Es stimmt aber.«

»Willst du damit sagen, dass ich altmodisch bin?«

»Ein bisschen schon.« Sehr, um ehrlich zu sein …

Er lächelte und bat mich mit übertriebener Geste nach draußen. Ich lächelte und tat, wie geheißen.

Draußen funkelten die abendlichen Straßen Mailands im Licht der Leuchtreklamen, Laternen und Autoscheinwerfer, erstickt vom Verkehr, der kaum weniger dicht als tagsüber war. Würde ich mich je an all das gewöhnen?

Ivan sah mich mit einem Ausdruck von Unentschlossenheit an. »Also dann … Ciao.«

Ich nickte. »Ciao.«

»Ich würde dir ja eine Mitfahrgelegenheit anbieten, aber du würdest sicher nicht annehmen, weil wir uns gar nicht kennen, und damit hättest du ganz recht. Und es wäre für uns beide peinlich. Daher wäre es besser, wenn ich gar nichts gesagt hätte. Aber jetzt habe ich es gerade gesagt. Und eigentlich wollte ich doch das Gegenteil sagen.«

Wir starrten uns einen Moment lang an, dann brachen wir beide gleichzeitig in Lachen aus.

Ich zeigte auf die Metro-Station auf der anderen Straßenseite. »Ich nehme die da.«

»Dann also bis nächste Woche. Ich rechne fest mit dir.«

Ich setzte eine herausfordernde Miene auf. »Ich werde da sein.«

Aus einem Wagen mit laufendem Motor, der wenige Meter von uns entfernt auf dem Gehsteig stand, erklang zweimal eine Hupe.

»Man ruft mich zur Ordnung.« Er verabschiedete sich mit einem Kopfnicken und verschwand im Wagen: Ein richtiger Schlitten, metallic-grau und so tiptop poliert, dass sich im Heck die Lichter der Straßenlampen spiegelten. Ich versuchte, einen Blick auf den Fahrer zu erhaschen, aber es war zu dunkel, um etwas zu erkennen.

Ich überquerte die Straße zur Metro. Mein Kopf fühlte sich ganz leicht an.

Als ich nach Hause kam, stand meine Mutter am Herd und rührte in einer großen Pfanne mit thailändischem Reis. Schon im Flur roch es nach exotischen Gewürzen. Ich lächelte, ich mochte thailändisches Essen. Während ich Schal und Jacke an die Garderobe hing, fiel mein Blick auf das rote Mal auf meiner Hand. Die gute Laune verging mir schlagartig und machte einer bohrenden Unruhe Platz, die ich inzwischen gut kannte. Plötzlich hatte ich eine Idee.

»Mama, kennst du vielleicht eine violette, glockenförmige Blume?«

Sie fuhr so erschrocken zusammen, dass sie um ein Haar die Reispfanne vom Herd gerissen hätte. Da sie mit Umrühren beschäftigt gewesen war, hatte sie mich nicht hereinkommen hören.

»Nica, willst du mich umbringen! Warum lernst du nicht endlich, anständig zu grüßen, wenn du nach Hause kommst?«

»Entschuldige.« Ich trat neben sie und hielt ihr meine Wange für einen Begrüßungskuss hin. »Und, kennst du sie?«

»Was soll ich kennen, Schatz?«

»Eine glockenförmige Blume, in etwa so groß.« Ich zeigte ihr die Größe mit den Fingern. »Violett. Oder nein, irgendwas zwischen Violett und Blau.«

Zu den Marotten meiner Mutter gehörten natürlich auch die Themen Heilpflanzen und Naturmedizin: Sie hatte eine kleine Bibliothek zu diesem Thema im Haus und konnte daraus unendlich viele Informationen hervorkramen.

»Die Beschreibung ist etwas vage, Schatz. Eine zu groß gewachsene Glockenblume vielleicht?« Sie kicherte.

Ich schüttelte den Kopf. »Nein, sie sah anders aus als eine Glockenblume … Warte mal.«

Ich nahm einen Block und einen Bleistift aus der Schublade im Küchentisch und versuchte, die Form der Blüte zu reproduzieren. Ich habe ein gewisses Zeichentalent, und nach ein paar Versuchen schien sie mir tatsächlich ganz gut gelungen. Meine Mutter lugte über meine Schulter auf das Blatt.

»Da, siehst du? Sie hatte so ein kurzes, breites Rohr mit einer runden Spitze, nach vorn gebogen, ein bisschen wie eine Kapuze.«

Sie runzelte die Stirn. »Was für eine Farbe, hast du gesagt?«

»Zwischen Dunkelblau und Violett. Und sehr schön.«

Ich dachte an den instinktiven, fast elementaren Ekel, den mir ihr Anblick beschert hatte. Schön? In dem Moment war sie mir als die schrecklichste Sache erschienen, die ich je vor Augen gehabt hatte. Aber tatsächlich war sie wirklich schön gewesen …

»Das hört sich nach Aconitum an.«

»Wie heißt das?«

»*Aconitum napellus*, der Blaue Eisenhut. Die Form ist unverwechselbar: Die alten Römer nannten ihn ›Helm des Jupiter‹ und die Germanen ›Helm des Odin‹.«

»Ist das eine ganz normale Blume?«

Meine Mutter schüttelte den Kopf. »O nein, ganz bestimmt nicht: Es ist eine der giftigsten Pflanzen, die in unseren Breitengraden wachsen. Die alten Römer zum Beispiel haben sie zermahlen und ihre Kriegspfeile damit vergiftet. Wo hast du denn eine gesehen?«

Ich hatte die Frage erwartet und eigentlich vorgehabt, ihr zu sagen, dass ich sie in irgendeinem Blumenladen gesehen hatte, aber das schien mir nun keine gute Idee mehr.

»Im Fernsehen.«

»Falls du je eine vor der Nase hast – was hier bei uns allerdings so gut wie ausgeschlossen ist, außer du gehst in die Berge –, dann fass sie nicht an und komm bloß nicht auf die Idee, sie zu pflücken.«

Mir war plötzlich ganz kalt. »Reicht es denn, sie anzufassen, um vergiftet zu werden?«

»Nein, normalerweise nicht.« Sie lächelte. »Aber warum sollte man's riskieren?«

Sie kehrte an den Herd zurück, und ich verschwand in mein

Zimmer. Ich schaltete den Computer an und googelte im Internet nach »Blauer Eisenhut«: Die Bilder überzeugten mich. Das war die Blume, die ich gesehen hatte. Ich studierte den betreffenden Wikipedia-Eintrag: Was meine Mutter gesagt hatte, stimmte, aber ich erfuhr noch einiges mehr. Wie fast alle natürlichen Gifte findet der Blaue Eisenhut auch Anwendung in der Medizin, aber in früheren Zeiten verwendeten ihn vor allem Mörder und Krieger mit wenig ritterlichem Geist: Ihre Opfer starben einen Erstickungstod, bei dem sich ihre Kehle im Krampf so stark zusammenzog, dass sie keine Luft mehr bekamen. Auch um vergiftete Happen für Tiere herzustellen, hatte man die Pflanze in der Vergangenheit benutzt. Deshalb nannte man sie auch »Würgling«.

Das Wort traf mich wie ein Faustschlag.

Würgling.

Ich hatte keine Ahnung, warum, aber schon allein bei dem Gedanken, schon allein beim *Klang* dieses ungewöhnlichen Wortes wurde mir schwindelig. Ich konnte nicht mehr stillsitzen und tigerte eine Weile unruhig durch mein Zimmer, bevor ich die Lektüre fortsetzte.

Ich las auch, dass ein paar seltene Fälle von Vergiftungen bekannt geworden waren, bei denen jemand die Pflanze einfach nur in der Hand gehalten hatte; aber es handelte sich dabei immer um den Kontakt mit dem Sekret der Blätter oder der Wurzeln, in dem das Gift enthalten war, nicht mit der Blüte selbst. Außerdem gab es im Hinblick auf die Symptome keine Parallelen zu meiner seltsamen »Verbrennung«.

Aus der Küche war die Stimme meiner Mutter zu hören: »Das Abendessen steht auf dem Tisch!«

Beim Ausschalten des Computers wurde mir bewusst, dass ich mehr Fragen hatte als zuvor und keine einzige wirkliche

Antwort. Aber die wichtigste Frage war im Moment: Wie zum Teufel war diese Blume in meinen Rucksack gekommen?

Tatsächlich hätte jeder in der Damenumkleide den Reißverschluss aufmachen und sie hineinstecken können: Mein Rucksack hatte frei zugänglich im Regal gelegen. Aber warum sollte jemand so etwas tun?

Mir fielen die seltsamen Gestalten wieder ein, die in letzter Zeit beschlossen hatten, meine Tage zu bevölkern. Schwarze Schattenmänner. Mädchen mit Blumen im Haar. Bettler mit Schlangenaugen.

Auf dem Weg von meinem Zimmer zur Küche machte ich alle Lichter an.

Kapitel 8

Freitag, 13. Februar
Abnehmender Mond

Am Tag danach erwartete mich in der Schule eine böse Überraschung: Irenes Platz war leer. Der perfekte Start in einen Freitag, den Dreizehnten.

Tatsächlich war ihre Abwesenheit nicht weiter verwunderlich: Sie glänzte noch mehr durch Fehltage als durch mittelmäßige Noten. In den fünf Monaten, die ich sie kannte, hat sie gut ein Dutzend Mal gefehlt. Asthmaanfälle, anämische Krisen, Saisongrippen … Es gab nichts, was sie nicht hatte. Aber heute versetzte mich der Anblick ihres leeren Stuhls so sehr in Panik, dass ich den Wunsch unterdrücken musste, auf dem Absatz kehrtzumachen und schnurstracks wieder nach Hause zu gehen. Es fühlte sich an, als hätte mir plötzlich jemand den Boden unter den Füßen weggezogen.

Nie zuvor war mir so bewusst geworden, wie wichtig meine beste Freundin für mich geworden war …

Okay, unnötig, sich was vorzumachen: meine *einzige* Freundin.

Ich zog mein Handy aus der Tasche und schickte ihr eine SMS. Sie antwortete mir kaum eine Minute später und schrieb, dass ich mir keine Sorgen machen sollte: Am Vorabend war ihr Blutdruck gesunken und sie hatte es am Morgen nicht geschafft, sich auf den Beinen zu halten. Sie versicherte mir aber, dass alles im grünen Bereich sei – für *ihre* Verhältnisse, versteht sich – und morgen alles vergessen wäre.

Mein gestriger Abend war genauso wenig erinnernswert gewesen: Nach dem Abendessen hatte ich eine halbe Stunde ferngesehen, dann ein Manga unter der Bettdecke gelesen und schließlich eine höllische Nacht mit zerknautschten Bettlaken, atemlosem Herumgehetze, fernen Schreien und mondbeschienenen Wäldern verbracht.

Die morgendliche Übelkeit, bedingt durch Schlafmangel, war dabei, meine ständige Begleiterin zu werden, und langsam war ich mit den Nerven völlig am Ende. Beim Frühstück war ich wegen der ewigen Nörgeleien über mein ungesundes Aussehen so auf meine Mutter losgegangen, dass ich selbst erschrocken war. Ihre diesbezüglichen Vorträge waren alles andere als eine Neuigkeit, ich musste sie mir jeden zweiten Tag anhören und hatte seit Jahren gelernt, auf Durchzug zu schalten; aber heute Morgen nicht. Ich starrte ohne den geringsten Appetit auf meinen Teller mit Keksen, während ihre Papageienstimme von Sekunde zu Sekunde lauter und schriller wurde, bis ich schließlich ausgeflippt war. Ich war mit einem Satz aufgesprungen, hatte dabei den Stuhl umgestoßen und geschrien, dass ich den Kram nicht mehr hören könnte. Wenn ich ihr, so wie ich war, nicht passen würde, dann sollte sie sich doch eine Tochter suchen, die ihrer Vorstellung von einem »gesunden und ausgewogen ernährten Kind« entsprach. Mit schlagenden Türen war ich nach draußen gestürmt, während sie mir noch hinterherrief: »Nica! Nica!«

Es regnete zwar nicht, aber der Himmel war immer noch asphaltgrau und es fegten eiskalte Böen durch die Straßen. Ich versuchte mich durch meinen Schal vor dem Wind zu schützen und stapfte die Straße entlang. Widerwillig dachte ich darüber nach, ob sie nicht im Grunde recht hatte. Seit mindestens zwei Tagen hatte ich nicht mehr in den Spiegel gesehen: Ich war sowieso schon deprimiert genug, und mein Spiegelbild hätte meine Stimmung sicherlich nicht heben können.

Ein Teil meines Gehirns versuchte mich hartnäckig daran zu erinnern, dass ich dringendere Probleme hatte als mein Aussehen: An erster Stelle herauszufinden, ob ich dabei war, irrsinnig zu werden, und ob die Dinge, die ich angefangen hatte zu sehen, real waren oder nicht. Ehrlich gesagt hätte ich nicht sagen können, welche der beiden Möglichkeiten mir mehr Angst machte.

Aber mit wem sollte ich darüber reden?

Mit meiner Mutter bestimmt nicht: Im besten Fall hätte sie versucht, mich durch Zen-Meditation zu therapieren, und im schlechtesten hätte sie mir einen Klaps auf die Wange gegeben und gesagt, dass ich eine lebhafte und überreizte Fantasie habe und dass die beste Behandlung für mich sei, weniger Comics zu lesen und mehr an die frische Luft zu gehen.

Das war nämlich ihr Problem: Sie konnte einfach nie irgendetwas ernst nehmen! Für sie war alles ein Spiel, das Leben war bunt wie ein indisches Kleid, von Weihrauchduft erfüllt und voller schöner und gesunder Dinge wie Yoga und Bergwanderungen. Wenn ich sie draußen im Flur singen hörte, hatte ich in so manchem Moment Lust, sie zu ohrfeigen, oder noch besser, mich auf und davon zu machen. Ja, das wär's gewesen: Mit einem Seil aus aneinandergeknüpften Betttüchern aus dem Fenster klettern wie ein Strafgefangener auf der Flucht und mein ganzes Leben einfach hinter mir lassen.

Mein Vater war als Gesprächspartner ebenso wenig eine Option wie meine Mutter, wenn auch aus diametral entgegengesetztem Grund: Er war ein schweigsamer Kauz, und selbst während des Streits von heute Morgen beobachtete er mich, meine Mutter und die ganze Welt, als hätte er etwas vor Augen, von dem er nicht viel verstand, was ihn aber auch nicht besonders interessierte. In letzter Zeit nahm er mich öfter ins Visier als sonst, jedes Mal, wenn ich ihn ansah, begegnete ich seinem rätselhaften Blick.

Mich einem Psychologen, Sozialarbeiter oder sonst jemandem in dieser Richtung anzuvertrauen, war genauso ausgeschlossen. Ich hatte noch nie einen Seelenklempner persönlich getroffen, nicht einmal die Mutter von Irene: Über das Thema wusste ich praktisch nur das, was in Filmen oder Fernsehserien zu sehen war. Verständlich also, dass ich ihnen wenig oder gar nicht traute. Meine Schilderungen von unsichtbaren Männern und blutigen Träumen wären sicherlich Anlass gewesen, in meiner Vergangenheit nach verborgenen Traumata zu suchen (die es natürlich gar nicht gab), oder meiner Familie vorzuschlagen, mich unter Psychopharmaka zu setzen. Nein, danke: Mir reichten wirklich die Probleme, die ich sowieso schon hatte.

Es blieben also nur wenige Alternativen, oder besser, es blieb eine einzige: Irene. Sie wusste sowieso schon, dass in letzter Zeit etwas mit mir nicht stimmte, sie hatte sich mehr als einmal angeboten, sich meine Geschichte anzuhören, und *vielleicht* mochte sie mich auch so gern, dass sie mich nicht für eine Verrückte halten würde.

Aber Irene war nicht da, und so blieb mir nichts weiter übrig, als meine Geheimnisse hinunterzuschlucken, wo sie mir bleischwer im Magen lagen.

Ich verbrachte einen stummen und endlosen Vormittag: eine Stunde Geschichte, eine Naturwissenschaft, zwei Italienisch und schließlich eine Stunde Sport, in der wir überwiegend Volleyball spielten – und ich mit grottenschlechter Leistung aufwartete. Normalerweise war ich gar nicht so übel, aber heute stand ich völlig neben mir: Statt den Ball zurückzupritschen, schaffte ich es tatsächlich, ihn ins Gesicht zu kriegen und wenig später auch noch über meine eigenen Füße zu stolpern, womit ich die Niederlage meines Teams besiegelte. Sicher, die Tatsache, dass Giada, die mit mir in einer Mannschaft spielte, unfähig schien, mir auch nur einen einzigen anständigen Ball zuzuspielen, war nicht gerade eine große Hilfe. Wobei ich allerdings den deutlichen Eindruck hatte, dass ihr das Zuspiel bei den anderen sehr wohl gelang.

Angela und Elena gehörten logischerweise zur gegnerischen Seite. In blindem Verständnis spielten sie einander die Bälle so perfekt zu, als hätten sie eine telepathische Verbindung. Elena, groß und flink, wie sie war, hatte überdies einen mörderischen Aufschlag: Es wäre leichter gewesen, mit bloßen Händen einen Meteoriten zu stoppen.

Am Ende der Stunde war ich erschöpft, durchgeschwitzt, nervöser denn je und hatte überall Schmerzen, sodass die Klingel eine wahre Befreiung war. Ich riss mir die Sportklamotten vom Leib, zog meine Sachen wieder an – ja, es waren dieselben wie schon in den letzten zwei Tagen –, und raste die Treppe hinunter. Ich war völlig am Ende und wollte nur noch nach Hause, mich in mein Zimmer einschließen und eine Woche lang keinen mehr sehen!

In der Eingangshalle angekommen, entdeckte ich inmitten der lärmenden Schülerhorden schon wieder die drei Heldinnen, die mit drei anderen Mädchen tuschelten, von denen eine Giada war. Es waren keine Jungs dabei und vor allem kein Alex, dem ich zwischenzeitlich ständig in ihrer Gesellschaft begegnete, auch wenn ich mich dauernd dazu zwang, woanders hinzusehen und an andere Dinge zu denken. *Irgendwelche* anderen Dinge.

Ich war drauf und dran, an ihnen vorbeizustürmen, die Augen starr nach vorn gerichtet und ohne sie eines Blickes zu würdigen, aber im letzten Moment überlegte ich es mir anders: Hatten sie etwa schon so viel Macht über mich, dass ich mich nicht mehr traute, sie anzusehen, wenn mir danach war?

Während ich sie überholte, drehte ich mich zu ihnen um und bedachte sie mit einem langen Blick, so gleichgültig wie nur möglich, als würde ich meinen Vater imitieren.

Angela erwiderte einen Moment lang meinen Blick und wandte sich dann mit äußerster Gelassenheit wieder ab, ohne dass ihr verhasstes Lächeln auch nur einen Sekundenbruchteil verrutscht wäre. Susanna fixierte mich über ihre Brille hinweg, das Gesicht so ausdruckslos wie eine Maske. Elena hingegen senkte leicht den Kopf und flüsterte den anderen etwas zu: Susanna verzog daraufhin keine Miene, aber Angelas Lächeln wurde einen Tick breiter und die anderen drei Mädchen brachen in Gelächter aus.

Ich kam mir vor, als wäre ich auf ein Stromkabel getreten. Ich blieb abrupt stehen und drehte mich zu ihnen um.

»Und?«

Die drei Grazien starrten mich an, während ihren Freundinnen das Lachen im Halse stecken blieb.

»Wenn ihr mir etwas zu sagen habt: Hier bin ich und höre euch zu.« Die Worte waren unkontrolliert aus mir herausgesprudelt wie Wasser aus einem aufgedrehten Wasserhahn. »Na los, ich bin ganz Ohr!«

Keine von den dreien öffnete den Mund, aber sie sahen mir alle direkt in die Augen. Die anderen traten einen Schritt zurück, als würden sie einerseits nur allzu gern verschwinden, sich aber nicht trauen, dies ohne Erlaubnis zu tun.

Ihr Schweigen brachte mich umso mehr in Rage. »Also, was ist? Ich habe keine Ahnung, was ihr euch in den Kopf gesetzt habt, ihr drei. Aber wenn ihr was zu sagen habt, dann sagt es mir ins Gesicht.«

Schweigen.

»Und? Fehlt es am Mumm oder am Hirn?«

Susanna öffnete mit versteinerter Miene den Mund, aber Angela brachte sie mit einem Blitz aus ihren himmelblauen Augen zum Schweigen.

Stattdessen war es Elena, die lächelnd das Wort ergriff, sich wie eine Katze gebärdend, die gerade eine Maus zwischen den Pfoten hält.

»Hast du was gegen uns, Meis?«

»Ob ich was gegen euch habe? *Ihr* habt was gegen *mich*!« Ich hatte es mit zu lauter und schriller Stimme gesagt. »Und ich würde gerne wissen, warum. Aber noch besser wäre es, wenn ihr einfach aufhören würdet mit eurem Gekicher, dem Geglotze und dem dämlichen Geflüster: Na los, ich will wissen, was Sache ist!«

Elenas Lächeln wurde breiter und fieser denn je. »Du solltest wirklich etwas gegen deinen Verfolgungswahn tun, Meis. Ich kann ja verstehen, dass du dich für sehr wichtig hältst, von deinem Standpunkt aus gesehen, aber hier hat kein Mensch über dich gesprochen, und angesehen hat dich auch keiner.« Sie schwieg einen Moment. »Allerdings jetzt, wo du's sagst: Heute ziehst du wirklich mehr Aufmerksamkeit auf dich als sonst, vor allem deine Haare.«

Instinktiv fasste ich mir mit einer Hand an den Kopf. Eine Bewegung, die ich nicht rechtzeitig stoppen konnte.

Zum ersten Mal zeigte Susanna die Andeutung eines Lächelns, die anderen kicherten.

»Ich hab dich nicht mehr so in Schwierigkeiten gesehen mit deinem Look seit … seit meinem Geburtstagsfest.«

Ich schluckte, mit völlig ausgetrocknetem Mund. Unser Wortwechsel hatte inzwischen dazu geführt, dass andere Schüler stehen geblieben waren und uns zuhörten, darunter auch welche aus unserer Klasse.

»Na komm, mach doch nicht so ein Gesicht«, drängte Elena, jetzt strahlender denn je. »Willst du einen Beweis, dass keiner was gegen dich hat? Sag mir, wann du ein bisschen Zeit hast, dann komm ich persönlich zu dir nach Hause und helfe dir mit deinem Outfit. Vielleicht sogar mit den Haaren.«

Das Gelächter war unerträglich laut geworden.

Ich nutzte den verbleibenden Rest von Wut, um meine Muskeln so anzuspannen, dass ich mich gerade noch umdrehen und die Schule verlassen konnte, ohne zu wanken oder gar völlig zusammenzubrechen. Als ich endlich draußen war, flüchtete ich in einer Geschwindigkeit, die ich nicht für möglich gehalten hätte.

Um die Wahrheit zu sagen: Ich kam zwar zu Hause an, ohne auch nur eine Träne zu vergießen; aber das war auch schon der einzige Sieg, den ich an diesem Tag zu verbuchen hatte.

Meine Mutter war – Gott sei Dank – nicht da. Ich aß irgendwas zu Mittag, was nach Pappe und Asche schmeckte, und verbrachte den Nachmittag in meinem Zimmer, um zu lernen (wenig), auf und ab zu tigern (viel) und mir Szenarien auszudenken, in denen ich Elenas Haare dazu benutzte, Susanna zu erwürgen, oder Susannas Brille dazu, dem blonden Engel die Kehle durchzuschneiden.

Es wurde Abend, ich hörte meine Mutter nach Hause kommen und mich mit leiser Stimme durch die Tür begrüßen. Ich antwortete ihr nicht.

Als Zeit fürs Abendessen war, klopften meine Eltern, aber ich rief zurück, sie sollten mich in Ruhe lassen. Ich hörte jemand weggehen, wenig später wiederkommen und dann wieder gehen. Ich wartete ein paar Minuten, dann öffnete ich die Tür einen Spaltbreit: Auf der Schwelle stand ein Tablett mit meinem Abendessen, es war noch warm. Ich zog es herein in mein Zimmer und bemühte mich, vor dem Fernseher etwas zu essen, allerdings mit geringem Erfolg.

Ich machte ziemlich früh das Licht aus, hoffend und betend, wenigstens heute Nacht ein wenig Schlaf nachholen zu können. Aber ich lag in der Dunkelheit eine Ewigkeit wach, bis ich mich schließlich geschlagen gab, das Licht wieder anmachte und einen Comic von meinem Schreibtisch holte. Der Schlaf kam irgendwann zwischen zwei Seiten, eine Windbö, die die Kerze meines Bewusstseins ausblies.

Ich befand mich auf dem Plateau eines Hügels, das von einigen wenigen, weit auseinanderstehenden Bäumen bedeckt war. Über mir ein Sommerhimmel voller Sterne, mit einem Vollmond, der lange Baumschatten auf den Boden warf, so scharf umrissen, dass sie mit Tinte gezeichnet schienen.

Ein Klageruf, den der Wind zu mir herüberwehte, hatte mich hierhergelockt, ein schwacher und unartikulierter Laut, begleitet von dem Geruch von etwas Lebendigem: nicht der süße und komplexe Geruch von Menschen, sondern etwas Herberes, Direkteres. Der Geruch einer tierischen Beute.

Der Hunger war stark, wie immer. Mein Gehör und mein Geruchssinn hatten mich auf diesen Hügel geführt, auf dem ich jetzt, im Licht des Mondes, die Umrisse von zahlreichen

Pfählen erkennen konnten, die wie die Zinken eines Kamms in einer Reihe im Boden steckten.

Ich näherte mich, tief ins Gras geduckt. Auf dem Gipfel des Hügels öffnete sich eine große, kreisförmige Grube. Sie war nicht sehr tief und gerade erst ausgehoben worden: In der Luft hing noch der Geruch von Erde, die der Spaten bewegt hatte. Um den Graben herum hatte man aus den spitz geschnittenen Pfählen einen Lattenzaun errichtet, der sich ein wenig nach innen neigte. Es gab nur einen einzigen Eingang: eine Öffnung im Zaun, gerade breit genug, um einen Menschen hindurch zu lassen. Vor dieser Öffnung hing, von einem Strick gehalten, eine Art Korbdeckel. Die Klageschreie kamen aus dem Inneren.

Ich umrundete lautlos den Bau und machte vor dem Eingang halt: Im Inneren befand sich auf einem kleinen Erdhügel ein angebundenes Lamm. Es hatte meinen Geruch gewittert, ebenso wie ich den seinen, und jetzt riss es an seiner Schnur und blökte laut.

Ich blieb eine Weile stehen und starrte es an, dann bewegte ich mich zur Seite.

Der hungrige Teil von mir hätte sich gerne auf das Tier gestürzt, aber der andere Teil, der die Falle auf den ersten Blick erkannt hatte, zwang mich, innezuhalten und den Kopf zum Himmel zu heben. Der Wind wehte stärker als vorher, vom Wald her: Ich schnupperte in der Luft, und da, da war er, der Geruch von Menschen. Sie waren ganz nah im dichten Gebüsch verborgen, wartend und vor Nervosität schwitzend.

Ich kreiste um den Lattenzaun herum und postierte mich so, dass er zwischen uns lag. Dort würden sie mich nicht sehen können, während ich inzwischen sehr wohl wusste, wo sie sich befanden. Eine Minute des leisen Heranpirschens wäre genug, gut verborgen von der Dunkelheit, dann auf den letzten Metern ein Sprung und …

Das Geräusch zitternder Fensterläden riss mich aus dem Schlaf, einen Moment lang war ich wie gelähmt vor Entsetzen. Dann erst erkannte ich, dass es nur der Wind war, der Gleiche, der den ganzen Tag über geblasen hatte und jetzt, stärker geworden, an den Fensterläden in ihren Angeln rüttelte. Meine Nachttischlampe brannte noch, und die schwachen Lichter des Flughafens drangen wie immer durch die Vorhänge; keine Spur von der nachtschwarzen Finsternis, die mein Zimmer in jener Nacht heimgesucht hatte, in der sich *etwas* an mein Fenster geklammert hatte.

Der Wecker auf meinem Nachttisch zeigte 1.20 Uhr.

Ich setzte mich im Bett auf und spürte, dass ich hungrig war. Mit den Augen suchte ich nach dem Tablett, auf dem die kalten Reste meines Abendessens auf ihre letzte Reise warteten, egal ob sie nun in meinen Magen oder in den Mülleimer gehen würde. Nein, sie waren wirklich nicht dazu angetan, mir Appetit zu machen.

Ich stieg aus dem Bett: Der Boden war eiskalt. Auf Zehenspitzen durchquerte ich den Flur und glitt in die Küche. Ohne das Licht anzumachen, ging ich zum Kühlschrank und nahm ein Joghurt heraus, dann tastete ich im Dunkeln nach der Besteckschublade und bewaffnete mich mit einem Löffel.

Neben dem kleinen Küchenfenster stand ein hoher und schmaler Barhocker, den meine Mutter kurz nach unserem Einzug gekauft, hier abgestellt und seitdem ignoriert hat. Es setzte sich nie jemand darauf, weil er abseits stand und unbequem war, aber in diesem Moment war es der einzige Sitzplatz, der sich nicht im Dunkeln befand: Das danebenliegende Fenster war kleiner als die anderen Wohnungsfenster, es ging zum Innenhof, hatte keine Fensterläden und ließ durch den dünnen Vorhang etwas Licht herein. Ich kletterte auf den Sitz und tauchte den Löffel in meinen Becher.

Draußen wütete weiter der Wind, und von der Türschwelle her zog es mit einem pfeifenden Geräusch; kein besonders toller Platz für einen nächtlichen Imbiss. Besser, ich kehrte ins Zimmer zurück.

Schon mit einem Fuß auf dem Boden, schob ich den Vorhang zur Seite, um einen Blick aus dem Fenster zu werfen: In den anderen Wohnungen war alles dunkel, und die einzigen Lichter kamen von den Lämpchen unten im Hof. Die Wasseroberfläche des kleinen Teichs, die im Halbdunkel aussah wie ein schwarzer Ölfleck, zitterte und kräuselte sich, wenn der Wind darüberzog. Ich fragte mich, ob sich das für die Fische wie ein Erdbeben anfühlte.

Um das Wasser herum bewegten sich die Büsche in fast gewaltsamen Zuckungen. Ich musste an einen Zwinger mit seltsamen, haarigen Tieren denken, die sich gegen die Tatsache aufbäumten, in einen Käfig gesperrt zu sein. Und dann war da noch was, ziemlich in der Mitte, etwas Weißes, das sich unter den Peitschenhieben des Windes nicht bewegte.

Ich stieg vom Hocker und zog den Vorhang ganz zur Seite. Ich brauchte mehrere Sekunden, bis ich realisierte, dass es sich um eine weiße Schürze handelte, aber nur eine Sekunde, um sie wiederzuerkennen: Dort unten, auf dem Mäuerchen, unter den Hieben des Windes, saß das Mädchen mit den Blumen im Haar.

In der Zeit, die ein Herzschlag dauert, rasten tausend Gedanken durch meinen Kopf. Sie wusste, wo ich wohnte. Sie war mir bis hierher gefolgt. Mitten in der Nacht. Sie saß dort, wo ich sie sehen konnte, wie schon die anderen Male, und wartete. Und zwar wartete sie auf mich.

Ich traf keinerlei Entscheidung, jedenfalls nicht bewusst. Aber fünf Sekunden später war ich in meinem Zimmer und zog mich in Blitzgeschwindigkeit an. In jedem anderen Moment wäre ich auch im Schlafanzug hinuntergegangen, aber nicht in einer Nacht wie dieser.

Bevor ich die Wohnung verließ, schaute ich von Neuem aus dem Küchenfenster: Der Wind hatte sich beruhigt, aber sicher nur für eine kleine Weile, und das Mädchen war immer noch da. Ich schlüpfte lautlos in den Gang hinaus, nahm meine Jacke und den Schal von der Garderobe, drehte den Schlüssel mit äußerster Vorsicht im Schloss und öffnete die Tür, die dabei ein gefährliches Quietschen von sich gab.

Ich hielt den Atem an, aber es drang kein Geräusch an mein Ohr. Ich wartete fünf Sekunden, dann schloss ich ganz leise die Tür hinter mir.

Bei jedem Treppenabsatz, den ich hinter mir ließ, wurde ich aufgeregter. Da war etwas, das nicht stimmte da draußen, etwas, das absolut *nicht* an seinem Platz war: Eine deutliche Vorahnung pulsierte in den Tiefen meiner Brust und durchflutete mich in immer größeren Wellen.

Unten im Flur hantierte ich ein paar Sekunden mit meinem Schlüsselbund und suchte den richtigen Schlüssel zum Innenhof. Draußen war der Wind wieder stärker geworden, sodass sogar die kleinen Laternen schwankten. Ich suchte im Gebüsch, das mit seinem Zischeln mehr denn je an wild gewordene Tiere erinnerte, nach dem Mädchen. Aber sie war verschwunden.

Ich unterdrückte einen Fluch. Nein, nein, nicht schon wieder!

Ich rannte durch den Innenhof, setzte meinen Körper den Windstößen aus, die mich immer wieder abdrängten, und durchquerte den engen Bogengang zur Straße: Die Windschutzscheiben der wenigen, am Gehweg geparkten Autos reflektierten das matte Licht der Straßenbeleuchtung. Ich hatte mich noch nie spät in der Nacht auf den Straßen Mailands herumgetrieben. Es war ganz still, nur das Heulen des Windes war zu hören, der zwischen den Häusern hindurchfegte wie durch einen Canyon. Er trug Staubwirbel mit sich und den Geruch von Smog und Regen.

Das Mädchen war nirgends zu sehen, aber zu meiner linken nahm ich eine Bewegung wahr, einen schwarzen Umriss, der schon einen Moment später in der Dunkelheit am Ende der Straße verschwunden war.

Ich rannte spontan hinterher. Ich war mutterseelenallein auf den Straßen der Stadt unterwegs, in tiefster Nacht, und ich hatte soeben einen Schatten in einer Gasse verschwinden sehen – und doch blieb ich keinen Augenblick stehen, um mir darüber klar zu werden, wie absurd das Ganze war. Meine Ahnungen quälten mich stärker als zuvor und signalisierten deutlich eine unmittelbare Gefahr, die in immer bedrohlichere Nähe rückte.

Als ich um die Ecke bog, war das Mädchen wieder da, etwa zwanzig Meter von mir entfernt. Sie rannte die verlassene Straße entlang, behindert von ihrem Rock, die mit Blumen gesprenkelten Haare ganz zerrauft vom Wind. Hinter ihr bewegte sich der Schatten, er schien auf dem Asphalt eher zu *gleiten* als zu rennen, flink wie ein Fisch, der durch ein Meer aus flüssigem Dunkel flitzt. Ich erkannte auf Anhieb seine schwarze Kutte wieder.

Immer noch rennend und zwischendurch stolpernd drehte das Mädchen plötzlich nach rechts ab und verschwand hinter einem Geländer aus meinem Blickfeld. Ihr Verfolger blieb ihr dicht auf den Fersen und plötzlich tauchte eine zweite Gestalt im schwarzen Mantel auf, die sich der ersten anschloss, fast als würde sie sich aus deren Schatten materialisieren. Ich war mir sicher, dass das Mädchen keine Chance hatte, sich in Sicherheit zu bringen.

Also rannte ich, so schnell ich konnte.

Ich explodierte in einen atemlosen Sprint, plötzlich befreit von meinem Körpergewicht, nur noch ein Bündel aus energiegeladenen Muskeln.

Ich war schnell wie der Wind, der mir in den Ohren pfiff. Irgendetwas passierte mit meinen Augen, eine Art Ameisenkribbeln, genau wie in jener Nacht, als etwas an meinem Fenster gekratzt hatte. Diesmal aber leistete ich keinen Widerstand und fühlte, wie meine Pupillen *sich weiteten.* Die Welt explodierte in ein Meer von Formen und Farben, als ob plötzlich Tag wäre. Aber es waren andere Farben, in einer Bandbreite, die ich mir niemals hätte ausmalen können. Ich blieb nicht stehen, um zu schauen, sondern hielt die Augen fest auf das Mädchen geheftet, das jetzt von einem sanften orangefarbenen Lichtschein umgeben war.

Ich erblickte sie auf der anderen Seite des Gitters, hinter dem sie verschwunden war. Es war ein mehrere Meter hoher Zaun um eine Grünanlage. Ich sah, wie sie erneut stolperte, langsamer wurde, stehen blieb und *zurückwich.* Einen Sekundenbruchteil später begriff ich, warum: Zwei weitere schwarze Gestalten kamen von vorn auf sie zu, während ihre beiden Verfolger von hinten immer näher rückten. Sie war in der Falle, und es war klar, dass ich trotz der Geschwindigkeit, zu der ich plötzlich in der Lage war, nicht rechtzeitig da sein würde. Ich scherte seitwärts aus und übersprang das Geländer.

Ich habe noch oft an jenen Moment gedacht, aber wie sehr ich mich auch mühte: Es ist mir nie gelungen, ihn mir ins Gedächtnis zurückzuholen. Gerade noch war ich in vollem Lauf und einen Wimpernschlag später in der Luft, in drei Metern Höhe, unter mir wie in einer Blitzaufnahme das Geländer –, so als wäre zwischen Handlung und Gedanken überhaupt keine Zeit vergangen.

Mit einem Knie und einer Hand auf dem Boden landete ich auf der anderen Zaunseite im Gras und machte einen Satz nach vorn, genau wie in meinen Träumen (was mir aber erst später bewusst wurde). In weniger als zwei Sekunden befand ich mich an der Seite des Mädchens. Sie schrie erschrocken auf, als ich so aus dem Nichts auftauchte. Ich positionierte mich zwischen sie und die näher rückenden schwarzen Männer, und wie instinktiv stellte sie sich hinter mich, geschüttelt von lautlosen Schluchzern.

Die beiden Verfolgerpaare vereinten sich in der Mitte des Weges und bauten sich vor uns auf, die Säume und Ärmel ihrer Kutten flatterten im Wind wie lange schwarze Flaggen. Vier völlig identische Männer, ein Gesicht wie das andere: kahle Schädel, die im Schein einer fernen Straßenlampe glänzten, und Augen aus Obsidian, die uns unbeweglich anstarrten.

»Verschwindet.«

Die Stimme, die hoch und klar aus mir herauskam, erkannte ich selbst kaum wieder. Vage wurde mir bewusst, dass ich vor Entsetzen völlig verschüchtert und in Tränen aufgelöst hätte sein müssen. Stattdessen starrte ich die vier Gestalten an, ohne etwas anderes zu empfinden als Wut.

Die vier standen regungslos, aber ein Zittern durchlief die Luft und ein Geflüster drang an mein Ohr, so leicht, dass ich nicht mal sicher war, ob ich es wirklich hörte oder mir nur einbildete.

»Lass uns vorbei. Du hast kein Recht, dich einzumischen.«

Hinter mir ließ das Mädchen ein Stöhnen hören.

Ich versuchte vergeblich, herauszufinden, von welchem der vier Männer die Stimme kam. Es gelang mir nicht mal, zu unterscheiden, ob sich ihre Lippen wirklich bewegten.

Ich schüttelte den Kopf. »Nein.«

Die vier wechselten einen Blick, wobei sie kaum die Köpfe drehten.

»Die Flüchtige gehört uns.«

»Nein.«

»Die Flüchtige gehört der Erde. Sie ist die unsere.«

»Nein.«

»Sie hat sich nachts draußen herumgetrieben, sie wusste, was sie riskierte. Der Unsterbliche ist nicht da, sie zu schützen: Auch er wusste, dass er sie nicht für immer verbergen kann. Lass uns vorbei.«

Ich hatte nicht die geringste Ahnung, wovon sie redeten, aber eines wusste ich sicher: Ich würde nicht zulassen, dass sie ihr auch nur ein Haar krümmten.

Ich schüttelte von Neuem den Kopf.

»Wir zollen dir Respekt, und wenn dies jetzt dein Territorium ist, dann versprechen wir, dass wir uns nicht mehr gegen deinen Willen hier aufhalten werden. Aber such dir deine Beute unter den Menschen, wie du es immer getan hast, und lass uns, was unser ist. Die Flüchtige wird zur Erde zurückkehren: Sie kann ihre Entscheidung nicht widerrufen.«

»Ihr werdet sie nicht anfassen.«

»Auch wenn du aus alter Zeit kommst, hast du nicht das Recht, dich einzumischen.«

»Verschwindet!«

Ich machte einen Schritt nach vorn, mehr um meine Worte zu unterstreichen als zu drohen. Und da geschah etwas, das ich nie, wirklich niemals erwartete hätte: Sie wichen zurück.

Ich versuchte, mir meine Überraschung nicht anmerken zu lassen, und holte langsam tief Luft. »Geht zurück dorthin, von wo ihr gekommen seid, und wagt nie mehr, einen Fuß in die Nähe meines Hauses zu setzen.«

Ich trat einen weiteren Schritt vor, und sie wichen noch weiter zurück, in einer absurd anmutenden Synchronbewegung, die Teil einer Halluzination zu sein schien.

»Ich habe gesagt, dass ihr verschwinden sollt!«

Ich lehnte mich mit geballten Fäusten nach vorn, die Knie leicht gebeugt, als ob ich zum Sprung ansetzen wollte. Ich hatte diese Haltung ganz automatisch angenommen, ohne darüber nachzudenken, und ebenso automatisch fletschte ich die Zähne.

Die vier Schatten wurden von einem Zittern erfasst, dann, ganz langsam, ohne mir den Rücken zuzudrehen, bewegten sie sich auf die andere Straßenseite zu. Sie blieben einen Moment bewegungslos stehen, dann glitten sie schnell in die Richtung davon, aus der das zweite Paar gekommen war. In weniger als drei Herzschlägen hatte ich sie aus den Augen verloren.

Ein gewaltiger Windstoß fegte durch die Straße, gefolgt von einer ohrenbetäubenden Stille.

Auch der keuchende Atem des Mädchens hinter mir war verstummt. Noch bevor ich mich umdrehte, wusste ich, was ich sehen würde: Sie war verschwunden.

Nach einer Minute der Erstarrung wurde mir klar, dass alles vorbei war und außerdem eine Eiseskälte herrschte. Wie hatte ich es nur angestellt, das bis jetzt nicht zur Kenntnis zu nehmen?

Ich zog meinen Schal so zurecht, dass er auch meine Schultern bedeckte, und machte mich mit langsamen Schritten auf den Heimweg. Der Wind hatte sich ausgetobt, und auf die leeren Straßen hatte sich eine Ruhe gesenkt, die beinahe überirdisch schien. Auch die Dunkelheit war zurückgekehrt; oder besser, meine Augen hatten die Fähigkeit verloren, sie zu durchdringen.

Ich bemühte mich nicht, zu analysieren, was geschehen war: Ich wäre dazu sowieso nicht in der Lage gewesen. Für den Moment wollte ich nichts anderes mehr als mein Zimmer, mein warmes Bett und vielleicht eine Tasse heiße Milch, wenn es mir gelingen würde, sie zuzubereiten, ohne meine Eltern aufzuwecken.

Zu Hause angekommen, schloss ich hinter mir die Haustür ab und stieg die Treppen zu unserer Wohnung hinauf. Die Tür war offen, das Licht im Gang brannte. Auf der Türschwelle stand meine Mutter.

Kapitel 9

Samstag, 14. Februar
Abnehmender Mond

Am Morgen danach ließ ich den Wecker eine halbe Stunde früher klingeln. Ich duschte lange, bürstete mir die Haare, bis sie ihren Widerstand aufgaben und die Form annahmen, die ich haben wollte, ich zog schwarze Cordhosen an und ein schwarzes Jeanshemd über einem dunkelgrauen T-Shirt, steckte mir Perlmuttohrringe in Form einer Mondsichel ins Ohrläppchen und nutzte die verbliebenen Minuten, um meine Springerstiefel zu putzen. Dann frühstückte ich schweigend und verließ die Wohnung.

Der Wind hatte über Nacht für einen wolkenlosen Himmel gesorgt, und die Sonne ging an diesem Morgen an einem beinahe eisblauen Himmel auf.

Zum zweiten Mal in dieser Woche kam ich sehr früh in die Schule, und zum zweiten Mal traf ich Irene auf der Treppe. Ich erkannte sie an ihrem cremefarbenen Mantel, denn ihr Gesicht war hinter einem gigantischen Strauß roter Rosen verborgen, den sie mit beiden Händen festhielt.

»Irene!«

Sie schaute mit einem Auge hinter dem Dickicht aus purpurfarbenen Blütenblättern hervor. »Hallo, Veronica, könntest du mir helfen?«

Ich half ihr, das Samtband zu lösen, das den Strauß zusammenhielt, und nahm ihr die eine Hälfte Blumen aus der Hand: Auf zwei Leute verteilt, verwandelte sich das Monstrum in zwei immer noch riesige Sträuße. Ich schnupperte an einer der Rosen: Sie duftete zwar nicht, aber sie war immerhin echt.

»Wie kommst du denn dazu?«

Irene zog ein Gesicht, halb verzweifelt, halb peinlich berührt. »Ein Bote hat sie mir vor einer Minute in die Hände gedrückt, draußen am Schultor. Vor allen Leuten.«

Ich blieb zwei Sekunden lang stumm, dann erst verstand ich. Es war der vierzehnte Februar. Valentinstag.

Unter normalen Umständen wäre das undenkbar gewesen: Seit Wochen schon konnte man sich auf der Straße in keine Richtung drehen, ohne einem Pappherzchen oder einer Baci-Perugina-Werbung zu begegnen. Und doch hatte ich es tatsächlich geschafft, den Valentinstag zu vergessen. Vielleicht, weil mir in letzter Zeit auf der Straße Gespenster begegneten.

»Ist alles in Ordnung?«

Ich sah meine Freundin an und schüttelte den Kopf. »Überhaupt nicht. Ich habe den Rest des Monats Hausarrest.«

Irene riss die Augen auf. »Was ist denn passiert?«

»Gestern Abend hat meine Mutter mich beim Ausgehen erwischt.«

»Ohne Erlaubnis?«

Ich seufzte. »Es war ein Uhr nachts.«

Irene blieb mitten auf der Treppe stehen. »Und was machst du um ein Uhr nachts draußen?«

Seit ich heute Morgen aufgewacht war, hatte ich mir Dutzende von möglichen Antworten auf diese Frage durch den Kopf gehen lassen, aber keine einzige davon wäre ehrlich gewesen. »Wenn ich dir das erzählen würde, würdest du mir nicht glauben. Aber ich werde dir alles erklären, versprochen. Nur nicht jetzt, bitte.«

Meine Freundin zögerte, dann nickte sie mit einem besorgten Gesichtsausdruck. »Sag mir nur eins, Veronica.«

»Was denn?«

»Steckst du in Schwierigkeiten?« Sie schwieg einen Augenblick. »*Ernsthafte* Schwierigkeiten, meine ich.«

Auf diese Frage war ich nicht so gut vorbereitet, aber ich beschloss, auch diesmal nicht zu lügen. »Ich weiß es nicht. Ich verstehe ja selbst nicht, was da gerade passiert, aber ich schwöre dir, dass ich nichts Schlimmes angestellt habe. Ich schwöre es dir auf alles, was du nur willst, Irene.«

Irene nickte noch einmal und rang sich ein Lächeln ab. »Ich glaube dir!« Sie legte ihren freien Arm um meine Schulter. »Aber lass mich wissen, wenn es etwas gibt, das ich tun kann.«

Ich lächelte zurück, ein müdes Lächeln. »Du hörst mir zu: Das ist mehr, als irgendjemand sonst bisher für mich getan hat.« Ich verkniff mir den Zusatz, dass ich am Morgen unter der Dusche eine Entscheidung gefällt hatte, die mich im besten Falle zu ein paar Antworten führen würde.

»Mit deiner Mutter hast du nicht gesprochen?«

»Nein.«

»Und wie hast du deine nächtlichen Eskapaden entschuldigt?«

»Ich habe sie gar nicht entschuldigt. In der Aufregung ist mir keine plausible Geschichte eingefallen. Ich glaube, das hat sie noch wütender gemacht.«

»Und das heißt?«

»Das heißt Hausarrest bis März, sowohl tagsüber als auch abends, kein Comicladen, kein gar nichts. Nur ins Schwimmbad darf ich gehen, weil meine Mutter einen Gesundheitswahn hat und ihr körperliche Aktivität über alles geht, aber damit hat sich's dann auch. Nicht einmal unser Festnetztelefon darf ich benutzen.« Letzteres wog für mich weniger schwer als die anderen Dinge: Ich war nie jemand gewesen, der stundenlang telefonierte.

Oben auf dem Treppenabsatz angekommen, blieb Irene stehen und sah sich um.

»Was suchst du denn?«, fragte ich sie.

»Einen Mülleimer, der groß genug ist, damit diese Rosen hineinpassen.«

Ich sah sie völlig konsterniert an. »Willst du sie wegschmeißen?«

Sie rümpfte die Nase. »Es nervt mich, sie mit in die Klasse zu schleppen, aber ich habe keine Ahnung, wo ich sie verstecken soll. Es ist wirklich ein riesiger Strauß!«

»Wer hat ihn dir überhaupt geschickt?« Ich lugte zwischen den Stielen hindurch, auf der Suche nach einem Zettel, und tatsächlich fand ich etwas Weißes, das sich zwischen den Blättern versteckt hatte.

»Der Bote hat es mir nicht gesagt, aber ich habe so eine Ahnung …«

Ich steckte vorsichtig die Hand in den Strauß, aber es bestand keine Gefahr, sich zu stechen: An jedem einzelnen Stengel waren die Dornen entfernt worden. Ich zog einen kleinen Umschlag mit Goldrand hervor und reichte ihn Irene; in seinem Inneren war etwas Hartes fühlbar.

Irene öffnete den Umschlag und ließ den Inhalt auf ihre Handfläche fallen: Es war ein silberner Anhänger in Form eines Schmetterlings, der an einem Kettchen aus dem gleichen Metall hing. Wir beugten uns beide hinunter, um ihn anzuschauen. Er war ein paar Zentimeter lang, und seine Flügel waren mit kleinen blauen Brillanten besetzt.

Ich streckte einen Finger aus, um ihn zu berühren. »Ist das Silber?«

»Weißgold.«

Aus der Tüte fiel nun auch ein gold umrahmtes Kärtchen: Irene las es und steckte es in die Tasche.

»Und?«, fragte ich.

»Andrea.«

Ich setzte ein süffisantes Lächeln auf und bohrte ihr einen Finger in die Rippen. »Wer ist das denn?«

Sie starrte zu Boden. »Ein Junge, den ich schon seit Ewigkeiten kenne.«

»Wie alt ist er?«

»Neunzehn. Sein Vater ist Lieferant bei meinem Vater. Freunde der Familie sozusagen.« Sie warf noch einen Blick auf den Anhänger in ihrer Hand, dann ließ sie auch den in ihren Manteltaschen verschwinden.

Ich mühte mich, mein Lächeln zu halten. »Freust du dich denn nicht?«

Mir ging durch den Kopf, dass mir niemand an diesem Tag Rosen schicken würde, geschweige denn Schmuck im Wert von mehreren Tausend Euro, aber ich sagte lieber nichts davon.

Irene seufzte. »Jetzt werde ich ihn anrufen müssen, um mich bei ihm zu bedanken, denn wenn ich es nicht tue, dann ruft seine Mutter meine Mutter an, und dann wird er mich fragen, ob ich heute Abend etwas vorhabe, und ich werde ihm sagen müssen, dass ich nichts vorhabe, denn meine Mutter wird am Hörer des anderen Telefons bei uns zu Hause hängen und unser Gespräch mit anhören. Und er wird mich in die Innenstadt führen, in irgendein Restaurant, in dem man schon letztes Jahr anrufen musste, um einen Tisch zu reservieren, und wo er tatsächlich schon einen Tisch für zwei reserviert haben wird.«

»Und da beklagst du dich noch?« Es war mir rausgerutscht, bevor ich darüber nachdenken konnte.

»Nein. Das heißt, ich weiß, dass ich das nicht sollte ...«

»Was ist er denn für ein Typ?«

»Der Typ, der dir am frühen Morgen fünfzig rote Rosen in die Schule schickt.«

Ich kapierte, dass es besser war, nicht weiter darauf herumzureiten. Sie starrte den Strauß noch ein paar Sekunden lang an, dann betrat sie resigniert das Klassenzimmer. Ich war ganz froh, dass sie die Hälfte, die ich in der Hand hielt, nicht zurückgefordert hatte: So würde es für die anderen wenigstens danach aussehen, als hätten wir beide den gleichen Strauß Rosen erhalten.

Im Zimmer waren einige Pralinenschachteln zu sehen, die auf verschiedenen Bänken thronten, und die Mädchen gebärdeten sich aufgeregter und lauter als sonst. Ich schaffte es nicht, einen prüfenden Blick auf die zweite Reihe zu vermeiden: Susanna schob gerade ihre Haare zurück, um ihren Freundinnen ein Paar neuer Ohrringe zu zeigen, die – verdammt! – ihr wirklich gut standen. Wenigstens befand Alex sich ausnahmsweise mal nicht bei ihnen, sondern stand am Fenster und war in ein Gespräch mit seinen Freunden vertieft. Meine Laune, die sowieso schon am Boden zwischen meinen Füßen schleifte, schien fest entschlossen, sich einen Graben zu buddeln.

Die erste Hälfte des Vormittags war lang wie immer, und ich zerstreuter denn je. In der Pause tigerte ich im Flur auf und ab, Irene im Schlepptau, die über irgendwelchen Unsinn plauderte, um meine Stimmung zu heben. Als wir zwei Minuten vor der

Klingel wieder ins Klassenzimmer zurückkehrten, stand auf meiner Bank eine Pralinenschachtel. Mit einer Schleife.

Irene und ich sahen uns an. Ich nahm die Schachtel in die Hand: Es war kein Zettel dabei und Baci Perugina waren es auch nicht, sie waren exotischer. Und teurer.

Wenige Sekunden später signalisierte mir mein Handy eine SMS. Ich zog es aus der Tasche: Auf dem Display war der Name von Alex zu lesen. Ich zählte bis zehn, dann las ich die Nachricht. Da stand tatsächlich »ALLES GUTE ZUM VALENTINSTAG«.

Irene starrte mich fragend an. Ich hielt ihr das Telefon hin, damit sie den Text lesen konnte; ein breites Lächeln überzog ihr Gesicht.

Alex kam eine Minute später mit dem Stundenklingeln zur Tür herein, und zwar zusammen in Begleitung von Angela, ihren Freundinnen und zwei weiteren Jungs. Er ging zu seinem Platz und setzte sich, ohne auch nur einmal in meine Richtung zu schauen.

»Warum macht er das?«, flüsterte ich Irene ganz aufgelöst zu.

»Ich weiß es nicht.«

»Seit Elenas Fest benimmt er sich so komisch.«

»Habt ihr an dem Abend miteinander geredet?«

»Wenn ich das nur wüsste …«

Irene legte in der für sie typischen Geste eine Hand auf die meine. »Wenn er dir das geschickt hat, und ausgerechnet heute, dann will er dir ganz offensichtlich etwas sagen.«

»Ja, aber warum tut er das dann nicht einfach?! Warum redet eigentlich nie jemand klar und deutlich mit mir? …«

Meine Freundin seufzte und warf einen Blick in Richtung zweiter Reihe. »Wenn ich raten darf, dann würde ich sagen, dass das mit Angela zu tun hat. Alex weiß, dass du bei ihr und ihren Freundinnen nicht beliebt bist, und vielleicht wollte er nicht, dass sie sehen, wie er dir was zum Valentinstag schenkt.«

Das erschien mir nicht gerade ein Beweis für großen Mut, aber ich verscheuchte den Gedanken. »Vielleicht ist er ja nur so viel mit Angela zusammen, damit niemand merkt, dass er sich in Wirklichkeit für *mich* interessiert. So wie die andere Frau, die Dante Alighieri in der *Vita Nuova* vorschiebt, um seine Liebe zu Beatrice zu verbergen.« Ich lachte, ein wenig bemüht, aber Irene verstand, dass ich die Dinge nur etwas leichter zu nehmen suchte, und so lachte sie mit, bis unser Geschichtslehrer uns zur Ruhe mahnte.

Die beiden letzten Stunden waren die reinste Folter für mich. Wie sollte ich mich Alex gegenüber verhalten? Was sollte ich tun? Auf die SMS antworten? Ihn anrufen? Ihm selber etwas schicken? Verdammt, ich hatte keine Ahnung von Jungs! …

Eine SMS? Nein, zu kühl. Ein Anruf? Um was zu sagen? Vielleicht, wenn wir unter vier Augen reden könnten, ganz direkt … Klar: Beim letzten Versuch war ich geflüchtet, während er meine Anwesenheit nicht mal bemerkt hatte.

Ich presste die Lippen aufeinander. Noch gestern Abend hatte ich es ganz allein mit vier seltsamen Wesen aufgenommen, die wenig Menschliches an sich hatten, und es war mir sogar gelungen, sie in die Flucht zu schlagen: Und jetzt fehlte mir der Mut, einen Jungen anzuquatschen, um ihn um eine Erklärung für sein Verhalten zu bitten?

Der Gedanke zog eine Flut von weiteren Überlegungen nach sich, die ich eigentlich den ganzen Vormittag aus meinem Kopf verbannt hatte. Jetzt fiel mir unweigerlich wieder ein, dass ich nach der Schule etwas sehr Wichtiges vorhatte.

Ich fluchte vor mich hin: Wenn ich Alex persönlich sprechen

wollte, dann wäre unmittelbar nach Schulschluss die beste Gelegenheit dazu. Und wenn ich das heute nicht tat, würde ich ihn bis Montag nicht sehen, und er würde denken, dass ich ihm nichts zu sagen hatte, oder noch schlimmer, dass sein Geschenk mir lästig war und keine Freude … Ich könnte per SMS ein Treffen vorschlagen, heute Nachmittag oder auch erst am Sonntag? Nein, nein, verdammt, ich hatte ja Hausarrest!

Es klingelte, bevor ich mich zu einer Entscheidung durchgerungen hatte.

»Irene, wenn ich dir eine Frage stelle, gibst du mir dann eine ehrliche Antwort?«

Sie sah mich verdutzt an. »Selbstverständlich.«

»Bevor ich nach Hause gehe, muss ich noch was erledigen. Es ist wichtig, auch wenn es vielleicht nichts bringt. Wenn ich das jetzt nicht mache, muss ich damit bis Montag warten: Meine Mutter ist zu Hause und wartet auf mich, und wenn ich mit mehr als zehn Minuten Verspätung heimkomme, reißt sie mir den Kopf ab. Allerdings kann ich auch nur jetzt mit Alex reden, aus genau demselben Grund. Ich kann also nur das eine oder das andere tun, für beides habe ich keine Zeit. Was soll ich machen?«

Sie zögerte keine Sekunde. »Du gehst und erledigst deine wichtige Sache.«

»Aber …«

»Kein aber.« Ein Lächeln erschien auf ihren Lippen. »Die Jungs werden zahmer, wenn du sie etwas schmoren lässt. Alex kann ruhig ein paar Tage warten.«

Ich biss mir auf die Unterlippe, nicht sehr überzeugt.

»Du hast keinerlei Veranlassung, ihm hinterherzurennen, kapierst du das nicht?«, insistierte Irene. »Besonders, da er so tut, als würde er dich gar nicht zur Kenntnis nehmen, aus welchen Gründen auch immer. Lass ihn nur warten: Jetzt bist du es, die die Zügel in der Hand hält.«

Ich musste zugeben, dass ich die Sache noch nicht von dieser Warte aus betrachtet hatte. Ich sah mich um und stellte fest, dass Alex sowieso schon weg war: Der Samstag ist immer der Tag, an dem sich alle in Windeseile zerstreuen. Es war also beschlossene Sache: Ich würde ihm nicht nachlaufen. Nicht heute.

Ich verabschiedete mich auf der Straße von Irene und versprach, sie am Nachmittag heimlich anzurufen, um zu erfahren, wie es mit Andrea gelaufen war. Dann ging ich in Richtung Metro und nahm den Weg, auf dem ich letzten Mittwoch dem schwarzen Mann gefolgt war.

Mit jedem Meter, den ich zurücklegte, verlor ich an Sicherheit. Wusste ich wirklich, was ich da tat? Nein, das tat ich nicht, aber andererseits hatte ich das auch gestern Abend nicht gewusst, als ich mitten in der Nacht hinausgelaufen war, um eine Art Geist zu verfolgen. Allerdings fühlte ich heute nicht die Spur von jenem besonderen *Etwas* in mir, das – was auch immer es gewesen sein mochte –, letzte Nacht von mir Besitz ergriffen und mich dazu gebracht hatte, über hohe Geländer zu springen und mich Dämonen in den Weg zu stellen, in der unbegreiflichen, absurden, aber absoluten Sicherheit, dass ich die Stärkere war. Ich schüttelte den Kopf und setzte meinen Weg fort; es war einfach zu spät zum Umkehren. Und vielleicht täuschte ich mich ja auch, vielleicht war er gar nicht mehr da …

Tatsächlich war er genau dort, wo ich ihn erwartet hatte, an derselben Stelle unter seiner Pinie, auf der Straße mit den umzäunten Gärten.

Bettler suchen sich, wie man weiß, meistens einen Platz, an dem sie eine Weile bleiben.

Ich blieb an der Straßenecke stehen und beobachtete ihn: Er schien vor sich hin zu dösen. Die Straße war verlassen und still. Ich näherte mich ihm mit schnellen Schritten, bemüht, kein Geräusch zu machen, und stand schließlich direkt vor ihm. Er hatte die Augen geschlossen, sein Kinn war sicher seit mehreren Tagen nicht rasiert, seine langen rotblonden Haare fielen ihm über die Schultern, spärlich und schmierig. Er trug drei oder vier teils geflickte Pullover übereinander und lag halbausgestreckt auf einer abgewetzten Militärdecke, um sich herum zwei bis zum Platzen gefüllte Umhängetaschen. Seine Stirn zierte eine kreisförmige Narbe, so rot wie eine Brandwunde. Sie war von seltsamen Linien durchzogen und erinnerte mehr als alles andere an einen Fingerabdruck.

Ich stand gut zwanzig Sekunden da und starrte ihn an, bevor er hochschreckte und mich entdeckte. Kaum war ich dem Blick seiner animalischen Augen begegnet, brannten die meinen und füllten sich mit Tränen. Aber dieses Mal war ich vorbereitet, und tat das, was ich mir vorgenommen hatte: Ich weitete die Pupillen.

Ich war mir keineswegs sicher, ob es funktionieren würde. Schon am Morgen, auf dem Weg zur Schule, hatte ich es mehrmals probiert, und auch auf dem Weg in diese kleine Gasse: ohne Erfolg. Jetzt legte ich in meinen Versuch alle Überzeugung, zu der ich fähig war, wie ich es schon in der Nacht zuvor getan hatte. Und diesmal, wer weiß warum, gelang es.

Der Tränennebel löste sich auf, und die Welt wurde schwallartig von Licht überflutet. Wenn ich das Gefühl beschreiben sollte, dann würde ich sagen, es war, als hätte ich die eigene Optik zum ersten Mal im Leben wirklich scharf gestellt: Jedes einzelne Objekt wurde deutlich umrissener, klarer. Jeder Zentimeter, nein, jeder Millimeter meiner Umgebung füllte sich mit unzähligen Details, und alle Farben schimmerten in unfassbaren Schattierungen.

Der Bettler war aufgestanden und schien drauf und dran, wegzurennen, aber dann sah er mich noch einmal an und erbleichte. Er stolperte über seine eigenen Füße, als wäre ihm plötzlich eingefallen, doch nicht flüchten zu wollen, und kramte dann verzweifelt in seinen Taschen herum. Schließlich richtete er die lange Klinge eines Messers auf mich und verdrehte dabei seine unglaublichen Reptilienaugen.

Ich wollte schon zurückzuweichen, aber dann sah ich, wie sehr die Hand mit dem Messer zitterte. Es wäre selbst für mich ein Leichtes gewesen, ihn mit einem Tritt zu entwaffnen.

Ich versuchte, die Absurdität der ganzen Situation zu ignorieren und eine entschlossene und leicht bedrohliche Miene aufzusetzen, während ich ihn mit meinem Blick durchbohrte.

Der Mann mit den Schlangenaugen ließ das Messer aus den Händen gleiten und fiel auf die Knie. »Ich bitte dich, tu mir nicht weh!«

Er wich zurück, bis er an die Mauer hinter sich stieß, und krümmte sich dann zusammen, als würde er erwarten, dass eine ganze Meute im Fieber der Lynchjustiz mit Prügeln über ihn herfallen würde.

Ich hatte keine Ahnung, was ich tun sollte. Ich war hier, um ihm Fragen zu stellen, ihn dazu zu bringen, mir etwas von der Welt zu erzählen, zu der offensichtlich auch er gehörte; jedenfalls sofern es mir gelingen sollte, ihn nicht entkommen zu lassen und vor allem die Angst zu bezwingen, die er mir einflößte. Die er mir *theoretisch* hätte einflößen müssen.

Und jetzt zitterte *er vor mir*, als würde von mir eine ungeheuerliche Gefahr ausgehen.

»Nein … Ich habe nicht die Absicht, dir wehzutun.« Ich versuchte, mit fester, aber nicht drohender Stimme zu sprechen. »Ich will dir nur ein paar Fragen stellen.«

Er schaute zu mir hoch, immer noch zitternd, und ich fragte mich einmal mehr, was diese gelben Augen mit den vertikalen Pupillen in mir sahen.

»Nur ein paar Fragen«, wiederholte ich.

Er zögerte, dann nickte er, den Kopf ruckweise bewegend. »Du versprichst, mich nicht umzubringen«, keuchte er.

»Ich verspreche es …« Ich konnte nicht glauben, dass ich das wirklich sagte. »Ich verspreche, dich nicht umzubringen.«

Er entspannte sich nicht, hörte aber auf zu zittern.

Und jetzt? Es war mir völlig schleierhaft, wo ich beginnen sollte.

Die Sekunden vergingen.

»Warum hast du diese Augen?«, entfuhr es mir endlich.

»Ein Tausch. Vor langer Zeit.« Er hatte eine tiefe und raue Stimme mit einem seltsamen Akzent, den ich nicht zuordnen konnte. »Ein Pakt. Augen, um geheime Dinge zu sehen.«

»Und was … was hast du im Tausch dafür gegeben?«

»Die Augen, die ich vorher hatte.«

Ich merkte, dass sich mir der Kopf drehte. Wie konnte man sich so etwas auch nur *vorstellen*?

»Mit wem hast du diesen Pakt geschlossen?

Er presste fest die Lippen aufeinander und riss die Augen dabei weit auf. »Ich werde seinen Namen nicht aussprechen. Nie mehr.«

»Wie stellst du es an, dich inmitten von Menschen aufzuhalten? Trägst du eine dunkle Brille?«

»Nein, nein. Sie … merken es nicht.«

»Wie ist das möglich? Sehen sie dir nie in die Augen?«

»*Du* siehst, sie sehen nicht.«

Ich schüttelte den Kopf: Fing er schon an, in Rätseln zu sprechen? »Ich verstehe nicht. Was soll das heißen.«

»Du hast uralte Augen, die es gewohnt sind, wahrzunehmen. Die Menschen … Sie sehen nicht. Es interessiert sie nicht, zu sehen, nein. Und die Dinge, die man nicht ansieht, die gleiten weg … in den Augenwinkel.«

Mein Kopf fuhr ruckartig hoch. In den Augenwinkel! »Ich … habe angefangen, Dinge zu sehen, und zwar aus dem Augenwinkel. Dinge, die die anderen Leute nicht sehen.«

Der Mann nickte.

Vielleicht fing ich wirklich an, zu verstehen. »Es ist so, dass man euch nicht sieht, auch wenn ihr mitten unter den Menschen seid: Ihr gleitet sozusagen aus dem Blickfeld der Menschen, die euch ansehen.«

Er nickte wieder.

»Aber als ich dich zum ersten Mal gesehen habe, habe ich gespürt, wie meine Augen brannten.« Mir fiel wieder das Mädchen mit den Blumen in den Haaren ein. »Und es war mir schon einmal passiert. Bist du es gewesen, der das bewirkt hat?«

Er fing wieder an, zu zittern. »Ich hatte Angst! Man macht das so, wenn man gesehen wird: Nebel in die Augen. Nebel und Tränen. Um flüchten zu können.«

Ich führte eine Hand an meine Stirn. Jede seiner Antworten füllte meinen Kopf mit hundert neuen Fragen, und ich hatte wenig Zeit und wurde nur noch verwirrter.

»Wer sind die schwarzen Männer, die ich auf den Straßen sehe?«

Er schluckte. »Sie haben viele Namen. Die Menschen kennen sie seit langer, langer Zeit.«

»Aber *was sind sie*?«

Der Bettler schüttelte mit verkniffenem Mund den Kopf.

Wollte er damit sagen, dass er es nicht wusste oder dass er es mir nicht sagen würde?

»Woher kommen sie?«

Er streckte eine Hand aus, die Handfläche nach unten gewandt. »Von unten.«

»Von unten?«

Er nickte. »Sie bleiben unten, wenn sie können. Sie mögen das Licht nicht. Es macht, dass es ihnen schlecht geht.«

Deshalb also schienen die vier, die ich in jener Nacht getroffen hatte, so in ihrem Element zu sein und konnten so fließend und gewandt dahingleiten.

»Und doch ist der, dem ich bis hierher gefolgt bin, tagsüber ausgegangen.«

»Er hat etwas gebraucht.«

»Von dir?«

»Ja. Ab und zu … besorge ich Dinge für sie.«

Ich war mir nicht sicher, ob ich mehr darüber wissen wollte. Und vor allem war da noch eine weitere Frage, die mir unter den Nägeln brannte. »Sind sie gefährlich?«

Die Antwort war nur ein Murmeln. »Ja.«

Ich zwang mich, konzentriert zu bleiben und meine Angst zu ignorieren. »Da ist noch etwas, das ich gesehen habe … Eine Person. Ein Mädchen mit Blumen in den Haaren. Kennst du auch sie?«

Er zögerte mehrere Sekunden, dann nickte er.

»Wer ist das? Warum folgt sie mir?«

»Ich kenne ihren Namen nicht.«

»Aber ist auch sie eine …« Ich wusste nicht, welche Worte ich benutzen sollte. »Eine *wie ihr*. Eine, die sich vor den Augen der Leute verbirgt.«

»Ja.«

»Ich habe sie letzte Nacht gesehen. Die schwarzen Männer haben versucht, sie anzugreifen.«

Die Hände des Bettlers fingen wieder an, zu zittern.

»Ich habe mit ihnen gesprochen: Sie sagten, sie wollten sie mitnehmen, unter die Erde. Ist auch sie eine von ihnen?«

»Nein! Sie ist menschlich. Wie ich. Wie du. Aber sie hat mit ihnen gelebt. Daher wollen sie sie zurückhaben. Sie hätte sich nicht nachts herumtreiben sollen. Zu gefährlich, zu gefährlich!«

»Warum folgt sie mir?«

Der Mann schüttelte heftig den Kopf. »Ich weiß es nicht! Ich weiß es nicht!« Er blickte wie im Fieber die Straße hinunter, von einer Seite zur anderen; es war unglaublich, wie deutlich die Gefühle in diesen Augen zu lesen waren, obwohl sie doch nichts Menschliches an sich hatten. »Lass mich gehen, ich bitte dich! Ich bitte dich!«

Urplötzlich schien er wieder von einer panischen Angst befallen zu sein. Angst vor mir oder vor etwas anderem?

»Wenn ich dich jetzt gehen lasse, werde ich dich dann in den nächsten Tagen noch hier finden? Ich muss noch andere Dinge wissen. *Viele* Dinge.«

Er nickte heftig, aber zum ersten Mal zweifelte ich an seiner Ehrlichkeit. Andererseits, was konnte ich tun, um ihn zu halten?

»Sag mir nur noch eine Sache. Eine einzige nur.« Der Mann war aufgestanden und stand jetzt mit den Schultern gegen die Wand gepresst, die Augen starr auf mich gerichtet. »Du hast gesagt, dass … ich alte Augen habe. Was bedeutet das? Was passiert mit mir?« Ich versuchte, meine Stimme unter Kontrolle zu halten. »Was siehst du, wenn du mich anschaust?«

Soweit das überhaupt möglich war, schien er noch bleicher zu werden. »Ich sehe den Herrn der Wälder, den Alten, der durch die Nacht läuft! Ich wusste, dass du zurückgekehrt bist. Alle wissen es. Sie werden kommen und nach dir suchen. Aber ich werde es niemandem sagen, ich schwöre, ich schwöre! Lass mich gehen!«

Ich trat einen Schritt zurück, und er schoss an mir vorbei wie ein Aal, der sich aus dem Netz gewunden hat.

Ich stand da und sah ihn verschwinden, aber diesmal nicht im Nichts, sondern rennend und stolpernd wie ein ganz normaler, zu Tode erschrockener Sterblicher.

Kapitel 10

Samstag, 14. Februar

Zu behaupten, dass ich ganz benommen zu Hause ankam, würde nicht mal ansatzweise den katastrophalen Zustand wiedergeben, in dem ich mich befand. Meine Mutter erwartete mich in der Tür, ernster als ich sie jemals zuvor gesehen hatte. Das Essen, das sie mir nach der Begrüßung vorsetzte, rührte ich kaum an. Wenig später kam mein Vater in die Küche, fixierte mich mit seinen Geieraugen und fragte, wie es mir ginge; ich erwiderte, es ginge mir blendend, verschwand in mein Zimmer und verbarrikadierte mich dort. Sie würden sicherlich denken, dass ich nicht essen wollte, weil ich noch wütend war.

Draußen hatte sich der Tag aufgeklärt. Als ich aus dem Fenster auf die von der Sonne beleuchteten Dächer sah, bekam ich große Lust, hinauszugehen, durch die Straßen zu laufen, die kalte Luft Mailands einzuatmen und vielleicht irgendwo zu verweilen. Ich könnte auf einem Mäuerchen oder einer Bank sitzen und die Menschenmenge auf den Gehwegen beobachten oder den bunten Fluss der Autos, der sich durch die Straßen wälzte. Normale Dinge einfach, die ich Tausende von Malen getan hatte. Alltägliche Dinge.

Stattdessen war ich zu Hause festgenagelt, und das am Samstagnachmittag.

In vier Wochen würde ich achtzehn Jahre alt werden: Wer hätte mich dann noch gegen meinen Willen zu Hause festhalten können? Das wäre doch, ich weiß nicht, illegal, oder? Würde ich ihnen dann ins Gesicht schreien, dass ich jetzt volljährig sei und damit meine eigene Herrin, und also hingehen konnte, wohin ich wollte, ohne mich bei irgendjemandem für mein Leben rechtfertigen zu müssen?

Ich stand kurz davor, dem Fenster einen Faustschlag zu verpassen, überlegte es mir aber glücklicherweise doch anders und hieb stattdessen auf das Kissen in meinem Bett ein. Was mir allerdings keinerlei Befriedigung schenkte. Ich schlug wieder und wieder auf das Kissen ein und bombardierte es dermaßen mit Trommelschlägen, dass ich ganz außer Atem geriet. Es steckte alle Hiebe schweigend ein, fast als wollte es mich mit seiner Gleichgültigkeit herausfordern.

Am Ende ließ ich mich keuchend niedersinken. Und was nun?

Ich blieb so sitzen, bis mein Atem sich beruhigt hatte, dann schaltete ich den Computer an und gab bei Google alle Begriffe ein, die mir in Bezug auf meine Situation in den Sinn kamen: »Hyperästhesie«, »Träume«, »im Dunkeln sehen«, »Schlangenaugen«, »schwarze Männer«.

Bei den letzten beiden Begriffen blieb ich länger hängen: Es gab eine ganze Reihe von Seiten dazu. Der schwarze Mann war eine Figur, die fast alle Kulturen der Welt kannten, das Monster, das sich im Schrank oder unter dem Bett versteckt und mit dem die Mütter ihre Kinder erschrecken, um sie dazu zu bringen, brav zu sein und nicht nachts im Haus herumzulaufen: »Wenn du nicht folgst, kommt der schwarze Mann und nimmt dich mit!«

Meine Mutter hatte nie Sätze dieser Art zu mir gesagt, und

auch wenn ich gerade nicht gut auf sie zu sprechen war, fühlte ich in diesem Moment einen Anflug von Dankbarkeit für sie.

Im Englischen hieß der schwarze Mann auch *bogeyman* und bezeichnete ein geheimnisvolles Wesen des angelsächsischen Volksglaubens: ein boshafter Geist, der im Haus Gegenstände verschwinden ließ und Katastrophen unterschiedlichster Natur auslöste. Aber wie ich aus einem der vielen Texte erfuhr, konnte das Wort auch einfach auf Sümpfe und Dunkelheit verweisen.

War es also das, was ich auf den Straßen Mailands getroffen hatte? Geister der Dunkelheit, schwarze Dämonen, die aus den Märchen entwichen waren und mit denen man Kinder erschrecken konnte? Obwohl ich sie mit eigenen Augen gesehen hatte, schien es mir unmöglich, so etwas zu glauben.

Mir fiel wieder ein, was der Mann mit den Schlangenaugen gesagt hatte: *Sie haben viele Namen, sie leben unter der Erde, das Licht macht, dass es ihnen schlecht geht.* Auch dachte ich wieder an das Mädchen mit den Blumen in den Haaren, das den Worten des Bettlers zufolge mit diesen Kreaturen gelebt hatte. Der schwarze Mann wird kommen und dich mitnehmen …

Ich schauderte und rief eine andere Seite auf.

Ich versuchte, mich auf das Thema Träume zu konzentrieren: Es gab zig Internetseiten, die sich mit ihrer Funktion und psychoanalytischen Bedeutung befassten; aber dann kam mir die Bemerkung des Bettlers über meine »alten Augen« wieder in den Sinn und ich suchte Informationen zu deren Bedeutung in der Antike. Ich verbrachte mehr als eine Stunde auf den verschiedensten Seiten, die von Prophezeiungen und Visionen handelten oder von Träumen, die von Göttern oder Geistern geschickt werden. Aber nur ein Hinweis schaffte es, in diesem Zusammenhang meine Aufmerksamkeit zu erregen: Es hieß, dass viele Glaubensrichtungen davon überzeugt waren, dass Träume Erinnerungen aus vorhergehenden Leben wiederbringen können.

Die betreffende Seite blitzte nur so von den typisch esoterischen Sternchen und Engelsfiguren und flößte mir kein großes Vertrauen ein; ich suchte noch ein Weilchen nach seriöseren Informationen, bis ich auf eine Idee kam: die Bibliothek meiner Mutter. Warum war mir das nicht früher eingefallen?

Ich stand auf, öffnete die Tür einen Spaltbreit und lugte hinaus: Im Gang war niemand zu sehen. Also schlich ich mich ins Schlafzimmer meiner Eltern. Die Bibliothek befand sich gleich neben der Tür: fünf Regalbretter, drei Meter lang und dicht bestückt mit Hunderten von Büchern über Meditation, Naturheilkunde, Kristalltherapie, Ayurveda, Tai-Chi, Rebirthing und zahllosen weiteren Themen, die meine Mutter in über zwanzig Jahren mit Sorgfalt zusammengesucht hatte.

Recht entmutigt sah ich das Regal durch: Ich musste schnell sein, denn wenn meine Mutter oder mein Vater hereinkämen, würden sie mich sicher fragen, was ich hier zu suchen hatte. Ich studierte den einen oder anderen Titel, nahm etwa ein Dutzend Bücher heraus und blätterte darin, bis ich schließlich einen Band fand, der mir für meine Zwecke geeignet schien. Ich nahm in mit und kehrte lautlos in mein Zimmer zurück. *Traumyoga und die Praxis des natürlichen Lichtes* stand auf dem Titel, und er war geschrieben von einem tibetischen Meister mit einem unaussprechlichen Namen.

Es war ein kleines Buch – auch das war ein Grund für meine Wahl – und ich hatte es in ein paar Stunden ausgelesen: Im Großen und Ganzen erklärte es, wie man die eigenen Träume kontrolliert und deren »volles Potenzial« (was immer das auch bedeuten mochte) durch Übungen aktiviert, die auf der Visualisierung von Symbolen und der Kontrolle des Atems basieren. Ich grinste und verdrehte die Augen, wie bei den meisten Dingen, für die sich meine Mutter begeisterte, aber als mir einfiel, was ich in der letzten Woche erlebt – und getan – hatte, verging mir das Lachen.

Am Ende der Lektüre war ich vollkommen erschöpft. Wenn ich mich umsah, erschien mir mein Zimmer kleiner und erdrückender denn je: Ich musste raus und zwar sofort!

Draußen wurde es schon dunkel. Ob das Schwimmbad wohl auch am Samstag offen hatte? Auf der Homepage der Stadt stellte ich fest: Es hatte. Fünf Minuten später stand ich in Lederjacke und mit dem Rucksack mit den Badesachen über der Schulter in der Wohnzimmertür. Meine Mutter war gerade dabei, ihre zahlreichen Pflanzen zu gießen.

»Ich geh schwimmen.«

Ich hatte es in einem herausfordernden Ton gesagt, und sie drehte sich sofort zu mir um. Ich hatte einen strengen und misstrauischen Blick erwartet, den Blick eines Menschen, der denkt, dass ich diese Gelegenheit nutzen würde, um zu flüchten und nie mehr zurückzukommen. Stattdessen sah sie mich über ihre Brillengläser hinweg mit einem Ausdruck an, der mich unweigerlich an Irene erinnerte, und sie lächelte. Ein kleines Lächeln.

»Gut. Aber sei um sieben zurück.«

Ich war so verwirrt, dass ich nicht wusste, was ich sagen sollte. Also nickte ich nur und ging hinunter auf die Straße.

Während ich meine Schritte in Richtung Metro lenkte, rief ich Irene an. Sie nahm erst nach mehreren Klingeltönen ab.

»Und, wie ist es ausgegangen mit deinem Andrea?«

»Wie ich gesagt hatte. Und zwar Wort für Wort.«

»Und jetzt?«

Ein langer Seufzer. »Ich werde tun, was ich tun muss.«

»Wie geht's dir?«

Sie senkte die Stimme. »Ich kann nicht sprechen, meine Mutter steht neben mir. Sie hat mich in die Stadt geschleppt, um ein neues Kleid für heute Abend zu kaufen …«

Ach was, das konnte man nun aber wirklich Pech nennen.

»Ich ruf dich an, sobald ich mich befreit habe«, fügte sie schnell und immer noch flüsternd hinzu, »du kannst mir dann ja sagen, ob du gerade sprechen kannst.«

»Gut. Allerspätestens sprechen wir uns dann morgen auf MSN. Also, Kopf hoch! Ciao.«

»Ciao.«

Im Schwimmbad war viel mehr los als sonst; da Samstag war, hätte ich mir das eigentlich denken können. Ich hatte noch nie was für Menschenmassen übrig und war nicht gerade begeistert über die Überraschung. Im Umkleideraum zögerte ich und war schon halb versucht, einfach kehrtzumachen und mein Stündchen Ausgang für einen heimlichen Spaziergang durch die Stadt zu nutzen. Aber draußen war es schon dunkel, und obwohl es ein sonniger Tag gewesen war, schien es genauso kalt zu sein wie in den vergangenen Tagen. Also ging ich auf das übliche Regal zu, um meine Tasche zu deponieren, machte dann aber nochmals kehrt und schloss meinen Rucksack in das erstbeste freie Schließfach ein. Ich warf einen Blick auf meine Hand: Das Mal von dem Kontakt mit dem Eisenhut war verschwunden, als wäre es nie da gewesen.

Ich streifte meinen Badeanzug über, ging in die Schwimmhalle und steuerte auf das nächste Sprungbrett zu. Normalerweise wagte ich mich erst nach und nach ins Wasser, wie man es mir als Kind beigebracht hatte, aber heute Abend hatte ich das Bedürfnis, sofort ins kalte Wasser zu springen.

»Du hattest doch gesagt, dass du samstags nicht kommst.«

Die Stimme kam von hinten, aber ich erkannte sie sofort.

»Nein, ich hatte nur gesagt, dass das sehr unwahrscheinlich ist.«

Ich hörte ihn lachen und wandte mich um. Ivan war gerade aus dem Wasser gestiegen und stand fünf Schritte von mir entfernt; seine Brust hob und senkte sich leicht und von der bernsteinfarbenen Haut über seinen Muskeln perlten noch die Tropfen herunter. Ich wollte noch etwas hinzufügen, ich weiß nicht mehr was, aber mir verschlug es schlicht die Sprache. Und für eine Sekunde auch den Atem.

Er kam auf mich zu. »Wie geht's?«

»Gut.«

Er sah mich an und legte den Kopf auf die Seite. »Sicher?«

Ich biss die Zähne zusammen. »Ja. Und dir?«

»Kann nicht klagen, danke. Und, warum hast du dein Programm geändert und bist heute hier?«

»Ich brauchte Bewegung.« Das war wenigstens die Wahrheit.

»Das freut mich.«

»Und du? Bist du jeden Tag hier?«

»In letzter Zeit ja.« Sein Mund verzog sich zu einem Grinsen, das ich irgendwie beunruhigend fand. »Hast du Lust auf eine Fortsetzung unseres Wettkampfs?«

»Darauf kannst du wetten.«

Wir schwammen fünfundvierzig Minuten lang, wobei wir im Kraulen, im Rückenschwimmen, im Delfinschwimmen und sogar im Springen gegeneinander antraten. Zwischendurch machten wir immer mal wieder eine Pause, um zu Atem zu kommen, wir setzten uns an den Beckenrand und plauderten. Die Bewegung tat mir gut, und am Ende hatte ich zum ersten Mal in den letzten Tagen das Gefühl, entspannt und gut gelaunt zu sein.

Ivan wollte alles Mögliche über mich wissen, er stellte mehr Fragen, als mir überhaupt einfielen, aber sie waren nie unverschämt und immer begleitet von einem Lächeln, das ehrliches Interesse signalisierte. Ich konnte gar nicht anders als antworten. Und so erzählte ich ihm schließlich von meiner Schule, von Irene, von meiner Begeisterung für japanische Comics und von meiner Mutter, die inmitten von Weihrauchwolken durchs Haus schwebte. Als ich unser Gespräch später noch einmal Revue passieren ließ, trieb mir der Gedanke, wie seltsam und entsetzlich banal ihm mein Leben erschienen sein musste, die Schamröte ins Gesicht, obwohl ich ganz allein in meinem Zimmer war.

Von ihm selbst erfuhr ich wenig: Dass er in Mailand lebte, seit er vierzehn war, und zwar allein mit seinem Vater, einem pensionierten Geschichtsdozenten (seine Mutter erwähnte er mit keinem Wort), dass er Bogen schießen konnte – darauf hätte ich gewettet – und über Filme und Musik der Siebziger und Achtziger eine Menge enzyklopädisches Wissen und unzählige Anekdoten zum Besten zu geben wusste.

Nach dem Schwimmen waren wir völlig am Ende und erklärten unseren Wettbewerb mit einem Unentschieden für beendet (auch wenn ich bis heute vermute, dass Ivan mir mehr als einmal einen Vorsprung gewährt hat).

»Ich weiß, dass du abends keinen Kaffee trinkst«, sagte er, während wir auf die Umkleideräume zugingen, »und dass Cola dir nicht besonders sympathisch ist. Aber einen Tee kannst du doch sicherlich vertragen, oder irre ich mich?«

Ich musste unwillkürlich lächeln. »Nein, du irrst dich nicht. Gib mir eine Viertelstunde.«

Wir trennten uns am Eingang zu den Umkleiden und trafen uns in der Bar wieder. Ivan war vor mir da und wartete mit einem Buch in der Hand. Ich blieb einen Augenblick stehen, um ihn zu mustern: Er trug ein hellblaues Sweatshirt mit Kapuze und hatte sich die Haare zu einem Zopf gebunden. So machte er auf jeden Fall einen weniger wilden Eindruck als beim ersten Mal, aber von seinen pechschwarzen Augen, seinen markanten Zügen und der seltsamen Narbe auf der Wange ging etwas Undefinierbares aus, etwas Dunkles. Sobald er mich sah, blitzte jedoch sein übliches Lächeln auf, und jede Spur von Dunkelheit war wie weggewischt.

Ich trat auf ihn zu. »Was liest du denn da?«

Er drehte mir den Buchdeckel zu: *Die italienische Kunst des Mittelalters.*

Ich suchte nach passenden Worten. »Hast du eine Prüfung?«

»Im April. Es ist noch Zeit.«

»Ah …«

»Möchtest du etwas zum Tee dazu?«

»Nein, danke.«

»Nicht mal eine Praline?« Er wies mit der Hand zur Bar, wo ein mit Schleifen geschmückter Korb voller Pralinen in Herzchenform stand.

Plötzlich fielen mir Alex und seine Nachricht ein, und mir wurde bewusst, dass ich seit Schulschluss nicht mehr daran gedacht hatte. Sein Geschenk befand sich noch in meinem Rucksack, zwischen den Büchern und Heften, und ich hatte es nicht mal angerührt.

Ivan hörte auf zu lächeln. »Habe ich was Falsches gesagt?«

»Nein, nein.« Ich beeilte mich, ihm ebenfalls ein Lächeln zu schenken.

»Hast du denn heute schon Schokolade gegessen?«

Ich schüttelte den Kopf.

»Nein?«

»Nein.«

»Nicht mal ein bisschen?«

»Ich sage doch, nein.«

»Dann musst du aber.« Und bevor ich etwas erwidern konnte, erhob er sich, ging zur Theke und kam mit zwei Pralinen zurück. Er legte eine davon in meine Hand. »Es bringt Unglück, am Valentinstag keine Schokolade zu essen, wusstest du das nicht?«

Nein, das wusste ich nicht. »Das hast du dir doch ausgedacht.«

Er lächelte wieder. »Stimmt.«

Ich konnte mir ein Stöhnen nicht verkneifen, aber ich lachte dabei, und er lachte mit. Dann wickelten wir beide unsere Pralinen aus.

»Hast du denn heute schon Schokolade gegessen?«, fragte ich ihn.

»Nein. Ich auch nicht.« Er streckte den Arm aus und stieß sanft mit seiner Praline an die meine, als wollte er mit mir anstoßen. »Auf die einsamen Herzen!«

»Gut, auf die einsamen Herzen.« Ich steckte die Praline in den Mund. Sie war gut!

»Wie geht's deiner Hand? Von der allergischen Reaktion ist nichts mehr zu sehen.«

»Nein, war ganz schnell weg.«

»Umso besser.«

»Ja, stimmt.«

Wir tranken unseren Tee und schwatzten eine Weile, bis mein Blick, eher zufällig, auf die Uhr hinter der Theke fiel. Es war schon Viertel vor sieben! Ich war viel zu spät dran!

Ich sprang hoch. »Meine Güte, ich hab anscheinend jedes Zeitgefühl verloren, ich muss sofort los!«

Auch Ivan erhob sich. »Wann musst du denn zu Hause sein?«

»Um sieben.«

»Wie viele Haltestellen?«

»Acht.«

Er schüttelte den Kopf. »Das schaffst du nie.«

»Ich weiß! …«

Er zögerte einen Moment. »Ich weiß zwar, was du mir antworten wirst, aber ich muss dich trotzdem fragen: Soll ich dich nach Hause bringen? Ich habe den Wagen draußen.«

Ich biss mir heftig auf die Lippe. Ivan war nett, sympathisch, und er schien ein wirklich anständiger Junge zu sein. Aber er war auch ein fast Fremder, den ich heute zum zweiten Mal sah und mit dem ich alles in allem zwei Stunden meines Lebens verbracht hatte. Konnte ich da einfach siebzehn Jahre Warnungen vor »netten Unbekannten« über Bord werfen?

Plötzlich musste ich lachen: Teufel noch mal, gestern Abend hatte ich es mit einer Gruppe von *Monstern* aufgenommen! Es war unglaublich, aber das schien ich ständig zu vergessen, als wäre es weniger wichtig als alles, was mir in der Schule oder im Schwimmbad passierte.

Du denkst wie ein kleines Mädchen, Veronica: Wenn du niemals Entscheidungen fällst wie eine Erwachsene, dann wirst du auch nie erwachsen.

»Okay, lass uns gehen.«

Er hob die Augenbrauen. »Meinst du das ernst?«

»Aber natürlich! Fährst du schnell?«

Er lächelte mit nur einem Mundwinkel. »Ich bin in Monza geboren.«

Er sagte es, als wäre es ein Witz, aber ich verstand ihn nicht, und er insistierte auch nicht weiter.

Wir traten in den Abend voller Autohupen und brüllenden

Motoren hinaus, und ich spürte, wie mir das Herz in die Hose rutschte. »Glaubst du im Ernst, du kannst mich in fünfzehn Minuten heimbringen, trotz des ganzen Chaos?«

»Wo wohnst du denn?«

Ich sagte es ihm.

»Wir schaffen es schon: Ich kenne die Straßen Mailands echt gut.«

Er brachte mich zu seinem Auto, das auf einem engen Parkplatz auf der anderen Straßenseite stand. Ich erkannte es gleich wieder: Es war derselbe metallic-graue Koloss, der ihn am Donnerstag abgeholt hatte. Zu meiner Überraschung ging Ivan nicht gleich zur Fahrertür, sondern öffnete erst die Beifahrertür für mich; ich hatte seine viktorianischen Gewohnheiten ganz vergessen.

»Kein Chauffeur heute Abend?«, fragte ich.

»Nein, mein Vater hatte zu tun.« Dann war das also sein Vater, der beim letzten Mal am Steuer gesessen hatte. »Es ist sein Wagen: Er borgt ihn mir nur selten. Er mag es nicht, wenn jemand anders ihn fährt, nicht einmal, wenn ich das bin.«

Im Inneren schien alles funkelnagelneu: Das schwarze Leder der Sitze war makellos, auf dem Armaturenbrett lag kein Staubkörnchen, sogar die Teppiche waren weich und sauber. Das Einzige, was nicht passte, waren eine Handvoll alter CDs in verstaubten Schutzhüllen, die in dem Hohlraum neben dem Autoradio steckten.

Ivan setzte sich ans Steuer, folgte meinem Blick und lachte. »Ja, das sind meine. Ich langweile mich, wenn ich ohne Musik fahren muss. Du kannst dir sicher denken, dass mein Vater der Ordnungsfanatiker im Haus ist, nicht ich.«

Während er den Motor anließ und aus der Parklücke fuhr, nahm ich einige der CDs in die Hand: Erwartungsgemäß war nichts dabei, was weniger als zwanzig Jahre alt gewesen wäre. Ich fragte mich, ob die CDs selbst auch aus den Achtzigern stammten oder ob sie neueren Datums waren und aus irgendeinem seltsamen Grund nur so alt aussahen.

»Reich mir mal die da.« Er zeigte auf eine der Schutzhüllen; ich gab sie ihm. »Hast du Lust, ein bisschen Musik zu hören?«

Ihm zuliebe sagte ich Ja.

Bei so alten Dingern erwartete ich etwas schrecklich Langweiliges. Aber aus den Lautsprechern dröhnte ein wirklich hörbarer, schneller und rhythmischer Song.

»Was ist das? Das kommt mir total bekannt vor …«

»Klar doch: Das ist ›Eye of the Tiger‹ von Survivor.«

Ich sah ihn an und schüttelte den Kopf.

»Komm schon, Veronica, das kennt doch jeder, es ist der Soundtrack zu einem echt berühmten Film aus dem Jahr … na ja, jedenfalls ein paar Jährchen, bevor wir beide geboren sind.«

Er lachte, und ich lachte mit. Sein Lachen war wirklich ansteckend.

Die folgende Viertelstunde werde ich wohl nicht so leicht vergessen: die Rockmusik aus den Achtzigern, die in voller Lautstärke aus den Lautsprechern hämmerte, die Lichter Mailands, die am Fenster vorbeiflitzten, und Ivan, der durch die Straßen flog, gelbe Ampeln ignorierend, um Haarnadelkurven biegend, ohne abzubremsen, und ein paarmal sogar über den Gehsteig ausweichend – wie ein Verrückter. Aber ein Verrückter, der die Situation unter Kontrolle hatte, denn wir stießen kein einziges Mal irgendwo an und provozierten kein größeres Durcheinander als hier und da etwas Protestgehupe.

Ziemlich bald schaute ich nicht mehr nach draußen, sondern konzentrierte mich ganz auf die Musik; was im Übrigen auch Ivan tat, der mehr damit beschäftigt schien, auf dem

Lenkrad den Rhythmus zu klopfen und leise mitzusingen, als damit, die Straße im Blick zu haben.

Ich ertappte mich dabei, wie ich ihn beobachtete, den Blick nach links gerichtet, aber das Gesicht geradeaus, damit es unbemerkt blieb: Sein Profil wurde immer wieder schlagartig von der Straßenbeleuchtung erhellt wie von Blitzlichtern eines Fotoapparats. Ich konnte den Blick gar nicht mehr abwenden. Es war irgendwie seltsam, dieses Profil: So ganz anders als die Gesichter der Jungen, die ich zu sehen gewohnt war. Und es war schön. *Sehr* schön sogar.

Als er endlich anhielt, brauchte ich ein paar Sekunden, bis mir bewusst wurde, dass wir uns nicht mehr vorwärtsbewegten. Wir waren an meiner Straße angekommen; die Uhr auf dem Armaturenbrett zeigte 19.04 Uhr.

Er schenkte mir ein entspanntes Lächeln. »Willst du, dass ich dich vor der Haustür absetze, oder ist es dir lieber, wenn deine Mutter nicht sieht, wie du aus dem Auto eines Unbekannten steigst?«

Ich schluckte, im Versuch, meine Stimme am Zittern zu hindern. »Lass mich ruhig hier aussteigen.«

»Zu Befehl.«

Ich sah ihn an.

Er lächelte schon wieder. »Sieht man sich im Schwimmbad?«

»Ja.«

»Montag?«

»Vielleicht.«

Er lachte. »Veronica kennt die Zukunft nicht.«

Wie sonderbar, so etwas zu sagen. Ich wusste nicht, was ich antworten sollte.

Wir zögerten beide einen langen Moment, dann öffnete ich ruckartig die Wagentür und rutschte heraus.

»Ciao.«
»Ciao.«
Ich sah ihm nach, wie er davonfuhr.

Beim Abendessen störte mich das Geplauder meiner Mutter nicht einmal besonders. Anschließend versuchte ich ein wenig zu lernen – auch wenn es mir völlig absurd vorkam, den Samstagabend über den Schulbüchern zu verbringen. Dann las ich noch ein Manga und ging schlafen.

Auf meinem Nachtschrank lag immer noch das Buch über Traumyoga aus dem Regal meiner Mutter. War es die Mühe wert, einen Versuch zu machen?

Schaden konnte es sicher nicht.

Ich las nochmals die Seiten, die erklärten, wie man sich entspannte und in einen mentalen Zustand versetzte, der geeignet war, die eigenen Träume zu kontrollieren und sich an sie zu erinnern. Dann löschte ich das Licht, streckte mich im Bett aus und versuchte, die Instruktionen in die Tat umzusetzen: lange und regelmäßige Atemzüge, den Geist ganz auf die Atmung konzentrieren und auf ein einfaches Mantra, das endlos wiederholt wurde, und zwar begleitet von der Visualisierung eines weißen und leuchtenden Symbols, das sich auf meiner Brust, in Höhe des Herzens öffnete.

Die Übung zog sich hin, eine Minute nach der anderen, und schon nach Kurzem wurde mir bewusst, dass ich gegen den Schlaf kämpfte, um weiter das Mantra wiederholen zu können: Wenn es schon sonst nichts nützte, dann war es offensichtlich ein gutes Mittel, um garantierte Schlaflosigkeit zu gewährleisten.

Ich machte noch ein bisschen weiter, dann schlief ich endlich ein. Doch nicht so wie die anderen Male. Ich hatte das Gefühl, ganz langsam in einen dunklen und nachgiebigen Raum wegzusacken, der aber nicht beengend war. Es war eher, als würde ich zwischen weichen, schwarzen Kissen versinken. Ich war bei Bewusstsein und bemerkte sofort, dass etwas nach mir rief und versuchte, meine Aufmerksamkeit zu wecken. Es war nicht im eigentlichen Sinne eine Stimme: Vielmehr glich es eher einem Gefühl der Not, einer drängenden Bitte, ihm Gehör zu schenken.

Es war ein vielgestaltiger Ruf, der aus verschiedenen Richtungen zu kommen schien: Ich mühte mich um eine Unterscheidung und Zuordnung, aber ohne Erfolg. Einer schien viel näher als die anderen, aber gleichzeitig schwächer, fast gedämpft, und ich verlor ihn schnell wieder. Andere umringten mich, schienen vertraut, und ich war sicher, dass es sich um die Träume der letzten Nächte handelte. Ich zwang mich, mehr in die Tiefe zu gehen: War da nicht noch etwas anderes weiter hinten, weiter *unten*?

Ich hörte einen besonders drängenden Ruf, der mir fast wie ein derber Stoß erschien: Er kam von einem abgelegenen, weit entfernten Ort, aber er rief mich mit einer Kraft, die sofort alle anderen Stimmen blasser werden ließ. Wieso hatte ich ihn nicht schon vorher gehört?

Ihm zu folgen war die natürlichste Sache der Welt: Es war genug, einfach loszulassen, und einen Moment später hatte ich schon das Gefühl, aus einer enormen Höhe in die Tiefe zu stürzen, ohne Angst dabei zu empfinden. Dann wurde ich langsamer, hielt an und nahm Bilder und Geräusche wahr. Das Licht war schwach, aber ich konnte ziemlich klar sehen: Eine Gruppe von Menschen stand im Inneren einer Art Höhle, sie war niedrig und eng und an den Wänden von Moos bedeckt.

Es waren mindestens zehn Männer, alle ziemlich jung und

von einem seltsamen Äußeren: Sie hatten nichts weiter am Leib als eine Tierhaut, die um ihre Taille geknotet war, und ihre nackten Bäuche und Oberkörper schienen mit Schlamm oder vielleicht mit einem Fett von dunkler Färbung beschmiert; viele hatten es auch im Gesicht, auf der Stirn und auf den Wangen, was ihnen ein maskenhaftes Aussehen verlieh. Aber obwohl sie wild aussahen, waren es keine primitiven Menschen. Es war sehr wohl erkennbar, dass ihre Gesichter unter der Schlammschicht glatt rasiert und ihre Haare kurz geschnitten waren, wodurch sie umso fremdartiger wirkten. Einige der Männer hielten Fackeln in der Hand, deren Licht mir überhaupt erst ermöglichte, die Szenerie zu sehen.

Ich stand offensichtlich am Rande des Geschehens in der Höhle und war nur Zuschauerin. Aber gleichzeitig wusste ein Teil von mir, dass ich mit der Sache aufs Engste verbunden war, dass die dunkle Grotte und die in Häute gekleideten Männer in diesem Moment die wichtigste Sache meiner ganzen Existenz waren, was mich mit einem schmerzhaften, wilden Gefühl der Machtlosigkeit erfüllte.

Aus den Tiefen der Grotte tauchte ein weiterer Mann auf, den ich vorher nicht bemerkt hatte: Er war älter als die anderen, aber in gleicher Weise gekleidet. In der einen Hand hielt er ein blutiges Messer, mit der anderen zog er eine Tierhaut hinter sich her, die eine breite schwarze Spur hinterließ.

Zwei der Männer lösten sich aus der Gruppe und traten nach vorn: Sie waren wohl die Jüngsten, denn sie konnten nicht älter als vierzehn oder fünfzehn Jahre alt sein. Der alte Mann musterte sie streng, dann bedeutete er ihnen, näher zu treten. Er hob das Messer mit der Klinge nach vorn in die Luft, und einen schrecklichen Augenblick lang fürchtete ich, er würde sich damit auf die Jungen stürzen und sie im Gesicht verletzen; aber dieser andere Teil von mir wusste sehr genau, was vor sich ging, und fühlte nichts anderes als die Wucht einer verzweifelten Wut.

Mit einer feierlichen Geste legte der Mann die Klinge auf die Stirn des einen Jungen, und dann auf die des anderen, auf beiden eine Blutspur hinterlassend. Einer der Anwesenden trat sofort hinzu und wischte den Jungen mit einem Büschel weißer Wolle das Blut von der Stirn. Die Jungen lächelten, und die ganze Gruppe schien einen Seufzer der Erleichterung auszustoßen.

Der Alte richtete das Messer nun gegen die Tierhaut in seiner Hand, schnitt zwei lange, tropfende Streifen davon ab und übergab sie den Jungen. Bei diesem Anblick spürte ich, wie in meinem Inneren eine rasende, grenzenlose Wut zu brodeln begann, die ich nur schwer mit mir selbst in Zusammenhang brachte, aber die nichtsdestotrotz wuchs und wuchs, bis sie jeden Winkel meines Bewusstseins durchdrungen hatte. Einer der beiden Jungen umklammerte kraftvoll seinen Lederriemen und wickelte ihn sich um die Fäuste; der andere ließ den seinen auf die Erde knallen wie eine Peitsche. In diesem Moment erreichte meine Wut ihren Höhepunkt und betäubte mich wie ein lautes, entsetzliches Heulen.

Dann stieß der Alte einen Schrei aus, und auch die anderen Männer rannten schreiend aus der Grotte, während ich spürte, wie ich weggerissen und weit hinausgeschleudert wurde in die Dunkelheit.

Kapitel 11

Sonntag, 15. Februar, und Montag, 16. Februar
Abnehmender Mond

Ich wachte am nächsten Morgen auf und es war Sonntag. Draußen schien die Sonne. Ob nun wegen des Traumyogas oder nicht, ich konnte mich bis in die Details an meine nächtliche Vision erinnern.

Ich stand auf und setzte mich sofort an den Computer, aber auf der Google-Seite wusste ich nicht, wonach ich suchen sollte. Aufs Geratewohl probierte ich es mit einem guten Dutzend Wortkombinationen, von denen einige – wie ich zugeben muss – nicht besonders intelligent waren: »Vorgeschichtliche Rituale«, »Höhlenriten«, »in Häute gekleidete Männer«, »Männer mit Schlammmasken« …

Ich war schon drauf und dran, mich geschlagen zu geben, als ich unter den Suchworten »Jungen, mit Blut gezeichnet« auf eine Seite stieß, die von jungen Männern handelte, deren Stirn mit Ziegenblut befleckt und anschließend mit einem Wollbüschel getrocknet wurde. Ein Schauer lief mir den Rücken herunter.

Ich las den gesamten Text und fuhr von dort aus mit der Recherche fort, sodass ich immer noch am Bildschirm klebte, als meine Mutter mich zum Mittagessen rief: Um nicht unterbrechen zu müssen, ließ ich sie durch die geschlossene Tür wissen, dass ich noch zu lernen hatte und später essen würde. Es war zwei Uhr nachmittags, als ich mich endlich ausloggte, müde, benommen, aber um eine wichtige, erhellende Sicherheit weiter: Das, was ich im Traum gesehen hatte, *gab es wirklich*.

Oder besser, es hatte es gegeben: und zwar vor zweitausend Jahren, im Römischen Reich.

Der Ritus nannte sich *Lupercalien* und wurde einmal im Jahr, immer am 15. Februar, im Lupercal gefeiert, einer Grotte am römischen Palatin-Hügel. Ein Mythos besagt, dass es sich dabei um genau die Höhle handelte, in der Romulus und Remus von der Wölfin gesäugt worden waren, die die beiden adoptiert hatte. Andere Quellen besagten, dass es sich um eine später entstandene Legende handele, an die nicht alle Forscher glaubten: Die wahren Ursprünge sowohl des Ortes wie des Kultes waren unbekannt, aber zweifellos sehr, sehr alt.

Man vollzog diesen Ritus zu Ehren des Gottes Lupercus, den heute praktisch niemand mehr kennt: Einige der Gelehrten vermuteten, dass es sich um eine Gottheit der Wälder und der Orte der Wildnis handelte, vielleicht sogar um einen Gott aus prähistorischer Zeit, und dass der Ritus dazu diente, das Vieh vor angreifenden Wölfen zu schützen.

Aber schon zu Lebzeiten der lateinischen Autoren, die von dem Ritus berichteten, war jeder Bezug zu den Wölfen verschwunden, abgesehen vom Namen, in dem das lateinische Wort *lupus* für Wolf steckt. Die Zeremonie selbst hatte sich in einen Fruchtbarkeitsritus verwandelt: Ein Zusammenschluss von Priestern, auch *Luperci* genannt, opferte in der Grotte eine Ziege und benutzte ihr Blut, um zwei junge Männer damit zu zeichnen, welche auf diese Weise ebenfalls in die Priesterschaft aufgenommen wurden. Dann schnitten die Luperci die Ziegenhaut in Streifen und gingen, fast nackt, hinaus auf die Straßen der Stadt, wobei sie alle Frauen und Mädchen, die ihnen begegneten, mit den Riemen schlugen. Die Frauen, so schien es, boten sich ihnen freiwillig für die Schläge dar, denn man glaubte, dass die Schläge mit diesen heiligen Riemen ihnen viele Kinder bringen würden.

Unter dem missbilligenden Blick meiner Mutter holte ich mein inzwischen erkaltetes Mittagessen ins Zimmer und begann, immer noch grübelnd, zu essen. Allein schon die Beschreibung des Ritus war bizarr und beunruhigend, und so völlig anders als alles, was ich ansonsten über das antike Rom gehört hatte. Männer, die sich in frisch abgezogene, noch bluttriefende Tierhäute hüllten und auf der Straße umherliefen, um auszupeitschen, wen auch immer sie auf ihrem Weg trafen … Sogar mir, die ich nicht besonders viel Ahnung von Geschichte hatte, war klar, dass diese Zeremonie aus einer sehr fernen Vergangenheit kommen musste und sicher weit älter war als die gepflasterten Straßen und die Marmortempel der Römer.

Nach allem, was ich gelesen hatte, hatte er sich weit länger als jeder andere heidnische Ritus gehalten und sogar das Aufkommen des Christentums und die Auslöschung der antiken Kulte überlebt: Erst im fünften Jahrhundert nach Christus wurde er auf Betreiben der Päpste abgeschafft. Zu jener Zeit waren die meisten Römer schon lange Christen, feierten ihn aber offenbar trotzdem noch Jahr für Jahr, als wäre er für viele von ihnen von großer Bedeutung gewesen.

Ich ließ mir nochmals die Einzelheiten meines Traums durch den Kopf gehen: Die schlammverschmierten, aber ansonsten glatt rasierten und fein gezeichneten Gesichter der Männer, die offensichtlich römische Bürger waren; die abgezogene Tierhaut, die der Priester hinter sich herschleifte, eine Blutspur auf dem Boden hinterlassend; die beiden Jungen, die mit dem Messer berührt wurden; die blutigen Lederriemen. Ich hatte mit unglaublicher Präzision eine Szene geträumt, die sich so oder so ähnlich vor mehr als zweitausend Jahren abgespielt hatte, ohne dass sie mir jemals – dessen war ich mir sicher – von irgendwem beschrieben worden wäre. Ich wusste beim besten Willen nicht, was ich davon zu halten hatte.

Draußen tobte erneut der Wind, und der Himmel war weniger klar als noch kurz zuvor: Die Wolken waren zurück, hatten sich nach und nach über den fernen Dächern gesammelt und das verschossene Blau überdeckt. Im Februar war wirklich kein Verlass auf das schöne Wetter ... Ich saß wie versteinert am Computer, das Gesicht dem Fenster zugewandt. Heute war der 15. Februar. Der Tag der Lupercalien.

Okay, das war nun wirklich zu viel.

Den Rest des Nachmittags verbrachte ich mit allem, was mir irgendwie Ablenkung bot: Ich lernte, ich las alle Comics aus, die ich gekauft hatte, ich hörte Musik, ich setzte mich sogar vor den Fernseher und zog mir das unsägliche Sonntagsprogramm rein.

Nach dem Abendessen erhielt ich eine Nachricht von Irene, und wir verabredeten uns auf MSN. Sie berichtete mir von ihrem Abend, als würde sie vom trostlosen Beginn einer arrangierten Verlobung sprechen, wie man sie nur aus Filmen kannte. Sie schickte mir auch ein Foto, das ihr Verehrer per Handy von ihnen beiden gemacht hatte: Andrea sah eigentlich nicht schlecht aus, nicht sehr groß, mit kurzen Haaren und einem kleinen dunklen Bart am Kinn; Irene war in ein nachtblaues Abendkleid gezwängt, das sie ein wenig älter und sehr viel bleicher aussehen ließ, und sie lächelte wie jemand, der eine Pistole im Nacken hatte. Dahinter war ein Blick auf den Saal eines Restaurants zu erhaschen, das man mit einer gewissen

Untertreibung als luxuriös bezeichnen konnte. Das harte Leben der Reichen und Mächtigen …

An jenem Abend ging ich seltsamerweise ruhiger als sonst zu Bett, und tatsächlich schlief ich diesmal gut. Am nächsten Morgen schien alles wieder ganz normal zu sein: grauer Himmel, eiskalte Luft und meine Mutter, die in der Küche vor sich hinträllerte.

In der Schule verbrachte ich fünf Stunden hintereinander damit, mir darüber den Kopf zu zerbrechen, was ich nun zu Alex sagen sollte, wobei Irene etwa alle zehn Minuten eine beruhigende Bemerkung für mich übrig hatte. Als es zum Unterrichtsschluss läutete, verabschiedete ich mich eilig von ihr, rannte die Treppen hinunter und platzierte mich vor dem Schultor. Ich hatte beschlossen, hier auf ihn zu warten, und im Geiste ging ich nochmals die Rede durch, die ich sorgfältig einstudiert hatte. Gleich neben dem Eingang, auf dem Gehsteig, wie immer ignoriert von den Leuten, die an ihr vorbeigingen, stand das Mädchen mit den Blumen im Haar!

Wir sahen uns an. Keine Tränen und kein Brennen diesmal und auch kein plötzliches Verschwinden. Sie streckte eine Hand nach mir aus, zog sie dann zurück, entfernte sich ein paar Schritte und drehte sich um, um mich mit ihren riesigen Augen anzusehen.

Ich ballte die Fäuste.

Sie oder Alex, schon wieder.

Ich zog den Rucksack auf meinem Rücken zurecht und folgte ihr.

Sie ließ mich weit gehen, viel weiter als erwartet, durch Straßen und Gassen, die ich noch nie gesehen hatte: Wir überquerten Kreuzungen, vollgestopfte Parkplätze und Parks voller Menschen, die mit ihrem Hund spazieren gingen. Ich hatte den Eindruck, dass wir in Richtung Dom unterwegs waren. Sie blieb immer ein paar Meter vor mir und drehte sich oft um, um zu kontrollieren, ob ich ihr folgte, ließ mich aber nicht näher kommen. Die Leute auf den Straßen gingen einfach an uns vorbei, ohne uns zu beachten.

Ich fing an, nervös zu werden, vor allem, wenn ich an meine Mutter dachte. Ich klappte mein Handy auf und sah auf die Uhr: Wir waren schon über eine halbe Stunde unterwegs. Auch wenn ich umgekehrt wäre, wäre ich mit einer absurden Verspätung zu Hause angekommen. Dann konnte ich genauso gut einfach weitergehen.

Inzwischen hatte sich meine Führerin in ein Labyrinth aus winzigen Gässchen mit sehr hohen Gebäuden gewagt, das plötzlich in einen offenen Platz auslief, der mit Blumenbeeten bepflanzt war. Links von mir sah ich über den Dächern die Turmspitzen des Doms, die gar nicht weit entfernt schienen: Wir befanden uns also tatsächlich im Zentrum und standen direkt vor einer Kirche, die zwar eher schlicht wirkte, deren Eingangspforte aber von zwei riesigen Engelsstatuen bewacht wurde. Auf ihren steinernen Gesichtern lag ein seltsamer Ausdruck, eine Art Lächeln, und es schien mir, dass einer von beiden mich ganz persönlich anschaute. Es war ein sehr ironischer Blick.

Nur zu, sagten diese Augen, *lass mal sehen, bis wohin sich die kleine Veronica traut.*

Das Mädchen mit den Blumen im Haar überquerte den Platz und machte vor dem Tor eines anderen Gebäudes links neben der Kirche halt. Ich brauchte ein paar Sekunden, bis ich merkte, dass es sich um eine zweite Kirche handelte, die weiß gestrichen und noch schlichter war als die andere, und deren

Fassade im rechten Winkel zu jener stand: Zwischen den beiden Gebäuden gab es gerade genug Platz für eine sehr enge Gasse. Wenn man sie so ansah, weiß und kahl, die Fenster alle in einer Reihe, schien es sich eher um die Wand eines Privathauses zu handeln als um die einer Kirche.

Das Mädchen sah mich an, die Augen groß und weit, um dann einen Blick auf die Tür neben sich zu werfen. Sie holte tief Atem und trat ein.

Das Innere der Kirche war klein, still und nackt wie das Äußere und machte keine große Lust, sich hier länger aufzuhalten. Es war keine Menschenseele zu sehen. Ich wollte gerade wieder gehen, als ich rechts neben dem Eingang eine andere Tür entdeckte: Sie stand offen, war schmal und entließ einen Geruch nach Feuchtigkeit und Kälte. Ich trat über die Schwelle und fand mich in einem sehr engen Durchgang wieder; an den Wänden hingen Holztafeln mit Votivbildern, die von Metallgittern geschützt waren, wohl damit niemand versuchte, sie mitzunehmen. Ich ging dichter heran und betrachtete sie von Nahem: Sie schienen sehr alt zu sein. Es roch hier noch mehr nach Feuchtigkeit und Schimmel.

Am Ende des Korridors befand sich eine weitere Tür, auch sie stand offen. In dem Moment, als ich sie sah, überfiel mich die Angst.

Ich ging trotzdem weiter, schneller jetzt. Jede Sekunde des Zögerns wäre der erste Schritt auf dem Weg in die Flucht gewesen. Und tatsächlich sprengte das Schauspiel, das mich hinter dieser Tür erwartete, jede Vorstellungskraft.

Es handelte sich um eine Kapelle mit sehr hoher Decke, die in ein düsteres Halbdunkel getaucht war; das einzige Licht drang durch ein paar Milchglasfenster herein, die in massive Rahmen aus gehauenem Stein gefasst waren. Einige wenige

Holzbänke standen vor dem Altar, auf dem eine Frauenfigur thronte, bei der es sich ebenso gut um die Jungfrau Maria hätte handeln können wie um irgendeine andere Heilige. Sie war klein, in Kleider aus echtem Stoff gehüllt und entschieden hässlich.

All diese Dinge nahm ich jedoch kaum wahr, denn meine Aufmerksamkeit wurde vollkommen von den Wänden in Anspruch genommen: Mauern, Tragbalken, Altar und sogar die Ränder des Deckengewölbes waren *über und über mit Knochen bedeckt.* In erster Linie mit Schädeln. Dutzende, Hunderte davon türmten und reihten sich übereinander, einige davon sogar so angeordnet, dass sie *Muster* bildeten: Auf einer Seite befand sich ein Kreuz, das fast bis zur Decke reichte und übermannsgroß war, auf der anderen ein Symbol, das ich nicht enträtseln konnte. Metallgitter wie jene, die die Votivbilder im Gang schützten, hielten die Schädel gegen die Wand gepresst, aber es gab auch welche, die frei angebracht worden waren, entweder direkt am Putz befestigt oder am schwarzen Marmor der Scheinsäulen, die an den Mauern entlangliefen.

Mit offenem Mund drehte ich mich um meine eigene Achse, so entgeistert, dass ich nicht mal Angst hatte. Ich stand in einem vollständig mit Knochen ausgekleidetem Raum, mitten im Herzen Mailands.

An der wenig erleuchteten Wand gegenüber dem Altar befand sich eine Tür aus sehr dunklem Holz, von der ich annahm, dass sie nach draußen führen musste. Überall um die Tür herum waren weitere Knochen zu sehen – Rippen, Schienbeine, Schädel mit leeren Augenhöhlen –, und darüber drei Glasschaukästen: Zwei von ihnen enthielten ebenfalls Knochen, die in der Mitte den Kopf einer Statue, der wohl einem Christus mit aufgerissenen Augen gehörte, wahrscheinlich ein Überbleibsel von einem alten Kruzifix. So im Schaukasten ausgestellt wirkte es jedoch wie ein völlig realer, abgetrennter menschlicher Kopf.

Mir schwindelte, und ich musste mich setzen. Ich stellte meinen Rucksack auf die Bank, schlug die Hände vors Gesicht und atmete tief durch, schreckte jedoch gleich wieder auf, als ich jemanden eintreten hörte. Es war eine alte Frau mit südamerikanischen Zügen: Sie kniete sich in dieselbe Bank, in der ich mich befand, blieb einige Sekunden ins Gebet vertieft, stand dann wieder auf, zog etwas Kleines und Weißes aus ihrer Tasche, näherte sich einem Gitter und steckte den Gegenstand in die Augenhöhle eines Schädels, indem sie ihn mit den Fingern durch ein Loch im Gitter hindurchdrückte. Dann bekreuzigte sie sich und ging wieder hinaus.

Ich lehnte mich mit dem Rücken gegen die Bank. Ich konnte einfach nicht glauben, was ich da sah. Wo befand ich mich eigentlich? Warum hatte meine Führerin mich an diesen surrealen Ort gebracht?

Eine Bewegung zu meiner Rechten ließ mich zusammenzucken. Nur einen Meter von mir entfernt saß ein Mann, den ich nicht bemerkt hatte, obwohl wir die einzigen beiden Menschen in der Kapelle waren.

Ich sah ihn mit großen Augen an, und er erwiderte meinen Blick. Es war schwierig, zu sagen, wie alt er war: Eigentlich hätte ich ihn jünger geschätzt als meinen Vater, wenn auch nicht viel; oder vielleicht viel jünger, aber mit einer Ausstrahlung, die ihn viel älter erscheinen ließ, als er war. Er hatte dunkle, halblange Haare, mit einer Spur von Grau an den Schläfen. Sie waren nach hinten gekämmt und enthüllten eine relativ hohe Stirn. Er hatte ein hageres Adlergesicht mit langem Kinn, spitzer Nase und vollen Lippen, die überhaupt nicht in dieses

Gesicht passten. Seine großen Augen leuchteten in einem intensiven Grün und sahen mich ruhig, aber unglaublich ausdrucksvoll an. Er trug einen schwarzen Mantel, aus dem nur die Hände hervorschauten. Seine Finger waren lang und fein, und an einem davon trug er einen goldenen Ring, der einen Widderkopf darstellte und sehr antik wirkte.

Wir verharrten eine Weile und sahen uns schweigend an, länger, als es zwischen zwei Unbekannten sozial akzeptabel gewesen wäre, aber es gelang mir einfach nicht, den Blick abzuwenden. Er studierte mich mit ruhiger Aufmerksamkeit und durchbohrte mich geradezu mit dem Blick aus seinen grünen Augen. Und doch war ich seltsamerweise kein bisschen nervös.

Am Ende war er es, der zuerst sprach.

»Willkommen.«

Ich spürte instinktiv, dass dies ein Moment von grundlegender Bedeutung war, und wählte meine Worte mit aller Sorgfalt, zu der ich in der Lage war. »Man hat mich hierhergebracht, um dich zu treffen, nicht wahr?«

Der Mann nickte: Es war eine langsame Geste, ohne Eile.

»Warum?« Ich hatte gar nicht vorgehabt, eine so direkte Frage zu stellen, aber sie war mir einfach herausgerutscht.

Um seinen Mund spielte der Anflug eines Lächelns. »Weil ich den Wunsch verspürte, deine Bekanntschaft zu machen, und weil ich Grund zu der Annahme habe, dass es auch dir nicht missfallen wird, die meine zu machen.«

»Warum?«, wiederholte ich, wieder ohne es zu wollen, und kam mir diesmal wie eine Idiotin vor. Der Mann sprach auf eine sonderbar ausgefeilte Weise, wie eine Figur aus einem Historienfilm.

»Ich kann mir vorstellen, dass du, im Licht der Umstände, in denen du dich befindest, viele Fragen hast.«

Ich spürte, wie mein Herz schneller schlug. »Ja.«

»Und ich vermute, ich kann dir eine Hilfe sein.«

»Du weißt …« Mir versagte die Stimme; mein Mund war plötzlich wie ausgetrocknet. »Du weißt, was mit mir los ist?«

Er nickte wieder.

»Sag es mir!« Ich konnte meine Stimme nicht mehr im Zaum halten. »Gib mir eine Erklärung, ich bitte dich! Ich will wissen, was mit mir geschieht, warum mein Leben ein so absurdes Chaos geworden ist und ich … nicht die geringste Ahnung habe, was vor sich geht!«

Er öffnete die Hände, die Handflächen zu mir gewandt, in einer sonderbaren Geste, die wohl beruhigend gemeint war, aber vor allem bizarr und archaisch wirkte, genau wie sein ganzes Aussehen und seine Art zu sprechen.

»Beruhige dich, es gibt keinen Grund zur Empörung. Es wird dir nichts Schlimmes geschehen.«

Unglaublicherweise beruhigten mich seine Worte wirklich. Die tiefe Ruhe, die ich in seinen Augen las, war irgendwie ansteckend und lud fast physisch zu einer gewissen Gelassenheit ein. Ich atmete tief durch und fühlte mich schon besser.

»Kannst du mir wirklich alles erklären?«

»Ja. Aber es wird nicht einfach für dich sein, es zu verstehen.«

Wollte er mir damit sagen, dass ich nicht intelligent genug war, um seine Ausführungen zu kapieren?

»Was heißt das?«, fragte ich.

»Dass es, vor allem anderen, gut ist, keine Eile zu haben.«

Hätte er mich gebeten, nackt auf Händen durch die Straßen zu spazieren, wäre mir das weniger schwierig vorgekommen. »Aber du wirst auf meine Fragen antworten?«

»Das werde ich. Frag, wenn du es wünschst.«

Ich zwang mich, vernünftig zu überlegen. Er hatte mir im

Grunde gesagt, dass er nicht auf direkte Fragen antworten würde, nicht sofort jedenfalls. Und doch war er im Moment meine einzige Hoffnung, diesem Wirrwarr zu entkommen. Trotz seines sonderbaren Wesens erschien er mir viel überzeugender und wohlwollender als der Bettler mit den Schlangenaugen. Ich beschloss, erst mal um den heißen Brei herumzureden.

»Was ist das für ein Ort?«

»Das Ossarium von San Bernardino. Das, was übrig ist von den vielen Friedhöfen, die sich seit dem Mittelalter hier befunden haben.« Die grünen Augen durchwanderten den Raum. »Das Gebäude selbst und die Kirche stammen aus dem siebzehnten Jahrhundert, sie wurden vor vierhundert Jahren nach einem Einsturz wieder aufgebaut. Aber das Beinhaus ist sehr viel älter: Schon im dreizehnten Jahrhundert gab es hier ein Spital und einen Friedhof, auf dem die sterblichen Überreste der Kranken, die keine Familie hatten und deren Leichnam niemand haben wollte, ihre ewige Ruhe fanden. Die Knochen, die du hier siehst, gehören ihnen, vermischt mit denen der Priester, die sie über die Jahrhunderte hinweg versorgt haben, sowie den Leichen, die man exhumiert hat, als die anderen Friedhöfe in der Gegend zerstört wurden.«

Auch ich blickte mich um, nun weniger ruhig als vorher. »Warum hier? Warum hast du gewollt, dass wir uns hier treffen?«

»Das war nicht so geplant. Aber ich besuche diesen Ort häufig: Regina hat dich dort hingeführt, wo sie wusste, dass du mich finden würdest.«

»Regina? Das Mädchen mit den Blumen in den Haaren?«

»Ja.«

Das war also ihr Name. Er passte nicht zu ihr, fand ich.

»Wenn sie mich irgendwohin bringen wollte, warum hat sie

es mir dann nicht einfach gesagt?« Mir fiel wieder die nächtliche Begegnung mit den schwarzen Männern ein. »Sie hat sich in Gefahr begeben, in *große* Gefahr, nur um nach mir zu suchen …«

»Sie konnte dir nichts sagen. Sie konnte nicht mit dir sprechen. Darum hat sie das getan, was sie für geeignet befand, um deine Aufmerksamkeit zu erregen.«

»Aber warum?«

»Weil das ihre Natur ist. Ein direkter Kontakt ist ihr verwehrt, das ist die Konsequenz einer Entscheidung, die sie vor langer Zeit getroffen hat.«

Ich sah ihn an, aber seine Augen blieben gleichmütig. Unwirsch schüttelte ich den Kopf und sprang auf die Füße; seine Antworten waren weniger hilfreich als frustrierend.

Ich ging in dem winzigen Gang zwischen den Bänken auf und ab und versuchte, mich zu beruhigen, dann näherte ich mich dem Gitter und beugte mich zu dem Schädel hinunter, in den die Frau kurz zuvor etwas gesteckt hatte. Die Schädel hinter den Gittern waren alle mit Staub bedeckt, außer an den Stellen, an denen es möglich war, die Finger zwischen die Metallstäbe zu stecken und die Knochen zu berühren: Dort waren die Knochen glatt und sauber, und sie glänzten im Halbdunkel. Offenbar steckten die Leute oft ihre Finger in die Löcher, um die Toten zu berühren.

Ich unterdrückte ein Schaudern und angelte das kleine weiße Etwas aus dem Schädel hervor. Es war ein gefalteter Zettel, auf dem zwei Zeilen in einer fremden Sprache standen, wahrscheinlich auf Spanisch.

»Das sind Bitten«, sagte die Stimme des Mannes hinter mir. »Die Gläubigen kommen hierher und legen ihre Bitten in die Hohlräume der Knochen hinein. Es ist ein sehr alter Brauch.«

Bei genauerem Hinsehen stellte ich fest, dass zwischen den gelblichen Knochen weitere Zettel hervorlugten. Es war mir unangenehm, dass ich einen davon herausgezogen hatte: Ich hatte das Gefühl, in die Privatsphäre eines anderen Menschen eingedrungen zu sein, und legte ihn schnell wieder zurück.

»Die Leute nannten sie ›die unschuldigen Toten‹«, fuhr der Mann fort. »Früher einmal hat man gedacht, dass es sich um christliche Märtyrer handelte, um die Opfer eines Blutbads, das von arischen Ketzern im vierten Jahrhundert verübt wurde. Aber das ist nur eine Legende.« Er schwieg einen Moment. »Es sind auch viele Knochen von Gefangenen hier. Gefangene, die in ihrer Zelle gestorben oder hingerichtet worden sind. Man hat sie im Jahre 1622 hierhergebracht, als der Gefängnisfriedhof voll war.«

Was für ein tröstlicher Gedanke. »Und du, kommst du auch hierher, um zu beten?«

Er schüttelte den Kopf. »Ich komme, um die Stimmen der Toten zu hören.«

Ich blieb noch ein Weilchen stehen, ohne mich zu rühren, dann setzte ich mich wieder hin.

»Die Stimmen der Toten«, wiederholte ich.

»Ja.«

»Und was sagen sie?«

»Viele Dinge. Hör mal.«

Meinte er das ernst? Ich sah ihn an. Ja, er meinte es ernst.

Ich schwieg und lauschte aufmerksam. Ein paar Sekunden lang schloss ich sogar die Augen. Es herrschte vollkommene Stille.

Ich schüttelte den Kopf.

»Gib mir die Hand.« Er hielt mir die seine hin, die Handfläche nach oben.

Ich zögerte, dann legte ich meine darauf. Ich weiß nicht warum, aber ich hatte erwartet, dass seine Finger kalt sein würden: Aber das waren sie ganz und gar nicht.

Es begann nicht sofort: Die Stille dauerte noch einige Sekunden an. Dann füllte sich die Luft mit einem Rauschen, ähnlich dem leisen Summen von unzähligen Insektenflügeln, zunächst kaum wahrnehmbar, dann immer deutlicher.

Ich riss die Augen auf und erkannte, dass es kein Summen war: Es waren Stimmen. Ein Chor aus murmelnden und flüsternden Stimmen, die einander überlagerten, Stimmen von Männern, von Frauen, von Kindern, einige ruhig und tief, andere aufgeregt und drängend. Sie schwirrten um mich herum, vermischten sich, übertönten sich gegenseitig in einem Durcheinander, das immer mehr an Lautstärke zunahm, bis …

Ich machte einen Satz nach hinten, hielt mir die Ohren zu und stolperte aus der Bank.

»Basta! Basta!«

Bevor ich mir dessen überhaupt bewusst wurde, rannte ich nach draußen, den Gang mit den Votivbildern entlang, ohne auch nur ein einziges Mal stehen zu bleiben, bevor ich draußen an der frischen Luft war. Ich lehnte mich an die Mauer und wagte kaum, zu atmen. Um mich herum war nun nichts weiter als der gedämpfte Verkehrslärm der Stadt zu hören.

Ich suchte den Platz und die Grünflächen nach dem Mädchen mit den Blumen im Haar ab. Regina war nirgends zu sehen.

Neben mir trat auch der Mann ins Freie, meinen Rucksack in der Hand, den ich in der Aufregung auf der Bank vergessen hatte. Erst jetzt bemerkte ich, dass er sehr groß war.

Er stellte den Rucksack auf den Boden zu meinen Füßen. »Ich bitte dich um Verzeihung: Das war unvorsichtig von mir. Du warst nicht vorbereitet.«

Ich schluckte. »Und was soll ich jetzt tun? Sag mir, was ich tun soll, damit du auf meine Fragen antwortest.«

»Wir könnten ja damit anfangen, dass wir uns vorstellen.«

»Veronica.« Ich gab ihm nicht die Hand. »Veronica Meis.«

»Conte Giuseppe Gorani.«

Ich hätte beinahe losgelacht. Wenn er mir gesagt hätte, er sei Graf Dracula oder Graf von Cagliostro höchstpersönlich, hätte ich mich auch nicht mehr gewundert. Er aber blieb ruhig und gefasst wie zuvor und schien überhaupt nicht zu Scherzen aufgelegt zu sein.

»Ein *echter* Conte, ein Graf?«

»In Fleisch und Blut und mit Adelsbeweis, den ich allerdings unglücklicherweise in irgendeinem Koffer eingesperrt habe, welcher seit meinem letzten Umzug unausgepackt herumsteht.«

Diesmal musste ich lächeln, auch wenn mir eigentlich gar nicht danach war. »Es tut mir leid.«

»Was?«

»Ich weiß nicht ... Dass ich Sie geduzt habe?«

Auch er lächelte: ein echtes Lächeln, nicht nur der Schatten davon, der ihm bis zu diesem Moment um die Lippen gespielt hatte. »Es ist wohl wahr, dass mir dies höchst selten geschieht, in diesen Zeiten.« Er zeigte mit dem Finger mehr oder weniger in Richtung Dom. »Meine Familie besaß einen Palazzo zehn Minuten Fußweg von hier. Ich habe ihn im Jahre 1669 von den Grafen Crivelli erworben und fast vollständig wieder aufgebaut; die Mauern waren mit Steinen aus dem kaiserlichen Mailand errichtet worden, Steine, die über tausend Jahre alt waren.« Er stieß einen leisen Seufzer aus. »Durch die Bomben der Amerikaner wurde er im Jahre 1943 dem Erdboden gleichgemacht. Heute befindet sich dort ein Parkplatz.«

Ich wusste nicht, was ich erwidern sollte.

»Ich habe etwas für dich, Veronica Meis«, fuhr er nach einer Weile fort.

»Antworten?«, versetzte ich störrisch.

»So könnte man sagen. Wenn du mir die Ehre gewährst, mein Gast zu sein, dann werde ich dir einen Gegenstand übergeben, der sicherlich für dich von Interesse sein wird.«

Ich presste die Zähne zusammen. Das war die zweite Einladung eines Unbekannten in weniger als zwei Tagen. Und diesmal war dieser Unbekannte wesentlich beunruhigender als Ivan … Aber was waren meine Alternativen? Ich verspürte den Impuls, auf die Uhr zu schauen, aber ich ließ es: Ich wusste ohnehin, dass es inzwischen nicht nur spät war, sondern viel zu spät.

Ich seufzte. »Müssen wir weit laufen?«

»Keine fünf Minuten.«

»Gehen wir.«

Kapitel 12

Montag, 16. Februar

Zum zweiten Mal in einer Stunde fand ich mich an einem so unbeschreiblichen Ort wieder, dass ich sprachlos war. Der Conte hatte die Wahrheit gesagt: Es dauerte keine fünf Minuten, bis wir an einem altertümlichen, sechsstöckigen Gebäude angekommen waren. Hinter einem Rundbogentor und Säulen aus gemeißeltem Stein erwarteten uns eine mit Teppich ausgelegte Vorhalle und ein unglaublich geräuscharmer Aufzug ganz aus Glas und Stahl, der uns in den obersten Stock brachte. Wir durchquerten einen langen, dunklen Korridor mit Gewölbedecke und landeten in einem unglaublichen Saal.

Die Saaldecke, die über der Tür sehr hoch war, fiel in einer Diagonale zur gegenüberliegenden Wand hin ab, wo man durch eine Reihe von schmalen Fenstern die Turmspitzen des Doms sehen konnte, die jetzt wirklich zum Greifen nah schienen. Wände und Decken waren mit dunklen Holzpaneelen verkleidet, und jeder einzelne Zentimeter des Raums war mit Gegenständen vollgestellt: Sie standen in Regalen, in Wandfächern, in Schränken und auf Tischen, und es waren so viele, dass sie mit einem Blick gar nicht zu erfassen waren.

Eine Regalwand etwa war ausschließlich mit Mineralien und Fossilien gefüllt: Ammoniten, Muscheln, versteinerte Blätter,

Bruchstücke von verbogenem Metall, geschliffene Kristalle, die im Licht bunt schillerten. Der Glasschrank gleich daneben beherbergte ein ganzes Heer aus winzigen Skeletten, die von Metallgestellen aufrecht gehalten wurden: Darunter waren fraglos Mäuse, vielleicht auch Frettchen oder Eichhörnchen, aber den Großteil konnte ich nicht zuordnen. Die Eingangstür war umstellt von Regalen, in denen sich Flaschen, Töpfchen, Ampullen und andere seltsam geformte Behälter drängten, viele von ihnen waren mit Etiketten versehen, keines davon in einer mir vertrauten Sprache. Auf einem massiven Tisch in der Mitte des Zimmers thronte ein riesiges vergoldetes Astrolabium, das direkt aus der Zeit Galileis zu kommen schien. Es war umgeben von Kompassen, Stundengläsern und anderen Instrumenten, deren Funktion ich mir nicht einmal vorstellen konnte.

Und überall, inmitten dieses Raritätenkabinetts: Bücher. Jeder freie Zentimeter, selbst zwischen den Fenstern, wurde von Büchern besetzt, Bücher in jeder Form und Dimension, viele von ihnen sichtbar alt.

Das war kein Wohnzimmer: Es war ein Museum, eine Wunderkammer, ein Raum, der in ein Schloss aus dem 19. Jahrhundert gehörte oder auf ein Filmset.

Conte Gorani bahnte sich lässig einen Weg durch das Requisitenlabyrinth, hängte seinen Mantel an einen Kleiderständer, der zwischen einem hohen Kandelaber aus Kupfer und Bronze und einer kleinen Säule mit einer einbalsamierten Schlange obenauf herausragte, und stellte dann zwei Polsterstühle an eins der Fenster. Erst jetzt drehte er sich um, um nach mir zu sehen. Ich stand noch immer auf der Türschwelle.

»Du kannst ruhig hereinkommen, Veronica. Nichts von dem, was sich in diesem Zimmer befindet, wird dir an die Kehle springen, das versichere ich dir.«

Ohne es zu wollen, warf ich einen Blick auf die Schlange auf ihrem Säulensockel, ein Knäuel aus schwarzen Windungen, aus dem sich ein glänzender, unbeweglicher Kopf erhob, das Maul halbgeöffnet und die Fangzähne entblößt. Ihre Glasaugen sahen genauso aus wie die des Bettlers.

Ich bewegte mich auf den Stuhl zu, den der Conte mir angeboten hatte, ohne meinen Blick von der Umgebung lösen zu können. Mit einer Geste lud er mich zum Sitzen ein und ließ sich selbst mir gegenüber nieder. Zwischen uns stand ein niedriges und sehr elegantes Tischchen mit Holzintarsien.

Schließlich fand ich meine Stimme wieder. »Leben Sie wirklich hier?«

»Noch nicht lange.«

»Es ist ein … unglaublicher Ort.«

»Ich danke dir.«

»Sind diese Dinge alle echt? Ich meine …« Ich machte mit der Hand eine Rundumbewegung. »Sind sie …«

»Authentisch? Ja. Und viele sind wirklich sehr alt. Meine Familie hat immer eine Leidenschaft für das Ungewöhnliche gehabt.« Er wies auf die Fossilienkollektion. »Diese Sammlung, zum Beispiel, wurde im 18. Jahrhundert begonnen. Das Astrolabium hingegen gehörte einem meiner Vorfahren, Cesare Gorani, der mit seiner Familie am Beginn des 17. Jahrhunderts von Pavia nach Mailand gezogen ist. Aber es ist mehrfach restauriert worden.«

Ein Geräusch zu meiner Rechten ließ mich hochfahren; ich war immer noch angespannt wie eine Geigensaite.

Durch eine Tür, die ich bisher nicht bemerkt hatte – denn in diesem Saal konnte nur allzu leicht etwas unbemerkt bleiben –, kam leise das Mädchen mit den Blumen im Haar herein, Regina. Sie trug nicht mehr den Rock und das Schürzenkleid, mit dem ich sie immer gesehen hatte, sondern ein Kleid aus hellblauer Baumwolle, sehr einfach und so ausgebleicht, als wäre es unzählige Male gewaschen worden. Sie stellte ein Tablett mit einer Teekanne aus weißem Porzellan und zwei Tassen auf dem Tischchen vor uns ab; während sie dies tat, wandte sie sich mir zu und lächelte mich schüchtern an. Es war das erste Mal, dass sie mir ein Lächeln schenkte.

Meine Hand bewegte sich ganz von alleine: Ich streckte die Finger aus und strich ihr über die Haare, eine Geste, die gleichzeitig eine Liebkosung und eine Art Test war. Sie wich nicht zurück.

Die winzigen Vergissmeinnicht fühlten sich unter meiner Berührung ganz frisch an, die Blütenblätter weich, als wären sie gerade erst gepflückt worden. Ich folgte mit dem Finger einem Stängel durch ihre kastanienbraunen Locken hindurch – bis zu ihrer Haut. Ich riss erstaunt die Augen auf und näherte mich ihr noch mehr, um festzustellen, dass ich mich nicht getäuscht hatte: Der Stängel *wuchs aus ihrer Haut*, ebenso wie die Haare, die ihn umgaben. Die Blumen waren Teil ihres Körpers.

Regina sah mich mit ihren riesigen Augen unverwandt an, durchaus nicht eingeschüchtert oder peinlich berührt; als ich meine Hand zurückzog, schenkte sie mir wieder ein winziges Lächeln und verabschiedete sich, das Tablett mit sich nehmend.

Ich sah Conte Gorani an. »Wie ist das möglich?«, murmelte ich.

»Viele Dinge sind möglich. Ich gehe doch sicher recht in der Annahme, dass deine persönliche Bilanz von ›möglich‹ und ›unmöglich‹ in den letzten Tagen eine eindrucksvolle Neubewertung erfahren hat.«

Ich schwieg eine Weile, dann nickte ich.

»Was ist ihr zugestoßen?«, fragte ich.

»Regina?«

»Ja. Wie ist sie so geworden ...?« Ich dachte wieder an den Bettler mit den Schlangenaugen und war nicht sicher, ob ich die Antwort wissen wollte.

Der Conte nahm die Teekanne und schenkte Tee in beide Tassen. »Vor langer Zeit, als Regina noch ein Menschenwesen wie alle anderen war, verliebte sich ein junger Mann in sie und nahm sie mit sich in sein Reich. Er war dort eine Persönlichkeit von Rang, das, was wir einen Prinzen nennen würden, und Regina, die die Tochter von Bauern war, hätte sich seinem Wunsch nicht widersetzen können, nicht einmal, wenn sie gewollt hätte. Am Anfang schien es ihr, in einem wunderbaren Traum zu leben, wenn auch das Königreich, in das er sie geführt hatte, sehr viel anders war als alles, was sie bis dahin kannte. Aber ihr Geliebter wurde ihrer mit der Zeit überdrüssig, denn er gehörte zu einem wollüstigen und launischen Volk, und so schob er sie beiseite wie ein Spielzeug, das er nicht mehr vor Augen haben mochte.«

Er stellte die Teekanne wieder hin und sah mich an, als würde er auf eine Aufforderung zur Fortsetzung warten.

»Und dann?«

»Dann bekam Regina Heimweh nach ihrem Zuhause, nach ihrer Familie und dem Licht der Sonne, an das sie sich kaum noch erinnern konnte. Sie versuchte zu fliehen, aber vergeblich. Sie versuchte es wieder und wieder, doch jedes Mal folgten ihr die Männer des Prinzen und brachten sie zurück. Aber am Ende trug ihre verzweifelte Dickköpfigkeit den Sieg davon: Eines Nachts entkam sie ihren Verfolgern, ging über Wege, die nicht für die Füße von Sterblichen gemacht sind, und kehrte schließlich dorthin zurück, von wo man sie vor langer Zeit weggeholt hatte. Und hier musste sie entdecken, dass alles sich verändert hatte: Ihre Familie und ihre Welt existierten nicht mehr, sie waren weggefegt vom Vergehen der Zeit, aber vor allem war *sie selbst* es, die sich verändert hatte. Sie hatte sehr, sehr lange Zeit mit dem Prinzen und seinen Leuten gelebt: Sie hatte ihre Speisen gekostet, ihre Gesellschaft genossen, in ihren Häusern gewohnt. Die menschliche Natur war einfach nicht mehr die ihre: Sie war eine von ihnen geworden und würde es doch gleichzeitig nie ganz sein. Sie schlief weder, noch wachte sie, und ihr Traum war doch ewig geworden. Ein Traum, aus dem es kein Erwachen gibt.«

Es folgte ein langes Schweigen. Die Luft im Salon schien kälter geworden.

»Sie erzählen mir Märchen, Conte.«

»Märchen sagen oft die Wahrheit, auf ihre Art.« Er hob mit Sorgfalt seine Tasse und trank einen Schluck. »Und von vielen Wahrheiten bevorzugt man zu denken, dass es nur Märchen sind.« Er zeigte auf meinen Tee und sagte mit einem seiner Geisterlächeln. »Warte nicht, bis er kalt wird.«

In automatischem Gehorsam beugte ich mich hinunter, um den Duft des Tees einzuatmen und spürte dabei meinen leeren Magen. Klar, die Mittagszeit war ja auch schon vorbei! …

Ich schob, jeden Gedanken an meine Mutter und daran, was mir beim Heimkommen blühen würde, gewaltsam beiseite und nahm stattdessen einen Schluck Tee. Er war stark, aber sehr süß.

Der Conte fuhr fort, mich zu beobachten. Ich hatte sein Spiel bis hierher mitgespielt: Was konnte ich nun anderes tun, als einfach weiterzumachen?

»Dann wären also die schwarzen Männer, die ich in jener Nacht getroffen habe, die Diener dieses Prinzen?«

»Das ist eine Möglichkeit, sie zu betrachten.«

»Märchenwesen.«

»Wesen, von denen auch die Märchen erzählen. Und die Mythen und die Sagen und viele Bücher im Lauf der Geschichte. Sie leben seit jeher mit den Menschen zusammen.«

Es war nicht das erste Mal, dass ich diesen Satz hörte. »Ja, aber *was* sind sie?«

»Bewohner eines anderen Blickwinkels unserer Welt. Nachbarn unserer Wirklichkeit. In fernen Zeiten war unsere Beziehung zu ihnen … *enger.* Aus diesem Grund tragen wir sie noch in der Erinnerung, mit unterschiedlichen Namen und Erklärungen, je nach der Kultur, in der man lebt. Man spricht von ihnen als Geist, Monster oder Dämon, aber auch als ›Genius loci‹, Geist des Ortes. Und manchmal auch, warum nicht, von Feen.«

»Und sie leben unter der Erde? Also wirklich unter dieser Stadt?«

»Einige von ihnen. Sie haben andere Bedürfnisse als wir und andere Abneigungen. Jene, denen du begegnet bist, verabscheuen das Licht, ebenso wie freie Plätze und Menschenmengen.«

»Aber warum sehen die Leute sie nicht?«

Diesmal lächelte der Conte wirklich. »Weil die Leute nicht aufpassen.«

Neuerliches Schweigen.

Ja, auch das stimmte mit dem ganzen Rest überein. Absurd, aber es passte tatsächlich.

»Warum hat Regina mich gesucht?«

»Um dich zu mir zu bringen, natürlich. Ich habe sie geschickt.«

Ich spürte einen Anflug von Wut. »Man hätte sie fangen können! Wenn ich sie in jener Nacht nicht rechtzeitig gesehen hätte, wenn ich ihr nicht hinterhergerannt wäre, was hätten ihr diese Kreaturen dann angetan? Was wäre ihr …«

»Ich war mir des Risikos bewusst«, unterbrach mich der Conte mit ruhiger Stimme. »Überdies hatte sie schon viele Male versucht, deine Aufmerksamkeit bei Tage zu erregen – wenn die Unterirdischen sich nicht oder nur in seltenen Ausnahmen zeigen.«

Ich schwieg. Das stimmte allerdings.

Und doch …

»Aber warum hat sie mich nicht gerufen, hat mir keine Erklärung gegeben …«

»Sie kann dir nichts erklären. Sie besitzt das Wort der Menschen nicht mehr.«

Ich zwinkerte ungläubig. »Sie ist stumm?«

»Sie hat auf das Wort verzichtet.«

»Sie wollen damit sagen, dass sie aus eigener Entscheidung nicht spricht?«

»Sie spricht nicht, weil sie zu viel zu sagen hätte.«

Ich presste mir verzweifelt die Hände an die Schläfen. »Das gibt für mich keinen Sinn.«

»Indem sie das Leben der Unterirdischen akzeptiert hat, hat sie der Natur der Menschenwesen abgeschworen. Und das Wort gehört nun mal dem Menschen. Regina hat die Natur der Vegetation in sich aufgenommen: Sie hat akzeptiert, die Wurzeln in die Erde zu stecken, um Nahrung aus den Energien zu ziehen, die in der Dunkelheit verborgen sind, und sie hat sich darauf eingelassen, den linearen Ablauf der Zeit, des Alterns und Sterbens nicht mehr zu kennen, sondern nur noch den zyklischen Verlauf der Jahreszeiten. Sie hat die Seele einer Blume angenommen. Aber sie war jung damals: Man tut vieles, wenn man jung ist, aus Liebe.« Der Conte schwieg einen Moment, den Blick fest ins Leere gerichtet. »Sie hat viele Dinge gesehen, als sie bei den Unterirdischen war. Zu viele Dinge.

Vergangenheit, Gegenwart, Zukunft. Sie sieht sie immer noch, und es nicht einfach für sie, sie voneinander zu unterscheiden. Aber sie kann nicht sagen, was sie weiß, sie kann nicht mit anderen teilen, was sie sieht: Wie viele Dinge weiß ein Baum, und doch spricht er nicht … Aber das liegt in der Natur jedes Paktes: Entscheidungen haben Konsequenzen.«

Ich ließ seine Worte schweigend auf mich wirken, und plötzlich überkam mich eine unendliche Traurigkeit um dieses verliebte Mädchen, das jemand verführt, benutzt, jenseits alles Vorstellbaren in die Irre geführt und dann weggeworfen hatte.

»Was bedeutet es, dass sie die Zeit nicht mehr kennt?«, murmelte ich.

»Es hat genau die Bedeutung, die du zu kennen glaubst.«

»Dass sie unsterblich ist?«

»Ja.«

Eine weitere Wahrheit, die es zu akzeptieren galt, und basta. Inzwischen hatte ich den Überblick verloren.

»Wie alt ist sie?«

Der Conte schüttelte den Kopf. »Ich weiß es nicht genau. Sicherlich älter als du und ich. Seit ich ihr ein Zuhause gegeben habe, habe ich mich das oft gefragt: Die Kleider, die sie bei sich hatte und die sie noch immer unbedingt tragen will, lassen mich an die ländliche Lombardei denken, im Norden von Mailand wahrscheinlich, und was die Zeit betrifft, in der sie gelebt hat … so müssen wir sicherlich einige Jahrhunderte zurückgehen.«

Ich sah ihm fest in die Augen. »Wenn Ihnen so daran gelegen war, mich zu treffen, warum sind Sie dann nicht selbst gekommen?«

Er zuckte nicht mit der Wimper. »Weil Rotkäppchen dabei war, Blumen im Wald zu pflücken, als sie den Wolf traf.«

Diesmal platzte ich fast vor Wut, was er mir an den Augen abgelesen haben musste, denn er erhob sich abrupt. Es war das erste Mal, dass ich ihn eine so brüske Bewegung machen sah.

Er trat an eine Regalwand, wo neben den vielen Büchern auch einige Statuetten aus buntem Stein von vage ägyptischem Aussehen standen, und kehrte mit einem kleinen Bändchen zurück. Er reichte es mir, indem er sich in einer Geste zu mir herunterbeugte, die einer Verneigung sehr nahe kam.

»Ich fürchte, ich habe deine Geduld sehr in Anspruch genommen, Veronica Meis. Ich bitte aufrichtig um Vergebung. Dies ist es eigentlich, was ich dir zu geben wünschte.«

Ich nahm das Büchlein entgegen. Es war kaum größer als ein Heft, aber schmaler, mit einem weißen, modernen Buchdeckel und ohne Titel. Die Buchseiten aber erschienen alt, ein gelbliches, mit großen Buchstaben bedrucktes und zugleich vollkommen glattes Papier. Ich brauchte einen Moment, bis ich begriff, dass es sich um Fotografien auf Hochglanzpapier handelte.

»Das ist ein Faksimile«, sagte der Conte. »Weißt du, was das bedeutet?«

Ich schüttelte den Kopf.

»Die farbige Kopie eines historischen Buches. Das Original befindet sich hier in Mailand, in der Braidensischen Nationalbibliothek, und geht zurück auf das Jahr 1792.« Er fixierte mich mit seinen lebhaften grünen Augen. »Nimm es mit und lies es. Und komm wieder, wenn du den Wunsch dazu verspürst, und wir werden reden.«

Ohne weitere Erklärungen begleitete er mich den dunklen Korridor entlang bis zum Aufzug.

»Auf Wiedersehen, Veronica Meis«, verabschiedete er sich. »Dir zu begegnen, war mir eine besondere Ehre, eine jener seltenen Gelegenheiten, die sich an den Fingern einer einzigen Hand abzählen lassen, so lange ich auch gelebt haben mag.«

Er blieb stehen und hielt mich in seinem Blick gefangen, bis die Aufzugtüren sich vor mir schlossen.

Ich brauchte den ganzen Nachhauseweg, um mich von der Verwirrung zu erholen, und erst als ich vor meinem Haustor stand, wagte ich es, mein Handy herauszuziehen und einen Blick auf die Uhr zu werfen: drei Uhr vierzig.

Ich drückte mir selbst die Daumen, während ich die Treppen hinaufstieg, und als ich den Schlüssel zur Wohnungstür ins Schloss steckte, hielt ich den Atem an. Absolute Stille. In der Küche, in die ich mich auf Zehenspitzen geschlichen hatte, empfing mich eine sehr vertraute Szenerie, die ich einen Augenblick lang liebte, wie ich sie noch nie geliebt hatte: mein kaltes Mittagessen auf dem Herd und ein Zettel unter Ganeshas Füßen, der mich wissen ließ, dass meine Mutter erst nach vier Uhr nach Hause kommen würde. Ich ließ mich am Tisch nieder, erleichtert und erschöpft.

Bis zum Abend nahm ich das Buch des Conte nicht mehr in die Hand. Einerseits zerfraßen mich die Neugier und das Verlangen nach Antworten, andererseits wusste ich instinktiv, dass sich darin Dinge verbargen, die ich vielleicht gar nicht wissen wollte.

Erst nach dem Abendessen fischte ich es aus dem Rucksack und schlug es im Licht meiner Schreibtischlampe auf.

Auf dem Buchdeckel stand wie gesagt kein Titel, aber dafür war oben auf der ersten Seite zu lesen: *Ausführliches Journal über die Untaten der wilden Bestie im Norden von Mailand von Anfang Juli bis zum achtzehnten September des Jahres 1792.*

Mir wurde schwindlig, und ich musste meine ganze Armmuskulatur anspannen, um das Buch nicht sofort wieder zuzuschlagen. Ich kniff die Augen zusammen und atmete tief durch wie so oft: Es war zu spät, um in Panik zu geraten, zu spät, um umzukehren. Genaugenommen war es dafür schon seit einiger Zeit zu spät.

Ich las das ganze Buch in einer halben Stunde: Es waren weniger als sechzig Seiten in großer Schrift. Dann las ich es ein zweites und Teile davon auch noch ein drittes Mal.

Es war eine Chronik, eine Art öffentliches Tagebuch von einem Verfasser, der es vorgezogen hatte, anonym zu bleiben, und der ganz penibel notiert hatte, was in jenem Sommer geschehen war, der von mir aus gesehen mehr als zweihundert Jahre zurücklag.

Er erzählte von einem Tier, das urplötzlich in der Gegend um Mailand aufgetaucht war, einer Gegend, die heute Teil der Stadt ist, aber damals, als der bewohnte Stadtkern noch viel kleiner war, auf freiem Feld außerhalb der Stadtmauern lag. Keiner hatte das Tier je richtig gesehen, aber alle spürten seine Gegenwart. Elf Wochen lang trieb es sein Unwesen in den Wäldern und Feldern an den Dorfrändern, tötete und zerfleischte elf Menschen und verletzte weitere. Die Opfer waren alle Kinder oder Jugendliche. Das älteste war dreizehn Jahre alt, das jüngste sechs.

Die Kreatur hatte die ganze Stadt in einem Klammergriff des Schreckens gehalten. Sie wagte sich auf ihrer Jagd bis zur Stadtmauer vor, sodass sich die Behörden gezwungen sahen, den Ausnahmezustand zu verkünden, bewaffnete Patrouillen auszuschicken und Dutzende von Fallen aufzustellen. In eine dieser Fallen geriet letztendlich ein Wolf, der von den Bauern getötet und offiziell zur »wilden Bestie« erklärt wurde. Nach seinem Tod hörten die Überfälle zwar auf, aber viele der herbeigerufenen Zeugen erklärten, dass es sich bei dem Kadaver keinesfalls um das Monster handeln würde, das unter den Kindern in ihren Dörfern ein Blutbad angerichtet hatte.

Nach dem dritten Lesen klappte ich das Büchlein zu und starrte noch eine Weile auf den Buchdeckel.

Das erste Opfer der Bestie war ein zehnjähriges Kind gewesen, das nach Sonnenuntergang im Wald nach einer Kuh suchte, die sich verlaufen hatte. Mitte August hatte die Bestie dann am helllichten Tag zwei Kinder angefallen, Bruder und Schwester, die in einem Maisfeld arbeiteten; das Mädchen trug eine schwere Verletzung am Hals davon, aber sie überlebte als eines der wenigen Opfer. Das Buch lieferte außerdem auch eine minutiöse Beschreibung der Fallen, die man für die Bestie aufgestellt hatte: ausgehobene Gräben, umzäunt von Pfählen, von Weitem verschließbar durch eine über der Falle hängende Tür, im Inneren ein lebendiger Köder, meistens ein Lamm.

Es war alles da. Jedes einzelne Detail aus meinen Träumen. Ich hatte alle diese Dinge gesehen: Ich war durch die Wälder gelaufen, hatte aus meinem Versteck den fernen Stimmen zugehört und den Geruch von Blut gewittert. Ich hätte sie selbst schreiben können, diese Chronik.

Aber nicht aus der Perspektive der Opfer.

Ich stand auf, ging ins Bad und machte das Licht über dem Spiegel an: die ganz normale Veronica. Schmales Kinn, volle Lippen, rot gegen die sehr helle Haut. Braune Augen und kurze, zerzauste Haare.

Sag es, Veronica, sprich es laut aus.

Ich presste die Lippen zusammen.

Wenn du es nicht laut aussprichst, wirst du es nicht akzeptieren. Es wird aber trotzdem wahr sein.

Ich sah meinem Spiegelbild fest in die Augen. »Ich bin ein Werwolf.«

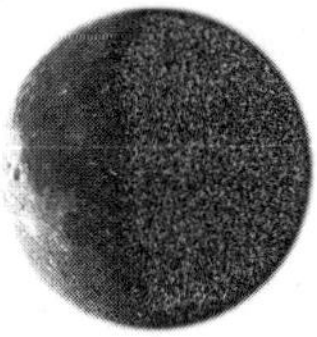

Kapitel 13

Dienstag, 17. Februar
Abnehmender Mond

Als ich Alex auf mich zukommen sah, ging ich alles im Kopf noch mal durch. Er hatte mich noch nicht gesehen, aber ich stand nur einen Meter von seinem Motorroller entfernt. Zum Glück parkte er immer am Ende der Reihe, weit weg vom Eingang: Dort würden wir wenigstens nicht von allen gesehen werden.

Okay, Veronica, wenn du dich jetzt nicht konzentrierst, ist es vorbei. Denk nicht an Werwölfe, schwarze Männer und Gott weiß, was noch alles: Denk an das, was du sagen musst.

Alex legte seinen Helm auf dem Sitz ab und kramte in seinen Taschen nach dem Schlüssel. Ich trat einen Schritt vor.

»Hallo.«

Sein Kopf schnellte ruckartig hoch: Er hatte mich tatsächlich nicht wahrgenommen. Als er erkannte, wen er vor sich hatte, nahm sein Gesicht einen Ausdruck an, der mir überhaupt nicht gefiel. Es war das Gesicht von jemandem, der lieber woanders gewesen wäre.

»Hallo ...«

Ich zwang mich, die Worte nicht alle in einem Atemzug hervorzusprudeln. »Hör mal ... Ich wollte dir danken für das Geschenk vom Samstag.«

Er runzelte die Stirn. »Welches Geschenk?«

»Das … Geschenk, das du mir auf die Bank gelegt hast. Die Pralinen. Und die Nachricht mit den Glückwünschen.«

Zwei Sekunden Schweigen.

»Unmöglich. Die musst du von jemand anderem bekommen haben.«

Der Boden unter meinen Füßen begann zu wanken. »Was?«

»Ich … ich hab dir nichts geschickt, am Samstag.«

»Aber die SMS war doch von dir! … Sie kam von deinem Handy.«

Ich kramte in meiner Tasche nach meinem Handy, um ihm die SMS zu zeigen, die ich wohlweislich aufgehoben hatte und über der ganz eindeutig sein Name stand. Aber ich bekam gar nicht die Zeit dazu.

»Hör mal, Veronica.« Er hatte sich mir jetzt ganz zugewandt und sah mich mit ernster Miene an. »Wir haben schon auf Elenas Fest darüber gesprochen. Es tut mir leid, wie die Dinge gelaufen sind, aber wenn du jetzt wieder davon anfängst, dann macht das die Sache nur noch schlimmer, und ich …«

Ich hatte das Gefühl, einen Kübel pures Eis über den Schädel zu bekommen, aber einen Moment später packte mich die Wut.

»Was ist denn auf diesem verdammten Fest bloß passiert?«, platzte ich heraus. »Die Leute in der Schule schauen mich an und lachen, du sprichst kein Wort mehr mit mir, und *ich erinnere mich an nichts, an rein gar nichts!* …«

Ich bereute sofort, es gesagt zu haben, und wäre am liebsten im Erdboden versunken. Aber es war zu spät.

Er starrte mich mit verkniffenem Mund an. Ich merkte, dass ich die Hände so sehr zu Fäusten geballt hatte, dass sie zitterten, und zwang mich zum Lockerlassen.

»Du bist zu mir gekommen und hast mich zum Tanzen aufgefordert.«

Nein, unmöglich! Mathematisch unmöglich.

»Ich wollte dir einen Gefallen tun und habe mich ehrlich bemüht, aber du hast dich nicht auf den Beinen halten können. Und als ich dir gesagt habe, dass es vielleicht besser wäre, wenn du dich wieder hinsetzt, hast du mir eine Szene gemacht.« Er schwieg einen Moment. »Eine Szene, mit der du mir etwas mitteilen wolltest, glaube ich. Ich fand aber, dass es weder Ort noch Zeit für solche Erklärungen war, dort vor allen Leuten, und da bist du in Tränen ausgebrochen und weggelaufen.«

In dem nachfolgenden Schweigen hörte ich ein Pfeifen in meinen Ohren, in einer Lautstärke, die innerhalb weniger Augenblicke unerträglich wurde. Ich hatte diese Dinge gesagt, diese Dinge *getan*, in aller Öffentlichkeit. Vor meinen Schulkameraden. Vor Angela. Und dann hatte ich alles vergessen.

Nein. Ich schüttelte den Kopf. Es war einfach unmöglich.

»Ich weiß nicht, wie das passieren konnte«, sagte ich, und meine eigene Stimme schien von außen zu kommen, aus weiter Ferne. Die Stimme eines anderen Menschen.

»Wahrscheinlich hattest du zu viel getrunken.«

Ich fühlte, wie meine Augen brannten. »Nein, das stimmt nicht! Nur ein halbes Bier und diesen Wodka Shot …« Die Worte erstarben mir auf den Lippen.

Es hatte alles mit diesem Shot angefangen. Von dem Moment an, als ich den ersten Schluck genommen hatte, konnte ich mich an nichts mehr erinnern.

Was war in diesem Wodkaglas?

»Es tut mir leid …«

»Können wir ein andermal darüber reden?« In Alex' Stimme

schwang ein panischer Unterton mit. Oder vielleicht auch Ärger. »Und vielleicht nicht auf der Straße?«

»Ja, ja. Entschuldige.«

Entschuldige? War dies der Moment, sich zu entschuldigen? Ich wusste nicht mehr, was noch alles aus meinem Mund kommen würde, und wäre am liebsten im Erdboden versunken.

»Na dann … sieht man sich morgen.« Alex setzte seinen Helm auf und stieg auf den Sattel. Auch er hatte es eilig, zu verschwinden, das war deutlich.

»Ja. Bis morgen. Ciao.«

Ich blieb nicht stehen und sah ihm nach, während er davonfuhr. Diesmal nicht.

Zu Hause verzichtete ich auf das Mittagessen. Ich sagte meiner Mutter, dass ich zu viel für die Schule zu tun hätte, ignorierte ihre Proteste und schloss mich in mein Zimmer ein. Ich machte nicht mal Anstalten, ein Buch aufzuschlagen. Stattdessen heulte ich ein gutes Dutzend Taschentücher nass.

Nach ein paar Stunden konnte ich nicht mal mehr heulen, geschweige denn das Kissen mit den Fäusten bearbeiten und mich fragen, was ich Schlimmes angestellt hatte, um all das zu verdienen. Ich beruhigte mich aus purer Erschöpfung.

Ich wusste, dass jetzt nur noch der Versuch helfen konnte, meine Probleme – wenigstens im Kopf – nach Prioritäten zu ordnen, auch wenn mir eigentlich danach war, zu schlafen und nie wieder aufzuwachen. Aber ich konnte nicht.

Also nahm ich ein Blatt und einen Bleistift zur Hand und schrieb Punkt für Punkt all die Dinge auf, die gerade in meinem Leben schiefliefen; ich hatte so etwas noch nie gemacht, aber es wirklich hilfreich.

Punkt eins: Alex behauptete, dass weder die Pralinen noch

die SMS von ihm waren. Und tatsächlich war die Schokolade ja nicht mal mit einem Briefchen versehen. Aber für die SMS gab es keine andere Erklärung: Es war zweifellos seine Nummer. Warum stritt er es dann ab? Das machte doch einfach keinen Sinn …

Punkt zwei: das Fest. Wenn ich Alex Glauben schenken sollte, hatte ich erst zu viel getrunken, ihm dann vor allen Leuten eine Szene gemacht, die ich mir gar nicht erst *ausmalen* wollte, war anschließend davongelaufen und hatte zu guter Letzt auch noch alles vergessen. Alkohol hat aber keine solche Wirkung, jedenfalls nicht ein halbes Bier und zwei Finger Wodka. Es konnte sich also nur um andere Substanzen handeln. Ich hatte genug Filme gesehen, um das zu wissen.

Was auf direktem Wege zu zwei Fragen führte: *Wer* und *warum*?

Eine Stimme in meinem Kopf flüsterte mir zu, dass ich die Antwort auf beide Fragen schon kannte, aber ich weigerte mich, ihr Gehör zu schenken. Es wäre zu diesem Zeitpunkt einfach zu viel gewesen, ich hätte es schlichtweg nicht ertragen. Ich stand vom Bett auf, auf dem ich zusammengekauert gesessen hatte, und fing an, im Zimmer auf und ab zu gehen.

Auf dem Tisch lag noch immer das Faksimile des *Ausführlichen Journals* mit seinem weißen, unbedruckten Buchumschlag. Wie konnte es sein, dass es so völlig harmlos aussah?

Bei seinem Anblick fiel mir das Absurdeste, das am wenigsten Nachvollziehbare meiner aktuellen Probleme ein. Auch wenn es das Einzige war, das vielleicht einen Hoffnungsschimmer auf eine Lösung enthielt oder wenigstens auf eine Antwort.

Um Punkt vier packte ich meine Schwimmsachen, rief meiner Mutter vom Gang aus zu, dass ich schwimmen ging, und flüchtete schnell nach draußen. Ich hatte keine Lust, mir lästige

Fragen anzuhören, wie sich diese Entscheidung mit dem Berg an Lernstoff vertrug, den ich kurz zuvor noch als Entschuldigung für mein verschmähtes Mittagessen angeführt hatte.

Ich nahm wie üblich die Metro, stieg aber nicht an der Haltestelle aus, an der sich das Schwimmbad befand, sondern fuhr zur Piazza Duomo und machte mich noch einmal auf den Weg durch das Straßenlabyrinth, das ich am vorhergehenden Nachmittag durchlaufen hatte. Das Gebäude mit den steingemeißelten Säulen wiederzufinden war leichter, als ich mir vorgestellt hatte.

Ich suchte nach der Klingel, konnte aber keine entdecken.

Wie war das möglich? Ein sechsstöckiges Gebäude im Zentrum von Mailand ohne Klingel und Namensschild?

Während ich noch ratlos auf den grauen Stein der Säulen starrte, ging plötzlich die Tür mit einem Klacken auf, das im Hausflur hinter ihr widerhallte. Ich zögerte einen Moment, dann trat ich ein; der Aufzug aus Glas und Stahl war schon im Erdgeschoss und hatte die Türen weit geöffnet, fast als hätte er mich erwartet.

Als ich oben aus dem Aufzug trat, öffnete sich beinahe zeitgleich zu den Fahrstuhltüren die Wohnungstür des Conte. Auf der Schwelle stand Regina in ihrem Kleidchen aus blauer Baumwolle. Sie lächelte mich an, es schien ein ehrliches Lächeln, als wäre sie wirklich glücklich, mich zu sehen. Dann trat sie zur Seite, um mich mit einer kleinen Verbeugung hereinzulassen.

»Hallo.« Ich wollte gerade an ihr vorbeigehen, hielt aber dann plötzlich inne. »Wir haben uns noch gar nicht vorgestellt. Ich bin Veronica, freut mich wirklich sehr.«

Ich streckte ihr die Hand hin, und sie starrte sie an. Dann nahm sie sie so vorsichtig zwischen die ihren, als hätte sie Angst vor der Berührung oder mehr noch, als würde sie etwas sehr Wertvolles und Empfindliches berühren.

Ich blieb unbeweglich stehen, unschlüssig, was ich jetzt tun sollte.

Regina widmete sich aufmerksam der Betrachtung meiner Handfläche und beugte sich noch tiefer, um besser sehen zu können; dann pustete sie sanft über meine Haut und strich mit der Spitze ihres Daumens darüber, was mir ein leichtes Kitzeln verursachte. Währenddessen glitten die verschiedensten Gefühlsausdrücke über ihr Gesicht: Ehrfurcht, Besorgnis, dann etwas, das Überraschung oder Angst sein konnte, und schließlich, unverwechselbar, Traurigkeit.

Sie schloss langsam die Hände über der meinen und legte sie mir auf die Brust, als wollte sie mir einen wertvollen Gegenstand zurückgeben, und dann lächelte sie mir von Neuem zu, liebenswürdig, aber ohne Fröhlichkeit, und führte mich durch den dunklen Korridor bis zum Museumssalon. Ich folgte ihr mit einem Gefühl der Befangenheit.

Drinnen gab es weniger Licht als am Tag zuvor: Die Vorhänge waren zugezogen, und alles war in ein bernsteinfarbenes Halbdunkel getaucht. In der Luft hing der Duft nach Tee.

Conte Gorani saß am Tisch, zwei aufgeschlagene Bücher vor sich und einen Stift in der Hand, offensichtlich damit beschäftigt, in dem einen zu lesen und in dem anderen Notizen zu machen. Es dauerte einen Moment, bis mir bewusst wurde, dass die Feder, die er zwischen den Fingern hielt, genau das war: eine *Feder*. Nicht ein Bleistift oder Kugelschreiber, sondern eine Vogelfeder, von weißer Farbe und wenig länger als eine Hand. Auf dem Tisch stand das Tintenfass, in das der Conte die Feder ein paarmal eintauchte und sie dann auf die Seite setzte.

»Verzeih einen Moment, Veronica. Ich werde gleich bei dir sein.«

Er schrieb noch eine halbe Minute lang, sehr konzentriert, alle paar Sekunden die Feder in das Tintenfass tauchend. Dann klappte er unvermittelt beide Bücher zu, verschloss die Tinte mit einem winzigen Deckel aus geschliffenem Glas, stand auf und sah mich mit seinem seltsamen, kaum wahrnehmbaren Lächeln an, das mir inzwischen schon vertraut war.

»Was bin ich nur für ein schlechter Gastgeber, und das schon zum zweiten Mal.« Er stellte die beiden Stühle neben den Teetisch und lud mich mit der für ihn typischen gezierten Geste zum Sitzen ein. »Es war wirklich unhöflich von mir, dich zwischen Tür und Angel stehen zu lassen: Erlaube mir, es wieder gutzumachen, indem ich dir eine Tasse Tee und Gebäck anbiete.«

Ich zog die Lederjacke aus, stellte den Rucksack auf den Boden und setzte mich, ohne eine Antwort parat zu haben. Die Gegenwart des Conte und seine antiquierte Art zu sprechen hatten eine zugleich verwirrende, aber auch beruhigende Wirkung auf mich.

Er nahm mir die Jacke ab und hing sie an den Kleiderständer, während ich das *Ausführliche Journal* aus dem Rucksack zog und auf den Tisch legte.

Auch der Conte setzte sich und warf einen Blick auf den schmalen Band. »Ich darf wohl annehmen, dass du es gelesen hast.«

»Ja.«

»Und dass du hier bist, um mir all die Fragen zu stellen, die dir unter den Nägeln brennen.«

»Ja.«

»Ich bin bereit, sie anzuhören und dir zu antworten.«

Diesmal war ich vorbereitet. Ich hatte die ganze Nacht darüber nachgedacht.

»Was war die ›wilde Bestie‹?«

»Ich kann mir vorstellen, dass du dazu bereits eine Theorie hast.«

Natürlich hatte ich die, aber ich war nicht hergekommen, um mir anstelle von Antworten weitere Rätsel anzuhören. »Sie haben gesagt, Sie würden mir antworten, und damit basta.«

Der Conte nickte. »Du hast recht.«

Er erhob sich und ging zu einem der vielen Möbelstücke des Zimmers, eine Art Kredenz mit Schubladen, deren matte Metallgriffe in der Form von bizarren Tierköpfen gearbeitet waren. Er zog eine der Schubladen heraus, kramte in ihrem Inneren und kam mit einem unregelmäßig geformten Gegenstand zurück, den er auf den Tisch legte: Er war etwa dreißig Zentimeter lang und in ein graues Tuch eingewickelt, das mit Lederbändern zugebunden war. Die langen Finger des Conte bewegten sich mit Anmut, als sie nun die Knoten lösten und das Tuch aufschlugen: Es war mir unmöglich, dem Ding, das vor mir lag, einen Namen zu geben. Es sah aus wie ein Stück krüppeliges Holz, war fast von derselben Farbe wie das Tuch und an den Außenseiten mit seltsamen, röhrenförmigen Verzweigungen ausgestattet, die sich um die Mitte herumzuschlängeln schienen.

»Was ist das?«, fragte ich flüsternd.

Der Conte ging zu einem der Fenster und zog den Vorhang zur Seite: Ein Strahl bleichen Lichts fiel auf den Tisch und beleuchtete den Gegenstand, und für einen sehr kurzen Augenblick glaubte ich zu sehen, wie er sich zusammenzog. Ich fuhr zurück, aber als ich ihn wieder hinsah, war nicht mehr die Spur einer Bewegung erkennbar, und so musste ich davon ausgehen, dass ich mich getäuscht hatte.

Jetzt, da er nicht mehr im Halbdunkel lag, wurde seine Form deutlicher: Es schien sich tatsächlich um ein Stück Holz zu handeln, allerdings nicht verarbeitet, sondern ganz natürlich gewachsen: Von einem kleinen, zentralen Stamm gingen vier Verzweigungen ab, zwei am unteren Ende, die etwas länger und miteinander verschränkt waren, und zwei am oberen, die sich ganz gerade an den Mittelkörper anlegten. Die Umrisse ließen an einen menschlichen Leib mit Armen und Beinen denken: Das Ding sah aus wie eine sehr seltsame Holzpuppe.

»Hast du so etwas schon mal gesehen?«, fragte der Conte.

Ich schüttelte den Kopf.

»Dies, Veronica, ist eine Alraune.«

Der Name kam mir bekannt vor: Ich musste ihn schon einmal gehört haben. »Das ist eine Wurzel, nicht wahr?«

»Ja. Die Wurzel einer Pflanze, die davon geträumt hat, menschlich zu sein.«

Ich starrte ihn an, perplexer denn je, und er lud mich mit einer Geste ein, die Alraune in die Hand zu nehmen. Ich tat es mit äußerster Vorsicht: Sie war leicht, trocken und rau bei der Berührung, und sie roch nach altem Staub.

»In den vergangenen Jahrhunderten sagte man der Alraune immense Kräfte nach: Man glaubte, dass sie jeden unsichtbar machen könne, der von ihr kostete, dass sie jedes Gift unschädlich machen und Krankheiten heilen oder auch dass sie den Willen eines Menschen beherrschen könne und sogar so viel Macht hätte, Hass oder Liebe auf den ersten Blick hervorzurufen. Zauberer und Alchimisten waren ganz versessen auf sie. Aber es hieß auch, dass die Wurzel bei jedem Versuch, sie aus dem Boden zu reißen, mit menschlicher Stimme schreien würde, herzzerreißende Schreie des Schmerzes und der Verzweiflung, die jeden, der sie hörte, auf der Stelle tot umfallen ließen. Wer sie pflücken wollte, umschlang die Wurzel deshalb mit einer Schnur, die am Halsband eines Hundes befestigt war;

dann liefen die Menschen schnell davon und riefen laut nach dem Tier, das im Loslaufen die Pflanze entwurzelte und anstelle seines Herrn tot umfiel.«

Ich legte die Pflanze sofort wieder hin. »Wie entsetzlich.«

»Das Opfer ist das Elixier der Macht. So sagt das Gesetz: Nichts Großes kann geschaffen werden, ohne dass gleichzeitig etwas verloren geht.«

»Aber was hatte dieser arme Hund mit den Machtgelüsten seines Herrn zu tun? Es ist grausam …«

»Ja, das ist es. Aber in der Welt hat es nie an Menschen gefehlt, die bereit waren, die zu opfern, die sie lieben.«

Ich fühlte einen Geschmack nach Staub im Mund.

In diesem Moment ging quietschend die Tür auf, und Regina kam mit dem Tee herein; diesmal hatte sie auch ein Tablett mit Gebäck dabei, das ziemlich einladend aussah und mir angesichts der nachmittäglichen Stunde sehr gelegen kam. Zum ersten Mal an diesem Tag entzündete sich in mir ein Funken guter Laune.

Ich sah den Conte unverwandt an, während er die beiden Tassen füllte.

»Und das alles ist wirklich passiert? Ich meine, die schreiende Alraune, der Hund und all das?«

»Gelegentlich.«

Ich atmete tief durch. »Und was hat das mit der ›wilden Bestie‹ zu tun?«

»Vor langer, langer Zeit, als die Welt noch jung war, träumten die Menschen und die anderen Lebewesen anders als heute. Sie träumten *mit Intensität.* Und manchmal umarmten ihre Träume einander und vermischten sich, bis es unmöglich war, den einen vom anderen zu unterscheiden. Ein Mensch konnte eine Pflanze lieben und mit ihr ein Kind zeugen; ein Stein konnte den Kuss der Sonne und den Geschmack des Wassers mit so viel Kraft herbeisehnen, dass er Wurzeln schlug und lernte, dem Himmel entgegenzuwachsen. Und zu jener Zeit träumte ein Wolf davon, menschlich zu sein.«

Ich legte das Gebäckstück, das ich in der Hand hielt, wieder auf den Teller und sah den Conte an.

»Tatsächlich geschah dies nicht nur ein Mal, sondern viele Male. Oder vielleicht doch nur ein Mal, aber dieser eine Traum hallte in der Welt der Menschen wider, wie eine Welle gegen die Felsen schlägt, wieder und immer wieder, bis alle Völker der Erde, jedes auf eine andere Weise, sich seiner bewusst wurden. Die ersten Völker des heutigen Italiens kannten den Wolf, der Mensch sein wollte, schon vor der Ankunft der Indoeuropäer, vor den Etruskern, den Griechen und den Römern. Und sie fürchteten ihn sehr. Sie versuchten, ihn zu bändigen, ihn zu halten, und manchmal sogar, ihn durch Gaben zu versöhnen: Sie errichteten Altäre in den Wäldern zu seinen Ehren und boten ihm Blutopfer dar, damit er die Menschen verschone und sich nicht ihrer Körper bemächtige in den Vollmondnächten, wenn seine Macht auf dem Höhepunkt war und sein Hunger unbezähmbar. Als die römische Zivilisation ihren Anfang nahm, waren die Wolfsriten schon sehr alt, und die Römer waren klug genug, ihren Nutzen zu begreifen: Für sie war der Wolf Lupercus, die schrecklichste der Gestalten, die der Gott Faunus annehmen konnte, der Herr der Wälder. Sie weihten Priester in seinem Namen und fuhren fort, den Kult an dem Ort zu feiern, an dem er seit Menschengedenken praktiziert wurde.«

»Die Grotte«, murmelte ich. »Das Lupercal.«

Der Conte starrte mich an. »Dann hast du es also schon gewusst.«

»Ich habe davon geträumt.«

Die grünen Augen wurden einen Moment lang sehr groß. »Erzähl mir von diesen Träumen.«

Ich öffnete den Mund, um seiner Aufforderung zu folgen, ließ es dann aber. »Nein. Erst möchte ich, dass Sie meine Fragen beantworten, dann antworte ich auf die Ihren.«

Der Conte kräuselte die Lippen zu einem Lächeln. »Das scheint mir recht und billig. Wo war ich also stehen geblieben?«

»Beim Lupercal.«

»Mit der Zeit veränderten sich die Riten, sie wurden weniger wild, weniger unbeherrscht. Aber sie verloren nicht ihre Macht, denn das ist die Natur der Symbole: Ein Symbol übt eine unglaubliche Kraft aus, immer und überall, vor allem unter denen, die seine Bedeutung kennen. Die gelehrten Männer der Antike hatten die Riten des Lupercus mit Sorgfalt erdacht: Sie nährten den Gott mit Opferblut, sie sättigten ihn damit, und gleichzeitig banden sie ihn mit der Kraft ihres Opfers.«

»Die Lederriemen.«

Das Lächeln des Conte wurde breiter, anerkennend. »Genau. Und mit den Hieben dieser Lederriemen raubten sie ihm seine Macht, saugten sie aus ihm heraus und machten sie unschädlich, indem sie sie unter den Menschen verteilten.«

»Ich habe gelesen, der Lauf mit den Riemen sei ein Fruchtbarkeitsritus gewesen.«

»Es hatte auch diesen Effekt. Die Macht des Wolfes ist ursprünglich, sie vermag viele Dinge.«

Der Conte schwieg wieder, und in der Stille versuchte ich, meine Gedanken zu ordnen. »Ich habe auch gelesen, dass die Lupercalien abgesetzt wurden, dass die Päpste sie verboten haben.«

»Ja.«

»Und was geschah dann?«

»Dann geschah, dass der Wolf sich von seinen Ketten befreite.«

Ich fror plötzlich.

»Aber in der Zwischenzeit hatte er seine Lektion gelernt«, fuhr der Conte nach ein paar Sekunden fort. »Er wusste, dass er zwar Macht über die Menschen besaß, dass aber die Menschen ebenso Macht über ihn hatten. Er wurde vorsichtig, zurückhaltend. Aber er hörte nicht auf, die Welt der Sterblichen zu frequentieren, denn diese Welt war immer seine größte Sehnsucht gewesen, sein Traum. Hast du je geträumt, etwas anderes zu sein, als du bist, Veronica? Hast du je geträumt, nicht menschlich zu sein?«

Ich dachte nach. »Ich weiß nicht. Ich glaube nicht. Nicht bevor …«

»Mir geschah das oft, als ich jung war: Ich träumte, am Himmel zu fliegen wie ein Vogel, in den Tiefen des Meeres zu schwimmen wie ein Fisch, in der weichen Erde zu versinken mit meinen langen Wurzeln … Verzeih, ich schweife ab. In den Jahrhunderten, die auf das Römische Reich folgten, tauchte der Wolf viele Male auf, an den Rändern der menschlichen Existenz: Und im Mittelalter wurden daraus unsere Legenden von Formwandlern und Werwölfen. Aber mit der Zeit geschah, was immer geschieht: Die Menschen vergaßen. Es kam das Zeitalter der Aufklärung, des Rationalismus, und was jahrtausendelang erschreckende Wahrheit gewesen war, wurde nun zu einem Märchen für Kinder. Aber der Wolf vergaß nicht.«

»Sie wollen mir also damit sagen, dass diese Kreatur noch 1792 existierte. Dass sie es war, die die Leute in den Dörfern bei Mailand angefallen hat.«

»Es war eine Manifestation von ihm, wenn wir das so nennen können. Der Wolf ist ewig, wie alle Archetypen. Aber er kann sich in irdischem Fleisch manifestieren: Er zieht menschliche

Körper vor, natürlich, aber ab und zu begnügt er sich auch mit Tierleibern, für eine kurze Zeit.«

Ich schluckte und zwang mich, die Frage zu stellen, die mir auf der Zunge lag. »Und wie … wie tritt er in diese Körper ein?«

»Das ist bekannt: Alle Sagen erzählen davon.« Er sah mir tief in die Augen. »Wie wird man zum Werwolf, Veronica?«

Ich senkte den Blick nicht. Ich zwang mich, ihn nicht zu senken. »Indem man von einem Werwolf gebissen wird.«

»Exakt.«

»Dann ist es also wie eine Art Krankheit … Wie die Tollwut.«

»Nein, nein, durchaus nicht. Es ist ein Symbol, ein ritueller Gestus. Jemanden zu beißen hat eine tiefe symbolische Bedeutung: Es meint, sich seiner zu bemächtigen, ihn zu besitzen, in ihn einzudringen und ihn gleichzeitig in sich selber eindringen zu lassen. Es ist der Moment, in dem Raubtier und Beute zu einem einzigen Wesen werden.«

Ein plötzlicher Schwindel überfiel mich. Ich sank tiefer in den Sessel, bedeckte meine Augen mit der Hand und begann zu zittern. Als ich versuchte, etwas zu sagen, kam statt Worten ein Lachen aus meinem Mund, ein schriller, hysterischer Laut, der fast unmenschlich schien und mich umso mehr erschreckte.

»Das heißt also, ich bin eines Abends auf ein Fest gegangen, habe es allein verlassen und wurde auf den Straßen Mailands von einem Werwolf angefallen? Einem Werwolf, der seit dem achtzehnten Jahrhundert unterwegs ist, oder nein, schon seit dem antiken Rom. Einem Werwolf, der eine Art prähistorische Gottheit ist. Und jetzt bin ich zu diesem Werwolf geworden?«

Der Conte antwortete nicht. Ich hielt die Augen geschlossen, für einen Zeitraum, den ich nicht bestimmen könnte, und als ich sie wieder öffnete, traf ich den Blick der grünen Augen des

Conte, die leuchtend klar waren, unbeweglich, in jene geheimnisvolle, zeitlose Ruhe getaucht, die sie nie zu verlassen schien.

»Was wird jetzt mit mir geschehen? Werde ich mich in einen Wolf verwandeln?«

Der Conte nickte. »Beim nächsten Vollmond. Beim ersten Mal nur für wenige Stunden, wahrscheinlich.«

Das erste Mal? Wollte er damit sagen, dass es mit der Zeit *schlimmer werden* würde?

»Und die späteren Male?«

»Das wird von dir abhängen: davon, wie sehr du es kontrollieren kannst.«

»Und wenn ich es nicht kontrollieren kann? Was wird passieren, wenn ich es nicht kontrollieren kann?«

Der Conte zeigte mit einer Kopfbewegung auf das Buch, das noch auf dem Tisch lag. »Du hast gelesen, was passieren wird.«

Ich sammelte alle meine Kräfte, um das Zittern zu beenden, um meine Muskeln zu beherrschen und sie zum Stillhalten zu bringen. Und ich stellte die Frage, die wichtiger war als alle anderen.

»Wie lässt sich das heilen? Wie kann ich mich befreien von dieser … *Sache?*«

»Indem man den Wolf auf jemand anderen überträgt. Aber nicht du bist es, die das entscheidet: Es ist der Wolf. Er entscheidet, ob und wann er von einem neuen Körper Besitz ergreift.«

Er schwieg, und zum ersten Mal glaubte ich, in seinen Augen etwas Neues zu lesen: ein Zögern.

»Sprechen Sie weiter«, forderte ich mit so fester Stimme, dass ich einen Anflug von Genugtuung verspürte.

»Sind die Essenz des Menschen und die des Wolfes einmal vereint, ist es nicht leicht, sie zu trennen. Es wäre ein Schock für den schwächeren Teil, für den menschlichen also: Es wäre der Schock zu erleben, dass die eigene Seele in zwei Teile gerissen wird. Unbeschreiblich und vermutlich sogar unvorstellbar. Der Körper überlebt nicht. Niemals.«

Ich senkte den Blick, vor meinen Augen begannen, kleine Lichter zu tanzen.

So sah also meine Zukunft aus: Mich bei Vollmond in einen Wolf zu verwandeln, wie in einem Horrorfilm. Durch die Nacht laufen und andere Menschen anfallen. Und dann, eines Tages, einen dieser Menschen mit meinem Biss anzustecken, ohne es zu wissen und ohne es zu wollen, ihm den Fluch zu übertragen und selbst daran zu sterben. Wenn ich nicht schon vorher umgebracht wurde, natürlich. Wie im Finale eines Horrorfilms.

Ich sprang auf die Füße und rannte los.

Gegen Möbel und Gegenstände stoßend, stürzte ich durch den Museumssalon, rannte den dunklen Korridor entlang bis zur Wohnungstür und warf mich in den Aufzug, wo ich laut schreiend mit den Fäusten gegen die spiegelbedeckten Wände und das glänzende Metall der Türen schlug. Im Erdgeschoss angekommen, lief ich hinaus, hinaus auf die Straße.

Kapitel 14

Dienstag, 17. Februar

Nach einer halben Stunde begann es zu regnen, aber ich merkte es kaum. Ich lief ziellos und in schnellem Tempo, beinahe im Laufschritt, wären da nicht die vielen Menschen auf den Straßen gewesen, die mich daran hinderten. Erst mit der Zeit wurde ich langsamer, bis mir bewusst wurde, dass ich patschnass war und keine Ahnung hatte, wo ich mich befand.

An der Ecke einer viel befahrenen Straße lehnte ich mich an eine Mauer, suchte Schutz unter einem schmalen Vordach und wartete, bis ich mich in der Lage fühlte, normal zu sprechen. Dann hielt ich einen Passanten an und fragte nach der nächsten Metro-Haltestelle: Der Mann verschwendete eine gute Weile damit, voller Abscheu meine durchnässten Kleider und mein verstörtes Gesicht zu mustern, bevor er endlich meine Frage beantwortete.

In der Metro beruhigte ich mich zumindest so weit, dass ich wieder klarer denken konnte. Ich hatte Rucksack und Jacke im Haus des Conte gelassen und kam also nicht umhin, dorthin zurückzukehren: Eigentlich hatte ich nicht die geringste Lust, den Conte schon wieder zu sehen, nicht in diesem Moment jedenfalls, aber mein Handy und die Hausschlüssel befanden sich in den Taschen meiner Lederjacke.

Ich brauchte fünf Haltestellen, um zum Dom zurückzukehren. Unvorstellbar, dass ich so weit zu Fuß gelaufen war, ohne es zu merken. Als ich schließlich im immer dichter werdenden Regen vor dem Haus des Conte stand und nicht wusste, wie ich mich ohne Klingel bemerkbar machen sollte, öffnete sich auch diesmal die Tür ganz von allein.

Woher konnte der Conte wissen, dass ich da war? Im Hausflur war weder eine Kamera noch eine Videosprechanlage zu sehen.

In der Vorhalle, die dunkler war denn je, hallten meine Schritte wieder. Die anderen Male hatten die Lichter des Aufzugs wenigstens etwas Licht gespendet, aber diesmal wartete kein Aufzug auf mich, sondern meine Jacke und mein Rucksack, ordentlich auf dem Teppich gleich neben der Tür drapiert; auch ein Taschenschirm war dabei, der nicht mir gehörte.

Ich nahm alles an mich und warf dabei einen Blick in den hinteren Teil der Halle, der im Dunkeln lag. Einen Moment lang zögerte ich und überlegte, ob ich doch noch hoch zur Wohnung des Conte gehen sollte, aber dann zog ich meine Jacke an und machte mich davon.

Es war schon nach halb sechs und wurde dunkel; meine Mutter würde mich wahrscheinlich in einer halben Stunde zurückerwarten. Die Frage war nur, ob ich in diesem Zustand überhaupt nach Hause gehen konnte. Mein Spiegelbild im Schaufenster gab eine eindeutige Antwort: *Wer auch immer* mich so sehen würde, wüsste sofort, dass etwas nicht stimmte.

Mein Blick wanderte von meinem bleichen Gesicht zu meinen Haaren, die sich in einem katastrophalen Zustand befanden, und blieb schließlich an dem Rucksack über meiner Schulter hängen: Eigentlich hatte ich alles dabei, was ich fürs Schwimmbad brauchte, und wenn ich es mir recht überlegte, war es nicht die schlechteste Idee, schwimmen zu gehen. Ein paar Bahnen, um die Nerven zu beruhigen, und eine heiße Dusche, um wieder wie ein normaler Mensch auszusehen, würden mir bestimmt guttun. Außerdem wäre es im Umkleideraum sicher so warm, dass meine Kleider wenigstens etwas trocknen würden.

Als ich an der Schwimmbad-Haltestelle aus der Metro kam, hatte der Regen eine absurde Intensität erreicht und prasselte mit ohrenbetäubendem Getöse auf den Asphalt; sogar der Mailänder Verkehr, der mich um diese Tageszeit immer wieder durch seine Zähflüssigkeit überraschte, schien sich in Zeitlupe zu bewegen.

Ich wollte gerade die Straße überqueren, als ein Junge ohne Regenschirm aus dem Schwimmbad kam und versuchte, sich mit einem Arm vor dem Wasser zu schützen. Dabei schaute er scheinbar zufällig in meine Richtung.

»Veronica!«

Ich blieb auf dem gegenüberliegenden Gehsteig stehen, während Ivan mit einem Lächeln im Regen auf mich zukam. Als er nur noch einen Meter von mir entfernt war, verschwand sein Lächeln.

»Was ist passiert?«

Ich wich seinem Blick aus. »Nichts.«

»Willst du mich auf den Arm nehmen?«

»Nein. Es ist nichts passiert.«

»Quatsch! Man sieht doch, dass es dir nicht gut geht.« Er sah sich um und schien eine Idee zu haben. »Komm mit.«

Ich warf einen Blick auf den Eingang des Schwimmbads. »Ich wollte eigentlich schwimmen gehen …«

»Ein andermal. Das Schwimmbad läuft dir nicht weg.« Er warf einen Blick auf meine durchweichten Jeans. »Ich denke, für heute hattest du genug Wasser, meinst du nicht?«

Bevor ich erneut protestieren konnte, legte er mir sanft, aber bestimmt eine Hand auf die Schulter: Eine Geste, die mich wohl aufmuntern sollte und nicht zu etwas drängen, das ich nicht wollte, aber mir war sowieso schon jede Lust zum Widerstand vergangen.

Also folgte ich ihm durch die Glastür einer Bar, aus der weiches Licht fiel. Innen war es angenehm warm, und es duftete herrlich nach Kaffee und Toastbrot. Nur wenige Tische waren besetzt. Ivan zeigte auf einen der hinteren Tisch, wartete, dass ich meine Jacke ausgezogen hatte, und bedeutete mir dann, mich mit dem Rücken an die Heizung zu setzen. Anschließend gab er dem Jungen hinter der Theke ein Zeichen und bestellte einen Kaffee und eine heiße Schokolade. Wieder hatte ich weder die Kraft noch die Lust, um zu protestieren.

Er setzte sich mir gegenüber und lächelte mich an, sagte aber nichts. So blieben wir schweigend sitzen, bis der Kaffee und die Schokolade kamen: Ich sog tief das Aroma des Kakaos ein und gab mich dem wohligen Schauder hin, den man spürt, wenn die Kälte aus den Knochen zu weichen beginnt.

Ivan musterte mich aufmerksam, den Kopf zur Seite geneigt.

»Danke«, flüsterte ich.

Er holte tief Luft. »Es ist nie leicht, ein Gespräch dieser Art zu beginnen, und ich bin eine Katastrophe, wenn es darum geht, zu wissen, was angemessen ist oder nicht, aber drücken wir es mal so aus: Ich werde dir keine Fragen stellen, aber wenn du Lust hast, zu reden, dann bin ich hier und höre dir zu, und wenn es notwendig ist, werde ich bleiben bis morgen früh.«

Ich sah ihn an, sah sein Lächeln, seine schwarzen, funkelnden Augen, seine bernsteinfarbene Haut, sein Haar, in dem noch Regentropfen schimmerten, und hatte plötzlich so unbändige Lust, mich ihm an den Hals zu werfen, das Gesicht in seiner Schulter zu vergraben und bis zur Erschöpfung zu weinen.

Doch stattdessen starrte ich auf meine Schokolade und schniefte. Aber ich weinte nicht.

»Was …« Ich merkte, dass meine Stimme zitterte, und musste husten; dann atmete ich zweimal ganz tief durch. »Was würdest du machen, wenn man dir sagen würde, dass bei einer Person, die du kennst, einer Person, die du magst, gerade eine schwere Krankheit diagnostiziert wurde, eine unheilbare Krankheit? Was würdest du zu dieser Person sagen?« Es war nicht wirklich die beste Art, es auszudrücken, aber im Moment fiel mir nichts Besseres ein.

Ivan schwieg, sehr ernst im Gesicht, und die Sekunden zogen sich hin. Ich hatte plötzlich schreckliche Angst, etwas Falsches gesagt zu haben.

»Als ich zwölf Jahre alt war«, setzte er endlich an, »wurde bei meiner Mutter systemische Sklerodermie festgestellt. Das ist eine Autoimmunkrankheit: Es bedeutet, dass dein Immunsystem sich gegen dich kehrt. Der Körper greift sich selbst an.«

Ich starrte auf die Tischoberfläche und fühlte einen dumpfen Schmerz in der Kehle.

»Die Sklerodermie provoziert eine Bindegewebsverhärtung der Haut sowie der Oberfläche der inneren Organe«, fuhr er fort. »Die Form, an der meine Mutter erkrankte, war sehr akut: Man erklärte uns, dass es mit der Zeit für sie immer schwieriger werden würde, sich zu bewegen, zu essen, zu sprechen, sogar zu atmen. Und so ist es auch geschehen. Nach weniger als einem Jahr hatte sie dauerhaft versteifte und gekrümmte Finger, die aussahen wie Klauen, und sie konnte kaum noch den Mund öffnen.«

Er fixierte mich mit solcher Intensität, dass ich seine Augen auf mir spürte, auch ohne hinzusehen. Langsam hob ich den Blick und begegnete dem seinen.

»Aber meine Mutter gab nicht auf. Sie war keine sehr selbstsichere Frau, eigentlich war sie immer eher schüchtern und zurückhaltend gewesen. Aber sie wollte leben. Für mich, für meinen Vater, für all die Dinge und die Menschen, die sie liebte und die weiterhin Teil ihres Lebens waren, trotz der Krankheit. Sie lernte alles neu: Sie lernte neu zu gehen, trotz der verkrüppelten Stellungen, zu denen die Krankheit sie zwang, und sich mit Behutsamkeit zu bewegen, um ihr Herz und ihre Lunge nicht zu ermüden; sie lernte, in einfachen Tönen zu sprechen und sie mit ausdrucksvollen Gesten zu begleiten; sie hielt sich rigoros an eine fast flüssige Diät, die sie minutiös ausgearbeitet hatte; sie nahm Schmerzmittel, um die Krämpfe zu ertragen. Sie ließ nicht zu, dass die Krankheit die Kontrolle über ihr Leben erlangte: Vielmehr war *sie* es, die die Kontrolle über die Krankheit übernahm. Und so lebte sie weitere acht Jahre, bis eine unerwartete Komplikation am Herzen sie uns entriss. Aber in diesen acht Jahren lebte sie glücklich. Weil sie sich weigerte, in die Hölle hinabzusteigen und ihre Familie mitzunehmen.«

Danach herrschte Stille. Ich fühlte mich wie nach einem Schlag auf den Kopf.

»Es tut mir leid«, murmelte ich schließlich.

Er lächelte. »Trink deine Schokolade. Du zitterst immer noch.«

Wir blieben vierzig Minuten in der Bar, bis es für mich höchste Zeit wurde, nach Hause zu gehen. Ivan tat alles, um mich aufzuheitern: Er forderte mich auf, von der Schule zu erzählen und von den Comics, die mir gefielen, er redete über Musik, Filme und das Thema seiner Magisterarbeit, das er sich gerade ausgesucht hatte. Es ging um die Architektur spätantiker Krypten in der Provinz Mailand.

Als wir endlich auf die Straße traten, war aus der Sintflut ein leichter, feiner Nieselregen geworden; es war immer noch sehr kalt, aber ich war ein gutes Stück trockener als vorher. Ivan trug meinen Rucksack in der Hand.

»Willst du, dass ich dich zu Metro begleite?«, fragte er.

»Nein, danke. Ich schaff das schon.« Ich lächelte ihn an, und es war gar nicht schwer. Wirklich nicht.

Er hängte mir den Rucksack über die Schulter, beugte sich zu mir und küsste mich auf die Stirn. Ich tauchte in eine Woge seines Dufts, ein Geruch nach Sonne, Gras und Moos.

»Du bist stark, Veronica«, sagte er ernst, aber mit einer großen Zärtlichkeit. »Man sieht das an allem, was du tust. Lass dich nicht von Verzweiflung und Angst übermannen: Es gibt nichts, womit du es nicht aufnehmen könntest. Und das du nicht besiegen könntest.«

Auf seinem Gesicht zeigte sich eine Art Beben, so als würde etwas zerspringen: Ich sah, wie sich seine Augen mit einer immensen Traurigkeit füllten, und mit etwas anderem, das ich nicht definieren konnte. Vielleicht Wut. Aber es dauerte nicht mal eine Sekunde: Er verabschiedete sich hastig und ging mit schnellen Schritten in Richtung Parkplatz davon. Ich sah ihm nach, bis er in der Menge verschwunden war.

Ich war allein zurückgeblieben, mit meinem Regenschirm in der Hand und dem Rucksack auf dem Rücken. Langsam strich ich mit dem Finger über meine Stirn: Da war noch immer die Wärme seiner Lippen auf meiner Haut.

Ich schauderte, aber nicht vor Kälte.

Bis zum Abendessen war ich wieder soweit hergestellt, dass meine Mutter nichts zu merken schien; nur mein Vater observierte mich, wie immer schweigend, aber inzwischen hatte ich mich auch daran gewöhnt.

Nach dem Essen legte mich auf mein Bett und dachte lange über Ivans Worte nach, und auch über die des Conte.

Ja, beschloss ich am Ende: Ich war zu schnell am Verzweifeln. Die Angst hatte gesiegt, aber nur im ersten Moment. *Es wird von dir abhängen*, hatte der Conte gesagt. *Davon, wie sehr du es zu kontrollieren wissen wirst.* Ich hatte mich normalerweise gut im Griff; es war das, was ich am besten konnte. Also würde ich lernen, auch meine neue Situation unter Kontrolle zu bekommen: Ich würde den Fluch beherrschen. Denn mein Leben gehörte mir, und nicht irgendeinem Monster, das Jahrhunderte später wiederauferstanden war. Mir ganz allein.

Ich rappelte mich auf, schaltete den Computer ein und öffnete sowohl Google als auch ein Word-Dokument. Ich musste mir Notizen machen, präzise und durchdachte Fragen vorbereiten, die ich dem Conte stellen konnte. Erst dann würde ich in der Lage sein, eine Strategie zu entwickeln.

Ich arbeitete fast bis Mitternacht, dann war ich auf einen Schlag so erschöpft, dass ich beschloss, ins Bett zu gehen. Ich fühlte mich aber schon ein gutes Stück hoffnungsvoller als vorher.

Als ich das Licht gelöscht hatte, fiel mir wieder ein, dass mich am nächsten Tag in der Schule die Konfrontation mit Alex, Angela und dem Rest erwartete: alles Gespenster, die zweifellos in die Gegenwart gehörten.

Kapitel 15

Mittwoch, 18. Februar
Abnehmender Mond

Am nächsten Morgen sickerte ein wenig Sonnenlicht durch die Wolken. Ich hatte gut geschlafen und fühlte mich ausgeruht. Ein toller Anfang.

Ich fischte ein Paar hellblaue Jeans, eine perlgraue Bluse und weiche Stiefeletten aus dem Schrank; dann bürstete ich mir mit aller Kraft die Haare, legte einen Hauch Make-up auf und steckte mir wieder die Mondsichel-Ohrringe in die Ohrläppchen. Aus dem Spiegel sah mir eine zwar blasse, aber wenigstens nicht totenbleiche Veronica entgegen, die gefasst und vielleicht sogar entspannt wirkte. Ich lächelte.

Als ich in der Schule ankam, hatte ich, was Alex anging, schon eine Entscheidung gefällt: Ich würde ihn einfach ignorieren. Er hatte mit mir seit Tagen dasselbe getan.

Und was noch schlimmer war: Seiner Meinung nach war ich an jenem Abend auf dem Fest völlig betrunken gewesen. Aber als ich geflüchtet war (schlimm genug, daran zu denken, geschweige denn, sich die Szene auszumalen), hatte er mich einfach so gehen lassen. Mutterseelenallein, mitten in der Nacht, und das, wo ich mich kaum noch auf den Beinen halten konnte. Ich hatte ihm eine peinliche Szene gemacht, und er hatte mich gehen lassen. Sie *alle* hatten mich gehen lassen: Keiner war mir nachgekommen, um zu sehen, ob ich in Ordnung war oder um auf mich aufzupassen. Auf dem Weg vom Lokal zu meiner Wohnung hätte mir sprichwörtlich alles über den Weg laufen können, ein Räuber, ein Vergewaltiger oder ein …

Werwolf.

Ich spürte einen stechenden Schmerz, aber ich weigerte mich, ihm Raum zu geben. Kontrolle, hatte der Conte gesagt. Und auch Ivan hatte davon gesprochen. Durch Kontrolle ließ sich die Bestie in die Knie zwingen: Und sie würde auch Alex in die Knie zwingen. O ja, das würde sie.

Ich betrat das Klassenzimmer, ohne auch nur in seine Richtung zu schauen. Stattdessen ging ich schnurstracks zu meinem Platz, setzte mich neben Irene, lächelte sie strahlend an und küsste sie auf die Wange.

»Hallo.«

Sie sah mich verblüfft an und erwiderte dann mein Lächeln. »Da ist aber heute jemand gut gelaunt.«

Ich nickte.

Sie senkte die Stimme: »Dann hast du also mit Alex gesprochen?«

Ich zögerte, nur einen Augenblick lang, aber ihr Lächeln verblasste sofort. Verdammt, war ich wirklich ein so offenes Buch? Ich musste lernen, mich besser zu beherrschen!

Ich erzählte ihr von unserem gestrigen Gespräch, und der strahlende Blick meiner Freundin verdüsterte sich von Sekunde zu Sekunde. Es war, als würde man auf das Meer schauen, über das in dem langen Augenblick vor dem Sturm der Wind hinwegfegte; ein Schauspiel, das ich in Ravenna im Sommer mehr als einmal erlebt hatte.

»Das glaube ich einfach nicht«, stieß sie am Schluss hervor. »*Das kann ich einfach nicht glauben.* Das ist doch der reinste

Wahnsinn! Wie kann man denn so was machen? Dir hätte sonst was passieren können, wirklich *sonst was!* Ein Lokal mit lauter unbekannten Leuten, nachts auf den Straßen …« Sie schüttelte heftig den Kopf, eine Geste, die ich bei ihr noch nie gesehen hatte. Verstört und wütend. Meinetwegen.

Ich warf meine Arme um sie, drückte sie an mich und vergrub mein Gesicht in ihren Haaren, die nach Veilchen und Desinfektionsmittel rochen. Als auch sie mich umarmte, war nicht mehr ganz klar, wer hier eigentlich wen tröstete. Aber ich wusste jetzt, dass ich sie wirklich gern hatte. *Sehr* gern.

Als wir uns wieder voneinander lösten, war mir egal, ob die anderen unseren Gefühlsausbruch mitbekommen hatten.

»Was könnte in dem Wodka gewesen sein, was glaubst du?«, fragte ich dann leise. Ich konnte mir ungefähr vorstellen, was da gelaufen war; schließlich hörte man immer mal wieder solche Geschichten oder sah sie im Film. »K.-o.-Tropfen vielleicht?«

Irene runzelte die Stirn, dann schüttelte sie den Kopf. »Nein, das glaube ich nicht. Oder jedenfalls nicht das übliche Zeug: Rohypnol, GHB oder so. Solche Substanzen hätten dich außer Gefecht gesetzt: Du hättest dich dann vielleicht aufs Ohr gehauen, aber sicher nicht angefangen, zu tanzen.«

»Aber soweit ich weiß, kann man sich an nichts mehr erinnern, wenn einem was von dem Zeug eingeflößt wird.«

»Es gibt viele Drogen, die das Kurzzeitgedächtnis beeinflussen, nicht nur die K.-o.-Tropfen. Dir hat man was eingeflößt, das aufputschend wirkt und zu Kontrollverlust führt.« Sie sah mich mit ernstem Gesicht an. »Du müsstest das eigentlich der Polizei melden, weißt du das?«

Natürlich wusste ich das. Ich hatte selbst schon daran gedacht. »Aber wen soll ich denn anzeigen? Und mit welchen Beweisen?«

Irene stieß einen langen Seufzer aus. »Stimmt …« Dann lächelte sie mir zu und nahm meine Hand. »Aber zum Glück ist dir nichts passiert, und das ist das einzig Wichtige.«

Ich erwiderte ihr Lächeln, in der Hoffnung, dass es ehrlich wirkte.

Der Vormittag verging ruhig, und am Ende war es mir gelungen, Alex und die drei Hexen kein einziges Mal in mein Blickfeld rücken zu lassen. Ein Sieg, der schwieriger zu erringen war, als gedacht, und weniger Befriedigung mit sich brachte, als erhofft. Ich versuchte an andere Dinge zu denken, denn es tat immer noch weh.

Beim Mittagessen verkündete mir meine Mutter, dass sie gleich los müsse, zu einer Konferenz irgendeines indischen Meisters, und dass sie erst gegen fünf wieder zurück sein würde.

Perfekt. Dann konnte ich ja die Gelegenheit nutzen, um zum Conte zu gehen und …

Ich hielt inne. Wie sollte das eigentlich die nächsten Tage weitergehen? Ich konnte sicher nicht alles an einem einzigen Nachmittag bewältigen: Ich würde den Conte wieder und wieder besuchen müssen, bis alle meine Fragen beantwortet waren. Aber wie sollte ich das anstellen, angesichts meines Hausarrests? Die Ausrede mit dem Schwimmbad konnte ich ja schließlich nicht jeden Tag benutzen …

Inzwischen war mir der Appetit vergangen. Ich wartete fünf Minuten, um sicher zu sein, dass meine Mutter nichts vergessen hatte, steckte meine Notizen in die Jackentasche und machte mich auf den Weg. Bevor ich ging, fummelte ich so lange an unserem Telefon herum, bis alle Anrufe auf mein Handy umgeleitet wurden: Wenn meine Mutter aus irgendeinem Grund auf die Idee kam, zu Hause anzurufen, und mich nicht vorfand, würde mir sicher die Hölle heißgemacht.

Während ich zur Metro hinunterging, kam ich mir vor wie eine Missetäterin – ausgerechnet ich, die ich bisher keinen einzigen Tag meines Lebens die Schule geschwänzt hatte. Der heimliche Ausflug konnte mich teuer zu stehen kommen, aber welche Alternativen hatte ich schon?

Als ich beim Conte ankam, saß er vor einem seiner hohen, schmalen Fenster, rauchte Pfeife und betrachtete die zierlichen Türme des Doms, die sich vor dem bleichen Blau des Himmels abzeichneten. Das Fenster stand offen: Die Luft war eiskalt und duftete nach Tabak. Auf dem üblichen Tischchen standen zwei Teller mit je einem Stück Erdbeerkuchen.

Ich starrte ungläubig auf den Teller. Auch heute hatte der Conte mich also erwartet. Und er hatte sogar die Stunde meiner Ankunft gewusst.

Ohne die Augen von den Nadeltürmen zu wenden, lud er mich mit einem Wink ein, mich neben ihn zu setzen.

»Du bist nicht aus Mailand, nicht wahr, Veronica?«

»Nein. Ich bin in Ravenna geboren.«

Nach fünf Monaten hatte ich mich daran gewöhnt, dass die Leute das sofort merkten. Mein Akzent war einfach unverkennbar.

»Hast du den Dom schon besucht?«

»Einmal, im letzten Jahr, als ich gerade angekommen war.«

»Und, was denkst du über ihn?«

Die Frage kam überraschend, und ich musste sie mir erst durch den Kopf gehen lassen. »Ich war sehr beeindruckt. Und ich finde, er wirkt sehr feierlich, sogar wenn er voller Touristen ist.«

Ich verschwieg, dass ich eigentlich kein großer Fan der gotischen Architektur war: zu viele Details, zu viele komplizierte Ecken. Sie erinnerte mich an bestimmte Comics, in denen der

Zeichner versucht hatte, so viele Einzelheiten wie möglich reinzupacken, sodass man nicht mehr wusste, was man sich zuerst anschauen sollte, und darüber fast einen Drehwurm bekam.

»Erst vor Kurzem hat man die Restaurierung der Fassade abgeschlossen: Lange Zeit konnte man sie nicht mehr frei von Gerüsten bewundern. Bist du um ihn herumgegangen?«

Ich war umso irritierter. »Ja.«

»Und hast du die Statuen gesehen?«

»Ja. Es sind sehr viele.«

»Zweitausendzweihundertfünfundvierzig. Engel, Heilige, biblische Personen. Und Dämonen. Eine unglaubliche Vielzahl an Dämonen. Einige sind dargestellt, wie sie gerade ihre Opfer zerreißen oder bei lebendigem Leibe verschlingen.«

Nein, dieses kleine Detail hatte ich nicht bemerkt. Aber mir fiel ein, was ich in der Schule gelernt hatte. »Aber ist das nicht normal für die gotische Kunst? Die Fratzen, die Wasserspeier …«

Der Conte lächelte seltsam. »Eins kannst du mir glauben: In der gotischen Kunst gibt es nichts *Normales*.«

Erst in diesem Moment bemerkte er, dass ich meine Jacke anbehalten hatte, und stand sofort auf, um das Fenster zu schließen.

»Der Mann, der den Bau des Doms gewollt hat, hieß Gian Galeazzo Visconti und war im vierzehnten Jahrhundert der Herr über Mailand. Einer seiner Vorfahren, Matteo Visconti, war ein Magier.«

Er sagte es in einem Ton, als würde er eine einfache Tatsache verkünden.

»Inwiefern?«, versuchte ich es mit einer Frage.

»Im wahrsten Sinne des Wortes, natürlich. Er wurde sogar aus der Kirche ausgeschlossen. Er übte seine Kunst in einer Einsiedelei aus, die es heute nicht mehr gibt und die nahe bei einem der Stadttore lag. Schwarze Magie. Es hieß, er habe einen Dämon als Berater gehabt.«

Ich dachte an die schwarzen Männer im Stadtuntergrund und fühlte, wie mir ein Schauer über den Rücken lief. Noch vor zehn Tagen hätte ich ganz anders reagiert …

»Aber diese Dinge geschehen nie, ohne dass man den Preis dafür zahlt«, fuhr der Conte fort, indem er ein silbernes Gerät aus der Tasche zog und seine Pfeife stopfte. »Und wer kann schon sagen, wie sehr Visconti sich dessen bewusst war, was er tat, oder wie viel er zu opfern bereit war? In einer Winternacht, ein halbes Jahrhundert nach Matteos Tod, wurde dessen Urenkel Gian Galeazzo von einem Dämon besucht. Im Schlafzimmer seines eigenen Hauses. Vielleicht war es derselbe Dämon, mit dem Matteo so viele Jahre geschachert hatte. Und vielleicht war er gekommen, um von den Nachfahren einzulösen, was der alte Magier ihm versprochen hatte.«

Ich schluckte. »Und was geschah dann?«

»Nun, der Herr von Mailand versprach diesem Dämon – im Tausch für seinen Seelenfrieden –, ein gigantisches Gotteshaus zu dessen Ehren zu errichten, mitten im Herzen der Stadt, das sein in Stein gehauenes Bild vor aller Augen brächte. Der Dämon willigte ein, denn Dämonen sind ein eitles Geschlecht. Und Gian Galeazzo hat sein Versprechen gehalten: Er legte den Grundstein für den Bau des Doms, indem er die beiden Kirchen zerstörte, die sich vorher dort befanden, und er sorgte dafür, dass es unter den Tausenden von Figuren und Statuen, mit denen die Kirche verziert war, nicht an Dämonen fehlte.« Die Lippen des Conte kräuselten sich erneut zu einem kleinen Lächeln. »Auch wenn das vielleicht nicht ganz das war, was der Dämon gemeint hatte.«

Es folgte ein Schweigen, durchdrungen vom Duft des Pfeifentabaks.

»Ist das alles wahr?«, fragte ich endlich.

Der Conte sah mich fest an, immer noch schmunzelnd. »Das ist nicht sehr wahrscheinlich. Der Bau des Doms wurde erst im neunzehnten Jahrhundert fertiggestellt, mehr als vier Jahrhunderte nach seinem Beginn: Gian Galeazzo war zu dem Zeitpunkt schon lange zu Staub zerfallen. Und der Kirchenbann über Matteo Visconti wurde vor allem aus politischen Motiven verhängt, auch wenn er tatsächlich im Ruf stand, ein Zauberer zu sein.«

Ich wusste nicht, ob ich lachen, mich ärgern oder erleichtert aufatmen sollte. »Finden Sie es unterhaltsam, sich über mich lustig zu machen?«

Es sollte gekränkt klingen, aber es gelang nicht. Erst jetzt wurde mir klar, wie leicht es war, mir in meiner momentanen Situation einen Bären aufzubinden.

»Ein bisschen«, erwiderte der Conte mit einem Blitzen in den Augen, das ihn verjüngte. »Ich bitte dich, mir zu verzeihen. Aber die Sage, die ich dir erzählt habe, gibt es wirklich, und ich habe sie dir nicht ohne einen bestimmten Zweck aufgetischt.«

»Und welcher wäre das?«

»Dir zu zeigen, dass diese Stadt eine viel komplexere Vergangenheit verbirgt, als man heute gemeinhin annimmt. Eine Vergangenheit, die düstere Schatten wirft, auch jenseits der Welt der Menschen.« Er machte es sich am Tisch bequem, und ich folgte ihm. »Unter dem Asphalt und dem Zement Mailands, unter dem Nebel, Smog und Verkehrslärm bewegen sich unsichtbare Kräfte, die sehr alt und sehr, *sehr* mächtig sind. Und das ist in vielen Städten so: Unsere Vorfahren haben ihre Häuser nicht zufällig irgendwo errichtet. Zu Zeiten der Gallier, noch vor der Ankunft der Römer, war diese Stadt ein *Medhelan.*«

»Ein was?«

»Ein *Medhelan*, ein keltischer Wallfahrtsort. Ein sakraler Ort im Herzen eines Waldes, geweiht den Göttern, die über jenen Teil der Welt herrschten, der nicht den Menschen gehörte.« Er sah mich an, jetzt wieder ernst. »Geweiht den Herren der Wälder.«

Ich versuchte, meine Gedanken zu sammeln. »Ich dachte, dass dieses Wesen … dieser Lupercus ein Gott der Völker des Latiums war …«

»Der Wolfsmensch ist jedem Volk der Erde bekannt. Oder könntest du mir eine Zivilisation nennen, in dessen Geschichte er nicht auftaucht? Die Schamanen der sibirischen Steppen beschworen ihn jahrtausendelang durch den Klang von Trommeln und Knochenrasseln, die amerikanischen Ureinwohner heulten seinen Namen, wenn sie nachts ums Feuer tanzten, die Mayas und die Azteken brachten ihm so grausame Blutopfer dar, dass einem lateinischen Priester das Blut in den Adern gefroren wäre, wenn er nur davon gehört hätte. Für die Griechen war er Apollo *Lykos*, Apollo der Wolf, das wildere Antlitz eines Gottes, der schon in seiner gewöhnlichen Erscheinungsform für finsteren Schrecken sorgte. In Skandinavien feierten ihn die Krieger im Kampf, luden ihn lautstark in ihre Körper ein, damit er sie in etwas verwandelte, das über das Menschliche hinausging; sicherlich hast du schon mal von den *Berserkern* gehört.«

Ja, irgendetwas hatte ich darüber gelesen. In meinen Comics, aber das behielt ich für mich.

»Und in Asien, in Afrika, auf den pazifischen Inseln«, schloss der Conte, »wirst du seine Geschichte in tausend Varianten finden. Ab und zu wird es sich nicht um einen Wolf handeln, sondern um andere Tiere: Bären, Tiger, Jaguare, Panther, Haie. Denn natürlich war es nicht allein Sache des Wolfes, von der menschlichen Natur zu träumen.«

Natürlich …

Jeder Satz, den ich hörte, brachte ein halbes Dutzend neuer Fragen mit sich. Aber ich durfte mich nicht verwirren lassen, ich musste mich an mein System halten, das ich am Abend vorher mühevoll ausgearbeitet hatte. Ich zog meinen Notizzettel heraus; der Conte reagierte mit dem für ihn typischen Lächeln.

»Dies ist ein Fragebogen, wie ich annehmen muss.«

Mir fiel weder ein Weg noch ein Grund ein, die Frage zu umgehen. »Ja.«

»Ich werde mein Bestes tun, um zu antworten, aber unter zwei Bedingungen.«

»Ich höre.«

»Die erste ist, dass du für ein paar Minuten deine Steifheit aufgibst, die Jacke ausziehst und ein wenig von dem Kuchen isst, den Regina für uns gebacken hat.«

Ich entspannte mich sofort. Ich wusste nicht, warum, aber ich hatte wesentlich Schlimmeres erwartet.

»Und die zweite?«

»Die zweite ist, dass du mir zuallererst von deinen Träumen erzählst.«

Ich zögerte einen Moment, dann nickte ich. Früher oder später würde ich das sowieso tun müssen.

»Eine Sache noch, bevor wir anfangen.« Da war eine Frage, die zwar nicht auf meinem Zettel stand, die mir aber in den letzten drei Tagen immer wieder im Kopf herumging. »Ich muss es einfach wissen.«

Der Conte nickte.

Ich holte tief Luft. »Warum tun Sie das? Warum haben Sie beschlossen, mir zu helfen?«

Ich hatte nicht die geringste Ahnung, wie er darauf reagieren würde. Aber er wies lediglich mit dem Kopf auf das Regal, wo das *Ausführliche Journal* wieder an seinem alten Platz stand.

»Du hast selbst gelesen, was passiert, wenn der Wolf frei und ohne Kontrolle ist. Wünschst du, dass das wieder geschieht?«

Nein. Mit all meiner Kraft: *nein*.

Also erzählte ich ihm meine Träume, angefangen von der Nacht, in der ich gebissen worden war, mit allen Details, an die ich mich erinnern konnte. Er hörte schweigend und vollkommen unbeweglich zu.

»Faszinierend«, kommentierte er zum Schluss. Dies schien alles zu sein, was er zu dem Thema zu sagen hatte.

»All diese Träume waren Erinnerungen, oder? Erinnerungen an andere Leben, die der Wolf als menschliches Wesen gelebt hat.«

Der Conte nickte. »An ein Leben im Besonderen, würde ich sagen: an das letzte. Das, das er am besten in Erinnerung hat.«

»Das würde bedeuten, dass er seit 1792 in keinem menschlichen Körper mehr gelebt hat?«

»Offensichtlich.«

»Aber was hat mich dann in jener Nacht angefallen?« Es war die erste Frage, die auf meinem Zettel stand.

»Hast du es nicht gesehen?«

»Nein. Ich war …« Ich wollte schon sagen, dass ich betrunken gewesen war, aber dann zwang ich mich, die Wahrheit zu sagen. »Jemand hat mir Drogen verabreicht. Ich weiß fast nichts mehr von diesem Abend.«

In den grünen Augen des Conte blitzte etwas auf, aber so kurz, dass ich es nicht deuten konnte.

»Es war sehr neblig«, fuhr ich fort, »und ich meine, dass ich jemanden rennen und etwas rufen hörte, aber sonst erinnere ich mich an nichts.« Ich sah dem Conte in die Augen und ballte die Fäuste unterm Tisch, um seinem Blick standzuhalten. »Warum hat er mich gebissen? Sie haben gesagt, der Wolf entscheidet selbstständig, wann er von einer Person in die nächste übergehen will: Warum ist er, statt mich zu zerfleischen, in mich gefahren?«

Der Conte blickte mich weiter ruhig an. »Das entzieht sich meiner Kenntnis, aber ich könnte eine Hypothese wagen.«

»Die da wäre?«

»Er hatte das Gefühl, in Gefahr zu sein.«

Ich zog die Augenbrauen in die Höhe. »Er hatte das Gefühl, in Gefahr zu sein? Eine Kreatur wie er?« Ich schüttelte den Kopf. »Ich kann mir beim besten Willen nicht vorstellen, was einem solchen Ungeheuer Angst machen sollte.«

»Etwas, gegen das nicht einmal er ankämpfen konnte. Etwas, das in der Lage gewesen wäre, ihm das Los aufzuerlegen, das ihn mehr als alles andere erschreckte: die Verbannung aus der Welt der Menschen. Du hast gesagt, du hast Stimmen gehört, in jener Nacht.«

Ich schloss die Augen und konzentrierte mich. »Eine Stimme … Ja, ich bin fast sicher. Sie rief etwas, aber ich weiß nicht, ob sie mich meinte oder jemand anderen.«

»Er wurde verfolgt. Sehr wahrscheinlich hatte er den Körper eines Tieres besetzt. Eines Hundes, aller Wahrscheinlichkeit nach: etwas, das seiner ursprünglichen Natur möglichst ähnlich war.«

»Aber *wer* hat ihn verfolgt?« Meine Verwirrung wuchs zusehends, und die Antworten des Conte wurden immer surrealer.

»Werwolfsjäger auf den Straßen Mailands? Ist es das, was Sie sagen wollen?«

»Vielleicht.« Er machte eine vage Handbewegung. »Du und ich, wir sind sicher nicht die Einzigen in dieser Stadt, die von seiner Anwesenheit wissen.«

Plötzlich fielen mir die Worte des Bettlers wieder ein: *Ich wusste, dass du zurückgekehrt bist. Alle wissen es. Sie werden kommen und nach dir suchen.*

»Ein Mann, den ich getroffen habe … Er hat mir gesagt, dass ›alle‹ wissen, was vor sich geht.«

Der Conte nickte. »Ereignisse wie die Rückkehr des Lupercus in die Menschenwelt können einem kaum entgehen. Es ist wie ein Erdbeben, wie der Einschlag eines Blitzes in die Erde. Wer war es, der das zu dir gesagt hat?«

»Ein Mann mit Schlangenaugen.«

Auf den Lippen des Conte erschien ein feines Lächeln, und ich war drauf und dran, ihn um eine Erklärung zu bitten, aber dann hielt ich an mich: Wenn ich weiterhin Fragen aufs Geratewohl stellte, würde es mir nie gelingen, mir einen Überblick über die gesamte Situation zu verschaffen. Also unterdrückte ich meine Neugier und richtete den Blick wieder auf meine Notizen; der Rest musste warten.

»Am Morgen danach habe ich an meinem Körper eine Bisswunde gefunden, die innerhalb weniger Stunden wieder verschwunden ist, obwohl es ein tiefer Biss war.« Ich hob wieder den Blick. »Normale Wunden heilen nicht so einfach.«

»Sicher nicht.«

»Und dann … habe ich ganz absurde Sachen wahrgenommen. Unglaublich helle Farben, Gerüche, die ich mir nie auch nur hätte vorstellen können … Aber auch das war schnell wieder vorbei.«

Der Conte legte die Hände auf den Tisch und verschränkte die Finger. »Du musst wissen, Veronica, dass dein Körper dabei ist, sich zu verändern. Bis zum heutigen Tag hatte dein Fleisch nur einen einzigen Geist zu repräsentieren, eine menschliche Seele. Jetzt wohnt in ihm auch etwas, das über die Grenzen des Menschlichen hinausgeht: Du hast die Welt wahrgenommen, wie sie der Wolf wahrnimmt, und du fühlst seine Vitalität auch in dir. Durch deine Adern strömt jetzt ein Leben, das das Vergehen der Zeit nicht kennt, für das das Verschließen von Wunden des Fleisches völlig normal ist.«

Der Gedanke an das sich verändernde Fleisch ließ eine Welle der Übelkeit in mir hochsteigen, aber ich versuchte, weiterhin konzentriert zu bleiben. »Bedeutet das, dass diese Wahrnehmungen immer wieder kommen werden, dann, wenn ich am wenigsten damit rechne?«

»Nicht, wenn du lernst, das zu kontrollieren, was du jetzt bist. In jenen ersten Stunden war der Wolf damit beschäftigt, mit seinem neuen Körper vertraut zu werden. Er hat Maß genommen, wenn wir es so ausdrücken wollen.«

Ich fühlte eine unglaubliche Wut in mir hochsteigen und konnte nicht an mich halten. »Hören Sie auf, über meinen Körper zu sprechen, als würde er jemand anders gehören! Er ist kein Kleid, das jeder einfach so überstreifen kann. Er ist kein ...« Ich biss mir heftig auf die Lippen.

Der Conte sagte nichts.

Ich zählte mit geschlossenen Augen bis zehn, dann öffnete ich sie wieder und begegnete dem Blick des Conte, der mich aus seinen beiden Smaragdaugen so ruhig ansah, als hätte nichts auf der Welt Bedeutung, außer uns beiden an diesem Tisch. Und wieder einmal stahl sich unter seinem Blick meine Panik ganz langsam davon.

»Das, was dir widerfahren ist, Veronica, ist kein Fluch. Solange du nicht zulässt, dass er es wird. Es ist nicht einmal so etwas wie eine Krankheit oder eine Missbildung: Es ist ganz einfach eine Veränderung deiner Natur, die wie alle Veränderungen Unwohlsein und Angst mit sich bringt, am Anfang. Aber sie bringt auch Gutes, jedenfalls für den, der in der Lage ist, es anzunehmen. Sag mir, ist es dir nach dem ersten Tag nochmals gelungen, die Sinneswahrnehmungen des Wolfes zu teilen?«

Ich nickte und erzählte von der Nacht, in der ich Regina vor den schwarzen Männern gerettet hatte.

»Siehst du?«, meinte der Conte. »Bisher hat sich der Wolf in dir nur auf instinktivem Niveau manifestiert: Nämlich als du Angst hattest, als du das Gefühl hattest, auf eine Gefahr reagieren zu müssen. Du kannst dasselbe aber auch *bewusst* machen. Das Erbe des Wolfes ist dein, es gehört dir: Du musst nur lernen, es dir zunutze zu machen.«

Trotz allem musste ich lächeln. »Ich muss also einfach nur meine übersinnlichen Kräfte kontrollieren?«

Der Conte lächelte ebenfalls, und die Atmosphäre im Salon entspannte sich.

Ich nahm mein Stück Kuchen in die Hand. »Da ist noch etwas. Sie haben gesagt, ich würde mich bei Vollmond in einen Wolf verwandeln; aber in dem Buch, das Sie mir gegeben haben, ist auch von Attacken am helllichten Tage die Rede, und auch zu Zeiten im Monatsverlauf, wo der Vollmond in weiter Ferne ist.«

Der Conte wurde wieder ernst. »Wenn man dem Wolf zu viel Raum lässt, kann auch das geschehen. Das menschliche Wesen vergisst sich selbst, und an seiner Stelle bleibt nur das Tier. An diesem Punkt haben Tag, Nacht und Mond keine Bedeutung mehr: Bedeutung hat nur noch der Hunger.«

Erneut jagte mir ein eiskalter Schauer den Rücken herunter. Da war noch eine weitere Frage auf meinen Zettel, eine, die mir förmlich die Kehle zusammenschnürte, jedes Mal, wenn ich an sie dachte.

»In den Vollmondnächten …« Ich holte tief Luft. »Wie wird die Metamorphose vor sich gehen? Was wird mit mir geschehen?«

Ich hatte lange darüber nachgedacht und festgestellt, dass ich genau wusste, wie es vor sich geht: Ich hatte es nur allzu oft gesehen, ausgedacht von Regisseuren, Schriftstellern, Comiczeichnern. Die Darstellung war immer gleich. Fleisch, das sich zusammenzog. Knochen, die ihre Form veränderten, mit einem Geräusch, das an zersplitterndes Holz erinnerte. Schreie. Viele Schreie.

Der Blick des Conte wurde weich und füllte sich mit einer Zärtlichkeit, die ich noch nie an ihm beobachtet hatte und die mich überraschte. »Du möchtest von mir wissen, ob es schmerzhaft sein wird?«

»Ja.«

»Ich glaube nicht. Nicht schmerzhafter, als es die anderen Male gewesen ist, als du versucht hast, dich der Natur des Wolfes anzunähern.«

Ich fühlte mich, als hätte mir gerade jemand zwanzig Kilo Blei von den Schultern genommen. »Aber wie ist das möglich? Ich meine, die Form zu ändern …«

»Wie in den Träumen, Veronica. Denn um nichts anderes handelt es sich. Der Wolf kommt vom jenseitigen Ende dessen, was wir Realität nennen: Unsere Welt ist für ihn der Traum. *Du* bist sein Traum. Der Wolf wird träumen, Veronica zu sein, und beim Licht des Mondes wird Veronica träumen, der Wolf zu sein.«

Wir schwiegen lange. Ich versuchte mir darüber klar zu werden, was all das für mich bedeuten würde, aber auch wenn jeder einzelne Satz für sich Sinn machte, so ging das Ganze doch weit über mein Vorstellungsvermögen hinaus.

»Wie kann ich lernen, ihn zu kontrollieren?«, fragte ich schließlich.

»Durch Übung«, erwiderte der Conte, wieder in diesem nüchternen Ton, den er auch für die unglaublichsten Antworten benutzte, als würde er von ganz normalen Tatsachen reden. »Indem du dir dein neues Sein vertraut machst. Dir den Wolf vertraut machst.«

Ich war mir nicht sicher, ob mir die Idee gefiel. »Wie meinen Sie das?«

Der Conte lächelte. »In deinen Träumen hast du schon Zugang zum Wolf gehabt: Du hast es freiwillig getan, und du hast sogar seine Erinnerungen an zweitausend Jahre alte Rituale wachgerufen. Der Wolf kennt sich selbst sehr gut: Er wird dich alles lehren können, was du wissen musst.«

So ausgedrückt schien es die einfachste Sache der Welt zu sein. Probleme mit Lykanthropie? Angst, dich in einen Werwolf zu verwandeln? Nimm in deinen Träumen Unterricht beim Wolfsgott! …

Ich fuhr mir mit der Hand über die Stirn: Ich fühlte mich müde und abgespannt. Und ich wusste, dass mir wenig Zeit blieb: Ein Blick auf die Uhr meines Handys bestätigte mir das.

Der Conte verstand den Sinn meiner Geste. »Ich nehme an, es ist spät geworden für dich.«

Ich nickte. »Eine Sache noch.«

»Bitte sehr.«

»Am Abend meines ersten Traums …« Ich versuchte, meine Gedanken zu ordnen. »Da ist etwas an mein Fenster gekommen: Ich habe es nicht gesehen, aber ich weiß, dass es da war. Und als es kam, ist es dunkel geworden.« Beim Gedanken an diese schrecklichen Momente lief mir noch einmal ein Schauer über den Rücken. »Aber sobald ich das Licht in meinem Zimmer angeschaltet habe, ist es verschwunden, mit einem Geräusch … das wie ein Flügelschlagen klang. Das Schlagen von großen Flügeln.«

Die Augen des Conte wurden glasig. »Strigen.«

Er sagte es in einem Ton, der mir das Blut in den Adern gefrieren ließ.

»Was ist das?«

»Alte Wesen. Geschöpfe aus einer Welt, die nicht mehr existiert.«

»Und was wollten sie von mir?«

»Ich weiß es nicht.« Er stand auf und stellte sich an die Tür. »Meide Orte ohne Licht, Veronica. Und meide vor allem die Umgebung von Friedhöfen. Halte dich bestmöglich von ihnen fern.«

Eine neue Flut von Fragen stieg in mir hoch, aber eine namenlose Angst hinderte mich daran, auch nur eine von ihnen zu stellen.

Ich brauchte Zeit, um ruhiger zu werden und klar zu denken.

Der Conte begleitete mich zur Eingangstür, aber bevor ich hinausging, drehte ich mich noch ein letztes Mal um. »Warum ich, Conte Gorani. Warum bin ich ausgewählt worden?«

Er schüttelte mit gerunzelter Stirn den Kopf. »Willst du mich damit fragen, warum du dich in jener Nacht in dieser Gasse befunden hast? Warum du und niemand anders? Weil die Dinge einfach geschehen, und basta. Wenn ein Kind mit geschlossenen Augen Steine in den Wald wirft, wird nun mal ein Baum getroffen. Warum dieser Baum und nicht ein anderer?«

Ich wickelte mich eng in meine Lederjacke und ging mit gesenktem Kopf zum Aufzug. Der Conte verabschiedete sich mit einem Kopfnicken, eingerahmt vom Licht der Tür. Ich sah, dass er schon wieder lächelte.

»Ich werde ein Fenster für dich offen lassen, Veronica.«

Bevor ich ihn fragen konnte, was das heißen sollte, schlossen sich die Aufzugtüren vor mir.

Kapitel 16

Mittwoch, 18. Februar

An diesem Abend hatte ich vor dem Schlafengehen eine Idee. Der Conte hatte recht: Mir war schon einmal aus eigener Initiative der Zugang zu den Träumen des Wolfs gelungen, mit der mentalen Yogaübung aus dem Buch meiner Mutter. Das Buch hatte ich wieder an seinen Platz gestellt, aber an die Technik erinnerte ich mich noch sehr gut. Und wenn ich eine *ganz bestimmte* Erinnerung suchen würde? Zum Beispiel die Erinnerung an die Nacht, in der ich gebissen worden war?

Auch diesmal war es einen Versuch wert.

Ich löschte das Licht, legte mich hin und wiederholte penibel die ganze Prozedur: die Kontrolle des Atems, die Formierung des Lichtsymbols über dem Herzen, das Mantra, das ich im Geiste im immer gleichen Rhythmus immer wieder wiederholte.

Auch dieses Mal hatte ich das Gefühl, in ein dichtes und nachgiebiges Dunkel zu versinken, bevölkert von Stimmen ohne Worte, die aus verschiedenen Richtungen nach mir riefen.

Mir wurde bewusst, dass es auch diesmal leicht, sehr leicht gewesen war … Zu leicht. Das konnte nicht allein mein Verdienst sein: Es war nicht nur ich, die sich auf die Erinnerungen des Wolfes zu bewegte. Vielmehr bewegte sich der Wolf auch auf mich zu. Er gewährte mir Zugang zu seinem Geist. Er *wollte*, dass ich seine Erinnerungen kennenlernte.

Wie beim ersten Mal hörte ich die Rufe von allen Seiten und einen Ruf, der sehr viel näher schien als alle anderen. Und schlagartig realisierte ich, wie diese Art Vorhölle, in der ich mich befand, funktionierte: Um mich an die Riten des Lupercals zu erinnern, die vor zweitausend Jahren abgehalten wurden, war ich scheinbar aus einer enormen Höhe in die Tiefe gesunken; vielleicht war also mit einem Ruf, der aus der Nähe zu kommen schien, eine naheliegende Erinnerung verbunden.

Ich spürte diesem Ruf nach, folgte ihm, ließ mich von ihm davontragen, und plötzlich riss mit blendender Klarheit die Erinnerung vor mir auf, als würde mit einem Ruck ein Vorhang aufgezogen, um ein lichtdurchflutetes Fenster zu enthüllen.

Ich rannte, in tiefsten Nebel getaucht, mein Herz klopfte wild gegen die Rippen. Unter mir die kalte, harte Oberfläche des Asphalts, um mich herum die Fassaden der Gebäude, kaum sichtbar im Dunst, und hinter mir Stimmen und eilige Schritte. Fragmente von atemlos hingeworfenen Worten drangen wie Splitter durch die dichten Nebelschwaden an mein Ohr, und ich wusste, dass sie immer näher kamen.

Ich fühlte einen Schmerz an der Hüfte, einen heftigen, stechenden Schmerz, wie von einem Messerstich. Aber was mich verletzt hatte, war kein Stahl: Von einer solchen Wunde wäre ich in wenigen Minuten genesen. Diese jedoch brannte wie Feuer …

Mit einem Satz sprang ich über eine Bank und blieb einen Moment lang stehen – einen ganz kurzen, wertvollen Moment lang –, um mich umzusehen: Drei oder vier meiner Verfolger zeichneten sich in der Ferne ab, im dichten Nebel waren kaum mehr als orangefarbene Umrisse zu erkennen. Zwei von ihnen rannten weiter vorn als die anderen, ich hörte das Leder der heiligen Riemen auf den Asphalt knallen, ein Geräusch, das mir schier das Trommelfell zerriss.

Ich konnte mich ihnen nicht entgegenstellen, nicht in dieser Verfassung, diesem Zustand der Schwäche und Verletzbarkeit. Das Tier, in dem ich mich niedergelassen hatte, war eine sehr bescheidene Hülle, meiner unwürdig, wenig mehr als ein Wrack; und sie hatten mich gefunden, im Moment größter Schwäche. Sie würden mich einholen, mich mit ihren Peitschen schlagen, mich fesseln und ausstoßen. Und ich würde auf ewig in der endlosen Leere treiben, in der eisigen Dunkelheit, die die Zwischenräume zwischen den Welten füllt, unfähig, voranzukommen, unfähig, umzukehren.

Nein, nicht schon wieder, nicht diesmal! Alles, nur nicht die Leere.

Ein leichtes Drehen des Windes trug mir einen Geruch zu, der mich herumschnellen ließ: Jemand kam aus einer Seitengasse in meine Richtung gelaufen, stolpernd und schluchzend. Es war ein Mädchen, und sie roch nach Rauch, Alkohol, Minze und junger Haut.

Ein menschlicher Körper, völlig intakt. Schnelle Beine, scharfe Augen.

Ich spurtete los und war innerhalb von drei Atemzügen in der Gasse, in der sie sich befand. Sie lehnte mit der Schulter an einer Wand, als ob sie eine Stütze brauchte, um sich auf den Beinen zu halten; sie trug eine Lederjacke und einen schwarzen Schal um die Schultern. Ihre Haare waren kurz und zerzaust, ihre Haut weiß und ihre Lippen hatten die Farbe von Blut. Sie weinte, in fast stummen Schluchzern, die sie von Kopf bis Fuß schüttelten.

Ich blieb unbeweglich stehen, sie hatte mich noch nicht bemerkt. Ich sah, wie sie sich die Augen mit dem Handrücken wischte und sich selbst einen Ruck gab, um wieder auf die Beine zu kommen, sie torkelte und krachte mit den Schultern bleischwer zurück an die Mauer. Sie weinte von Neuem, mit gesenktem Kopf, diesmal lauter.

Hinter mir rief eine tiefe, autoritäre Männerstimme: »Ich habe ihn aus den Augen verloren, ich sehe ihn nirgends mehr!«

»Er ist da reingelaufen!«, rief eine andere Stimme zurück, sie schien jünger und seltsam vertraut.

»Seid still! Ich höre was.«

»Da weint jemand …«

»Da ist jemand in der Gasse! Ein Mensch! Ich habe ein menschliches Wesen gefunden!«

Ich hatte keine Zeit mehr. Ich musste zubeißen, mich aus diesem Körper befreien und mich in einen anderen stürzen, um dann loszulaufen und zu flüchten mit aller Kraft, die mir noch geblieben war.

Ich stürzte vorwärts mit einem Heulen, das sich meiner Kontrolle entzog, ein unartikuliertes Getöse, in dem alle Wut, aller Schmerz und alle Erschöpfung lagen, die ich in mir hatte. Das Mädchen hob plötzlich den Kopf, sah mich, riss entsetzt die Augen auf und wich zurück, aber da war ich schon über ihr und schnappte zu …

Ich schreckte aus dem Schlaf hoch und setzte mich keuchend auf. Dann fiel ich wieder auf mein Bett zurück.

Ich hatte es tatsächlich geschafft. Ich hatte von der Nacht meines Überfalls geträumt. Aus Sicht des Wolfs.

Ich zwang mich zu einer Denkpause, bis sich mein Herz einigermaßen beruhigt hatte; als ich mich dazu in der Lage fühlte, stand ich auf und machte das Licht an. Der Conte hatte auch darin recht behalten: Der Werwolf war verfolgt worden.

Jemand hatte ihn durch die Straßen der Stadt gejagt. Jemand, der offensichtlich wusste, wie er ihn finden, erkennen und überwältigen konnte. Jemand, der eine Waffe bei sich trug, die der Wolf mehr fürchtete als alles andere: die geheiligten Riemen der Lupercalien. Der Wolf hatte sie auf Anhieb erkannt: Ich war in seinem Geist gewesen, ich hatte sein Entsetzen gespürt, als wäre es mein eigenes gewesen … Es *war* mein eigenes gewesen.

Ich setzte mich auf den Bettrand. Wie war das möglich? Wurden die Riten immer noch zelebriert? Nach zweitausend Jahren? Ziegenopfer und Blutsalbungen im Keller eines Mailänder Wohnhauses. Ich musste fast lachen und schüttelte den Kopf: Nüchtern betrachtet war es nicht absurder als der ganze Rest. *In* dieser Welt, in die ich hineingeraten war, gab es *nichts*, das noch Sinn machte.

Nein, nicht hineingeraten: gewaltsam hineingestoßen. In den Knöchel gebissen und hineingezerrt, wie ein Tier ein Stück Fleisch in seine Höhle zerrt, um es zu verschlingen.

Ich sprang aus dem Bett und begann, ruhelos auf und ab zu gehen. Ich durfte nicht wieder mit diesen endlosen Grübeleien anfangen: Es würde zu nichts führen, außer zu totaler Niedergeschlagenheit.

Ich fühlte eine nervöse Energie in den Beinen, die mich keine Ruhe finden ließ, so als würden in meinen Adern noch immer Überreste der wilden Wut des Wolfes pulsieren, die ich im Traum gespürt hatte. Vor meinen Augen tanzten noch immer höchst lebendig die Traumbilder samt allen Empfindungen, die sie begleitet hatten. Schneller als der Wind durch die Nacht zu laufen, vollkommen frei, wie eine Naturgewalt, wie an dem Abend, als ich Regina gefolgt war und ihre Verfolger zurückgejagt hatte in die Schatten …

Ich ging zum Lichtschalter, löschte das Licht und lenkte meine Konzentration auf das Halbdunkel um mich herum. Der Wolf konnte im Dunkeln sehen, vielleicht noch besser als bei Tageslicht: Ich starrte in die Finsternis meines Zimmers und bemühte mich, jenes Kribbeln der Pupillen auszulösen, das ich immer gespürt hatte, wenn ich etwas durch seine Augen sah.

Ich ließ den Blick in alle Ecken gleiten, richtete ihn dann auf einen präzisen Punkt und konzentrierte mich mit aller Kraft, die mir zu Gebote stand: *Schau, Veronica, schau durch das Dunkel, schau mit den Augen des Wolfes ...*

Nichts. Ich spürte, wie mir die Wut die Kehle zusammenschnürte. Nein, das war einfach nicht richtig! Wieso sollte ich immer nur passiv hinnehmen, was mir widerfuhr? Warum hatte ich die Kontrolle über mein Leben verloren, wer hatte mir das Recht genommen, meine eigenen Entscheidungen zu fällen?

Das Zimmerfenster brachte mich auf eine riskante Idee.

Ich öffnete es, klappte die Fensterläden auf, und bevor ich mir dessen wirklich bewusst wurde, stand ich schon auf dem Fensterbrett. Der Wolf kam nur, wenn ich das Gefühl hatte, in Gefahr zu sein? Dann würden wir ja sehen, ob er jetzt auftauchte!

Es war eine kalte, windstille Nacht, der Himmel war noch immer bedeckt, aber hier und da rissen die Wolken auf und enthüllten bleiche Sternenspritzer. Ich sah hinunter in die Tiefe, in das Nichts, das zwischen mir und der nebelverhüllten Straße lag, und fühlte, wie mir schwindlig wurde.

Ich war schon öfter an erhöhten Punkten gewesen, auch an Orten, die höher lagen als dieses Fenster: Erst vor zwei Jahren hatte ich mich während eines Irland-Urlaubs über die Klippen von Moher gelehnt, um aus zweihundert Meter Höhe auf das stürmische Meer zu schauen. Aber dazu hatte ich auf dem

Bauch gelegen, und nicht gestanden wie jetzt, mit nichts weiter als kalter Luft zwischen mir und dem Nichts. Ich sah, wie die Welt sich in ihrem Umlauf auf einer Seite krümmte, und schreckte ängstlich zurück.

Dabei verlor ich rückwärts taumelnd das Gleichgewicht. Ich warf mich instinktiv nach vorn, um mich am Fensterrahmen festzuhalten. Ich verfehlte ihn.

Ich erinnere mich nicht genau an diesen Augenblick, oder nur als eine Art leere Blase, die sich in mir öffnete. Aber ich erinnere mich genau an die Explosion, die mein Blut aufwallen ließ, in dem Moment, als meine Füße das Fensterbrett verließen. Die funkelnden Lichter der Nacht, die sich überall um mich herum entzündeten, blendeten und überwältigten mich. Ein Fuß zappelte schon im Leeren, der andere fand für einen Sekundenbruchteil Halt und *stieß mich ab.*

Nach vorn und oben, durch die pfeifende Luft, nach oben, in Richtung Sterne.

Mit dumpfem Aufprall und dem Knirschen von Ton landete ich mit Händen und Füßen auf einer unregelmäßigen Oberfläche. Ich verharrte unbeweglich, zu verdutzt, um mich umzusehen; die Sekunden vergingen, dann kam ich langsam auf die Beine. Ich befand mich auf dem Dach des gegenüberliegenden Hauses.

Vor mir tauchte aus dem Dunkel ein Meer von Dächern auf, ein gefrorener Ozean mit unregelmäßigen Wellen, aus denen Dachluken und Schornsteine hervorstaken. Das offene Fenster meines Zimmers starrte mich an, schwarz und leer, ein gutes Stück weiter unten. Ich war sechs oder sieben Meter in der Diagonale nach oben gesprungen. Wahrscheinlich sogar mehr.

Ich drehte mich einmal um meine eigene Achse, mit den Augen dieses unglaubliche Panorama abtastend. Die Wolken über mir schienen aus sich überlagernde Perlmuttschichten zu bestehen und von einem diffusen Licht aus den Tiefen des Himmels angestrahlt zu werden. Wo keine Wolken waren, leuchtete ein sommerliches Meerblau mit einigen winzigen Muschelsplittern in der Gestalt von Sternen. Die Straße unter mir war ein Strom aus Nebel, der langsam dahinfloss, ein Fluss aus milchigem Dampf und Schatten.

Wo immer ich hinschaute, stellte sich mir jedes einzelne Detail scharf, als würden die Entfernungen keine Rolle mehr spielen: Ich konnte jede dunkle Kluft überbrücken, die Ziegel des Schornsteins eines weit entfernten Hauses zählen, dem Flug eines Nachtvogels folgen, der sich hoch über mir am leuchtenden Himmel dunkel abzeichnete.

Ich atmete tief ein und warf den Kopf zurück, alle meine Sinne vibrierten in einem unbeschreiblichen Taumel: Die Gerüche der Nacht strömten auf mich ein – der Rauch der Fabriken, Zement, überhitztes Metall –, ich hörte in der Ferne den Verkehrslärm der Innenstadt, das elektrische Summen der Straßenlampen, und noch weiter weg, an den Grenzen meiner Wahrnehmung, das tiefe Dröhnen der Motoren vom Flughafen.

Ich kann nicht beschreiben, was ich empfand, es gibt keine Worte dafür, in keiner Sprache der Menschen. Denn gewisse Erfahrungen sind nicht für das menschliche Herz gemacht.

Ich begann, auf die höchste Stelle des Dachs zuzulaufen, mit nackten Füßen und so leichten Schritten, dass die Ziegel unter mir nur sanft vibrierten. Ich fühlte keine Kälte mehr, keine Wut und keine Angst: Nur ein nicht zu bremsendes, überschwängliches Bedürfnis, unter den silbernen Augen des Himmels bis zur Atemlosigkeit zu rennen.

Ich übersprang den höchsten Punkt des Dachs, kam auf der

anderen Schrägseite auf und sprang weniger als einen Meter vom Rand entfernt ins Leere. Ohne nachzudenken, ohne vorher zu schauen, völlig instinktiv, mit offenen Armen und dem Gesicht im Wind.

In einem einzigen Bewegungsfluss flog ich wie ein Pfeil über die Straße, die noch breiter war als die vor meinem Wohnhaus, landete auf dem nächsten Dach und rannte weiter. Vielleicht habe ich dabei gelacht, aber es war mir nicht bewusst. Es gab nur noch das schwarze Meer der Dächer, ein schwindelerregendes Gefühl der Freiheit und meine Füße, die durch die Nacht flogen.

In den ersten Minuten rannte ich einfach drauflos, ohne zu schauen, wo ich hinlief, nichts anderes zur Kenntnis nehmend als das nächste Dach und den Sprung, der nötig war, um es zu erreichen. Aber irgendwann nahm ich wieder ein wenig Vernunft an. Ich atmete schnell, aber nicht schwer, wie nach wenigen Bahnen im Schwimmbad: Meine Muskeln und meine Lunge signalisierten mir, nicht stehen zu bleiben, sondern weiterzulaufen, als wäre dies bis in alle Ewigkeit möglich. Es war ein berauschendes Gefühl.

Mit einem Satz erreichte ich einen weiteren Dachfirst und blieb auf den Fersen kauernd sitzen, um mich umzusehen: Ich musste irgendwo im Zentrum sein, denn nicht weit entfernt zu meiner Linken sah ich die vielen kleinen Türme des Doms. Hatte ich wirklich einen so langen Weg zurückgelegt? Einfach so? Unmöglich. Ich konnte es einfach nicht glauben.

Und jetzt? Das Gefühl grenzenloser Freiheit überfiel mich von Neuem, aber diesmal war ich mir wieder meiner selbst bewusst und mir wurde schwindlig.

Mailand lag unter mir, eine Fata Morgana aus Dächern und Nebel, so, wie nur sehr wenige Menschen es jemals zu sehen bekamen: Ich konnte überallhin, jede Ecke der Stadt erreichen. Ich konnte auf die Türme des Doms springen und an ihnen herunterrutschen, um den surrealen Figuren ins Gesicht zu sehen, von denen der Conte mir erzählt hatte; ich konnte auf dem Dach meiner Schule herumrennen, ich konnte zum Haus des Conte mit seinen hohen und schmalen Fenstern fliegen und dem Conte praktisch auf dem Kopf herumlaufen.

Plötzlich musste ich daran denken, was er wenige Stunden zuvor gesagt hatte: *Ich werde ein Fenster für dich offen lassen.* Ich musste laut auflachen.

Wieder einmal hatte der Conte alles im Voraus gewusst.

Aber ich konnte ihm keinen Besuch abstatten, nicht heute Abend, denn mir wurde plötzlich klar – zugegeben zum ersten Mal, seit ich mein Zimmer verlassen hatte –, dass ich nur meinen türkisfarbenen Schlafanzug am Leib hatte. Auch das brachte mich wieder zum Lachen.

Dann schoss mir ein neuer Gedanke durch den Kopf, und ich machte mich auf den Weg zur Metro-Station in der Nähe meiner Schule. Unter rationalen Gesichtspunkten wäre es schwierig, wenn nicht unmöglich gewesen, sich in diesem Nebelmeer von den Dächern aus zu orientieren: Und doch, sobald ich den Gedanken im Kopf hatte, wusste ich automatisch, wohin ich mich zu wenden hatte, als wäre es die natürlichste Sache der Welt.

Ich ließ zu, dass mein Instinkt jeden meiner Sprünge und Läufe bestimmte, und landete schneller als erwartet am gewünschten Ort. Vom Sims des Daches aus sah ich hinunter: ein weiter und stiller Platz, Nebelschleier, die meine neuen Augen mit Leichtigkeit durchdrangen, von einem gelblichen Schein umrahmte Straßenlampen, ein leerer Fußweg, ein einzelnes Auto, das die verlassene Kreuzung überquerte.

Ich ging ans andere Ende des Daches, machte die kürzeste Strecke aus und legte schnell den letzten Teil des Weges zurück, der mich von meinem Ziel trennte: Der Gasse, in der ich den Mann mit den Schlangenaugen getroffen hatte.

Ich landete auf einem der Einfamilienhäuser mit den baumbestandenen Gärten und *spürte,* noch bevor ich sie sehen konnte, die Bewegung in der Straße unter mir; ich kauerte mich am Dachrand nieder und beugte mich vor, um über eine kahle Baumkrone zu blicken, die mir die Sicht auf die Straße versperrte. Der Bettler stand unter mir in der Dunkelheit: Obwohl es in dieser Straße nicht einmal eine Straßenlampe gab, war er dank des orangefarbenen Lichtkranzes – von dem ich inzwischen wusste, dass er auf Lebewesen hindeutete – leicht auszumachen. Er redete mit sehr leiser Stimme und heftig gestikulierend auf zwei Gestalten ein, die ein menschliches Auge vor dem schwarzen Hintergrund kaum wahrgenommen hätte. Ich aber sah sie sofort; sie strömten keinerlei Licht aus.

Ich spitzte die Ohren, aber es gelang mir nicht, etwas zu hören: War es möglich, dass die drei so leise sprachen, dass es selbst den feinen Sinnen entging, über die ich jetzt verfügte?

Einen Moment später bewegten sich die schwarzen Männer vor meinen Augen mit der geisterhaften Gangart, die ich nun schon an ihnen kannte. Sie traten nach vorn, während der Bettler zurückwich und sich mit den Schultern an die Mauer presste. Seine Gebärden wurden jetzt noch frenetischer, er schüttelte heftig den Kopf, und als einer der beiden eine Hand nach ihm ausstreckte, bedeckte er mit überkreuzten Armen sein Gesicht.

Ich machte einen Satz nach vorn, durchschnitt den Raum, der uns trennte, und landete auf dem Asphalt, direkt hinter den schwarzen Gestalten, die sich sofort umwandten, um sich mir entgegenzustellen. Ich spürte, wie meine Augen brannten, aber für einen so kurzen Augenblick, dass sich nicht einmal Tränen bildeten. Ich ballte die Fäuste, bleckte die Zähne und knurrte.

Die beiden wechselten einen Blick, auf ihren ausdruckslosen Gesichtern zeigte sich ein Anflug von Überraschung oder auch Unentschlossenheit. Ich öffnete den Mund, um ihnen zu sagen, dass sie verschwinden sollten, aber statt der Worte kam nur ein dröhnendes Brüllen heraus.

Einer der beiden Männer zeigte mit einem Finger auf mich, aber ich nahm mir nicht die Zeit, zu verstehen, was er vorhatte: Ich stürzte mich auf ihn, mit ausgestreckten Armen, aber er wich mir rasend schnell aus und meine Hand verfehlte ihn. Oder besser, sie verfehlte seinen Körper: Sie mähte durch den flatternden Saum seiner Tunika und riss sie in Fetzen. Ich nahm mein Opfer fest ins Visier und sah, wie sich auf seinem Gesicht ein Ausdruck breitmachte, den ich dort nicht erwartet hätte: Angst.

Ich brüllte nochmals, noch lauter als vorher, ein Geräusch, das in meinen Ohren kein bisschen menschlich klang. Die beiden Gestalten wichen überstürzt zurück, trennten sich sofort und verschwanden in wenigen Augenblicken in entgegengesetzte Richtungen.

Ich blieb noch für einige Sekunden in Angriffsposition, fast als erwartete ich, dass sie unvermittelt wieder auftauchten; dann richtete ich mich auf und wandte mich dem Bettler zu, der am Boden kauerte und das Geschehen durch die immer noch vor dem Gesicht verschränkten Armen hindurch beobachtet hatte.

Ich wollte etwas sagen, aber meine Stimme versagte. Ich hustete und räusperte mich, dann versuchte ich es nochmals.

»Es ist alles in Ordnung. Sie sind weg.«

Er senkte die Arme und nickte ruckweise, aber als ich einen Schritt auf ihn zu machte, krümmte er sich umso mehr zusammen und riss entsetzt seine Schlangenaugen auf.

Ich blieb stehen, wo ich war.

Sekunden des Schweigens vergingen, während ich nach einem geeigneten Gesprächsbeginn suchte.

»Die schwarzen Männer …«, sagte ich endlich. »Wollten sie dir wehtun?«

Der Bettler rang ein paarmal nach Luft, bevor er seine Stimme wiederfand. »Ja.«

»Warum?«

Er machte eine resignierte Geste. »Wenn ich … Wenn ich die Dinge nicht finde, die sie von mir wollen, werden sie nervös. Sie werden böse.«

»Und was wollen sie von dir?«

»Viele Dinge. Manchmal Essen. Das Essen der Menschen. Einigen von ihnen schmeckt es. Süßigkeiten, auch gekochte Sachen … Dinge, die die Menschen machen und die sie nicht machen können. Oder auch Nachrichten.«

»Und was wollten sie heute Nacht von dir?«

Seine Stimme schrumpfte zu einem Flüstern. »Nachrichten.«

Ich fragte mich, ob es sinnvoll war, zu insistieren, schüttelte aber dann, mehr für mich selbst, den Kopf.

»Hör zu, es gibt da eine Sache, die ich wissen muss.«

Er nickte, mit seiner typischen, abgehackten Bewegung.

»Als wir das erste Mal miteinander geredet haben, vor einigen Tagen … Da hast du gesagt, dass alle von der Rückkehr des Wolfes wüssten.«

Er nickte wieder.

»Du hast auch gesagt, dass mich jemand suchen kommen würde.«

Diesmal erstarrte er, die Augen weit hervorquellend wie glänzende gelbe Kugeln.

»Sag mir, wer dieser Jemand ist.«

Ich machte neuerlich Anstalten, mich ihm zu nähern, aber dann hielt ich inne. Stattdessen ging ich in die Hocke und brachte meine Augen auf die Höhe der seinen.

Einen Augenblick lang stellte ich mir die Szene von außen vor: ein Mädchen im türkisfarbenen Schlafanzug, das in einer dunklen und nebligen Gasse vor einem Mann mit Schlangenaugen kauert. Und derjenige von beiden, der Angst hat, ist er.

Er machte keine Anstalten, mir zu antworten, aber ich fürchtete, dass ich mit Drängen nichts weiter erreichen würde, als seine Nervosität noch zu steigern.

Denk nach, Veronica, denk nach …

»Ist es jemand, der den Wolf jagt?«

Der Bettler nickte.

»Mehrere Leute?«

Er nickte wieder.

»Menschen oder … andere Wesen?«

»Menschen.«

»Warum? Warum jagen sie den Wolf?«

Der Bettler presste fest die Lippen aufeinander. »Sie tun es einfach. Sie tun es von jeher.« Er senkte die Stimme noch mehr. »Sie haben Angst.«

Ich atmete langsam ein. »Angst vor mir?«

»Ja.«

Ich versuchte, meine Gedanken zu sammeln. »Ich habe sie gesehen mit den Peitschen des Lupercals. Ich weiß, dass sie echt waren, geweiht durch das Ritual: Ich habe es *gespürt*. Gibt es Leute, die diese Riten auch heute noch zelebrieren?«

Diesmal war die Antwort ein Flüstern, das auch meine Ohren kaum hören konnten. »Ja.«

»Wir haben den fünfzehnten Februar gerade hinter uns: Haben sie das Ritual auch in jener Nacht gefeiert?«

Der Mann schüttelte den Kopf. »Ich weiß es nicht.«

Ich schluckte: Jetzt kam die wichtigste Frage. »Wie stellen sie es an, den Wolf zu finden? Wenn du es weißt, ich bitte dich, sag es mir! Was tun sie, um ihn zu finden?« Diesmal war ich es, die die Stimme zu einem Flüstern senkte. »Wissen sie, wer ich bin? Kennen sie meinen Namen, mein Gesicht?«

Der Bettler schien kurz davor, in Tränen auszubrechen. Stattdessen öffnete er den Mund und sagte mit offensichtlicher Mühe: »Ich weiß es nicht, wie sie es anstellen, den Wolf zu finden, ich weiß es nicht. Sie finden ihn nicht immer. Nicht immer. Aber wenn sie ihn finden, bringen sie die Riemen mit, um ihn zu binden, um ihn zu fesseln, und dann jagen sie ihn weg. Nach draußen. In die Dunkelheit. Sie wollen die Menschen schützen, verstehst du, sie vor dem Wolf schützen. Das ist ihre Aufgabe. Früher einmal gab es die Priester, vor langer Zeit: Jetzt gibt es nur noch sie.«

Die Priester …

»Soll das heißen, dass diese Menschen, diese … Wolfsjäger das tun, was die Luperci im antiken Rom getan haben?«

»Ja.«

Ich starrte einige Sekunden ins Nichts, dann stand ich wieder auf, langsam, damit es nicht wie eine Drohgebärde aussah.

»Danke.«

Er sah mich an, verwirrt und erschrocken, und plötzlich tat er mir unendlich leid.

»Warum hast du so große Angst vor mir?«, fragte ich, indem ich mich wieder hinkniete.

Er schüttelte den Kopf, mit offenem Mund, als ob er schon wieder seine Stimme verloren hätte.

»Ich habe dir nie etwas zuleide getan. *Ich will dir* auch gar nichts zuleide tun! …«

Er schluckte sichtbar. »Du bist der Herr der Wälder. Du bist der Wolf. Du nimmst Leben, wie du willst.«

»Nein.« Ich schüttelte den Kopf. »Nein, nein, nein! Ich bin nicht der Herr der Wälder. Ich heiße Veronica. Das ist mein Name. Sieh mich an!« Ich führte mein Gesicht genau vor das seine, wobei ich versuchte, seinen zu Tode erschrockenen Blick zu ignorieren. »Du sagst, du hast Augen, die die Wahrheit sehen: Dann schau in die meinen! Ich heiße Veronica, ich bin siebzehn Jahre alt, ich bin in Ravenna geboren. Sieh mich an: Ich bin ein Mädchen!«

Ich verspürte den Impuls, seinen Kopf mit den Händen zu umfassen, aber ich widerstand. Stattdessen sah ich ihn einfach nur weiter an, sah in die Reptilienaugen, die jetzt unfähig schienen, sich von den meinen zu lösen. Und die ganz langsam ruhiger wurden, als ob sie endlich etwas bemerkt hätten, das zu sehen sie vorher nicht in der Lage gewesen waren.

»Glaubst du mir jetzt? Glaubst du mir, wenn ich dir sage, dass ich dir nicht wehtun will?«

Er nickte. »Ja, ja.«

Er streckte eine Hand aus, um mein Gesicht zu berühren: Ich ließ es zu. Er strich mir über die Wange, zitternd, scheu, als würde ihm selbst die leiseste Berührung Angst machen.

Und dann lächelte er. »Veronica. Veronica.«

Ich streichelte seine Hand, und er zog sie nicht zurück. »Ja. Veronica.«

Ich stand auf und trat ein paar Schritte zurück. »Ich muss jetzt gehen.« Ich zeigte auf die Dächer. »Ich muss zurück nach

Hause. Aber ich werde wiederkommen und dich besuchen. Versprochen.«

Er nickte wieder, aber diesmal war es nicht mehr die übliche krampfhafte Geste.

Ich nahm drei Schritte Anlauf und setzte dann zum Sprung an, die Luft durchschneidend bis zu dem Dach, von dem ich gekommen war. Keinen Augenblick hatte ich Angst, dass die Energie des Wolfes mich auf halbem Wege verlassen könnte, wie sie das bisher nicht getan hatte.

Und tatsächlich geschah es auch nicht: Ich trat den Rückweg an, geleitet von einem untrüglichen Instinkt, der mich wieder zum Dach des Wohnhauses gegenüber und zu meinem geöffneten Fenster brachte. Nachdem ich die Straße mit einem Satz überquert hatte, landete ich auf dem Boden meines Zimmers mit einem so sanften Aufprall, dass ich sicher sein konnte, dass niemand ihn gehört hatte.

Ich sah mich um: Mit den Augen des Wolfes schillerte mein Zimmer von Formen und Farben, und die Luft war erfüllt von vertrauten Gerüchen. Es war alles, wie es sein sollte, und gleichzeitig war es, als sähe ich es zum ersten Mal.

Ich holte tief Luft und schloss die Augen.

Es reicht jetzt. Es reicht.

Ich wartete einige Zeit, dann öffnete ich sie ganz langsam wieder, ängstlich besorgt, was ich sehen würde. Aber ich hatte es geschafft: Es war alles zur Normalität zurückgekehrt. Halbdunkel, schemenhafte, kaum unterscheidbare Formen und nichts, das nicht mit ganz normalen menschlichen Sinnen wahrnehmbar gewesen wäre. Der Traum des Wolfes hatte sich noch einmal aufgelöst: Es hatte gereicht, dass ich es wollte.

In der Dunkelheit meines Zimmers schlotterte ich auf einmal vor Kälte, setzte mich auf den Bettrand und lächelte.

Kapitel 17

Donnerstag, 19. Februar
Abnehmender Mond

Am Tag danach war Donnerstag, und am Nachmittag erwartete mich das Schwimmbad. Ich freute mich darauf, auch wenn der Himmel schon wieder wolkig war und ein heftiger Wind durch die Straßen fegte. Ich fühlte mich gut.

In der Schule hielt ich meine Mauer des Schweigens aufrecht. Ich ignorierte Alex Stunde um Stunde, sogar nachdem ich bemerkt hatte, dass er mich ansah, als Irene und ich nach der Pause auf dem Weg ins Klassenzimmer an ihm vorbeigingen. Und auch nachdem ich am Ausgang der Schule mitverfolgt hatte, wie Angela mit ihm gelacht und ihn kurz um die Taille gefasst und auf die Wange geküsst hatte, bevor jeder seiner Wege gegangen war.

Ich hatte die Szene aus dem Augenwinkel beobachtet, weil ich nicht direkt hinsehen wollte: Zu behaupten, es hätte mich gleichgültig gelassen, wäre gelogen, und doch war der Stich aus Wut und Eifersucht weniger intensiv als erwartet. Mein Magen hatte rebelliert, aber meine Augen waren trocken geblieben.

Auf dem Nachhauseweg versuchte ich, mich auf andere Dinge zu konzentrieren, was am Ende gar nicht so schwierig war. In einer Parfümerie, an der ich zwar jeden Tag vorbeikam, die ich aber noch nie betreten hatte, kaufte ich mir einen wasserfesten rosa Lippenstift, den ich gleich auflegte, als ich am Nachmittag aus dem Haus ging.

Als ich im Schwimmbad ankam, war ich seltsam euphorisch: Ich hatte beinahe Lust, durch die Gegend zu hüpfen. Ich schrieb das den Erfahrungen der letzten Nacht zu. Der Conte hatte auch damit wieder recht gehabt: Für meinen persönlichen Zug in die Hölle gab es auch eine Rückfahrkarte. Es war möglich, den Wolf zu beherrschen. Er war gekommen, als ich ihn gerufen hatte, und er hatte nicht Besitz von mir ergriffen. Im Gegenteil, er hatte es mir sogar ermöglicht, durch die Nacht zu fliegen.

In der Toilette des Umkleideraums betrachtete ich mich eingehend im Spiegel: Ich war blass wie immer, aber im Vergleich zu den vergangenen Tagen hatte ich nicht mehr diesen angespannten Gesichtsausdruck, der mich wie eine chronisch Kranke aussehen ließ. Auch die Augenringe waren fast verschwunden, und der neue Lippenstift stand mir gut: rosa Lippen und milchweiße Haut. Ich würde das nächste Mal auch die Augen durch einen Hauch Schminke betonen.

In der Schwimmhalle sah ich mich nach Ivan um. Sicherlich würde er wie immer vor mir da sein und in dem vorderen Becken schwimmen, das auch ich gewohnheitsmäßig benutzte. Aber diesmal war er nicht da.

Ich kaute auf der Unterlippe herum und suchte die Halle ab. Schließlich entdeckte ich ihn auf dem Rand des zweiten, weiter entfernten Beckens. Er saß neben einem Mädchen und unterhielt sich.

Ich kam mir vor, als hätte mir jemand einen Faustschlag verpasst. Wer zum Teufel war das da?

Ich konnte sie von meinem Platz aus nicht gut sehen, denn Ivan befand sich praktisch zwischen mir und ihr: Das Einzige, was ich ausmachen konnte, war, dass sie groß war, einen dunkelblauen Badeanzug trug und perfekte Beine hatte. Und sie saß neben ihm. Sehr nah neben ihm.

Als ich von der Hallenwand aus endlich ihr Gesicht sehen konnte, blieb mir die Luft weg. Eine Woge der Wut überrollte mich.

Es war Elena.

Ein Tornado von Gedanken wirbelte durch meinen Kopf. Ich wusste zwar, dass auch sie regelmäßig schwimmen ging, aber ich hatte sie nie in *meinem* Schwimmbad gesehen: Was hatte sie also heute hier zu suchen? Und vor allem, *was hatte sie mit Ivan zu schaffen*?

War es möglich, dass sich die beiden schon gekannt hatten? Nein, nein, ohne den geringsten Zweifel war sie es gewesen, die ihn angesprochen hatte: In einen Raum zu treten und sofort den hübschesten Jungen herauszupicken, um ihm anschließend den Kopf zu verdrehen – darin waren sie und ihre Freundinnen Profis.

Aber es gab auch eine fiesere Alternative. Wenn Elena wusste, wo ich schwimmen ging – und wie hätte sie das wissen können, wenn nicht, weil sie mir gefolgt war und mich ausspioniert hatte? –, dann konnte sie auch gesehen haben, wie ich mit ihm geredet, mit ihm an der Bar gesessen hatte oder in sein Auto gestiegen war.

Und jetzt war sie hier, um mit ihm zu plaudern und ihn anzubaggern *in der Erwartung, dass ich irgendwann in Erscheinung treten würde.*

Für einen Augenblick war ich blind vor Wut. Und genau in dem Moment drehte sich Ivan um – ich weiß nicht, ob zufällig oder nicht – und sah, wie ich dort wie festgenagelt an der Wand stand und ihn anstarrte.

»Veronica!«

Er stand sofort auf und kam auf mich zu. Elena folgte ihm.

Als sich unsere Blicke begegneten, verzog sie ihre Lippen zu einem Lächeln, das eher an eine Messerklinge denken ließ. »Hallo, Meis.«

Ivan riss überrascht die Augen auf. »Ihr kennt euch?«

Ich öffnete den Mund, um zu antworten, aber Elena war schneller als ich. »Wir gehen in dieselbe Klasse.«

Ich schloss den Mund sofort wieder und widerstand dem Impuls, ihr eine Ohrfeige zu versetzen.

»Aha.« Ivan warf mir einen Blick zu und wandte sich dann an Elena. »Aber ich hab dich hier in der Gegend noch nie gesehen.«

»Es ist das erste Mal, dass ich hierherkomme: Das Schwimmbad, in das ich normalerweise gehe, ist wegen Renovierung geschlossen.« Sie ließ ihren Blick langsam durch den Raum wandern, eine ziemlich theatralische und absolut irritierende Geste. »Dieser Ort hier ist nicht schlecht. Ein bisschen klein vielleicht. Ich denke, ich werde in den nächsten Wochen weiterhin herkommen.«

Der Gedanke ließ mir das Blut zu Kopf steigen, aber ich schaffte es, mir nichts anmerken zu lassen.

Ivan warf mir einen weiteren kurzen Blick zu. »Es war mir ein Vergnügen, aber für Veronica und mich steht noch einen Wettkampf aus.« Er deutete auf das andere Becken und schenkte Elena ein Lächeln. »Man sieht sich!«

Und damit entfernte er sich entschlossenen Schrittes, nur einen Augenblick stehen bleibend, um sicherzugehen, dass ich mitkam. Zu schade, dass ich Elenas Gesicht in diesem Moment nicht sehen konnte. Aber sich umzudrehen, kam nicht infrage: Das hätte ja so ausgesehen, als wäre sie von Bedeutung.

Stattdessen atmete ich erleichtert auf; die ganze Wut, die ich noch vor zehn Sekunden empfunden hatte, war verdampft, und an ihren Platz war eine flirrende und leicht grausame Genugtuung getreten.

»Wir haben doch gar keinen ausstehenden Wettkampf mehr«, sagte ich leise, als wir unser Becken erreichten.

Er drehte sich zu mir um, wie immer sein typisches Lächeln im Mundwinkel. »Soll das heißen, dass ich dich schon wieder herausfordern muss, um ein wenig mit dir schwimmen zu können?«

Ich hatte das Gefühl, ein gutes Stück über dem Erdboden zu schweben. »Nein. Nein, das musst du nicht.«

Die nächste Dreiviertelstunde verging wie im Flug. Wir schwammen zusammen, wir plauderten, wir lachten uns halbtot wie Kinder, ich weiß nicht mal mehr, worüber. Ich fühlte mich leicht und schwerelos, auch außerhalb des Wassers.

Ab und zu warf ich einen Blick auf das andere Becken und sah, wie Elena es mit schnellen und regelmäßigen Armzügen durchquerte, oder wie sie vom Sprungbrett sprang mit einer Präzision, die mich in einem anderen Moment grün vor Neid hätte werden lassen. Aber dann sah ich Ivan an und vergaß sofort alles andere.

Als ich schon ziemlich müde war und mich zur Entspannung auf dem Rücken treiben ließ, tauchte sie plötzlich mit ruhigem Schritt in meinem Blickfeld auf und blieb am Beckenrand stehen, um mich anzusehen. Sie war mindestens so lange geschwommen wie ich, aber sie war nicht mal außer Atem.

Als unsere Blicke sich trafen, nickte sie mir grüßend zu, und ich richtete mich auf, um ihre Geste zu erwidern.

»Ich habe dich noch nie schwimmen sehen«, sagte sie. »Dein Stil ist gut.«

»Danke. Deiner auch.«

Ich warf einen nervösen Blick auf Ivan, der am Beckenrand saß und uns zusah. Worauf wollte sie hinaus?

Sie kam noch näher. »Hast du Lust auf eine gemeinsame Runde?«

Ah, das war es also.

Mein erster Gedanke war einer des Triumphs: Ich hatte sie gezwungen, sich zu offenbaren. Sie war gekommen, um mir Probleme zu machen, oder jedenfalls um mir in meiner vertrauten Umgebung auf die Nerven zu gehen, genau wie ich von Anfang an angenommen hatte. Aber ich hatte sie gezwungen, den ersten Schritt zu machen und mich offen herauszufordern. Den wahren Grund zu zeigen, der sie hergeführt hatte. Eins zu null für mich.

Aber der Genugtuung folgten die Warnsignale. Ich war fast eine Stunde geschwommen, ich war müde und erschöpft, und Elena – es war unnötig, das zu ignorieren – war mir überlegen: Nur ein Blinder hätte das nicht gemerkt. Und Ivan war nicht blind.

Wenn ich Ja sagen würde, müsste ich vor Ivans Nase mit ihr um die Wette schwimmen. Und wenn ich Nein sagen würde, zumindest ohne überzeugende Ausrede, wäre das die Blamage des Jahrhunderts. Auch das vor Ivan.

Ich brachte ein falsches Lächeln hervor. »Okay.«

Sie zeigte auf die Startblöcke am Ende des Beckens. »Vom Block oder vom Sprungbrett?«

Es kam also immer noch schlimmer …

»Vom Sprungbrett«, erwiderte ich in einem Anfall von Übereifer, den ich sofort bereute.

Sie bemerkte es, und ihr Lächeln wurde breiter. »Vier Bahnen?«

Ich nickte.

Ich fand nicht den Mut, in Ivans Richtung zu sehen, als wir uns gemeinsam auf den Weg machten. Stattdessen kletterte ich die Leiter hinauf wie ein Verurteilter zum Schafott. *Konzentrier dich, Veronica. Streng dich an! Wenn du dich nicht gleich nach dem Sprung überholen lässt, gewinnst du mindestens eine ganze Sekunde.*

Wir sprangen zusammen, und so konnte ich nicht sehen, wie gut sie im Wasser ankam. Aber ich sah sehr wohl, dass sie mich auf der Hälfte der ersten Bahn schon ein gutes Stück hinter sich gelassen hatte. Ich schluckte Wut und Panik hinunter und versuchte, alle Gefühle aus meinem Blick zu verbannen, wo sie mir nur hinderlich gewesen wären, und sie stattdessen in die Muskeln zu leiten.

Elena berührte den Rand nach der ersten Bahn zwei Sekunden vor mir, fließend und präzise wie eine Maschine. Mir kamen zwischen dem einen und dem anderen Armstoß schier die Tränen: Es war alles völlig überflüssig, ich würde es sowieso nie schaffen.

Und dann kam, aus dem hintersten Winkel meines Gehirns, plötzlich eine Idee daher. Eine so einfache und gleichzeitig so absurde Idee, dass ich auch heute nicht sagen könnte, wieso ich nicht schon früher daran gedacht hatte. Wie schnell kann jemand schwimmen, der in der Lage ist, wie der Wind von einem Dach zum anderen zu springen?

Ich schloss die Augen und rief den Wolf.

Ich dachte nicht mal darüber nach. Ich dachte nicht daran, dass ich es noch nie unter Bedingungen wie diesen getan hatte, dass es mir noch nie so bewusst gelungen war. Aber jetzt war alles anders: Jetzt kochte mein Blut und mein Herz schlug wie verrückt und jeder Muskel meines Körpers war zum Zerreißen gespannt. Aber auch daran dachte ich nicht: Ich rief ihn und basta. Und noch einen Augenblick, bevor er es wirklich war, wusste ich, dass er da sein würde.

Die Welt um mich herum explodierte mit einer Heftigkeit, die noch bizarrer war als die anderen Male. Das Gluckern des Wassers in meinen Ohren wurde zum donnernden Getöse, der scharfe Geruch des Chlors war geradezu unerträglich, und er mischte sich mit hundert anderen Gerüchen, die die menschlichen Sinne niemals erreicht hätten. Auf einen Schlag wurde mein Körper schwerelos, lodernd, reine Energie.

An das, was danach geschah, kann ich mich nur noch unscharf erinnern. Ich wurde mir erst bewusst, dass ich Elena überholt hatte, als ich den Rand berührte, wieder umkehrte und sie auf mich zu schwimmen sah, in einen orangefarbenen Lichtschein gehüllt, eine Momentaufnahme aus gestreckten Armen und vor Überraschung geweiteten Augen.

Einige Sekunden später kam mir vage zu Bewusstsein, dass ich besser verlangsamen sollte, dass meine Bewegungen *vielleicht* nicht mehr wie die eines normalen menschlichen Wesens erschienen. Also zwang ich mich mit aller Kraft, meine Energie zu drosseln und meine Armstöße zu verlangsamen, jedenfalls so lange, bis meine Rivalin wieder in Sichtweite war und mich fast eingeholt hatte. Aber das würde ich ihr nicht erlauben.

Nachdem ich wieder vorn lag, ließ ich sie von Neuem aufholen, einen Meter um den anderen, bis sie fast bei mir war, um dann noch einmal nach davonzuschießen. Jetzt war ich die Spielführerin.

Ich berührte den Beckenrand nach der letzten Bahn fast drei Sekunden vor ihr, klammerte mich fest und zog mich in ein und derselben Bewegung hinaus. Auch Elena war inzwischen angekommen und kletterte mit wesentlich weniger Schwung aus dem Wasser. Sie ließ sich auf dem Beckenrand nieder und keuchte schwer.

Während ich Elena musterte, überrollte mich eine Woge von Eindrücken: heiße Haut, die vom Wasser glitzerte; Atem, der nach Adrenalin schmeckte; Schultern, die unter der Anspannung der Muskeln bebten; und der wilde Schlag ihres Herzen, der an den Halsvenen sichtbar wurde. Ich sah diese Adern pulsieren, nahm den Widerhall auf meinen Trommelfellen wahr, ihren Geruch, meine eigene Haut – und alles drängte mich zu einem Satz nach vorn. An ihre Kehle.

Ich kauerte mich auf den Boden und presste die Fäuste gegen die Schläfen.

Es reicht jetzt! Basta! Basta! Geh weg! Weg!!

Ich registrierte eine Hand an meiner Schulter und eine vertraute Stimme, die meinen Namen rief. Als ich die Augen öffnete, stand Ivan vor mir. Er hielt mich an den Armen fest und war besorgter denn je.

»Was hast du, Veronica? Geht's dir nicht gut?«

Ich zitterte.

»Ja, ja …« Als ich auf die Beine kommen wollte, taumelte ich, sodass er mich stützen musste. »Es ist nur ein Schwindelanfall. Mir geht's gut. Es ist schon vorbei.«

Ivan sah mich immer noch besorgt an, aber er nickte und ließ mich los. Ich blickte mich um: Alles war wieder normal, ich war wieder zurück in mir selbst.

Elena war inzwischen aufgestanden und beobachtete mich mit einem seltsamen Gesichtsausdruck. Ihr Atem ging immer noch ein wenig schwer.

Ich nickte ihr zu. »Schöner Wettkampf. Danke.«

Ihr Gesicht erstarrte zu einer Maske. »Ja. Stimmt. Ich muss jetzt gehen, es ist spät.«

»Ciao.«

»Ciao.«

Ivan und ich sahen ihr noch eine Weile nach, bis sie hinter der Tür zu den Umkleiden verschwunden war.

»Sie ist nicht wirklich eine Freundin von dir, oder?«, fragte er.

»Nein.«

»Und ich glaube auch nicht, dass das heute der Beginn einer Freundschaft war.«

»Ich würde sagen Nein.«

»Du hast es ihr ganz schön gezeigt, im Wasser.« Ich wandte mich ihm zu und sah, dass er lächelte. »Aber sie hat es auch nicht anders gewollt.«

Ich entspannte mich und lächelte meinerseits.

»Komm«, sagte er, »gehen wir uns umziehen und etwas Heißes trinken.«

Zwanzig Minuten später, als wir in der Bar in der Eingangshalle vor unserem Tee saßen, sah Ivan mir direkt in die Augen und fragte mich unvermittelt: »Was machst du am Samstagabend?«

Ich fühlte, wie mir eine Hitzewelle ins Gesicht stieg.

»Wie …?«

»Ich habe dich gefragt, ob du am Samstagabend schon was vorhast.«

O Gott, er hatte es wirklich gesagt, ich hatte es mir nicht eingebildet!

»… nein.«

»Würdest du mit mir ausgehen?«

Ich holte tief die Luft, um meine Stimme unter Kontrolle zu bringen, merkte aber, dass meine Antwort zu lange brauchte, und bekam nur ein unverständliches Murmeln heraus.

»Wie bitte?«

Ich schluckte. »Ja.«

»›Ja‹, im Sinne von ›Ja, wir gehen zusammen aus‹?«

»Ja.«

Er strahlte übers ganze Gesicht. »Fantastisch!«

Ich nickte, eine wirklich dämliche Geste in diesem Moment, aber ich wusste wirklich nicht mehr, was ich tat. *Ogottogottogott … Ich brauche ein anständiges Sweatshirt und meine eng anliegenden Jeans … Die gerade in der Wäsche sind. Also besser gleich ein paar neue! Wie viel Geld habe ich noch? Nein, zu wenig! … Ich muss was mit meinen Haaren machen, ich kann unmöglich in diesem Zustand mit ihm ausgehen, und dann …*

Mit ihm ausgehen. Allein.

Mit einem Jungen, der älter war. Und sympathisch und intelligent und hübsch.

Es geschah wirklich. Es war kein Traum, nicht einmal einer von diesen unglaublichen Albträumen, an die ich mich inzwischen schon gewöhnt hatte …

Doch urplötzlich tat sich ein innerer Abgrund auf. Der Hausarrest!

Ich musste bleich geworden sein, denn Ivans Lächeln erstarb.

»Alles in Ordnung? Geht's dir wieder schlecht?«

Ich schüttelte langsam den Kopf. »Nein, nein, es ist nur, dass … Mir ist eingefallen …« Mir versagte die Stimme.

»Was?«, fragte er verständnisvoll.

Meine Gedanken verwandelten sich in einen Wirbelwind.

Sei keine Idiotin, Veronica: Du weißt, was du zu tun hast.

Nein. Es war eine verrückte Idee. Viel zu riskant.

Du hast keine Alternativen. Und dann hast du es schon einmal getan: Du kannst es genauso gut noch mal tun.

Ja, aber wenn dann …

Ich schüttelte den Kopf: Es gab keine andere Lösung. Wenn

ich Ivan einen Korb geben, eine Entschuldigung erfinden oder sogar die Wahrheit sagen würde, hätte er vielleicht denken können, dass ich nicht mit ihm ausgehen *wollte*. Dass er mir einfach nicht gefiel. Und dann würde er mich nie wieder fragen.

Ich ordnete blitzschnell meine Gedanken. »Es geht nicht am frühen Abend: Ich kann erst spät ausgehen.« Ich rechnete hastig. »Nach halb zwölf erst.«

Er hob eine Augenbraue. »Deine Eltern lassen dich um diese Zeit ausgehen?«

So, und schon brauchte ich eine Notlüge.

Ich spuckte die erstbeste aus, die mir einfiel. »Meine Eltern sind nicht da. Sie wissen nicht, dass ich ausgehe.«

Wenigstens der zweite Teil entsprach der Wahrheit.

»Sicher? Wirst du dich damit nicht in Schwierigkeiten bringen?«

Ich schüttelte erneut den Kopf und zauberte mein schönstes Lächeln hervor. »Nein, mach dir keine Sorgen.«

Er entspannte sich. »Gut, dann. Ich hole dich um halb zwölf …«

»Nein«, unterbrach ich ihn überstürzt. »Wir treffen uns besser irgendwo.«

Ivan zögerte. »Na gut. Und wo?«

»Wo du willst …«

Er überlegte einen Moment. »Piazza Duomo. Wir gehen ins Kino.« Und er schenkte mir ein Lächeln, das – ich schwöre es – mein Herz in geschmolzenes Wachs verwandelte.

Wir hatten gerade noch Zeit, Telefonnummern auszutauschen, dann klingelte sein Handy. »Mein Vater ist da. Zeit, zu gehen.«

Wir traten in die eisige Abendluft hinaus, das funkelnde Auto, das ich inzwischen kannte, löste sich vom gegenüberliegenden

Gehsteig und hielt direkt vor uns. Ivan wandte sich mir zu, wir sahen uns in die Augen, und für einen Augenblick war ich sicher, dass er mich, genau wie am Dienstagabend, auf die Stirn küssen würde. Aber dann löste er seinen Blick. Ich war irritiert.

»Also dann, Ciao.« Diesmal lächelte er, ohne mich anzusehen.

»Ciao …«

Er öffnete die Wagentür und stieg ein. Für einen kurzen Moment registrierte ich das Bild der Person am Steuer: Ein Mann um die fünfzig, hageres Gesicht, kantiges Kinn, rabenschwarze Augen, schüttere, nach hinten gekämmte Haare und ein kurzer Bart von einer Farbe, die mich an verkohltes Holz denken ließ.

Das war also der berühmte Professor im Ruhestand, Ivans Vater. Er hatte keinerlei Ähnlichkeit mit seinem Sohn, abgesehen von den Augen: zwei runde Obsidiansteine, die im Halbdunkel des Wageninneren funkelten.

Wir tauschten einen Blick, der nicht länger als eine halbe Sekunde dauerte, aber seine Augen prägten sich mir wie Feuer ins Gedächtnis.

Kapitel 18

Freitag, 20. Februar
Abnehmender Mond

Ich habe einen Jungen kennengelernt.«

Ich sagte es so unvermittelt, dass Irene fast vom Stuhl kippte.

»Was? Wann denn?«

»Letzte Woche.«

»Und wo?«

»Im Schwimmbad.« Ich gab mir Mühe, nicht wie eine Idiotin zu grinsen. »Er hat mich gefragt, ob wir zusammen ausgehen. Morgen Abend.«

»Und das sagst du mir erst jetzt?« Die von Natur aus großen Augen meiner Freundin wurden noch größer. »Du musst mir alles erzählen, alles!«

Ich schilderte meine Begegnungen mit Ivan in allen Details, nur die von dem verregneten Dienstag unterschlug ich. Ich erzählte ihr auch vom Auftauchen Elenas im Schwimmbad und von unserem spontanen Wettkampf (wobei ich jedoch behauptete, dass ich nur aus purem Glück gewonnen hatte).

»Und wie alt ist er, hast du gesagt?«

»Dreiundzwanzig.«

»Ist er hübsch?«

»Sehr.«

»Und er führt dich morgen Abend aus?«

»Ja.«

Irene warf mir die Arme um den Hals und wir mussten beide lachen.

Dann jedoch machte sie sich plötzlich frei und setzte ein düsteres Gesicht auf. »Und dein Hausarrest? Werden dich deine Eltern trotzdem gehen lassen?«

»Das bezweifle ich.«

»Ja, und wie …« Sie war schon von selbst draufgekommen. »Du willst heimlich abhauen.«

Ich nickte.

»Du weißt aber schon, was du riskierst, oder? Beim letzten Mal haben sie dich erwischt, und genau deshalb sitzt du jetzt zu Hause fest.«

»Ja, ich weiß, aber es ist einfach so, dass …«

»… du nicht darauf verzichten willst.«

»Genau.«

Meine Freundin holte tief Luft, die Lippen fest zusammengepresst. Sie mochte es nicht, wenn Regeln gebrochen wurden.

»Was würdest du denn an meiner Stelle machen?« Es kam in einem Ton heraus, der mir selbst nicht gefiel, aber ihr Mangel an Unterstützung machte mich nervös. »Würdest du tun, was du jeden Tag tust? Auf deine Eltern hören, hingehen, wo sie dich hinschicken, bleiben, wo du bleiben sollst?« Irenes Augen wurden dunkel, aber ich war so in Fahrt, dass ich darüber hinwegging. »Ich bin seit Monaten in dieser Stadt und ehrlich gesagt mag ich sie nicht besonders. Ich verbringe jeden Vormittag fünf Stunden inmitten von Fremden, die mich nicht beachten, außer um über mich zu lachen, und der einzige Junge, der mich wie ein menschliches Wesen behandelt hat, schaut mir von einem Tag auf den anderen nicht mehr ins Gesicht, weil …« Ich bremste mich, bevor mir die Stimme versagte.

Irene sah mich an, ihre Miene war noch finsterer geworden. Ich rekapitulierte kurz, was ich soeben gesagt hatte, und kam mir vor wie eine Idiotin.

»Es tut mir leid ...«

Sie schwieg. Ich hatte sie verletzt.

»Ich wollte nicht ... Es war nicht *das*, was ich sagen wollte! Ich ... Es tut mir leid.«

Irene sagte immer noch nichts und ich spürte, wie die Angst in mir wuchs. Endlich streckte sie die Hand aus, so eilig, dass ich fast zusammenfuhr, und ergriff die meine. Mit dieser nun schon vertrauten Geste. Als ich wieder zu ihr hochsah, lächelte sie.

»Es tut mir leid ...«, wiederholte ich.

»Macht nichts. Du bist müde und nervös. Ich weiß, dass du eine schlimme Zeit durchmachst.« Sie drückte mit beiden Händen die meine. »Ich werde dir nicht sagen, was du zu tun oder zu lassen hast: Nur eins, versprich mir, dass du vorsichtig bist.«

Ich nickte ernst. »Versprochen.« Dann kam mir noch eine andere Sache in den Sinn, über die ich seit gestern Abend nachgegrübelt hatte. »Irene, weißt du zufällig, wo Giada wohnt?«

Sie runzelte die Stirn. »Ja, mehr oder weniger. Ich bin aber nie bei ihr zu Hause gewesen.« Sie nannte mir den Straßennamen. »Warum willst du das wissen?«

»Ich denke ... Sie weiß, was an jenem Abend auf Elenas Fest geschehen ist. Ich bin fast sicher, dass sie mir das Getränk gebracht hat. Und letzte Woche in der Toilette – weißt du noch? – hat sie mir gebeichtet, dass Angela ihr verboten hat, mit mir zu sprechen.«

Irene nickte ärgerlich. »Das heißt, du willst versuchen, etwas mehr aus ihr herauszukriegen?«

»Ja.«

»Und wie?«

Ich bereute sofort, sie nach Giada gefragt zu haben. Wie hätte ich ihr erklären können, was ich vorhatte? Wie konnte ich ihr auch nur ansatzweise mitteilen, was mich zu dem Entschluss gebracht hatte, mir Giada vorzuknöpfen und sie zum Sprechen zu bringen?

Ich öffnete den Mund, ohne zu wissen, was ich antworten sollte, aber Irene war schon beim nächsten Gedanken. »Was willst du ihr denn sagen? Auch wenn sie etwas weiß, so wie du vermutest: Warum in aller Welt sollte sie darüber reden, nachdem Angela es ihr verboten hat? Giada hat viel mehr Angst vor Angela als vor dir.«

»Stimmt …«, murmelte ich. *Im Moment noch.*

Ich verbrachte die eine Hälfte des Nachmittags mit Online-Recherchen und die andere mit einer Art Modenschau. Ich probierte meinen ganzen Kleiderschrank durch, um schließlich festzustellen, dass ich weder etwas Vernünftiges zum Anziehen hatte, noch genug Geld, um anständig shoppen zu gehen. *Das kommt davon, wenn man sein ganzes Geld für Comics verplempert und sich nicht genügend für Mode interessiert!* Ich hatte noch einen Tag, um mir was einfallen zu lassen.

Nach dem Abendessen wartete ich mit Ungeduld, dass es in der Wohnung still wurde. Meine Eltern gingen normalerweise früh zu Bett, auch am Freitagabend: Nach halb elf war bei uns meistens Nachtruhe angesagt. Ich tat so, als wäre ich ebenfalls dabei, schlafen zu gehen, lief im Schlafanzug durch die Wohnung, sagte meiner Mutter Gute Nacht und machte schließlich das Licht in meinem Zimmer aus. Dann blieb ich erwartungsvoll unter der Bettdecke liegen, bis der Wecker Viertel nach elf zeigte, stand in aller Stille auf und stieg in die bereitgelegten Kleider.

Ich hatte mir alles gut überlegt: Ich brauchte Klamotten, die mir Bewegungsfreiheit boten, die präsentabler waren als der Schlafanzug, den ich bei meinem letzten nächtlichen Ausflug getragen hatte, und weniger bunt. Immerhin war Freitagabend, die Straßen würden voller Leute sein, und das Letzte, das ich gebrauchen konnte, war, dass irgendjemand zufällig ein junges Mädchen bemerkte, das von Dach zu Dach hüpfte wie eine Figur aus einem Marvel-Comic!

Also hatte ich mich für eine schwarze, ziemlich weite Hose und ein schwarzes T-Shirt entschieden. Nicht gerade der passende Aufzug für eine Februarnacht, aber inzwischen wusste ich ja, dass der Wolf keine Kälte empfand.

Ich schaltete das Neonlicht im Bad an und starrte verblüfft auf mein Spiegelbild: War das wirklich ich? Die gute alte Veronica, ohne eine Spur von Erschöpfung im Gesicht, mit glänzenden Augen und Alabasterhaut, von Kopf bis Fuß in Schwarz gekleidet wie eine Dark Lady. Veronica, wie ich sie nie zuvor gesehen hatte. Reifer. Selbstsicherer. *Schöner.*

Ich fühlte mich allmächtig.

Ich riss das Fenster auf, und der Windstoß, der im selben Moment hereinfegte, ließ mich erzittern bis auf die Knochen. Der Himmel war pechschwarz, noch ohne jede Spur von Nebelschwaden. Ich stieg auf das Fensterbrett, sog tief die Luft ein und rief den Wolf. Und diesmal kam er augenblicklich, als wäre es die natürlichste Sache der Welt: Ich spürte, wie er in mir explodierte, nein, wie er sich in mir öffnete wie die Blüte einer Blume, eine Entladung von Vitalität, die mich durchflutete und mir den Schleier des Alltäglichen vor den Augen wegriss, um die Welt mit Farben und Tönen und Empfindungen zu füllen.

Fast ohne es zu merken, fand ich mich auf dem Dach gegenüber wieder, und wie in der Nacht zuvor rannte ich mit dem Wind, während mein Herz so heftig schlug, als wolle es in meiner Brust explodieren. Nicht aus Überlastung oder Angst oder Wut, sondern aus simpler, reiner, unbändiger Freude. Schneller als ich erwartet hatte, war ich beim Haus des Conte gelangt: Da lag es vor mir, auf der anderen Straßenseite, mit seiner altmodischen Fassade und den schmalen, aneinandergereihten Fenstern, von denen eines offen stand. Offensichtlich war jemand zu Hause: Ich konnte eine Art Schimmer erkennen, der sich im Dunkel bewegte und der heller und sanfter war als der orangefarbene Lichtschein, den ich inzwischen kannte.

Ich überquerte die Straße und landete auf dem Fensterbrett. Um das Gleichgewicht nicht zu verlieren, klammerte ich mich mit beiden Händen ans Fensterbrett und kletterte ins Innere. Für die Augen des Wolfes war das Halbdunkel wie Tageslicht. Die zahllosen Dinge, die den Museumssalon bevölkerten, hoben sich klar und farbenfroh vor der holzvertäfelten Wand ab.

Die schimmernde Gestalt, die ich erahnt hatte, machte sich gerade am Tisch zu schaffen. Bei meinem Eintreffen hob sie vollkommen ruhig den Kopf, so als ob sie mich erwartet hätte: Es war Regina. Sie trug ein graues Kleid, das so unförmig war wie alle Kleider, die ich bisher an ihr gesehen hatte, aber ihre Haut war von einem weißen, fast silbrigen Licht übergossen, das mich unwillkürlich an eine Wasseroberfläche im Mondlicht denken ließ. Auch die Blumen in ihren Haaren funkelten wie ein Wasserfall aus winzigen Sternen, jeder einzelne entzündet von einem Glanz, der aus den Blütenblättern selbst zu strömen schien. In der Luft hing ein intensiver Duft, der mir unbekannt war und an Rose und Geißblatt erinnerte, aber keinem von beiden ganz entsprach. Und dieser Duft kam, ganz klar, von ihr.

Wir sahen uns einen langen Moment an, ich ganz bezaubert von ihrer Verwandlung, sie mit dieser Mischung aus Beklemmung und dem stummen, aber drängenden Bedürfnis, mir etwas mitzuteilen. Dann ging die Tür auf, und Conte Gorani, in einen barock anmutenden, dunkelroten Schlafrock gehüllt, hielt Einzug. Ich hätte niemals gedacht, dass es im einundzwanzigsten Jahrhundert noch jemanden gab, der so etwas tragen oder auch nur besitzen würde.

»Willkommen, Veronica.«

Als wäre sie weggeschickt worden, zog Regina sich umgehend zurück und verschwand, ohne mir die Zeit zu lassen, das Wort an sie zu richten. Erst da bemerkte ich, dass der Tisch gedeckt war: zwei Gläser, ein Teller Kekse, eine Karaffe mit Milch und zwei dampfende Tassen Schokolade. In der Mitte stand eine Vase mit einem kleinen Strauß blauer Veilchen.

Der Conte folgte meinem Blick. »Mach es dir bequem. Offensichtlich war Regina der Meinung, dies sei ein guter Abend für eine heiße Schokolade. Und ich habe nicht die Absicht, ihr zu widersprechen.«

Ich merkte, dass er meine nackten Arme anstarrte, und fühlte mich seltsamerweise peinlich berührt. Das Zimmer war gut geheizt, die Temperatur war sogar angenehmer als in meinem Schlafzimmer. Dieser Gedanke machte mir schlagartig bewusst, dass der Wolf sich schon wieder verabschiedet hatte. Es hatte genügt, nicht mehr an ihn zu denken, und schon hatte er sich wie ein diskreter Diener schweigend entfernt. Ich schüttelte den Kopf: War das alles schon so natürlich für mich geworden?

»Ist etwas nicht in Ordnung?«, fragte der Conte.

»Nein, nein. Nichts.« Ich setzte mich und warf einen staunenden Blick auf Kekse und Schokolade. Dann nahm auch der Conte Platz. »Es ist Regina, die immer alles vorbereitet, stimmt's?«, sagte ich zu ihm gewandt. »Sie ist es, die weiß, wann und wie ich ankomme.«

»Ja.«

»Kann sie in die Zukunft sehen?«

»Nun, man könnte es so ausdrücken. Aber in Wirklichkeit ist es viel komplexer. Ihr Wesen ist nicht mehr Teil des normalen Vergehens der Zeit: Vergangenheit, Gegenwart und Zukunft wechseln sich vor ihren Augen ab in einer Weise, die für uns unverständlich ist. Versuch mal, es dir in diesen Begriffen vorzustellen.« Er nahm eine Blume aus der Vase. »Was siehst du?«

»Ein Veilchen.«

»Dasselbe sehe ich auch. Regina hingegen sieht die Blume und zugleich den Samen, der sie hervorgebracht hat; sie sieht die Wurzel, aus der sie gewachsen ist, und die Samen, die sie später hervorbringen wird. Sie sieht die Blumen, die aus diesen Samen entstehen werden, und gleichzeitig weiß sie, dass sie eine Zukunft sieht, die gar nicht existiert, weil diese Blume gepflückt wurde und ihre Samen nicht zu Boden fallen werden.«

Ich schüttelte den Kopf. »Aber wie kann sie dann dessen sicher sein, was sie sieht? Ich meine, wenn sie eine Zukunft sieht, die gar nicht stattfinden kann …«

»Es gibt nichts, dessen sie sicher ist, und das mit gutem Grund. Vergangenheit und Zukunft bieten dieselbe Gewissheit wie die Träume.«

Ich schwieg, einen Anker in der Wirrnis suchend: Wie immer hatten die Antworten des Conte die Macht, mich zu beunruhigen und gleichzeitig tausend neue Fragen aufzuwerfen.

Dann kam mir ein Gedanke. »Conte, woher wissen Sie, auf welche Weise Regina die Dinge sieht, wenn sie es Ihnen nicht erklären kann?«

Er nickte anerkennend. »Eine gute Frage, Veronica. Eine weise Frage. Die Antwort wäre jedoch geradezu unerhört komplex und würde zu viel deiner wertvollen Zeit beanspruchen. Um es einfach zu machen: Dank unseres langen Zusammenlebens ist es uns gelungen, uns auch ohne Worte recht gut zu verständigen.«

Ich nickte, ohne mir sicher zu sein, dass ich verstanden hatte. Statt weiter in ihn zu dringen, beschloss ich, zum Grund meines Besuchs zurückzukehren.

»Conte, Sie wissen, wer den Wolf verfolgt hat, in der Nacht, in der er mich angefallen hat, nicht wahr? Sie wissen, wer diese Jäger sind.«

»Nein, das weiß ich nicht. Aber ich kann es mir vorstellen. Sie trugen die Peitschen der Luperci.«

»Ja.«

»Dann können es nur Luperci sein.«

»Aber wurden die Riten des Lupercal nicht vor tausendfünfhundert Jahren verboten?«

»Nur sehr selten in der Geschichte der Menschheit hat es genügt, einen Kult oder einen Ritus zu verbieten, um sein Ende herbeizuführen. Der Mensch, das ist richtig, hat ein kurzes Gedächtnis, aber die Symbole halten sich in den Tiefen seines Geistes mit einer Hartnäckigkeit, die für ihn selbst unverständlich ist. Und auf diese Weise überleben die Traditionen die Jahrtausende.«

»Also auch die Riten des Lupercus?«

Der Conte nickte. »Sehr wahrscheinlich. Es wäre nicht die erste heidnische Tradition, die die Christianisierung Europas überlebt hat. Im Gegenteil, die Beispiele lassen sich kaum zählen. Das Christentum hat mit vollen Händen aus den Religionen geschöpft, die ihm vorausgegangen sind, und alles aufgesaugt, was es nicht erfolgreich bekämpfen konnte: Kirchen, die auf antiken Kultstätten errichtet wurden, heidnische Feste, die man in den Kalender integrierte, uralte Riten, die sich mit der Liturgie vermischten. Und gleichzeitig haben sich die Kulte selbst einen Weg durch die Jahrhunderte gebahnt, in aller Heimlichkeit, sich immer mehr ausdünnend, aber trotzdem der Zeit widerstehend: Winzige Geheimgesellschaften reichten die Riten im Licht der Fackeln weiter, an heimlichen Treffpunkten, etwa unter der Erde oder in den Tiefen der Wälder. Warum sollte mit den Luperci nicht dasselbe geschehen sein?«

Ich ließ die Worte des Conte schweigend auf mich wirken, und angesichts der Bedeutung, die das für mich hatte, wurde mir das Herz schwer.

»Dann gibt es also da draußen jemanden, der mich jagt«, murmelte ich endlich.

Der Conte schwieg für eine lange Weile. »Ja, das ist möglich. Aber bevor du der Angst Raum gibst, sind da andere Aspekte, die es zu betrachten gilt – vor allem anderen die Tatsache, dass diese Luperci nicht wissen, wo sie dich finden können.«

Unvermittelt schoss mir ein Gedanke durch den Kopf, der mich zu Tode erschreckte. »Das Aconitum …«

Der Conte hob eine Augenbraue. »Was sagtest du?«

»Der Eisenhut, der Würgling!« Ich berichtete von meiner Begegnung mit der Blume im Umkleideraum des Schwimmbads, und davon, dass ich kurz zuvor irgendwas aus dem Augenwinkel gesehen hatte.

Der Mund des Conte verzog sich zu einer schmalen, geraden

Linie. »Das ist keine gute Nachricht. Sie haben dich auf die Probe gestellt. Sie wissen, wer du bist.«

Ich fühlte einen Kloß im Hals. »Inwiefern auf die Probe gestellt?«

»Mit dem Aconitum. Sie haben ihn da hingelegt, wo du ihn auf jeden Fall anfassen würdest, weil sie Sicherheit haben wollten, dass der Wolf wirklich in dir ist.« Seine grünen Augen suchten die meinen. »Der Eisenhut wird seit Menschengedenken gegen die Wölfe eingesetzt und steckt voller symbolischer Bedeutungen. Der Wolf kann sich den Mächten nicht entziehen, die der Mensch ihm zum Feind erkoren hat, denn das ist die Natur des Tauschs: Indem der Wolf immer größere Macht über die Menschen gewinnt, gibt er ihnen unweigerlich die Möglichkeit, auch ihrerseits Macht über ihn zu erlangen, ob ihm das gefällt oder nicht.«

Es gelang mir nur zum Teil, seinen Worten zu folgen: In meinen Ohren dröhnte es. »Sie wussten, in welches Schwimmbad ich gehe, wie meine Tasche aussieht …«

»Ich schließe daraus, dass es jemandem gelungen ist, dir nach der Attacke des Wolfes zu folgen. Sie haben dich aus der Ferne beobachtet und auf den richtigen Moment gewartet, um sich dir zu nähern.«

»Dann war also das, was ich in der Umkleide wahrgenommen habe …«

»Einer von ihnen. Offensichtlich gehört zu ihren geheimen Überlieferungen auch die Fähigkeit, sich unsichtbar zu machen, so wie es die Unterirdischen zu tun vermögen und die, die auf ihre sterbliche Natur verzichtet haben.«

Dann konnten sich also auch normale Menschen unsichtbar machen. Diese Information gab mir ein wenig Hoffnung, denn eine solche Art von Täuschung funktionierte bei mir ja nicht mehr, wenn ich mit den Augen des Wolfes sah. Wer auch immer meine Feinde waren, wenigstens hatten sie jetzt eine Waffe weniger zu ihrer Verfügung.

Dennoch blieb da die Tatsache, dass sie meine täglichen Wege kannten, dass sie wussten, wer ich war und wo ich lebte …

Ich appellierte an den verbliebenen Rest meiner Selbstkontrolle: Ich musste ruhig bleiben, denn ich hatte noch ein paar wichtige Fragen an den Conte.

»Ich habe ein wenig über diese Strigen recherchiert, die Sie letztes Mal erwähnt haben.«

Das kurze Aufblitzen im Blick des Conte entging mir nicht.

»Dem Internet zufolge ist *Strix* die lateinische Bezeichnung für einen nächtlichen Raubvogel, aber auch für ein Wesen aus der römischen Mythologie, eine Art Mischung aus Hexe und Vampir. *Strega,* das italienische Wort für Hexe, kommt also möglicherweise genau daher.« Ich zog eines meiner Blätter heraus und ließ die Augen über die gedruckten Zeilen wandern. »Ein Wesen, das den Legenden nach die Friedhöfe besuchte und Leichen raubte, um sie zu verschlingen, und das manchmal auch Lebende angriff, um ihr Blut zu trinken.«

»Grundlegend korrekt, aus der Sicht des Volksglaubens. Sie finden in vielen Werken der klassischen Antike Erwähnung und auch im Mittelalter.«

Ich hob den Blick und sah ihm in die Augen. »Und sie waren in jener Nacht an meinem Fenster?«

Der Conte senkte nachdenklich den Blick auf die Tasse in seinen Händen. »Das ist die wahrscheinlichste Schlussfolgerung.«

»Aber *was* sind sie? Kann man sie mit dem Wolf vergleichen?«

»Nur zum Teil. Es ist gut möglich, dass auch sie in früheren

Zeiten menschlich waren. Aber wir sprechen hier von einer Epoche, die so weit zurückliegt, dass die Nebel der Legendenbildung sie schon verschlungen hatten, als sich die menschliche Zivilisation noch in den Kinderschuhen befand.« Er drehte die Tasse in seiner Hand. »Wesen wie die Strigen haben fast immer an der Seite der Menschen gelebt und in der Regel die eigene Gegenwart verborgen. Wie der Wolf fühlen sie sich von uns angezogen, aber im Unterschied zu ihm ist ihr Interesse nicht den Lebenden zugewandt.«

»Deshalb soll ich mich von Friedhöfen fernhalten.«

»Richtig. Auf Friedhöfen finden sie, was sie suchen, genauso wie etwa auf Schlachtfeldern, an allen Orten, wo Blutbäder stattgefunden haben, und überall dort, wo der Tod herrscht.«

Ich versuchte, die aufsteigende Übelkeit zu ignorieren. »Aber was genau suchen sie? Das Fleisch der Toten, wie die Legende sagt? Das Blut?«

»Die Erinnerungen.«

Die Antwort überraschte mich. »Die Erinnerungen?«

»Das, was das Bewusstsein hinter sich lässt, wenn es definitiv erlischt. Den Abdruck des Geistes auf dem Gespinst der Realität.« Das Unverständnis, mit dem ich ihn ansah, blieb ihm sicher nicht verborgen. »Erinnerst du dich noch, als du im Ossarium meine Hand ergriffen hast?«

Ich nickte. »Ich habe … so was wie Flüstern gehört. Unendlich viele flüsternde Stimmen.«

»Der Übergang vom Leben zum Tod ist etwas sehr Komplexes. Wenn ein Sterblicher den letzten Atemzug aushaucht, lässt er vieles in der irdischen Welt zurück: Der physische Teil, sein Körper, ist der evidenteste, aber es gibt andere, feinere Überbleibsel, die nicht jeder wahrnehmen kann. Manchmal, wenn der Tod im Zusammenhang mit einer schrecklichen Emotion erfolgt, ist die psychische Spur so intensiv, dass sie für jedermann sichtbar wird: Das ist der Grund für all die Geschichten von Geistern und Opfern eines gewaltsamen Todes, die aus dem Jenseits zurückkehren und Rache suchen. Aber *jeder* Tote, auch der anonymste, hinterlässt eine Spur, die, so sie ungestört bleibt, die Zeiten überdauert, durch Jahrzehnte und Jahrhunderte hindurch, sich in einigen Fällen sogar noch verstärkend. Und wer das Talent dazu hat, kann mit ihr in Kontakt treten.«

»Die Stimmen der Toten hören«, murmelte ich. »Mit den Geistern sprechen.«

Der Conte setzte sein undurchschaubares Lächeln auf. »Dass es zu einem Gespräch kommt, ist ziemlich selten. Bei den wenigsten Toten ist genug Persönlichkeit erhalten, dass sie einen Dialog führen könnten. Aber wenn man ihnen zuhört, lernt man viele Dinge.«

Ich versuchte mir vorzustellen, was eine solche Erfahrung beinhalten könnte. »Erzählen sie etwa ihre Lebensgeschichten? Geben sie Erinnerungen an ihr Leben preis?«

»Nicht nur das. Es gibt viele Geheimnisse, die die Augen der Lebenden nicht durchdringen können und die Lippen aus Fleisch und Blut nicht in der Lage sind zu erzählen …«

Ich wartete, dass er fortfuhr, aber er schwieg.

»Und die Strigen … *verschlingen* diese Geister?«

Der Conte nickte. »Sie verschlingen die Überreste der Persönlichkeit, bis hin zur kompletten Auslöschung. Daher hast du ganz recht: Man kann sehr wohl sagen, dass sie die Toten verschlingen.«

»Und warum tun sie das?«, fragte ich mit versagender Stimme.

»Wer weiß das schon? Vielleicht aus demselben Grund, der den Wolf und ähnliche Kreaturen antreibt, die Welt der Sterblichen immer wieder aufzusuchen: Weil sie den innigen Wunsch haben, herauszufinden, was Menschlichkeit bedeutet, weil sie verstehen möchten, was es heißt, Mensch zu sein.«

Ich schüttelte den Kopf und versuchte, den Faden meiner Gedanken wiederzufinden. »Aber was wollten sie dann von *mir*, wenn sie sich nur für die Toten interessieren?«

»Genau das frage ich mich auch. Möglich ist, dass die Rückkehr des Wolfes sie einfach neugierig gemacht hat: Trotz aller Unterschiede gehört er genau wie sie zur alten Welt, und sie teilen mit ihm die Erfahrung eines Daseins an der Grenze zwischen den Welten. Und ebenso wie es eine Verbindung zwischen allen übernatürlichen Dingen gibt, gibt es sicherlich auch eine zwischen den Strigen und Lupercus.«

»Und … wie gefährlich sind diese Strigen?«

Der Conte sah mir fest in die Augen. »Sehr gefährlich, für ein lebendes Wesen.«

Ich zwang mich, unbeweglich zu bleiben. Vor kaum zwei Stunden hatte ich in den Spiegel gesehen und mich unbesiegbar gefühlt; jetzt wusste ich, dass mir nicht nur heilige Jäger auf den Fersen waren, sondern auch eine Horde monströser Kreaturen, die die Macht hatten, meine Seele zu verschlingen.

Der Conte sah mich weiter an, unerschütterlich wie immer.

»Was kann ich jetzt tun? …«

»Aufpassen, und dich verteidigen, wenn es notwendig wird.«

»Mich verteidigen?« Das Wort hatte einen seltsamen Klang, sogar für meine Ohren.

»Veronica, du bist der *Wolf*. Denkst du, das ist bedeutungslos? In der Antike hätte man gesagt, dass du von einem Gott berührt wurdest. Mit der Zeit werden deine Stärken immer mehr zunehmen, und deine Sinne mit ihnen. Schon jetzt siehst du so gut, wie du nie zuvor gesehen hast, und es wird dir nicht entgangen sein, dass diese Fähigkeit wächst.«

Ich dachte darüber nach und merkte, dass er recht hatte: Das erste Mal, als ich Regina durch die Augen des Wolfes gesehen hatte, war sie von dem orangefarbenen Lichtschein umhüllt gewesen, der auch alle anderen umgab, aber heute Abend hatte ich noch viel mehr in ihr gesehen.

»Das Wesen, das in dir lebt, gehört zur Welt des Immateriellen«, fuhr der Conte fort. »Wenn du lernst, seine Sinne zu gebrauchen, wirst du Dinge entdecken, die weit über deine Vorstellungskraft hinausgehen: Du wirst die Spinnweben der Existenz sehen, die den Himmel und die Erde verbinden, du wirst die Vibration des menschlichen Herzens spüren, du wirst die geheimen Türen der Realität erkennen. Die Luperci können dir wehtun, denn sie kennen die richtigen Symbole, aber du bist ihnen nicht schutzlos ausgeliefert. Vergegenwärtige dir, dass sie versuchen werden, dich tagsüber anzugreifen, weil der Wolf in der Nacht stärker ist. Und das ist alles andere als einfach im Herzen einer Großstadt. Was die Strigen betrifft, so folge meinem Rat und vermeide die lichtlosen Orte: Noch mehr als das unterirdische Volk lieben sie die Dunkelheit, und spärlich beleuchtete Friedhöfe sind ihre natürlichen Aufenthaltsorte. Für alles andere folge deinem Verstand und deinem Instinkt, und vergiss nicht, dass ich immer für dich da bin.«

Ich gehorchte sofort: Ich folgte meinem Instinkt und warf ihm die Arme um den Hals. Der Conte war so überrascht von dieser überschwänglichen Geste, dass er ganz steif wurde. Ich musste lachen, aber ich ließ ihn nicht los.

»Danke«, murmelte ich, die Stirn an seine Schulter gelehnt.

Mit einem langen Seufzer entspannte er sich und legte mir ganz sacht eine Hand auf den Rücken. Ein paar Sekunden lang blieben wir so stehen, dann löste ich mich von ihm: Ein seltsamer Ausdruck lag in seinem Gesicht, aber ich konnte ihn nicht dazu bringen, mir in die Augen zu sehen.

»Trink deine Schokolade und geh dann nach Hause«, mahnte er mich mit ruhiger Stimme. »Ich muss annehmen, dass deine Eltern im Hinblick auf deine nächtlichen Ausflüge nicht auf dem Laufenden sind, und sollten sie davon Wind bekommen, würden die Konsequenzen sicherlich niemandem gefallen.«

Kapitel 19

Samstag, 21. Februar
Abnehmender Mond

Ich verbrachte den ganzen Vormittag damit, mit Irene im Flüsterton zu diskutieren, was ich zu der Verabredung mit Ivan anziehen sollte. Wir überlegten, bewerteten, sortierten aus und kamen am Ende zu dem übereinstimmenden Urteil, dass meine desolate Garderobe nur zwei oder drei Möglichkeiten ließ, die es wert waren, in Betracht gezogen zu werden. Also verabredeten wir, dass ich am Nachmittag alle gemeinsam erdachten Kombinationen durchprobieren würde, um mich dann mit dem Handy selber zu fotografieren und die Fotos mit ihr auf MSN zu begutachten.

Als ich mich nach dem Unterricht am Schultor von Irene trennte, merkte ich plötzlich, dass Alex nur wenige Schritte hinter mir war. Ich drehte mich um, und wir musterten einander. Er war allein: keine Angela und Gefährtinnen, keine übliche Freundesclique. Mir fiel wieder ein, dass die drei Grazien auch am Tag zuvor in der Pause ohne Jungs im Schlepptau herumgelaufen waren. Ich hatte mir aber zunächst keine weiteren Gedanken darüber gemacht.

Es war Alex, der mit einem »Hallo« das Schweigen brach.

Er war nervös, ich hatte ihn noch nie so gesehen und es gefiel mir nicht.

»Hallo.«

»Hör mal … Es tut mir leid.«

Mein Herz rutschte zwei Etagen tiefer, und das Einzige, was ich herausbrachte, war ein »Was denn?«.

»… alles. Wegen neulich. Wie die Dinge zwischen uns gelaufen sind.«

Die Dinge zwischen uns?

Ich wollte schon zustimmend nicken und etwas sagen, aber ich tat es nicht. Ich sah ihn nur weiter schweigend an; nachdem der erste Moment meines inneren Tumults vorbei war, fühlte ich mich seltsam ruhig.

Auch er schien eigentlich weitersprechen zu wollen, blieb aber stumm, mit halb geöffneten Lippen. Seine Verlegenheit war offensichtlich.

»Wenn du willst … Wenn du Lust hast, können wir darüber reden, irgendwann. Wann immer du willst. Auch jetzt.«

»Nein.« Ich schüttelte den Kopf, und in seinen Augen erschien ein Funken Panik. »Nicht jetzt«, fügte ich hinzu. »Ich hab's eilig.«

»Ach so. Ja, sicher. Gut.« Er starrte auf einen Punkt in der Ferne. »Also … wann immer du willst. Du hast meine Nummer, nicht wahr?«

»Ja.« Ich machte Anstalten, mich umzudrehen und meiner Wege zu gehen: Ich wollte so schnell wie möglich von hier weg. Jede einzelne Sekunde dieses Gesprächs war wie ein Nadelstich auf der Haut. Dann kam mir jedoch ein Gedanke. »Alex, hast du Angela vielleicht schon mal dein Handy geliehen?«

Er schien verdutzt. »Ja, schon oft … Sie sagt immer, dass sie vergessen hat, ihres aufzuladen.«

Dann konnte also jede beliebige Botschaft, die von Alex' Telefon verschickt worden war, sehr gut auch von den zarten

Fingern des blonden Engels eingetippt worden sein. Ein weiterer Mosaikstein, der an seinem Platz landete, ein weiterer Verdacht, der sich bestätigte.

»Es ist spät, ich muss gehen. Ciao, Alex.«

»Ciao ...«

Ich wandte ihm den Rücken zu und ging davon, ohne mich noch mal umzudrehen. Meine Gedanken waren einzig und allein mit dem Abend beschäftigt, der vor mir lag.

Der Nachmittag wurde zu einem frenetischen Wechselspiel von Anproben, Umziehen, Selbstauslöser und Auswertungen mit Irene auf MSN – alles ohne Wissen meiner Mutter, die unter ständigem Geträller durch die Wohnung lief und sich kaum für das Treiben ihrer Tochter zu interessieren schien. Am Ende einigten Irene und ich uns auf sehr enge hellblaue Jeans und einen ebenfalls figurbetonten dunkelblauen Rolli. Um den Hals trug ich eine Kette mit prismaförmigem Kristallanhänger und fischte dann noch meine schwarzen Lackstiefeletten mit den hohen Absätzen aus dem Schrank. Ich zog sie zwar eigentlich nie an, weil sie eng und unbequem waren, aber heute Abend würde ich sie eben ertragen müssen: Sie machten mich ein paar Zentimeter größer und waren eleganter als die, die ich normalerweise trug.

Irene wünschte mir alles Glück der Welt und überschüttete mich mit einer Flut an Ratschlägen und Komplimenten: »Beruhige dich, du siehst wirklich toll aus!«; »Komm bloß nicht zu spät nach Hause. Wenn du nicht genug schläfst, wird man es dir morgen ansehen, und dann werden deine Eltern misstrauisch ...«; »Nein, du siehst nicht verlottert aus, du brauchst nur die Falten da etwas glatt zu streichen«; »Achte darauf, was er mit seinen Händen macht: Daran erkennt man, ob ein Junge nervös ist«; »Ich hab dir doch gesagt, dass du gut aussiehst, vertrau mir, du wirst ihm sicher den Kopf verdrehen!« et cetera, et cetera. Schließlich überließ sie mich meinem Schicksal, während ich sehnsüchtig und mit wild pochendem Herzen auf den Moment wartete, in dem ich mich aus dem Fenster davonstehlen konnte.

Es schien eine Ewigkeit zu dauern, bis es nach dem Abendessen in der Wohnung still wurde. Kurz nach elf zog ich mich im Dunkeln an, schlüpfte lautlos wie ein Nachtfalter in mein Badezimmer und brachte alle meine spärlichen Kosmetikkenntnisse zum Einsatz: Lippenstift, Kajal, Make-up … Das Resultat war katastrophal: Ich hatte es absolut übertrieben. Ich schrubbte mir wie wild das Gesicht, während die Minuten unerbittlich verstrichen, und fing wieder von vorn an. Diesmal achtete ich darauf, nicht zu viel Schminke aufzutragen, aber auch nicht unbedingt so auszusehen, als wäre ich soeben aus dem Bett gestiegen.

Nachdem das Ergebnis akzeptabel schien, bürstete ich mir die Haare, legte meine silbernen Glücksohrringe mit den Obsidiansteinen an und betrachtete mich von allen Seiten: Ich fand mich entschieden in Ordnung, ein klein bisschen älter und *vielleicht* sogar sexy. Wenn ich nicht so verängstigt ausgesehen hätte wie vor einer Bühnenprobe, wäre das Ergebnis noch besser gewesen …

Ich schnappte mir die einzige Handtasche, die ich besaß – ein Geschenk meiner Mutter, das gut passte, weil sie unbenutzt war und also nigelnagelneu schien –, kontrollierte, ob meine Zimmertür geschlossen war, öffnete das Fenster, und einen Moment später flog ich ein weiteres Mal frei durch die Nacht. Ich hielt nur einen Moment inne, um die Stiefeletten auszuziehen und sie mit Gewalt in die Tasche zu stopfen. Nicht einmal ein Wolf konnte mit solchen Absätzen über die Dächer rennen.

Gerade noch rechtzeitig war ich am Domplatz. Wie erwartet wimmelte es hier nur so von Menschen und brennenden Lichter. Ich war gezwungen, auf eine der Seitenstraßen auszuweichen und mir ein möglichst verlassenes Gässchen zu suchen, um auf der Erde zu landen. Als ich schließlich wieder zu Fuß auf der Piazza ankam, war ich definitiv zu spät, aber Irene hatte mir mehrfach wiederholt, dass ich mir deswegen keine Sorgen zu machen brauchte: Auch das gehörte ihrer Meinung nach zur Kunst der Verführung.

Unschlüssig ging ich auf die Treppen vor der Kathedrale zu, auf der überall verstreut kleine Grüppchen von Jugendlichen saßen und schwatzten, rauchten und lachten. Ich sah mich suchend nach Ivan um, aber schließlich war er es, der mich zuerst fand, denn während ich noch ratlos dastand, sagte eine Stimme hinter mir: »Klopf, klopf.«

Ich lächelte, drehte mich aber nicht um. »Wer ist da?«

»Der Mann, den ihr alle wenigstens einmal im Leben treffen möchtet.«

»Edward Cullen?«

»Besser!«

»Keine Übertreibung, bitte!«

Ich hörte, wie er lachte, und drehte mich zu ihm um. Er trug schwarze Jeans und ein weißes Hemd mit offenem Kragen, und er hatte seine übliche Jacke mit einem Trenchcoat aus schwarzem Leder vertauscht, der ihm wieder einmal das Aussehen eines Helden verlieh, der nicht so recht ins einundzwanzigste Jahrhundert zu passen schien. Die Haare fielen ihm offen auf die Schultern, schwarz wie der Nachthimmel hinter ihm, und in diesem Moment schien er mir so schön, dass mir der Atem stockte.

Seine Augen funkelten, während er mich von Kopf bis Fuß musterte. »Wow, du siehst wirklich gut aus heute Abend.«

»Danke«, murmelte ich. »Du auch … du siehst auch nicht schlecht aus«, fügte ich schnell hinzu.

Sein Lächeln wurde breiter. »Und, was wollen wir uns ansehen?« Er machte eine ausladende Geste. »Es wimmelt hier nur so von Kinos, da ist für jeden Geschmack was dabei.«

Wir gingen eine Weile nebeneinander, unterhielten uns und sahen uns die Kinoprogramme an. Ivan blieb vor der Werbung für einen Film stehen, der gerade herausgekommen war und irgendwas mit Vampiren und Werwölfen zu tun hatte. Ich bekam Gänsehaut und schüttelte den Kopf.

Ivan hob eine Augenbraue. »Ich hätte geschworen, dass du der Typ Mädchen bist, dem Horrorfilme gefallen.«

»Im Prinzip ja.« Ich schwieg einen Moment. »Aber ich mag keine Vampire.«

»Okay«, versetzte er, ohne die Ruhe zu verlieren.

Das nächste Kinoplakat kam mir irgendwie bekannt vor. »Oh, das Remake von *Freitag der 13.*«, grinste Ivan. »Das Original ist von 1980 und sehr berühmt: Wenn es einen König unter den Klassikern des *Slasher*-Films gibt, dann ist es dieser Film.«

Er warf mir einen ziemlich skeptischen Blick zu, aber ich nickte.

»Kannst du wirklich verantworten, dass ich einen solchen Fehltritt begehe und ein Mädchen bei der ersten Verabredung in einen Film führe, der von wahnsinnigen Mördern und hingemetzelten Jugendlichen handelt?«

Ich hielt seinem Blick stand. »Hast du das schon mal gemacht?«

»Was?«

»Ein Mädchen bei der ersten Verabredung in einen solchen Film geführt.«

»Nein.«

Ich lächelte. »Es gibt immer ein erstes Mal.«

Er schüttelte den Kopf und lächelte seinerseits. »Ich wusste es.«

»Du wusstest was?«

»Dass du einzigartig bist.«

Ich fühlte einen warmen Schauder über den Rücken laufen, sagte aber nichts.

Der Film stellte sich als ziemlich langweilig und nicht mal besonders gruselig heraus, aber das war uns ziemlich egal. Wir waren mehr damit beschäftigt, miteinander zu flüstern und zu kichern, was uns von den umliegenden Sesseln mehrere Rüffel einbrachte. Als wir aus dem Kino kamen, waren wir hungrig und durstig, und so führte mich Ivan in ein nahegelegenes Lokal; aber dort war die Musik so laut und die Lichter der Scheinwerfer so grell, dass wir schließlich im Freien auf einer Bank landeten und uns immer noch plaudernd eine Dose Bier teilten. Wir scherten uns nicht um die Kälte und sahen zu, wie unser Atem in weißen Wölkchen in die Luft stieg.

Eher zufällig stellte ich mit einem Blick auf mein Handy fest, dass es schon nach drei war.

»O Mist …«

»Was ist?«

»Es ist verdammt spät geworden.«

»Im Ernst?« Auch er sah auf die Uhr. »Wie schade. Soll ich dich heimbringen?«

Nein!, hätte ich antworten wollen. *Nein, ich will nicht, dass es schon vorbei ist …*

»Danke, ja«, sagte ich stattdessen.

Wir gingen zu seinem Auto, und Ivan lotste uns durch die matt beleuchteten nächtlichen Straßen, auf denen kaum noch jemand unterwegs war.

»Wann sehen wir uns wieder?«, unterbrach er unvermittelt das minutenlange Schweigen.

»Im Schwimmbad.«

»Nur dort?«

Ich grinste vor mich hin. »Nein. Nicht nur dort, wenn du willst.«

Er schwieg wieder für einen langen Augenblick. »Am nächsten Mittwoch sehe ich mir vormittags eine spätantike Krypta im Zentrum an. Es ist die erste, die ich für meine Abschlussarbeit besichtigen muss. Hast du Lust, nach Schulschluss vorbeizuschauen? Von deiner Schule aus sind es nur vier Haltestellen mit der Metro.«

Mein erster Gedanke war, dass ich dann zu spät nach Hause kommen würde. Mein zweiter, dass ich ja immer noch eine Ausrede erfinden konnte.

»Ich werde da sein.«

Er lächelte und nickte, immer noch ohne mich anzusehen, die Augen auf die Straße geheftet. »Dann warte ich also auf dich.«

»Wo befindet sich diese Krypta?«

»Piazza Missori. Sie ist alles, was von der Kirche San Giovanni in Conca noch übrig ist.«

»Und was ist so besonders daran?«

»Oh, das wirst du verstehen, sobald du sie siehst.« Er zögerte, als wäre er nicht sicher, ob er das Gespräch fortsetzen wollte. Wahrscheinlich hatte er Angst, mich zu langweilen. »Sie ist sehr alt; in ihrem Inneren wurden Fragmente von Mosaiken und Skulpturen aus dem vierten Jahrhundert gefunden. Einer Mailänder Legende nach war die Krypta ein Mithräum, bevor man darüber eine Kirche gebaut hat.«

»Ein was?«

»Ein Mithräum, ein unterirdischer Tempel, der dem Gott Mithras geweiht ist.«

Ich schüttelte den Kopf. »Von dem habe ich noch nie gehört.«

»Das ist eine Gottheit aus dem Vorderen Orient, persischer Herkunft wahrscheinlich. Sein Kult war in den ersten Jahrhunderten nach Christus im Römischen Reich weitverbreitet; vor allem unter römischen Soldaten war er sehr populär. Es handelt sich um einen Mysterienkult, der aus geheimen Zeremonien und Ritualen besteht und zu dem nur wenige Initiierte zugelassen waren. Die Feiern fanden immer unter der Erde statt, entweder in natürlichen Grotten oder eigens dafür ausgehöhlten Räumen.« Er schwieg einen Moment. »Mithras war der Vater des Lichts, der Gott, der am Ursprung der Welt die Dunkelheit und ihr wildes Getier unterworfen hatte; seine Getreuen hatten geschworen, ihr Leben dem Kampf gegen das Böse in allen seinen Ausformungen zu widmen. Aus diesem Grund liebten gerade die Krieger diesen Gott.«

Ich dachte, dass einer wie er kein geeigneteres Thema für seine Abschlussarbeit hätte finden können. Ich wollte gerade zu einer Antwort ansetzen, als mir aufging, dass wir schon fast an meinem Haus waren, und so bat ich ihn ziemlich abrupt, mich abzusetzen.

Er warf mir einen überraschten Blick zu. »Sicher? Willst du nicht, dass ich dich zur Tür bringe?«

»Nein, mach dir keine Sorgen. Von hier sind es nur noch ein paar Meter zu Fuß.« Es wäre ziemlich unpassend gewesen, wenn er zugesehen hätte, wie ich durchs Fenster einstieg.

»Okay.«

Er fuhr an den Straßenrand, machte den Motor aus und drehte sich zu mir. Ich erwiderte seinen Blick, und mir wurde plötzlich bewusst, dass etwas zwischen uns anders geworden war. Aber was? Wenn ich nur …

Ivan beugte sich zu mir herüber und küsste mich.

Ohne Zögern, ohne Vorwarnung umfasste er mein Gesicht mit den Händen und küsste mich. Der Duft seiner Haut und die Wärme seiner Lippen durchströmten mich, ich spürte seine Zungenspitze an der meinen. Einen Moment lang wurde ich von absoluter Panik erfasst. Aber wirklich nur einen sehr kurzen Moment lang. Dann schmolz ich wie Eis in den Flammen.

Ich kann nicht sagen, wie lange es dauerte. Vielleicht vier Sekunden, vielleicht vier Stunden. Aber es endete völlig unerwartet: Ivan löste sich mit einem Ruck und wich zurück. Ich öffnete die Augen und sah direkt in die seinen, die mich fixierten, und der Ausdruck in ihnen war verwirrt und erschrocken und voll von einer Traurigkeit, die mich wie ein Messerstich traf.

»Entschuldige …«, keuchte er.

Ich schüttelte den Kopf. »Aber wieso denn? Ich hab dich doch nicht …«

»Geh, Veronica!«, unterbrach er mich und starrte durch die Windschutzscheibe auf die leere Straße.

Ich fand keine Worte.

»Geh nach Hause. Wir sehen uns Mittwoch. Ciao.«

Ich glitt aus dem Auto und schloss die Tür hinter mir; er startete sofort den Motor und fuhr davon.

Es verging ziemlich viel Zeit, bevor es mir gelang, die Beine zu bewegen. Auf dem Weg zu meinem Haus glühte meine Haut in der kalten, beißenden Nachtluft. Fast ohne es zu merken, rief ich den Wolf, und die Kälte verschwand sofort. Ich roch Ivans Geruch an meinem Körper, so intensiv, wie es für ein menschliches Wesen nie möglich sein würde; es war ein weicher Geruch, nach junger Haut und Moos. Ich hatte ihn an den Händen, den Haaren, den Lippen.

Ich war fast zu Hause, aber die Vorstellung, in mein Zimmer zurückzukehren und mich einfach ins Bett zu legen, machte mich ganz verrückt. Mit einem Sprung hüpfte ich auf ein Gittertor, von dort weiter auf einen Mauervorsprung und dann auf das Dach des nächsten Gebäudes.

Ich merkte erst, was ich getan hatte, als ich von oben auf die Straße unter mir blickte. Ein Absatz meiner Stiefeletten war abgebrochen, aber das war mir völlig egal; ich ließ Tasche und Schuhe einfach auf den Dachziegeln liegen und schoss dann los wie ein Pfeil unter dem schwarzen Himmel, in der einzigen Hoffnung, dass mein Lauf und der Wind jeden Gedanken aus meinem Kopf fegen würden.

Als ich mich etwas ruhiger fühlte, kam mir die Idee, einen Blick auf Giadas Haus zu werfen, einfach nur um zu sehen, wo es sich befand. Geführt von dem untrüglichen Instinkt, über den ich mich inzwischen nicht mal mehr wunderte, bewegte ich mich auf die Peripherie im Süden Mailands zu und erreichte in kurzer Zeit mein Ziel. Giada wohnte am Ende einer Straße mit frei stehenden Reihenhäusern, in einem cremefarbenen, zweistöckigen Gebäude. Es sah genauso aus wie die anderen Häuser neben ihm und war – genau wie alle anderen – von einer hohen Hecke umgeben und durch einen Gitterzaun von der Straße abgetrennt. Die Haustür war von einem niedrigen Vordach überwölbt, unter dem zahlreiche Blumenvasen standen. Die Fensterläden hatten eine unangenehm rötlich braune Farbe.

Es war kein Problem für mich, die Hecke zu überwinden: Ich hüpfte einfach in den Garten und kroch zwischen die dunklen Büsche, um zu lauschen. Ich hörte aus der Ferne das Rumpeln eines einsamen Autos und in meiner Nähe, das Summen von elektrischen Leitungen und das leise Tropfen eines lecken Wasserrohrs, das wer weiß wo in den Tiefen der Wände verborgen war. Ansonsten Stille.

Ich glitt unter das Vordach und ließ zu, dass die Sinne des Wolfes mir diktierten, was ich zu tun hatte. Ich bückte mich hinunter auf die Schwelle und schnüffelte mit geschlossenen Augen: Menschengeruch, sehr intensiv, drang wie unsichtbare Rauchschwaden durch die Türritzen. Drei Personen, zwei Frauen und ein Mann, und eine der beiden Frauen viel jünger als die andere; offensichtlich war Giada ein Einzelkind.

Ich bewegte mich lautlos um das Haus herum und atmete vor jedem Fenster tief ein, ich würde Giadas Zimmer ohne Zweifel erkennen können.

Als ich an einem Fenster vorbeikam, das kleiner war als die anderen, ging dahinter ein Licht an. Ich zuckte zurück und drückte mich flach auf den Rasen. Jemand bewegte sich im Inneren des erleuchteten Raums: In der Stille hörte ich einen Menschen atmen.

Ich rückte wieder näher, unter das Fensterbrett geduckt, und hob dann ganz langsam den Kopf, um durch die Ritzen des Fensterladens ins Innere zu lugen: ein Fußboden, weiße und hellblaue Keramikfliesen an der Wand, der gekrümmte Rand eines Waschbeckens – das Badezimmer ganz offensichtlich. Und da war auch das dunkle Profil eines Kopfes, gleich neben dem Fenster.

Ich holte Luft und konzentrierte mich, während ich durch

die Ritzen dem menschlichen Geruch nachschnüffelte: weiblich, jung und sehr gesund. Giada.

Innerhalb von Sekundenbruchteilen nahm in meinem Kopf ein Gedanke Gestalt an. Es war eine verrückte Idee, die mir – so möchte ich zumindest glauben – unter normalen Umständen nicht mal ansatzweise in den Sinn gekommen wäre. Aber dies waren keine normalen Umstände. Ich spürte, wie sich das Blut des Wolfes in meinen Venen aufheizte, eine Art Stromstoß, der mir eine Gänsehaut machte.

Ich war nicht deswegen hergekommen, sicher nicht! Eigentlich war ich nur hier, um herauszufinden, wo Giada wohnte, um sie vielleicht demnächst mal am Abend abzupassen, entweder hier vor ihrem Haus oder in einer Gasse in der Umgebung …

Du kannst es tun, Veronica. Warum warten? Das ist deine Gelegenheit! Willst du sie etwa verstreichen lassen? Und wenn du keine andere mehr bekommen solltest?

Ich würde schnell sein müssen wie der Blitz: Ein Haus wie dieses hatte zweifellos eine Alarmanlage. Konnte ich das schaffen oder überstieg das meine Fähigkeiten? Ich hatte keine Ahnung. Aber wenn ich es jetzt nicht probierte …

Als ich das Wasser im Spülkasten rauschen hörte, wusste ich, dass der Moment gekommen war.

Mit einem kraftvollen Karateschlag hieb ich auf den Fensterladen ein: Das Holz knackte, splitterte und flog in alle Richtungen davon. Der Fensterladen war offen. Ich spürte nicht viel mehr als ein leicht unangenehmes Gefühl auf der Haut, keinen wirklichen Schmerz. Der Schatten hinter dem Fenster fuhr hoch. Einen Augenblick später war ich schon durch die Scheibe gesprungen und hatte sie in tausend Stücke zerbrochen.

Ich rollte auf dem Badezimmerfußboden durch einen Wasserfall aus Scherben, richtete mich in einer einzigen Bewegung wieder auf und fand mich mit dem Rücken an der Tür wieder: perfekt. Mit einem Handstoß drehte ich den Schlüssel im Schloss und verriegelte die Tür. Dann drehte ich mich zu Giada um, die zwischen Waschbecken und Toilette im Nachthemd auf den Knien lag und mich anstarrte. Eins wusste ich sofort: Ich hatte nie in meinem Leben so viel Unglauben und Entsetzen in einem Gesicht gesehen.

Meinem Instinkt folgend kauerte ich mich auf den Boden, die Fäuste geballt und die Lippen straff gezogen, die Zähne gefletscht. So starrten wir uns in die Augen, ich und das Mädchen aus meiner Klasse. Wir sahen uns jeden Morgen, jeden einzelnen Schultag, seit Monaten, aber was Giada in diesem Moment sah – das war nur allzu deutlich – hatte nichts mit Veronica Meis zu tun. Oder überhaupt mit einem menschlichen Wesen.

Irgendwo im Haus war das Heulen eines Alarms und das nachfolgende Poltern von Schritten zu hören.

Die Worte, die ich nun zwischen den Zähnen hervorstieß, klangen selbst in meinen Ohren eher wie ein Knurren. »*Was hast du an jenem Abend mit mir gemacht*?«

Giadas Augen wurden noch größer, aber es kam kein Laut über ihre Lippen.

»*Was war in meinem Glas? Sag's mir!*«

Von draußen entlud sich eine Salve von Faustschlägen gegen die Tür. »Giada! *Giada*! Was ist denn da los?!« Es war die Stimme eines Mannes.

Giada warf Hilfe suchende Blicke zur Tür und öffnete den Mund, als wollte sie schreien, aber es kam nicht mehr als ein klägliches Piepsen dabei heraus.

Ich sprang auf sie zu, zerrte sie an den Armen hoch und

nagelte sie mit den Schultern an die Wand. Mollig, wie sie war, musste sie mindestens sechzig Kilo wiegen, aber sie schien mir so leicht wie eine Stoffpuppe.

Ich versuchte, meine Stimme zu kontrollieren, und was schließlich dabei herauskam, war ein tiefes, bedrohliches Brummen, direkt an ihrem Ohr: »*Was … war … in … meinem … Glas?*«

Die geweiteten Augen entließen einen Strom heißer Tränen. Sie bewegte die Lippen, wie jemand, der nach Luft schnappt, brachte aber keinen Ton heraus.

Ich drückte sie stärker gegen die Wand. »*SAG ES MIR!*«

»Green Dragon …«

Die beiden Worte waren wenig mehr als ein Quietschen. Die Schreie und Schläge an der Tür wurden indessen immer lauter.

Ich ließ von Giada ab und sah ihr fest in die Augen. »*Was?*«

»Green Dragon«, wiederholte sie mit dünner Stimme.

»*Was bedeutet das?*«

»Es ist ein Likör … mit Kräutern … mit Marihuana.«

Ich spürte den starken Impuls, ihr mit den Händen die Kehle zuzudrücken.

»*Warum?*«, knurrte ich stattdessen.

»Aus … aus Spaß! Einfach so … damit du die Kontrolle verlierst …«

»*Wer?*« Ich packte sie wieder. »*Wer hat dich dazu gebracht?*«

Sie schloss die Augen, von Kopf bis Fuß zitternd, während sie schluchzte: »Angela …«

Ich wandte mich um und schubste sie gegen die Tür: Es war ein kleines Badezimmer, und sie flog nicht weiter als zwei Meter, bevor sie gegen das dunkle Holz schlug und mit einem Schrei auf den Boden fiel. Ich hätte sie mit einer viel größeren Wucht wegschmettern können, das war vollkommen klar.

Ich glitt zu Boden, um auf Augenhöhe zu sein. »*Wenn du jemandem sagst, dass du mich heute Nacht gesehen hast*«, stieß ich hervor, »*komme ich zurück. Das schwöre ich dir.*«

Ich starrte sie noch einen Moment lang an. Sie zitterte und schien dermaßen verängstigt, dass sie den Blick nicht von dem meinen lösen konnte. Dann sprang ich aus dem Fenster, setzte über die Hecke und lief hinaus in die Nacht.

Kapitel 20

Sonntag, 22. Februar
Abnehmender Mond

Ich hatte tief und fest geschlafen und war erst spät aufgewacht. In einem seltsamen und erschreckenden Traum war ich heulend über die Dächer der Stadt gelaufen und in ein Haus eingebrochen, um ein Mädchen zu überfallen, das ich kannte. Ich seufzte und fühlte eine große Erleichterung: Es war vorbei.

Dann fiel mein Blick auf die Kleider, die am Fuß des Bettes auf einem Haufen lagen, zusammen mit meiner Tasche und einer Stiefelette mit abgebrochenem Absatz, und mir wurde schlagartig klar, dass ich keineswegs nur geträumt hatte.

Eine unbeschreibliche Angst stieg in mir hoch. Was hatte ich getan? Ich hatte Giada in ihrem Haus angegriffen, mit meinen eigenen Händen, genau wie die wilde Bestie aus dem Buch! … Ich presste die Bettdecke zwischen den Fäusten zusammen.

Nein, nein, Veronica, beruhige dich. Es stimmt, du hast eine absurde Dummheit gemacht, und du musst dafür sorgen, dass so was nie, wirklich nie wieder *vorkommt, aber im Grunde ist ja nichts Schlimmes passiert. Du hast Giada nicht verletzt, sie hat höchstens ein paar blaue Flecke abbekommen. Und den schlimmsten Schreck ihres Lebens.*

Gut, und wenn sie es ihren Eltern erzählte? Immerhin waren

sie ja praktisch dabei gewesen, gleich hinter der Badezimmertür …

Ich setzte mich auf. Nein, Giada würde den Mund halten. Ich hatte sie zu sehr erschreckt – ihr gedroht, wiederzukommen und ihr wer weiß was anzutun, wenn sie reden würde. Und selbst wenn, wer würde ihr glauben? Wenn sie erzählen würde, was sich abgespielt hat, würde man sie für verrückt halten, sonst nichts. Wenn ich es mir recht überlegte, hatte ich nichts zu befürchten.

Abgesehen von der Tatsache, dass ich eine Mitschülerin angefallen hatte, mit der eindeutigen Absicht, sie zu Tode zu erschrecken.

Wie es ihr jetzt wohl ging? Konnte man sich von einem solchen Trauma wieder erholen? Ich glaubte ja, aber wenn sie unvernünftig genug war und ihren Mund nicht hielt, dann würde man sie im besten Falle in eine psychiatrische Klinik einweisen. Und das wäre meine Schuld.

Ich presste die Lippen zusammen. Na und? Sie hatte es doch verdient, oder? Sie verdiente sogar noch Schlimmeres!

Ich riss mir die Decke vom Leib, sprang aus dem Bett und fing an, im Zimmer auf und ab zu gehen. Sie hatten mich unter Drogen gesetzt – einfach so zum Spaß! Sie und ihre Freundinnen hatten zugesehen, wie ich mich vor Alex und allen anderen lächerlich gemacht hatte, und dann haben sie mich ganz alleine hinaus in die Nacht laufen lassen. Wer weiß, wie sehr sie ihren Triumph genossen haben, Angela und ihr Clan! Wer weiß, wie stolz Giada war, als sie mir mit einem Lächeln ein Glas Rauschmittel serviert hat, begleitet vom zustimmenden Blick ihrer drei Prinzessinnen.

Ich blieb abrupt stehen, die Augen ins Leere gerichtet. Es war alles ihre Schuld. Ich war weinend weggelaufen, eine Droge im

Blut, durch die ich oben nicht mehr von unten unterscheiden konnte. Ich war direkt in den Schlund des Wolfes gerannt! Und das war *ihre* Schuld! Alles was jetzt mit mir geschah, war allein ihre Schuld. Und sie hatten es nur getan, um sich einen Spaß zu machen.

Ich ging ins Badezimmer, machte das Licht an und sah in den Spiegel: Meine Haare waren noch strubbeliger als sonst, und ich war schlafen gegangen, ohne mich abzuschminken. Was ich sah, gefiel mir ganz und gar nicht. Aber da war noch was. Oder besser, da war etwas *nicht*: Spuren von Müdigkeit, Ringe unter den Augen. Sie waren nicht einmal ein bisschen gerötet. Meine Haut war glatt und rein und sah gesünder aus als je zuvor, und meine ungewöhnlich klaren Augen leuchteten wie Kristalle.

Es ging mir gut; ich *fühlte* mich gut. Ich fühlte mich stärker denn je.

Ich umklammerte den Rand des Waschbeckens und spürte die harte, kalte Keramik unter den Fingern.

Ich würde sie fertigmachen! Alle drei, eine nach der anderen. Sie hatten damit gespielt, den Wolf zu befreien? Jetzt würde der Wolf *ihnen* nachstellen. Veronica, die leichte Beute, haben sie gedacht: das schüchterne und einsame Mädchen, das keine Freunde hat, das die Toughe spielt, um stärker zu erscheinen, auch wenn es ihr keiner abnimmt. Aber Veronica hat aufgehört, eine leichte Beute zu sein. Rotkäppchen ist in den Wald gegangen, und der Wolf hat es gefressen.

Ich sah mir in die Augen: *Veronica, der Werwolf. Es ist Zeit für die Jagd.*

Als ich zurück in mein Zimmer kam, war es mit einem Mal wieder einfach ein Sonntagmorgen, in meiner ganz normalen Wohnung unter dem ganz normalen Asphalthimmel, mit meiner Mutter in der Küche, die etwas zu meinem Vater hinüberzwitscherte, der wiederum wie versunken in seinem Wohnzimmersessel saß.

Der Tag schien nie enden zu wollen. Beim Mittagessen schlich sich in die Plaudereien meiner Mutter fast zufällig ein Kommentar darüber ein, dass ich heute weniger kränklich als sonst aussah: Es war das erste Mal in meinem Leben, dass ich sie so etwas sagen hörte. Mein Vater nickte und beschränkte sich auf seine übliche, schweigende Musterung.

Am Nachmittag versuchte ich vergeblich, mich aufs Lernen zu konzentrieren. Irene schickte mir eine SMS und wir trafen uns auf MSN, wo ich ihr eine komplette Zusammenfassung des Abends lieferte, Kuss eingeschlossen. Sie freute sich so für mich, dass sie den ganzen Bildschirm mit Smileys füllte.

Den Abend mit Ivan noch mal durchzugehen, hatte auch meiner Laune gutgetan. Schließlich war alles wunderbar gelaufen; wir hatten praktisch nichts anderes gemacht als zu reden, aber es war … wirklich besonders. Einmalig.

Und am Mittwoch würde ich ihn wiedersehen.

An seine überstürzte Flucht nach dem Kuss dachte ich kaum. Sicher hatte er sich schuldig gefühlt und war bei dem Gedanken erschrocken, dass er mich unbewusst zu sehr bedrängt haben könnte. Beim nächsten Mal, versprach ich mir selbst, würde ich dafür sorgen, dass ihm keine Zweifel kämen. Schon allein bei dem Gedanken begannen meine Wangen zu glühen.

Aber gegen Abend wurde ich wieder nervös. Nach meinem Chat mit Irene hatte ich nach »Green Dragon« im Internet gesucht. Giada hatte die Wahrheit gesagt: Es handelt sich um einen Aufguss auf Cannabis-Basis, den man problemlos zu Hause zusammenmixen kann und der sich gut mit Alkohol vermischen lässt. Anfangs führt das Zeug zu Euphorie, übertriebener Selbstsicherheit, Herabsetzung der Hemmschwellen, und anschließend zu Desorientiertheit, Unfähigkeit, die eigenen Gefühle zu kontrollieren, und zum Verlust des Kurzzeitgedächtnisses.

Ich spürte, wie die Wut von Neuem in mir hochkochte. Was ich mit Giada gemacht hatte, war nichts im Vergleich zu dem, was ich mit den drei anderen anstellen würde. Ich musste nur gut vorbereitet, gut organisiert sein und mich nicht wie gestern Abend von einem spontanen Impuls leiten lassen.

Das hieß auch diesmal, im Verborgenen zu agieren und die Gedanken und Erlebnisse mit niemandem teilen zu können. Ich ging zum Fenster und sah hinaus auf die grauen Wolken: Ich hatte die Geheimniskrämerei so satt, ich hatte es so satt, niemanden einweihen zu können in die Welt, in die ich katapultiert worden war. Niemanden, außer den Conte.

Ich bekam Lust, ihn zu sehen, seine allzeit ruhige Stimme zu hören und die Luft in seiner Wohnung zu atmen, die nach Tabak und Tee duftete. Wenn ich bei ihm war, fühlte ich mich in Frieden mit der Welt und in der Lage, jede neue Teufelei zu überstehen, die das Schicksal für mich vorgesehen hatte. Das erinnerte mich an etwas, das ich schon seit Tagen tun wollte: Im Internet nach Informationen über seine Familie suchen.

Ich musste feststellen, dass online nicht viel vorhanden war, konnte aber zumindest herausfinden, dass die Familie der Grafen Gorani in Mailand tatsächlich existiert hatte. Im achtzehnten Jahrhundert hatte es einen berühmten Namensvetter meines Conte gegeben, ein gewisser Giuseppe Gorani, der Soldat, Schriftsteller und ein politischer Verfechter der Aufklärung gewesen war. Eine Art Abenteurer, der an den Höfen halb Europas unterwegs war, oft als Spion im Sold irgendeiner Regierung: Kaum zwanzigjährig hatte er auf der Seite der Habsburger gegen Preußen gekämpft, war während der Schlacht zweimal in Gefangenschaft geraten und beide Male entkommen. Er hatte private Geheimnisse von Königen, Königinnen und Fürsten gekannt, und das alles gegen Ende seines Lebens in einem dicken Erinnerungsbuch gesammelt, das nie vollständig veröffentlicht worden war, weil es zu viele heikle Enthüllungen enthielt. Ich musste unwillkürlich lächeln: Man hatte meinem Freund ausgerechnet den Namen des exzentrischsten und faszinierendsten seiner Vorfahren gegeben.

Ich beschloss, ihn zu besuchen, und zwar zum ersten Mal nicht, um ihm Fragen zu stellen. Ich hatte einfach nur Lust, eine Weile mit jemandem zusammen zu sein, der … na ja, der wusste, was ich durchmachte.

Kurz vor Mitternacht nahm ich den Weg durchs Fenster, in der Hose und dem T-Shirt vom Vortag. Der Himmel hatte sich nach Sonnenuntergang deutlich aufgeklart und jetzt brach hier und da das Licht der Sterne durch das dunkle Schwarz. Schon von Weitem konnte ich sehen, dass im Haus des Conte diesmal alle Fenster geschlossen waren. Ich schüttelte den Kopf: Konnte es sein, dass Regina meine Ankunft diesmal nicht vorausgesehen hatte? Oder war der Conte vielleicht nicht zu Hause …

Nachdem ich mich vergewissert hatte, dass die Luft rein war, landete ich auf der Straße und wandte mich dem Eingangstor des Hauses zu.

Ich registrierte die Anwesenheit eines Menschen, noch bevor ich ihn sehen konnte: eine zarte Wolke aus Tabak, Staub und alten, aber sauberen Kleidern.

Aus der Dunkelheit des Hausflurs tauchte der Conte auf: Er trug seinen dunklen Mantel und einen breitkrempigen Hut, der schrecklich aus der Mode war. Ich riss erstaunt die Augen auf, angesichts der Aura, die ihn umgab: Es war nicht das leuchtende Orange, das ich von den anderen Menschen kannte, die mir begegnet waren, sondern eher einer Art riesiger, wogender Schatten, ein rauchiger Mantel, der in der Luft flatterte wie eine Fahne im Wind, fast als würde er sich von dem Körper loszureißen wollen, der ihn hervorbrachte. Um Kopf und Schultern sprühten Funken, die sich aber sofort im Schatten auflösten und flammenfarbene Streifen hinterließen.

Der Conte war weder überrascht, mich zu sehen, noch schien er zu bemerken, dass ich ihn völlig perplex anstarrte. »Guten Abend, Veronica. Wie geht es dir?«

Ich schüttelte mich. »Gut, gut … danke. Und Ihnen?«

»Ich kann nicht klagen.«

»Was tun Sie hier draußen?«

Der Conte zog seine Hutkrempe zurecht. »Ich wollte gerade einen Spaziergang machen. Es ist ein angenehmer Abend, um frische Luft zu schnappen. Hast du Lust, mir Gesellschaft zu leisten?«

Ich nickte. Dann schwiegen wir eine Weile.

»Wieso …«, begann ich schließlich, »… wieso ist Ihr Licht so anders?«

Er hob eine Augenbraue. »Mein Licht?«

»Die Aura, die Ihr Körper verströmt. Alle haben eine, ich kann sie sehen. Aber die Ihre unterscheidet sich von den anderen.«

Der Conte deutete ein Lächeln an. »Muss ich daraus schließen, dass du heute Abend über mich sprechen möchtest?«

»Ich habe ein paar Nachforschungen angestellt«, gestand ich, und erzählte ihm, was ich gelesen hatte.

Er nickte zustimmend. »Ein sehr besonderes Jahrhundert, das achtzehnte. Ein Jahrhundert der großen Veränderungen und großen Möglichkeiten, aber auch der großen Schrecken und der furchtbaren, furchtbaren Irrtümer. Ein Jahrhundert, das den Menschen zum allerersten Mal Fähigkeiten einbrachte, mit denen sie sich auf üblere Weise schaden konnten als je zuvor.«

Ich wunderte mich über die Heftigkeit seiner Worte und die *Betroffenheit* in seiner sonst so ruhigen Stimme, aber das Gefühl einer unmittelbaren Bedrohung lenkte mich von einer Erwiderung ab. Ich drehte mich auf dem Absatz um und sah sie sofort: Auf der gegenüberliegenden Straßenseite glitten im dunklen Schatten eines Säulengangs lautlos zwei Unterirdische hinter uns her. Unwillkürlich entfuhr mir ein Knurren, aber ich brachte es sofort zum Verstummen.

Der Conte folgte meinem Blick. »Das ist nichts Ungewöhnliches, mach dir keine Sorgen. Es ist unsere Gegenwart, die sie anzieht. Wahrscheinlich sind sie nur neugierig. Sie werden nicht näher kommen.«

Ich starrte sie weiterhin an, nervös und wenig überzeugt von seinen Worten, aber der Conte lud mich mit einem Nicken ein, den Spaziergang wieder aufzunehmen. »Wir sind zu zweit, und sie erkennen uns als das, was wir sind. Selbst wenn sie auf Kriegsfuß mit uns stünden, müssten sie sehr viel zahlreicher sein oder sehr viel verzweifelter, um einen Angriff zu wagen.« Als er sah, dass ich weiterging, mich dabei aber immer wieder umsah, fügte er hinzu: »Wie oft sind sie dir begegnet, in letzter Zeit?«

Ich dachte darüber nach und musste feststellen, dass es Tage her war, abgesehen von den beiden, die ich von dem Bettler ferngehalten hatte.

»Und welche Erklärung hast du dafür?«

Ich schüttelte den Kopf. »Keine Ahnung.«

»Sie merken, dass deine Kraft wächst. Sie wollen dir lieber

nicht über den Weg laufen. Nach Neumond, in drei Nächten also, wenn mit der nächsten Mondphase der Mond wieder zunimmt, werden auch deine Kräfte weiter zunehmen. Und dann werden dich Kreaturen wie die Unterirdischen nicht mehr interessieren.«

Ich weiß nicht, ob mich das beruhigte oder eher im Gegenteil. Aber ich blieb weiterhin wachsam: Nach ein paar Minuten gesellte sich zu den ersten beiden ein Dritter, und dann ein Vierter und ein Fünfter. Innerhalb kürzester Zeit hefteten sich uns mehr als ein halbes Dutzend schwarzer Silhouetten an die Fersen, aber der Conte schien nicht im Mindesten besorgt.

»Hast du dich je gefragt, Veronica, aus welchem Grund das Symbol dieser Stadt eine Schlange ist, die einen Menschen verschlingt?«

Mit einer solchen Frage hätte ich zuallerletzt gerechnet. »Nein, hab ich nicht.«

»Der Legende nach wurden die Sümpfe jenseits der Stadtmauern im frühen Mittelalter von einem Drachen heimgesucht.« Er warf mir einen Blick zu, wie um meine Reaktion zu prüfen, aber ich sagte nichts. »Seine bloße Anwesenheit vergiftete die ganze Gegend, wie der Blick eines Basilisken: das Wasser, die Erde und selbst die Luft. Seine Höhle lag unmittelbar hinter den Mauern, und die Leute konnten seine Nachbarschaft nicht länger tolerieren. Innerhalb kürzester Zeit wären alle vergiftet worden oder geflüchtet. Schließlich versuchte sich Uberto Visconti, der Gründer seines Geschlechts, als Drachentöter und zog gegen das Monster zu Felde, bewaffnet, wie es Tradition war, nur mit seinem Speer und seinem Glauben. Kannst du erraten, wie es ausging?«

Ich nickte. »Er hat den Drachen getötet. Das machen Helden ja immer.«

»Und er setzte dessen Bild in das eigene Wappen, was ebenfalls eine alte Gewohnheit von Helden ist.«

Ich nahm mir einen Augenblick, um zu überlegen. Musste ich zu den Geistern, den Strigen und den Werwölfen auch noch die Drachen hinzufügen? Nein, so einfach war es natürlich nicht. Inzwischen hatte ich verstanden, dass dies nicht der Sinn der Geschichten war, die der Conte erzählte.

»Was hat diese Sage zu bedeuten?«

Der Conte lächelte. »Den Wissenschaftlern zufolge, dass die Gegend um Mailand sumpfig und wenig gesund war, bis der Boden trockengelegt wurde und die Stadt sich ausbreiten konnte. Der Mensch und sein Werk besiegen die Gefahren der Natur.«

»Aber da ist noch was, oder?«

»Ja, da ist noch etwas. Erinnerst du dich daran, dass ich dir erzählte habe, dass unsere Urahnen die Orte für die Errichtung ihrer Städte nicht zufällig wählten?«

Ich nickte.

»Der Himmel und die Erde sind lebendig: Eine Vielzahl von Kräften fließt durch sie hindurch und verbindet sie, wie die Adern und die Nerven eines riesigen lebenden Körpers. Und an den Orten, wo diese Linien sich begegnen, bahnt die Macht des Jenseitigen sich einen Weg zur irdischen Welt. Die Kelten, wie alle Völker früherer Zeiten, wussten das: Für sie waren diese Linien, diese unsichtbaren Ströme, die Wirbelsäule des Drachen. Und genau hier siedelte einer ihrer Stämme ihr Waldheiligtum an, ihr *Medhelan*: weil sich hier die Ströme trafen und der Drache seine Gegenwart manifest machte. Aber es war eine schreckliche Präsenz, eine ursprüngliche Kraft, die beschränkt und befriedet werden musste, wenn die Sterblichen in ihrem Schatten leben wollten. Sie musste in einen Wächter, in einen Beschützer umgewandelt werden. In einen *Genius Loci.*«

»Dann haben also die Menschen den Drachen unterworfen.«

»In erster Linie haben sie ihn gezähmt, mit den Riten und Opfern.«

Ich dachte an das Mailänder Wappen und an die menschliche Gestalt zwischen den Fängen des Reptils und zog es vor, keine Fragen zu stellen.

Wir liefen durch ein Gewirr aus engen und schlecht beleuchteten Straßen, in einer Gegend des Zentrums, die sicherlich sehr alt war. An einer Straßenecke blieb der Conte unvermittelt stehen, um mir jenseits der Mauer, die am gegenüberliegenden Gehsteig entlanglief, etwas zu zeigen.

Dort, wo sein ausgestreckter Finger hinwies, zeichnete sich ein dunkler, breiter Umriss ab, der inmitten einer freien Fläche zu stehen schien, die wegen der Mauer nicht zu sehen war. Es handelte sich um einen Turm, quadratisch und klotzig, und ganz von Gerüsten und Planen umgeben: eine bizarre Rüstung aus Metall und Plastik, die wie alle Baugerüste nicht schön anzusehen war.

»Was ist das?«, fragte ich leise.

»Der Torre Gorani. Alles, was noch übrig ist von dem Palast, den meine Familie dreihundert Jahre lang bewohnt hat.«

Ich betrachtete ihn genauer, meine Augen konnten zwar mühelos das Dunkel durchdringen, jedoch wegen der Gerüste keine Details ausmachen. Aus dem Augenwinkel bemerkte ich die fließenden und lautlosen Bewegungen der Unterirdischen, die jetzt ebenso zum Stillstand gekommen waren wie wir.

»Warum sind wir hier?«, fragte ich nervös.

Der Conte sah mich an. »Weil du, Veronica, etwas über mich erfahren möchtest. Und da ich bei unseren Begegnungen der letzten Tage schon viel über dich erfahren habe, finde ich es nur richtig, deinem Wunsch zu entsprechen.« Er nickte zur Mauer hin. »Bist du in der Lage, sie zu überwinden?«

Ich nickte.

»Dann tu es.«

Ich warf ihm einen fragenden Blick zu, aber da er nichts mehr hinzufügte, zuckte ich die Schultern und sprang hinüber. Es war keine hohe Mauer.

Ich fand mich auf einem verlassenen Parkplatz wieder. Und an dieser Stelle fiel mir wieder ein, dass der Conte am Tag unserer ersten Begegnung schon davon gesprochen hatte: Aus dem im Zweiten Weltkrieg zerstörten Palast war ein Parkplatz geworden.

»Traurig, nicht wahr?«, war die Stimme des Conte zu hören.

Ich zuckte zusammen und drehte mich um: Er stand hinter mir, eingehüllt in seine Aura aus knisternder Düsternis. Von wo war er nur gekommen? In der Mauer gab es keine Türen.

Er streckte mir die Hand hin. »Was du jetzt gleich sehen wirst, hat noch niemand zuvor gesehen, es sei denn, er hat es selbst erlebt. Nimm meine Hand und halt sie ganz fest.«

Nach kurzem Zögern streckte ich die Hand aus und drückte die seine. Dabei kam ich mir vor wie ein kleines Mädchen, das vertrauensvoll die Hand eines Erwachsenen ergreift.

Der Conte blickte geradeaus in Richtung Turm. »Geh mit mir, Veronica von den Wölfen. Geh mit mir durch die Schleier der Welt.«

Er machte einen Schritt nach vorn, und ich folgte ihm, und alles, was ich vor Augen hatte, zerfiel.

Kapitel 21

Sonntag, 22. Februar

Es war ein höchst seltsames Gefühl, eine Art Schwindel, der aber nicht vom Kopf oder Magen, sondern *von außen*, durch die Haut hindurch zu kommen schien. Das diffuse Licht der Nacht wurde von einem explosionsartigen Sonnenaufgang hinweggefegt, und mit einem Mal war es heller Tag: Vor uns befand sich kein Parkplatz mehr, und auch kein eingerüsteter Turm, sondern ein mächtiger alter Palazzo.

Er war wie aus dem Nichts aufgetaucht, keine sechs Meter von mir entfernt. Quadratisch und massiv, vier Stockwerke hoch, von einem kompakten Grau, das an Asche erinnerte. In jedem Stockwerk gab es riesige Bogenfenster, umrahmt von Blendsäulen mit barocken Verzierungen. In einer Ecke erhob sich der Turm, er war kaum höher als das Dach und wieder so intakt, wie er jahrhundertelang gewesen war. Dem Erdgeschoss war eine Säulenhalle vorgelagert, aus der menschliche Stimmen zu hören waren, Pferdegewieher und ein Klingeln wie von Metall. Auch die Luft hatte sich verändert: Sie war feiner und gleichzeitig dichter geworden, von vielen Gerüchen erfüllt, aber es roch nicht mehr nach Smog und Teer, sondern nach Staub, Holz, Schweiß, Heu und der Anwesenheit von sehr vielen Tieren.

Mit weit aufgerissenen Augen sah ich den Conte an, unfähig, auch nur die einfachste Frage zu artikulieren. Wie viele Wunder ich in den letzten Tagen auch gesehen haben mochte, es gelang mir einfach nicht, mich daran zu gewöhnen.

»Der Palazzo Gorani«, murmelte er gedankenverloren, ohne mich anzusehen. »Im Frühjahr des Jahres 1740.«

Er lenkte seine Schritte in Richtung Säulenhalle, und ich folgte ihm, immer noch offenen Mundes und darauf bedacht, seine Hand nicht loszulassen. Während wir den Säulengang durchquerten, sah ich zu meiner Rechten eine in Gold und Scharlach bemalte Kutsche mit blutroten Vorhängen, vor die ein Mann gerade zwei Pferde spannte, die mit ihren Hufen träge auf dem Pflaster scharrten. Mir blieb jedoch keine Zeit für längere Betrachtungen, denn der Conte trat entschlossen durch das weit offen stehende Eingangstor. Er führte mich durch eine Vorhalle mit einem bis ins letzte Detail bemalten Deckengewölbe in schwindelerregender Höhe.

Leider bekam ich auch diesmal keine Gelegenheit, mich umzuschauen, denn einen Moment später stiegen wir schon eine große Freitreppe mit Marmorgeländer hinauf, die so breit war, dass fünf oder sechs Personen nebeneinander Platz gehabt hätten. Ein Diener, der aus dem ersten Stock kam, lief eilig an uns vorbei: Ich nahm gerade mal das Flattern der blauweißen Spitzen auf seiner Livree wahr.

Am Ende der Treppe lag ein Korridor mit vielen Türen. Ohne Zögern ging der Conte auf eine von ihnen zu und legte die Hand auf den Löwenkopf aus glänzendem Messing. Er zögerte einen Moment, dann drückte er die Klinke herunter, und wir traten ein.

Das Zimmer war durchflutet von Sonnenlicht, das durch die großen Fenster fiel, und es duftete nach Blumen; der Raum war angefüllt mit hohen, vergoldeten Möbeln, mit Stühlen, die in buntem Lack glänzten, zahlreichen Spiegeln und einem riesigen Himmelbett mit weißen Vorhängen. Auf dem Bettrand saß eine junge Frau mit schwarzen Locken und einem komischen Spitzenhäubchen; sie trug ein hellblaues Kleid, das mir inmitten dieses triumphalen Dekors ungewöhnlich schlicht vorkam. Mit einer Hand schaukelte sie sanft eine Wiege und summte dabei leise vor sich hin. Aus dem dicken Polster aus Laken und Decken waren die leisen Töne eines Neugeborenen zu hören.

Der Conte durchquerte eilig das Zimmer und ging auf eine zweite Tür gegenüber zu, wobei er mich einfach mit sich zerrte. Ich sah ihn fragend an, wagte aber nicht, den Mund aufzumachen, aus Angst, dass sich das, was ich sah, beim Klang meiner Stimme in Luft auflösen würde.

»Meine Mutter«, sagte er seelenruhig.

Der folgende Raum war eine Art Arbeitszimmer: Hier fanden sich Tische, auf denen sich Papiere und Schreibinstrumente stapelten, deckenhohe Regale voller Bücher und in einer Ecke ein gigantischer hölzerner Globus. An einem der Schreibtische saß ein korpulenter Mann in einem rüschen- und bänderverzierten Schlafrock mit spitzenbesetzten Puffärmeln; auf dem Kopf trug er eine dieser absurden, weißen Perücken, die für das achtzehnte Jahrhundert so typisch waren und die ich aus meinen Geschichtsbüchern kannte. Seine Schultern waren gekrümmt und seine Augen wirkten müde, als hätte er die Sorgenlast eines ganzen Lebens hinter sich.

Er unterhielt sich gerade, heftig gestikulierend, mit einem Jungen von sechzehn oder siebzehn Jahren, der in einem roten Brokatrock und mit geballten Fäusten vor ihm auf und ab marschierte. Auch er trug eine Perücke, aber an den ausdrucksvollen Lippen und den smaragdfarbenen Augen erkannte ich den Conte, nur dreißig Jahre jünger.

Es war klar, dass die beiden sich anbrüllten, aber die Stimmen schienen aus einer enormen Entfernung zu kommen, so gedämpft, dass nicht einmal das Gehör des Wolfes die Worte unterscheiden konnte.

»Ich war etwa in deinem Alter«, murmelte der Conte, »als ich erkannte, dass mein Leben nichts wert war. Ich würde in diesem Haus leben und sterben, genau wie meine Vorfahren, und es würde niemanden interessieren, während in anderen Teilen Europas Schlachten vorbereitet wurden, die das Schicksal der Welt verändern sollten. An jenem Tag beschloss ich, dass auch ich Teil der Geschichte sein und Dinge verändern würde. Ein Krieg stand gerade vor der Tür, der erste, in den alle großen Mächte jener Zeit verwickelt sein würden, und das österreichische Kaiserreich brauchte dringend junge Männer mit flammendem Herzen. Mein Vater versuchte jedoch, mich aufzuhalten.«

Auch dieses Zimmer hatte nur eine einzige weitere Tür, die sich an der gleichen Stelle wie die vorhergehende befand: Dahinter öffnete sich ein dunkler, enger Raum, in dem es so abstoßend nach Dreck und Kloake stank, dass ich einen Brechreiz unterdrücken musste. Ich wollte schon zurückweichen, aber der Conte hielt mich fest, wartete einen Moment, bis ich mich erholt hatte, und dirigierte mich dann mit sanfter, aber fester Hand über die Schwelle.

Die Wände aus nacktem Stein trieften vor Feuchtigkeit, auf dem mit schmutzigem Stroh bedeckten Boden drängten sich etwa ein Dutzend Männer, die fast aufeinandersaßen, mit gesenkten Köpfen, zerrissene und verschmutzte Militäruniformen am Leib. Ich starrte sie in einer Mischung aus Ekel und Bestürzung an: Es war anders, als eine solche Szene auf der Leinwand zu sehen, wir *waren in* dieser Zelle. Ich spürte die eiskalte Feuchtigkeit der Luft auf der Haut, ich sah die weißen Atemwölkchen der Gefangenen, ich hörte das Ächzen und Pfeifen ihrer erschöpften Atemzüge. Sie taten mir auf schmerzvolle Weise leid.

»Es ist leicht, sich mit siebzehn Jahren erwachsen zu fühlen«, versetzte der Conte. »Und genauso leicht ist es, zu entdecken, dass der Krieg größer ist als man selbst.«

Die Gefangenen rutschten kraftlos zur Seite, um uns durchzulassen, aber sie sahen uns nicht an – nur einer unter ihnen hob für einen Moment den Kopf, schaute uns aus grünen, glanzlosen Augen an und sank dann wieder in sich zusammen. Wieder erkannte ich auf Anhieb die adlerhaften Züge und die schönen Lippen, selbst unter den Krusten von Schmutz, Schlamm und Blut.

»In Wirklichkeit war dieser Krieg kürzer, als du ihn dir vorstellst«, sagte der Conte auf der Schwelle zu einer neuen Tür, vielleicht weil er meinen Blick bemerkt hatte. »Damals war ich übrigens schon Freimaurer; in meiner Familie gab es sie seit Generationen. Und gewisse Verbindungen öffnen viele Türen, sogar die zu einer Zelle.«

Der nachfolgende Raum war nicht viel größer, aber um ein Vielfaches sauberer; ich spürte, wie meine Lungen sich entspannten. Ein schwaches Licht, das durch schwere Vorhänge ins Innere drang, ließ ein winziges Arbeitszimmer erkennen, nüchtern und kaum möbliert; der Conte war jetzt etwa dreißig Jahre alt und elegant in Dunkelblau und Silber gekleidet. Mit leiser Stimme sprach er zu einer dicklichen, etwa fünfzigjährigen Frau und legte ihr einige Papiere vor. Sie war in ein Kleid gezwängt, dessen Rock für das kleine Zimmerchen viel zu weit zu sein schien. Ihre Augen waren streng, kalt und berechnend. Sie gefiel mir nicht.

»Dies waren die schönsten Jahre meines Lebens.« Ein tiefer Seufzer begleitete die Stimme des Conte. »Ich war jung, begabt, und ich hatte das Glück, zu den mächtigsten Männern und Frauen der Welt Zugang zu haben. Außerdem glaubte ich blind an die Ideale, die ich verfolgte. Ich reiste durch ganz Europa, von Hof zu Hof, als Botschafter, geheimer Vermittler, Spion. Ich trug meinen Teil zur Geschichte bei, genau wie ich es mir immer gewünscht hatte: Die Komplotte, die Gipfelgespräche, die tausend offenen und geheimen Allianzen, die für die Entstehung der heutigen Nationen verantwortlich sind, tragen auch den Abdruck meiner Hand.«

Er blieb einen Moment auf der Schwelle stehen und starrte sein Alter Ego mit den Augen eines Kindes an, das eine Geldmünze in den Ozean geworfen hat und sie ganz langsam im Dunkel verschwinden sieht.

»Wer ist das«, murmelte ich mit Blick auf die Frau und wagte zum ersten Mal, etwas zu sagen.

»Maria Theresia von Österreich. Meine Kaiserin.«

Das nächste Zimmer war sehr groß, lang gestreckt und dunkel wie ein Souterrain. Erst jetzt wurde mir klar, dass es hier offenbar keine Gänge gab. Mit dem untrüglichen Instinkt des Wolfes wusste ich plötzlich, dass wir uns auf einer Spirale zur inneren Mitte hin bewegten. Der Grundriss dieses Ortes bestand aus einer Abfolge von Sälen, die alle miteinander verbunden waren, eine obligatorische Wegführung, die in eine einzig mögliche Richtung führte: ins Zentrum.

An den Wänden dieses Raums hingen zahlreiche Kandelaber, in denen aber nur wenige Kerzen brannten. In ihrem Lichtschein bewegten sich schwarz gekleidete Männer mit Kapuzen in einer feierlichen Prozession im Kreis, und jeder von ihnen hatte einen Gegenstand in der behandschuhten Hand: der eine ein Buch, der andere eine Lanze, der dritte einen goldenen Kelch, der vierte ein Kissen, auf dem eine einzige weiße Feder thronte.

»Bald lernte ich, dass die Geheimnisse der Könige und der Höfe nicht die einzigen waren«, nahm der Conte den Faden wieder auf, »und dass die Kontakte meiner Familie ihre Wurzeln in sehr viel obskureren Gefilden hatten. Die Freimaurerei war diesbezüglich nur der Anfang gewesen: Ich stieß ins Labyrinth der Geheimgesellschaften vor, der esoterischen Zirkel, ich lernte von großen Meistern und wurde in mehr Mysterien eingeweiht, als ich heute noch erinnern kann. Es war ein anderer Weg zur Erfüllung meines Traumes, ein anderes Tor zu der Macht, die Dinge zu verändern. Ich war wie gemacht für diese Studien und innerhalb kürzester Zeit hatte ich Feuer gefangen, meine Neugier, mein Forschergeist waren geweckt, und je mehr ich vom Kelch der Erkenntnis trank, desto mehr Durst bekam ich.«

Auch das nachfolgende Zimmer war von Kerzen erleuchtet, aber diesmal von sehr vielen. An einer langen, gedeckten Tafel, deren Gläser und Besteck im Licht der Flammen funkelten, saßen etwa zwanzig Gäste. Lächelnd und gestikulierend plauderten sie miteinander. Der Mann am Tischende, ein breitgesichtiger Kerl mit vorstehendem Kinn, die übliche Lockenperücke auf dem Kopf, war gerade aufgestanden und erhob nun sein Glas, was ihm alle Anwesenden nachtaten. Ein paar Plätze weiter zu seiner Rechten konnte ich den Conte ausmachen, und diesmal war er nur ein wenig jünger als jetzt; er lächelte, wie alle anderen.

»Paris, 1792. Ich war dort, genau zu der Zeit, als die wilde

Bestie hier in Mailand ein Blutbad nach dem anderen anrichtete. Die Könige hatten mich inzwischen enttäuscht. Bei den ersten Gerüchten über eine bevorstehende Revolution war ich nach Frankreich gegangen. Es schien, als würde sich endlich unser Traum erfüllen, und wir alle glaubten daran: das Ende aller Tyrannei, aller Ungerechtigkeiten, aller Irrtümer. Der Sieg der Erkenntnis und der Vernunft. Wir wollten daran glauben, wie wir noch nie an etwas geglaubt hatten.« Ich hörte, wie seine Stimme schneidend wurde, und sah ihn an. Er fixierte den Mann am Tischende, die Augen hart wie Stein. »An jenem Abend nahmen wir Abschied voneinander: Robespierre wollte, dass ich nach Genf ging, um die Übernahme der Stadt durch Frankreich in die Wege zu leiten. Schon am darauffolgenden Morgen würde ich abreisen. Es war das letzte Mal, dass ich ihn zu Gesicht bekam.«

Als sich die folgende Tür öffnete, strauchelte ich einen Moment, denn die Woge von Fäulnis, die uns entgegenschlug, war viel schlimmer als der Gestank ein paar Zimmer weiter vorn. Wieder schien der Conte nicht im Mindesten überrascht und wartete, bis ich mich in der Lage fühlte, weiterzugehen. Ich versuchte, mich schnell wieder zu fassen, raffte meinen ganzen Mut zusammen und stellte mich gerade hin: Es stand mir etwas sehr Hässliches bevor, dessen war ich sicher, aber ich wollte dem Conte nicht schon wieder eine Kleine-Mädchen-Szene liefern.

Auch dieses Zimmer wirkte wie ein niedriger Kellerraum. An den im Halbdunkel liegenden Wänden stapelten sich bis obenhin irgendwelche runden Dinger. Durch eine kleine Fensterluke kurz unter der Decke drangen ferne Schreie und die Geräusche einer sich bewegenden Menschenmenge zu uns herein.

Der Conte zerrte mich regelrecht hinter sich her und betrat den Raum viel schneller als alle anderen. Ich schwankte zwischen der Neugier, mir die seltsamen Kugelhaufen näher anzusehen, und einem plötzlichen Instinkt, der mich genau davor warnte. Die Neugier siegte und ich sah hin: Es waren Köpfe! Dutzende, Hunderte von abgehackten Köpfen, mit aufgerissenen Augen, offen stehenden Mündern und blutverschmierten Haaren. Es schnürte mir so sehr die Kehle zu, dass ich nicht mal einen Schrei hervorbrachte.

»Da siehst du sie, die Früchte des Freiheitsbaums, den mein Freund Robespierre mit so viel Sorgfalt herangezogen und dann mit den Klingen der Guillotine beschnitten hat. Dies war der Höhepunkt seiner bescheidenen Herrschaft, seines Terrors, wie die nachfolgenden Generationen es nennen werden. Der Hauch einer Anschuldigung, ein einziges Wort, das in das richtige Ohr geflüstert wurde, und schon rollte ein neuer Kopf in den Korb; die systematische Eliminierung jedes Menschen, der auch nur leise im Verdacht stand, ein Feind des Volkes und der Demokratie zu sein. Elf Monate Herrschaft, dreißigtausend Köpfe. Und der meines Freundes war der letzte, der fiel, unter derselben Klinge.«

Am anderen Ende des Saals stürzte ich durch die geöffnete Tür und löste mich nur deshalb nicht von der Hand des Conte, weil er die meine fest umklammert hielt. Ich lehnte mich mit dem Rücken gegen die Wand, beugte mich mit geschlossenen Augen nach vorn und versuchte, wieder zu Atem zu kommen. Ich hatte noch immer die glasigen Blicke der Toten vor Augen und den Gestank des verwesenden Fleisches in der Nase. Und ich war mir sicher, dass mir dieses über alle Maßen grauenerregende Szenario noch für einige Nächte Gesellschaft leisten würde.

»Ich setzte später keinen Fuß mehr auf französischen Boden«, hörte ich den Conte fortfahren, »und meine Mission in Genf erfüllte ich nicht. Ich lebte dort noch einige Jahre, schreibend und meditierend, auf der Suche nach einer Entscheidung, wie es weitergehen sollte. Schließlich ließ ich das Gerücht von meinem eigenen Tod verbreiten. Das war nicht schwer zu jenen Zeiten. Heimlich kehrte ich hierher zurück, nach Mailand, in den Palast meiner Ahnen, und bereitete mich auf das letzte Unterfangen meines Lebens vor. Das schwierigste, das extremste.«

Er schwieg und wartete, dass ich mich wieder sammelte. Es verging mehr als eine Minute, bis ich die Kraft fand, mich aufzurichten und mich umzusehen, eher vom Wunsch geleitet, mich abzulenken, als interessiert an dem, was es noch zu sehen gab. Wir befanden uns in einem winzigen, sehr düsteren Foyer mit nackten Wänden, nur durch den Türrahmen drang ein wenig Licht. Ich starrte die Tür an: Sie befand sich nicht in einer Zimmerecke, wie alle anderen bisher, sondern mitten in der vor uns liegenden Wand. Ich begriff, dass wir an die Schwelle des letzten Zimmers gelangt waren, ins Zentrum der Spirale, ins Herz des Palazzo Gorani.

Als hätte er meine Gedanken gelesen, nickte der Conte. »Meine Vorfahren waren kluge Menschen, sie kannten viele Geheimnisse: Als sie den Palast wieder aufbauten, planten sie ihn so, dass er in der Lage wäre, die Kräfte zu sammeln, die die Wirklichkeit durchlaufen. Sie wollten ein Gebäude schaffen, das diese Kräfte leiten, zusammenführen und in einem einzigen Raum konzentrieren würde: in einem verborgenen Kern, einem Raum, in dem Wunder wahr werden würden.«

In der nachfolgenden Stille spürte ich, dass die Luft vibrierte wie durch elektrischen Strom. Hinter der Tür war eine tiefe, rhythmische Stimme zu hören, die unbekannte Worte psalmodierte. Ich wurde von einer mir unverständlichen Empfindung erfasst, einer Mischung aus Bedrängnis und Vertrautheit, wie wenn man sich von einer Stimme mit Namen gerufen hört, die man kennt, aber seit sehr langer Zeit nicht gehört hat.

»Ich hatte mein Leben damit verschwendet, unmöglichen Idealen nachzujagen; ich hatte geholfen, den Traum einer besseren Menschheit zu entwerfen, und ich hatte ihn in Blut ertrinken sehen. Es blieb mir nur noch wenig Zeit: Meine Karriere hatte mir Feinde in jedem Land Europas eingebracht, und viele von ihnen waren sehr mächtig. Ich brauchte Zeit, um wieder zu mir zu kommen, um einen neuen Sinn in den Dingen zu finden – aber Zeit war das Einzige, was ich nicht hatte. Daher wandte ich mich an die Macht meiner Heimat, eine Macht, die seit Jahrhunderten geschlafen hatte, aber sehr wohl lebendig war, weil ihr das Verstreichen der Zeit nichts anhaben konnte. Ich wusste nicht, wo sich das *Medhelan* befand: Niemand weiß das heute mit Sicherheit. Aber ich wusste, dass es mir mit dem richtigen Angebot sicher gelingen würde, meine Stimme hören zu lassen.«

»Das Opfer ist die Essenz der Macht«, flüsterte ich kaum hörbar, mich unvermittelt an seine Worte erinnernd.

»Genau. Und ich vollendete mein Opfer, indem ich dafür das Wertvollste gab, das ich besaß.« Der Conte starrte auf die geschlossene Tür. »Im verborgenen Herzen dieses Palazzo vollzog ich das Ritual, sprach die Worte, rief die Kräfte an, die die Erde durchlaufen. Ich weckte den Drachen. Im Tausch für die Zeit, die mir nötig erschien, bot ich ihm den letzten Augenblick meines Lebens. Und ich wurde der, der ohne Tod ist, der *Unsterbliche*.«

Wie zur Antwort auf seine Worte begann die Steinwand zu meiner Linken plötzlich zu schwanken, zog sich in sich selbst zusammen und platzte nach innen auf. Im dahinterliegenden Zimmer wurde die hoch aufgerichtete Gestalt eines Unterirdischen sichtbar, der seine Arme nach uns ausstreckte. Für einen Augenblick war ich so überrascht, dass ich es nicht schaffte, auch nur einen Muskel zu bewegen.

Dann fing auch die rechte Wand an zu zittern, wie eine in Unruhe geratende Wasseroberfläche, und zwei weitere schwarze, bedrohliche Gestalten erschienen auf der Bildfläche. Ich merkte, wie der Conte neben mir zurückwich, übernahm wieder die Kontrolle über mich selbst, breitete die Arme aus und brüllte.

Kaum hatte ich die Hand des Conte losgelassen, ging alles um mich herum zu Bruch: Die Tür, das Zimmer und der ganze Palast zerfielen in ein buntes Farbspektrum, das sich schnell auflöste und uns im nächsten Augenblick unter dem Sternenhimmel mitten auf dem verlassenen Parkplatz zurückließ.

Ich fühlte, wie eine unglaubliche Wut in mir hochstieg, ein wildes Toben, das nur zum Teil von mir selbst kam, und ich ließ es kommen. Für einen einzigen Moment war die Welt wie gelähmt, ein eingefrorenes Fotogramm. Als einer der Unterirdischen nach vorn glitt und versuchte, sich zwischen mich und den Conte zu stellen, legte ich los.

An das, was danach geschah, kann ich mich nur noch undeutlich erinnern: Da sind nur Fetzen von Dunkelheit, schwarze Finger, die wie Säure brennen, und das betäubende Brüllen des Wolfes, das immer lauter wird, bis es alles andere verschlingt. Ich weiß, dass ich um mich schlug, wieder und wieder, die Finger geöffnet wie Klauen, um meine eigene Achse wirbelnd und mich auf alles stürzend, was sich in meinem Umkreis bewegte.

Das erste klare Bild, das ich habe, ist eins von mir selbst: schwer atmend, ein Knie auf der Erde, umgeben von zerfledderten Schattenfetzen, die gerade dabei waren, zu Staub zu zerfallen. Meine Arme und mein Gesicht waren mit seltsamen, schmerzenden Brandwunden bedeckt, die meine Haut entfärbt statt gerötet hatten, an den Stellen, an denen es den Händen der Unterirdischen gelungen war, mich zu berühren. Aber noch während ich die Verbrennungen mit halb geschlossenen Augen studierte, waren sie schon dabei zu heilen, eine nach der anderen.

Ich stand langsam auf: Auf dem Parkplatz waren nur noch der Conte und ich und die jetzt wieder stille Nacht um uns herum. Der graue Asphalt zeigte nicht die geringste Spur eines Kampfes, so als hätte ich mir alles nur eingebildet.

Ich schluckte. »Warum haben sie uns angegriffen?«, fragte ich mit heiserer Stimme. Ich hatte Durst.

»Wahrscheinlich hat unsere kleine Reise sie gestört«, erwiderte der Conte. Er hatte die ganze Zeit hinter mir gestanden und schien wenig beeindruckt von dem, was passiert war. »Geschöpfe von ihrer Natur sind sehr sensibel gegenüber den Veränderungen des Weltgewebes: Du und ich, wir haben Erinnerungen geteilt, die in eine andere Zeit gehören, wir haben unisono geträumt. Und das Volk aus der Tiefe ist hungrig nach Träumen.«

Ich sah ihm in die Augen, immer noch zitternd und alle Muskeln angespannt wie Drahtseile. »Sie wussten, was geschehen würde.«

»Ich wusste, dass es möglich ist.«

»Warum haben Sie mir nichts gesagt?«

»Weil ich auch wusste, dass wir nichts zu befürchten hatten. Weil ich wusste, dass du uns beide beschützen würdest. Und ich habe mich nicht getäuscht.«

Ich öffnete den Mund, um etwas zu erwidern, aber es kam nichts heraus: Die Haltung des Conte war so ruhig, so sicher und gelassen, dass jede Spur von Groll aus meinem Herzen wich, wie die Überbleibsel der Unterirdischen verschwunden waren, mit denen ich gerade gekämpft hatte. Ich schwieg, schaute auf die dunklen Umrisse des Turms und wartete darauf, dass sich auch meine Erschöpfung in Nichts auflösen würde. Ich betrachtete den schattenhaften Lichtschein, der die Schultern des Conte umfing, und die Funken, die knisternd von ihm abprasselten. Und nun verstand ich das, was ich sah.

Der Conte hatte sein Leben den Mächten dargeboten, deren Natur ich nicht einmal ansatzweise durchschaute, und sie hatten geantwortet, indem sie ihn auf der letzten Schwelle festgenagelt hatten. Die Funken waren das, was von seinem Leben geblieben war, und der Schatten war nur eine Abwesenheit, eine Leere, die von etwas zeugte, das nicht mehr existierte. Das war der Grund, warum er die Stimmen der Toten hören konnte: Die Zeit, die er mit seinem Pakt erobert hatte, war nichts als ein einziger Moment, der letzte Augenblick seines Lebens, verlängert in die Unendlichkeit. Ein Mann, der vom Drachen geküsst worden war. Ein Mann ohne Tod.

Er bemerkte meinen Blick und erwiderte ihn, sehr ruhig. »Jetzt kennst du meine Geschichte, Veronica. Die Geschichte von Giuseppe Gorani. Ich bin wenige Meter von der Stelle, an der wir uns gerade befinden, auf die Welt gekommen, vor zweihundertneunundsechzig Jahren. Ich bin ein Soldat gewesen, ein Spion, ein Idealist, ein Revolutionär, ein Magier. Heute bin ich nur noch ein Mensch, der weiterleben will wie jeder andere Mensch auf der Welt. Ich habe meine Stundung teuer bezahlt, und ich bemühe mich jeden Tag, sie fruchtbar sein zu lassen.« Er neigte kaum wahrnehmbar den Kopf. »Wirst du an meiner Seite bleiben, trotz allem?«

Ich wusste, dass er seine Frage ernst meinte, und zählte fünf Herzschläge, bevor ich antwortete. »Ja. Ja. Aber jetzt will ich nach Hause.«

Er nickte, und wir gingen auf den Ausgang des Parkplatzes zu, diesmal ohne durch die Grenzmauer zu gehen. Die Brandwunden auf meinen Armen waren schon verschwunden und mit ihnen Schmerz und Erschöpfung. Es ging mir wieder gut, jedenfalls körperlich; innerlich war ich wie ausgehöhlt und hatte nur noch Lust auf mein stilles Zimmer und mein Bett.

Ich ließ das Geschehen noch einmal Revue passieren, auch den Kampf. Ich hatte das Gefühl, auf die Probe gestellt worden zu sein.

Kapitel 22

Mittwoch, 25. Februar
Neumond

Seit ich am Montagmorgen aufgewacht war, hatte ich die Stunden bis zu meiner Verabredung mit Ivan gezählt, und es schienen endlos viele Stunden zu sein. Irene grinste immer wieder amüsiert und mitfühlend, wenn sie sah, wie mein Blick zur Uhr wanderte oder sich in Gedanken an ihn im Nichts verlor, und auch wenn ich mal wieder nicht in der Lage war, über irgendetwas anderes zu sprechen.

Ich hatte ihr nichts von meiner kurzen Begegnung mit Alex am vorigen Samstag erzählt, aber ihr fiel von alleine auf, dass Angela und ihre Freundinnen scheinbar von einem Tag auf den anderen jegliches Interesse an ihm verloren hatten: In der Pause und nach Schulschluss waren sie jetzt wieder unter sich, oder genauer, sie waren wie immer von Jungs umgeben, die sich um ihre Aufmerksamkeit bemühten, aber sie reagierten darauf in der Manier von Filmdiven, mit dem üblichen lockeren und unverbindlichen Flirtgehabe.

Wer hingegen überhaupt keine Lust zu haben schien, mit irgendjemandem zu reden, das war Alex. Er war in sich gekehrt, ernst und antwortete selbst seinen Freunden nur einsilbig.

Mehr als einmal überraschte ich ihn dabei, wie er in meine

Richtung blickte und sofort wegsah, wenn er sich dabei ertappt fühlte.

Ich versuchte zu analysieren, welche Empfindungen all das bei mir hervorrief, aber es gelang mir nicht wirklich. Im Moment wäre es mir lieber gewesen, ich würde gar nichts für Alex empfinden. Einfach das Herz zum Schweigen bringen. Oder besser es ausschließlich auf Ivan einstellen, wie man einen Fernsehsender wählt. Stattdessen löste jeder Blickkontakt mit Alex Besorgnis aus und Wut und Mitleid – und vielleicht Hoffnung.

Dass Giada im Unterricht fehlte, wunderte mich nicht. Ich konnte nicht verleugnen, dass ich mir trotz meines Grolls auch ein wenig Sorgen machte, aber ich sagte mir auch, dass man es uns sicher mitgeteilt hätte, wenn es ihr wirklich schlecht ginge. Sie schien einfach zu fehlen wie viele andere auch, und so verbannte ich auch das zu den Angelegenheiten, über die ich gerade nicht nachdenken wollte.

»Was bedeutet das, deiner Meinung nach?«, fragte ich Irene leise kurz vor Ende der Philosophiestunde am Mittwochvormittag und wies auf Angela und ihre Gefährtinnen. Die Sache schien mir ziemlich klar, aber ich wollte Irenes Bestätigung als Expertin in sozialen Beziehungen haben.

»Dass sie jetzt gezwungen sind, ihre Taktik zu ändern«, war die Antwort. »Elena hat dich im Schwimmbad mit einem Jungen erwischt. Einem älteren Jungen, der so offensichtlich an dir interessiert ist, dass er sie stehen lässt, ohne auch nur eine Sekunde darüber nachzudenken. Ergo wird Alex nicht mehr gebraucht.« Sie warf einen schiefen Blick in seine Richtung: Er schaute mit düsterem Gesicht aus dem Fenster und schien dem Unterricht nicht die geringste Aufmerksamkeit zu schenken. »Und ich würde sagen, das hat auch er gemerkt.«

Ich schlug die Augen nieder. Sie hatten ihn benutzt, genauso wie sie Giada und alle anderen benutzten, die sich das gefallen ließen. Erst um hinter meinem Rücken ihren Spaß zu haben, dann um mich eifersüchtig zu machen. Auch er war also eines ihrer Opfer.

Aber Fakt war: Er hatte mich an jenem Abend allein gehen lassen, mir danach tagelang die kalte Schulter gezeigt und nicht einmal gefragt, wie es mir geht. Er hatte von sich aus so reagiert, nicht weil andere ihm das so vorgegeben hatten. Also hatte ich alles Recht der Welt, auf ihn sauer zu sein. Er hatte es verdient, eine Weile zu schmoren, jetzt, da Angelas falsche Aufmerksamkeiten sich in Nichts auflösten; ich würde doch jetzt nicht hinrennen und ihn trösten. Außerdem war da Ivan, der auf mich wartete. Bei dem Gedanken daran bekam ich Lust zu tanzen.

Als es zum Schulschluss läutete, schoss ich von meinem Stuhl hoch und verabschiedete mich von Irene mit einem eiligen Küsschen auf die Wange.

Sie lächelte. »Du wirst ihn mir vorstellen müssen, früher oder später.«

»Versprochen! Aber jetzt muss ich los. Ciao!«

»Ciao.« Ihr Grinsen war ziemlich süffisant. »Amüsier dich gut.«

Ich lachte und stürmte die Treppen hinunter.

Fünf Metro-Stationen später war ich im Herzen der Stadt und trat auf dem Platz, den Ivan mir genannt hatte, ans Tageslicht. Erst jetzt wurde mir bewusst, dass ich die Gegend kannte: Der Dom war ganz in der Nähe, und das Haus des Conte lag nur wenige Minuten entfernt.

Es war ein klarer Tag, und obwohl es halb zwei Uhr mittags war, herrschte ziemlich dichter Verkehr. Ich sah mich um, und während ich mich noch fragte, wie ich hier eine Krypta finden sollte, die ja per Definition unterirdisch sein musste, blieb mir der Mund offen stehen: Inmitten des Straßengewühls, inmitten der vorbeiflitzenden Autos lag ein kleiner, runder, gepflasterter Platz. Er war umgeben von den Überresten einer mittelalterlichen Mauer, die soeben aus dem Boden gewachsen zu sein schien. Ein mindestens fünf Meter langer Halbkreis aus moosbedeckten Ziegelsteinen mit mehreren kleinen Bogenfenstern.

Von meinem Standort aus gesehen, lag er vor einem Hintergrund aus Schaufenstern, Ampeln und Häusern aus Glas und Beton. Genaugenommen schien die Mauer weniger aus dem Boden gewachsen, als geradewegs vom Himmel gefallen zu sein – aus einer fernen Epoche in unsere Zeit gestürzt und irrtümlich am modernsten und verkehrsreichsten Platz der Stadt gelandet. Es war das Seltsamste, das ich gesehen hatte, seit ich auf Mailands Straßen unterwegs war.

Ich wartete, dass die Ampel auf Grün schaltete, und überquerte dann die Straße zu dem kleinen Platz. In den vergangenen beiden Tagen hatte ich mich im Internet über diesen Ort informiert, denn sicherlich würde Ivan mir einiges erzählen und … na ja, ich wollte nicht den Eindruck machen, dass ich so gar keine Ahnung hatte. Also wusste ich jetzt, dass es sich um eine frühchristliche Kirche handelte. Die noch immer sichtbaren Mauern waren erst viel später, im neunten Jahrhundert gebaut worden, und die Kirche selbst wurde in den Vierzigerjahren unseres Jahrhunderts zerstört. Die darunterliegende Krypta war der älteste Teil der ganzen Anlage: Sie beherbergte weiter nichts als ein kleines Museum, das normalerweise für die Öffentlichkeit nicht zugänglich war und nur nach Vereinbarung mit dem Archäologischen Museum besichtigt werden konnte.

Ich hatte auch versucht, mehr über den Gott Mithras zu erfahren, der Ivan zufolge der vorhergehende »Bewohner« des Tempels gewesen war. Aber über ihn gab es so viel Material, dass ich nach kurzer Zeit aufgegeben hatte. Aus der ganzen Masse an Informationen war mir immerhin in Erinnerung geblieben, dass es sich um eine persische Gottheit handelte, die fast gleichzeitig mit dem Christentum nach Rom gekommen war, und dass zwischen den beiden Religionen eine gewisse Zeit eine starke Rivalität geherrscht hatte. Dieser Mithras war eine Art göttliche Lichtgestalt, er kämpfte ständig mit den Schatten der Dunkelheit, um die universale Ordnung intakt zu halten: ein Herr der Gestirne, der den Auftrag hatte, die kosmische Achse zu bewegen, um die sich – wie man in der Antike annahm – das Universum drehte. Seine unterirdischen Tempel, die *Mithräen*, waren im ganzen Reich verteilt, und man hatte sowohl in England welche gefunden als auch an den Ufern der Donau; in ihnen praktizierten seine Getreuen einen Geheimkult, von dem man heute nur noch sehr wenig wusste.

Beim Näherkommen stellte ich fest, dass die Mauer von einem Geländer umgeben war, das nicht auf einer Ebene mit der Straße lag, sondern zu einer Art halbkreisförmigem Brunnen in einigen Meter Tiefe gehörte. Am Ende der Treppe, die nach da unten führte, war eine Tür aus dunklem Metall auszumachen, die halb offen stand und in einen dunklen Raum zu führen schien.

Ich sah mich um, konnte aber Ivan nirgends sehen. Offensichtlich war er schon nach unten gegangen und erwartete mich dort. Ich zog meine Lederjacke fester um mich, weil es plötzlich kälter war als ein paar Minuten zuvor. Dann ging ich die Treppen hinunter und drückte vorsichtig die Tür auf.

Im Inneren war es düster, eine Reihe kleiner Lampen an den Wänden verbreiteten ein mattes, gelbliches Licht. Die Decke war weniger tief als erwartet und bestand aus mehreren kleinen Wölbungen, die jeweils von einer ziemlich schmalen Säule gehalten wurden. Gleich links neben dem Eingang gab es eine weiße Tür, die möglicherweise in die unterirdischen Gänge der Stadt führte; ansonsten war die Krypta leer, mit Ausnahme von wenigen archäologischen Funden, die unter den Lämpchen aufgereiht lagen und mit Erklärungsschildchen versehen waren. In der Luft lag ein leicht süßlicher Geruch, der unangenehme Empfindungen in mir hervorrief.

Unschlüssig blieb ich auf der Schwelle stehen. Plötzlich bewegte sich etwas am Rand meines Blickfeldes und ließ mich unwillkürlich zurückweichen. Es war Ivan. Er stand in der entferntesten Ecke der Krypta neben einer Säule. Wie war es möglich, dass ich ihn nicht sofort gesehen hatte?

»Ivan!« Lächelnd ging ich auf ihn zu.

Er hatte die Haare zum Pferdeschwanz gebunden, trug die Jacke und das Kapuzenshirt, mit denen ich ihn das erste Mal gesehen hatte, und eine seltsame Ledertasche in der Hand. Beim Klang meiner Stimme wandte er sich zu mir. Als sich unsere Blicke trafen, blieb ich mitten im Schritt stehen.

»Veronica ...«

Hier stimmte was nicht, hier stimmte etwas *ganz und gar nicht:* Die plötzliche Erkenntnis fuhr mir wie ein Dolchstoß in die Rippen.

»Ivan, was ist los? ...«

Ich wusste nicht, ob ich weiter auf ihn zugehen sollte oder nicht. In meinem Kopf schrillten die Alarmglocken so heftig, dass mir jedes einzelne Haar zu Berge stand. Ich rief den Wolf, ohne auch nur darüber nachzudenken.

In diesem Moment hörte ich ein Quietschen hinter mir und drehte mich um: Ein schwarz gekleideter Mann war durch die

Haupttür eingetreten und verschloss sie hinter sich mit einem Schlüssel. Er war groß und kräftig, hatte die Schultern eines Ringers und einen fast kahl rasierten Kopf. Ich hatte ihn noch nie gesehen, aber aus dem Blick, mit dem er mich bedachte, war eindeutig zu entnehmen, dass *er* sehr wohl wusste, wer ich war.

Mit einem *rums!* ging auch die weiße Tür auf, und vier Männer betraten mit schnellen Schritten den Raum. Sie waren alle in Schwarz gekleidet und hatten eine Tasche bei sich. Ihren Anführer erkannte ich sofort: Diese Augen, die funkelten wie Obsidiansplitter, hatte ich nicht vergessen. Es war Ivans Vater.

In Windeseile hatten sie mich umzingelt, sie blieben zwar auf Distanz, standen aber in regelmäßigen Abständen in einem vollen Kreis um mich herum. Sie bewegten sich mit der Sicherheit einer Schauspielertruppe, die diese Szene unzählige Male geprobt hat.

»Ivan.«

Ich sah mich panisch nach ihm um: Er stand mit den anderen im Kreis, hatte aber als Einziger den Kopf gesenkt und die Augen zu Boden gerichtet.

»Ivan …«

Auf ein Zeichen ihres Anführers griffen gleichzeitig sechs Hände in die Ledertaschen. Ein Teil von mir erkannte diese Geste als Ritual wieder, das ich viele, *viele* Male gesehen hatte. Die Luft füllte sich mit einem sehr intensiven, schwindelerregenden Geruch. Mir drehte es vor Angst und Übelkeit den Magen um.

»Ivan!«

Ich spürte die Energie des Wolfes in meinen Adern, mit einer nie da gewesenen Intensität, genährt von Hass und Entsetzen, die aus dem Abgrund der Jahrtausende loderten. Ich kauerte mich zusammen wie eine Sprungfeder und heulte auf, bereit, alles in Stücke zu zerreißen, was sich mir in den Weg stellte.

Aber ich hatte einen Moment zu lange gezögert.

Aus den Ledertaschen tauchten die Hände der Männer mit blauen Blüten auf. Ich taumelte, und mein Heulen verlosch zu einem Brummen. Der Gestank des Eisenhuts traf mich mit voller Wucht, und ich spürte, wie mein Kopf zu glühen begann. Mit einer weit ausholenden Kreisbewegung warfen die sechs Männer die Blütenblätter vor sich auf den Boden, schnell und präzise, bis ich mich im Zentrum eines Blütenkreises befand. Mit der Wucht einer Felslawine traf mich eine unbegreifliche Schwäche und zwang mich in die Knie. Ich drehte den Kopf in alle Richtungen, aber ich war umzingelt: Der Würgling hielt mich in einem unsichtbaren Würgegriff, stärker als jede reale Barriere es gekonnt hätte.

Ich hatte das Gefühl, von innen zu brennen, einem flüssigen Feuer ausgeliefert zu sein, das unter meiner Haut brodelte. Um mich herum psalmodierten die Männer seltsame Gesänge, mit tiefen, monotonen Stimmen, die im Gewölbe der Krypta widerhallten. Ich konnte ein paar lateinische Worte aufschnappen.

Unter Tränen suchte ich nach Ivan: Er stand drei Meter von mir entfernt zwischen den Säulen, den Blick immer noch auf die Erde gerichtet, die geöffnete Hand verloren neben der Hüfte hängend, immer noch ein paar Blütenblätter zwischen den Fingern. Vielleicht hatte er meine Augen auf seinem Körper gespürt, vielleicht war es auch Zufall, dass er jetzt den Kopf hob und wir einander anstarrten: Er weinte. Schweigend zwar, unbeweglich, wie Männer weinen, aber ich konnte ganz deutlich die Tränen sehen, die über seine Wangen liefen.

»Ivan …«

Ich versuchte, seinen Namen auszusprechen, aber es war nur ein abgehacktes Kreischen zu hören. Ich fiel zu Boden, blieb auf einer Seite liegen.

Der Sprechgesang brach ab. Für den Teil von mir, der Veronica war, hatte das keinerlei Bedeutung, aber der Wolf wusste sehr genau, was das hieß: Der Kreis war geschlossen, die Falle zugeschnappt, versiegelt von der Macht des Symbols und heraufbeschworen von den Worten des Rituals. Worte, die der Zeit und dem ewigen Wandel der Welt trotzend über die Jahrhunderte hinweg von Generation zu Generation weitergegeben worden waren, um zu den wenigen Eingeweihten zu gelangen, die sich noch an sie erinnerten.

Ich sah, wie Ivans Vater von Neuem die Hand in die Tasche steckte, etwas hervorzog und die Hülle hinter sich warf. Die anderen taten es ihm nach. Es war nicht nötig, die langen, flexiblen Gegenstände in den Händen der Männer durch meine Tränen hindurch genau zu sehen: Ich erkannte den Geruch frischen Blutes wieder, das vor wenigen Nächten aus der Kehle eines Opfertiers geflossen war. Ich erkannte das schreckliche Pfeifen des ungegerbten Leders in der Luft. Die Peitschen des Lupercals.

»Ivan.« Die Stimme eines Mannes, merkwürdig vertraut.

Ich hob mühsam den Kopf, wobei mich jede Muskelbewegung schmerzte, und sah, wie der Vater den Sohn streng ins Visier nahm. Ivan hielt in der einen Hand noch seine Tasche, während die andere schlaff herunterhing; er hatte keine Peitsche in der Hand.

»Ivan, was tust du?«

Ivan hielt weiterhin den Kopf gesenkt, und einen Augenblick später musste auch ich den meinen beugen, niedergedrückt von der Macht des Kreises. Ich schloss die Augen, röchelnd, als würden unsichtbare Hände mir die Kehle zudrücken.

Die Stimme des Mannes. Ich kannte sie … Wo hatte ich sie nur schon gehört? …

»Ivan, mach die Tasche auf.«

Und plötzlich war alles klar.

Die Nacht, in der ich gebissen worden war; die Erinnerungen des Wolfes, die ich in meinen Träumen durchlebt hatte.

Der Wolf hatte zwei Stimmen gehört, bevor er in der Gasse über mich hergefallen war: Eine kannte ich damals noch nicht, aber jetzt erkannte ich sie wieder. Männlich, autoritär. Die andere Stimme war mir im Traum vertraut vorgekommen, und doch: Sooft ich sie in den letzten Tagen auch lachen, scherzen, plaudern, meinen Namen rufen gehört hatte, so sehr hatte sich mein Geist mit aller Kraft dem Wiedererkennen verweigert.

Die Stimme des Vaters und die Stimme des Sohnes.

Jede Einzelheit glitt an ihren Platz. Die Eisenhutblüte in meinem Rucksack, der Schatten in den Umkleideräumen – verborgen von der Macht, die Sicht zu täuschen – und Ivan, der am selben Tag im Schwimmbad aufgetaucht war und mich angesprochen hatte.

Ivan, so schön und verführerisch, so selbstsicher, der sich mit Veronica, der schlecht gelaunten Gymnasiastin unterhielt, der ihr den Hof machte, sie einlud, mit ihm auszugehen. Sie küsste. Und sie dann in die Falle laufen ließ, wo die anderen Luperci schon auf der Lauer lagen.

Es war alles perfekt. Kein Zeuge, niemand, der wusste, wo ich mich befand. Abgesehen von Irene, die aber nur den Vornamen eines Jungen kannte, den sie nie gesehen hatte, und die Adresse einer Krypta, in der sich mit Sicherheit nicht die geringste Spur von mir finden lassen würde. Die Krypta des Mithras, des Herren des Lichts, der die Dämonen bezwang. Sogar der Zeitpunkt war perfekt: der Neumondtag. *Sie werden versuchen, dich bei Tag anzugreifen*, hatte der Conte gesagt, *und das ist alles andere als einfach im Herzen einer großen Stadt*. Aber ich hatte mich seelenruhig in die Falle locken lassen, in blindem Vertrauen.

Einen Moment lang spürte ich die Macht des Kreises nicht mehr, die mich auf die Erde niederpresste. Ich roch weder den beißenden Gestank des Würglings, der mir die Lungen verätzte, noch hörte ich das Knallen der heiligen Peitschen. Ich fühlte nur einen Knacks im tiefsten Punkt meiner Brust.

»… eine solche Szene zu machen?«, sagte gerade Ivans Vater mit vor Wut schneidender Stimme. »Wir haben keine Zeit zu verlieren!«

»Nein.« Seine Stimme klang gebrochen und anders als sonst, aber ich erkannte sie trotzdem. »Wir können das nicht tun. Es ist nicht richtig.«

»*Was?!*« Der Aufschrei des Vaters donnerte von einem Ende der Krypta zum anderen, und ich merkte, wie die anderen Luperci unruhig wurden. »Du weißt, dass es getan werden *muss*!«

Ich kniff die Augen zusammen und presste die Stirn an den Boden. Ich wollte nur eins: nichts mehr sehen, nichts mehr hören, mich in das Nichts auflösen, das ich schon in mir hatte, und einfach aufhören, zu existieren.

»Sie ist nur ein Mädchen, sie hat nichts Schlimmes getan …«

»Und sie wird auch nichts tun, wenn wir sie vor dem Vollmond noch aufhalten! Jetzt reiß dich zusammen und *zieh deine Peitsche heraus!*«

Ich hörte Ivans Stimme, so angespannt wie eine Gitarrensaite kurz vorm Zerreißen. »Sie wird nicht überleben, wenn wir den Wolf verjagen! Niemand überlebt das, nach all diesen Tagen …«

»Und dennoch *muss es getan werden*! Denkst du, es bereitet mir *Vergnügen*, das zu tun? Denkst du, dass jemand unter uns glücklich darüber ist, ein Menschenleben zu opfern für die Rettung von vielen anderen? *Wir müssen* es tun! So ist es immer gewesen: Jemand muss es tun, und heute liegt diese Verantwortung bei uns.« Ich hörte das Knallen des Leders auf dem steinernen Fußboden. »Los jetzt, nimm deine Peitsche.«

»Nein.« Diesmal vibrierte Ivans Stimme mit einer solchen Intensität, dass ich nicht anders konnte, als ihn durch meine Tränen hindurch anzusehen, auch wenn ich mir zugleich verzweifelt wünschte, ihn nie wiedersehen zu müssen.

Und ich erkannte ihn. Diesmal erkannte ich ihn wirklich, trotz tränenverschleiertem Blick und heftig schmerzendem Herzen. Hoch aufgerichtet stand er da, mit geballten Fäusten, die schwarzen Augen lodernd vor Trotz, der Held, den ich erst vor zwei Wochen kennengelernt hatte, und in den ich mich verliebt hatte, als hätte ich das ganze Leben nur auf ihn gewartet.

Sein Vater ging vom anderen Ende des Kreises auf ihn los, den Kiefer so angespannt, dass seine Lippen zitterten. »Du darfst kein Mitleid mit dem Wolf haben! Er wird mit uns auch keins haben! Er ist in unsere Welt gekommen, um Leben zu vernichten, und viele Tausende hat er bereits vernichtet.«

Ivan schüttelte wütend den Kopf. »Sie ist nicht der Wolf. Sie ist Veronica. Der Wolf ist mit Gewalt in sie eingedrungen, weil *er* es gewollt hat. Sie trifft keine Schuld.«

»Aber jetzt ist sie vom Wolf besessen! Wir können nichts daran ändern, weder ich, noch du, noch sonst jemand. Wir müssen ihn *jetzt* in die Dunkelheit jagen!«

»Nein.« Ivans Stimme war auf einmal kristallklar und scharf wie eine Messerklinge. »Das wirst du nicht tun. *Ich werde dir nicht erlauben, ihr wehzutun.*«

»Dann werde ich es sein, der …«

Aber Ivan ließ ihn den Satz nicht zu Ende bringen. Er schoss nach vorn, das Bein gestreckt, wie um jemandem einen Fußtritt zu versetzen, so schnell, dass meine Augen ihm kaum folgen konnten. Aber sein Fuß traf keinen Menschen, er sauste auf den Blütenkreis herab und zerfetzte ihn mit einer einzigen, blitzartigen Bewegung.

Wie in einem Windzug, der das Licht einer Kerze löscht, verflüchtigte sich das Gewicht, das mich niedergedrückt hatte. Das Feuer in meinem Kopf war geblieben, genauso wie die glühend heiße Luft und der schreckliche Gestank des Eisenhuts, aber der Druck hatte sich in Nichts aufgelöst.

Ich wirbelte hoch, mit einem Brüllen, das mir fast die Lungen zerriss und jedes andere Geräusch und jeden Gedanken ausradierte. Trotzdem gelang es mir irgendwie, Ivans Stimme zu hören, die mit aller Kraft schrie: »LAUF, VERONICA! LAUF!«

Ich stürzte auf die geschlossene Tür zu, die Blütenwolke ignorierend, die emporstieg, als ich darüber hinwegfegte, und die meine Beine in einen lodernden Schmerz tauchte. Zwischen mir und der Tür stand der Mann, der sie zugesperrt hatte, der drahtige, kahl rasierte Priester, der mich einen Moment lang voller Entsetzen anstarrte. Er hob instinktiv die Peitsche, um sich zu schützen, aber ich merkte es nicht einmal. Ich rammte ihm meine Schulter gegen die Brust, sodass er davonflog wie eine Strohpuppe und gegen eine Säule krachte.

Einen Sekundenbruchteil später schlug ich gegen die Tür: Sie war aus Metall und machte einen schrecklichen Lärm, als sie unter meiner Wucht zu Boden knallte.

Ich fiel nach vorn auf die unterste Stufe der Treppe, rappelte mich aber sofort wieder auf und hatte plötzlich Ivans Vater vor mir, dem es irgendwie gelungen war, den Raum so blitzartig zu durchqueren. Er stürzte sich auf mich und schwang seine Peitsche. Ich packte das erstbeste Ding, das ich finden konnte, und schmetterte es ihm entgegen. Erst im Rückblick wurde mir klar, dass es die Tür gewesen war, die ich gerade niedergerannt hatte.

Ich sah ihn schreiend nach hinten fallen und in der Dunkelheit des Kellers verschwinden. In einer unglaublichen Geschwindigkeit rannte ich die Treppe rauf und flüchtete.

DER ZWEITE MOND

»Das Fürchterliche ist nicht für das Herz des Menschen!«

Hugo von Hofmannsthal, *Elektra*

Kapitel 23

Samstag, 28. Februar, und Sonntag, 1. März
Zunehmender Mond

Ich lag drei Tage lang mit Fieber flach. Ich weiß nicht, ob es eine körperliche Reaktion auf den Schock war oder eine Reaktion des Wolfes auf den Kontakt mit dem Aconitum, aber von Mittwoch bis Samstagfrüh fiel das Fieberthermometer nie unter achtunddreißig Grad.

Meine Mutter saß rund um die Uhr an meinem Bett, ließ ihre zahlreichen Verpflichtungen sausen und tat alles, was ihr in den Sinn kam, damit es mir besser ginge: Sie verordnete mir Heilmittel, die ausnahmsweise nicht homöopathisch waren – was wirklich fast nie vorkam und bewies, wie sehr sie sich um mich sorgte –, und sie kochte all meine Lieblingsgerichte, um mich zum Essen zu bewegen. Sie leistete mir Gesellschaft, wenn sie annahm, dass ich sie brauchte, und ließ mich allein, sobald ich sie darum bat; abends fragte sie mich sogar, ob sie mir eine Geschichte erzählen sollte, wie damals, als ich noch ein Kind gewesen war. Ich schäme mich nicht, einzugestehen, dass ich akzeptierte, und für eine Weile fühlte ich mich wieder wie eine Neunjährige, die nur eine einzige Sorge im Leben hat: bis zum Sonntag gesund zu werden, um rauszukommen und mit den Freundinnen spielen zu können.

Ich stellte fest, dass ich meine Mutter liebte, so sehr, dass ich einen Kloß im Hals hatte, sobald ich nur daran dachte. Aber ich sagte es ihr nicht, weil ich vermutlich in Tränen ausgebrochen wäre.

Ich weinte ziemlich viel in jenen Tagen, im Grunde immer, wenn ich allein war. Ich weinte so viel, dass ich oft das Gefühl hatte, nicht mehr weinen zu können, weil alles, was mir bis zum Lebensende an Tränen zur Verfügung stand, bereits vergossen war. Stattdessen entdeckte ich bei jeder neuen Heulkrise, dass ich immer noch Tränen hatte.

Das erste Mal weinte ich im Haus des Conte, zu dem ich wie eine Verrückte geflüchtet war, nachdem ich die Tür der Krypta eingerannt hatte. Ich kann mich so gut wie gar nicht erinnern, wie ich dort hingekommen bin, was vermutlich besser ist: Ich glaube, ich bin auf das Dach eines fahrenden Autos gesprungen, und vielleicht auch auf ein paar Balkone, und das mitten an einen Mittwochnachmittag. Trotzdem hörte ich in den darauffolgenden Tagen nichts von seltsamen Ereignissen in der Nähe der Piazza Missori, kein Zeitungsartikel berichtete irgendetwas über ein Mädchen, das auf Balkons herumgeflogen wäre. Vielleicht war ich so schnell gewesen, dass mich niemand richtig gesehen hatte, oder die potenziellen Zeugen hielten das Ganze für Einbildung. Ich hatte ja in letzter Zeit oft genug erlebt, wie talentiert die Leute darin sind, Dinge zu übersehen, die sie nicht sehen wollen. Wer weiß, welche Erklärung jener Autofahrer für die Fußspuren auf seinem Dach gefunden hat.

Das Fenster des Conte stand weit offen, und als ich hineinflog, riss ich Regina fast um, die mit panischem Gesichtsausdruck und einer bunten Decke in den Händen direkt danebenstand. Sie mummelte mich sofort ein, dirigierte mich zu einem kleinen Sofa und kniete sich vor mich hin; dann nahm sie meine Hände zwischen die ihren – genau, wie Irene es immer tat – und drückte sie sanft, bis das Zittern nachließ.

Wenige Sekunden später kam der Conte, beinahe im Laufschritt und in seinem roten Schlafrock. Zum ersten Mal erlebte ich ihn überrascht und fassungslos. Erst im Nachhinein erfuhr ich, dass Regina ihm diesmal mein Kommen nicht angekündigt hatte und er nur deshalb so schnell angelaufen kam, weil er den Aufprall gehört hatte, mit dem ich in seinem Wohnzimmer gelandet war.

Er trug Regina auf, etwas Warmes zum Trinken zu machen, setzte sich vor mich hin und sah mir lange in die Augen. Dabei sagte er kein Wort, und ich spürte einmal mehr die beruhigende Wirkung seines Blickes, der mein Herz nach und nach wieder ruhiger schlagen ließ. Erst als ich aufhörte zu zittern und eine ganze Tasse Gewürztee getrunken hatte, fragte er mich, was geschehen sei.

Und ich erzählte ihm alles: Ich erzählte ihm von Ivan, wie er sich mir genähert hatte, dass ich seine Stimme aus den Erinnerungen des Wolfes nicht wiedererkannt hatte, wie er sich in der Krypta gegen seinen Vater gestellt und mir die Flucht ermöglicht hatte. Dabei weinte ich ununterbrochen.

Der Conte hörte zu, ohne mich ein einziges Mal zu unterbrechen, dann schenkte er mir eine weitere Tasse Tee ein und versicherte mir in seinem gewohnt ruhigen Ton, dass die Gefahr vorüber sei. Ich solle nach Hause gehen und mich so verhalten, als sei nichts geschehen. Zu Hause würde mir keine Gefahr drohen, so viel wäre sicher. Er riet mir dazu, in den nächsten Tagen nachts nicht aus dem Haus zu gehen und auch tagsüber zu Hause oder an belebten Orten zu bleiben; in der Zwischenzeit würde er sich darum kümmern, anhand der Informationen, die ich ihm gegeben hatte, herauszufinden, was die Luperci mit mir vorhatten.

Dann ließ er sich von Regina das Telefon bringen, rief ein Taxi, verfrachtete mich in den Wagen und gab dem Taxifahrer meine Adresse (die ich ihm, wie mir im Nachhinein einfiel, nie verraten hatte). Bevor er die Wagentür hinter mir zuschlug, empfahl er mir, ganz ruhig zu sein und mit meinem nächsten Besuch bei ihm ein paar Tage zu warten.

In meinen Fiebernächten durchlebte ich die Ereignisse in der Krypta wieder und wieder, und auch tagsüber gelang es mir selten, an etwas anderes zu denken. Ganz langsam bahnte sich in mir das Bewusstsein einen Weg, dass ich nur einen Schritt vom Tod entfernt gewesen war: Wenn es den Luperci gelungen wäre, ihren Exorzismus zu Ende zu bringen und den Wolf auszutreiben – was sie ja für absolut realistisch hielten –, dann hätte ich das mit dem Leben bezahlt. Das hatte der Conte gesagt, und das wussten sie selbst auch: Schließlich hatten sie sogar in meinem Beisein davon gesprochen.

Aber in jenen schrecklichen Momenten, als ich im Würgegriff des Eisenhuts gefangen war, hatte ich gar nicht an den Tod gedacht, sondern nur an Ivan und seinen Verrat.

Zusammen mit dem Schmerz kam die Wut. Die Wut auf ihn für das, was er mir angetan hatte, die Wut auf mich selbst, weil ich ihm geglaubt hatte, die Wut auf die ganze Welt, für alles, was geschehen war, für meine Naivität und für seine Augen, die schwarz waren wie die Nacht, und für sein verdammtes Lächeln, das so schön war, dass es selbst in der Erinnerung noch wehtat.

Und, als ob Schmerz und Wut noch nicht genug wären, gesellte sich auch noch ein eigensinniges und hartnäckiges Stimmchen hinzu, das irgendwo in einer Ecke meiner Seele saß und nicht aufhörte, mir zu wiederholen, dass *er* es gewesen war, der mich aus dem Kreis befreit hatte, der mir zugerufen hatte, zu fliehen, der sich seinem Vater und allen anderen Luperci entgegengestellt hatte, um mir das Leben zu retten.

Aber immerhin war er es auch gewesen, und zwar er ganz *allein*, der mich in die Falle gelockt hatte, mit seinem Charme und seinen Einladungen, der mich dazu gebracht hatte, den Kopf zu verlieren – und wenn ich trotzdem und dank seiner noch am Leben war, dann nur, weil er im letzten Moment Mitleid mit mir gehabt hatte.

Nein, nein, so ist es nicht gewesen, insistierte das Stimmchen: *Es ging ihm schon vorher schlecht damit, er wollte es nicht tun!* Die Anzeichen dafür waren vom ersten Moment unserer Begegnung an sichtbar, aber ich hatte sie nicht zur Kenntnis genommen. Ivan hatte meinetwegen geweint, dort in der Krypta des Mithras. Es war kein Mitleid, das ihn dazu gebracht hatte, mich zu retten: Es war kein Mitgefühl, das in seinen Augen zu lesen war. Es war mehr. Vielleicht war das, was zwischen uns gewesen ist, nicht nur eine Täuschung, vielleicht hatte auch er für mich das Gleiche empfunden wie ich für ihn … Und vielleicht hatte er mich nur in die Falle gelockt, weil er nicht anders konnte, weil sein Vater und seine wahnsinnige Verpflichtung für die Sache der Luperci ihn dazu gezwungen hatten.

Vielleicht … und vielleicht auch nicht. Vielleicht bedeutete ich ihm nichts, vielleicht hatte er sich nur mit mir verabredet, weil er mich an diesem Tag und zu dieser Stunde in diesem verdammten Keller haben musste, weil für ihn und die anderen Mitglieder seiner Sekte nur eins zählte: den Wolf zu fangen – mit besten Grüßen und einem vagen Bedauern für das Mädchen, das sie dafür aus dem Weg räumen mussten! …

Stunde um Stunde, Tag um Tag quälte ich mich mit solchen Grübeleien. Tausend Mal nahm ich das Handy zur Hand und starrte unter Tränen auf seine Nummer, unentschlossen, ob ich sie wählen oder für immer löschen sollte. Am Ende tat ich weder das eine noch das andere. Ein paarmal ertappte mich meine Mutter dabei, sagte aber nichts und beschränkte sich lediglich auf ein aufmunterndes Lächeln und die Frage, ob ich noch etwas brauchen würde.

Wer sich hingegen um Beistand bemühte, war Irene. Da sie nichts von mir gehört hatte, bombardierte sie mich seit Mittwochabend mit SMS-Botschaften, auf die ich viel knapper antwortete, als sie es verdient hätte. Sie war schrecklich besorgt, als sie erfuhr, dass ich krank war, und versuchte gleich, mich anzurufen. Ich bat meine Mutter, ihr zu sagen, dass ich nicht in der Lage war, ein Gespräch zu führen (was fast stimmte): In Wirklichkeit hatte ich zwar Lust, ihre Stimme zu hören, aber auch Angst, dass es ich es nicht schaffen würde, die Wahrheit für mich zu behalten.

Als sie das nächste Mal anrief, ging ich ran. Sie wollte mich unbedingt besuchen kommen, aber ich sagte ihr immer wieder, dass es mir noch zu schlecht ging, bis mir am Samstag nach dem Mittagessen herausrutschte, dass das Fieber gesunken war. Kaum eine Stunde später stand sie vor meiner Tür, mit der größten und teuersten Pralinenschachtel, die ich je in meinem Leben gesehen hatte.

Noch im Mantel, die Haare glitzernd von Regentropfen, schneite sie in mein Zimmer und brachte eine Brise kalter und nach Veilchen duftender Luft mit sich. Ich hatte inzwischen nur noch eine leicht erhöhte Temperatur und war wieder so gut auf den Beinen, dass ich versuchte, ihr entgegenzugehen. Sie fiel mir sofort um den Hals, umarmte mich stürmisch und legte mir ihre eiskalte Hand auf die Stirn.

»Wie geht's dir? Wie fühlst du dich?«, fragte sie besorgt.

»Besser als gestern und hoffentlich schlechter als morgen.«

Wir ließen uns zusammen auf meinem Bett nieder. Meine Mutter steckte den Kopf zur Tür herein und fragte, ob wir eine heiße Milch oder einen Tee haben wollten.

Irene ließ sich haarklein alle meine Symptome schildern, um am Ende eine Virusgrippe zu diagnostizieren, die auf ein von Stress geschwächtes Immunsystem zurückzuführen sei und durch meine Gewohnheit, auch bei Minusgraden mit einer einfachen Lederjacke herumzuspazieren, noch befördert worden wäre. Ich strahlte sie nur an und gab ihr uneingeschränkt recht.

Sie fragte mich nicht nach Ivan. Das hatte sie schon am Telefon getan, und ich hatte ihr gesagt, dass es zwischen uns ein Streitgespräch gegeben hätte (ich habe tatsächlich den Ausdruck »Streitgespräch« benutzt). Irene hatte gemeint, dass es ihr leidtäte, und war nicht mehr auf das Thema zu sprechen gekommen.

Stattdessen unterhielten wir uns über die Schule. Sie berichtete mir, dass Angela und ihre Komplizinnen von meiner Abwesenheit keinerlei Notiz genommen hätten, aber dafür Alex sehr wohl. Er hatte Irene am Freitag gleich zu Schulbeginn gefragt, wie es mir gehen würde.

Ich biss mir auf die Lippen. »Und was hast du gesagt?«

»Nichts Genaues, nur einfach, dass du krank bist.« Sie schwieg einen Moment. »Er hat mich gefragt, ob ich glaube, dass du dich über einen Anruf von ihm freuen würdest.«

Einen Anruf.

»Was hast du geantwortet?«

»Dass es dir so schlecht gehen würde, dass du nicht mal mir reden könntest.« Sie sah mich unsicher an. »War das falsch?«

»Nein, nein, das war sehr gut.« Die Vorstellung, einen Anruf von Alex zu bekommen, während ich in Tränen aufgelöst auf

Ivans Nummer starrte, war nicht unbedingt dazu angetan, mich aufzuheitern.

Irgendwann kam meine Mutter mit Milch und Keksen. Sie überschüttete Irene mit einer Salve von Komplimenten – wegen ihrer Haare, ihrer Haut, ihrer Ohrringe und ich weiß nicht was noch alles – und ließ uns dann wieder allein.

Meine Freundin grinste ein wenig verdutzt. »Deine Mutter ist aber sehr nett.«

»Meine Mutter ist etwas … zu sehr von allem!« Wir lachten beide.

Wir naschten weiter Pralinen und redeten über alles Mögliche oder besser gesagt, Irene redete. Sie war offenbar fest entschlossen, mich aufzuheitern, und tat dies wie immer mit viel Feingefühl. Ich hörte ihr lächelnd zu, schloss ab und an die Augen und nahm zum ersten Mal seit meiner Flucht aus der Krypta wieder Kontakt mit der Welt der Normalität auf. Es gab dort draußen nicht nur Monster und wahnsinnige Priester, nicht nur Unsterbliche und Mädchen, die man in eine andere Welt entführte: Es gab da noch immer die ganz normale Realität, in der auch ich bis vor wenigen Wochen gelebt hatte. Simpel, verständlich, langweilig und sicher.

Wieder einmal bekam ich Lust, meiner Freundin um den Hals zu fallen. Sie war mein Rettungsanker, sie war es immer gewesen, seit dem Moment, in dem wir uns vor sechs Monaten zum ersten Mal begegnet waren.

Es war an meinem ersten Tag in der neuen Klasse. Ich war allein, ziemlich verstört und von Kopf bis Fuß in Schwarz gehüllt. Ich hatte alles angezogen, was sich an schwarzen Klamotten in meinem Schrank finden ließ, in der Hoffnung, dass mich diese Rüstung vor fremden Blicken schützen würde. Obendrein war ich zu spät, weil ich nicht genügend Erfahrung mit der

Metro hatte. Im ganzen Klassenzimmer war nur noch ein einziger Platz frei, und zwar neben einem bulligen Jungen, der mich angesichts der Vorstellung, ein Mädchen neben sich zu haben, noch erschrockener ansah als ich ihn. Ich steuerte bereits völlig resigniert auf ihn zu, als sich in einer anderen Bankreihe ein Mädchen erhob, das ich in meiner Benommenheit nur als eine glänzende Masse schwarzer Haare wahrnahm: Sie flüsterte dem Jungen etwas zu, und schon suchte er in aller Windeseile seine Siebensachen zusammen und tauschte blitzartig mit ihr den Platz. Erst beim Hinsetzen gelang es mir, inmitten der Haarmähne ein Gesicht mit großen, dunklen Augen auszumachen.

Sie streckte mir die Hand hin. »Hallo, ich bin Irene.«

»Veronica.«

»Neu hier?«

»Ja …«

Ein Seufzer. »Wie wir alle.«

»Wie?«

»Wir sind alle neu hier, am ersten Tag. Auch wenn man sich schon seit zehn Jahren kennt. Wir sind alle gerade im Schaufenster gelandet, um von Leuten eingeschätzt und etikettiert zu werden, die wir für den Rest des Jahres ertragen müssen.«

Das klang in meinen Ohren schrecklich düster. »Und wenn man ein schlechtes Etikett bekommt?«

Sie lächelte mit einem Funkeln in den Augen. »Dann scherst du dich nicht weiter drum und ignorierst es.«

Ich lächelte ebenfalls und wusste, dass ich eine Freundin gefunden hatte.

Ich brauchte nicht lange, um mitzubekommen, dass Irene eine Einzelgängerin war wie ich, eine von denen, die sich nur einigen wenigen, nahestehenden Menschen anschließen. Diese

Everybody's-Darling-Typen, die einen Raum betreten und eine Viertelstunde später mit sechs neuen Freunden wieder herauskommen, begegnete sie neidlos und mit ein wenig Unverständnis. Abgesehen von mir hatte Irene nur eine Handvoll Freunde außerhalb der Schule. Es waren Freunde aus der Kindheit, mit denen sie abends öfter ausging.

Das war, ehrlich gesagt, zu meiner eigenen Überraschung das Einzige, worum ich sie manchmal beneidete: nicht um ihren Reichtum oder ihre soziale Stellung, nicht einmal um ihren Schmuck oder die teuren Kleider oder die wunderschönen Haare (na ja, um die Haare ein wenig schon); sondern um die einfache Tatsache, dass sie eine kleine Gruppe von Menschen hatte, zu denen sie immer gehen konnte, die sie als das sahen, was sie war, und die nicht darauf achteten, wie sie sich gab oder anzog.

Anfangs hatte mich Irene mehrmals eingeladen, mit ihnen auszugehen, aber ich hatte immer abgelehnt: eingeschüchtert von der Vorstellung, unter Leuten zu sein, die alle viel reicher, viel schöner und viel lässiger waren als ich. Am Ende hatte Irene es aufgegeben. Aber in den letzten Tagen hatte sich einiges geändert. Ich hatte jetzt das dringende, *verzweifelte* Bedürfnis nach etwas, das mich aus der Welt des Wolfes rausreißen, das mich zwingen würde, mich darauf zu besinnen, dass ich einfach nur Veronica war, siebzehn Jahre alt, mit einem Zuhause und einer Familie und einem Leben, das es zu leben galt.

Genau aus diesem Grund fragte ich sie an jenem Nachmittag ohne Vorwarnung: »Irene, wann gehst du das nächste Mal mit deinen Freunden aus?«

Die Frage erwischte sie völlig unvorbereitet. »Morgen Abend ... vielleicht.«

»Denkst du, ich könnte mitkommen?«

Ihre Augen wurden kugelrund. »Meinst du das im Ernst? … Also, das heißt, *klar* kannst du mitkommen!« Dann musterte sie mich mit ihrer Doktormiene. »Bist du sicher?«

Ich nickte. »Das Fieber ist gesunken: Morgen geht's mir bestimmt wieder gut.« *Und dann muss ich einfach aus diesem Zimmer raus, auch wenn ich auf allen vieren hinausrobbe.* Aber das sagte ich nicht laut.

»Aber … dein Hausarrest?«

Ich grinste breit. »Morgen ist der erste März. Schluss mit Hausarrest, die Freiheit hat mich wieder.«

Irene umarmte mich. »Das müssen wir morgen wirklich feiern!«

Und das taten wir auch. Am Sonntag war ich vollkommen fieberfrei und verbrachte den Nachmittag damit, ein langes Bad zu nehmen und mir dann in aller Ruhe zu überlegen, was ich anziehen sollte: Das war ein enormer Fortschritt, verglichen mit den Gedanken, die mir in den letzten Tagen Gesellschaft geleistet hatten. Meine Mutter, die es diesmal vorgezogen hätte, mich zu Hause zu behalten, statt mich draußen auf der Straße zu wissen, erlaubte mir das Ausgehen nur unter der Bedingung, dass ich um Punkt Mitternacht zurück wäre. Irene versicherte, dass das kein Problem sei.

Um halb acht stand ich schließlich vor dem Haus und wartete. Ich trug eine weiße Samthose, eine blaue Bluse und eine dunkelblaue Jacke, die zu meinen elegantesten Stücken gehörte (was hieß, dass ich sie nie anzog). Ich hatte zugunsten eines langen Mantels auf die Lederjacke verzichtet, mein einziges Zugeständnis an diesen saukalten, verregneten Abend.

Irene hatte angekündigt, dass sie mich abholen würde, aber ich zweifelte selbst dann noch daran, als ich ihren Wagen samt

Chauffeur in meine Straße einbiegen sah. Irene und ihre vier Freunde saßen schon im Wagen, und sie waren genauso, wie ich sie mir vorgestellt hatte: gut aussehend, gut gelaunt und entspannt. Einen Moment lang hatte ich Angst, dass mit ihnen auszugehen die allerschlechteste Idee war, die ich haben konnte. Aber schon fünf Minuten später, als wir durch die Straßen Mailands brausten, war das vergessen, denn sie behandelten mich wie einen Ehrengast und taten alles Mögliche und Unmögliche, damit ich mich in ihrer Mitte wohlfühlte.

Unter ihnen war auch Andrea, den ich aufgrund des Fotos wiedererkannte, das Irene mir gezeigt hatte. Er entpuppte sich als total netter Kerl, sehr umgänglich und fast ein bisschen schüchtern. Ich hatte keine Ahnung, in welchem Verhältnis er nun offiziell zu Irene stand, und achtete sehr darauf, nicht ins Fettnäpfchen zu treten, aber es ging alles glatt. Die anderen beiden, Sara und Mattia, waren ohne Zweifel ein Paar (beide groß, blond und unübersehbar verliebt). Außerdem war noch Serena, Andreas jüngere Schwester, mit von der Partie. Sie war erst sechzehn, wirkte aber mit ihrer Brille, ihrem roten Bob und ihrem Benehmen wie eine erwachsene Frau; tatsächlich erinnerte sie mich vage an Susanna, war aber viel sympathischer.

Es wurde einer der ungewöhnlichsten Abende, die ich je erlebt hatte (bevor ich die Bekanntschaft mit allerlei Monstern machte, versteht sich), und er ließ mich mit vollkommen widersprüchlichen Empfindungen zurück. Als Erstes luden sie mich zum Abendessen in ein japanisches Restaurant in der Stadtmitte ein. Jede Oberfläche schimmerte hier in glänzendem Lack, das Sushi war unglaublich lecker und die Preise passten leider absolut zum Ambiente. Mit der Behauptung, wir müssten meine wiedergefundene Freiheit feiern, wollte Irene für mich mitzahlen; aber als ich mich widersetzte, insistierte sie nicht weiter.

Nach dem Abendessen nannte Serena dem Chauffeur eine Adresse, und wir fanden uns geraume Zeit später in einem winzigen, ziemlich abgelegenen Lokal jenseits der Stadtgrenzen wieder. Es war auf surreale Weise schön: in ein weiches Halbdunkel gehüllt, mit Holz verkleidet und mit Kissen ausgepolstert. Auf der Bühne stand ein Mädchen mit hüftlangen, kastanienbraunen Haaren, das aussah wie eine Märchenfee. Sie spielte die größte und schönste keltische Harfe, die ich je gesehen hatte, und sang dazu mit einer dieser wunderbaren irischen Stimmen, die man nicht mehr vergisst, sobald man sie einmal gehört hat. Nach dem Konzert kam sie zu uns an den Tisch, um Serena zu begrüßen, und blieb den Rest des Abends bei uns sitzen. Es stellte sich heraus, dass sie die Tochter eines irischen Diplomaten war und mit Serena zusammen eine superteure Privatschule besucht hatte. Sie hatte einen hinreißenden Akzent und sprach sogar Gälisch. Ich überschüttete sie mit Komplimenten für ihre Stimme, wir unterhielten uns lange über meinen Urlaub in Irland, und am Ende gab sie mir ihre Telefonnummer.

Sara und Mattia, die beiden Verliebten, waren zu sehr miteinander beschäftigt, um viel zur Unterhaltung beizutragen, und auch Andrea, der eher der stille Typ ist, beschränkte sich überwiegend aufs Zuhören. Aber Casey – so hieß das irische Mädchen – Irene, Serena und ich, wir lagen sofort auf einer Wellenlänge. Und zwischen dem einen oder anderen Bier und Gespräch über Musik und Reisen in ferne Länder verflogen die Stunden wie die Rauchschwaden der Zigarette, die Casey mich zu rauchen überredete. Ich musste so husten, dass sie schließlich in Andreas Glas landete. Wir lachten alle wie irre, ich noch mehr als die anderen.

Irgendwann wurde es unausweichlich Zeit, nach Hause zu gehen. Vor meiner Haustür verabschiedete ich mich von Irene und den anderen Mädchen mit einem Kuss auf die Wange, und als ich die Luxuskarosse davonfahren sah, die mich den ganzen Abend herumchauffiert hatte wie in einem MTV-Video, fühlte ich eine Mischung aus Traurigkeit, Erleichterung und Angst.

Traurigkeit, weil dieser kurze Ausbruch aus meinem Gedankenkarussell schon vorbei war und mich am nächsten Morgen wieder meine Dämonen erwarten würden, die menschlichen wie die nicht-menschlichen.

Erleichterung, weil ich trotz allem nicht allein war, weil es trotz aller Täuschungen und Vertrauensbrüche jemanden gab, der mich mochte, und weil auch für mich noch ein Leben existierte, in dem niemand von Flüchen und Werwölfen sprach.

Und Angst, weil ich nicht wusste, ob dies auch in Zukunft noch mein Leben sein würde, oder ob ich soeben den letzten Abend meiner Existenz als ganz normales Mädchen erlebt hatte.

Ich rechnete im Kopf nach: Es blieben noch zehn Tage bis zum Vollmond und dann … Ich hatte keine Ahnung, was mich danach erwartete. Meine einzige Hoffnung sei, den Wolf zu beherrschen, hatte der Conte gesagt. Würde ich das schaffen?

Kapitel 24

Montag, 2. März
Zunehmender Mond

Hallo, Veronica.«

Alex' Stimme war so nah und kam so unerwartet, dass ich zusammenfuhr und nur deshalb das Gleichgewicht hielt, weil ich sowieso schon ein Knie auf dem Boden hatte.

Ich war dabei, mir den Schnürsenkel zuzubinden, der mich bei meinem Sprint Richtung Klassenzimmer beinahe zu Fall gebracht hätte. Alex streckte seine Hand aus und ich ließ zu, dass er mir half, wieder in die Vertikale zu kommen. Wir starrten uns an.

Die Halle um uns herum war fast leer: Abgesehen von ein paar wenigen Schülern, die genau wie ich notorisch zu spät kamen. Allerdings hatte ich noch nie erlebt, dass Alex zu spät gekommen war.

»Hallo«, erwiderte ich endlich.

Er zögerte. »Bist du wieder gesund?«

Natürlich bin ich gesund. Sonst würde ich ja wohl zu Hause bleiben!

»Ja. Es war nur eine leichte Grippe.«

»Das freut mich.«

Es sah tatsächlich so aus, als würde er es auch so meinen.

»Hör mal ...«, nahm er nach einem Moment den Faden wieder auf, »ich habe sehr viel über unser letztes Gespräch nachgedacht, und …«

Ich hielt den Atem an und kapierte erst jetzt, was vor sich ging: Alex hatte auf mich gewartet, um mit mir zu reden. Und er konnte gar nicht wissen, wann ich wieder in die Schule kommen würde, also hatte er das vielleicht jeden Tag getan, seit ich krank geworden war!

»… Ich finde es nicht gut, wie die Dinge sich zwischen uns entwickelt haben«, schloss er.

Statt einer Antwort bedachte ich ihn mit einem stummen Blick.

»Ich will damit sagen … Ich hab mich danebenbenommen, in jeder Hinsicht. Ich hab dich neulich schon um Entschuldigung gebeten, aber ich weiß, dass das nichts ändert und nichts ungeschehen machen kann. Wenn du also wütend auf mich bist, hast du allen Grund dazu! Aber ich will nicht … Es soll nicht so sein, dass …«

»Alex«, unterbrach ich ihn. Ich holte tief Luft, und plötzlich war es, als wäre in meinem Kopf ein Leuchtturm angegangen: Mein Gehirn stellte eine Frage nach der anderen und eliminierte sie dann wie ein Exekutionskommando.

Wollte ich wirklich auf Alex sauer sein? Wollte ich ihn hassen für das, was er getan hatte?

Nein.

Konnten wir alles vergessen und neu anfangen, als ob dieses verdammte Fest nie existiert hätte?

Ja.

Hatte ich etwas zu verlieren?

Nein.

Hatte ich noch Angst?

Nein.

Ich sah ihm in die Augen und grinste. »Wenn du willst, dass ich dir verzeihe«, sagte ich mit so gelassener und souveräner Stimme, dass sie mir geradezu fremd erschien, »wirst du wenigstens mal mit mir ausgehen müssen.«

Er sah mich mit offenem Mund an, völlig perplex. Dann schluckte er. »Äh … Klar, gerne!« Er sah sich beinahe hilfesuchend um; ich hatte ihn noch nie so verlegen gesehen. Es folgte ein sekundenlanges Schweigen. »Passt dir Samstag?«

Ich schüttelte den Kopf. »Nein. Vorher.« Ich dachte einen Moment nach. »Morgen.«

Er fuhr sich mit der Hand über die Stirn, offensichtlich ohne es zu merken. »Aha … Na gut. Morgen Abend. Ist okay. Um wie viel Uhr? …«

»Das sag ich dir nachher. Ich schick dir eine SMS.«

Er nickte und wich jetzt meinem Blick aus. »Ich glaube, wir sind ziemlich spät dran«, murmelte er und schielte die Treppe hoch.

»Ja, gehen wir.«

Der Lehrer war schon da, als wir das Klassenzimmer betraten, und so fingen wir uns einen Rüffel ein. Ich hörte nur mit einem Ohr hin und war vollkommen unbeeindruckt, auch wenn es das erste Mal war, dass ich auf diese Weise vor allen getadelt wurde: Es gab einfach genug andere Dinge, an die ich zu denken hatte.

Vor zehn Tagen war ich abends mit Ivan ausgegangen, er hatte mich geküsst und vier Tage später versucht, mich umzubringen. Heute wiederum hatte ich Alex gefragt, ob er mit mir ausgehen würde. *Ich* hatte einen Jungen gebeten, *mit mir auszugehen.* Am Dienstagabend. Ohne überhaupt nur einen Gedanken darauf zu verschwenden, wie ich meiner Mutter die Erlaubnis entlocken sollte. Und all das kaum eine Woche, nachdem ich von einer

Bande von verrückten Priestern fast ermordet worden wäre, zu der noch dazu ein Junge gehörte, in den ich rasend verliebt war (gewesen war … immer noch war …).

Ich musste verrückt sein. War das vielleicht eine Nachwirkung des Fiebers, des Schocks, des Eisenhuts?

Ja, schlussfolgerte ich, während ich auf meine Bank zuging: Ich war am Durchdrehen. Das war die einzig plausible Erklärung, nicht nur für das, was ich getan hatte, sondern auch für die ruhige Gelassenheit, die ich trotz allem in mir spürte. Eine Gelassenheit, die ich empfand, wenn ich dem Conte in die Augen sah. Das Gefühl, alles unter Kontrolle zu haben.

Als ich mich hinsetzte, schenkte mir Irene ihr typisches verständnisvolles Lächeln. »Hast du verschlafen? Ein Bier zu viel gestern Abend?«

Auch ich lächelte, aber unbestimmt. »Wahrscheinlich.«

Ich starrte von hinten auf Angela und ihr Gefolge, die das gemeinsame Zuspätkommen von Alex und mir beobachtet hatten und sich jetzt gegenseitig etwas zuflüsterten. Während der Ansprache unseres Lehrers hatten sie geschwiegen – wie im Übrigen die ganze Klasse –, aber keine der drei hatte zufrieden oder spöttisch gegrinst, wie ich das eigentlich erwartet hätte. Was tuschelten die da jetzt? Könnte ich doch nur …

Ich hob den Kopf. *Aber ich konnte doch.* Wieso war mir das nicht eher eingefallen?!

Ich atmete zweimal tief durch, schloss die Augen und rief den Wolf. Er kam innerhalb eines Augenblicks, schneller, als er es je zuvor getan hatte, so einfach, als hätte ich mir nur die Jacke an- oder ausgezogen: Es überlief mich unwillkürlich heiß und kalt, und ich musste mich ganz steif auf meinen Stuhl setzen, damit es niemand merkte. Ich spürte, wie sich jedes einzelne Haar auf meinem Körper aufstellte, sogar die unsichtbaren an den Fingerspitzen. Wie aus weiter Ferne klangen mir die Worte des Conte im Ohr: *Wenn der Mond wieder zunimmt, wird auch deine Kraft noch mehr zunehmen.*

Meinte er damit das, was ich jetzt fühlte?

Ich hielt die Augen geschlossen, aus Angst vor dem, was ich sehen würde, und ich tat mein Bestes, um auch die tausend Gerüche zu ignorieren, die mir in die Nase stiegen. Stattdessen konzentrierte ich mich auf die Geräusche. Was mir einen Moment vorher noch als Stille erschienen war, lediglich unterbrochen von der monotonen Lehrerstimme, hatte sich schlagartig in ein dichtes Stimmengewirr verwandelt: Ich hörte das leichte Trommeln von Füßen auf dem Boden, das Geraschel von Seiten, die umgeblättert wurden, das Zischen von unzähligen Atemzügen und das Gemurmel derer, die mit ihren Banknachbarn flüsterten. Fast sofort konnte ich darunter auch Elenas Stimme ausmachen.

»... zusammen reingekommen«, sagte sie gerade. »Er hat auf sie gewartet.« Sie schwieg einen Augenblick, und ich stellte mir vor, dass sie in Alex' Richtung schaute. »Er lächelt.«

»Sie haben sich versöhnt.« Das war Susanna, kalt wie ein Marmorfußboden.

»Mehr als das. Guck dir an, wie zufrieden er aussieht.«

»Aber hattest du nicht gesagt, dass sie einen anderen hat? Der Typ aus dem Schwimmbad.«

Ich klammerte mich an meine Bank.

»Was weiß ich denn?«, versetzte Elena mit einem Anflug von Zorn. »Vielleicht ist es mit dem ja schon wieder vorbei. Oder es hat niemals angefangen. Vielleicht versucht sie, sich beide warmzuhalten.«

Ich spürte, wie das Holz der Bank zwischen meinen Fingern gefährlich knirschte, und ließ es sofort los.

»Im Schwimmbad war er jedenfalls nicht, weder am Samstag noch am Sonntag.« Ein Moment Pause. »Angela …«

»Ruhe jetzt in der zweiten Reihe!«, schimpfte der Lehrer.

Das Geflüster im Klassenzimmer brach abrupt ab. Ich hatte den Atem angehalten und atmete jetzt tief aus. Da nichts mehr zu hören war, befahl ich dem Wolf, mich zu verlassen: Er gehorchte sofort.

Ich öffnete die Augen, sah die Spuren, die meine Finger auf der Holzspanplatte der Bank hinterlassen hatten, und dann Irene, die mich mit ängstlich geweiteten Augen ansah.

»Stimmt was nicht?«, formulierten ihre Lippen geräuschlos.

Ich schüttelte den Kopf, zwang mich zu einem Grinsen und signalisierte ihr mit dem Daumen in der Luft, dass alles okay war.

Sie nickte, wenig überzeugt, und fuhr fort, mich verstohlen zu beobachten. Ich tat mein Bestes, um ganz normal zu erscheinen, und zwang mich, mich nicht eingehender damit zu beschäftigen, was ich mit der Bank angestellt hatte. Die übermenschliche Kraft des Wolfes verblüffte mich immer wieder; ich nahm mir fest vor, in Zukunft vorsichtiger damit umzugehen.

Bis zur Pause konnte ich an nichts anderes denken. Die drei Grazien hatten mich also noch immer im Visier, sie beobachteten mich, sie sprachen über mich, sie studierten meine Beziehung zu Alex und sogar die zu … Nein, an *ihn* durfte ich nicht denken. Nicht jetzt.

Ich spürte, dass ich sie hasste, wie ich noch nie jemanden in meinem Leben gehasst hatte: Wenn ich vorher noch Zweifel im Hinblick auf meine Rachepläne gehabt hatte – und vielleicht hatte ich die in Wirklichkeit nie –, dann schmolzen sie jetzt dahin wie Schnee in der Sonne. Ich würde sie leiden lassen, alle drei, großes Werwolf-Ehrenwort!

Erst kurz vor dem Pausenklingeln fiel mir auf, dass Giada wieder in der Schule war. Ich sah ihre untersetzte Gestalt in ziemlich steifer Haltung ein paar Reihen vor mir sitzen. Wer weiß, ob sie mich angesehen hatte, als ich heute Morgen hereingekommen war.

Alex hingegen schien viel entspannter als in den letzten Tagen, genau wie Elena gesagt hatte. War er glücklich, dass ich wieder mit ihm redete? Dass ich ihn gebeten hatte, mit mir auszugehen? Oder war er nur auf mich zugegangen, um sich mit seinem Gewissen auszusöhnen? Wenigstens konnte ich sicher sein, dass er nicht mehr Angelas Spiel spielte …

Ein Gedanke zog den anderen nach sich, und zu Unterrichtsschluss hatte eine Art Plan in meinem Kopf Gestalt angenommen. Ein böser Plan. Ein Plan, den ich noch vor ein paar Wochen mit einem Anflug von Ekel wieder verworfen hätte.

Aber inzwischen war es zu spät für jede Art Rückzug.

In der Pause hielt ich mich ganz unauffällig in der Nähe der Toiletten auf, die Tatsache nutzend, dass Irene in ein längeres Handygespräch verwickelt war (»Andrea«, hatte sie mir beim Klingeln des Telefons bedeutet). Ich wartete einige Minuten und fing gerade an, die Hoffnung zu verlieren, als ich Giada zusammen mit ihrer Banknachbarin kommen sah. Alessia, so hieß das Mädchen, war zwar genauso klein wie sie, aber viel blasser und dünner, bei genauerem Hinsehen wirkte sie fast magersüchtig. Die beiden bildeten ein wirklich bizarres Paar. Ich wusste nicht, ob sie Freundinnen waren oder nicht, denn ich hatte sie nie zusammen gesehen, aber vielleicht wollte Giada lediglich nicht allein sein.

Und sie tat gut daran.

Ich versteckte mich hinter einer Gruppe Siebentklässlerinnen, die einen Höllenlärm veranstalteten, und die beiden gingen, ohne mich zu sehen, vorbei. Nachdem sie hinter der Toilettentür verschwunden waren, zählte ich bis dreißig, dann folgte ich ihnen: Alessia war gerade dabei, sich die Hände zu waschen, und sah mich ausdruckslos an; Giada war nirgends zu sehen.

Ich ging auf Alessia zu und deutete mit den Augen auf die Tür. »Verschwinde«, gebot ich ihr leise.

Sie machte ein vollkommen fassungsloses Gesicht. »Hä?«

Ich ließ den Wolf hervorkommen, aber nur ein bisschen. Ich stellte mir vor, dass er in meinem Gesicht aufblitzte, vor allem in meinen Augen, aber ich versuchte zu vermeiden, dass er sich so in mir ausbreitete, wie er es sonst immer tat. Ich hatte noch nie einen solchen Versuch gewagt, aber an dem angstvollen Zucken, das ich auf Alessias Gesicht sah, erkannte ich sofort, dass es funktioniert hatte.

Ich stieß ein leises, ein sehr leises Knurren aus. »*Raus!*«

Das Mädchen schoss blitzartig durch die Tür davon, die ich halb offen gelassen hatte. Bei ihrem Anblick musste ich an eine Eidechse denken, die in den Ritzen einer Mauer verschwindet.

Ich blieb neben der Tür stehen und wartete, fest entschlossen, jeden am Eintreten zu hindern, solange ich mein Vorhaben nicht zu Ende geführt hatte.

Eine Minute später kam Giada aus der Toilette, bei meinem Anblick wich jede Farbe aus ihrem Gesicht, so als hätte man einen Lichtschalter ausgeschaltet.

Ich sah sie mit glühenden Augen an. »*Du musst etwas für mich tun*«, knurrte ich.

Sie schwankte und suchte an der Toilettentür Halt. Ich begriff, dass ich schnell sein musste, wenn ich vermeiden wollte, dass sie vor meinen Augen umkippte: Sie war leichenblass.

»*Geh zu Angela, Elena oder Susanna, egal, zu wem von den dreien, und sag ihnen, dass du gehört hast, wie ich mit Alex geredet habe. Sag ihnen, dass wir morgen Abend verabredet sind, und dass du weißt, wo wir hingehen.«*

Ich gab ihr die Adresse des Lokals in der Nähe der Piazza Duomo, aus dem ich mit Ivan gleich wieder geflüchtet war, weil es dort zu laut und zu grell war. Keine Ahnung, warum ich gerade diesen Ort ausgewählt hatte. Vielleicht einfach, weil ich ihn in unangenehmer Erinnerung hatte.

Giada starrte mich an, und ihre Augen sahen dabei aus wie glänzende Steine.

Ich senkte den Kopf, um sie von unten her anzusehen. *»Erzähl keinem von unserer kleinen Unterhaltung. Tu einfach nur das, was ich dir gesagt habe, und zwar mit möglichst viel Überzeugung. Und jetzt geh!«*

Ich trat zwei Schritte von der Tür zurück, aber sie stand wie angewurzelt.

»Geh!«

Giada zitterte, als hätte meine Stimme sie durchgeschüttelt; dann fiel sie fast vornüber und stürzte hinaus wie ein verletztes Tier.

Ich blieb stehen und starrte auf die Tür. Würde sie das hinkriegen? Vielleicht. Wenn sie sich einigermaßen beruhigt hatte. Ich würde bis morgen auf eine Antwort warten müssen, aber das Risiko war unvermeidbar. Beim Hinausgehen fiel mir auf, dass dies das dritte Mal war, dass ich Giada in einer Toilette erschreckt hatte. Wahrscheinlich würde sie für den Rest ihres Lebens nicht mehr allein aufs Klo gehen.

In der letzten Stunde hatten wir Sport, und es wurde die unvermeidliche Partie Volleyball gespielt, in der Angela und Co wie immer in der gegnerischen Mannschaft waren. Als ich dran war, den gegnerischen Aufschlag anzunehmen, starrte mich Elena durch die Maschen des Netzes hindurch an, ohne diesmal ihr verhasstes Lächeln zu verbergen. Sie hämmerte zwei oder drei ungewöhnlich heftige Aufschläge übers Netz, von denen der letzte wirklich schmerzhaft war.

Aber statt in Tränen auszubrechen, stieg die Wut in mir hoch. Warum noch warten? Der Krieg konnte auch sofort beginnen!

Ich rief den Wolf und erzitterte von Kopf bis Fuß in meinen Sportklamotten. Diesmal fühlte ich mich auf Anhieb allmächtig.

Als Angela den Ball aufschlug, war das, wie einen Film in Zeitlupe zu sehen: Ich verfolgte den Flug des Balls und wusste genau, wo er aufschlagen würde. Einen Sprung zur Seite zu machen und ihn an exakt diesem Punkt anzunehmen, schien mir die natürlichste Sache der Welt zu sein. Aber für die anderen Mädchen aus meiner Mannschaft war es das offenbar nicht, denn sie jubelten mir spontan zu und die mir am nächsten Stehende schlug mir mit der Hand auf die Schulter.

Von diesem Moment an wurde das Spiel ein Massaker für unsere Gegnerinnen. Ich kam mir vor, als wäre ich die Einzige, die in der Lage war, sich vernünftig zu bewegen, während alle anderen Mitspielerinnen in einer unsichtbaren Gelatinemasse herumschwammen. Ich erwischte jeden Ball in einem Umkreis von fünf Metern, und wenn ich im Angriff war … nun, dann schlug ich den Ball so kraftvoll übers Netz, wie ich es noch nie zuvor getan hatte. Nicht einmal Elena oder Angela schafften es, auch nur einen einzigen Ball zu halten. Den letzten Aufschlag platzierte ich, jeweils nur eine Handbreit von ihnen entfernt, haargenau zwischen den beiden. In ihren bestürzten und wütenden Gesichtern spiegelte sich nur allzu deutlich eine völlige Fassungslosigkeit.

Ich spürte eine tiefe Befriedigung.

Und ich fügte meinem Plan ein weiteres Detail hinzu, das

ein wenig Vorbereitung benötigen würde. Ich würde mich gleich anschließend darum kümmern.

Nach Schulschluss verabschiedete ich mich gut gelaunt von Irene und machte mich auf den Weg zur Metro, als mein Handy klingelte. Ich zog es heraus und runzelte die Stirn: Auf dem Display stand eine unbekannte Nummer. Nach einem Moment des Zögerns nahm ich ab.

»Hallo?«

»Veronica …«, sagte Ivan.

Kapitel 25

Montag, 2. März

Ich legte sofort auf.
Ohne nachzudenken. Dann verwünschte ich mich selbst, klappte das Handy wieder auf, las noch mal die Nummer, biss mir auf die Lippen, wählte, klappte das Handy wieder zu und brach in Tränen aus. Schweigend, mitten auf der Straße, vor allen Leuten, die mich neugierig anstarrten.

Ich weinte noch eine Weile vor mich hin, betete, dass er wieder anrufen würde, hasste ihn dafür, dass er es getan hatte, fragte mich, wo er wohl war und was er tat. Ich rief mir ermahnend in Erinnerung, dass er versucht hatte, mich umzubringen, und dass ich ihn weder wiedersehen noch nach ihm suchen durfte.

Er rief nicht wieder an.

Ich ging nach Hause, verschob alles, was ich mir vorgenommen hatte, auf den nächsten Tag, und verbrachte den Nachmittag mit allem Möglichen, das auch nur die geringste Hoffnung auf Ablenkung bot. Es war sinnlos.

Ins Schwimmbad konnte ich nicht gehen: Konnte ja sein, dass er dort auf mich wartete. Ich fragte mich sogar, ob ich überhaupt jemals wieder einen Fuß in dieses Schwimmbad setzen konnte, in dem jede Ecke, jedes Sprungbrett und jeder Barhocker mich an die Momente erinnerte, die ich mit ihm verbracht hatte.

Irgendwann ertappte ich mich dabei, dass ich den Tonfall seiner Stimme am Telefon zu analysieren suchte, die Art, wie er das einzige Wort ausgesprochen hatte, das zu sagen ich ihm Zeit gelassen hatte. Meinen Namen.

Es war eine müde, erschöpfte Stimme gewesen. Vielleicht hatte sie sogar leidend geklungen. Ging es ihm etwa schlecht? War ihm etwas Schlimmes passiert?

Mir wurde plötzlich bewusst, dass sein Vater und die anderen Luperci ihm das, was er getan hatte, nicht einfach so durchgehen lassen konnten; bis zu diesem Moment hatte ich mir darüber keine Gedanken gemacht. Ich hatte ihn allein in den Händen dieser Verrückten gelassen. Ich spürte, wie mir das Herz in die Hose rutschte.

Ich musste zum Conte. Er war der Einzige, der Bescheid wusste und der vielleicht etwas unternehmen konnte. Ich hatte ihn seit fünf Tagen nicht gesehen: Vielleicht war es ihm wirklich gelungen, etwas mehr über die Luperci in Erfahrung zu bringen. Aber auf jeden Fall würde er mir sagen können, was ich tun sollte.

Ich schnappte meine Lederjacke und schob meiner Mutter gegenüber den Comicladen vor, in dem ein ganzer Stapel für mich bereitliegen würde, da ich seit zwei Wochen nicht dort war. Was sogar stimmte. Aber die Comics mussten warten.

Es war schon fast Abend, als ich vorm Haus des Conte stand und wie immer die Tür vor mir aufging. In seinem vollgestopften Salon stand schon der Tee bereit, und dem Duft nach zu urteilen, waren die Nussplätzchen gerade erst aus dem Ofen gekommen. Obwohl auch die Wohnungstür offen gewesen war, war niemand zu sehen. Ich hängte meine Lederjacke an den üblichen Kleiderhaken und sah mich um; es war das erste Mal, dass ich in dieser surrealen Umgebung allein war.

Ich ging an dem Regal mit den Fossilien entlang und studierte die kleinen Skelette hinter der Glastür, ließ es aber bald, weil mir die blinden Augenhöhlen und die winzigen, zu einem ewigen Grinsen festgefrorenen Mäuler unheimlich waren.

Auf einer Konsole neben der Tür gab es eine kleine Ausstellung von Trockenblumen, die zwischen Glasplättchen gepresst waren. Aus der Nähe betrachtet, sahen sie gar nicht aus wie getrocknet, eher wie frisch gepflückt, als ob der Graf sie erst an diesem Nachmittag unter Glas gelegt hätte.

Auf derselben Konsole stand auch ein Glas mit zwei abgeschnittenen Blumen. Die Flüssigkeit, in die ihre Stiele versunken waren, war zäh und schwarz: Ich hatte keine Ahnung, worum es sich bei der dunklen Tunke handeln könnte, aber ich mochte sie nicht. Eine der beiden Blumen war ein Edelweiß, größer und leuchtender, als ich es je gesehen hatte; ich streckte den Finger nach seiner samtenen Oberfläche aus, hielt dann aber instinktiv inne.

Die andere Blume war ein winziges weißes Vergissmeinnicht, das ich sofort wiedererkannte. Sie schien lebendig und frisch wie alle anderen, dabei war das Vergissmeinnicht, das ich vom Gehsteig aufgehoben und mit in mein Zimmer genommen hatte, im Nu verwelkt gewesen.

»Willkommen.«

Ich hätte damit rechnen müssen, fuhr aber doch zusammen. Der Graf stand hinter mir und war wie üblich aus dem Nichts aufgetaucht. Ich folgte seinem Blick zur Konsole und auf das Edelweiß.

»Vor langer Zeit, nördlich von hier, in den Bergen«, begann er in vertrautem Ton, »lebte ein junger Mann, der ein gutes

Herz und bemerkenswerten Mut, aber wenig Geld hatte. In seinem Dorf gab es ein Mädchen, reich, blond, wunderschön und überaus hochmütig, kurzum, eines dieser Geschöpfe, an denen es in keiner Epoche – am wenigsten in der unseren – gefehlt hat.«

Ich dachte an das dreifache Beispiel, das ich an jedem Schultag vor der Nase hatte, und nickte mit Überzeugung.

»Der junge Mann war natürlich verliebt in das Mädchen, und selbstverständlich wies sie ihn erbarmungslos ab, da sie nicht die geringste Absicht hatte, sich an jemanden zu binden, der lediglich reich an Herz und Mut war. Aber wenn man jung ist, ist die Liebe hartnäckig und kennt keine Vernunft, und der junge Mann gab sich nicht geschlagen. Schließlich versuchte das Mädchen, ihn mit der folgenden Herausforderung loszuwerden: ›Wenn du willst, dass ich dir mein Herz schenke, dann bring mir zum Tausch das, was keine andere Frau je zum Geschenk erhalten hat: Bring mir die Blume des Lebens und des Todes, die Blume, die aus den Sternen geboren ward, die in früheren Zeiten auf den Gipfel des Berges gefallen sind, wie die alten Geschichten erzählen.‹ Er erwiderte, dass er ihren Wunsch erfüllen werde, und machte sich noch am selben Tag auf den Weg, während seine Angebetete einen Seufzer der Erleichterung ausstieß: Mit ein wenig Glück würde ihr Verehrer in eine Felsspalte stürzen und sterben, oder er würde sich in der Nacht verirren und von Wölfen zerfleischt werden. Und wenn es ihm wider Erwarten tatsächlich gelingen sollte, die Blume des Lebens und des Todes zu finden, würde er sich mit dem Herrn der Berge anlegen, denn wie jedermann wusste, waren die Blumen, die aus den gefallenen Sternen geboren sind, sein größter Schatz.«

»Was für ein Miststück!«, entfuhr es mir.

Der Graf lächelte. »Jeder entscheidet für sich, welches Gewicht er dem eigenen Leben und dem der anderen beimisst.«

Ich warf einen Blick auf die Konsole. Als Kind war ich mit meinen Eltern im Sommer oft in die Berge gefahren, und meine Mutter hatte mich immer eindrücklich davor gewarnt, ein Edelweiß zu pflücken, da es oft am Rand von Abgründen oder an anderen gefährlichen Stellen wuchs. Soweit ich wusste, war das der Grund, warum es auch die »Blume des Todes« genannt wurde.

»Und was ist passiert? Hat der junge Mann die Blume gefunden?«

»Ja, er hat sie gefunden. Er war dafür über Felsen geklettert, hatte Wälder durchquert und gegen hungrige Tiere gekämpft. Aber als er endlich die Hand ausstreckte, um sie zu pflücken, kamen die Kinder des Berges in großen Scharen aus der Erde gekrochen und umzingelten ihn. ›Sterblicher‹, sagte der Herr der Berge mit schrecklicher Stimme, ›du bist gekommen, um meine Sterne zu stehlen, und dafür wirst du mit dem Leben bezahlen.‹ Aber der junge Mann, der nicht nur mutig, sondern auch einfallsreich war, schlug einen Pakt vor: ›Lass mich eine einzige Blume von deinem Schatz behalten, Herr der Berge, und in werde dir zum Tausch die wertvollste Sache geben, die ich besitze.‹ – ›Wirst du das wirklich tun?‹ – ›Ganz bestimmt, ja, ich verspreche es dir.‹ – ›Nun, dann soll dies unser Pakt sein.‹ Der Herr der Berge streckte nun seinerseits die Hand aus und pflückte vom Herzen des jungen Mannes die wertvollste Sache, die es beinhaltete, die einzige Sache, die einen Sterblichen dazu bringen konnte, über Felsen zu klettern, Wälder zu durchqueren und gegen die Tiere der Nacht zu kämpfen. Dann nahmen die Kinder des Berges den jungen Mann und schleuderten ihn kopfüber hinunter ins Tal, hinaus aus ihrem Königreich. Aber es geschah ihm nichts Schlimmes, denn nun besaß er ja die Blume des Lebens und des Todes, und die Gefahren, die die Sterblichen sonst erzittern lassen, hatten keine Macht mehr über ihn. Er kehrte zurück in sein Dorf und behielt die Blume für sich, denn von dem Mädchen, das ihn dazu gebracht hatte, aufzubrechen, wusste er jetzt kaum mehr den Namen, und auch sonst erinnerte er sich an nichts.«

Nach diesen Worten wandte sich der Graf dem Teetisch zu, seine Erzählung war offenbar zu Ende.

Ich sah ihn ziemlich perplex an. »Und was soll nun die Moral von der Geschichte sein? Pass auf, was du dir wünschst? Schließ keinen Pakt mit Leuten, die du nicht kennst? Schöne, böse Mädchen bringen Unglück?«

Der Graf schüttelte den Kopf. »Es gibt keine Moral. Es ist einfach nur die Geschichte der Blume, die du gerade angeschaut hast. Ihr Besitzer hat sich ihrer gern entledigt, indem er sie mir geschenkt hat: Er hat sehr, sehr lange gelebt, und so musste er einen Menschen nach dem anderen sterben sehen. Im Hinblick auf den Preis, den es zu zahlen gilt, um den Tod zu überlisten, denkt man sicher am wenigsten an die Einsamkeit.«

Verwirrter denn je drehte ich mich noch einmal zu dem Edelweiß in seinem Glas um. »Soll das heißen, dass dies die Blume des Lebens und des Todes ist, und dass der ewig lebt, der sie besitzt?«

»Nur wenn er sie mit eigener Hand gepflückt hat. Oder jedenfalls behauptet dies die Legende.« Der Graf zuckte mit den Achseln, eine Bewegung, die ich ihn noch nie hatte machen sehen. »In meinem Fall hätte sie wenig Nutzen.«

Ich schüttelte langsam den Kopf: Die Gewohnheit des Conte, außergewöhnliche Dinge zu sagen, als ob es alltägliche Banalitäten wären, erstaunte mich immer wieder.

»Und die andere Blume?«, fragte ich. »Das Vergissmeinnicht. Kommt das von …«

»Ja. Sie kommt aus Reginas Haaren. Ich war neugierig: Ich wollte einfach wissen, ob es möglich wäre, dass sie getrennt von ihr überlebt.«

Ich studierte noch einmal das Glas, und plötzlich wurde mir klar, welche Flüssigkeit es enthielt. Ein Schauer lief mir den Rücken hinunter. »Es ist ihr Blut …«

Der Conte nickte. »Es schien mir die einzige plausible Lösung zu sein. Reginas Blut ist der Lebenssaft der Blume: Es erhält sie am Leben, auch im Tod. Das Blut und die Nähe des Edelweißes. Kommst du dich nicht setzen?«

Ich nickte, bewegte mich aber nicht von der Stelle. Ich konnte den Blick nicht von der Konsole lösen, ich klebte in einer Art morbidem Magnetismus an den beiden übernatürlichen Pflanzen und den anderen Blumen um sie herum, die tot in ihren Glassärgen lagen und doch lebendig wirkten.

Da ich mich nicht zu ihm gesellte, erhob sich der Conte und kam von Neuem zu mir. »In den Blumen liegt eine geheimnisvolle Kraft. Deshalb waren die Menschen schon immer von ihnen fasziniert. Ihre direkte Verbindung zu Mutter Erde, ihre Fähigkeit, sich von den Energien zu ernähren, die in ihr fließen … Die Alten hätten gesagt, dass sie das Blut des Drachen trinken.«

Aus meiner Erinnerung tauchte ein Gedanke auf. »Bei unserer ersten Begegnung haben Sie einen seltsamen Satz zu mir gesagt, Conte: Sie sagten, Sie hätten Regina geschickt, mich zu suchen, ›weil Rotkäppchen Blumen im Wald pflückte, als sie den Wolf traf‹.«

Der Conte nickte. »Du hast ein gutes Gedächtnis.«

»Was bedeutet das?«

»Dass es eine starke Verbindung gibt zwischen einer Blume und einem wilden Tier. Beide sind auch in jedem menschlichen Wesen zu Hause. Gefühl und Instinkt. Geist und Körperlichkeit. Auf das Erscheinen der Blume folgt immer das Erscheinen des Untiers. Persephone war dabei, mit ihren Gefährtinnen Feldblumen zu pflücken, als Hades aus der Unterwelt emporstieg, um sie zu rauben. Und der Vater der Schönen musste dem Biest ein hohes Entgelt bezahlen, weil er eine Rose in seinem Garten gepflückt hatte.« Er sah mich mit seinen durchdringenden grünen Augen an. »Du weißt bereits, Veronica, dass die Symbole mehr als nur Worte sind. Ich wollte den Wolf, und dafür habe ich die Blume benutzt.«

Ich hob eine Augenbraue. »Dann wäre ich also das Rotkäppchen?«

Ein amüsiertes Flackern blitzte in den Augen des Conte auf. »Eine der großen Tugenden der Symbole ist ihre Dehnbarkeit. Als ich jung war, gab es die Wissenschaft der Psychologie noch nicht, und doch gab es schon Leute, die vermutet haben, dass die rote Kappe das Menstruationsblut symbolisiert, die Menarche des Mädchens, und das Treffen auf den Wolf die körperliche Begegnung mit dem anderen Geschlecht, mit dem Verführer oder dem Raubtier im sexuellen Sinne. Rotkäppchen als Schilderung des Eintritts in die Sexualität der Erwachsenen.«

Ich wandte mich schnell ab und ging zum Teetisch, damit der Conte nicht merkte, dass ich rot geworden war.

»Ich bin wohl ein bisschen zu alt für eine solche Rotkäppchen-Rolle«, platzte ich heraus, bemüht, meine Verlegenheit zu überspielen. Auf die Sache mit der Sexualität der Erwachsenen ging ich nicht ein und hoffte, dass auch der Conte nicht weiter darauf herumreiten würde; auf diesem Terrain wusste ich alles in der Theorie und nichts, aber auch wirklich gar nichts in der Praxis.

»Und was ist dann deine Rolle in der Geschichte?« Aus der Stimme des Conte war jede Spur von Ironie verschwunden. »Was wird aus Rotkäppchen, wenn es aufhört, ein kleines Mädchen zu sein?«

Wir standen uns gegenüber, jeder in einer Ecke des Zimmers. Während ich ihm in die Augen sah, spürte ich einen dunklen Schatten.

»Der Wolf. Das ist es, was Sie meinen, nicht wahr? Sie wollen mich dazu bringen, zu sagen, dass ich der Wolf bin.«

Der Conte blieb gelassen. »Du bist schon durch deinen Wald gelaufen, Veronica. Du bist deinem Jäger schon begegnet. Bist du auch deinem Opfer schon begegnet?«

Eine Hitzewelle stieg in mir hoch, und ich wandte schnell den Blick ab.

Der Conte kam zurück zum Tisch, setzte sich und schenkte mir Tee ein: Als ich die Tasse hob, zitterte meine Hand. Ich zwang mich zur Ruhe.

»Bei unserem letzten Treffen«, setzte ich nach einer Pause das Gespräch fort, »haben Sie gesagt, dass Sie Nachforschungen zu den Luperci anstellen würden.«

»Und das habe ich auch getan.«

Ich nahm ein Plätzchen und drehte es zwischen den Fingern, so als wäre ich seelenruhig. »Und haben Sie etwas herausgefunden?«

Der Conte machte eine leicht resignierte Geste. »Weniger als ich gewünscht hätte. Sie halten sich gut versteckt, und sie sind sehr diskret in ihren Aktivitäten.«

Mir drängte sich die Frage auf, mit welchen Mitteln wohl der Conte seine Nachforschungen anstellen mochte. Wenn ich etwas wissen wollte, schaute ich bei Google nach; was machten Leute wie er? Eine Kristallkugel zurate ziehen? Konsultierten sie die Sterne oder das Feuer?

»Ich musste mich verschiedener Quellen bedienen«, antwortete der Conte, als hätte er meine Gedanken gelesen. »Mich etwas durch die Stadt bewegen. Viele … Leute befragen.«

Ich hob die Augen von meinem Gebäckstück. Die Toten. Wie hatte ich das vergessen können. Die Seelen der Toten waren seine Informationsquelle.

Sie waren überall um uns herum, stumm, unsichtbar, und sie beobachteten uns, Tag für Tag, unbeschadet von der Vergänglichkeit, alt wie die Türme und die Mauern der Stadt. Ich hatte das Gefühl, mir würde eine eiskalte Hand über die Wirbelsäule streichen.

»Und?«, fragte ich mit wackeliger Stimme.

Der Conte nahm einen Schluck Tee. »Es ist mir nicht gelungen, die ganze Geschichte dieser Sekte zu rekonstruieren: Ich kann dir nicht sagen, ob sie wirklich seit der Römerzeit in ununterbrochener Folge existieren, oder ob sie sich erst in späteren Zeiten konstituiert – beziehungsweise rekonstituiert – haben. Sicher ist, dass sie die antiken Rituale kennen, und dass sie in der heutigen Form mindestens seit dem neunzehnten Jahrhundert aktiv sind. Die Mission wird vom Vater auf den Sohn übertragen, und sie bleibt immer innerhalb einer Familie.«

»Und was genau ist ihre … Mission?« Ich schluckte. »Werwölfe töten?«

»Auch das. Den Wolf zu bändigen ist sicherlich ihr primäres Ziel, wie es das ihrer römischen Vorfahren war. Aber da ist noch mehr. Der Wolf ist nicht die einzige Kraft, die die Menschen bedroht, weder heute noch in der Vergangenheit, deshalb kämpfen diese ›modernen Luperci‹ an mehreren Fronten. Wahrscheinlich sehen sie sich als die Verteidiger der Menschheit gegen Angriffe von äußeren Kräften.«

Ich presste die Lippen zusammen. »Heißt das, sie sind … so was wie Monsterjäger?«

Diesmal deutete der Conte ein Lächeln an. »Wenn du es so ausdrücken willst.«

Ich schüttelte den Kopf. »Das ist ja schlimmer als im Comic oder im Film.«

Der Conte wurde sofort wieder ernst. »Viel schlimmer. Im Comic oder im Film kann dir nichts Schlimmes passieren.«

Ich legte den Keks aus der Hand. »Sie werden es wieder versuchen, nicht wahr?«

»Ohne jeden Zweifel.«

Ich stand auf und ging zum Fenster. Da draußen lag Mailand, eine Ansammlung von Häusern, fast gewaltsam unterbrochen von dem Ensemble der Domtürme, die aussahen wie versteinerte Baumstämme, Bäume in der Farbe der Wolken.

»Aber warum sind sie ausgerechnet hier, in dieser Stadt?«, fragte ich fast flüsternd. »Sind sie meinetwegen gekommen?«

»Nein. Sie sind schon seit langer Zeit hier. Tatsächlich gibt es sie, soweit ich das verstanden habe, an vielen verschiedenen Orten. Überall, wo sich unsichtbare und potenziell gefährliche Kräfte konzentrieren.«

»Und Mailand ist einer dieser Orte?«

»Den Grund dafür habe ich dir schon genannt.«

Ich holte tief Luft. »Wenn diese Leute also schon so lange hier sind, wieso hat dann jemand wie Sie nicht schon vorher von ihnen gehört?«

»Weil die Welt derer, die an der Grenze zwischen Menschlichem und Nicht-Menschlichem leben, eine Welt von einsamen Jägern ist. Weil der, der die Realität hinter den Dingen gesehen hat, weiß, wie viele Gefahren auf der Straße der Macht lauern. Deshalb verbirgt man sich, nicht nur vor den Menschen, sondern auch vor den anderen Zwischenwesen: Denn wenn einer wie ich von der Existenz der Luperci gewusst hätte, hätte er dieses Wissen zu seinem persönlichen Vorteil an ihre Feinde verkaufen können. Und dasselbe hätten die Luperci mit meinen eigenen Feinden machen können.« Er erhob sich und kam zu mir ans Fenster. »Dies ist auch der Grund, warum ich in regelmäßigen Abständen meinen Wohnort wechsle, nicht nur, damit die Nachbarn nicht merken, dass ich einfach nicht älter werde.«

»Aber wäre es denn dann nicht einfacher für Sie, wenn Sie an irgendeinen fernen Ort ziehen würden, wo es keine ›Jäger‹ gibt, oder andere Leute, die Ihnen schaden könnten?«

Der Conte schüttelte den Kopf. »Ich werde Mailand nie verlassen. Diese Stadt ist die Quelle meines Lebens, der Kern meiner Existenz: Aus freier Entscheidung bin ich für immer an die Kraft seines *Medhelan* gebunden, wie ein winziger Zweig an den Stamm einer tausendjährigen Eiche. Und das ist keine Kraft, gegen die man kämpfen könnte.«

Ich wandte mich abrupt zu ihm um. »Ist es nicht möglich, diese Kraft gegen die Luperci zu verwenden? Wäre es nicht möglich …« Ich suchte nach Worten, die er vielleicht selbst benutzt hätte. »Wäre es nicht möglich, den Drachen von der Kette zu nehmen und gegen sie einzusetzen?«

Ein seltsamer Ausdruck glitt über das Gesicht des Conte, so wie eine Welle über den See gleitet, wenn ein großes Geschöpf unter der Wasseroberfläche vorüberschwimmt.

»Ein Mensch mit den richtigen Kenntnissen, mit genügend Macht und Mut, einer, der weiß, wo sich der *Medhelan* befindet, der könnte das vielleicht. Es müsste jemand sein, der in der Lage wäre, hinabzusteigen und die Macht der Erde zu bezähmen, dort, wo die Verborgenen Wege sich treffen. Ein Mensch wie dieser … würde wie der Drache selbst werden. Er wäre wie ein Gott.« Die grünen Augen schweiften in die Ferne, zum Horizont der Stadt. »Aber der *Medhelan* ist verloren. Kein Sterblicher weiß, wo er sich befindet, noch, wie man dorthin gelangt. Und alle alten Kreaturen, die wüssten, wie man ihn findet, sind seit langer Zeit verschwunden oder sie schweigen.«

Auch wir schwiegen für einen langen Augenblick.

»Ivan hat sich wieder gemeldet«, sagte ich plötzlich. »Er hat versucht, mich anzurufen.«

Der Conte wandte sich um und sah mich an. »Wie ich schon sagte, die Luperci werden sich nicht geschlagen geben.«

Ich fuhr mir mit einer Hand durchs Haar. »Was soll ich also tun? Mich weiterhin verbergen und vor ihnen fliehen, für den Rest meines Lebens?«

Es folgte ein neues Schweigen.

»Das wäre die Strategie eines Kaninchens«, sagte endlich der Conte leise. »Nicht die des Wolfes.«

Sein Ton bescherte mir eine Gänsehaut.

»Was heißt das?«, murmelte ich.

»Dass du meiner Meinung nach zulassen solltest, dass Ivan wieder Kontakt mit dir aufnimmt.«

Ich spürte mein Herz schneller schlagen. »… Und dann?«

»Und dann werden wir es sein, die ihm eine Falle stellen.«

Kapitel 26

Dienstag, 3. März
Zunehmender Mond

Ivan rief am nächsten Tag nicht an. Es gab Momente, in denen ich mit aller Kraft gegen die Versuchung ankämpfen musste, ihn selbst anzurufen, und andere, in denen ich ebenso inständig hoffte, dass er sich nie mehr bei mir melden würde.

Nach der Schule kaufte ich das Material, das ich für die Umsetzung meines Plans brauchte. Dass es mich mehr kostete, als ich erwartet hatte, trug nicht unbedingt zu meiner guten Laune bei. Außerdem bereitete es mir Kopfzerbrechen, was ich meiner Mutter erzählen sollte, damit sie mich am Abend ausgehen ließ. Ich dachte den ganzen Vormittag darüber nach und log schließlich beim Mittagessen, dass heute Irenes Geburtstag sei und ich zusammen mit ihren Freundinnen zum Abendessen eingeladen wäre. »Du weißt schon, diese total nette Freundin von mir mit den wunderschönen Haaren.« Ich versprach, spätestens um elf zu Hause zu sein, und beteuerte, wie wichtig es Irene – und auch mir selber – wäre, dass ich dabei war. Sie *musste* mich einfach gehen lassen, bitte, bitte, bitte!

Meine Mutter runzelte zunächst die Stirn, denn immerhin war ich ja schon am Sonntag ausgegangen und am nächsten Tag war Schule; sie wurde jedoch schnell weich, konsultierte meinen Vater – der seltsamerweise zum Mittagessen zu Hause war und sich ebenso seltsamerweise positiv zu meinem Anliegen äußerte –, und am Ende erhielt ich drei Stunden Ausgang, von acht bis elf. Ich überhäufte meine Mutter mit Dankesbezeugungen, fiel ihr sogar um den Hals und fühlte mich scheußlich angesichts der Lüge, die ich ihr aufgetischt hatte.

Irene erzählte ich davon nichts, weder, dass ich sie als Ausrede benutzt hatte, noch dass ich am Abend mit Alex ausgehen würde. Ich wusste ja, dass sie Ersteres nicht gut finden würde, aber da ich die Lüge trotzdem brauchte, wollte ich wenigstens vermeiden, dass sie sich schlecht fühlte. Warum ich ihr nicht mal von der Verabredung mit Alex erzählte, weiß ich selbst nicht. Vielleicht, weil sie schlichtweg zu viele Erklärungen verlangt hätte.

Und weil ich mich schämte. Aber daran versuchte ich, nicht zu denken: Es war schon schlimm genug, damit leben zu müssen, dass ich am laufenden Band Leute anlog, die mir etwas bedeuteten.

Und warum das Ganze? Für einen Racheakt?

Allein bei dem Gedanken wurde mein Herz hart wie Stahl: Ja, für meine Rache. Für eine gerechte, hochheilige, grausame und absolut verdiente Rache.

Der Abend kam, und ich bereitete mich sorgfältig vor. Keine übertriebenen Kleiderproben diesmal. Ich war auf mich allein gestellt, ohne Irene, die mich beraten hätte, ohne Angst im Herzen und Schmetterlinge im Bauch. Ich wählte eine schwarze Jeans, meinen langärmligen Bolero, ein weißes T-Shirt und das einzige Paar Schuhe mit hohen Absätzen, das ich noch besaß. Ich schminkte mich, auch diesmal wieder zu stark, wie an dem Abend mit Ivan. Aber ich beließ es dabei: Es war ganz okay so.

Ich rief meiner Mutter einen Gruß zu und schlüpfte zur Tür hinaus, bevor sie mich zu Gesicht bekam. Ich nahm die Metro und war kurz vor halb neun im Zentrum; ich war ungewollt spät dran, verzichtete aber darauf, Alex Bescheid zu geben. Ich hatte ihm am Nachmittag die Adresse des Lokals gegeben, also war er schon da und wartete auf mich. Als ich um die Ecke bog, sah ich ihn auf der Straße auf und ab gehen.

Er trug eine dunkle Jacke, ein graues Jeanshemd und die blonden Haare nach hinten gekämmt. Als er mich sah, kam er mir lächelnd entgegen; er sah gut aus, das war nicht zu leugnen, und doch war irgendwas anders als sonst. Er schien fast … jünger. Jene Aura der Selbstsicherheit, die ihn umgab, seit ich ihn kannte, war verschwunden. Übrig blieb ein ziemlich gut aussehender Junge mit ausweichendem Blick, der angestrengt nach den richtigen Worten suchte. Sogar sein Lächeln schien weniger blendend als früher. Oder war ich es, die jetzt etwas sah, das ich früher nicht gesehen hatte?

Er begrüßte mich lächelnd. »Hallo.«

»Hallo.«

»Du siehst toll aus heute Abend.«

»Danke. Du siehst auch gut aus.«

Schweigen.

Aus Verlegenheit, seinerseits. Das war mehr als deutlich.

Aus Langeweile, meinerseits. Hoffentlich nicht genauso deutlich.

Er wies mit dem Kopf zur Tür. »Gehen wir rein?«

»Ja.«

Als wir das Lokal betraten, überfielen uns sofort die grässlichen Scheinwerfer und die viel zu laute Musik; der einzige Trost war, dass es kein Samstagabend war und deshalb nicht so voll.

Wir setzten uns an einen Tisch und versteckten uns beide hinter der Getränkekarte. Als ich die Augen hob, ertappte ich ihn dabei, wie er mich über seine Karte hinweg prüfend ansah, aber er wandte sofort den Blick ab.

Ich wusste nicht, ob ich mit der Faust auf den Tisch schlagen, in Tränen ausbrechen oder ganz einfach aufstehen und nach Hause gehen sollte. Dies war eine Verabredung mit Alex! Wir saßen am selben Tisch. Er hatte sich für mich in Schale geworfen. Vor einem Monat hätte ich mich noch mit der Gabel in die Hand gepikst, nur um sicher zu sein, dass ich nicht träumte – und wenn ich entdeckt hätte, dass es doch ein Traum war, dann hätte ich wahrscheinlich darum gebeten, in ein unwiderrufliches Koma versetzt zu werden, nur damit er bis in alle Ewigkeit andauerte.

Und jetzt langweilte ich mich.

Die Kellnerin kam an unseren Tisch, und wir bestellten die Getränke, dann begann Alex die Konversation. Ich weiß, dass er ganz sicher sein Bestes tat, auch wenn ich mich ehrlich gesagt nicht mal mehr an die Hälfte von dem erinnern kann, was er sagte, weil ich ihm kaum zuhörte. Ich antwortete auf alle seine Fragen, ich lächelte, ich nickte, und ich glaube, dass ich sogar über seine Witze lachte, aber ich hörte keinen Moment damit auf, an etwas völlig anderes zu denken.

Und da wurde mir klar, dass es noch einmal eine Veränderung in diesem Maskenspiel gab, und dass ich sie auch diesmal nicht bemerkt hatte, bis zum letzten Moment. Wie viele Rollen hatte Alex schon für mich gespielt? Den unerreichbaren Prinzen, den eiskalt-abweisenden Schönen, die Marionette in Angelas Händen und jetzt … jetzt nichts mehr. Nur ein Freund, den ich nicht mal gut kannte, und der sich jenseits seines schönen Lächelns als gänzlich uninteressant herausstellte. Ich suchte das Herzklopfen und fand es nicht; ich erinnerte mich daran, wie verlegen ich war, wenn er mich nur angesehen hatte, und es kam mir vor wie eine Erinnerung an eine andere Person. Ich empfand einfach nichts mehr für ihn, und das Gefühl der Leere, das ich in mir entdeckte, ließ mich fast schwindeln.

Ja, Veronica, auch du hast die Maske gewechselt. Du bist es schließlich gewesen, die ihn aufgefordert hat, mit dir auszugehen. Und du weißt genau, warum du es getan hast.

Nein, sagte ich mir sofort, das stimmte nicht, ich war erst später auf die Idee gekommen, ich hatte nicht alles konstruiert, nur weil …

»Hey, Alex!«

Der Gruß hallte in meinen Ohren wider und weckte mich schlagartig aus meinen Träumereien. Ich erkannte die Stimme sofort und warf einen Blick auf die Uhr des Lokals: halb zehn. Ich hatte das Gefühl für die Zeit verloren.

Alex sah über meine Schulter hinweg, zog die Augenbrauen hoch und hob zur Begrüßung die Hand. Mit einstudierter Langsamkeit drehte ich mich um: Sie waren alle drei gekommen, von Kopf bis Fuß aufgetakelt wie für einen Disco-Abend. Sollte ich mich geschmeichelt fühlen? War ich eine so wichtige Feindin, dass ich sogar an einem Dienstagabend den Einsatz des ganzen Arsenals erforderte?

Elena hatte die Haare zu einem Pferdeschwanz gebunden und trug in völliger Missachtung der Wetterverhältnisse nur ein schwarzes Top über den unvermeidlichen Hüftjeans. Susanna wartete mit einem knallengen blauen T-Shirt auf, einer Jeansjacke und einer perfekt frisierten Wolke dunkler Locken. Die beiden hielten sich einen Schritt hinter Angela, die im Licht der Scheinwerfer geradezu glitzerte in ihrem ärmellosen weißen Blüschen und den ebenfalls weißen Hosen. Das unschuldige Weiß wurde nur von einem silbernen Gürtel und einer Strasskette auf ihrer Brust unterbrochen. Natürlich waren alle drei perfekt geschminkt und trugen Ohrringe, die genau zu ihren Klamotten passten.

Elena – die Alex begrüßt hatte – tauchte als Erste an unserem Tisch auf. Sie rauschte in einer Parfümwolke an mir vorbei (meine Güte, wie viel von dem Zeug hatte sie denn aufgelegt?), platzierte sich neben Alex und legte ihm eine Hand auf die Schulter. Ganz im Gegensatz zu dem, was ich noch zehn Sekunden zuvor gedacht hatte, machte mich diese Geste vollkommen wütend.

Alex lächelte unsicher. »Hey, Elena.«

»Wer hätte gedacht, dass wir *dich* hier treffen würden? Ich hab dich noch nie hier gesehen.«

Die anderen beiden stießen ebenfalls zu uns. Nachdem Alex sie begrüßt hatte, schwiegen sie einen Moment, und erst dann drehten sich, wunderbar synchron, drei Köpfe zu mir um, als hätten sie mich vorher gar nicht bemerkt. Die Szene wirkte dermaßen einstudiert, dass es peinlich war, sie mit anzusehen.

»Hallo, Meis«, sagte Elena mit einem künstlichen Lächeln. »Wie geht's?«

Angela produzierte ein kleineres, aber überzeugenderes Lächeln, und begrüßte mich mit einem Nicken des Kopfes. Susanna tat es ihr nach, allerdings ohne das Lächeln.

»Gut, danke«, erwiderte ich und bemühte mich um eine gute Imitation ihrer falschen Höflichkeit. Ich musterte sie aufreizend langsam von Kopf bis Fuß. »Geht ihr tanzen?«

Diesmal lächelten alle drei, und es war kein wohlwollendes Lächeln.

»Wir sind einfach nur unterwegs, um uns ein wenig die Zeit zu vertreiben.« Elena bewegte die Hand, die immer noch auf Alex' Schulter lag, und beugte sich weit zu ihm herunter. »Habt ihr was dagegen, dass wir uns zu euch setzen?«

Sie hatte den Plural benutzt, sich aber nur an ihn gewandt. Und auch die anderen beiden schauten nur meinen Begleiter an, der im Zeitraum von zwei Atemzügen mehrere Farbnuancen bleicher geworden war.

Auch ich fixierte ihn.

Los, Alex, triff deine Wahl. Du bist mit mir verabredet. Was machst du?

Alex sah sich hilflos um, als würde er erwarten, dass jemand aus dem Nichts erschien und ihm aus der Patsche half; ich sah diese Reaktion bei ihm nicht zum ersten Mal. Die Sekunden vergingen, und die Atmosphäre war jetzt so gespannt, dass sogar die laute Musik in den Hintergrund geriet.

Mit zusammengepressten Lippen starrte er mich fragend an. Aber was wollte er? Dass ich für ihn entschied? Oder ihm die Entscheidung verzieh, die er bereits getroffen hatte?

Ich hielt seinem Blick stand, sagte aber kein Wort.

Schließlich ließ er sich mit kläglicher Zitterstimme hören. »Klar … Klar könnt ihr euch setzen. Wenn Veronica nichts dagegen hat.«

Ich hatte unbewusst den Atem angehalten und atmete nun tief aus. Ich sah Alex weiterhin an, spürte aber fast körperlich, wie sich mein Blick in einen stählernen Mantel hüllte.

Schlimmer als so hätte er es nicht sagen können. Mit diesem Satz stellte er mich unweigerlich vor ein Dilemma: Sollte ich einfach nur mit einem coolen Lächeln akzeptieren oder eine Eifersuchtsszene hinlegen?

Ich tat am Ende nichts von beidem. Im Grunde hatte ich diese Möglichkeit von Anfang an in Betracht bezogen: Ich konnte zwar nicht wissen, mit welcher Taktik Angela und ihre Freundinnen versuchen würden, meinen Abend platzen zu lassen, aber ich hatte zur Sicherheit die einfachsten Varianten im

Kopf durchgespielt. Sie hatten sich nicht mal besonders angestrengt.

Ich stand auf, weder zu langsam noch zu schnell, als wollte ich nur zur Theke oder zur Toilette gehen.

»Ist in Ordnung für mich«, sagte ich und nahm meine Jacke von der Stuhllehne. »Es ist sowieso schon viel zu spät. Wenigstens bleibt Alex dann nicht allein zurück.« Ich zog die Jacke an und nickte ihnen zu. »Ciao, alle miteinander, einen schönen Abend noch. Wir sehen uns morgen.«

Mit ruhigem Schritt durchquerte ich das Lokal Richtung Ausgang. Natürlich drehte ich mich nicht ein einziges Mal um, aber ich fühlte die vier Augenpaare, die sich in meinen Rücken bohrten, bis die Tür sich hinter mir geschlossen hatte.

Erst dann begannen meine Nerven zu flattern. Ich lehnte mich auf der menschenleeren Straße an eine Hauswand und schloss die Augen. Die drei Hexen hatten meinen Abgang sicherlich als triumphalen Sieg verbucht: Von ihrem Standpunkt aus konnte es gar nicht anders sein. Ich hätte gern behauptet, dass mir das egal war, dass ich mein Urteil über die drei ohnehin gefällt hatte und dies nur ein letzter Test war, eine letzte Probe, wer mein Verbündeter war und wer nicht. Aber natürlich war es mir nicht egal, im Gegenteil. Ich war so wütend, dass ich von Kopf bis Fuß zitterte.

Alex hatte seine Wahl getroffen. Zum zweiten Mal hatte er sich auf ihre Seite geschlagen und meinem Weggehen zugesehen, ohne auch nur einen Finger zu rühren, um mich aufzuhalten.

Trotzdem entschied ich mich, ihn nicht zu bestrafen. Nicht weil ich Mitleid hatte, sondern weil es unter meiner Würde war. Alex' Entscheidungen basierten nicht auf einem freien Willen, sondern auf einem *fehlenden* Willen; er hatte die Zügel seines

Lebens anderen überlassen. Einem solchen Hampelmann würde ich kein Haar krümmen.

Aber den anderen dreien …

Ich fletschte die Zähne, löste mich schnell von der Mauer und fühlte, wie der Wolf kam. Hatte ich ihn gerufen? Ich hätte es nicht sagen können, aber das hatte keine Bedeutung. Ich ging in die Hocke, stieß mich ab und sprang auf das Dach des Hauses, in dem sich das Lokal befand. Von dort erreichte ich in wenigen Sätzen die Straßenecke, flog auf das Geländer eines Balkons und dann auf ein anderes, höheres Dach auf der anderen Straßenseite.

Mailand lag mir zu Füßen, leuchtend wie nie zuvor. Ich schaute staunend auf das Meer aus farbigen Lichtern, die aus den Straßenschluchten emporschimmerten und sich in den Fassaden der höchsten Gebäude spiegelten. Und mittendrin schlängelte sich etwas empor, etwas wirklich Seltsames … Es sah aus wie unglaublich feine Lichtschleier, ähnlich den Nordlichtern, die ich aus dem Fernsehen kannte. Wellenförmig und unbeweglich stiegen sie vom Boden auf und leuchteten durch die Gebäude hindurch, als ob diese keine feste Konsistenz hätten. Ich hob den Blick und sah, wie sie ganz weit oben die Wolken berührten. Sie bildeten am Himmel eine seltsame Landkarte aus Licht – aus gewundenen Linien, die sich immer wieder kreuzten und in alle Richtungen verliefen, von einem Horizont zum anderen.

Es war das sonderbarste Schauspiel, das ich mit meinen Wolfsaugen bisher gesehen hatte, und ich hatte nicht die geringste Ahnung, worum es sich dabei handelte.

Ich blieb eine Zeit lang stehen und betrachtete es, bis sich an den Rändern meines Blickfelds, unten auf der Straße, etwas bewegte, und Wortfetzen zu hören waren.

Nur mit Mühe löste ich den Blick von den Luftschleiern, gerade noch rechtzeitig, um auf der Straße die vier Gestalten zu sehen, die laut lachend und redend aus dem Lokal kamen. Ich hätte sie auch ohne die Sinne des Wolfes erkannt.

Sie blieben noch eine halbe Minute vor dem Eingang stehen und plauderten, dann trennten sie sich: Angela, Elena und Alex gingen gemeinsam in Richtung Metro; Susanna war allein in die entgegengesetzte Richtung unterwegs.

Ich folgte ihr mit den Augen und spürte dabei ein seltsames Prickeln in der Kehle. Wenn sie mitten in der Nacht ohne die anderen nach Hause ging, dann wohnte sie sicher ganz in der Nähe. Ich erhaschte noch einen Blick auf das Grüppchen, das gerade hinter einer Straßenecke verschwand; jetzt war Susanna allein da unten, aber im nächsten Augenblick würde auch sie in einer der umliegenden Straßen verschwinden.

Ich handelte völlig impulsiv. Es war nicht wie vor Giadas Fenster, wo ich wenigstens eine Sekunde über den nächsten Schachzug nachgedacht hatte. Diesmal dachte ich nicht im Mindesten nach.

Ich rannte das Dach entlang, bis ich auf Susannas Höhe war, und sprang dann hinunter. Ich landete hinter ihr auf dem Asphalt, schlang ihr einem Arm um die Taille und sprang mit ihr auf ein Dach auf der gegenüberliegenden Straßenseite.

Als ich sie packte, stieß Susanna eine Art Schrei aus, aber ich presste sie so fest an mich, dass ihr Atem und Stimme wegblieben. Bei unserer Landung auf dem Dach riss ihr der Rückstoß die Brille aus dem Gesicht, ich erwischte sie im letzten Moment, setzte sie Susanna wieder auf die Nase und lud mein Opfer dann wie einen Sack zu meinen Füßen ab.

Es war ein schräges Dach mit breiten, grauen Dachziegeln. Ich musterte meine Beute, die vor mir auf diesem seltsamen

Untergrund lag, das Blau ihrer Jeans in schönem Kontrast zu dem von Smog und Nässe gefleckten Grau der Ziegel: Sie stützte sich auf die Ellbogen und sah sich ruckartig um. Ich durchbohrte sie mit meinem Blick.

Sie starrte zurück, zunächst völlig verständnislos, doch dann durchzuckte ihre geweiteten Pupillen ein Blitz des Wiedererkennens, dem das nackte Entsetzen folgte.

Sie reagierte auf unerwartete Weise, packte einen lockeren Dachziegel, der ihr zufällig zwischen die Finger geriet, und schleuderte ihn in meine Richtung.

Der Instinkt des Wolfes parierte an meiner Stelle den Angriff: Ich fing den Ziegel im Flug, hielt ihn einen Augenblick in beiden Händen, richtete dann von Neuem den Blick auf Susanna und drückte so fest zu, dass mir der graue Ton durch die Finger rieselte.

Susanna heulte laut auf und machte sich daran, auf den Ellbogen vor mir zurückzukriechen. Ich konnte hören, wie der Stoff ihres T-Shirts am Rücken riss, und einen Augenblick später drang der Geruch von Blut an meine Nase: Offensichtlich hatte sie sich einen Ellbogen aufgekratzt, ohne es zu merken.

Ich holte tief Luft. »*Weißt du, warum du hier bist?*«

Ich gab mir keine Mühe, meine Stimme zu modulieren, und was aus meinem Mund kam, hörte sich selbst für meine Ohren schrecklich an: eine Art tiefes und dumpfes Knurren, absolut unmenschlich und doch in der Lage, Worte zu artikulieren.

Susanna schnappte nach Luft wie ein Fisch.

Jetzt wurde meine Stimme zu einem Brüllen. »*WEISST DU, WARUM DU HIER BIST?*«

Sie schloss ruckartig den Mund, vollkommen paralysiert. Dann schüttelte sie den Kopf.

Ich ging auf sie los und packte sie bei den Schultern. Sie warf den Kopf so ruckartig zurück, dass er auf den Dachziegeln aufschlug und sich ihr Blick einen Moment lang trübte.

Ich beugte mich so nah über ihr Gesicht, dass ihre Brillengläser von meinem Atem beschlugen. »*Du bist hier, um zu bereuen.*«

Ich zog sie an den Oberarmen nach oben. Doch als ich losließ, trugen ihre Beine sie nicht und sie sackte zu meinen Füßen auf die Knie. Ich sah auf sie hinab: Ihre sonst so perfekte Frisur hatte sich zu einem staubigen Zottel-Look in der Farbe der Dachziegel verwandelt, und auch ihre Sachen waren voller Staub. Tatsächlich weinte sie, schweigend, unter ihrer Brille, von einem leichten Beben durchzuckt.

Wie, sie weinte jetzt schon? War etwa so wenig schon genug?

Nein, es war nicht genug. Ich war alles andere als zufrieden.

An einem Fußknöchel schleifte ich sie hinter mir her zum Rand des Daches. Sie schrie und sträubte sich, aber mit so wenig Kraft, dass ich es kaum wahrnahm. Ich packte sie bei den Handgelenken und hielt sie mit ausgestreckten Armen über den Dachrand ins Leere.

Ich weidete mich am Anblick ihrer eleganten, flachen Schuhe, die in der Nachtluft strampelten, erst wild und heftig, dann immer langsamer.

Ich sah in das Gesicht meiner Feindin. Da war sie also. Die Stille und Hochmütige, die Intellektuelle, die einen mit einem einzigen Blick so demütigen konnte, dass man sich fühlte wie der dümmste Mensch auf der Welt.

War es ihre Idee gewesen, den Green Dragon zu benutzen?

»*Die Droge, die ihr mir an jenem Abend verabreicht habt*«, knurrte ich, »*wer ist auf die Idee gekommen?*« Ich schüttelte sie. »*Warst du es?*«

Susannas Lippen verzogen sich zu einer weinerlichen Miene, sie ließ ein Winseln hören. Dann nickte sie.

Ich ließ ihren linken Arm los und hielt sie nur noch mit einer Hand.

Sie schrie nicht und strampelte auch nicht mehr. Ihr Kopf fiel nach vorn, und sie hing wie ein schlaffer Sack in meiner rechten Hand.

Ich hielt überrascht inne, dann zog ich sie wieder hoch, legte sie auf das Dach und beugte mich über sie. Sie war ohnmächtig geworden.

Ich schnaubte grimmig. Das war's also schon.

Ich hob sie auf, vergewisserte mich, dass niemand auf der Straße war, und sprang mit ihr hinunter. Lautlos legte ich Susanna neben der Tür des Lokals ab, ganz vorsichtig, damit mich von innen niemand dabei sah, klopfte dann zweimal so laut an den Türpfosten, dass es im Inneren widerhallte, und kehrte mit einem Satz auf das Dach zurück.

Ich lehnte mich über den Abgrund, um das weitere Geschehen zu verfolgen: Ein Mann kam aus der Tür gestürzt, sah sich nach allen Seiten um und beugte sich dann über Susanna. Ich zog mich zurück und setzte mich auf die Dachziegel.

Was würde wohl passieren?

»Nichts«, antwortete ich mir selbst mit Überzeugung.

Susanna hatte jetzt eine Geschichte, die niemand glauben würde, genau wie Giada auch. Vielleicht würde sie sogar selber denken, dass sie nur umgekippt war, oder dass jemand sie auf der Straße überfallen und sie das Bewusstsein verloren hatte, und dass alles andere nur ein Traum war, eine schreckliche Halluzination. Allerdings passten in dieses Bild weder die staubigen Kleider noch die Kratzer an ihren Armen.

Aber was hätte sie mir schon anhaben können? Mich beschuldigen, dass ich über die Dächer flog und Leute mit mir schleppte?

Ich zuckte die Achseln und zog mein Handy aus der Tasche, um auf die Uhr zu schauen: zehn vor elf. Zu spät für die Metro; wenn ich rechtzeitig zu Hause sein wollte, musste ich den Weg über die Dächer nehmen.

Das Display zeigte außerdem eine neue Nachricht an, von einer unbekannten Nummer. Ich runzelte die Stirn. Sie war vor vier Minuten angekommen, als ich noch mit Susanna beschäftigt gewesen war.

Beim Lesen setzte für einen Moment mein Herzschlag aus: »*Ich kann dich nicht anrufen, aber ICH MUSS dich treffen. Antworte mir. Ich bitte dich!*«

Kapitel 27

Mittwoch, 4. März
Zunehmender Mond

Am Morgen danach war Susanna, wie vorherzusehen, nicht in der Schule, und Alex tat alles, um meine Gegenwart zu ignorieren. Nicht einmal versehentlich sah er in meine Richtung. Aber mir war das egal: Ich hatte andere Dinge im Kopf.

Für den Nachmittag hatte ich mir vorgenommen, dem Conte einen Besuch abzustatten, wobei ich meiner Mutter diesmal erzählen würde, dass ich ins Schwimmbad wollte. Und tatsächlich würde ich das später vielleicht noch tun, allerdings erst, nachdem die Sache vorbereitet war. Und ich würde nicht zum Schwimmen hingehen.

Aber vor allen Dingen musste ich mit dem Conte sprechen.

Ich traf ihn an seinem Schreibtisch an, in einem halbdunklen Zimmer; die Vorhänge waren zugezogen und ließen nur wenig Licht herein. Der Conte saß mit dem Rücken zu mir neben seinem riesigen Astrolabium: Ich konnte nicht erkennen, womit er gerade beschäftigt war.

»Komm herein, Veronica«, sagte er, ohne sich umzudrehen.

Ich gehorchte, die Augen im Dunkel zusammenkneifend.

»Warum ist es denn so finster hier?«

»Die Träume mögen das Licht nicht«, erwiderte er leise. »Lässt du es etwa an, wenn du schlafen willst?«

Ich trat zu ihm an den Tisch und lugte über seine Schulter. Er hatte eines der winzigen Skelette aus seiner Sammlung in der Hand und machte sich offensichtlich gerade daran zu schaffen. Aber es war anders als die anderen Skelette: Die Knöchelchen hatten eine seltsame bläuliche Färbung.

»Was tun Sie denn da?«, murmelte ich.

»Üben«, war die Antwort.

Ich beugte mich vor, um besser sehen zu können, und bemerkte, dass auf jedem einzelnen Knochen, wie klein er auch sein mochte, eine Reihe von winzigen Zeichen gemalt war. Außerdem stand ein Fläschchen mit blauer Farbe auf dem Tisch, und daneben lag ein benutzter Pinsel mit einer sehr feinen Spitze.

»Üben wofür?«

»Um zu träumen, natürlich.« Der Conte hängte dem Tierchen die letzten Schwanzwirbel wieder ein, nahm ein Tontöpfchen vom Tisch und streute einen feinen Ring aus grauem Staub um das Skelett herum.

»Was ist das?«, fragte ich, immer noch sehr leise.

»Die Asche eines Erlenbaums. Ein sogenannter Schwellenbaum.«

»Und die Zeichen?« Ich beugte mich noch weiter vor. »Ist das Griechisch?«

»Etruskisch.« Der Conte stellte das Töpfchen wieder hin und richtete sich auf. »Schau einfach zu.«

Er betrachtete unverwandt das Skelett, das in ungewissem Gleichgewicht auf seinen vier Beinchen stand, und ich tat es ihm nach. Ich hätte nicht sagen können, um welches Tier es sich handelte: vielleicht eine Ratte oder sonst irgendein Nagetier.

Zehn Sekunden später war immer noch nichts geschehen, und ich wollte gerade eine Frage stellen, als das Skelett sich plötzlich bewegte. Nicht etwa langsam und mit zögerlichen Bewegungen, wie sich oft die Untoten in den Filmen zu regen beginnen: Vielmehr war es einen Moment vorher noch leblos gewesen, und nun war es plötzlich *lebendig*. Es wackelte mit dem Schwanz und schwenkte den Kopf von einer Seite zur anderen, als würde es sich umsehen, dann senkte es seine knochige Schnauze auf die Tischoberfläche und strich mehrere Male darüber. Es schnüffelte.

Dann rannte es los und durchbrach den Aschekreis, mit Bewegungen, die mit denen einer springlebendigen Ratte völlig identisch waren. Es war, als würde man eine dreidimensionale, animierte Radiographie ansehen – ein faszinierendes und zugleich abstoßendes Schauspiel. Aus dem Augenwinkel registrierte ich ein leichtes Lächeln auf dem Gesicht des Conte.

»Sind Sie das, der das steuert?«, fragte ich mit einem dünnen Stimmchen. »Sind Sie derjenige, der das … träumt?«

Er schüttelte den Kopf. »Es ist die Ratte, die träumt. Sie träumt, lebendig zu sein.«

Ich blinzelte. »Die Toten träumen?«

»Die Toten tun nichts anderes als träumen. Sie sind für immer eingeschlafen.«

Das Rattenskelett erreichte den Tischrand, zögerte einen Moment, sprang dann auf den Teppich hinunter und lief auf die Dunkelheit unter einem Schrank zu.

»Es reicht jetzt«, befahl der Conte.

Eine Handbreit von seinem Ziel entfernt versteifte sich das Skelett, fiel auf die Seite und blieb unbeweglich liegen. Der Conte ging, um es aufzuheben und legte es wieder auf den Tisch.

Dann wandte er sich an mich. »Was verschafft mir die Ehre deines Besuchs?«

Ich löste nur mit Mühe die Augen von den kleinen, mit Zei-

chen bemalten Knochen. »Ich habe eine Nachricht erhalten …«
Ich zog mein Handy heraus und las sie laut vor. »Ich kenne die Nummer nicht, aber sie kann nur von Ivan kommen.«

Der Conte nickte. »Das glaube ich auch.«

Ich sah ihn an und kaute auf der Lippe. »Was soll ich tun?«

»Antworte ihm. Triff eine Verabredung für morgen, und zwar hier bei mir.«

Mir fielen beinahe die Augen aus dem Kopf. »Hier?«

»Genau.« Als er mein Erstaunen bemerkte, verzog er den Mund zu einem schmalen Lächeln. »Er hat dich in eine Falle gelockt, und zwar dorthin, wo die Luperci mächtig sind, in ein Heiligtum des Lichts. Diesmal werden wir ihm begegnen, wo *wir* mächtig sind. In meinem Heiligtum.«

Tausend Zweifel und ebenso viele Einwände gingen mir durch den Kopf, aber ich beschränkte mich auf den Hinweis: »Dann werden sie in Zukunft wissen, wo Sie wohnen …«

»Ein Preis, den ich zu zahlen bereit bin.«

Eine seltsame Vorahnung streifte mich, zu kurz, um deutlich zu sein. Vergeblich versuchte ich, meine Gedanken zu ordnen.

»Gut«, lenkte ich ein. »Um wie viel Uhr?«

»Mitternacht«, erwiderte der Conte, ohne zu zögern. »Die Stunde der Wölfe.«

Ich schüttelte den Kopf. »Er wird nicht kommen. Er wird einen Hinterhalt vermuten. Eine unbekannte Adresse, mitten in der Nacht …«

Der Conte brachte mich mit einer Geste zum Schweigen. »Natürlich wird er kommen. Er will dich sehen. Aber wenn du unbedingt Sicherheit haben willst …«

Die Seitentür des Salons öffnete sich, und mit einem Rascheln erschien Regina, die Hände im Schoß verschränkt, die Augen im Zwielicht groß und glänzend.

Der Conte sah sie an und sagte laut, als würde er mit jemandem in einem anderen Zimmer sprechen: »Regina, ich brauche dich.«

Ich sah sie beide verwirrt an. »Warum rufen Sie sie denn? Sie ist doch schon hier.«

»Sie ist hier, weil ich sie gerufen habe.«

Ich öffnete den Mund zu einer Erwiderung, schloss ihn dann aber wieder. Natürlich, es war ja logisch: Regina hatte seine Stimme gehört, noch *bevor* er gesprochen hatte. Verrückt, aber logisch.

Regina trat zu uns an den Tisch, warf mir einen schüchternen Blick zu, und als sie sah, dass ich ihr zulächelte, lächelte auch sie, wenn auch nur ganz zart.

Der Conte bedeutete ihr, sich ihm zuzuwenden. »Morgen um Mitternacht, Regina, werden wir einen Gast haben: einen jungen Mann mit schwarzen Haaren. Wir sind im Begriff, ihn einzuladen. Wird er unsere Einladung annehmen?«

Ihre Augen gingen sofort zur Eingangstür, blieben einen Moment auf ihr ruhen und bewegten sich dann bis zur Mitte des Zimmers, als ob sie den Bewegungen einer unsichtbaren Gestalt folgten. Ich hielt den Atem an: Sah sie ihn wirklich? Sah sie ihn durch die Zeit hindurch, wie er hereinkam – nein, wie er *hereinkommen würde* –, in das Zimmer, in dem wir uns in diesem Moment befanden?

Regina wandte sich wieder an den Conte und nickte.

»Zufrieden?«, fragte er an mich gewandt.

Ich nickte und wollte etwas sagen, aber der Conte kam mir zuvor: »Danke, Regina. Jetzt kannst du dich zurückziehen.«

Sie beugte den Kopf, eine Geste, die halb Einvernehmen war, halb Verneigung war, und ging schnell aus dem Salon, bevor ich ihr auch nur eine der tausend Fragen stellen konnte, die mir durch den Sinn gingen. Im Hinausgehen warf sie mir einen Blick zu, der mir ebenso warnend wie flehentlich erschien.

»Es gibt nichts, worüber du dir Sorgen machen müsstest«, versicherte mir der Conte. »Schick deine Nachricht und verhalte dich ruhig bis morgen Mitternacht. Bis dahin wird alles bereit sein.«

Ich merkte, dass er mich los sein wollte, und stand unwillkürlich auf. Auch ich hatte das Bedürfnis, zu gehen.

Aber da war noch eine letzte Frage, die mir auf der Seele brannte. »Conte, gestern Nacht habe ich … etwas gesehen, das ich nicht verstehen kann.«

Ich beschrieb ihm so gut ich konnte die leuchtenden Schleier, die die Stadt durchwabert hatten. Der Conte hörte mir ohne Unterbrechung zu und nickte dann. »Du hast die Verborgenen Pfade gesehen, Veronica. Und du wirst sie noch häufiger sehen, denn dein Blick wird immer schärfer werden. Der Mond am Himmel nimmt zu, und mit ihm wächst auch die Kraft des Wolfes. In der Vollmondnacht wird der Gott in dir sein, und dann wirst du alle Geheimnisse erkennen.«

Und ohne ein weiteres Wort begleitete er mich zur Tür und zum Aufzug.

Erst als ich auf der Straße stand, realisierte ich, dass mein plötzliches Bedürfnis, zu gehen, nichts mit den vielen Unklarheiten in meinem Kopf zu tun hatte. Der Conte hatte Regina mit einer Bestimmtheit hinauskomplimentiert, die mir im Nachhinein überhaupt nicht gefallen wollte. Fürchtete er etwa, dass ich sie in Bezug auf den morgigen Abend etwas fragen würde, das ich nicht wissen durfte? Was verbarg er vor mir?

Ratlos schüttelte ich den Kopf und machte mich auf den Weg. Es gab kein Zurück mehr: Was geschehen sollte, würde geschehen.

Und mal abgesehen von aller Schwarzmalerei gab es zwei weitere Gründe, nicht länger darüber nachzugrübeln: Erstens musste ich mir selbst eingestehen, dass ich dem Conte vertraute. Was auch immer er im Sinn hatte, er war bisher immer ehrlich zu mir gewesen. Wieso sollte ich also ausgerechnet jetzt anfangen, an ihm zu zweifeln? Und zweitens – das war völlig irrational, aber eine unbestreitbare Tatsache – freute ich mich, Ivan wiederzusehen.

Allein die Vorstellung verursachte ein solches Gefühlschaos, dass ich meine Gedanken schnell in andere Bahnen lenkte.

Ich vertrieb mir die Zeit bis zur Dämmerung und wartete einen unbeobachteten Moment ab, um mich in eine nahegelegene Gasse zu schleichen und den Wolf zu rufen.

Inzwischen wusste ich, dass der Weg über die Dächer nicht nur schnell, sondern auch ziemlich sicher war: Die Leute in der Stadt verwandten nicht die geringste Aufmerksamkeit auf das, was sich oberhalb der Straße abspielte. Die Dunkelheit und die Schattenspiele der künstlichen Lichter machten es möglich, sich problemlos und ungesehen durch die Stadt zu bewegen. Der Instinkt, der mich dabei leitete, war mir inzwischen wohlvertraut, aber immer noch vollkommen unbegreiflich.

Auch ohne den Weg zu kennen, wusste ich genau, wohin ich mich wenden musste: Die letzten drei Nachmittage hatte ich mehrere Stunden damit zugebracht, mein Ziel ausfindig zu machen. Die Satellitenbilder von Google Maps waren eine wirklich geniale Erfindung.

Als ich den südlichen Stadtrand von Mailand erreicht hatte, wurde es schwieriger: Es gab weniger Licht, viel breitere Straßen und größere Zwischenräume zwischen den Häusern. Aber ich fand mein Ziel und landete mit einem Satz auf dem Dach.

Ich hätte nicht sagen können, worum es sich bei dem Gebäude genau handelte. Auf Google Maps war nicht viel mehr als ein großes schwarzes Rechteck zu sehen; jetzt, da ich vor Ort war, ließen die abgeblätterten, gelb gestrichenen Wände und die großen Bogenfenster mit den schmutzigen Gläsern ein unbenutztes Fabrikgebäude erkennen. Die ganze Gegend sah nicht viel anders aus, überall Lagerhallen, Parkplätze und blechgedeckte Industriebauten.

Das Dach meines Zielobjektes war geteert, so schwarz wie der leere Raum zwischen den Sternen. Und genau deshalb hatte ich es ausgewählt: Es war etwas breiter als gedacht, aber das würde ich schon hinkriegen. Der Dachrand wurde von einem Metallnetz umzäunt, das von Metallpfosten gehalten wurde und perfekt war für meine Zwecke.

Ich brauchte ein paar Minuten, um die Requisiten aus meinem Rucksack in Stellung zu bringen. Nach einer abschließenden Prüfung, ob alles an seinem Platz war, ließ ich mich mit leichtem Gepäck vom Lauf des Wolfes zurück ins Zentrum bringen.

Ich landete in einer menschenleeren Straße in der Nähe des Schwimmbads, schickte den Wolf weg und ging hinein. Jetzt, am frühen Abend, waren kaum Leute da. Durch das Glasfenster in der Eingangshalle sah ich sie sofort. Ich grinste. Offensichtlich hatte ich richtig getippt: Elena war hier. Ich beobachtete, wie sie vom Sprungbrett aus einen ziemlich guten Sprung hinlegte, wieder aus dem Wasser kletterte und ihr Handtuch holte. Perfektes Timing: Sie war offenbar gerade im Begriff zu gehen.

Wer weiß, wie oft sie schon hergekommen war, in der Hoffnung, ein Auge auf mich und Ivan werfen zu können! … Ein Glück, dass sie so eine Nervensäge war.

Ich ging wieder hinaus, postierte mich ein paar Meter vom Eingang entfernt, den Rücken an die Wand gelehnt, und wartete. Wenn ich rechtzeitig zum Abendessen zu Hause sein wollte, hatte ich an dieser Stelle maximal zwanzig Minuten. Wenn sie bis dahin nicht da war, musste ich alles auf morgen verschieben.

Doch sie kam, nach einer Viertelstunde, in eine beige Winterjacke mit Pelzkragen gehüllt, die Haare noch nass und im Licht der Straßenlampe glänzend.

Ich hatte meine Attacke gut vorbereitet und die Wartezeit dazu genutzt, unter den umstehenden Gebäuden das am leichtesten zu erreichende Dach ausfindig zu machen. Jetzt konnte ich nur noch hoffen, dass keine Passanten dazwischenkamen, wenn ich über meine Beute herfiel. Aber im entscheidenden Moment war weit und breit kein Mensch zu sehen.

Ich rannte so schnell, wie der Wolf rennen konnte: Eine Millisekunde, bevor ich bei ihr war, hob sie mit einem Ruck den Kopf und sah mich. Sie kam gerade noch dazu, den Mund aufzureißen, aber zu sonst nichts. Ich packte sie um die Taille und sprang im vollen Lauf auf das Steildach eines zweistöckigen Gebäudes. Den Schwung nutzend, flog ich von dort auf ein höheres Dach und machte mich dann auf den Weg Richtung Stadtrand.

In den ersten Minuten machte Elena einen höllischen Lärm: Sie schrie, sie strampelte, sie zappelte herum wie ein Frettchen, das man in einen Sack gesperrt hatte, sie versuchte, mich mit Fäusten zu traktieren, mich zu kratzen und, ich glaube sogar, zu beißen. Ich ignorierte sie, und mit de Zeit wurde ihre Gegenwehr immer kraftloser. Ob sie müde geworden war, aufgegeben hatte oder von der Angst überwältigt worden war, mir war es egal.

Ich grinste beim Laufen in mich hinein. Ich hatte es wirklich getan, mitten auf dem Fußweg, am frühen Abend, vor Dutzenden von fahrenden Autos.

Aber ich war so blitzschnell gewesen, dass ich sicher sein konnte, nicht gesehen worden zu sein. Eine unbestimmte Bewegung, ein seltsamer Tumult am Straßenrand, von dem beim zweiten Hinsehen schon nichts mehr übrig war. Wie schon gesagt, diese Lektion hatte ich von den seltsamen Kreaturen, die seit Kurzem meine Stadt bevölkerten, gelernt: Die Leute schauen nicht wirklich hin, sie sind unachtsam und desinteressiert. Inzwischen verstand ich sehr viel besser, wie es diesen Geschöpfen gelingen konnte, sich für die Sterblichen unsichtbar zu machen.

Und mal ganz davon abgesehen: Ich hatte es getan. Niemand hatte mich daran hindern können, niemand hatte mich aufhalten können. Der Wolf war ein Gott.

Zurück an meinem Zielort lud ich meine menschliche Fracht auf dem geteerten Dach ab. Elena glitt schreiend zu Boden, rollte ein Stück weiter und versuchte dann – das muss ich ihr lassen – sofort, wieder auf die Füße zu kommen. Schließlich standen wir uns gegenüber, weniger als sechs Schritte voneinander entfernt.

Ich musterte sie gelassen. Ihr Gesicht war in zwei Farben getaucht, die beide so intensiv waren, dass sie nebeneinander fast unnatürlich wirkten: Die Wangen waren karminrot, der Rest wachsweiß. Sie war verschwitzt, und ihr Püppchenpony klebte ihr an der Stirn. Mit offenem Mund, zitternd und keuchend starrte sie mich vornübergebeugt vollkommen ungläubig an. Zum ersten Mal fragte ich mich, *was* die Leute eigentlich sahen, die mir mitten im Traum des Wolfes gegenüberstanden. Wieso war ich nie auf die Idee gekommen, in den Spiegel zu sehen?

Elena bewegte die Lippen, als wollte sie sprechen, doch dann schluckte sie und musste husten, bevor sie ihre Stimme wiederfand. »Meis …?«

Sie klang so heiser, dass ich ihre Stimme kaum wiedererkannte.

Ich grinste, es war ein wildes Grinsen. »In Fleisch und Blut.«

Sie sah sich um, mit einem Gesichtsausdruck, als hätte sie einen Schlag auf den Kopf bekommen. »Wo sind wir? …«

Dann entdeckte sie das Volleyballnetz, das ich eine Stunde vorher an zwei Pfosten des Geländers befestigt hatte, und erstarrte. Ihr Blick glitt über die drei Bälle, die an einem der Pfosten lagen und sich so weiß gegen den Teer abhoben, als würden sie von einem eigenen inneren Licht leuchten.

»Wo wir sind?« Ich machte eine ausladende und leicht theatralische Geste, die das ganze Dach einschloss. »Wir sind auf einem Schlachtfeld.«

Diesen Satz hatte ich nicht vorbereitet, aber er gefiel mir.

Elena wandte sich mir zu, öffnete erneut den Mund, schüttelte den Kopf und presste die Hände an die Stirn. »Das ist einfach nicht möglich … Das hier passiert *nicht* wirklich! Ich träume. Ich bin auf der Straße hingefallen und habe mich am Kopf verletzt.«

»Meinst du?« Ich tat so, als würde ich nachgrübeln. »Das ist schon möglich. Aber es gibt solche und solche Träume. Die schmerzvollen heißen übrigens Albträume. Und die schlimmsten Albträume *können tödlich* sein.«

Sie nahm ihre Hände vom Gesicht, hielt aber die Augen geschlossen. Vielleicht hoffte sie, dass ich verschwinden würde, wenn sie nur lange genug nicht hinsah?

»Was willst du von mir?« Es war eher ein Stöhnen als eine Frage.

Ich schüttelte den Kopf. »Das Wichtigste für dich ist im Moment, was *du* von mir willst.«

Sie öffnete die Augen und sah mich ganz verwirrt an.

»Los, sag's mir!«, drängte ich sie. »Wo möchtest du in diesem Moment am liebsten sein?«

»Zu Hause. Bei meinen Eltern. Wach.«

»Ein verständlicher Wunsch. Aber das wirst du dir verdienen müssen.« Ich wies mit einem Kopfnicken auf das Netz. »Ihr habt mir den Krieg erklärt, du und deine Freundinnen. Wir haben miteinander gekämpft, mal habt ihr gewonnen, mal ich, aber langsam ist es genug. Es ist Zeit, die Angelegenheit zu erledigen, ein für alle Mal, wie die Krieger in früheren Zeiten es getan haben: mit einem Duell.«

Sie beschränkte sich darauf, den Kopf zu schütteln, zunehmend ungläubiger. Glitzerten da Tränen in ihren Augenwinkeln? Ich war mir nicht sicher, aber ich war geduldig und hatte alle Zeit der Welt, um es herauszufinden.

Ich ging auf die Stange zu und hob einen der drei Bälle auf. »In einem anständigen Duell wählt einer das Feld und der andere die Waffe. Ich habe das Feld gewählt, daher wäre es an dir, die Waffe zu wählen: Aber ich habe dir einen Gefallen getan und für dich bereits die Waffe ausgesucht, die du am besten beherrschst.« Ich ließ den Ball auf dem Boden aufschlagen. »Abgesehen von hinterhältigem Getratsche, versteht sich.«

Ihr Mund verzog sich zu einem schmalen Strich.

»Die Regeln sind sehr einfach: Ich mache den Aufschlag, du nimmst an. Wie im Schulsport. Es gibt nur drei Bälle: Wenn du wenigstens einen annimmst, nur *einen*, hast du gewonnen. Ich bringe dich dann sofort nach Hause und werde dich nie wieder belästigen. Anschließend kannst du dir einreden, dass du alles nur geträumt hast – oder irgendwas anderes, was immer du willst, aber von mir wirst du nichts mehr zu befürchten haben … Wenn es dir allerdings nicht gelingt, auch nur einen meiner Aufschläge anzunehmen, habe ich gewonnen. Und dann wirst du *mein*.«

Es folgten drei Sekunden Schweigen. »In welchem Sinn ›dein‹?«

Ich entblößte meine Zähne. »Wer weiß … Vielleicht mein Abendessen.«

Diesmal waren die Tränen unverkennbar.

Elena sah sich panisch nach einem Fluchtweg um.

»Du kannst nirgendwo hin«, unterbrach ich den Versuch. »Wir sind drei Stockwerke über der Erde, und abgesehen davon hast du wohl kapiert, dass ich schneller bin als du, stärker als du und gefährlicher als alles, was dir in deinem bisherigen Leben begegnet ist.« Ich hob den Ball wie eine Trophäe in die Höhe. »Du hast nur diese eine Chance, heil aus der Sache rauszukommen: Entweder du akzeptierst, oder ich erledige dich gleich.«

Sie weinte noch immer, in stummen Schluchzern, aber sie zögerte nicht: Ohne ein weiteres Wort ging sie auf die andere Seite des Netzes und warf ihre Jacke zu Boden. Darunter trug sie einen roten, eng anliegenden Pullover mit V-Ausschnitt über einer weißen Bluse; nicht wirklich der ideale Aufzug für ein Volleyball-Match! Auch ich zog Jacke und Sweatshirt aus und trug nun nur noch das schwarze, ärmellose Shirt, das ich inzwischen immer anhatte, wenn ich über die Dächer rannte.

Als wir unsere Positionen einnahmen, herrschte ein Schweigen, das auf einen Schlag nichts Natürliches mehr hatte. Das Dach der Lagerhalle lag im Halbdunkel, nur von den Außenbeleuchtungen der umstehenden Gebäude kam etwas Licht; unsere langen Schatten bewegten sich geisterhaft über den geteerten Boden. Über uns am schwarzen Himmel stand ein einziger

Stern und schaute herunter wie ein schweigender Schiedsrichter unseres Duells.

Ich hatte die Grenzen des Spielfelds nicht auf den Boden gemalt, wir richteten uns nach Augenmaß: Ich stellte mich hinter das Netz, auf die Angriffslinie; Elena ging etwa auf der Hälfte des anderen Feldes in Defensivstellung.

Ich fixierte sie, und sie hielt meinem Blick stand. Sie hatte deutlich mehr Mut als Susanna; und sie hatte Lust, zu kämpfen. Gut.

»Bist du bereit?«

Sie nickte mit verkniffenem Mund, ihre Augen glänzten, aber es standen keine Tränen mehr darin.

Ich hob den Ball, sprang und schlug ihn. Es wäre eigentlich gar nicht so schwierig für sie gewesen, ihn zu treffen, denn er flog nur weniger als zwei Meter an ihr vorbei. Aber die Wucht meines Schlags war so heftig, dass ein menschliches Auge ihm kaum folgen konnte. Der Ball prallte mit einem lauten Knall auf dem Boden auf, sprang dann seitlich weg und verschwand in der Dunkelheit, während Elena auf dem Boden ins Leere rollte. Sie stand sofort wieder auf, von Teerpartikeln bedeckt und augenscheinlich von einer nervösen Energie besessen, die ihr die Haare auf dem Kopf zu Berge stehen ließ. Sie hielt ihren Blick fest auf mich gerichtet, ein wildes Leuchten in den Augen.

Ich holte den zweiten Ball und stellte mich wieder in Position.

»Bereit?«

Sie nickte, mit einem abgehackten Ruck ihres Kinns.

Beim zweiten Aufschlag bluffte ich. Ich durchschnitt die Luft mit dem rechten Arm, verfehlte absichtlich den Ball, ging zu Boden und traf ihn dann mit dem linken Arm unter dem Netz. Der Schlag war weniger kräftig als der vorhergehende, aber so schnell, dass Elena nicht mal die Zeit hatte, eine Bewegung zu machen: Der Ball prallte direkt vor ihrer Nase auf, übersprang sie in einem weiten Bogen, um dann wieder aufzukommen und schließlich davonzurollen.

Sie schien vollkommen erstarrt, was in der Stille etwas Schreckliches an sich hatte.

Ich nahm den dritten Ball, kehrte zu meinem Platz zurück und sah sie an. Letzte Chance.

Diese Szene hatte ich mir wieder und wieder ausgemalt. Und eigentlich hatte ich vor, sie an diesem Punkt des Duells zur Rede zu stellen: Was hatten sie eigentlich gegen mich? Wieso hatten sie mir den Krieg erklärt? Was hatten sie und ihre Freundinnen davon, mir das Leben schwer zu machen? Ich hatte sie zwingen wollen, zu wimmern wie ein kleines Mädchen, sich vor mir zu erniedrigen und so lange um Vergebung zu flehen, bis sie keine Stimme mehr hätte.

Stattdessen sagte ich nichts und stellte ihr keine einzige Frage. Es war mir alles egal. Jetzt wollte ich nur noch eines: sehen, wie die Sache ausging.

»Bereit?«, fragte ich zum dritten Mal.

Sie bewegte kaum den Kopf. Ihr Gesicht war durchsichtig wie Porzellan.

Ich hob den Ball, sprang hoch und schlug ihn … und diesmal erwischte sie ihn tatsächlich. Sie konnte gar nicht anders, weil ich ihn ihr direkt in die Arme schmetterte. Nicht mit der ganzen Kraft, die ich hatte, aber doch fast.

Der Ball knallte ihr gegen die Brust und traf im Rückprall ihr Gesicht, sodass sie den Boden unter den Füßen verlor und nach hinten geschleudert wurde wie eine Gliederpuppe. Ich sah, wie sie ein Stück wegrollte und dann liegen blieb, mit dem Gesicht nach unten.

Ich übersprang das Netz mit einem einzigen Satz, beugte

mich über sie und drehte sie um. Sie war bewusstlos, aber sie atmete noch. Vorsichtig betastete ich ihre Arme und Rippen: Es schien nichts gebrochen zu sein. Und wenn die Knochen heil waren, dann hieß das ja, dass auch im Inneren nichts kaputt sein dürfte, oder? Sicher, so musste es sein: Es war nur ein ziemlich heftiger Schlag gewesen. Auf der linken Seite ihres Gesichts breitete sich schon eine Röte aus, die ziemlich gruselig anzusehen war.

Langsam richtete ich mich wieder auf. Sie hatte gewonnen: Den letzten meiner Bälle hatte sie angenommen. Ich würde sie nach Hause bringen, lebend.

Ich sah auf sie nieder und spürte, wie meine Lippen sich zu einem Lächeln entspannten. Ich fühlte mich gut.

Kapitel 28

Donnerstag, 5. März
Zunehmender Mond

Ich kam kurz vor Mitternacht im Haus des Conte an. Am Abend zuvor hatte ich Ivan per SMS geantwortet, nachdem ich Elena in der Nähe des Schwimmbads abgelegt und mich versichert hatte, dass ihr jemand zur Hilfe kommen würde. Es war die nüchternste Nachricht, die ich je geschrieben hatte, nichts weiter als Adresse und Zeitpunkt, aber sie reichte, um meinen Magen rebellieren zu lassen.

In der Schule hatten sowohl Susanna als auch Elena gefehlt. Es war wirklich seltsam, Angela allein zwischen zwei leeren Stühlen sitzen zu sehen: Zum ersten Mal, seit ich sie kannte, erschien sie mir beinahe fehl am Platz, wie zufällig im Klassenzimmer gestrandet, auch wenn ihr Gesichtsausdruck signalisierte, dass alles in bester Ordnung war.

Am Abend hatte ich die Minuten gezählt, bis das Licht im Schlafzimmer meiner Eltern ausging, aus irgendeinem Grund später als sonst. Wahrscheinlich war meine Mutter in ihre Lektüre vertieft.

Als endlich alles dunkel war, sprang ich aus dem Fenster und rannte völlig atemlos vorbei an Schornsteinen und Dachluken, unter einem Himmel, der so schwarz war, dass er sogar für die Augen des Wolfes jeder Farbe entleert zu sein schien.

Ich schlüpfte in das Wohnzimmer des Conte und fand zwei Stühle am Fenster vor, die zur Tür gewandt standen. Es waren nicht die, auf denen ich schon so oft gesessen hatte, sondern zwei mit Samt ausgeschlagene hölzerne Thronsessel mit kunstvoll geschnitzten Rückenlehnen. Ich strich über das glatte, polierte Holz. Diese Stühle mussten zweifellos deutlich länger als ein Menschenleben im Besitz des Conte sein.

Die einzige Lichtquelle im Zimmer war eine Kerze, die einsam auf einem riesigen Bronzekandelaber thronte. Es lag ein intensiver Duft in der Luft, der auch für meinen menschlichen Geruchssinn stark war: eine süßlich herbe Mischung, die ich zwar nicht kannte, die mich aber an Weihrauch in der Kirche erinnerte.

Der Conte kam von der Tür aus auf mich zu, und als er in den Lichtschein der Kerze trat, staunte ich nicht schlecht: Er trug weder seine übliche, eher formelle Kleidung, noch den lustigen roten Schlafrock, sondern ein bodenlanges Gewand, für das mir nur eine Beschreibung einfällt: Es war *prächtig*.

Der Stoff war von einem tiefen Himmelblau, und jeder Zentimeter war mit vielfarbigen Stickereien bedeckt, sie waren so eng miteinander verwoben, dass sich nicht so leicht erkennen ließ, was sie darstellten. Mitten auf der Brust prangte ein stilisierter Schmetterling mit grünen und blauen Flügeln, die aussahen wie zwei menschliche Gesichter, ein männliches und ein weibliches; gleich darunter befand sich eine zusammengerollte silberne Schlange und auf der Höhe der Taille eine Meute weißer Hunde, die einen ebenfalls weißen Hirsch verfolgten. Außerdem gab es schwarze und weiße Vögel, Bäume und weit geöffnete Augen. Der Kragen des Gewands erhob sich wie ein Fächer hinter dem Kopf des Conte, und die weiten Ärmel endeten in einem Saum aus winzigen Steinen, die in den Stoff eingewebt waren.

Wie er so vor mir stand, die Hand um einen hölzernen Stock mit spiralförmiger Spitze gelegt, schien mir der Conte wie verwandelt: riesengroß, majestätisch und Furcht einflößend, der Archetypus des Magiers, geschmückt mit den Symbolen seiner Macht.

Mir wurde klar, dass genau dies der Grund für seinen Aufzug sein musste: Die Symbole verliehen ihm tatsächlich Macht, hier im Herzen seines privaten Heiligtums. Eine plötzliche Unruhe überfiel mich, aber ich zwang mich, ihr kein Gewicht zu verleihen.

Conte Gorani begrüßte mich mit einem Neigen des Kopfes. »Willkommen.« Damit wies er auf einen der beiden Stühle. »Nimm Platz. Unser Gast kommt in diesem Moment die Treppe herauf.«

Jetzt schon?!

Ich setzte mich abrupt und wortlos.

Der Conte ließ sich mit feierlichen Bewegungen neben mir nieder und breitete seine Ärmel über die Armlehnen des Stuhls. »Berühre ihn«, sagte er und wies mit den Augen auf seinen Ärmel.

Ich gehorchte und tastete mit den Fingern über die harten, unregelmäßigen Oberflächen der in die Stickereien eingearbeiteten Steine. Aus der Nähe besehen erschienen sie in dem matten Licht seltsam grünlich.

»Heliotrop«, sagte der Conte als Antwort auf meine stumme Frage. »Er wird uns unsichtbar machen. Lass die Hand dort liegen, nimm sie nicht weg.«

Ich wollte gerade etwas erwidern, als ich von draußen das Geräusch der aufgehenden Aufzugstüren hörte. Ich erstarrte förmlich und lauschte, aber ich hörte keine sich nähernden Schritte. Die Tür zum Salon stand offen: Einen Moment später bemerkte ich, dass sich die Augen des Conte bewegten, als würde er etwas oder jemandem folgen, der soeben ins Zimmer getreten war. Genau das hatte ich schon bei Regina gesehen.

Ich rief den Wolf, allerdings nur in meine Augen: Im selben Augenblick wurde eine verschwommene Gestalt erkennbar, aber das Sehen war unangenehm, als ob ich ein Staubkörnchen auf der Pupille hätte. Ein Wimpernschlag genügte, und dann war die Sicht ganz klar. Ivan stand vor uns in der Mitte des Zimmers und sah sich um, verborgen vor dem Blick normaler Sterblicher durch jenen geheimnisvollen Trick, den ich inzwischen gut kannte. Er wirkte angespannt.

Ich spürte, wie mir das Herz bis zum Halse schlug, und unterdrückte den plötzlichen Impuls, aufzuspringen.

Er trug Jeans und ein rotes, abgetragenes T-Shirt; seine Haare waren zerzaust und fielen ihm offen auf die Schultern, seine Augen wirkten glanzlos, als hätte er mindestens zwei Nächte nicht geschlafen, und auf der Wange, genau über seiner Narbe, hatte er einen hässlichen blauen Fleck. Ich hatte recht behalten: Die anderen Sektenmitglieder hatten ihm keine angenehmen Tage gegönnt.

Er machte einen Schritt zur Seite, beugte den Kopf und blieb ein paar Augenblicke unbeweglich stehen, wobei er im Flüsterton etwas murmelte. Dann malte er mit dem Fuß drei Zeichen auf den Boden – das erste war ein Kreis, die anderen beiden konnte ich nicht erkennen –, er hob den Blick und schaute mehrfach zwinkernd in unsere Richtung. Es schien, als würde er angestrengt versuchen, uns zu fokussieren, und es gab keinen Zweifel, dass er etwas erkennen konnte.

Der Conte nickte bedächtig. »Er hat scharfe Augen. Sie durchdringen unseren Schleier.«

Ich spürte, wie sich der Conte an meiner Seite steif machte und wie ich gleichzeitig von einem Gefühl überflutet wurde, das ich auf Anhieb wiedererkannte: Es war derselbe Schwindelanfall wie vor einigen Tagen auf der Schwelle des Palazzo Gorani. Allerdings war er – vielleicht, weil ich inzwischen sensibler war oder weil der Conte diesmal anders vorging – viel intensiver. Ein Gefühl, als würde ich ganz plötzlich in ein Becken mit warmem, sprudelndem Wasser geworfen und untertauchen, aber obwohl mir das Wasser in Nase und Mund drang, hatte ich keinerlei Angst, ertrinken zu müssen.

Ich schwankte auf meinem Stuhl und ließ den Ärmel des Conte los, aber es dauerte nur einen Augenblick; dann spürte ich kalte Nachtluft um mich herum. Ich saß zwar immer noch auf einem Stuhl, aber nicht mehr im Salon des Conte, sondern in einem winzigen, quadratischen Hof, inmitten von ziemlich heruntergekommenen Häusern; die Pflastersteine auf dem Boden waren kaputt und von Unkrautbüscheln überwachsen, und in den Ecken lagen mehrere Haufen mit rostigem Schrott. An dem dunklen Himmel über mir waren nur hier und da ein paar Sternengrüppchen und Wolken sichtbar. Auf der ganzen Szenerie lastete das Vorgefühl einer Gefahr, einer unsichtbaren, aber deutlich spürbaren Bedrohung.

Ivan war immer noch da, er stand zu einer der Türen gewandt, die in die Häuser führten, aber er sah *anders* aus: Er trug eine schwarze Jacke, eine ebenso schwarze Jeans und hielt genauso eine Ledertasche in der Hand wie in der Krypta. Ich seinem Gesicht zeigte sich so viel Spannung und verhaltene Angst, dass es maskenhaft wirkte. Und er war deutlich *jünger*. Er konnte höchstens so alt sein wie ich jetzt, wenn überhaupt.

Seine Haare waren kurz geschnitten, und die Narben auf seinen Wangen fehlten.

Ich drehte mich panisch nach dem Conte um, aber er war nicht mehr neben mir. Im ersten Moment dachte ich, er wäre aufgestanden und würde mit großen Schritten auf Ivan zugehen, aber es war jemand anderes. Er trug einen alten, schwarzen Regenmantel mit hochgeschlagenem Kragen, und selbst von hinten erkannte ich den grauen, kurz geschorenen Kopf von Ivans Vater.

Ein plötzlicher Schrei, der aus der geschlossenen Tür vor Ivan drang, zerriss die Nacht. Ich fuhr zusammen, und auch Ivan durchzuckte es. Es handelte sich ohne Zweifel um den Schrei einer Frau, aber es lag etwas Undefinierbares in ihm, etwas *Wildes*, Frenetisches, das mich noch panischer werden ließ. Ich sah, wie Ivans Hände krampfhaft die Tasche umklammerten.

Der Vater blieb an seiner Seite stehen. »Worauf wartest du?«, fragte er mit leiser Stimme.

Ivan schluckte, bewegte sich aber nicht.

»Hast du alles?«

Ivan nickte kaum merklich und hob ihm die Tasche entgegen, als erwarte er, dass der Vater den Inhalt prüfen würde. Dieser aber beschränkte sich darauf, sie anzustarren.

»Peitsche, Kaltes Eisen, Salz, Johanniskraut, Bärlauch.« Die Stimme klang seltsam in meinen Ohren: Es war Ivans Stimme und auch wieder nicht, wenn auch klar war, dass sie es in Zukunft werden würde.

»Dann geh«, forderte der Vater brüsk.

Ein weiterer Schrei gellte durch die Nacht, länger und ausdauernder, und verebbte dann in einem krankhaften Gurgeln. Ivan war erneut zusammengefahren, sein Vater verzog keine Miene.

»Du musst es alleine tun«, befahl er leise, als er sah, dass der Sohn keine Anstalten machte, sich zu bewegen. »Es muss so sein, beim ersten Mal.«

Ivan machte einen Schritt und hielt nochmals inne. »Vorwärts!«, zischte der Vater. »Du kennst den Zauber, du weißt, was du zu tun hast: Wenn du schnell und präzise bist, wird sie dich nicht mal anrühren. Los, *beweg dich!*«

Ivan holte tief Luft, stürzte auf die Tür zu, riss sie mit der Kraft seines ganzen Gewichts auf und verschwand.

Ivan!

Ich sprang hoch, um ihm nachzulaufen, aber der Hof um mich herum wurde von einem Strudel fortgerissen und war plötzlich verschwunden. Ich hatte den Eindruck, einen besonders heftigen Purzelbaum zu schlagen und breitete instinktiv die Arme aus, um mein Gleichgewicht wiederzufinden, merkte aber, dass ich gar nicht fiel.

Meine Umgebung war wieder scharf umrissen, in derselben Geschwindigkeit, in der sie sich aufgelöst hatte. Diesmal fand ich mich in einem kleinen Krankenhauszimmer wieder: weiße Wände, weiße Vorhänge, Betttücher, die unter einem erbarmungslosen Neonlicht so weiß strahlten, dass es in den Augen wehtat. Ein feiner, elektronischer Piepton im Hintergrund zeichnete obsessiv das Vergehen der Sekunden nach.

Ivan stand vor mir, mit dem Rücken zur Tür: Er sah ungefähr so aus wie jetzt und war auch etwa so alt, ein wenig jünger vielleicht. Mit dem Kopfteil zur Wand stand zwischen uns ein Bett, umgeben von vier Infusionsständern, deren Schläuche unter der Bettdecke verschwanden.

Unter den weißen Tüchern lag eine Person: Ich hörte ihr mühsames Atmen, eine Mischung aus Röcheln, Pfeifen und verzweifeltem Luftschnappen. Ich wagte nicht, sie anzusehen.

Ivan hingegen ließ sie nicht aus den Augen, er lehnte an der Tür, einen Fuß nach vorn gestellt, fast als könnte er sich nicht entscheiden, ob er die Kraft hatte, näher zu treten, oder nicht. Er rieb sich die Unterarme, als ob ihm kalt wäre.

Ich spürte, wie die Wut in mir hochstieg: Warum ließ der Conte ihn die schlimmsten Momente seines Lebens noch einmal durchleben? Was sollte das?

»Ivan …«

Ich hatte seinen Namen gerufen, bevor ich mir dessen bewusst geworden war. Er riss den Kopf hoch und sah mich an, als ob ich der letzte Mensch auf der Welt wäre, den er zu sehen erwartet hatte. Er zwinkerte, und dann sah ich das Erkennen in seinen Augen.

»Veronica!«

Die Welt um uns erzitterte, zerfiel in Einzelteile und fügte sich wieder zusammen. Schlagartig waren wir von fröhlichen Stimmen umgeben, dem Geräusch von plätscherndem Wasser und Chlorgeruch: Ich brauchte mich kaum umzusehen, um das Schwimmbad mit seinen blauen Fliesen und den Aluminiumleitern wiederzuerkennen.

Ivan war immer noch bei mir und stand mit dem Rücken zum Sprungbrett, wie an dem Tag, als ich ihn das erste Mal gesehen hatte. Und auch sonst war alles wie damals: seine Gestalt vor dem blauen Hintergrund, die Wassertropfen auf seiner Haut, die nassen Haare, die aus der Badekappe hervorlugten.

Er sah mich mit einem undefinierbaren Gesichtsausdruck an: überrascht, glücklich, schmerzlich berührt, erschrocken. Ich hingegen verspürte eine rasende Wut.

»Du hast mich angelogen!«, knurrte ich.

Er schüttelte den Kopf, ohne den Blick abzuwenden. »Nein.«

»Es war eine Falle, eine verdammte Täuschung! Ihr wolltet mich umbringen!«

»Es tut mir leid …«

Die Welt veränderte sich von Neuem, sehr schnell. Ein kalter Windstoß, nächtliche Lichter, der Geruch der Stadt, und wir standen wieder vor der Bank, auf der wir an dem Abend unserer Verabredung so lange gesessen hatten. Es war alles da, jedes einzelne Detail: das vertrocknete Gras der Grünfläche, die Verkehrsgeräusche, sogar unsere Bierdose, die verlassen auf der hölzernen Bank stand.

Ich spürte, wie sich mir der Magen umdrehte: Ich war so glücklich gewesen an jenem Abend! … Keine Monster, keine Wölfe, keine Hexereien, nur er und ich, unser Gelächter und das Gefühl, dass etwas sehr Schönes im Entstehen war, etwas, das mein Leben verändern würde.

Aber in Wirklichkeit war das alles eine Lüge. Alles, was er gesagt hatte, alles, was er getan hatte, hatte nur ein Ziel, mich in die Krypta zu locken, wo die Peitschen auf mich warteten. Er war der Räuber, der Jäger, der Wolf. Ich war das Rotkäppchen, das ihm in den Wald gefolgt war.

Ich packte mit beiden Händen die Bank und schleuderte sie zur Seite, so als wäre sie aus Karton: Ich riss sie aus dem Boden und warf sie hinter dem Blumenbeet auf den Asphalt, sodass zwischen uns nun ein Flecken von gelbem Gras und malträtiertem Erdreich lag.

Ivan wich zurück und sah mich unendlich traurig an. »Ich habe geglaubt, dass es notwendig sei, dass es unvermeidlich sei! Ich *musste* es einfach tun. Um den Wolf zu bekämpfen …«

Wie zur Antwort auf meine Wut fegte eine eiskalte Windböe über das Blumenbeet, und die Lichter um uns herum wurden schwächer.

Ich ballte die Fäuste. »Du hast mich glauben lassen, dass ich dir etwas bedeute! Du hast mir gesagt …«

Mir blieb das Wort im Halse stecken. Was hatte mir Ivan gesagt? Dass ich ihm gefiel? Dass er mit mir zusammen sein wollte? *Dass er mich liebte?*

Nichts von alldem hatte er gesagt. Er hatte mir zugehört, mich getröstet, er war mit mir ausgegangen und hatte mich geküsst. Aber er hatte mir *nie* irgendetwas versprochen. Das hatte ich mir alles nur eingebildet.

Die wenigen Lichter um uns herum verlöschten eins nach dem anderen wie Kerzenlicht, und der Wind verwandelte sich in einen heftigen Sturm, der an meinen Kleidern und Haaren zerrte. Ich sah jetzt kaum noch die Stadt im Hintergrund und das Gras unter unseren Füßen: Nur Ivan stand klar umrissen vor mir, die Augen glänzend und weit offen, die Haare vom Wind zur Seite gerissen.

Und ich hasste ihn. Weil er war wie alle anderen, weil er mich benutzt hatte, weil er all diese Dinge gesagt und getan hatte, nur um seine Zwecke zu verfolgen.

»*Verräter!*«, donnerte ich.

Ich machte zwei Schritte in seine Richtung, er wich zurück, hielt aber meinem Blick stand. »Ich bin gekommen, um dich um Verzeihung zu bitten, Veronica. Ich weiß, dass es keine Entschuldigung gibt für das, was ich getan habe … für das, was ich *dir* angetan habe … aber du musst mich anhören, du musst …«

»*Schweig!*« Mein Brüllen dröhnte in der Dunkelheit und der Wind packte Ivan mit einer solchen Kraft, dass er nach hinten stolperte. »*Du willst mich schon wieder täuschen! Du willst, dass ich dir glaube, damit du zu Ende führen kannst, was du begonnen hast!*«

Er schüttelte verzweifelt den Kopf. »Es ist alles ein Irrtum gewesen, Veronica! Ein schrecklicher Irrtum … Ich hätte es nie tun dürfen! Aber mein Vater sagte, dass …«

Ich stürzte mich mit ausgestreckten Armen auf ihn, aber er machte einen Sprung zur Seite, und mein Angriff ging daneben. Knurrend drehte ich mich zu ihm um. Ich verspürte ein heftiges körperliches Verlangen, ihn anzufallen, ihm meine Finger mit aller Kraft ins Fleisch zu graben.

Er breitete die Arme aus. »Wenn du mir wehtun willst, werde ich dich nicht aufhalten. Ich habe nicht die Kraft dazu, und es ist dein gutes Recht. Aber vorher hör mir zu, ich bitte dich, hör mich an …«

Ich stieß ein neuerliches Knurren aus, machte aber keine Bewegung.

Ivan holte Luft. »Ich habe Kontakt zu dir aufgenommen, um dich in die Falle zu locken, das ist wahr. Ich habe dich ausfindig gemacht, ich habe dafür gesorgt, dass du mir vertraust. Aber dann ist alles anders gekommen. Meine Aufgabe war es, den Wolf in die Falle zu locken, aber dann habe ich einen Menschen getroffen … *dich*!« Er schüttelte den Kopf, als ob ihm plötzlich die Worte fehlten. »In meinem Kopf war nur das Monster … nur der Werwolf, der aufgespürt und besiegt werden musste. Ich konnte nichts anderes sehen, ich *durfte* nichts anderes sehen, oder mein Auftrag wäre nie gelungen. Aber es war nicht der Wolf, mit dem ich gelacht habe, mit dem ich geschwommen bin, dem ich von mir und meiner Welt erzählt habe. Ich bin mit *dir* zusammen gewesen, Veronica. Ich habe *dein* Leben kennengelernt. Ich habe *mit dir* meine Erinnerungen geteilt. Ich habe *dich* geküsst.«

Das Knurren in meiner Kehle erstarb. Nein, nein, nein! Ich durfte ihm nicht zuhören!

Ein schwindelerregender Sturmwind fegte die Dunkelheit

davon, um uns herum blitzten Lichter auf wie von Scheinwerfern und warfen die Schatten von Säulen auf einen steinernen Boden. Der Geruch von Eisenhut durchfuhr mich wie eine heiße Stichflamme, und ich befand mich von Neuem in der Krypta des Mithras, eingeschlossen in den Kreis von blauen Blütenblättern. Ich stieß ein ohrenbetäubendes Gebrüll aus, voller Schmerz und neu entfesselter Wut.

Diesmal standen keine Luperci um mich herum, aber das Echo ihres rhythmischen Gesangs hallte noch im Gewölbe der Krypta wider. Ivan war dort, wo ich ihn an jenem Tag gesehen hatte, wie damals mit hängenden Armen.

Ich senkte den Blick auf den Kreis und sah, dass er an genau der Stelle zerrissen war, an der Ivan die Blütenblätter weggekickt hatte: Der Eisenhut ließ mich leiden, aber er hielt mich nicht mehr gefangen.

Auch Ivans Blick wanderte zu dem Loch im Kreis. »Ich hätte nichts anderes tun können. Ich konnte einfach nicht ertragen, dass …«

»*Was?!*«, rief ich mit einem Sprung aus dem Kreis. »Dass sie mir wehtun würden? *Du* warst es doch, der mich ihnen ausgeliefert hat!«

Er senkte den Kopf. »Ich habe den Kreis durchbrochen …«

»Weil du Mitleid mit mir hattest!«

Nein!, rief eine Stimme in meinem Kopf mir zu. *Er hat sich deinetwegen gegen seinen Vater gestellt, ebenso wie gegen alle anderen, er hat um dich geweint …*

Ich schüttelte wild den Kopf. *Man weint auch, wenn einem ein Hund stirbt! Es hat nichts zu bedeuten!*

Ivan sah mir gerade in die Augen. »Veronica …«

Ich stürzte mich auf ihn. Ich wollte nicht sehen, ich wollte nicht hören!

Ich packte ihn an den Schultern und schleuderte ihn gegen die Wand. Er wehrte sich nicht: Er flog durch die Luft, schlug mit dem Rücken gegen die Steine und sackte mit einem unterdrückten Stöhnen zusammen. Einen Moment später war ich schon auf ihm und presste ihn mit beiden Händen zu Boden. Er schloss die Augen.

Ich hätte die Zähne in seine nackte Kehle schlagen können. Ich hätte ihn töten können. Ich *musste* ihn sogar töten! Für das, was er mir angetan hatte, für seinen Betrug, für seine Lügen.

Aber ein Teil von mir bremste mich und hielt mich davon ab, gerade lange genug, um eine drängende Frage über die Lippen zu bringen.

»*Warum?*«

Er öffnete verwirrt die Augen.

»*Warum?!*«

Er sah mich fest an, und sein Blick wurde ganz klar. »Ich habe dich getäuscht, um den Wolf aufzuhalten. Ich habe dich befreit, *weil ich dich liebe.*«

Ich spürte, wie ein ganzes Gebirge auf mich herabfiel, und gleichzeitig war es, als ob ein helles Blitzgewitter in meiner Brust explodieren würde. Ich ließ ihn los und taumelte nach hinten.

Er hatte es gesagt. Es war die Wahrheit. Ich hatte es gehört. *Es war die Wahrheit …*

Die Wände der Krypta verschwanden in einer Wolke aus Schatten, an ihrer Stelle schossen knorrige Stämme hervor und Baumkronen in der Farbe der Nacht. Eine kräftige Windböe riss den süßlichen Geruch des Würglings mit sich. Ich stand in dem Wald, den ich schon so oft in den Träumen des Wolfes gesehen hatte. Die Nacht war hell und klar, ich hörte das Rascheln von Blättern und den fernen Schrei eines Nachtvogels.

Ivan war nicht mehr bei mir. Während ich mich umsah, tauchte plötzlich der Conte neben mir auf, groß und beeindruckend zeichnete er sich in seinem fantastischen Aufzug vor dem Hintergrund des Waldes ab wie eine Traumgestalt.

Er fixierte mich. »Es ist Zeit, Veronica.«

Mit der Spitze seines Stocks zeigte er in eine Richtung, in der ich in der Ferne Ivan erkannte, der zwischen den Bäumen im Gras kniete. Er hatte mir sein Profil zugewandt und hielt den Kopf gesenkt, als wäre er ins Gebet vertieft.

Ich starrte den Conte mit offenem Mund an, brachte jedoch keinen Ton heraus.

»Der Jäger ist am Ende seines Weges angekommen«, skandierte er mit feierlicher Stimme. »Die Zeit der Luperci ist zu Ende. Jetzt ist die Zeit des Wolfes gekommen.«

Nein …

Er wandte sich langsam um und sah mir in die Augen. »Du musst ihn töten.«

Ich ballte die Fäuste und schüttelte den Kopf, aber gleichzeitig spürte ich in meinen Muskeln die wilde Energie der Bestie.

Der Conte fixierte mich umso intensiver. »Er kann dich nicht länger mit Worten täuschen. Sein ganzes betrügerisches Arsenal ist aufgebraucht.«

Ich zwang mich zur Unbeweglichkeit, obwohl meine Beine nichts anders wollten, als zum Angriff loszustürmen. »Nein. Nein … Er hat gesagt …«

»… Eine Lüge! Er hat dich schon einmal betrogen, und es hat dich fast das Leben gekostet. Und jetzt lügt er, um sein eigenes zu retten. Er wird dir alles sagen, was du von ihm hören willst. Er ist einer von ihnen, Veronica, er hat sein Leben der Zerstörung des Wolfs geweiht: Er wird niemals damit aufhören. Wenn du ihn nicht dazu bringst …«

Gegen meinen Willen drehte ich mich um, um nochmals einen Blick auf Ivan zu werfen, der immer noch zwischen den Bäumen kniete – wie ein Opfer. Ich spürte, wie sich der Wolf blutrünstig in mir aufbäumte.

»Nein …«

»Du musst es tun. Es liegt in der Natur des Wolfes. Und du wirst es jetzt gleich tun.«

Die Worte des Conte drangen in mein Fleisch und wirkten wie Öl auf das Feuer der Raserei, das ohnehin schon in mir wütete. »Nein, das können Sie nicht von mir verlangen, nicht …«

»Du bist es, die es nicht ablehnen kann!«

Und in dem Moment, in dem er das sagte, wusste ich, dass es stimmte. Ich beugte mich nach vorn, bereit zum Sprung.

Warum gehorchte ich diesem grausigen Befehl? Was stellte der Conte nur mit mir an? Ich schüttelte heftig den Kopf, und ein langes Knurren kam aus meiner Kehle.

»Kämpfe nicht gegen die Ordnung der Dinge, Veronica.« Die Stimme des Conte erklang jetzt wieder wie ein ruhiger und gleichmäßiger Singsang. »Es ist deine Aufgabe, ihn zu opfern: Und hat er sich nicht dem Lupercal verschrieben? Er hat sein Leben dem Wolf geweiht, und nun kann der Wolf sein Recht und Gesetz walten lassen. Du weißt, dass ich die Wahrheit sage. Ich habe dich nie belogen.«

Ja, erkannte ich, das war wahr. Ich hatte es gewusst, jedes Mal, wenn ich in seine smaragdgrünen Augen geblickt hatte und von einer unnatürlichen Ruhe ergriffen wurde. Der Conte war immer ehrlich zu mir gewesen, und er hatte jede einzelne Wahrheit, die er mir verabreichte, sorgfältig dosiert.

Wann hatte ich eigentlich angefangen, alles zu tun, was er mir sagte? Wann hatte ich begonnen, seinen Forderungen automatisch zu gehorchen, die niemals wie Befehle klangen, sondern mich einsponnen, jedes Mal neu, Tag um Tag, Nacht um Nacht in ein unsichtbares Netz aus Respekt und Vertrauen?

Plötzlich war alles glasklar. Er konnte mich dazu bringen, alles zu tun, was er wollte, weil *ich* ihm die Macht dazu gegeben hatte. Er hatte mir seine Gastfreundschaft und seinen Rat geboten; ich hatte in seinem Haus gegessen und getrunken. Genauso, wie Regina es im Land ihres unmenschlichen Prinzen getan hatte. Er selbst hatte mir ihre Geschichte erzählt und mir damit enthüllt, mit welcher List er auch mich geködert hatte, und ich hatte nichts von alldem gemerkt!

Und jetzt war es zu spät. Die Macht des Symbols hielt mich an der Leine wie ein Hundehalsband: Die Bestie hatte dem Menschen aus der Hand gefressen, hatte auf seine Worte gehört und seine Streicheleinheiten akzeptiert. Conte Gorani hatte den Wolf gezähmt.

Ich hielt die Augen geschlossen, aber ich hörte das Rascheln seiner Kleider, als er sich meinem Ohr näherte: »Du bist der Gott der Wälder: Nimm das Opfer an!«

Ich stürzte los und überwand die Distanz zwischen Ivan und mir in einer unvorstellbaren Geschwindigkeit. Im letzten Moment hob er den Kopf, aber nicht schnell genug, um noch reagieren zu können: Ich setzte zum Sprung an und … verfehlte ihn.

Ich hatte meine ganze Willenskraft auf diesen einen Moment konzentriert, meinen Beinen den Befehl zum Stillstehen gegeben – aber alles, was ich erreichen konnte, war ein Ausweichen zur Seite. Für den Moment reichte das. Ich landete auf dem Rasen, rollte herum und kam wieder hoch in die Hocke.

Nicht weglaufen!, versuchte ich Ivan zuzurufen, aber über meine Lippen kam nur ein verzerrtes Knurren. *Wenn du wegläufst, kann ich nicht anders, als dir zu folgen!*

Aber er starrte mich nur mit leerem Blick an, immer noch kniend, ohne die Andeutung einer Bewegung.

Mit den Sinnen des Wolfes nahm ich deutlich die Macht des Conte wahr, die Ivan wie eine Rauchwolke einhüllte, seinen Geist vernebelte und ihn auf die resignative Haltung eines Tieres reduzierte, das zum Opferaltar geführt wird. Der Wolf wütete jetzt in mir mit aller Gewalt, und ich war mir sicher, dass ich ihn nicht mehr lange halten konnte.

Ich hörte die ferne Stimme des Conte, und ein Windhauch trug mir ein Flüstern zu: »Nimm das Opfer an, Veronica von den Wölfen. Tu, was du tun musst, und alles wird vorbei sein. Ich werde auch morgen noch bei dir sein, ich werde dich nicht allein lassen, denn bald wird der Vollmond kommen …«

Meine Kiefer zitterten vor verzweifelter Gier, zuzubeißen. Als ich wie eine Rasende auf Ivan losging, schoss mir die Frage durch den Kopf, wie man wohl aus einem solchen Traum aufwachen kann, wie man überhaupt merkt, ob man träumt.

Aber der Hunger des Wolfs war stärker: Ich schnellte nach vorn und biss zu. Ein schrecklicher Schmerz explodierte in meinem Hirn. Ich hatte Ivans Hals mit meinem Arm geschützt.

Ich hatte die Zähne so tief ins Fleisch gegraben, dass ich die Härte des Knochens spürte. Der Schmerz war so heftig wie eine lodernde Stichflamme, wie ein greller Fieberwahn. Der Wald erbebte und zerfiel in Stücke, als wäre er nur ein bemaltes Fenster, und für einen Moment sah ich durch den Tränenschleier wieder den Salon mit seinen tausend Kuriositäten. Ivan kniete immer noch vor mir, und der Conte stand kaum drei Meter entfernt, hoch aufgerichtet, den Stock in der Hand und die Augen geschlossen, in absoluter Konzentration.

Ein Herzschlag, dann ein weiterer, und das Bild des Waldes um mich herum begann, wieder Gestalt anzunehmen. Ich hatte keine Ahnung, wie die Magie des Conte funktionierte, ob seine Macht über die Träume nur eine Illusion war oder ob sie uns wirklich aus unserer Welt hinaus in eine andere, fremde Dimension katapultierte. Aber ich wusste, dass ich nur die Zeit eines einzigen Atemzugs hatte.

Also tat ich das Einzige, das mir in den Sinn kam: Ich packte Ivan mit beiden Händen und warf mich gegen das nächste Fenster. Es folgte ein ohrenbetäubendes Klirren, tausend Glasscherben funkelten in der Luft – und dann blieb nur das Nichts.

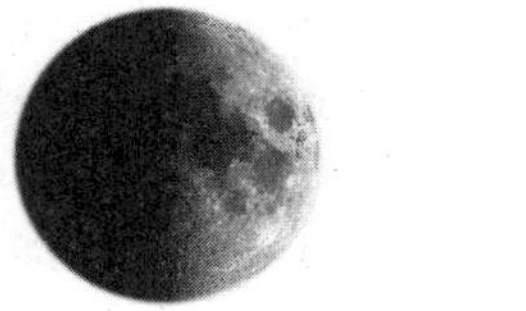

Kapitel 29

Freitag, 6. März
Zunehmender Mond

Am Nachmittag – nachdem ich meiner Mutter zuliebe so getan hatte, als hätte ich ein paar Stunden gelernt – verließ ich das Haus und fuhr mit der Metro ins Zentrum. Ivan erwartete mich in der Nähe des Hauptbahnhofs vor dem Eingang eines kleinen Hotels, wo ich ihn am Abend vorher auf seinen Wunsch hin abgesetzt hatte.

Angesichts des heruntergekommenen Gebäudes mit den schäbigen Türen hatte ich die Nase gerümpft, aber Ivan bestand darauf, dort übernachten zu wollen. Er sagte, er habe wenig Geld in der Tasche und könne sich keine vorübergehende Bleibe vorstellen, die anonymer gewesen wäre als diese.

Wir begrüßten uns mit einem Kopfnicken und gingen dann schweigend nebeneinanderher, unter einem Himmel, der aussah als wäre er aus Zement. Genaugenommen folgte ich ihm, hatte aber schon bald den Eindruck, dass er selbst nicht so recht wusste, wohin.

Es war schon März, aber in der Luft lag noch keine Spur von Frühling; ein schneidender Wind fegte durch die Straßen, und die Leute, die an uns vorbeigingen, waren noch in dicke Jacken und Mäntel gehüllt. Ivan trug die gleichen Klamotten wie am

Abend zuvor, aber er hatte sich irgendwo eine Militärjacke mit vielen Taschen besorgt, die wohl auch schon bessere Zeiten gesehen hatte.

Schließlich war es Ivan, der das Schweigen brach.

»Wie geht's damit?«, fragte er, auf meinen Arm zeigend.

»Es tut gar nicht mehr weh.«

Das stimmte. Als ich in der Nacht zuvor nach Hause gekommen war, hatte die Wunde zwar aufgehört zu bluten, aber sie war noch offen und hatte höllisch wehgetan. Ich hatte mich ins Bad geschlichen, wo sich das Schränkchen mit den Arzneimitteln befand, hatte sie desinfiziert und verbunden, so gut es ging, und dann ein Schmerzmittel eingenommen.

Die folgende Nacht war alles andere als ruhig, aber als ich am Morgen aufstand, war die Wunde unter dem Verband vollkommen verheilt: nur ein hässlicher, ovaler blauer Fleck war übrig, über den sich Irene später in der Schule sehr wunderte. Ich tischte ihr eine Geschichte auf, der zufolge ich mich beim Schwimmen sehr heftig gestoßen hatte: Irene war zwar nicht weiter darauf herumgeritten, aber ganz offensichtlich glaubte sie mir nicht, was mein sowieso schon schlechtes Gewissen zusätzlich verschlimmerte. Wie viele Lügen hatte ich den Leuten in meiner Umgebung eigentlich schon aufgetischt? Und wie viele würde ich in Zukunft noch erzählen müssen, bei dem Leben, das auf mich wartete?

Ivan seufzte, dann schwieg er wieder ein paar Minuten. »Wir müssen reden, Veronica … Und ich weiß nicht, wo ich anfangen soll.«

Ich biss mir auf die Lippe. »Fang am besten damit an, mir zu sagen, wer du eigentlich bist.«

Er sah mich verdutzt an.

»Du hast mir zwar von dir erzählt«, sagte ich, den Blick auf meine Füße gerichtet, »aber inzwischen weiß ich nicht mehr, was von alldem der Wahrheit entspricht und was nicht.«

»Es war alles die Wahrheit. Das, was du von mir weißt, ist das, was ich bin.«

Ich dachte wieder an die Geschichte mit seiner Mutter und daran, was ich in dem vom Conte geschaffenen Traum selbst gesehen hatte. Das war sicherlich eine wahre Erinnerung gewesen, und eine, die man nicht mit jedermann teilt. Aber Ivan hatte sie mit mir geteilt.

»Bist du wirklich an der Uni? Studierst du tatsächlich Kunstgeschichte?«

»Ja. Ich habe mich vor zwei Jahren eingeschrieben. Aber bisher habe ich nicht mehr als zwei Prüfungen geschafft.«

»Und in der restlichen Zeit?«

»Habe ich meinem Vater geholfen.«

»Monster zu jagen?«

Er senkte die Augen, hob sie dann aber wieder. »Ja, Monster zu jagen.«

»Wie geht so was?«

Er wandte sich mir zu, um mich anzusehen. »Wie meinst du das?«

»Was macht ihr genau? Wer seid ihr?«

Ivan schwieg einen Moment, dann schüttelte er lächelnd den Kopf. »Es ist so sonderbar, mit jemandem darüber zu reden ... Ich habe nie geglaubt, dass ich diese Dinge mal einem anderen Menschen erzählen würde.« Er schwieg wieder, aber diesmal wohl, um seine Gedanken zu sammeln. »Meine Familie führt dieses Leben seit Generationen. Es gibt noch andere, die das tun. Allerdings sind es nur wenige, und sie haben sich zu kleinen Gruppen zusammengeschlossen.«

»Der Conte hat gesagt, dass ihr Abkömmlinge der römischen Luperci seid.«

»Das stimmt zum Teil, aber da ist noch viel mehr. Wir tragen ihren Namen, das ist richtig, aber eigentlich nur, weil wir uns mit ihnen identifizieren, um sozusagen eine Art Zugehörigkeitsgefühl zu haben. In Wirklichkeit sind wir nur die Wächter von einem Haufen Ruinen.«

Diesmal starrte ich ihn verständnislos an.

»Die Traditionen, die bis zu uns überliefert wurden, sind Fragmente, Veronica: Splitter von altem Wissen, Rituale, Symbole, Worte; bei vielen von ihnen wissen wir nicht mehr, wie wir sie kombinieren sollen, wie wir die Formen finden sollen, die – vielleicht – ihre wahre Macht freisetzen können. Geheimnisse römischen und vorrömischen Ursprungs, und andere, die aus weit verstreuten Quellen kommen: keltische, germanische, etruskische, griechische. Einige wurden wirklich seit Urzeiten von Generation zu Generation weitergereicht, andere haben wir im Lauf der Jahrhunderte gesammelt oder mit unserem Entdeckergeist ausgegraben, hervorgezogen aus Legenden, aus dem Volksglauben, aus okkulten Texten.«

Ich dachte daran, welche sonderbaren Dinge ich ihn hatte tun sehen. »Aber eure Zauberkraft ist sehr real. Du kannst dich wirklich unsichtbar machen.«

Er lächelte wieder. »Kleine Tricks. Sie sind nützlich, ohne Zweifel; ab und zu können sie dir sogar das Leben retten. Aber das sind nicht die wahren Worte und Zeichen der Macht. Wir lernen sie, weil sie nützlich sind.«

»Um die Monster zu verjagen.«

»Ja.«

Wir schwiegen wieder, und ich versuchte, meine Gedanken zu ordnen.

»Gestern Nacht, im Haus des Conte, dieser Hof, den ich in deinen Erinnerungen gesehen habe … Was war hinter der Tür, durch die du gegangen bist?«

Ivans Blick glitt in die Ferne. »Eine Empusa.«

»Eine was?«

»Ein Schreckgespenst. Die Seele einer toten Hexe aus fernen Zeiten, geopfert, um eins zu werden mit Hekate, der Schwarzen Göttin.«

Ich wusste nicht, was ich antworten sollte. Ich sah ihn vor mir, im Alter von vielleicht sechzehn Jahren, neben seinem Vater, wie er mit vor Entsetzen geweiteten Augen auf die Tür zustürzte, bewaffnet nur mit seiner Tasche voller kleiner Zaubertricks.

»Und dein Vater hat dich allein losgeschickt, um es mit diesem … *Ding* aufzunehmen?«

Er nickte, den Blick noch in der Erinnerung verloren. »Es kommt immer ein Moment, in dem wir allein dem Dunkel gegenübertreten müssen. Die Angst ist schlimmer als jedes Ungeheuer, das sich in Höhlen oder in Menschengestalt verbirgt, und bei ihr kannst du dir sicher sein, dass sie dich nie aus eigenem Antrieb verlassen wird. Du musst es selbst sein, der sie vertreibt.«

Ich schluckte. »Und dann, was ist dann passiert? Hast du die Empusa besiegt?«

»Ja. Sie hatte Besitz vom Körper einer Frau ergriffen; manchmal treiben die Leute Unfug mit der Hexerei, ohne zu wissen, worauf sie sich einlassen, und dann kann so was passieren. Wir hatten es gemerkt, weil am Stadtrand von Monza ein paar Haustiere verschwunden waren: Hunde und Katzen vor allem. Die Empusen sind blutrünstig. Schließlich verschwand ein Kind.« Er strich sich mit einer Hand über die Augen, und ich spürte, wie sich mir die Kehle zuschnürte. »Ich bin nicht schnell genug gewesen, es ist ihr gelungen, mich mit ihren Haaren zu ohrfeigen. Sie brannten.« Er berührte die Narbe auf seiner Wange. »Ich habe alles benutzt, was ich bei mir hatte: Salz und Eisen, um sie zu lähmen, Johanniskraut, um ihr die Stimme zu nehmen, Bärlauch, um ihre Macht zu schwächen – und dann die Peitsche, um sie wieder ins Nichts zu jagen.«

Ich mummte mich fest in meine Jacke.

»Hat sie überlebt?«, fragte ich nach einem Moment. »Die Frau, meine ich.«

»Nein.«

»Und wurde das Kind wiedergefunden?«

»Nein.«

Wir setzten unseren Weg schweigend fort. Der Wind hatte sich gelegt, aber die Kälte schien noch heftiger geworden zu sein.

Wie durch Zufall gelangten wir an einen kleinen Platz in einer Fußgängerzone, der von altertümlichen Gebäuden umstanden war. Auf der einen Seite befanden sich ein Zeitungskiosk und eine Grünzone mit ein paar Betonbänken, auf der anderen ein Imbiss, der geöffnet hatte.

Ivan hob den Kopf. »Ich geh mir ein Panino holen. Ich hab seit vierundzwanzig Stunden nichts gegessen. Willst du auch was?«

Ich nickte. »Was Heißes zu trinken.«

»Einen Kaffee?«

»Ja. Danke.«

Ich setzte mich auf eine Bank und sah zu, wie er die Straße überquerte, etwas zu essen und zwei große Becher Kaffee kaufte, von denen ich nicht gedacht hätte, dass es sie in einem Mailänder Imbiss zu kaufen gab: Bisher hatte ich solche Dinger nur in amerikanischen Filmen gesehen.

Ivan bewegte sich immer noch mit einer gewissen Vorsicht und hinkte leicht. Es war auch meine Schuld. Ich hatte ihm wehgetan. Bei dem Gedanken spürte ich, wie sich mein Herz zusammenzog.

Er kam zurück, setzte sich neben mich und packte gierig sein Sandwich aus.

Ich beobachtete ihn verstohlen. »Warum hast du denn gestern nichts gegessen?«

Er schüttelte den Kopf. »Ich musste mich verstecken. Sie haben mich gesucht.«

»Die anderen Luperci?«

»Ja.«

»Was ist passiert, nachdem … nach der Krypta?«, fragte ich leise.

»Ich habe verzweifelt versucht, dir zu folgen, aber sie waren zu viele. Sie haben mich weggebracht, zusammen mit meinem Vater; er hatte das Bewusstsein verloren, nachdem du mit der Tür nach ihm geworfen hattest. Er hat sich dabei einen Arm gebrochen.«

Er sagte es ohne Mitgefühl, und ich kann nicht behaupten, dass es mir anders ging.

»Und dann?«

»Mein Vater hat mich eingesperrt. Es gibt einen Keller in unserem Haus, in dem wir manchmal die … Wesen gefangen setzen, die wir erwischen, etwa wenn wir Zeit brauchen, um herauszufinden, wie wir sie unschädlich machen können. Es ist eine richtige unterirdische Zelle, mit einer einzigen Tür und einem Fensterchen, durch das das Essen gereicht wird. Mein Vater sagte, dass ich dortbleiben müsse, bis sie die Angelegenheit definitiv erledigt hätten.«

»Das heißt, bis ich tot wäre?«

Ivan schwieg einen langen Moment. »Bis es ihnen gelungen wäre, den Wolf auszutreiben.«

Auch ich schwieg, dann nickte ich. »Wie bist du entkommen?«

Ivan stieß ein Schnauben aus, das auch ein Lachen hätte sein können. »Es war wie im Film: Ich habe ein paar Tage Ruhe gegeben und dann so getan, als würde es mir schlecht gehen. Ich bin in Hungerstreik getreten, habe kein Essen und kein Wasser angerührt. Nach zwei Tagen ist mein Vater hereingekommen, um nachzusehen, wie es mir geht. Er war allein. Es gab eine Rauferei, und am Ende habe ich ihn zu Boden geschlagen; aber es war hart, obwohl er einen gebrochenen Arm hatte. Ich bin geflüchtet, ohne noch mal ins Haus zu gehen: Ich konnte ja nicht sicher sein, dass dort nicht andere Luperci wären. Am Abend habe ich dann irgendwo eine Brieftasche und ein Handy gestohlen, und am Tag danach habe ich dich angerufen.«

Ich warf einen Blick auf seine Jacke: Auch die musste er sich wohl auf diese Weise beschafft haben. *Es kann nicht schwer sein, zu stehlen, wenn die Leute einen nicht sehen können.*

Aber nach allem, was passiert war, hatte ich kein Interesse daran, ihm eine Moralpredigt zu halten.

»Dein Vater hat sich nicht sehr schlau angestellt«, war alles, was ich herausbrachte.

»Ich hätte selbst nicht geglaubt, dass der Trick funktionieren würde … Aber offenbar war meinem Vater überhaupt nicht wohl bei dem, was er mit mir anstellte.« Er schüttelte den Kopf, als er meine gehobenen Augenbrauen sah. »Er ist mein Vater, Veronica, nicht mein Folterknecht. Er hat mir das beigebracht, was ich weiß, weil er dachte, es sei notwendig. Er ist ein harter Mann, aber das *muss* er auch sein. Ansonsten könnte er nicht dieses Leben führen.«

»Und dich dazu zwingen, es auch zu führen.«

Ivan seufzte. »Irgendjemand muss es tun. Bitte verurteile ihn nicht dafür.«

Ich presste die Lippen zusammen. »War es seine Idee, dich auf mich anzusetzen, um mich in die Falle zu locken?«

Ivan senkte den Kopf. »Ja.«

Ich fügte nichts weiter hinzu. Stattdessen trank ich meinen Kaffee – der übrigens wunderbar heiß war – und wartete, dass Ivan aufgegessen hatte.

»Was wirst du jetzt tun?«, fragte ich.

Er stand auf, um das Sandwichpapier in den Mülleimer zu werfen. »Ich werde mich verborgen halten; nach Hause kann ich auf keinen Fall zurück. Aber es hat wenig Bedeutung, was mit mir passieren wird.« Er sah mir fest in die Augen. »Veronica, es sind nur noch fünf Tage bis Vollmond.«

Hundertzwanzig Stunden bis zum Ende der Welt. So wenig.

Ich spürte die Kälte bis in die Eingeweide.

»Ich weiß. Aber was können wir tun? …«

»Ich habe darüber nachgedacht. Seit Wochen denke ich an nichts anderes mehr. Mir sind ein paar Ideen gekommen, aber vorher ist es wichtig, dass du mir alles erzählst.«

Ich schreckte zusammen. »Was denn erzählen?«

Er setzte sich wieder neben mich und sah mir in die Augen. »Alles, was dir passiert ist, seit der Nacht, in der du den Wolf getroffen hast. Und alles, was du über die Person weißt, die du gestern Abend besucht hast, den Mann, den du den Conte nennst.«

Und genau das tat ich. Ich hielt mich nicht damit auf, lange zu überlegen, ob ich ihm vertraute oder nicht, ob ich noch Wut empfand oder Groll für das, was er getan hatte, ob es überhaupt einen Sinn hatte, mit ihm zu sprechen. Ich tat es und basta, ohne auch nur innezuhalten, um Luft zu holen. Es war wie ein Dammbruch eines Flusses bei Hochwasser.

Es wurde langsam Abend, und auf den kleinen Platz legte sich die Dunkelheit, während in den Fenstern der Häuser die Lichter angingen. Ivan hörte mir schweigend zu und unterbrach mich kein einziges Mal. Ich erzählte von den schwarzen Männern, von meinem Lauf über die Dächer, von Angela und von dem, was ich ihren Freundinnen angetan hatte, von meinen Begegnungen mit dem Conte und von alldem, was er zu mir gesagt und mich glauben gemacht hatte.

Als ich fertig war, herrschte Stille, merkwürdiger als je zuvor. Der Platz war inzwischen verlassen, der Imbiss und der Zeitungsstand hatten geschlossen, und nur das Echo des Verkehrs war in der Ferne zu hören.

»Dann war das also der Conte Gorani«, murmelte Ivan.

»Kanntest du ihn schon?«

»Nicht persönlich, aber ich hatte von ihm gehört. Wer auch immer sich in Mailand um verborgene Dinge kümmert, kennt ihn zumindest vom Hörensagen; er sucht die Stadt seit fast zweihundert Jahren heim.«

Ich rieb meine kalten Hände und sah ihn an.

Es war leicht gewesen, Ivan von dem Conte zu erzählen, leichter als ich gedacht hätte. Auch der Conte hatte mich betrogen. Der Letzte in meiner Liste von Betrügern, der listigste, der heimtückischste. Strenggenommen hätte ich eine enorme Wut auf ihn haben müssen. Stattdessen spürte ich nichts. Mein Herz hatte sich selbst anästhesiert.

Eine einzige Sache hatte ich bisher nicht verstanden: »Was wollte er eigentlich von mir?«, fragte ich langsam, eher an mich selbst und die Luft gewandt als an meinen Gesprächspartner. »Warum hat er das getan?«

»Er hat es dir doch praktisch selbst gesagt«, erwiderte Ivan mit düsterem Gesicht. »Er hat dir immer alles erzählt, wenn auch auf seine Weise: Im Grunde hat er mit offenen Karten gespielt, nur dass du das Spiel nicht kanntest. Mit der Geduld einer Spinne hat er um dich herum ein Netz aus ausgesprochenen und unausgesprochenen Wahrheiten gesponnen: ein Netz aus unendlich feinen Fäden und schwer zu deutenden Zeichen. Ein Werk, das beweist, dass er zweifellos ein Meister in seinem Fach ist.«

»Aber zu welchem Zweck? …«

»Um den Wolf in seine Gewalt zu bringen. Den Göttern zu befehlen, war schon immer der Traum wissensdurstiger Menschen. Den König der Verzauberten im Spiel zu besiegen, den Geist in eine Flasche zu sperren, den Teufel mit irgendeiner Spitzfindigkeit beim Pakt zu täuschen.« Er schüttelte den Kopf. »Ein Mann wie er konnte die Gelegenheit nicht ignorieren, die das Schicksal ihm in die Hände gespielt hatte: Lupercus wieder auf der Erde, hier in seiner Stadt, Fleisch geworden im Körper eines Mädchens! Zarte Handgelenke, denen man eine Kette anlegen kann …«

Ich schloss die Augen. »Und ich hatte keine Ahnung.«

»Das konntest du auch nicht. Du warst ja gar nicht vorbereitet. Als er seinen Einfluss auf dich ausgetestet hat, war es zu spät.«

Ich wusste, wovon er redete. Ich dachte an die Nacht, in der der Conte mich zum Turm des Palazzo Gorani geführt hatte: um mir seine Vergangenheit zu zeigen, damit ich ihm noch mehr vertraute, aber auch, damit die schwarzen Männer uns angriffen. Weil er sehen wollte, ob ich ihn beschützen würde.

Und dann, gestern Abend, die Probe aufs Exempel: für ihn töten, Ivan für ihn töten. Mir wurde übel.

»Was hätte er getan, wenn … wenn alles nach seinem Wunsch gelaufen wäre?«

Ivan sah mich eindringlich an. »Auch das hat er dir gesagt. Überleg mal.«

Ich dachte nach. Schritt für Schritt ging ich alle unsere Gespräche noch einmal durch, alle Geschichten, die mir der Conte erzählt hatte. Und am Ende ging mir ein Licht auf.

»Der *Medhelan*«, murmelte ich. »Er wollte, dass ich für ihn den *Medhelan* ausfindig mache.«

Ivan nickte. »Etwas, das nur ein Geist aus uralten Zeiten kann: Ein menschliches Wesen zur Höhle des Drachen führen.«

»Ein Mensch, der weiß, wo sich der Medhelan befindet, jemand, der in der Lage wäre, dorthin hinabzusteigen … würde wie der Drache selbst werden. Er wäre wie ein Gott.« Dies Worte hatte ich erst vor vier Tagen aus dem Mund des Conte gehört.

Ich öffnete wieder die Augen. »Und jetzt? …«

»Jetzt darfst du ihm nie mehr begegnen«, sagte Ivan mit großem Ernst. »Sein Einfluss auf dich besteht immer noch. Er ist natürlich schwächer geworden, weil du nicht mehr an ihn glaubst, aber es wird Zeit brauchen, bis er ganz verschwunden ist. Im Moment wäre es ein schrecklicher Fehler, seine Macht zu unterschätzen.«

»Und dann …« Ich suchte nach Worten. »Dann werde ich frei sein? Werde ich wieder die Kontrolle über den Wolf haben?«

Ivan schüttelte den Kopf, und er sah dabei fast verstört aus. »Veronica, du kontrollierst den Wolf *überhaupt nicht.* Niemand an deiner Stelle könnte das.«

»Es scheint mir, dass ich ihn bisher sehr gut unter Kontrolle hatte.«

Außer gestern, wisperte eine innere Stimme. *Gestern hätte er beinahe Ivan gefressen.*

Ich schüttelte wütend den Kopf. Das war die Schuld des Conte und hatte nichts mit mir zu tun!

»Siehst du denn nicht, was du die letzten Tage getan hast, Veronica?«

»Getan? Was denn getan?«

»Du bist zum Wolf geworden! Du bist mitten in der Nacht in ein Haus eingebrochen, um ein Mädchen zu terrorisieren, du hast ein anderes Mädchen auf ein Dach geschleppt, bis es ohnmächtig wurde, du hast riskiert, ein drittes mit Schmetterbällen ins Jenseits zu befördern! Bist du dir über die Absurdität deiner Handlungen überhaupt im Klaren? Denkst du, dass sie keine Konsequenzen haben, weil deine Opfer *vielleicht* erschrocken genug sind, um mit niemandem darüber zu reden?« Ich öffnete den Mund, um zu antworten, aber er gab mir nicht die Zeit dazu. »Einige von diesen Dingen hast du instinktiv gemacht, andere hast du in allen Einzelheiten geplant. Was sagt dir das?«

Ich wusste nicht, was ich antworten sollte, und beschränkte mich darauf, ihn wütend anzustarren.

»Das sagt dir, dass der Wolf vollkommen Besitz von dir ergriffen hat. Er leiht dir seine Instinkte, er führt deine Überlegungen, und du merkst es nicht einmal. Er hat dich stark gemacht. Aber er hat dich auch grausam gemacht.«

»Das ist nicht wahr!«, platzte ich heraus. »Diese Schlampen haben es doch verdient! Es ist *ihre Schuld*, dass dieser Fluch über mich gekommen ist, und ohne den Wolf hätte ich mich nicht rächen können.«

Ivan stand auf, um mir in die Augen zu sehen. Ich hatte nicht einmal gemerkt, dass ich aufgesprungen war. »Und was hast du erreicht? Du hast die Sache nur noch schlimmer gemacht. Hör mir zu, Veronica, vielleicht gibt es eine Lösung! Es gibt auch noch andere Wesen in dieser Stadt, alte Wesen. Wir können sie gemeinsam suchen, vielleicht wissen sie, wie …«

»Nein!« Ich konnte nicht mehr an mich halten. »Ich habe genug von Monstern! Ich habe genug von Versprechen, die zu Lügen werden! *Ich habe genug von allem*!«

»Veronica …« Ivan streckte eine Hand nach meiner Schulter aus, aber ich stieß ihn weg und rannte davon.

Kapitel 30

Samstag, 7. März
Zunehmender Mond

In meinem Zimmer wartete der Conte.

Als ich die Tür öffnete, war er da, stand einfach so zwischen meinem Bett und der Kommode mit den Plüschtieren. Er trug noch immer den schwarzen Mantel, hatte den Stock mit der Spiralenspitze in der Hand und schien in den Anblick des *Evangelion*-Posters vertieft, das neben meinem Bett hing.

»Du wirst mir mein Eindringen verzeihen müssen«, sagte er mit der altvertrauten Ruhe, »aber leider haben die jüngsten Entwicklungen in unserer Beziehung es unabdingbar gemacht.«

Es stürmten so viele verschiedene Impulse auf mich ein – schreien, flüchten, ihn attackieren –, dass sie sich gegenseitig behinderten und ich am Ende gar nichts tat: Ich blieb einfach wie gelähmt auf der Schwelle stehen. Als er sich mir zuwandte, versuchte ich verzweifelt, diesen Augen auszuweichen, von denen ich wusste, dass sie so viel Macht über mich hatten. Aber es gelang mir nicht.

Wo waren eigentlich meine Eltern? War er in unsere Wohnung eingedrungen, ohne dass sie es gemerkt hatten? Oder hatten sie es doch gemerkt und er … Nackte Angst schnürte mir die Kehle zu.

»Es ist nicht meine Absicht, dir Unbehagen zu bereiten«,

fuhr er fort, »noch schwebt mir vor, irgendeine Form von Gewalt anzuwenden.« Er lud mich mit einer Geste ein, einzutreten. »Im Gegenteil, ich bin hier, damit wir beide, du und ich, zu einer Befriedung kommen können.«

Ich bewegte mich nicht vom Fleck. Seine Sprache war von Neuem formell und antiquiert geworden, wie damals, als wir uns gerade kennengelernt hatten, und inzwischen war mir klar, dass er damit eine besondere Freundlichkeit zur Schau stellen wollte.

»Es kann durchaus sein, dass du keine Möglichkeit hattest, die ganze Komplexität dessen zu verstehen, was gestern passiert ist, und ich …«

»Ich bin der Überzeugung, dass ich voll und ganz verstanden habe«, unterbrach ich ihn. Meine Stimme klang fester, als ich gehofft hatte, und das gab mir Kraft. »Sie haben versucht, mich dazu zu bringen, Ivan zu töten.«

»Aber nicht, bevor ich dir den Grund dafür erklärt hatte.« Sein Ton verriet nicht das kleinste Zeichen von Beunruhigung. »Er ist dein Feind. Er ist ein Feind von allem, was du jetzt repräsentierst.«

»Das sind Sie auch! Sie haben mich genauso getäuscht wie er! Wo sind überhaupt meine Mutter und mein Vater?«

Der Conte hob eine Augenbraue. »Getäuscht? Ich habe dir nie etwas anderes gesagt als die Wahrheit.«

»Und genau damit haben Sie mich getäuscht!«

Er ließ einen langen Seufzer hören. »Du erkennst die großen Zusammenhänge nicht, Veronica. Du bemühst dich nicht, das Bild im Ganzen zu sehen, in dem du nur eine Figur darstellst. Was, glaubst du, kannst du ohne meine Unterstützung schon tun? Das Wüten des Wolfs kontrollieren?«

Ich antwortete ihm lediglich mit einem vernichtenden Blick.

»Der Wolf ist ein Bruchstück des Chaos, das Form angenommen hat am Ursprung der Welt. Sein Instinkt ist von derselben Kraft gewebt, die die Gestirne umeinanderkreisen lässt. Sein Hunger ist der Hunger der Jahrtausende, der weder Zweck noch Zeit kennt. Du bist nur ein Mädchen, das noch keine achtzehn Winter gelebt hat.«

»Sie haben versucht, den Wolf zu benutzen, um zu töten. *Mich* zu benutzen, um zu töten. Sie wollen uns beide beherrschen.«

»Und wäre das nicht für jeden von uns eine vorteilhafte Lösung?« Der Conte machte eine weite Geste mit der Hand. »Meine Kunst kann das Untier in Ketten halten, wenn sie auf deinen Willen zur Zusammenarbeit rechnen kann: ein Ergebnis, das du allein nicht erreichen kannst, auch wenn du dir das einzureden versuchst. Du weißt, dass ich kein grausamer Mann bin: Ich werde für dich sorgen.«

»Wie Sie es mit Regina getan haben?« Der Gedanke an dieses arme Mädchen, das Sklavin im Hause des Conte war, machte mich unglaublich wütend.

»Ich beschütze sie vor dem, der ihr wehtun will.«

»Und Sie verfügen über sie ganz nach Belieben! Sie benutzen ihre seherischen Fähigkeiten, zwingen sie dazu, in der Zeit vor- und zurückzuwandern, wann immer es Ihnen passt, und Sie hatten auch keine Skrupel, sie hinaus auf die Straße zu schicken, um mich zu suchen – sogar in der Nacht, als die ganze Schattenwelt bereit war, sie zu jagen!«

Der Blick des Conte blieb unerschütterlich. »In einer Situation zum gegenseitigen Vorteil muss jeder seinen Teil beitragen.«

»Ist es das, was ich in Ihrem Hause werden sollte? Ein weiteres Haustier? Ein Spürhund, der *Medhelan* und Kraft-Orte für

Sie ausfindig macht, ein Bluthund, den Sie auf Ihre Feinde hetzen können?« Ich ballte die Fäuste und bleckte die Zähne. »Ich werde niemals Ihre Sklavin sein, Conte Gorani. Ich werde niemals Ihre Mörderin sein.«

»Dann wirst du die Sklavin des Wolfes sein. Merkst du nicht, wie sehr er inzwischen Teil von dir geworden ist? Schau dich an: Sogar jetzt in diesem Moment erlaubst du dem Untier, Besitz von dir zu ergreifen.«

Ich machte abrupt den Mund wieder zu.

»Wie hat sich dein Leben verändert, seit die Dächer Mailands dein Jagdterrain geworden sind? Fühlst du dich stärker? Mächtiger? Nimmst du den Platz ein, der dir zusteht, ganz oben in der Nahrungskette?«

Ich schüttelte den Kopf, aber ich wich auch einen Schritt zurück. *Hör nicht auf ihn, er versucht nur, dich durcheinanderzubringen. Das hat er immer getan …*

»Du hast keine Ahnung, wie viele Geschöpfe da draußen ihr Unwesen treiben, Veronica. Und wie viele von ihnen früher oder später hinter dir her sein werden. Du glaubst, die Welt zu kennen, die *wirkliche* Welt, nur weil du ein paar Unterirdische und die eine oder andere Hexerei gesehen hast?«

Er stieß mit seiner Stockspitze ganz leicht auf den Boden und mein Zimmer verschwand in einem Meer aus Finsternis.

Ich konnte einen Schrei der Überraschung nicht unterdrücken. Ich träumte! Der Conte war in meine Träume eingedrungen, nicht in meine Wohnung!

Die Erleichterung darüber, dass meine Eltern in Sicherheit waren, wurde im selben Moment weggefegt von der Erkenntnis, was dieses Eindringen zu bedeuten hatte: Der Conte hatte Zugang zu meinem Geist. Er konnte sich in meine Nächte schleichen. Er konnte mich immer und überall erreichen.

Die Dunkelheit wurde plötzlich von Kerzen erhellt, ein halbes Dutzend, in ein paar Metern Entfernung: Ihr mattes Licht beleuchtete einen hohen und dennoch bedrückenden Raum, der wenig größer war als mein Zimmer, es glitt über leere Augenhöhlen hinweg und ließ die gelblichen Knochen menschlicher Schädel erkennen, die an den Wänden aufgereiht waren. Ich schnappte nach Luft: das Ossarium, der Ort, wo ich dem Conte zum ersten Mal begegnet war!

Ich suchte den Raum nach ihm ab, er stand neben dem Altar, ein Schatten, schwärzer als alle anderen. Im Schimmer des Kerzenlichts funkelte schwach sein Goldring.

»Was haben Sie vor?«, zischte ich. »Was bedeutet das alles?«

»Ich will, dass du verstehst«, dröhnte seine Stimme durch das Dunkel, »dass du ohne mich keine Hoffnung hast. Die Luperci werden dich finden, vielleicht früher, als du denkst, und dein Freund, der seine Sekte verraten hat, wird dich nicht beschützen können.« Er machte eine Bewegung, und die Dunkelheit schien noch bedrückender, geradezu greifbar, wie dichter Schaum. »Oder es werden dich *andere* an ihrer Stelle finden. Hast du mir nicht erzählt, dass die Strigen dir schon einen Besuch abgestattet haben? Ich kann dir versichern, dass sie dir noch weniger gefallen würden als die Priester mit den Peitschen. Und dann ist da natürlich der Wolf, der dich bei Vollmond zu der Seinen machen wird, *für immer*.«

Ich schloss die Augen und zwang mich, ruhig zu bleiben, dann öffnete ich sie wieder. »Und die Alternative, die Sie mir anbieten, ist ein Leben am Hundehalsband?«

»Die Alternative, die ich dir anbiete, ist die, die ich auch Regina angeboten habe: Schutz gegen Gehorsam.«

Ich schwieg. Dann schüttelte ich entschieden den Kopf, in der Hoffnung, dass er mich trotz der Dunkelheit sehen konnte.

»Bevor du dich entscheidest, kleine Veronica, nimm eine Prise Wahrheit zu dir. Schau der Welt in die Augen, schau hinter die Maske!«

Er breitete die Arme aus, sein schwarzer Mantel öffnete sich wie ein Umhang, und dann erschienen die Toten.

Sie kamen von allen Seiten aus dem Dunkel, schemenhafte, verschwommene Gestalten. Es waren Dutzende, zu viele für das kleine Ossarium, und so lagerten sie sich bald übereinander. Ich sah ein Meer bleicher Gesichter und Hände, Männer, Frauen und Kinder, weit aufgerissene Augen, bucklige Schultern und Köpfe, verborgen unter Mönchskapuzen.

Ich wollte zurückweichen, aber dafür war nirgends Platz, nur weitere Finsternis und weitere Gespenster, die sich übereinanderhäuften. Einige trugen noch die Spuren ihres Todes mit sich herum, die Totenmaske der letzten Momente ihres Lebens: durchschnittene Kehlen, strangulierte Hälse, von schwarzen Beulen entstellte Haut. Und da waren die Stimmen. Um ein Vielfaches mächtiger als beim ersten Mal, um ein Vielfaches betäubender. Sie schrien und verlangten nach meiner Aufmerksamkeit, brüllten mich an, ihnen zuzuhören, ihre letzten Gedanken vor dem Tod mit ihnen zu teilen.

Ich hielt mir die Ohren zu, aber es war zwecklos. Ich schrie selbst mit all meiner Kraft, in der Hoffnung, die Stimmen zu übertönen, aber es war, wie gegen einen Wasserfall anzuschreien, oder gegen einen Orkan, und um mich herum wurde alles immer lauter und lauter, bis …

… eine Explosion von Popmusik alles in tausend Stücke zerspringen ließ. Mit einem spitzen Schrei richtete ich mich im Bett auf. Ich zappelte heftig, um mich von meiner Bettdecke zu befreien, in die ich mich so verheddert hatte, wie es absichtlich nie möglich gewesen wäre. Der Radiowecker auf dem Nachttisch spielte Musik und zeigte sieben Uhr früh.

Mit einem Fausthieb brachte ich ihn zum Schweigen und ließ mich keuchend zurück aufs Bett fallen.

Die alten Griechen glaubten, so hatte ich im Internet gelesen, dass die Träume, die dem Aufwachen vorangehen, sehr nah an der Wahrheit liegen. Es sind die, die direkt von den Göttern kommen.

Beim Frühstück war meine Mutter nicht da: Sie war sehr früh aus dem Haus gegangen, wegen eines Reiki-Kurses, der bis Sonntagabend dauern würde. Sie hatte es in den vergangenen Tagen mehrmals angekündigt, aber ich hatte es trotzdem vergessen. Also saß ich mit meinem Vater alleine am Tisch und fühlte mich wie bei einer Röntgenuntersuchung.

Am Ende konnte ich einfach nicht mehr an mich halten. »Papa, stimmt irgendwas nicht?«

Er runzelte die Stirn. »Das wollte ich dich gerade fragen.«

Ich wollte schon antworten, dass ich in ganz ausgezeichneter Verfassung sei, tat es dann aber doch nicht: Fünf Minuten vorher war ich im Spiegel einer grauenerregenden Erscheinung begegnet.

»Ich habe nur schlecht geschlafen. Die Schule ist stressig im Moment, ein mündlicher Test nach dem anderen.«

Er nickte. »Das tut mir leid.« Er schwieg eine Weile. »Ich habe gedacht, dass wir an Ostern ein paar Tage verreisen könnten. Wenn du Lust hast. Irgendwohin, wo es warm ist.«

Ich nickte und starrte konzentriert auf meinen Kaffee. »Ja. Das wäre schön.«

Bis Ostern war es noch ein Monat. Bis dahin konnte ich schon längst tot sein. Oder verrückt geworden.

In der Schule merkte auch Irene sofort, dass ich kurz vor einem Zusammenbruch war. Sie hatte sogar Tränen in den Augen, und ich fühlte mich, als hätte sie mir eine Ohrfeige gegeben.

»Veronica, du kannst nicht so weitermachen und mir nicht sagen, was mit dir los ist. Lass mich doch bitte endlich wissen, ob ich dir irgendwie helfen kann. Wenn es dir schlecht geht, geht es mir genauso schlecht, kapierst du?«

Ich schlug die Hände vors Gesicht, um zu verbergen, dass ich ebenfalls den Tränen nah war. »Es ist alles so kompliziert …«

»Hat dieser Ivan etwas damit zu tun?«

Ich hatte eigentlich sofort verneinen wollen, aber dann zwang ich mich doch, nicht zu lügen, wenigstens dieses eine Mal. »Ja, auch er hat damit zu tun. Wir haben wieder Kontakt miteinander.«

»Und?«

»Und … ich weiß es nicht. Wir haben eben noch mal miteinander gesprochen. Er mag mich, so viel ist klar, aber … Wie gesagt, es ist einfach alles so kompliziert.«

Irene starrte mich an, mit dem unglücklichsten Gesicht, das ich je an ihr gesehen hatte. Dann, als ihr klar wurde, dass ich einfach nicht weitersprechen konnte, holte sie tief Luft und umfasste meine Hände mit den ihren.

Ich schüttelte den Kopf. »Es ist nicht, dass ich dir nicht vertraue, Irene, nur …«

»Scht!« Sie legte mir einen Finger auf den Mund, und als ich die Augen zu ihr hob, lächelte sie mich an. »Veronica, ich bin für dich da. Immer. Wenn du Lust hast, zu reden. Wenn du keine Lust hast, zu reden. Das ist alles. Aber …« Sie runzelte die Stirn. »Aber hüll dich nicht in Schweigen, wenn du glaubst, dass ich dir helfen kann. Wenn ich etwas für dich tun kann, dann *musst* du mir das sagen. Verstanden?«

Ich nickte, legte meine Arme um sie und zwang mich zu einem Lächeln.

Der Vormittag in der Schule zog sich endlos in die Länge, ich füllte ihn damit aus, die ganze Zeit an Ivan zu denken, an den Conte und an Regina. Ich nahm kaum wahr, dass Elena und Susanna immer noch fehlten.

In der letzten Stunde hatten wir Sport, und heute war Hochsprung dran. Als die Stunde endlich zu Ende war, bot ich mich freiwillig an, die Stangen und Matratzen ins Lager der Sporthalle zu räumen, während die anderen sich umziehen gingen. Ich wollte einfach für fünf Minuten allein sein und meine Ruhe haben.

Ich stapelte ein paar Dinge zusammen und trug sie ins Lager. Als ich in die Turnhalle zurückkam, stand Angela in der Tür. Ich blieb ebenfalls stehen.

Sie hatte noch ihre Sportsachen an, war also noch gar nicht im Umkleideraum gewesen, sondern meinetwegen zurückgekommen.

Wir musterten uns gegenseitig. Wie stellte sie es nur an, dass ihre Haare sogar nach einer Stunde Hochsprung noch so gut frisiert und glänzend aussahen? Angela legte den Kopf zur Seite und bedachte mich mit dem kleinen Lächeln, das ich noch nie hatte ausstehen können.

»Was willst du?«, platzte ich heraus.

Sie kam in die Halle und schloss die Tür hinter sich, aber sie kam nicht näher. »Mich ein wenig mit dir unterhalten, Veronica.«

Es war das erste Mal, dass ich sie meinen Namen aussprechen hörte, es klang seltsam und unangenehm. Die wenigen Male, die sie das Wort an mich gerichtet hatte, hatte sie mich »Meis« genannt, genau wie es ihre Freundinnen immer taten.

»Ich habe gestern Elena besucht.«

Ein Adrenalinstoß schoss durch meine Adern, aber ich wusste nicht, ob aus Angst, Wut oder einem anderen Grund.

»Es geht ihr nicht besonders: Sie hat einen ziemlichen Schlag gegen das Brustbein gekriegt, und ihr Gesicht ist ein einziger blauer Fleck. Am Anfang hat sie versucht, mir die offizielle Geschichte zu verkaufen, irgendwas von einem Typen auf einem Motorrad, der sie überfahren und dann nicht mal angehalten hat, um ihr zu helfen.« Sie verschränkte die Arme vor der Brust, ohne aufzuhören zu lächeln. »Aber ich kenne sie ziemlich gut, die liebe Elena. Ein wenig Nachfragen hat genügt, damit die Notlüge offensichtlich wurde. Ich habe ziemlich drängeln müssen, aber am Ende hat sie mir dann doch eine andere erzählt. Eine, die mir zunächst vorkam wie blanker Unsinn.«

Ich krümmte die Finger und befeuchtete mir die Lippen.

»Dann aber habe ich auch Susanna besucht. Die gleiche Szene, die gleichen Vorwände, bis schließlich auch sie zusammenbrach. Und wieder eine absurde Geschichte. Die jedoch ganz gut zu der von Elena passte.«

Ich hatte keine Lust, noch mehr zu hören. Nicht eine Minute länger wollte ich diese amethystfarbenen Augen und dieses verhasste kleine Grinsen sehen. Alles, was ich wollte, war, dass sie schwieg.

»Ich habe eine Zeit lang darüber nachgedacht, und es sind mir ein paar Sachen in den Sinn gekommen. Zum Beispiel die Art und Weise, wie Giada dich seit ein paar Tagen ansieht. Und so habe ich sie gestern Abend angerufen. Sie zum Reden zu bringen, war schon einfacher als bei den beiden anderen.«

Erst nachdem ich es getan hatte, wurde mir bewusst, dass ich die Zähne gefletscht hatte.

»Nun, wie ich die Dinge sehe, gibt es zwei Möglichkeiten:

Die erste ist, dass die drei zusammen einen reichlich komplexen Scherz ausgeheckt haben, für dessen Glaubhaftigkeit sie sich freiwillig verletzt haben. Was sagst du, Veronica? Ist das eine denkbare Option?

Ich bemühte mich, nicht mit einem Knurren zu antworten. Und es kostete mich viel Mühe.

»Die zweite ist, dass alle drei *wirklich* etwas gesehen haben. Dass ihre absurden Geschichten irgendwie doch kein Scherz sind … Es sind übrigens Geschichten, in denen immer du eine wichtige Rolle spielst.«

»Wenn es so wäre, wie du sagst …« Ich versuchte, mit normaler Stimme zu sprechen, aber es gelang nicht wirklich. »Wenn es so wäre, wie du sagst, glaubst du nicht, dass es dann *nicht besonders klug* wäre, ausgerechnet zu mir zu kommen und es mir zu erzählen?«

Ihr Grinsen wurde noch breiter und noch weniger liebenswürdig. »Oh, aber ich habe *überhaupt* nicht gesagt, dass ich ihre Geschichten glaube. Aber wenn – und ich betone, *wenn* – ich irgendwann doch beschließen sollte, sie zu glauben: Müsste ich dann Angst haben?«

Diesmal schaffte ich es einfach nicht, das Knurren zu unterdrücken: *»Sag du es mir doch: Müsstest du?«*

»Vielleicht. Jedenfalls, wenn es sich um jemand anders handeln würde. Aber es handelt sich ja nur um dich, Veronica: Niemand hat Angst vor einer Null. Nicht einmal vor einer Null auf Rachefeldzug. Welchen seltsamen Trick du dir auch immer ausgedacht hast, um diese Idiotinnen zu terrorisieren, denkst du wirklich, er würde auch mit *mir* funktionieren? Glaubst du, es würde reichen …«

Ich stürzte mich auf sie. Ich weiß nicht, wann der Wolf gekommen war. Auch jetzt im Nachhinein könnte ich das nicht sagen.

Um ehrlich zu sein: Sie schaffte es tatsächlich, mir auszuweichen, sodass ich sie nicht mit voller Wucht erwischte. Aber ich bekam sie einen Augenblick später zu packen und dann rollten wir in einem Knäuel über die Matratzen. Es gelang ihr noch vor mir, wieder aufzustehen, und sie schlug wild um sich, um davonzukommen, aber es hatte keinen Sinn: Ich hatte sie schon mit einer Hand an der Schulter gegriffen und schleuderte sie auf den Boden zu meinen Füßen. Der Luftzug, den ihr Flug verursachte, hüllte mich in eine Wolke aus Ausdünstungen: Schweiß, Adrenalin, Blut. Bei unserem Kampf hatte Angela sich eine Wange aufgekratzt.

Ich bohrte meinen Blick in den ihren. Ihre Augen waren weit aufgerissen, und sie röchelte, denn trotz der Matratzen hatte ihr der Aufprall alle Luft aus den Lungen gesogen. Aber selbst in diesem Moment war sie noch schön. Es war die Schönheit der zu Tode erschrockenen Heldin, einen Augenblick, bevor das Monster sie verschlingt.

Und ich wusste plötzlich, dass ich sie umbringen würde. Es war kein Gedanke, sondern eine Feststellung. Sie war meine Beute. Meine ersehnte Beute. Mein würdiges Opfer.

Es musste einfach so enden.

»Veronica!« Irenes Stimme kam aus dem Korridor jenseits der Tür. »Wo treibst du dich bloß herum? Ich warte schon die ganze …«

Ich sah, wie sich der Türgriff senkte, und konnte gerade noch denken: *Nein!*

Irene riss die Tür auf und erstarrte zu Stein.

Zu meinen Füßen krümmte sich Angela in sich zusammen und sackte in dem Versuch, vor mir zurückzuweichen, noch tiefer zwischen die Matratzen.

»Was machst du denn da?«, keuchte Irene.

»*Geh weg!*«, stieß ich mit aller Kraft zwischen den Zähnen hervor. »*Weg!*«

»Veronica ...«

Irene machte zwei Schritte auf mich zu, und ihr Geruch schlug wie eine Welle über meinem Kopf zusammen. Ich sah die Schlagader, die an ihrem Hals pulsierte, schneller als sonst. Ihre Venen waren Streifen dunklen Blaus unter der weißen Haut.

Nein, nein, nein ...

Angela hatte sich aufgerappelt und rannte jetzt auf die Tür zu. Ich stürzte hinter ihr her, aber Irene warf sich zwischen uns.

»Veronica!«

Angela rannte zur Tür hinaus, ich packte Irene an der Taille, hob sie in die Luft und drückte fest zu. Sie stieß einen spitzen Schrei aus, sträubte sich und hieb mir ihr Knie ins Gesicht, aber ich merkte es kaum: Ich roch nur den Duft der Angst und hörte das Schlagen ihres Herzens. Und einen anderen Geruch nahm ich wahr, den nach Salz. Es war der Geruch ihrer Tränen.

Ich katapultierte sie in Richtung Matratzen. Ein hässlicher Flug.

Mehr konnte ich nicht tun: Eine Sekunde später hätte ich sie mit meinen Zähnen zerfleischt.

Ich lief, ohne zu sehen, wohin. Nach einer Weile ließ der Wolf von mir ab, aber wieder hätte ich nicht sagen können, wann genau. Ich lief eine Ewigkeit, schien mir. Aber vielleicht waren es in Wirklichkeit auch nur wenige Minuten.

Als ich wieder zu Bewusstsein kam, saß ich auf einer Bank, zitternd wie ein Blatt im Wind, der Kragen meines Trainingsanzugs war patschnass vor Tränen. Ich kramte in meinen Taschen, zog mein Handy heraus und rief Irene an. Zwei Klingeltöne, dann wurde der Anruf abgelehnt.

Ich wählte eine andere Nummer.

Ivan antwortete sofort. »Veronica …«

»Ich werde es tun.«

Er schwieg einen Moment. »Was tun?«

»Alles, was dir dazu einfällt. Alles, was du willst, um den Wolf zu verjagen. Alles.«

Kapitel 31

Sonntag, 8. März
Zunehmender Mond

Wir trafen uns Sonntagnacht nördlich vom Zentrum, an einer Metro-Haltestelle, die ich nicht kannte. Hinter mir lag das, was ich als schlimmstes Wochenende meines Lebens bezeichnen würde.

Ich hatte Irene keine tausend Mal angerufen, sondern nach dem sechsten Versuch aufgegeben. Stattdessen hatte ich angefangen, die Stunden zu zählen, in Erwartung, dass ihre Familie sich bei mir melden würde. Oder die von Angela oder die Schule, jedenfalls irgendjemand, der die Absicht hatte, meinen Eltern zu erzählen, was ich getan hatte, und damit das zu zerstören, was von meinem Leben noch übrig war. Aber das Telefon blieb die ganze Zeit ruhig. Umso besser, natürlich, aber die dauernde Ungewissheit, ob dieser Anruf nun kommen würde oder nicht, war genügend Qual und machte mir die Zeit zur Hölle.

Ivan wartete am Ausgang der Metro auf mich, er hatte sich in der Nähe einer großen Straße untergestellt. Daneben ragte ein Gebäude in die Höhe, das nach seiner Aussage der zweite Bahnhof der Stadt war: ein monströses und ziemlich unansehnliches Gebäude aus Glas und Beton mit einer riesigen Baustelle davor, die von absolut nervigen, gelblichen Lichtern ausgestrahlt wurde. Vermutlich war das tagsüber eine verkehrsreiche Gegend, aber am Sonntag um zwei Uhr nachts war sie wie ausgestorben.

Es war windstill und kalt, der Himmel glänzte pechschwarz. Wir begrüßten uns wortlos, und ich folgte Ivan zum Bahnhof. Zwischen uns herrschte immer noch jenes angespannte Schweigen, das voller unausgesprochener Dinge war und das ich schon bei unserer Begegnung vor zwei Tagen gespürt hatte. Wie lange würde das noch so weitergehen?

Ich zwang mich, nur daran zu denken, weshalb wir hier waren, was allein schon Grund genug gewesen wäre, um mich in Panik zu versetzen: Ivan brachte mich zu den Strigen.

Als er mir am Samstagnachmittag am Telefon davon erzählt hatte, war mir die Luft weggeblieben. Unter anderen Umständen hätte ich mich kategorisch geweigert. Aber welche Wahl blieb mir inzwischen noch?

»Sie können uns helfen«, hatte Ivan erklärt. »Ich glaube zwar nicht, dass sie das auch *wollen*, aber es gibt Methoden, sie dazu zu bringen.«

Der Gedanke beruhigte mich nicht im Geringsten. »Der Conte hat mich gewarnt, so weit wie möglich von diesen Geschöpfen wegzubleiben …«

»Und er hat gut daran getan, aber jetzt sind sie unsere einzige *Chance.*«

»Warum? Was können sie für mich tun?«

Ivan hatte lange geschwiegen. »Wenn es einen Weg gibt, den Wolf zu verjagen … einen *anderen* Weg als durch die Riten des Lupercals, dann kennt ihn niemand besser als sie. Es sind uralte Wesen, die ältesten, mit denen wir Kontakt aufnehmen können: Früher haben die Leute sie sogar als Orakel konsultiert, zur Vergangenheit oder zur Zukunft, zumindest die, die den Mumm dazu hatten. Im Lauf ihres langen Lebens – wenn man es so nennen kann – konnte sie viele Geheimnisse *an sich reißen.*«

Das klang wirklich verheißungsvoll. »Und wenn sie uns lieber in Stücke reißen wollen, statt mit uns zu plaudern?«

»Es gibt Möglichkeiten, sich zu schützen. Aber ich werde ein wenig Zeit brauchen, um sie vorzubereiten: Wir werden morgen Abend gehen.«

Allein der Gedanke, so lange warten zu müssen, machte mich fertig. »Warum nicht gleich heute Nacht?«

»Weil ich nicht alles Notwendige an einem Nachmittag beschaffen kann. Und dann ist Samstag: Die Straßen werden bis spät in die Nacht voller Leute sein, und wir müssen heimlich in einen abgezäunten Ort einsteigen, der sich mitten in der Stadt befindet.«

»Welchen Ort?«

»Den Zentralfriedhof.«

Und plötzlich war er da, dieser Friedhof. Wir waren abgebogen und auf einem Platz gelandet, der von ähnlich grellen Lichtern angestrahlt wurde wie die Baustelle am Bahnhof. Der Anblick war so überraschend gigantisch, dass mir schwindlig wurde.

Den Friedhofseingang bildete ein Gebäude aus weißem Stein mit einer breiten Treppe davor, das in allen Details aussah wie eine Kathedrale (erst später erfuhr ich, dass es keine Kirche, sondern eine Grabstätte für die berühmten Toten ist). Auf dem Dach thronte eine achteckige Kuppel, deren Konturen mit geradezu schmerzhafter Klarheit den schwarzen Himmel durchschnitten. Zu beiden Seiten erstreckte sich ein Säulengang, etwa so hoch wie ein drei- oder vierstöckiges Gebäude, hinter dessen Arkaden die Umrisse von massiven Grabmonumenten erkennbar waren.

Auf den ersten Blick sah das Gebäude weniger wie ein Friedhof, sondern wie eine militärische Festung aus, dafür gebaut, einer Belagerung standzuhalten. Von der gegenüberliegenden Seite des Platzes aus betrachteten Ivan und ich eine Weile die eindrucksvollen Mauern.

»Wie sollen wir da reinkommen?«, fragte ich schließlich, ohne ihn anzusehen.

Er wies auf ein Metallgeländer, das den Platz in zwei Hälften teilte. »Wir steigen über das Gitter und dann klettern wir zu den Arkaden hoch.«

Das Gitter war tatsächlich kein großes Hindernis, aber der Sockel unter den Arkaden schien eine glatte Wand zu sein und war mindestens ein Stockwerk hoch.

»Ich kann auch von hier aus drüberspringen«, sagte ich, »und dich mitnehmen.«

»Nein.«

Ivan sah mich eindringlich an. Es war das erste Mal an diesem Abend, dass wir uns in die Augen sahen: Er erschien kühl und angespannt, aber ich beschloss, es als Konzentration auf die Sache zu interpretieren.

»Ruf nie den Wolf, von jetzt an!«

Ich holte tief Luft. »Warum?«

»Die Strigen würden ihn bemerken, und ich weiß nicht, wie sie darauf reagieren würden. Du hast mir erzählt, dass sie dir schon einmal einen Besuch abgestattet haben.«

Ich zuckte die Schultern, eine Ruhe zur Schau stellend, die nur vorgetäuscht war. »Du hast gesagt, sie kennen die Zukunft: Also könnten sie genauso gut schon da sein und auf uns warten.«

Er presste die Lippen zusammen, nickte aber. »Das ist möglich. Aber es ist trotzdem kein Grund, unnötige Risiken einzugehen. Ruf bitte nicht den Wolf, Veronica!« Er schwieg einen Moment. »Außer wenn es absolut notwendig ist.«

Außer sie versuchen, uns umzubringen, übersetzte ich im Stillen.

»Und was machen wir, wenn wir drin sind?«

»Wir gehen in Richtung Friedhofsmitte. Wir suchen einen Ort, wo das Licht von der Straße nicht hinkommt. Dort werde ich versuchen, sie anzurufen … und sie dazu zu bringen, uns zu gehorchen.«

Ich dachte an das Wenige, das ich über diese Geschöpfe wusste, und an die Warnungen des Conte.

»Wie willst du das machen? Wie soll so was überhaupt gehen?«

Ivan wandte den Blick ab. »Weißt du, was eine Defixion ist?«

Ich schüttelte den Kopf.

»Es ist eine Fluchtafel. Eine Beschwörung der Götter der Unterwelt. Schwarze Magie der alten Römer.«

Er schwieg.

»Und?«

»In der Antike wurden die Defixionen auf Bleilamellen geschrieben. Man hat sie gefaltet oder zusammengerollt und einen Nagel durchgestochen, um sie zu versiegeln. Dann warf man sie dorthin, wo die Geister der Nacht sie bemerken würden. Zum Beispiel in Höhlen, Brunnen oder Friedhöfe.«

»Und zu welchem Zweck hat man das getan?«

»Um jemandem Schaden zuzufügen. Wenn der Zauber korrekt formuliert war, war die angerufene Gottheit gezwungen, zu gehorchen.«

»Und das hat funktioniert?«

Ivan nickte. »Wenn der Zauber korrekt war.«

Ein Schadenszauber, der die Dämonen band. Der sie sogar zwang, auf Befehl zu morden. Und Ivan hatte vor, ihn für mich anzuwenden.

Und wenn es schiefging? …

Ich bemühte mich, meine Stimme wiederzufinden. »Du hast was von … einem Schutz gesagt.«

Er kramte in seinen Jackentaschen herum und zog eine Taschenlampe und einen kleinen Gegenstand hervor, den ich im Halbdunkel nicht richtig erkennen konnte.

»Schalte sie nicht an, zumindest bis die Strigen kommen«, sagte er, indem er mir die Lampe überließ. »Sie vertragen das Licht nicht.«

Mir geisterten allerlei Filmszenen durch den Kopf. »Muss ich sie dann auf sie richten?«

»Ja, wenn es nicht gut läuft. Aber es wird nicht viel nutzen: Das Licht schadet ihnen nicht wirklich, es ist ihnen nur lästig. Könnte sein, dass wir sie damit noch wütender machen.« Er schüttelte den Kopf. »Aber andererseits wäre es reiner Wahnsinn, den Strigen zu begegnen, ohne eine Lichtquelle bei sich zu tragen.«

Ich dachte an die Glühbirne, die auf meinem Schreibtisch explodiert war, und nickte.

Er reichte mir den zweiten Gegenstand. »Das steck dir in die Tasche. Wo sie es nicht sehen können. Ich habe auch eins.«

Ich betastete es: Es war ein Säckchen aus braunem Stoff, kleiner als meine Handfläche und mit einer Schnur verschlossen. Es enthielt irgendwelche Krümel: Ich spürte, wie es zwischen meinen Fingern knirschte.

»Was ist da drin?«

»Verschiedene Dinge. Die Grundkomponenten eines Amuletts gegen die Geister der Finsternis: Salz, Johanniskraut, Eisenkraut, ein Eibenzweig, Rabenknochen. Ich wollte auch Vogelbeeren dazutun, aber es ist jetzt nicht die Jahreszeit dafür.«

Die Liste sagte mir so gut wie nichts. »Und das wird sie in Schach halten?«

»Es sind alles Symbole aus alten Zeiten: Einstmals waren sie mächtig. Und die Strigen haben ein langes Gedächtnis.«

Ich suchte seine Augen, und diesmal erwiderte er meinen Blick. »Sei ehrlich: Wie viel Sinn hat das, was wir da gerade tun?«

Zum ersten Mal heute schenkte Ivan mir ein Lächeln. »Wenig. Wirklich wenig.«

»Super!«

Er seufzte. »Bist du bereit?«

Ich verspürte den Impuls, seine Hand zu ergreifen. Und ihm um den Hals zu fallen. Und noch viel mehr.

Stattdessen beschränkte ich mich auf ein: »Ja, gehen wir.«

Wir überquerten den Platz und steuerten auf eine Ecke zu, in der das Geländer an die Steinmauer anschloss, die direkt zu den Arkaden führte. Wir warteten ein paar Sekunden, um sicher zu sein, dass die Luft rein war, dann hielt Ivan mir die Hände als Steigbügel hin. Nicht ohne Mühe hievte ich mich über das Geländer, wobei ich mich an der Mauer festhielt, um das Gleichgewicht nicht zu verlieren.

»Schaffst du es, auf die Mauer zu kommen?«, fragte Ivan von unten.

Ich hob vorsichtig eine Hand, tastete ein wenig herum, fand sogar noch die Zeit, meine eins achtundfünfzig zu verfluchen, und zog mich endlich, wenn auch wenig elegant, mit der Kraft meiner Arme auf den Mauerabsatz. Dort rutschte ich etwas zur Seite, um für Ivan Platz zu machen. Er kletterte ohne Hilfe und mit einer Leichtigkeit auf das Geländer und von dort auf die Mauer, dass ich hin und her gerissen war zwischen Neid und Bewunderung. Dann gingen wir im Gänsemarsch bis zu den Arkaden, wo Ivan mir ein zweites Mal hinaufhalf und ich ihm dann die Hand hinstreckte, um ihn zu mir heraufzuziehen.

Oben angekommen, blickten wir uns um: Wir befanden uns in einer Art weitläufiger Gewölbegalerie, in der unsere Schritte laut widerhallten, sosehr wir uns auch bemühten, leise zu sein. Seltsame kleine Scheinwerfer verströmten ein orangefarbenes Licht und warfen lange Schatten in alle Richtungen. Vor uns lagen zu beiden Seiten die Arkaden, unter denen gigantische Steinsarkophage thronten. Sie wurden von Statuen überragt, die im Halbdunkel buckelig und unförmig erschienen.

Ich ging auf einen der inneren Torbögen zu, so vorsichtig, als würde ich mich etwas Unbekanntem und Gefährlichem nähern, und schaute auf den Friedhof unter mir: ein riesiges Areal mit schwarzen Gebilden, so weit das Auge reichte, schattenhafte Gestalten im Wechsel mit baumbestandenen Wegen und alles in eine geradezu greifbare Dunkelheit getaucht. Abgesehen von den Scheinwerfern an den Außenmauern war kein einziges Licht zu sehen: kein Lämpchen, kein Grablicht, nichts. Das Herz des Friedhofs war nachtschwarz.

Ivan trat an meine Seite.

»Es ist so dunkel …«, flüsterte ich.

»Die Mehrzahl der Gräber ist sehr alt: Der Friedhof ist aus dem neunzehnten Jahrhundert. Deshalb sind wir hier. Es gibt zwar größere Friedhöfe in Mailand, aber dort wäre es weniger einfach, das zu finden, was wir suchen.«

Er ging durch die Galerie in Richtung Hauptgebäude und ich folgte ihm, alles andere als glücklich, in diesen Ozean aus Dunkelheit eintauchen zu müssen. Über eine Treppe gelangten wir nach unten, und dann lenkte Ivan seine Schritte geradewegs auf das Schwarz zu.

Ich verlor fast sofort die Orientierung. Wir gingen an Grabkapellen und mehr als mannshohen Denkmälern vorbei, die wie gefrorene Giganten in die Nacht hineinragten: Mit Mühe erkannte ich Säulen, Torbögen, kleine Kapellen, die aussahen wie winzige antike Tempel, und ganz in der Ferne sogar einen ägyptischen Obelisken. Und überall standen Skulpturen; einige allein, andere zu ganzen Personengruppen zusammengefasst: Figuren, die knieten oder zur ewigen Ruhe gebettet lagen, solche, die die Hände vors Gesicht geschlagen hatten, um die Tränen zu verbergen, Frauen mit Schleiern auf dem Kopf, Engel mit Flügeln und in einer Geste des Erbarmens ausgebreiteten Armen.

Mehrfach ging mir die Frage durch den Sinn, wie das Ganze wohl mit den Augen des Wolfes aussehen würde, aber ich widerstand der Versuchung. Ich schaute verstohlen zu Ivan, der schweigend neben mir herlief. Und plötzlich stieg mir ein Duft in die Nase, so deutlich, dass ich für einen Augenblick fürchtete, ungewollt den Wolf gerufen zu haben.

Bis zu diesem Moment war die Nachtluft neutral gewesen, ohne irgendwelche Gerüche. Ich schnüffelte nochmals, und wieder konnte ich ihn wahrnehmen: ein süßer, warmer, intensiver Duft, wie von …

Plätzchen.

Ich schüttelte den Kopf. Unmöglich.

Aber es war so, ein Windhauch trug mir eine weitere Woge Keksduft in die Nase. Ein ganz vertrauter Geruch diesmal, aus der Vergangenheit, aus der Zeit, als ich noch ein Kind war … Hatte meine Mutter je Plätzchen gebacken, als wir in Ravenna lebten?

Ja, tatsächlich hatte sie das. Jetzt erinnerte ich mich. Es war ein Sommermorgen gewesen, die Sonne schien durchs Küchenfenster herein, die Luft vibrierte wegen der Hitze des Ofens, und meine Mutter sagte gerade zu mir …

Etwas unvorstellbar Schreckliches zerteilte meinen Verstand in zwei Hälften, ich schrie auf.

Ich weiß nicht, wie ich es beschreiben soll: Es war, als würde sich etwas Schwarzes, Hartes und Gekrümmtes mit voller Wucht in meine Gedanken krallen, sich zusammenziehen und etwas *mit sich reißen*. Ich presste die Hände an die Schläfen und taumelte.

»Ivan!«

Ich hörte das Echo meines Schreis zwischen den Gräbern, aber es kam keine Antwort. Um mich herum nichts als Dunkelheit, Bäume und schemenhafte Statuen. Ich war allein.

Die Luft stand still. Keine Düfte, nichts. Das Bild aus meiner Kindheit war verschwunden.

Ich drehte mich um die eigene Achse. Ich hatte überhaupt nicht mitbekommen, dass Ivan sich von mir entfernt hatte. Oder war es umgekehrt? Hatte ich mich von ihm entfernt, ohne mir dessen bewusst zu sein? War ich einfach drauflosgelaufen wie eine Schlafwandlerin?

»Ivan!«, rief ich noch lauter.

Als Antwort hörte ich nur das Rauschen des Windes und dann, ganz deutlich, das Schlagen von großen Flügeln über meinem Kopf.

Ich sprang zur Seite und versteckte mich hinter dem nächstbesten Monument, der Statue eines Engels, der eine Frau in den Armen hielt. Ich kauerte mich hinter den Grabsockel, hielt den Atem an und lauschte. Am Rand meines Blickfelds bewegte sich etwas und machte ein raschelndes Geräusch: Ich drehte mich um, aber es war nichts zu sehen.

Ich kramte hektisch in meinen Taschen und bewaffnete mich mit der Taschenlampe. Ein weiteres Rascheln, diesmal hinter mir: Ich fuhr herum und schaltete gleichzeitig die kleine Lampe an. Sie kam mir ungemein hell vor nach der langen Dunkelheit. Ich ließ den Lichtstrahl über den Friedhof wandern, von einem Ende zum anderen, aber alles, was ich entdecken konnte, waren weitere Gräber, eine Hecke und eine steinerne Grabkapelle mit Glastüren, die meinen Lichtstrahl reflektierten.

Dann spürte ich an meiner linken Seite plötzlich einen Luftzug. Ich wandte ruckartig den Kopf und erhaschte einen kurzen Blick auf dieses *Etwas: ein schwarzer, ausgefranster Umriss und eine Gestalt, die schnell wieder ins Nichts verschwand.* Waren das Federn? Schwarze Federn? Ein Schlag traf meinen rechten Arm, ein Knirschen folgte und das Klirren von Glassplittern, die zu Boden fielen. Im nächsten Moment erlosch die Taschenlampe in meiner Hand.

Mit der freien Hand fuchtelte ich in der Luft herum und suchte nach der Engelsstatue, konnte sie aber nicht mehr finden. Verdammt noch mal, hatte ich mich schon wieder unbewusst von der Stelle bewegt?

Plötzlich erfasste mich von hinten ein Windstoß, der einen Duftschwaden mit sich brachte, den ich auf Anhieb zuordnen konnte: feuchte Erde und verwelkte Blumen.

Ich rief den Wolf. Es geschah völlig instinktiv.

Bevor ich zur Verteidigung übergehen konnte, packte mich etwas an den Schultern und versuchte, mich bewegungsunfähig zu machen. Eine Hand umklammerte meinen Arm, es fühlte sich an wie eine Mischung aus spindeldürren Fingern und gekrümmten Klauen, so hart wie Eisen. Gleichzeitig machte sich etwas über meine Jackentasche her und zerrte mit Gewalt an dem Amulett darin: Ich spürte deutlich, wie das Leder der Jacke zerriss.

Ich rammte meinen Ellbogen mit ganzer Kraft nach hinten und schlug gleichzeitig mit der Taschenlampe nach unten. Beide Schläge trafen auf eine weiche Oberfläche. Es waren also wirklich Federn! Die Kreatur hinter mir ließ mich los und wich zurück: Ich nutzte die Zeit, um einen Satz nach vorn zu machen und herumzuwirbeln, aber mein Gegner hatte sich schon aus dem Staub gemacht. Ich stieß ein zorniges Knurren aus.

Entnervt warf ich die Taschenlampe weg und tastete meine zerrissene Jackentasche ab: Sie war leer. Ich sah mich um und konnte jetzt so klar sehen, als wäre der Friedhof vom Schimmer eines nebligen Morgengrauens erhellt. Das Amulett lag wenige Schritte von mir entfernt, ein dunkler Umriss auf dem Kies.

Ich machte eine Bewegung, um es aufzuheben, aber mein Gegner war schneller als ich. Zwei dunkle Schatten sausten hinter mir hervor und umfingen mich in einer Umarmung. Ein abscheulicher Fäulnisgestank schlug über mir zusammen. Ich heulte auf und warf mich nach hinten, im Versuch, meinen Angreifer mit dem Rücken zu treffen, aber dann spürte ich etwas Hartes in meinem Nacken, eine leichte Berührung nur: Einen Sekundenbruchteil später durchfuhr mich ein stechender Schmerz und ich konnte mich nicht mehr bewegen.

Ich bekam keine Luft mehr, riss den Mund auf, um zu schreien, aber ich konnte nicht. Ich war wie gelähmt, wie angenagelt an meinen Platz von etwas Kaltem und Schwarzem und Fürchterlichem, das mich durchbohrte, *ohne dass es durch mein Fleisch hindurchging*. Es war wie ein Albtraum, ein Albtraum, in dem man zu fliehen versucht, aber auch nicht einen Muskel bewegen kann.

Ich spürte den Körper hinter mir, der sich jetzt entspannte und noch näher kam, indem er sich fest an mich drückte. Er war weich und zugleich knochig. Mir wurde speiübel.

»*Veronica Meis.*«

Die Stimme säuselte mir ins Ohr wie ein Windhauch. Eine Frauenstimme, weder alt noch jung, weder schrill noch tief. Unter anderen Umständen hätte ich sie als süß bezeichnet, ja sogar als verführerisch; in diesem Moment aber ließ sie mir das Blut in den Adern gefrieren.

»*Welcher Anlass hat dich ins Herz der Finsternis geführt, Veronica Meis, Tochter des Fleisches und des Blutes, in das Haus, das nur den Toten Unterschlupf gewährt?*«

Etwas Hartes, Gebogenes, Schnabelähnliches, strich an meiner Wange entlang. Ich versuchte, das Gesicht abzuwenden, aber vergebens.

»*Kommst du, um uns Gaben zu bringen, und damit mich und meine Schwestern zu ehren?*«

Ich versuchte, den Kopf zu schütteln und etwas zu sagen, aber es war einfach unmöglich. Dann schlug das schwarze, schreckliche Ding von Neuem zu, *in meinem Inneren*, einmal, zweimal, dreimal, und riss mit seinem Schnabel alles an sich, was es erreichen konnte. Ich schrie tonlos, während mir die Tränen übers Gesicht liefen.

Ich weiß, dass ich eine Großmutter hatte, die starb, als ich noch klein war, aber ich kann mich weder an ihr Gesicht noch an ihre Stimme erinnern. Ich weiß, dass ich mit dreizehn den Freund einer Freundin geküsst habe, um ihr eins auszuwischen, und dass wir danach heftig gestritten haben; aber ich weiß nicht mehr, wer das war. Ich kann mich nicht mal mehr an die Namen erinnern.

Um mich herum herrschte wieder Finsternis. Der Wolf hatte sich zurückgezogen. Vage kam mir zu Bewusstsein, dass ich ihn nicht weggeschickt hatte: Er war aus eigenem Antrieb gegangen. Ich hätte niemals gedacht, dass das möglich war.

Erneutes Flügelschlagen, eine verschwommene Gestalt ließ sich auf dem Dach der Grabkapelle mit den Glastüren nieder. Eine andere hatte sich von der Seite angeschlichen und verharrte nun in der Nähe der Hecke.

»*Wir fühlen uns geschmeichelt von der Gabe, die du uns bringst, Tochter des Fleisches. Ein Geschenk, das so wertvoll ist wie kein anderes.*«

Die Strige, die auf der Kapelle hockte, glitt mit einer stummen Bewegung zu Boden.

»*Ein Festschmaus für eine halbe Ewigkeit!*«

Der Körper hinter mir presste sich noch enger gegen an mich, und auch die anderen beiden Gestalten rückten näher. Und mit einem Schlag wurde mir klar, was sie vorhatten. Sie würden meinen Geist verschlingen, einen Gedanken nach dem anderen, eine Erinnerung nach der anderen, bis ihr wahres Ziel nackt und bloß vor ihnen lag: der Geist des Wolfes. Ein Geist, der so alt war wie der ihre. Die Erinnerungen von tausend Leben.

Ich bot all meine Kräfte auf, um mich aus der Bewegungslosigkeit zu befreien. Ich spürte einen stechenden Schmerz in den Tiefen meines Gehirns, ich weinte, kämpfte aber umso entschlossener.

Dann tauchte hinter mir ein Lichtstrahl auf, durchschnitt das Dunkel und brachte die beiden Strigen vor mir dazu, sich zum Schutz vor dem Licht zurückzuziehen. Die Strige in meinem Rücken krümmte sich, ich spürte, wie der Schmerz in meinem Kopf nachließ, und warf mich instinktiv nach vorn. Etwas *zerriss*, und im selben Moment gehorchten mir meine Beine wieder: Ich rollte mich auf den Boden, oder stürzte vielmehr, aber ich war frei.

Auf der Erde liegend sah ich, wie Ivan, die Taschenlampe in

alle Richtungen schwenkend, auf mich zugerannt kam und wie sich im selben Moment der Schatten einer Strige auf ihn herabsenkte. Ich sah mich verzweifelt nach einer Waffe um und entdeckte weniger als einen Meter entfernt mein Amulett. Ich stürzte mich auf darauf und warf es – da ich nicht wusste, was ich sonst damit tun sollte – in Richtung der Strige.

Ich war nie besonders gut im Zielen, aber diesmal landete ich einen Volltreffer: Das Säckchen traf den Schatten und explodierte in einer Wolke aus Flammen und Funken. Die Strige stieß ein schrilles, durch und durch animalisches Kreischen aus und zog sich in den dunklen Himmel zurück.

Ivan war inzwischen bei mir und half mir, aufzustehen.

»Hier, nimm die Lampe!«, stieß er hervor. »Lass sie nicht näher kommen!«

Ich packte die Taschenlampe mit beiden Händen und ließ sie um mich kreisen, schwang sie wie eine Lanze. Das Dunkel geriet plötzlich in Bewegung und ein Schatten, der uns schon sehr nahe gekommen war, zog sich schnell wieder zurück. Neben mir hob Ivan mit einer Hand etwas in die Höhe, das ich nicht erkennen konnte, und schrie den Strigen eine fieberhafte Litanei entgegen. Ich hörte den Namen »Hekate« und Wortfetzen, die wie Donner grollten, seltsamer und altertümlicher als jede Lateinvokabel, die ich je gelernt hatte. Die Anrufung dauerte vielleicht fünf Sekunden und hallte durch die Nacht, als hätten Dutzende von Stimmen sie gerufen, dann folgte Stille. Ivan senkte den Arm und warf den Gegenstand in seiner Hand auf den Boden vor seinen Füßen: eine winziges Stück Metall, zweimal gefaltet und von einem langen Nagel durchbohrt.

Ich sah mich um: Die Strigen waren nicht mehr zu sehen, aber ihre Gegenwart war trotzdem spürbar, wie ein ekelerregender Schatten, der noch durch die Luft schwebte.

Ivan legte mir eine Hand auf den Arm. »Bist du in Ordnung?«

Ich nickte und schaffte diese Geste, ohne zu zittern. »Ich konnte mich nicht mehr bewegen …«

»Sie haben dir eine Kralle in die Zirbeldrüse gebohrt. Das ist der Punkt, wo sich Fleisch und Seele begegnen. Die Strigen machen das immer so mit ihren lebendigen Opfern.«

Ich betastete meinen Hinterkopf, fand aber keine Spur einer Wunde. Ich verzichtete auf weitere Fragen.

»Bist du bereit?«

Ich nickte wieder.

Ivan wandte sich an die Dunkelheit. »Töchter der Nacht! Ihr habt die Worte gehört, und ihr könnt euch ihrem Befehl nicht entziehen! Bei der Macht von Hekate und Proserpina, von Orcus und Pluto, dem unsterblichen Gott der Finsternis, und den ewigen Wassern des Styx rufe ich euch, binde ich euch und befehle ich euch, auf unsere Frage zu antworten! Habt ihr mich gehört?«

Ein Rauschen und Schnalzen war zu hören, dann erklang von Neuem die weibliche Stimme, die jetzt ohne jede Süße war: »*Stelle die Frage, Sterblicher. Und frage schnell. Wir werden nicht lange duldsam sein.*«

Ivan warf mir einen Blick zu und nickte.

Ich holte tief Luft. »Wie kann ich mich vom Geist des Wolfes befreien? Was hält ihn für immer von mir fern?«

Das Dunkel erzitterte wieder, aber diesmal kam die Antwort ohne Zögern. »*Der Tod.*«

Ich merkte, wie Ivans Atem stockte.

»Es muss eine andere Möglichkeit geben!«, rief ich in die Nacht. »Ein Zeichen, ein Zauber, ein Ritus …!«

»*Der Tod*«, wiederholte die Frauenstimme. »*Nur der Tod,*

Tochter des Fleisches, kann den Alten der Wälder vertreiben. Und der Tod erwartet dich in der Vollmondnacht, wenn du dich dem Schicksal widersetzt, das dich an den Wolf bindet.« Ich hörte ein Kratzen wie von Krallen auf Stein. »*Jetzt geht, Sterbliche. Ihr habt das Orakel gehört. Verschwindet aus unserem Hoheitsgebiet!*«

Schweigend schloss ich die Augen und senkte den Kopf.

Ivan legte einen Arm um meine Schultern. »Wir müssen gehen, Veronica. Der Zauber wird sie nicht ewig in Schach halten.«

Ich antwortete nicht, aber ich ließ mich von ihm aus dem Friedhof führen.

Kapitel 32

Montag 9. März,
Zunehmender Mond

Am Morgen danach kam ich sehr früh in der Schule an, noch vor allen anderen. Ich hatte die ganze Nacht kein Auge zugetan.

Ich setzte mich an meinen Platz und sah zu, wie ein Mitschüler nach dem anderen den Klassenraum betrat und sich wunderte, mich so früh schon hier anzutreffen: darunter auch Giada, die mir einen kurzen Blick zuwarf und dann mit gesenktem Kopf zu ihrer Bank ging; und Alex, der sich inzwischen benahm, als wäre ich unsichtbar. Angela tauchte hingegen nicht auf, und neben denen ihrer Freundinnen gab es nun einen leeren Platz mehr.

Endlich kam auch Irene, eingemummelt in ihren cremefarbenen Mantel. Sie durchquerte schweigend das Klassenzimmer, stellte die Schultasche mit der linken Hand zu Boden und setzte sich neben mich. Es war deutlich zu sehen, dass sie den rechten Arm so wenig wie möglich bewegte. Unsere Blicke begegneten sich, wir sahen einander so lange in die Augen wie nie zuvor.

Ich hatte ihr tausend Dinge sagen wollen, aber jetzt brachte ich kein Wort über die Lippen. Ihre Augen wirkten noch größer denn je und so ruhig und tief wie zwei Bergseen. Ich spürte, wie mir die Tränen kamen, und öffnete den Mund …

»Nachher«, flüsterte sie. »In der Pause. Wenn wir allein sind.«

Die Pause kam nach gefühlten sechs Monaten. Als das Geplapper unserer Mitschüler endlich verstummte, saßen nur noch wir beide im Zimmer. Mein Blick wanderte zu ihrer rechten Hand, die in ihrem Schoß lag: Den ganzen Vormittag hatte sie nichts mitgeschrieben.

Sie folgte meinem Blick. »Es ist nur eine Prellung«, sagte sie leise. »Nichts Schlimmes. Es tut nur weh, wenn ich sie bewege. In ein paar Tagen ist alles vorbei.«

Ich schluckte, holte Luft, schluckte wieder.

»Vor einem Monat«, nahm sie den Faden wieder auf, »hast du mir eine Wunde an deinem Bein gezeigt, die deiner Ansicht nach *zu schnell* heilte. Dann bist du so komisch geworden: erst müde und nervös und nach ein paar Tagen immer ruhiger und sicherer. Und aggressiver.« Ich riss die Augen auf, aber sie signalisierte mir mit einer Geste, sie ausreden zu lassen. »Am Samstag habe ich dir in die Augen gesehen. Nur eine Sekunde lang, aber das hat genügt. Es ist schwierig, zu erklären, was ich gesehen habe, aber ich habe es *ohne Zweifel* gesehen.«

Ich presste die Lippen zusammen und nickte.

»Wie viel wiegst du, Veronica?«

Die Frage überraschte mich. »Siebenundvierzig Kilo.«

»Ich fast zweiundfünfzig.«

Das wunderte mich nicht: Irene war so groß wie ich, aber sie war nicht so dünn und hatte eine schönere Figur.

»Ein Mädchen von siebenundvierzig Kilo hebt nicht einfach so eines von zweiundfünfzig hoch und schleudert es durch die Luft wie eine Schaumgummipuppe.« Sie sagte es in neutralem Ton, wie man eine ganz selbstverständliche Tatsache ausspricht. »Nicht unter normalen Umständen. Das ist Energumenismus.«

Ich sah sie an, zunehmend verwirrt.

Sie schüttelte den Kopf. »Nein, das ist kein medizinischer Fachausdruck. Er kommt aus der Parapsychologie: Es ist eine Bezeichnung für das Vorhandensein von Kräften, die den menschlichen überlegen sind. *Unnatürlich* überlegen. In vielen Religionen wird das als Zeichen von Besessenheit betrachtet.«

Wir schwiegen beide.

»Wenn ich dir alles erklären würde …«, flüsterte ich endlich. »Wenn ich dir alles erzählen würde, Irene, du würdest mir kein einziges Wort glauben …«

»Veronica«, unterbrach sie mich von Neuem. »Der Bruder meines Großvaters war ein Geistheiler.«

Ich runzelte die Stirn.

»Ja, du hast richtig gehört. Der Onkel meiner Mutter. Er lebte auf dem Gutshof meiner Großeltern, im Tessin, in der Nähe von Pavia: Als kleines Kind habe ich viele Sommer dort verbracht, während meine Eltern in Mailand blieben. Er heilte die Kranken, indem er ihnen seltsame Zeichen auf die Haut malte oder sie mit merkwürdigen Steinen berührte. Sie wurden wirklich wieder gesund. Eines Nachts haben sie ihm einen Mann gebracht, der schrie und zappelte, als würde er unter Strom stehen; seine Frau sagte, dass man ihn verhext habe. Er machte so viel Lärm, dass ich aufgewacht und zur Treppe gelaufen bin, um zu sehen, was los war. Der Mann war alt, grau und sehr mager, aber sie konnten ihn nicht halten, obwohl sie zu fünft waren: Ich habe gesehen, wie er mit einem Fausthieb eine Holzbank zerschlagen hat. Der Bruder meines Großvaters machte ein Zeichen auf seine Stirn, eins aufs Herz und eins auf den Mund und sprach dazu ein Gebet, der Mann verlor daraufhin das Bewusstsein. Einfach so, auf einen Schlag. Am Morgen danach ging es ihm wieder gut, und er konnte sich an nichts erinnern.« Sie schwieg einen Moment. »Nach diesem Erlebnis haben mir meine Eltern nicht mehr erlaubt, dort die Sommerferien zu verbringen.«

Es folgte ein langes Schweigen.

»Übt er diesen Beruf immer noch aus?«, fragte ich endlich mit einem bemühten Lächeln. »Könnte vielleicht was für mich sein …«

»Er ist vor zwei Jahren gestorben. Im Schlaf.«

Ich schlug die Augen nieder. »Das tut mir leid.«

Irene nickte gedankenverloren. »Beim Begräbnis habe ich gehört, wie mein Großvater einer mir unbekannten Frau zugeraunt hat, dass eine Rivalin seinen Bruder mit einem Fluch umgebracht hätte. Eine Hexe.«

Erneutes Schweigen. Diesmal unterbrach sie es. »Ich sage dir dies nur, Veronica, damit du weißt, dass du mir alles erzählen kannst, was passiert ist. Was immer es auch ist.«

Ich versuchte etwas zu sagen, aber am Ende nickte ich nur.

»Ich komme dich heute Nachmittag besuchen, okay?«

»Ja.«

Irene stand auf. »Kommst du mit aufs Klo?«

»Ja.«

Vor der Tür blieb ich noch einmal stehen. »Irene …«

»Ja?«

»Ich hab dich wirklich lieb.«

Sie lächelte und fasste nach meiner Hand. »Ich dich doch auch, du Dussel. Ich dich auch.«

Nach Schulschluss ging ich im Sturmschritt zur Metro. Es wehte ein heftiger Wind und aus der Ferne war Donnergrollen zu hören: Ein Unwetter war im Anmarsch.

Ich spürte jemanden neben mir, noch bevor ich ihn sah: Ich fuhr herum, und da war Ivan.

Ich zwang mich dazu, die sofort geballten Fäuste wieder zu öffnen und die Energie abfließen zu lassen, die mir von einem Moment auf den anderen durch die Adern gerast war. »Mach das nie wieder! Ich hätte dir an die Kehle springen können.«

Er musterte mich. »Ist es schon so schlimm?«

Ich senkte den Blick, nickte aber.

Wir gingen weiter, Seite an Seite.

»Dann weißt du also auch, wo ich zur Schule gehe«, sagte ich. »Hast du mich bis hierher verfolgt?«

»Einmal.«

Ich erwiderte nichts.

»Hör mir zu, Veronica ...«

»Ich hör dir zu.«

Ich hörte, wie er Luft holte. »Was auch immer die Strigen gesagt haben, ich werde mich nicht geschlagen geben. Es gibt noch Wege, die möglich sind, Türen, an die man klopfen kann. Ich bin dabei, Nachforschungen anzustellen: Ich habe einige alte Freunde kontaktiert, Leute, die wissen, womit sich meine Familie beschäftigt. Die Nachricht von dem Bruch mit meinem Vater hat sich noch nicht herumgesprochen: Sie werden mir helfen. Sie haben Bücher, einer von ihnen hat mehrere Jahre in Skandinavien verbracht, wo er ...«

»Ivan.« Ich blieb stehen und sah ihn an. »Es sind noch zwei Tage bis Vollmond. Zwei Tage nur.«

»Ich weiß.«

»Wenn wir den Wolf bis dahin nicht vertrieben haben ...«

Er brachte mich mit einer Handbewegung zum Schweigen. »Erinnerst du dich noch an den Keller, von dem ich dir erzählt habe, den, wo mein Vater mich eingesperrt hat?«

»Ja.«

»Einer meiner Bekannten hat einen ähnlichen, in Monza. Ich habe heute früh mit ihm gesprochen: Er hat mir versichert, dass er sehr robust ist. Und mit ein paar Tricks kann man ihn noch sicherer machen: Siegel an die Wände malen, einen Fetisch unter der Tür vergraben …« Er zögerte. »Wenn du die Vollmondnacht dort verbringen würdest … Es würde die Verwandlung nicht verhindern, klar. Aber du würdest wenigstens niemandem Schaden zufügen, nicht einmal dir selbst. Und ich wäre die ganze Zeit bei dir, gleich hinter der Tür.«

Ich schwieg eine Weile. Die Sekunden vergingen.

»Oder wir gehen zu deinem Vater«, versetzte ich endlich, »und lassen ihn zu Ende führen, was er begonnen hat.«

Ivan schüttelte den Kopf. »Du würdest nicht überleben. Das weißt du.«

»Das würde ich auch nicht, wenn ich aus dem Fenster springen würde.«

Seine Augen blitzten. »Sag so was nicht mal im Scherz.«

»Aber wenn ich es täte«, erwiderte ich, indem ich seinem Blick standhielt, »würde es keinen Werwolf mehr geben.«

»Für eine Weile, vielleicht. Aber dann würde sein Geist auf die Erde zurückkommen, wie er es immer getan hat. Wie es nach dem Tod der ›wilden Bestie‹ geschehen ist. Das ist es, wozu die Riten des Lupercals dienen: Ihn daran zu hindern, nach Belieben zurückzukehren. Aber auch ihre Macht dauert nicht ewig: Deshalb zelebriert man sie jedes Jahr, damit sich ihre Wirksamkeit nicht erschöpft.«

Ich schloss die Augen, bemüht, meine Gedanken im Zaum zu halten. »Du willst mir damit sagen, dass es genauso sinnlos wäre, wenn ich außerhalb des Ritus sterben würde, weil der Wolf zurückkommen und jemand anders heimsuchen würde?«

Er hüllte sich in Schweigen.

»Würdest du denn wirklich sterben wollen?«, murmelte er endlich.

»Frag mich lieber, ob ich leben will!« Ich war unwillkürlich laut geworden, und ein paar Passanten drehten sich nach mir um. »Vor ein paar Tagen hätte ich dich beinah umgebracht, und vorgestern war ich kurz davor, meine beste Freundin zu verschlingen!« Ich schüttelte heftig den Kopf. »Der Conte hat mir gesagt, dass ich mich, wenn der Wolf vollständig die Kontrolle über mich hat, zu jeder Zeit verwandeln werde, völlig unabhängig von den Mondphasen, selbst tagsüber. Ich werde sein wie das Ungeheuer aus den Sagen. Und wer wird dann mein nächstes Opfer? Meine Mutter? Mein Vater? Wer von den Menschen, die mir nahe sind?« Ich blieb widerwillig stehen. »Nein, Ivan: Ein solches Leben will ich nicht führen.«

Er packte mich an den Schultern. »Du wirst nicht sterben, Veronica! Ich werde dich nicht sterben lassen, und ich werde dich auch nicht dem Wolf überlassen! Ich werde alles tun, *alles*, was notwendig ist, verstehst du? Ich werde ...«

Ich brachte ihn mit einem Kuss zum Schweigen. Einfach so, mitten auf der Straße, mitten im Wind.

Ich konnte nicht anders, und während wir uns küssten, war ich sicher, dass dies der letzte glückliche Augenblick meines Lebens sein würde.

Als wir uns wieder voneinander lösten, schien Ivan noch benommener als ich.

»Geh nach Hause, Ivan. Geh zurück ins Hotel. Ich werde dich noch vor dem Abend anrufen.«

Er schüttelte den Kopf. »Bitte ...«

Ich legte ihm einen Finger auf die Lippen. »Ich werde nichts Unvernünftiges tun. Das verspreche ich dir. Jetzt geh, und lass mich ebenfalls gehen.«

Er zögerte noch immer, dann nickte er, beugte sich herunter und küsste mich nochmals – auf die Stirn. »Ich …«

»Sag es nicht.« Ich wandte ihm den Rücken zu. »Sag es nicht mehr.«

Aber ich sagte es so leise, dass er es nicht hören konnte. Dann lief ich davon.

Gegen zwei begann es, in Strömen zu regnen. Zu Hause war niemand, und es war so düster, als hätten wir schwere, graue Vorhänge vor den Fenstern. Ich fühlte mich so einsam wie nie zuvor.

Irene kam um vier, bleich und starr vor Kälte, trotz des Mantels: Ich kochte Tee für uns beide, wir setzten uns in mein Zimmer, und ich erzählte ihr alles. Am Anfang war es schwieriger als mit Ivan: Beim ersten Mal hatte ich ein solches Bedürfnis empfunden, das Ganze loszuwerden, dass mir egal war, was aus meinem Mund kam. Diesmal jedoch wollte ich, dass Irene *nachvollziehen* konnte, was ich erlebt habe, dass sie sehen konnte, was ich gesehen hatte. Ich wollte, dass sie mich verstehen und mir verzeihen würde.

Ich begann mit langsamen, mechanischen, sorgfältig konstruierten Sätzen. Und ich endete mit einem lauten, wirren Gestammel und wilden Gesten, fortwährend bemüht, nicht völlig die Kontrolle zu verlieren. Es dauerte länger als vorhergesehen, und es wurde schon Abend, als ich endlich fertig war – genau wie damals mit Ivan auf der Bank. Was folgte, war das unvermeidliche Schweigen. Irene starrte auf ihre Hände, die sich um die leere Tasse geschlossen hatten.

Schon nach fünfzehn Sekunden hielt ich es nicht mehr aus. »Sag doch was. Irgendwas.«

Sie hob die Augen, um mich anzusehen. »Was soll ich sagen?

Dass ich dir glaube? Ja, ich glaube dir. Vor Samstag hätte ich das nicht getan. Vielleicht. Aber jetzt *muss* ich dir glauben.«

»… und?«

»Und ich sage dir, dass du eine Wahnsinnige bist, eine verantwortungslose Wahnsinnige, dass du Dinge getan hast, die man nicht mal als dumm bezeichnen kann, weil sie *jenseits der Dummheit* liegen. Du hättest *sofort* zu mir kommen und mit mir darüber reden sollen …« Sie warf mir die Arme um den Hals und drückte mich so fest, dass ich keine Luft mehr bekam.

»Warum wolltest du all diese schrecklichen Dinge allein durchstehen?«, murmelte sie durch ihre Haare hindurch, ihre Wange gegen meinen Hals gepresst. »Warum hast du mich aus allem herausgehalten?«

Wir hielten uns eine Zeit lang fest umarmt.

»Und jetzt?«, fragte ich, als wir uns trennten.

»Jetzt wirst du genau das tun, was Ivan dir sagt.«

Von einem Augenblick auf den anderen war sie wieder zu ihrem praktischen, professionellen Tonfall zurückgekehrt, ihrem Mediziner-Ton, und in ihren Augen sah ich den Ausdruck eines Menschen, der ein absurdes Problem in einzelne Segmente zerlegt, um diese rational zu untersuchen. Ich wüsste nicht, ob ich an ihrer Stelle fähig gewesen wäre, so zu reagieren, und nicht vielmehr ängstlich in mich zusammengesunken wäre, weil in meiner vertrauten Welt auf einmal verborgene Ungeheuer und lebensgefährliche Hexenwesen aufgetaucht waren.

»Aber die Strigen haben gesagt …«

»Was interessieren dich die Worte eines Monsters, das dabei war, dein Gehirn zu verspeisen?« Sie schüttelte ihre Locken. »Dein Freund ist der Einzige, der was von der Welt versteht, in die du geraten bist, er ist der Einzige, der auf deiner Seite steht.«

Er ist doch gar nicht mein Freund!, wollte ich dazwischengehen. *Er ist nicht ...*

Ach nein? Und was dann? Was waren Ivan und ich füreinander? ...

Irene ergriff meine Hände. »Du musst mir etwas versprechen, Veronica.«

Ihr ernster Tonfall holte mich sofort in die Wirklichkeit zurück. Ich nickte.

»Schließen wir einen Pakt: Wenn du mir versprichst, von jetzt bis Donnerstag früh keinen Unsinn zu machen und Ivans Anweisungen zu folgen, einfach um auf Nummer sicher zu gehen ...«

Sie verzichtete auf den Zusatz »und dich in ein gepanzertes Kellerverlies einschließen lässt«.

»Wenn du gerade jetzt nicht den Mut verlierst, verspreche ich dir, nein, *schwöre ich dir*, dass ich in allem an deiner Seite sein werde, bis wir eine Lösung gefunden haben. Du hast gesagt, es gibt Bücher: Ich werde sie mit euch zusammen lesen, denn drei Köpfe denken besser als zwei. Und ich werde alles tun, was notwendig ist, damit es dir besser geht. Aber erst mal musst du über Mittwochnacht hinauskommen: Das ist vorerst das Einzige, das zählt.« Sie drückte meine Hände noch fester. »Versprichst du mir das?«

Ich nickte wieder. »Ja, ich ...«

In diesem Moment war das Geräusch der Wohnungstür zu hören und dann die Stimme meiner Mutter: »Nicaaa! Ich bin zu Hause!«

»Sprechen wir besser nicht mehr davon, wenn sie da ist.«

Irene nickte. »Es ist sowieso spät geworden. Ich muss los.«

Wir umarmten uns nochmals zum Abschied, und ich blieb einmal mehr allein in meinem Zimmer zurück.

Kurz darauf rief ich Ivan an, um ihm zu sagen, dass ich seinen Vorschlag akzeptieren würde und er alles Notwendige veranlassen sollte. Er schien erleichtert und überschüttete mich ebenfalls mit guten Ratschlägen, aber ich beendete das Gespräch so schnell wie möglich. Nicht, dass ich das gewollt hätte, aber ich hatte Angst, dass meine Mutter uns hören könnte.

Nach dem Abendessen widmete ich mich den Hausaufgaben, die ich am Nachmittag vernachlässigt hatte, und dann folgten die üblichen langen Stunden der Dunkelheit, die ich wach im Bett liegend verbrachte. Auch sie waren mir in der Zwischenzeit vertraut geworden.

Ich ging alles nochmals im Kopf durch, jedes einzelne Wort, das in diesem vergangenen Monat gesagt worden war, einem Monat, der mir noch immer wie ein seltsamer Traum vorkam. Ich dachte an die Wahrheiten und die Lügen, die Erklärungen, die Streitigkeiten, die Versprechen. Ich dachte an die Vergangenheit und an die Zukunft, an das, was Ivan gesagt hatte, und der Conte und schließlich Irene. Und plötzlich nahm, praktisch von selbst, ein Plan in meinem Kopf Gestalt an.

Ich hatte die Sache nicht etwa sorgfältig geplant. Es war vielmehr etwas, das es gerade eben noch nicht gegeben hatte und einen Augenblick später einfach da war. Ein absurder Plan, genau wie alles andere, was ich bis zu diesem Moment getan hatte.

Aber ich beschloss, es dennoch zu versuchen. Ohne langes Federlesen. Es war keine schlechtere Entscheidung als viele andere der letzten Zeit.

Allerdings fehlte mir noch ein kleines Detail: ein letztes Geheimnis. Und ich wusste auch, wo ich es finden würde.

Ich stand auf, zog leise die Sachen an, die ich bei meinem Lauf über die Dächer immer trug, ging auf Zehenspitzen in die Küche und schmierte mir, ohne das geringste Geräusch zu machen, im Dunkeln vier Brote. Ich steckte sie zusammen mit einem Apfel und zwei Pausensnacks in eine Papiertüte und dann zusätzlich noch in eine Plastiktüte, da es draußen immer noch regnete.

Dann ging ich zurück in mein Zimmer: Der Radiowecker zeigte 3.55 Uhr. Ich hatte also genug Zeit, um vorm Morgengrauen zurück zu sein. Ich öffnete das Fenster und rief den Wolf, wobei ich mir selbst das Versprechen gab, dass es vor Vollmond das letzte Mal sein würde.

Immer wieder zuckten Blitze über den Himmel, während ich durch den Regen lief, der Wind fuhr mir durch die Haare und meine nackten Füße berührten kaum die nassen Dachziegel unter mir. Es war schön, es war wild und es war aufregend, wie bestimmte Träume, an die man sich beim Aufwachen kaum noch erinnert, die aber eine unaussprechliche Sehnsucht in einem zurücklassen.

Ich landete in der Gasse unter der Pinie, direkt vor einem Haufen Decken und nassen Kartons: Durch die Ritzen schimmerte, blasses orangefarbenes Licht, die Aura eines schlafenden Körpers. Es tat mir leid, ihn wecken zu müssen, aber es ging nun mal nicht anders.

Ich schüttelte ihn sanft. »Hey.«

Mit einem Ruck fuhr er hoch und setzte sich auf, in einem Sekundenbruchteil hellwach. Ich hätte damit rechnen müssen, bei jemandem, der es gewohnt war, auf der Straße zu leben.

Unter der patschnassen Decke, die um seinen Kopf gewickelt war wie eine Kapuze, sah ich die gelben Reptilienaugen leuchten, voller Überraschung und Panik.

Ich trat einen Schritt zurück. »Es ist alles in Ordnung! Ich bin's nur. Veronica. Erkennst du mich wieder? Veronica …«

Die Schlangenaugen weiteten sich noch mehr. Ich blieb unbeweglich stehen, und nach einer Weile entspannten sich seine Schultern und seine Augenlider senkten sich.

»Erinnerst du dich an mich?«

Er nickte, in kleinen Rucken, immer noch mit dem Gesichtsausdruck von jemandem, der auf frischer Tat ertappt worden war, während er etwas tat, was er nicht hätte tun dürfen.

»Schau mal, ich hab dir was mitgebracht.«

Ich löste den Plastikbeutel von meinem Gürtel und zog die Papiertüte heraus. Essensgeruch stieg mir in die Nase, die Nasenflügel des Bettlers zitterten nicht anders als meine.

Ich hielt ihm die Tüte hin. »Nimm. Das ist für dich.«

Er streckte eine Hand aus, erst zögerlich, dann ganz schnell: Er riss mir die Tüte förmlich aus der Hand und ließ sie in seinem Deckenknäuel verschwinden. Ich blieb stehen, während er den Inhalt untersuchte, eines der Brote herauszog und es mit jenem Heißhunger verschlang, der typisch für Obdachlose und schmerzhaft anzusehen ist.

Ich sah, dass er mich anstarrte, und lächelte ihm zu, und diesmal lächelte auch er, mit vollem Mund.

»Hör zu, ich möchte dich um einen Gefallen bitten. Es handelt sich um etwas sehr Wichtiges.«

Er fuhr fort, zu kauen und mich dabei anzusehen.

»Du hast mir mal erzählt …« Ich suchte nach den richtigen Worten. »Dass du deine Augen für einen Tausch bekommen hast.«

Er hielt mitten im Bissen inne und ließ die Hand sinken.

»Das ist doch so, oder? Das hast du mir erzählt?«

Drei ganze Sekunden lang verharrte er unbeweglich, dann nickte er.

»Einige …« Das Wort kam in einem heiseren Flüstern über seine Lippen. »Einige haben nur ein Auge gegeben. Nur eins.

Um Geheimnisse zu sehen.« Er machte eine schnelle Bewegung vor seinem Gesicht, als ob er sich die Finger in die Augenhöhlen stecken wollte; ich bekam eine Gänsehaut. »Nur ein Auge. Wie der Galgenmann. Wie der Wüstenvogel.« Er schluckte. »Aber ich wollte mehr sehen. Ich wollte viele Dinge sehen.«

Ich wartete, dass er fortfuhr, aber er schwieg. »Und jemand hat dir die Augen gegeben, die du jetzt hast, richtig?«

Der Bettler besann sich. »Vor langer Zeit. Weit weg. In den Bergen. Im Norden.« Er fuhr sich gedankenverloren mit der Hand über die Stirn, über die Stelle, wo er die seltsame Narbe in Form eines Fingerabdrucks hatte, die auch heute wieder gerötet schien. Seine Stimme wurde zu einem Flüstern. »Ganz tief unten.«

Ich insistierte nicht weiter. »Dafür hast du … einen Pakt geschlossen, nicht wahr? Eine Vereinbarung. Ich habe noch andere Leute kennengelernt, die so etwas getan haben. Du hast eine Sache gegeben, um eine andere zu erhalten.«

Er nickte kaum merklich.

»Und der, mit dem du ihn geschlossen hast, hat sich ebenfalls an den Pakt gehalten, stimmt's? Er hat ein Versprechen gegeben und es nicht gebrochen.«

»Ja.«

Ich atmete tief durch. »Bring mir bei, wie man das macht. Sag mir, wie man einen solchen Pakt schließt, den niemand brechen kann, weder die Menschen noch … andere.«

Der Mann beschränkte sich darauf, die Augen aufzureißen.

»Ich bitte dich, ich muss es wissen!« Ich ballte die Fäuste. »Du kannst von mir verlangen, was immer du willst, und wenn ich kann, werde ich es für dich tun. Ich werde dir weiterhin Essen bringen, oder was auch immer du benötigst, aber du musst mir einfach sagen, wie man das macht! Ich *muss* es wissen, ich muss … Ich bitte dich.«

Ich weiß nicht, ob er es wegen meiner Versprechen tat, weil er die Verzweiflung in meinen Augen sah oder aus einem anderen obskuren Grund, den ich nie erfahren werde – aber er nickte.

Und dort auf der Straße, im Regen, in einem Flüstern, das so leicht war, dass es sich im Wind aufzulösen schien, enthüllte er mir das Geheimnis.

Kapitel 33

Mittwoch, 11. März
Vollmond

Das beleuchtete Display des Taxis zeigte sechs Minuten vor Mitternacht, als wir anhielten. Wortlos bezahlte ich den Taxifahrer – ein kleiner und korpulenter Typ, dessen kahler Schädel vom Schweiß glänzte, obwohl es überhaupt nicht warm war – und stieg aus.

Er schaute mir noch eine Weile mit skeptischem Blick hinterher, wie es jeder getan hätte, der mitten in der Nacht ein junges Mädchen an einem isolierten Ort wie diesem absetzt. Einen Moment lang fürchtete ich, dass er nicht wegfahren oder mich nach meinen Personalausweis fragen würde, um zu sehen, ob ich wenigstens volljährig war. Aber nach ein paar Sekunden zuckte er, mehr für sich als für mich, die Schultern, machte kurzerhand kehrt und fuhr in einer Fontäne von aufspritzendem Schmutzwasser davon.

Ich sah mich um. Die Baustelle präsentierte sich als kahles, ungepflastertes Areal, unterbrochen von vereinzelten haushohen Hügeln und riesigen Schlaglöchern, die nach drei Tagen Regen aussahen wie schwarze Seen. Ich stand direkt vor dem Eingangstor: Den Bauzaun hätte selbst ein Kind überklettern können. Ein Bagger, der in einer weiter entfernten Ecke geparkt war, sah im Dunkeln aus wie das Skelett eines riesigen toten

Insekts. Aus der Ferne hörte man das leise Rauschen des Verkehrs und sah das Blinken der Lichter einer Autobahnüberführung. Die gesamte Baustelle erhellte nur ein einziges Licht, eine Laterne am Straßenrand neben dem Tor: An den Rändern ihres Lichtkreises war ein Auto sichtbar, groß und glänzend.

Ich machte einen Schritt in Richtung Zaun, und quasi zeitgleich löste sich ein Schatten aus einem der Hügel: Wie ich erwartet hatte, war er vor mir da.

Ich kletterte über das Gitter und ging ihm entgegen. Wir trafen uns in der Mitte des Geländes.

Ivans Vater trug einen bleifarbenen Mantel, der unübersehbare Gipsverband an seinem rechten Arm steckte in Tragetuch; in der anderen Hand hielt er die Ledertasche der Luperci.

Im Halbdunkel blitzten seine obsidianfarbenen Augen in einem unheimlichen Licht, das ihm ein fast gieriges Aussehen verlieh.

Aber er ist allein gekommen, dachte ich, *wie abgemacht.*

Die beiden vorangegangenen Tage erschienen mir wie ein seltsamer Traum. Ich sehe sie nur in Bildern, in unbeweglichen Fotogrammen: Der Regen, der unaufhörlich auf die Fensterbretter hämmerte, die leeren Plätze von Angela und ihren Freundinnen, der Geschichtslehrer, der etwas an die Tafel schrieb, Ivans Stimme am Telefon. Und dann das Telefonat vom Dienstagabend, für das ich die Nummer im Online-Telefonbuch herausgesucht hatte. Nach diesem Gespräch konnte ich selbst kaum glauben, was ich getan hatte: War das wirklich möglich? Genügten ein Name und eine Telefonnummer, um eine Kette von Ereignissen in Gang zu setzen, zu denen ich gerade den ersten Schritt getan hatte?

Am späten Mittwochnachmittag hatte es schlagartig aufgehört, zu regnen: Von diesem Zeitpunkt an klären sich auch meine Erinnerungen auf, als wären sie tatsächlich aufgrund des Regens verschwommen gewesen. Ich ging zum Fenster und öffnete es: kalte, feuchte Luft, nass glänzende Dächer, das übliche Flugzeug am Himmel. Es schien ein Tag wie jeder andere, ein x-beliebiger Mittwoch. Ich blieb so lange stehen und schaute hinaus, bis die Sonne unterging, unsichtbar hinter den Wolken verborgen; es hätte mein letzter Sonnenuntergang sein können, und ich hatte ihn nicht mal richtig gesehen.

Es begann, sobald es dunkel wurde: ein Kribbeln unter der Haut, ein leichtes Brennen ganz unten in der Kehle, eine erwartungsvolle Gespanntheit, die nicht nur von der Nervosität herrühren konnte, die Stunde um Stunde in mir wuchs. Selbst meine Haare befanden sich in einem deutlich spürbaren Spannungszustand, als ob die Luft voller Elektrizität wäre.

Am Tag zuvor hatte ich im Internet gelesen, dass der Mond heute Abend um Viertel nach sieben aufgehen und morgen früh um halb sieben untergehen würde. Bei dem Gedanken, mich vielleicht schon zur Abendessenszeit zu verwandeln, war ich so erschrocken, dass ich sofort Ivan angerufen hatte: Er hatte mich beruhigt und mir gesagt, dass erst spät in der Nacht etwas passieren würde, und die Tatsache, dass der Mond nicht zu sehen war, es vielleicht sogar noch weiter hinauszögern würde. Und doch spürte ich an der Schwelle zur Nacht bereits ganz deutlich die ersten Anzeichen.

Kurz vor dem Abendessen rief Ivans Vater mich zurück und gab mir Treffpunkt und Uhrzeit durch: Mitternacht. Ich suchte die Adresse auf Google Maps: eine Baustelle am südlichen Stadtrand von Mailand, irgendwo im Niemandsland. In dieser Gegend fuhr weder ein Bus noch eine Metro.

Mit Ivan war ich im Norden verabredet, am anderen Ende

der Stadt. Um halb zwölf sollte ich dort eine Haltestelle vor Endstation aus der Metro steigen; Ivan und sein Freund, der Eigentümer des Kellerverlieses, würden auf mich warten, bereit, mich ins Auto zu laden und nach Monza zu fahren.

Bei unserem letzten Telefonat hatte ich mich möglichst unauffällig verhalten und mich von ihm verabschiedet, als ob wir uns in wenigen Stunden wiedersehen würden. Dabei wusste ich bereits, dass ich zu dieser Verabredung nicht erscheinen würde.

Vielleicht war es das letzte Mal, dass ich mit ihm gesprochen hatte, und ich hatte ihm nichts davon sagen können.

Beim Abendessen sagte ich meiner Mutter, dass es mir nicht gut gehen würde, dass mir übel sei und ich nur was Warmes trinken und dann gleich ins Bett schlüpfen würde. Sie strich mir über den Kopf, sagte mir etwas Liebes und kochte mir eine Tasse Brühe. Vor dem PC sitzend zwang ich mich dazu, sie auch wirklich zu trinken. Eigentlich hatte ich vorgehabt, meinem Vater und ihr zu schreiben, für den Fall, dass die Dinge schlecht für mich ausgingen und sie mich am nächsten Morgen nicht in meinem Bett vorfinden würden. Aber ich starrte eine Ewigkeit auf das weiße Blatt auf dem Bildschirm und gab schließlich auf. Ich würde mich selbst von ihnen nicht verabschieden. Genauso wenig, wie ich mich von Ivan verabschiedet hatte. Oder von Irene.

Fang jetzt bloß nicht an, zu heulen, Veronica: Du darfst jetzt nicht herumjammern wie ein kleines Kind. Du musst stark sein, stärker, als du je in deinem Leben gewesen bist!

Es war noch nicht mal elf, als bei meinen Eltern das Licht ausging und ich mich bereit machte, zum letzten Mal heimlich das Haus zu verlassen. Ich zog bequeme Jeans an, einen alten, dunkelgrünen Wollpullover, Turnschuhe und meine Lederjacke. Kein Lauf über die Dächer heute Nacht.

Ich suchte mir aus dem Internet die Nummer eines Taxiunternehmens heraus, rief dort an, gab die Adresse einer Parallelstraße durch und auch die der Baustelle, zu der ich wollte. Anschließend leerte ich den Inhalt meiner Taschen auf den Schreibtisch: Handy und Geldbeutel ließ ich ebenso zurück wie alles andere. Mein ganzes Leben deponierte ich dort, bereit, hinauszugehen und alles hinter mir zu lassen. Ich dachte, dass es so vielleicht einfacher wäre.

Ich ging zur Tür, ohne einen einzigen Blick in Richtung des Schlafzimmers meiner Eltern. Es war nicht leicht, es war alles andere als leicht.

Ich fixierte Ivans Vater und räusperte mich. »Bevor wir anfangen, will ich, dass Sie schwören, dass Sie sich an unseren Pakt halten werden.«

Er rümpfte die Nase und schaute umso finsterer drein, aber ich ließ mich nicht einschüchtern.

»Wenn Sie es tun, werde auch ich schwören. Und zwar nach dem Ritus der Faust.«

Diesmal weiteten sich die Augen des Professors für einen Moment, sichtlich überrascht, dass ich solche Geheimcodes kannte. Es war eins der Geheimnisse, die mir der Mann mit den Schlangenaugen verraten hatte.

Ich ballte die Faust und ging in die Hocke, ein Knie auf den durchweichten Boden gestützt. Er zögerte einen langen Moment, seufzte dann und tat es mir nach. Auch er hatte keine Wahl.

Ich hob die Faust in die Luft. »Bei den Wassern des Styx und bei den eisernen Toren des Tartarus, ich schwöre, aus freiem Willen in den Kreis zu treten und mich den Riten des Lupercals nicht zu widersetzen, wenn der Priester seinerseits schwört, den

Ritus erst auf mein Zeichen zu beginnen und keine weitere Gewalt gegen mich auszuüben.«

Als ich die sorgfältig vorbereiteten Worte jetzt auf dem Gelände widerhallen hörte, hatte ich das Gefühl, dass auch die alten Römer es nicht besser gekonnt hätten.

Der Professor nickte mit düsterem Gesicht. »Ich schwöre es.«

Schlamm spritzte auf, als wir gleichzeitig unsere Fäuste auf den Boden schlugen. Den Worten des Bettlers zufolge hatten es die Völker des Mittelmeerraums seit Jahrtausenden so gemacht, damit ihre Schwüre von den Göttern, die in den Tiefen der Erde wohnten, gehört wurden. Es waren Götter mit einem langen Gedächtnis und nicht im Geringsten nachgiebig, die einem bei einem Meineid ihre gesammelte Wut spüren lassen würden. Ob ich daran glaubte oder nicht, spielte keine Rolle (obwohl ich nach allem, was mir widerfahren war, nicht wirklich sagen konnte, dass ich nicht daran glauben würde): Alles, was zählte, war, dass mein Gegenüber daran glaubte.

Wir erhoben uns beide, und ich sah zu, wie er mit einer Hand mühevoll die Tasche öffnete und, immer im Kreis gehend, häufchenweise Eisenhutblüten auf den Boden streute. Beim bloßen Anblick der Blütenblätter wurde mir übel, und das Kitzeln der Haut nahm zu.

»Sind Sie sicher, dass Sie es allein schaffen?«, fragte ich.

Er nickte, ohne mich anzusehen. »Ja, wenn du tust, was du versprochen hast.«

»Ich werde nicht kämpfen. Und ich werde auch den Wolf daran hindern, es zu tun.«

Der Professor schwieg.

»Warum?«, fragte er irgendwann, als der Kreis fast vollständig war. »Warum hast du beschlossen, dich aus freiem Willen zu ergeben? Du weißt, was du riskierst.«

Ich überlegte einen Moment, ob ich ihm sagen sollte, was ich vorhatte. Dann schüttelte ich den Kopf: Welchen Grund gab es dafür? Dieser Mann war alles andere als ein Freund für mich.

»Ich habe meine Gründe«, erwiderte ich. »Jeder von uns tut das, was er tun muss.«

Er warf mir einen Blick zu, sagte aber nichts.

Er vollendete den Kreis und trat erwartungsvoll zurück. Ich holte Luft und ging los. Mit jedem Schritt näher an den Kreis heran wurde die Gegenwart des Aconitums schmerzhafter, aber ich blieb nicht stehen, bis ich am Rand angekommen war: Ich zögerte einen Moment und sprang dann mit einem Satz ins Innere. Es war, wie eine Wand aus glühender Luft zu durchqueren. Ich wankte und ging zu Boden, die Augen voller Tränen. Langsam zählte ich bis zehn und sah beim Aufschauen, dass der Professor schon die Peitsche in der Hand hatte. Ich öffnete den Mund, um ihm zu sagen, dass der Moment noch nicht gekommen war, als …

»Leg die Peitsche hin. Heute Nacht wird es keinen Ritus geben.«

Die Stimme erklang so unvermittelt, dass der Professor zusammenzuckte und zum Tor herumschnellte. Ich musste gar nicht hinsehen, ich hatte die Stimme von der ersten Silbe an erkannt.

Conte Gorani kam auf uns zu, seinen Stock in der Hand, seinen Mantel flatternd im Wind. Als sich unsere Blicke begegneten, fühlte ich eine so starke Erleichterung, dass ich für einen Moment sogar das Gewicht des Kreises vergaß. Dann wanderte sein Blick wieder zu Ivans Vater.

Sie musterten sich wie zwei Raubtiere, die an den Grenzen ihrer Territorien aufeinandertrafen, und auch wenn sie sich zum ersten Mal begegneten, bestand kein Zweifel, dass jeder der beiden wusste, wen er vor sich hatte.

Ivans Vater schwang die Peitsche in der Luft.

»Geh zur Seite, Priester des Lupercus.« Die Stimme des Conte, wenngleich ruhig und kontrolliert, tönte in beeindruckender Fülle über das Gelände. »Dein Gott kommt nicht, um deine Peitsche knallen zu hören. Die Zeit des Lupercals ist vorbei: Jemand anderes wird von jetzt an die Aufgabe übernehmen, den Herrn der Wälder bei seiner Rückkehr zu empfangen!«

Sein Gegenüber antwortete nur mit einem Knurren.

Mich mit beiden Händen abstützend versuchte ich, aufzustehen, aber der Kreis drückte mich mit solcher Kraft zu Boden, dass ich nicht weiterkam als bis auf die Knie. Ich zwinkerte die Tränen aus meinen Augenlidern.

»Ich fordere dich nochmals auf, das Feld zu räumen.« Der Ton des Conte war jetzt schärfer geworden. »Zum letzten Mal.«

Mit überraschender Entschlossenheit ging der Professor drei Schritte vor und stellte sich zwischen mich und den Conte.

»So sei es denn.« Mit flatterndem Mantel beugte sich der Conte nach vorn und schöpfte Wasser aus einer Pfütze. Dann richtete er sich zu seiner ganzen Größe auf und blies über das Wasser in seiner Hand.

Es war, als würde ein heißer Sturmwind über die Welt hinwegfegen. Ich sah, wie die Blütenblätter erzitterten und ein wenig durcheinanderflatterten, als würde der Kreis im nächsten Moment in Stücke zerfallen. Aber ob es nun die feuchte Erde war, die sie hielt, oder der Zauber, der sie durchdrang, es flogen nur wenige weg, und der Kreis blieb intakt.

Über uns zerriss ein Blitz den Himmel und ließ einen ohrenbetäubenden Donner folgen: Ich hob die Augen und sah, wie sich die Wolken *bewegten*. Wie im Zeitraffer zogen sie auf eine Seite des Himmels, ballten sich dort zusammen und fingen an, im Kreis herumzuwirbeln und einen schwindelerregenden Strudel zu bilden. Darunter, auf der Erde stand der Conte, hoch aufgerichtet, umweht von heftigen Windstößen, die ihn beinahe davontrugen. Eine seiner Hände war jetzt zur Faust geschlossen, die andere umklammerte noch immer den Stock.

Ivans Vater wich zurück, den Arm schützend vorm Gesicht: Mit einem Ruck wickelte er sich die Peitsche um die Hand und schrie etwas, versuchte mit ganzer Kraft, das Heulen des Windes zu übertönen; dann klemmte er sich das andere Peitschenende zwischen die Zähne und band den Riemen zu einem Knoten.

Der Conte schnappte nach Luft, griff sich an die Kehle und ließ den Stock fallen. Ivans Vater zog den Knoten noch fester, gleichzeitig mit der Hand und den Zähnen daran reißend, sodass der Conte nach hinten taumelte, als würde er von einem unsichtbaren Strick stranguliert. Doch im nächsten Moment schrie der Professor.

Ich sah, wie ein halbes Dutzend Geisterhände aus dem Dunkel der Nacht nach ihm griffen und ihn an Armen und Haaren gepackt hielten. Ich hätte es mir denken können: Der Conte war nicht allein gekommen, nicht ohne seine Alliierten. Er hatte die Toten mitgebracht.

Eine durchsichtige Hand mit langen, trockenen Fingern schloss sich um das Handgelenk des Professors und riss daran, bis ihm die Peitsche aus der Hand fiel. Der Conte, der sich nun wieder frei bewegen konnte, stürzte sich auf seinen Stock und schleuderte ihn mit beiden Händen so heftig zu Boden, dass Schlamm aufspritzte. Wie auf Befehl stürzte eine Sturmlawine vom Himmel herunter, brachte Ivans Vater zu Fall und ließ ihn wie eine leere Flasche davonrollen.

Und dann, ganz plötzlich, machte sich ein nie gekanntes

Gefühl in mir breit, ein unbeschreibliches Gefühl, das mich gleichzeitig verbrühte und zu Eis gefrieren ließ. Ich hob den Kopf und fixierte den Mond, er stand voll und sehr hell zwischen den Wolkenfetzen, die ihn nun nicht mehr verbergen konnten. Ich wusste, dass der Moment gekommen war.

Wie aus weiter Ferne nahm ich wahr, dass der Professor sich aufgerappelt hatte und Beschwörungen rufend auf mich zugerannt kam. Aber ich konnte jetzt weder ihm noch dem Conte oder dem Kreis meine Aufmerksamkeit widmen. Mir blieben nur wenige Augenblicke.

Ich stieß die Worte hervor, die mich der Mann mit den Schlangenaugen gelehrt hatte, die uralte Beschwörungsformel, die einst auf Griechisch gesprochen wurde, in Latein, in Etruskisch oder einer der Sprachen, die nur das prähistorische Italien kannte. Ich rief den Erebus an, die Nacht, das Chaos und die unkontrollierten Kräfte, die an den Ursprüngen der Welt existierten. Ich rief ihnen zu, zu lauschen, zu gehorchen, sich dem Willen des Menschen zu beugen, der ihnen einen Namen und eine Form gegeben hatte.

Das Heulen des Sturms und die Schreie der beiden Kämpfenden rückten weit in die Ferne, das Bild der Baustelle löste sich auf in eine Wolke aus Schatten, und einen Moment später stürzte ich in die Tiefe.

Als ich wieder zu mir kam, lag ich auf der Erde, auf einem Untergrund aus Gras und knolligen Wurzeln. Ich spürte keinen Schmerz mehr. Ich hob den Kopf und sah mich um: nirgends eine Spur vom Eisenhut, nur Gras. Vorsichtig kniete ich mich hin und stand auf.

Ich stand am Rand eines Abgrunds: Das Gelände endete nur wenige Schritte von mir entfernt im Nichts. Der nächtliche

Himmel war wolkenlos, er wurde von Tausenden von Sternen erhellt und dem größten Vollmond, den ich je gesehen hatte. Hinter mir lag ein dichter, schwarzer, undurchdringlicher Wald; und vor mir, jenseits des Abgrunds, bot sich ein so unglaubliches Panorama dar, das mir geradezu der Atem stockte: eine endlose Weite aus wogenden Wäldern, die im Mondlicht funkelten und am Horizont von einer Bergkette gekrönt wurden.

Ich konnte meinen Blick kaum von diesem Schauspiel lösen. Und instinktiv wusste ich, was für eine Welt das war: die Welt vor Ankunft der Menschen. Die Welt, die nur den Geistern und den Wölfen gehörte.

Ein Rascheln veranlasste mich, den Kopf zu wenden: Zwei Meter von mir entfernt kauerte ein Mädchen am Rand des Abgrunds, die Augen auf den Horizont gerichtet, die Haut bleich glänzend im Mond. Ein zierliches Mädchen mit einer schwarzen, weiten Hose und einem Shirt in derselben Farbe. Ich erkannte die Kleider, noch bevor ich die kurzen, widerspenstigen Haare erkannte, die Lippen, den Schnitt der Augen.

Das Mädchen da vor mir war Veronica Meis.

Als hätte sie meinen Blick gespürt, wandte die Erscheinung sich um, ohne ihre seltsam kauernde Position aufzugeben, und zum ersten Mal *sah ich den Wolf.* Ich sah das, was all jene in meinen Augen gesehen hatten, wenn ich der Verführung des Augenblicks folgend in meinem Körper den Traum des Gottes der Wälder gelebt hatte.

Er war wie ein riesiger Schatten, eine unberührbare Maske – nichts, was sofort ins Auge sprang, sondern das in einem entlegenen Winkel des Gehirns rein instinktiv als Raubtier erkannt wurde. Ich registrierte ein ungewöhnliches Licht in seinen Augen – *meinen* Augen –, ein strahlend weißes Blitzen der Zähne zwischen den halb geöffneten Lippen, eine übernatürliche Anmut in der Spannung der Halsmuskeln unter der Haut.

Das war ich, und gleichzeitig war ich etwas anderes. Etwas Fremdartiges, absolut Unmenschliches. Etwas Wildes.

Ich fühlte mich, wie sich jemand fühlt, der von einem Gott angestarrt wird.

Die Erscheinung bewegte die Lippen, während der Rest unbeweglich blieb. »*Warum bist du hier*?«

War das wirklich meine Stimme? Ich erkannte sie nicht.

Mit der ganzen Kraft, die mir noch geblieben war, antwortete ich: »Ich habe dich gesucht.«

»*Du und ich, wir sind vereint. Warum suchst du etwas, das du schon besitzt*?«

»Ich wollte mit dir sprechen. Von Angesicht zu Angesicht.«

Die Gestalt erhob sich und wandte sich mir zu, in einer einzigen fließenden Bewegung. »*Ich habe deinen Ruf gehört. Du hast meinen Namen durch das Nichts gerufen. Du hast die Kräfte gerufen, die mich und alle, die sind wie ich, am Beginn der Zeiten hervorgebracht haben.*«

Ich schluckte. »Ja.«

»*Was willst du von mir? Was willst du, das ich dir nicht schon gegeben hätte*?«

»Ich will, dass du gehst.«

Die Augen des Geschöpfs sandten einen Blitz aus. Ich *spürte* ihn, noch bevor ich ihn sah.

»*Das ist nicht möglich.*«

Ich ballte die Fäuste. »Das ist es doch! Du bist mächtig. Wie du von mir Besitz ergriffen hast, so kannst du auch von mir lassen. Ich will, dass du dorthin zurückkehrst, wo du hergekommen bist.«

Ich sah ihn durch die Luft blitzen. Ich wüsste nicht, wie ich seine Bewegung sonst beschreiben könnte. Er durchquerte den Raum, der zwischen uns lag, in einem Wimpernschlag, und blieb dann hinter mir stehen, direkt hinter meinem Rücken.

»*Warum willst du mich nicht haben?*«

Ich spürte seinen Atem in meinem Nacken. Er war glühend heiß. Ich zwang mich, mich nicht zu rühren.

»Weil du gefährlich bist. Weil du … weil du mich verändert hast.«

»*Ich habe dich stark gemacht.*«

»Du hast mich grausam gemacht! Du hast mich eine Gefahr werden lassen für die, die mir nahestehen, du hast mir die Fähigkeit genommen, mich zu kontrollieren, du hast mich …«

Der Wolf blitzte wieder vorbei und stand nun genau vor mir. Wir sahen uns an, nur zwei Handbreit voneinander entfernt. Aber es war nicht wie ein Blick in einen Spiegel. *Das war nicht ich.*

»*Dachtest du, du bekommst die Macht, ohne einen Preis zu zahlen? Dachtest du, du könntest Wolf sein, nur wenn es dir passt?*«

Er drehte sich um und entfernte sich ein paar Schritte, den Blick wieder auf den Horizont gerichtet.

»*Wir leben alle auch im Geist der anderen. Setz die Maske auf, und man wird dich an ihr erkennen. Wenn du Wolf sein willst, wirst du Wolf sein. Im Krieg und im Frieden. In der Liebe und im Hass. Du wirst Wolf sein auch im Schlaf.*«

»Ich habe nicht um die Maske des Wolfes gebeten. Du bist es, der sie mir aufgezwungen hat.«

»*Und du hast sie akzeptiert. Du hast sie immer wieder zu deinem Vorteil genutzt. Jetzt gehört sie dir.*«

Ein Windstoß glitt über das Gelände und ließ die Blätter der Bäume rascheln und meine Haare flattern. Die Haare meines Spiegelbildes blieben unbeweglich.

In das Mondlicht getaucht, erschien die Veronica, die der Wolf war, wie eine Alabasterstatue, real und doch wieder nicht, überirdisch und unfassbar schön. Die Schönheit eines Orkans.

Beinahe unbewusst ließ ich den Blick zu Boden gleiten, dorthin, wo sich normalerweise der Schatten zeigt. Was ich sah, war der Schatten eines Wolfes, auf allen vieren kauernd, mitsamt seiner langen Schnauze und den spitzen Ohren.

Ich merkte, wie mir jedes Zeitgefühl abhandenkam. Ich hatte keine Ahnung, *wie viel* Zeit mir überhaupt noch blieb, in dieser von der irdischen Welt getrennten Dimension.

»Wenn du nicht aus freiem Willen gehst«, sagte ich mit lauter Stimme, »werde ich zulassen, dass der Ritus des Lupercals vollzogen wird. Wir befinden uns schon im Kreis, du und ich. Das weißt du sehr gut. Ich werde dem Priester ein Zeichen geben, und dann wird er mich mit der Peitsche schlagen, und du wirst ins Nichts zurückkehren.«

Der Wolf zuckte mit keiner Wimper. *»Du würdest dein Leben opfern, nur um mich an dem meinen zu hindern?«*

»Ja, das würde ich. Du weißt, dass ich nicht als Wolf leben kann, unter den Menschen, die ich liebe.«

»Aber es könnte schon zu spät sein. Genau in diesem Moment kämpft der Unsterbliche mit dem Mann, der die verfluchte Peitsche trägt. Und du weißt sehr gut, wie mächtig er ist. Du weißt, dass der Priester ihn nicht besiegen kann.«

Ich spürte, wie mir das Herz in die Hose rutschte.

»Wenn der Conte gewinnen würde … wärst auch du sein Gefangener. Du würdest sein Sklave werden, sein Hund. Willst du das?«

Der Wolf wandte sich mir langsam zu, und zum ersten Mal sah ich auf seinem Gesicht – auf *meinem* Gesicht – die Spur eines Lächelns.

»Es wäre ein angemessener Preis, um nicht verbannt zu werden, um nicht dorthin zurückkehren zu müssen, wo es kein Leben gibt. Menschen wie er haben immer die Illusion, die Mächte bezähmen zu können. Aber am Ende sind immer wir es, die die Oberhand behalten. Weil wir ewig sind, und sie nur vorübergehend.«

»Der Conte lebt ewig. Er könnte dich für Jahrhunderte an die Leine nehmen.«

»Aber du bist es, Veronica. Du bist es. Und wenn dein Körper der Zeit zum Opfer fällt oder einer der Unternehmungen, in die der Unsterbliche dich zweifellos verwickeln wird, werde ich frei sein, frei von deinem Fleisch und von seiner Kette. Und ich werde trotzdem immer noch den Traum der Menschheit träumen.«

Ich schloss die Augen. »Warum tust du das? Warum sehnst du dich so sehr nach dem Leben der Menschen?«

»Wegen des Wunders, Veronica. Wegen des Fleisches, wegen des Blutes, wegen des Herzens, wegen der Farben, wegen der Musik, wegen der Verrücktheit. Weil eure Welt ein unvorstellbarer Traum ist und ich ihn für immer träumen will.«

Ich öffnete die Augen wieder und spielte meine letzte Karte aus. »Und wenn ich dir deinen Traum anbieten würde?«

Der Wolf sah mich an, eine Augenbraue leicht gehoben.

»Wenn ich dir einen Pakt vorschlagen würde: Wenn ich dich bitten würde, mich und die Menschenwelt zu verlassen, und an den Ort zurückzukehren, an den du gehörst. Und wenn ich dich aber dennoch das mitnehmen ließe, was du dir so sehr wünschst?« Ich nahm einen langen, sehr langen Atemzug: Ich konnte jetzt einfach nicht mehr zurück. »Wenn ich dir den letzten Augenblick meines Lebens anbieten würde?«

Die Augen des Wolfes blitzten, richteten sich stechend auf mich, wurden ganz schmal.

»Du weißt nicht, wovon du sprichst.«

»Das ist richtig: Ich weiß es nicht. Aber ich biete es dir trotzdem an. Verlass mich, und du wirst den letzten Augenblick meines Lebens mit dir nehmen können. Dies ist die Menschlichkeit, die du dir wünschst, nicht wahr? Wäre dies nicht eine Möglichkeit, um deinen Traum weiterzuträumen, selbst im Nichts?«

Der Wolf antwortete nicht, aber ich sah, wie seine Nüstern bebten.

»Ich schwöre, dass ich es tun werde, wenn auch du schwörst. Auf die Mächte, denen du angehörst, welche Namen auch immer die Menschen ihnen gegeben haben. Ein Pakt zwischen mir und dir, mit jenem Schwur, der Menschen und Götter bindet.«

Der Wolf starrte mich an. Er beugte den Kopf nach vorn. Dann öffnete er die Lippen und begann zu sprechen.

Ein unbeschreiblicher Wind erhob sich, ging mit voller Wucht auf uns nieder und löschte im Vorbeifegen Formen, Farben und Klänge aus. Ich taumelte und hielt mir die Ohren zu, um sein wildes Heulen nicht hören zu müssen, ich sah, wie die Welt um mich herum zu Staub zerfiel, ich spürte den Geruch des Eisenhuts in den Nasenlöchern und sein Brennen auf der Haut und wusste, dass ich dabei war, in die Realität zurückzukehren.

Ich stürzte zitternd zu Boden, von Neuem vom Gewicht des Kreises niedergedrückt. Als ich den Kopf hob, sah ich etwa zehn Meter von mir entfernt den Conte stehen: Er röchelte und stützte sich schwer auf seinen Stock. Aus seiner Nase rann ein Faden Blut.

Zu seinen Füßen lag eine reglose Gestalt: Ivans Vater. Unmöglich zu sagen, ob er tot oder lebendig war.

Mit Mühe richtete der Conte sich auf und wandte sich in meine Richtung. »Und am Ende, Veronica Meis, sind nur du und ich übrig. Wie am Anfang von allem.«

Er humpelte ein paar Schritte vorwärts, blieb dann aber stehen, um wieder Stabilität zu erlangen.

»Wie du siehst, habe ich mein Versprechen gehalten: Ich habe dich im Moment der Gefahr nicht allein gelassen. Ich bin gekommen, um dich zu retten.«

Auch ich versuchte, auf die Beine zu kommen, mit noch qualvolleren Bewegungen als er, aber es blieb erfolglos.

»Ich werde jetzt diesen Kreis zerstören und mit dir gemeinsam die Ankunft des Gottes erwarten. Und dann lasse ich dich nie mehr allein.«

Ich versuchte etwas zu sagen, aber die vom Eisenhut durchtränkte Luft verbrannte mir Gaumen und Zunge. Ich brachte nur ein ersticktes Ächzen hervor und fiel wieder zu Boden.

Der Conte mühte sich um einen stabilen Stand auf seinem gesunden Bein, stemmte den Stock in die Erde und machte sich wieder daran, voranzuschreiten. »Wir werden große Dinge vollbringen, Veronica. Wir beide gemeinsam, du und ich! …«

Dann geschah alles innerhalb eines Augenblicks. Ein grelles Licht blendete mich, hüpfte auf und nieder und teilte sich schließlich in zwei Hälften. Die Scheinwerfer eines Autos, das auf das Tor zuschoss, es kurzerhand niederwalzte und mit voller Geschwindigkeit weiterraste. Auch der Conte sah das Licht, fuhr herum, hob die Arme und den Stock, wie um sich zu schützen. Aber es war zu spät. Das Auto fuhr voll auf ihn zu, erfasste ihn und schleuderte ihn sechs oder sieben Meter durch die Luft. Er landete auf einen Erdhügel, rollte hinunter und rührte sich nicht mehr.

Das Auto hielt, und auf beiden Seiten öffneten sich die Türen:

Auf der Beifahrerseite sprang Ivan aus dem Wagen, auf der Fahrerseite erschien unbegreiflicherweise mein Vater.

Mein Blick trübte sich, und die Welt wurde von einer Patina aus silbrigem Licht überzogen. Ich spürte ein Kribbeln auf der Haut, und dann ein Wogen wie von Wasser oder wie von einem Schleier, der vom Wind gepackt wird. Jetzt geschah das, was geschehen musste: Ich war dabei, mich zu verwandeln. Niemand konnte es mehr aufhalten.

Vor meinen Augen bewegte sich etwas, eine schwarze Gestalt.

»Veronica!«

Ivans Stimme schien aus unendlicher Ferne an mein Ohr zu dringen.

Ich stand instinktiv auf. Die Macht des Kreises hatte noch immer Wirkung auf mich, aber nicht genug: Mein Körper war im Begriff, stärker zu werden als er, stärker als jedes andere irdische Hindernis. Ich zwinkerte und erkannte Ivan durch die Wellen aus silbrigem Licht hindurch.

»Die Peitsche, Ivan!«, schrie ich. »Die Peitsche!«

Er schüttelte den Kopf, es war eine verzweifelte Geste. »Nein ...«

»Du musst!«, schrie ich. »Nimm die Peitsche! Ich bitte dich ...«

Ich sah ihn den Boden absuchen, sich bücken und mit der Peitsche in der Hand wieder erheben. Aber er kam nicht näher.

Das Mondlicht war gleißend hell, ich sah nichts als Licht.

»Ivan! ...«

»Nein!«

»Ivan, lass mich nicht im Stich ... Ich flehe dich an ... Tu es! ... Tu es, BITTE!!«

Ich spürte, wie die Grenzen meines Körpers sich auflösten und eins wurden mit der Luft und dem Licht, ich hörte Ivans Schrei, das Sausen der Peitsche und ein Heulen, das das ganze

Himmelsgewölbe erfüllte. Noch bevor ich den Schlag spürte, wurde alles schwarz.

Das Erste, was ich wahrnahm, war die weiche, aber unbequeme Oberfläche, auf der ich lag. Das Zweite war ein süßlicher, vertrauter Geruch, den ich zwar kannte, aber nicht gleich benennen konnte.

Ich zog mich zum Sitzen hoch, zu schnell offenbar: Mir wurde sofort schwindelig, und ich fiel wieder zurück. Ich hatte das Gefühl, ein Dutzend Schmetterlinge verschluckt zu haben.

Ich war am Leben!

Voller Staunen sah ich mich um: Ich lag auf dem Rücksitz eines Autos. Eines Autos, das ich kannte. Man hatte mich mit einer Männerjacke zugedeckt, und auch sie kannte ich – es war die Jacke meines Vaters, der süßliche Geruch kam von seinem Kölnischwasser. Ich roch es jeden Morgen, wenn ich mit ihm beim Frühstück saß.

»Bleib liegen«, kam jetzt seine Stimme vom Fahrersitz. »Wir fahren gleich nach Hause.«

Durch das Fenster sah ich schwache bunte Lichter.

»Wo sind wir? …«

»Wir stehen vor einem Krankenhaus. Dein Freund bringt gerade seinen Vater hinein.«

Ich brauchte einige Sekunden, um seine Worte in mich aufzunehmen. »Ist er am Leben? … Der Professor, meine ich.«

»Ja. Aber es geht ihm ziemlich schlecht: Er hat vermutlich ein Schädeltrauma und ziemlich viele Knochenbrüche.«

Ich versuchte von Neuem, mich aufzusetzen, und diesmal gelang es mir einigermaßen. Mein Vater hatte sich zur Hälfte zu mir umgedreht und sah mich im Halbdunkeln an. In seinen Augen lag eine Zärtlichkeit, die ich noch nie darin gesehen hatte.

»Der Conte … Der Mann, den ihr angefahren habt …«

»Er war nicht mehr da. Wir haben ihn nicht weglaufen sehen, aber bevor wir losgefahren sind, habe ich ihn überall gesucht, ohne die kleinste Spur von ihm finden zu können. Nur der Stock war noch da, mehrfach zerbrochen. Aber dein Freund meinte, es sei besser, ihn zurückzulassen.«

Ich schloss die Augen.

»Was ist passiert? Wie habt ihr es angestellt …«

Mir fehlten die Worte.

»Ich habe das Handy in deinem Zimmer klingeln hören. Also bin ich aufgestanden, um dich zu bitten, es auszuschalten, damit deine Mutter nicht geweckt würde. Aber du warst nicht da. Dann hat das Handy wieder geklingelt, ich bin rangegangen, und dein Freund war dran. Er schien völlig verzweifelt und hat mir vieles erzählt. Dann ist er zu uns nach Hause gekommen.«

Ich versuchte, den Sinn des Gehörten zu verstehen.

»Wie hast du es angestellt, mich zu finden?«

Er schüttelte den Kopf, ein Lächeln auf den Lippen. »Mein Kind, du hast mehr Spuren hinterlassen als eine Katze auf frischem Zement. Die Adresse der Baustelle im Computer; die Taxinummer auf dem Handy.«

Trotz allem musste ich lachen, aber das Lachen blieb mir sprichwörtlich im Halse stecken und ein stechender Schmerz fuhr mir durch den Kopf.

Mein Vater streckte sich nach hinten, um die Jacke, die als meine Zudecke fungierte, zurechtzuziehen. »Sei ganz ruhig. Sobald dein Freund zurückkommt, fahren wir nach Hause.«

Ich schloss die Augen und legte mich wieder hin. »Mama …«

»Sie schläft, die Glückliche.«

Ich lauschte auf das Geräusch unseres Atems im Wageninneren.

»Papa, ich …«

»Sag jetzt lieber nichts. Du solltest dich nicht anstrengen. Wir werden über alles reden, wenn es dir besser geht.«

»Aber ich … ich habe dir nie was gesagt …«

Ich spürte, wie er mir eine Hand auf die Stirn legte. Sie war angenehm kühl. »Es ist schwierig, zu reden, wenn man in deinem Alter ist. Sehr schwierig, mein Schatz. Aber das macht nichts. Auch wenn wir nicht reden, bin ich immer für dich da. Ich bin dein Vater. Ich hab dich lieb. Ich bin immer für dich da.«

Ich kniff die Augen zusammen und spürte, wie sie sich mit Tränen füllten.

»Ich dich auch. Ich hab dich auch lieb.«

EPILOG

Sonntag, 15. März

Vier Tage später wurde ich achtzehn Jahre alt, und Irene organisierte für mich ein Fest, das ich nie mehr vergessen werde. Es fand in dem Lokal statt, in das sie mich an jenem Abend geführt hatte, an dem wir zusammen ausgegangen waren. Es fing schon am Nachmittag an und dauerte bis nach Mitternacht.

Alle waren gekommen: Irene und Andrea, Mattia und Chiara, Serena, die mir ein Paar atemberaubend schöne Ohrringe aus Gold und Lapislazuli schenkte, und Casey, die mir zu Ehren auf der Harfe spielte und mir einen herrlichen Bildband über Irland überreichte.

Und Ivan, natürlich.

Ich trank mehr, als gut für mich war, lachte lauter, als ich für möglich gehalten hätte, und sang und tanzte mit Ivan, solange mich meine Beine hielten.

Und als dann später meine Freunde alle gegangen waren und sich mit Umarmungen und Küssen verabschiedet hatten, blieben nur er und ich im Lokal zurück, Schulter an Schulter auf den Kissen am Boden sitzend, vor uns der Tisch voller leerer Teller und Gläser. Das Personal des Lokals hatte schon die Lichter gedimmt. Bald würden auch wir gehen müssen.

Ein sonderbares Schweigen lag zwischen uns. Wir hatten bereits über alles gesprochen, was in der Vollmondnacht geschehen war. Mehr als einmal hatte ich die ganze Geschichte erzählt: Ivan, Irene, meinem Vater.

Ivan hatte sich furchtbar aufgeregt und sich völlig in Rage geredet, sodass wir einen ziemlich heftigen Streit hatten. Am Ende war aber alles in einer langen, wortlosen und dafür umso tränenreicheren Umarmung geendet.

Irene hingegen hatte mir mit äußerster Gespanntheit zugehört und mich immer wieder unterbrochen, um Fragen zu stellen. Sie hatte mich als verantwortungslose Irre beschimpft und mir dann all die furchtbaren Dinge aufgezählt, die mir hätten passieren können. Zu guter Letzt aber hatte auch sie mich in ihre Arme geschlossen. Von diesem Moment an hatte sie kein Wort mehr über die ganze Geschichte verloren, offenbar fest entschlossen, mich und wohl auch sich selbst in die Normalität zurückzuführen. Sie war mein Rettungsanker, jetzt und immer. Ich liebte sie heiß und innig.

Eine gewisse Normalität schien tatsächlich wieder in mein Leben einkehren zu wollen. Am Freitag waren Angela und ihre Freundinnen wieder in der Schule erschienen, alle am selben Tag; Elenas Gesicht sah noch ziemlich blau aus und sie bewegte sich mit extremer Vorsicht. Sie sprachen nicht mit mir, sie sahen mich nicht an. Ja, sie vermieden es sogar, sich im selben *Korridor* mit mir aufzuhalten, auch wenn er voller Leute war. Wir waren offenbar definitiv fertig miteinander. Ob sie Angst vor mir hatten oder sich schlichtweg weigerten, das zu glauben, was sie erlebt hatten, wusste ich nicht. Und es war mir auch egal.

Das Gespräch mit meinem Vater fand an einem Abend statt, als meine Mutter ausgegangen war: Wir setzten uns ins Wohnzimmer und ich erzählte ihm alles. Ich ließ nichts aus und hielt kein einziges Mal inne, nicht einmal, um mich zu fragen, ob er meinen Worten Glauben schenkte, oder was er am Ende meiner Geschichte mit mir anstellen würde, oder auch nur, wie es möglich war, dass es – nachdem ich mein ganzes Leben damit verbracht hatte, ihn zu ignorieren – jetzt so leicht für mich war, ihm alles zu sagen.

Aber er war in jener Nacht da gewesen. Ich weiß nicht, was er von alldem, was passiert war, gesehen hatte, ich wusste es damals nicht und weiß es auch heute nicht: Er hat nie darüber gesprochen. Aber er war da gewesen.

Er hörte mir bis zum Ende schweigend zu. Und auch dann schwieg er und ich ebenso. Was kann man schon sagen unter solchen Umständen?

»Bist du wütend auf mich?«, kam es mir endlich über die Lippen, und es klang wirklich wie die Frage eines Kindes.

Er schüttelte den Kopf; eine langsame, nachdenkliche Bewegung. »Sollte ich das sein?«

Die Frage brachte mich völlig aus der Fassung. Ich öffnete den Mund, fand aber keine Worte.

»Du hast mich nicht um Hilfe gebeten«, sagte er dann.

Ich schloss die Lippen wieder und senkte den Kopf. Das stimmte: Ich war losgezogen, um dem Unvorstellbaren ins Auge zu sehen, ohne auch nur im Geringsten auf die Idee zu kommen, meine Eltern um Beistand zu bitten. Obwohl ich fast gestorben wäre vor Angst, dass wir uns vielleicht nie wiedersehen würden. Ich hatte mich auf den Weg gemacht, weil ich ihnen und den anderen Menschen, die ich liebte, nicht wehtun wollte; aber ich hatte sie nicht um Hilfe gebeten.

Mir traten die Tränen in die Augen. »Ich … es tut mir leid … Ich …«

Mein Vater bedeutete mir mit einer Geste, zu schweigen. »Veronica.«

Ich wischte mir die Tränen vom Gesicht und sah ihn an.

»Ich kann und will dir nicht vorschreiben, was du hättest tun sollen oder nicht. Nicht jetzt. Nicht diesmal. Ich will dir nur sagen, dass ich stolz auf dich bin.«

Zum zweiten Mal blieb mir der Mund offen stehen.

»Du bist kein Kind mehr, Veronica. Das sehe ich jetzt, wie ich es zuvor nicht hätte sehen können. Du warst in Gefahr und hast gehandelt wie eine erwachsene Frau. Ich werde immer dein Vater bleiben, daran kann ich nichts ändern: Für mich wirst du immer mein kleines Mädchen sein. Aber du bist groß geworden. Und das erfüllt mich mit Stolz. Mit großem Stolz.«

Diesmal weinte ich wirklich. Und als ich ihn umarmte, tat ich das so, wie ich es als kleines Kind getan hatte.

Aber da war noch etwas anderes, über das ich noch mit niemandem gesprochen hatte.

»Wie geht's deinem Vater?«, fragte ich Ivan, das Schweigen brechend.

»Er nimmt immer noch Schmerzmittel, aber es geht ihm ein wenig besser.«

Die Ärzte hatten gesagt, dass seine Genesung etwa sechs Wochen dauern und er wahrscheinlich keine dauerhaften Schäden davontragen würde. Wir wussten alle, dass er verdammt großes Glück gehabt hatte.

»Gestern Nacht bin ich in der Wohnung des Conte gewesen«, sagte Ivan einen Moment später.

Ich starrte ihn an.

»Sie war völlig leer. Es standen nicht mal mehr Umzugskartons herum.«

Ich dachte an Regina, die Gefangene dieses Lebens, die auf unauflösliche Weise an den Conte gebunden. Aber ich würde sie nicht im Stich lassen. Ich hatte mir selbst das Versprechen gegeben, dass ich mich um sie kümmern würde.

»Glaubst du, du könntest herausfinden, wo er sich aufhält?«, fragte ich Ivan.

»Vielleicht. Aber dafür brauche ich Zeit.«

Ich nickte und schwieg einen Moment. »Glaubst du, er kommt zurück, um uns zu jagen?«

»Nein. Das glaube ich nicht.«

Wieder Schweigen.

»Veronica …«

Ich sah ihm fest in die Augen. »Ich weiß es nicht, Ivan.«

Er holte tief Luft. »Du bist zu Boden gestürzt, *bevor* die Peitsche dich getroffen hat. Ich bin mir ganz sicher.«

»Also hat mich der Wolf freiwillig verlassen. Nicht der Ritus hat ihn vertrieben.«

»Ich weiß nicht, was ich dazu sagen soll. Es gibt keinen einzigen Hinweis darauf, dass so etwas möglich ist, in keiner der Geschichten, die mir bekannt sind.«

»Das muss aber nicht heißen, dass es noch nie zuvor geschehen ist.«

»Nein. In der Tat, nein.«

»Und ich bin noch am Leben. Auch das ist noch nie zuvor geschehen.«

Er streckte eine Hand aus, um die meine zu nehmen. Ich streichelte seine Finger und drückte sie.

»Bedeutet das …« Ich suchte nach den richtigen Worten. »Bedeutet das, dass mein Pakt angenommen wurde? Dass der Wolf den letzten Moment meines Lebens genommen hat und ich … tot bin?«

Ivan schüttelte den Kopf. »Sieht wirklich nicht danach aus. Du atmest, dein Herz schlägt. Du kommst mir lebendiger vor als ich selbst.«

»Aber die Strigen haben gesagt, dass ein Versuch, dem Wolf zu entkommen, den unmittelbaren Tod bedeuten würde.«

Er beschränkte sich darauf, mich anzusehen.

»Und der Wolf ist weg. Er ist wirklich weg. Ich habe versucht, ihn zu rufen, viele Male: Er ist nicht mehr da. Ich bin frei.«

Ivan runzelte die Stirn. »Hat er gesagt, dass er den Pakt akzeptiert? Hast du gehört, wie er den Schwur ausgesprochen hat?«

»Nein. Vielleicht ... Ich weiß es nicht. Es ist alles zu schnell gegangen.« Ich versuchte, mir alles noch einmal ins Gedächtnis zu rufen. »Aber wenn er nicht akzeptiert hat, warum ist er dann gegangen? Und wenn er doch akzeptiert hat ... was bedeutet das für mich? Was habe ich dafür gegeben? Der Conte hat dasselbe getan, um in Ewigkeit leben zu können. Und auch ich bin am Leben ... Aber in welcher Weise? Was von mir hat der Wolf mit sich genommen?«

Ivan nahm meine Hand. »Veronica, vor einem Monat habe ich dich zum ersten Mal getroffen. Seitdem habe ich zweimal versucht, dich umzubringen, ich habe dich verloren, ich habe dich wiedergefunden, ich habe dich von Neuem verloren, und ich habe dich von Neuem wiedergefunden. Was dir in der Vollmondnacht geschehen ist, weiß ich nicht. Alles, was ich jetzt im Moment weiß, ist, dass du hier bei mir bist. Dass ich dich liebe. Und dass ich dich nie mehr verlieren will.«

Ich sah ihm in die Augen und erkannte, dass er recht hatte.

Die Zeit des Wolfes war vorbei, und nichts anderes war von Bedeutung, wenigstens heute Abend. Jetzt begann *unsere* Zeit.

Was auch immer unsere Zukunft sein mochte, was auch immer unser Schicksal sein mochte. Wir waren zusammen, und wir würden dem, was kam, gemeinsam gegenübertreten.

Ich schloss die Augen und fand seine Lippen.

Anmerkung des Autors

Meine Gefühle für Mailand, starke, wenn auch komplizierte Gefühle – über die ich mir nicht einmal selbst immer im Klaren bin –, waren zweifellos ein grundlegendes Motiv, mit dem Schreiben dieses Romans zu beginnen. So ist die Stadt in meiner Geschichte, im Guten wie im Schlechten, zu einer lebendigen und entscheidenden Protagonistin geworden, nicht anders als die lebenden Figuren.

Ich habe es absichtlich vermieden, Adressen und Namen von Straßen und Plätzen zu nennen, außer dann, wenn ich es für unbedingt notwenig erachtete. Aber der Leser, der Mailand kennt und Lust hat, mit einem Stadtplan in der Tasche auf Erkundungstour zu gehen, wird die Wege Veronicas ohne große Schwierigkeiten nachvollziehen können. Die beschriebenen Orte – wie das Ossarium, der Zentralfriedhof oder die Krypta von San Giovanni in Conca – sind absolut real, so wie es die Sagen und Legenden sind, die sich mit ihnen befassen. Im Roman konnte ich, aus leicht verständlichen Gründen, nur einen kleinen Teil des immensen Materials verwenden, das diesen Orten ihre Faszination verleiht – und es ist mir bewusst, dass ich keinem von ihnen Genüge getan habe. Besucht sie, wenn ihr die Gelegenheit dazu habt: Ich garantiere euch, dass es keine Zeitverschwendung sein wird.

Auch die Legenden, Riten und übernatürlichen Wesen in diesem Roman haben zum größten Teil ihren Ursprung in antiken und weniger antiken Überlieferungen, oder aber sie wurden ausgehend von historischen Gestalten und Ereignissen entwickelt.

Zwischen 1740 und 1819 hat in Mailand wirklich ein Conte Giuseppe Gorani gelebt und mir als Anregung für meine Romanfigur gedient: Die Schilderungen der Abenteuer seines Lebens, seines Palazzos und viele andere ihn betreffende Details beruhen auf Tatsachen, auch wenn seine Persönlichkeit und die magischen Aspekte seines Wesens Frucht meiner Fantasie sind.

Die Geschichte von der »wilden Bestie« und den Blutbädern, die sie angerichtet hat, ist ebenfalls absolut real, und die anonyme Handschrift, die sie uns überliefert hat, findet sich noch immer in der Mailänder Nationalbibliothek Braidense. Auch die vielen Geschichten, die der Conte im Roman erzählt, gehen überwiegend auf den Mailänder Sagenschatz zurück, und die Geschichte von Regina, dem Mädchen mit den Blumen im Haar, wurde inspiriert von einem alten Märchen aus dem Alpenraum.

Jetzt, da mein Buch an sein Ende gekommen ist, kann ich nicht umhin, eine gewisse Melancholie zu empfinden: Wie so oft bei Schriftstellern sind in den Monaten des Schreibens die Figuren und ihre Erlebnisse ein Teil meines Lebens geworden und kommen mir so wirklich vor wie alle anderen Dinge, die mich umgeben. Veronica Meis ist für mich mehr als das Resultat von Ideen und Gedanken: Sie ist eine reale Person, mit ihren ganz eigenen Gefühlen, ihren Erinnerungen, ihrer Seele. Eine Person, für die – es wäre falsch, es abstreiten zu wollen – ich eine tiefe Zuneigung empfinde. Und dasselbe gilt für Ivan, für Irene, für den Conte und für alle anderen menschlichen und weniger menschlichen Wesen, die mich auf dieser langen Reise begleitet haben.

Es lässt sich nur allzu leicht erraten, dass Veronicas Abenteuer nicht zu Ende sind: Da sind noch andere Geschichten, die danach verlangen, erzählt zu werden, Geschichten, die sich erneut um sie drehen, und um Ivan, den Wolf, den Conte Gorani und den Drachen oder um Regina und ihre bizarre Vergangenheit als *Changeling*. Sofern mir die Zukunft Gelegenheit dazu gibt, werde ich mich nicht weigern, ebendiese Geschichten zu Papier zu bringen.

Aber für den Moment bleibt mir nichts anderes übrig, als von euch allen, die ihr mir geduldig bis zu diesem Punkt gefolgt seid, Abschied zu nehmen und euch daran zu erinnern, dass – wie es vielleicht der Conte formuliert hätte – *dieser Traum nicht endet*.

Luca Tarenzi

Danksagung

Immer zu viele und nie genug. Aber wenigstens einige davon sind absolute Pflicht, denn wenn auch nur eine der hier aufgelisteten Personen gefehlt hätte, dann wäre dieses Buch anders geworden, und sicher nicht besser.

Also danke ich von Herzen:

Mirko und Mauro, ihres Zeichens städtische Schamanen; dank eurer euch habe ich ein Mailand kennengelernt, das zu kennen nicht jedem gegeben ist.

Marco Massignan, Seelenheiler, der eine Fackel für mich angezündet hat, als die Nacht dunkel war.

Tommaso Tonsi, der mir das richtige Buch in die Hand gedrückt hat.

Silvia Granauro, die sich mit ihren wertvollen Ratschlägen den Titel eines *Fanservice* für mein Buch verdient hat.

Claudio Ferrarin, der mir mit seiner Magie gezeigt hat, wie Träume lebendig werden.

Alessandra Cirillo, die mich zu Beginn gedrängt und unterwegs geführt hat und mir immer wieder einen Stups verpasst hat, wenn es notwendig war; du bist eine unersetzliche Verbündete gewesen.

Andrea Carlo Cappi, der mir die erste Tür geöffnet hat; ohne dich wäre nichts von alldem möglich gewesen.

Valentina Paggi, die mich daran erinnert hat, dass Kleider wichtig sind!

Luca Azzolini, der mich überzeugt hat, dass ein Fantasyroman, der in Mailand spielt, nicht reiner Wahnsinn ist.

Dem Mädchen, dem ich in der Metro begegnet bin und dem ich Veronicas Gesicht gestohlen habe; wo auch immer du bist, du hast mir ein großes Geschenk gemacht. Ich bete für dich.

An alle Abtrünnigen des Mailänder Kapitels; es ist eine Ehre und ein Glück, euch zu Brüdern zu haben.

An Eric Kripke, der *Supernatural* geschaffen, und an Jensen Ackles, der Dean Winchester Leben eingehaucht hat. Du bist mein Held, Dean!

Mein größter Dank aber geht an Erica, die, indem sie mich geheiratet hat, auch alle meine Phantasmen, meine Dämonen, meine Wölfe akzeptiert hat. Und sie hat sich nie darüber beklagt.